『十二五』國家重點圖書出版規劃項目
2011—2020年國家古籍整理出版規劃項目

元代古籍集成

經部詩類

總主編 韓格平
主編 李山

詩集傳名物鈔音釋纂輯

詩經疑問

国家出版基金项目
NATIONAL PUBLICATION FOUNDATION

北京师范大学出版集团
BEIJING NORMAL UNIVERSITY PUBLISHING GROUP
北京师范大学出版社

图书在版编目(CIP)数据

诗集传名物钞音释纂辑·诗经疑问/李山主编.—北京：北京师范大学出版社，2013.12
(元代古籍集成. 经部诗类)
ISBN 978-7-303-16238-3

Ⅰ.①诗… Ⅱ.①李… Ⅲ.①《诗经》-诗歌研究-中国-元代 Ⅳ.①I207.222

中国版本图书馆CIP数据核字（2013）第093031号

营销中心电话 010-58802181 58805532
北师大出版社高等教育分社网 http://gaojiao.bnup.com
电子信箱 gaojiao@bnupg.com

出版发行：北京师范大学出版社 www.bnup.com
北京新街口外大街19号
邮政编码：100875
印　　刷：北京京师印务有限公司
装　　订：北京盛通印刷股份有限公司
经　　销：全国新华书店
开　　本：170 mm × 240 mm
印　　张：34.25
字　　数：417千字
版　　次：2013年12月第1版
印　　次：2013年12月第1次印刷
定　　价：78.00元

策划编辑：赵月华 杨 帆　　责任编辑：杨 帆 周 粟
美术编辑：王齐云　　装帧设计：锋尚设计
责任校对：李 菡　　责任印制：孙文凯

本叢書整理與出版得到
北京師範大學中央高校自主科研基金資助
北京師範大學『九八五』工程基金資助
北京師範大學『二一一』建設基金資助

《元代古籍集成》編委會

總序

元代，是中國歷史上由蒙古族統治者建立的多民族的統一朝代。蒙古部族早年生活於大興安嶺北部、斡難河一帶及其西部的廣大地域。一二〇六年，成吉思汗完成了蒙古各部落的統一，建國於漠北，號大蒙古國。一二七一年，元世祖忽必烈改國號為大元。一二七六年，元滅南宋。一三六八年，元順帝妥歡貼睦爾率眾退出中原，明軍攻入大都。明初官修《元史》，自成吉思汗建國至元順帝出亡，通稱元代。蒙古人原來沒有文字，成吉思汗時借用畏兀兒字母書寫蒙古語，從此有了蒙古文。一二六九年，忽必烈頒詔推行由國師八思巴創制的主要借鑒於藏文的新的拼音文字，初稱蒙古新字，不久改稱蒙古字，用以「譯寫一切文字」。同時，元代統治者重視學習漢文。元太宗窩闊台于太宗五年（一二三三年）頒有《蒙古子弟學漢人文字詔》，鼓勵、督促蒙古子弟學習漢語。忽必烈亦重視吸取漢文化中的有益成份，為藩王時，曾召見僧海雲、劉秉忠、王鶚、元好問、張德輝、張文謙、竇默等，詢以儒學治道。其後的元仁宗愛育黎拔力八達、元英宗碩德八剌均較為主動地借鑒漢族封建文化，且頗有建樹。有元一代，居於統治地位的蒙古貴族及色目貴族不同程度地接受了包括漢民族在內的多民族文化的影響。可以說，蒙元文化是由蒙古貴族主導的包容多民族文化的封建文化。其中，中土漢人和熟悉漢語的少數民族文人積極參與蒙元文化建設，他們用漢語撰著的漢文著述數量極為豐富，其內容涉及到元代社會生活的方方面面，是元代文獻的主要組成部分。

明修《元史》，未撰《藝文志》。清人錢大昕撰有《補元史藝文志》，「但取當時文士撰述，錄其都目，以補前史之闕，而遼、金作者亦附見焉」【一】，共著錄遼金元作者所著各類書籍三千二百二十四種，其中元人著作二千八百八十八種

【一】錢大昕《補元史藝文志序》，《二十五史補編》本，中華書局一九九八年版，第八三九三頁。

（含譯語類著作十四種）。該書參考了焦竑《國史經籍志》、黃虞稷《千頃堂書目》、倪燦《補遼金元藝文志》、朱彝尊《經義考》等著作，增補遺漏，糾正訛誤，頗顯錢氏學術功力。今人雒竹筠、李新乾撰有《元史藝文志輯本》，既廣泛參考前人論著，亦實際動手搜求尋訪，「凡屬元人著作，不棄細流，有則盡錄，巨細咸備」【一】，共著錄元代作者所著各類書籍五千三百八十七種（個別著錄重複者計為一種，如方回撰《文選顏鮑謝詩評》分別著錄于詩文評類與總集類），除十一種蒙文譯書外，皆為漢文書籍。其中現存著作二千一百九十六種（包括殘本、輯佚本）。具體分佈情況如下：經部，著錄書籍一千一百一十七種，今存二百二十種；史部，著錄書籍一千零二十六種，今存二百七十三種；子部，著錄書籍一千零七十六種，今存四百八十八種；集部，著錄書籍二千一百六十八種，今存一千二百一十五種。與錢《志》相比，《輯本》具有兩項顯著的優點：一是增補了戲曲、小説類著作；二是每一書名之後記以存佚，頗便使用者查尋。可以説，該書是目前較為詳備的元代目錄文獻。持此《輯本》，元人著述狀況及現存元人著作情況可以略窺概貌。需要説明的是，元人著作散佚嚴重。僅據元人虞集所作詩序，可知《胡師遠詩集》《吳和叔詩集》《黃純宗詩集》《楊叔能詩集》《會上人詩集》《劉彥行詩集》《楊賢可詩集》《易南甫詩集》《饒敬仲詩集》《張清夫詩集》《謝堅白詩集》、僧嘉訥《嶂山詩集》等未著錄於《輯本》別集類，則編纂元人著作全目的工作，尚有待於來日。

陳垣先生《元西域人華化考》卷八結論中「總論元文化」一節曰：「以論元朝，為時不過百年，今之所謂元時文化者，亦指此西紀一二六〇年至一三六〇年間之中國文化耳。若由漢高、唐太論起，而截至漢、唐得國之百年，以及由清世祖論起，而截至乾隆二十年以前，而不計其乾隆二十年以後，則漢、唐、清學術之盛，豈過元時【二】！」今以現存元代古籍為例，略述元代學術文化之盛。

經學是一門含有豐富哲學內容的、體現儒家思想精要的古老的學問，長期居於中國學術文化的主導地位。元代結束了

【一】雒竹筠、李新乾《元史藝文志輯本・弁言》，北京燕山出版社一九九九年版，第三頁。
【二】陳垣《元西域人華化考》，上海古籍出版社二〇〇〇年版，第一三三頁。

兩宋以來的長期分裂局面，元代經學亦在借鑒、調和宋代張程朱陸理學的進程中，產生了許衡、劉因、吳澄等理學名家。清儒編纂《四庫全書》，收錄了約三百八十種元人著作，其中多有對於元人經學著作的讚譽之詞。例如，評價吳澄《易纂言》曰：「其解釋經義，詞簡理明；融貫舊聞，亦頗賅洽，在元人說《易》諸家，固終為巨擘焉。」評價許謙《讀書叢說》曰：「宋末元初說經者多尚虛談，而謙於《詩》考名物，於《書》考典制，猶有先儒篤實之遺，是足貴也。」評價梁寅《詩演義》曰：「今考其書，大抵淺顯易見，切近不支。元儒之學主於篤實，猶勝虛談高論、橫生臆解者也。」評價趙汸《春秋屬辭》曰：「顧其書淹通貫穿，據傳求經，多由考證得之，終不似他家之臆說。故附會穿鑿雖不能盡免，而宏綱大旨，則可取者為多【一】。」清末學者皮錫瑞認為元代為經學積衰的時代，「論宋、元、明三朝之經學，元不及宋，明又不及元【二】。」承認元代經學在中國經學史上佔有一定的地位，且有如趙汸《春秋屬辭》這樣的「鐵中錚錚、庸中佼佼」之作。

元代史學是中國史學的繼續發展時期，成就顯著，著作甚豐。其中，影響較大的著作有如下幾種。一、元順帝至正年間編纂的《遼史》《金史》《宋史》。三史編纂皆有三朝專史舊本可供借鑒，故歷時不及三年即告竣事，且整體框架完備，基本史實詳贍，為後人研究遼金宋歷史的重要著作。同時，順帝詔「宋、遼、金各為一史」，解決了長期持論不決的以誰為「正統」的義例之爭，顯示出元代史學觀念上的進步。二、馬端臨《文獻通考》。該書是一部記載上古至宋寧宗時期典章制度的通史。作者對唐杜佑《通典》加以擴充，分田賦、錢幣等二十四門，廣取歷代官私史籍、傳記奏疏等相關資料，對各項典章制度進行融會貫通、原始要終的介紹，篇帙浩繁，堪稱詳備。三、《元典章》。該書全稱《大元聖政國朝典章》，為元代中期地方官府吏胥與民間書坊商賈合作編纂的至治二年（一三二二年）以前元朝法令文書的分類彙編，分詔令、聖政、朝綱等十大類，六十卷。書中內容均為元代的原始文牘，是研究元代法制史與社會史的重要資料。四、《大元大一統志》。該書為元朝官修地理總志，始纂于元世祖至元二十二年（一二八五年），成書于元成宗大德七年

【一】上述引文分別見於《四庫全書總目》，中華書局一九六五年版，第二二頁、九六頁、一二八頁、二一八頁。

【二】皮錫瑞《經學歷史》，中華書局一九五九年版，第二八三頁。

（一三〇三年），六百冊，一千三百卷，是中國古代最大的一部輿地書。該書氣象宏闊，內容廣泛，取材多為唐宋金元舊志，今僅有少量殘卷存世。

元代子書保持和發揚了傳統子書「入道見志」、「自六經以外立説」的基本特色，廣泛干預社會生活，闡發個人學術（含藝術）觀點，產出了許多優秀作品。面對民族矛盾與階級矛盾交織的社會現實，程端禮《讀書分年日程》、謝應芳《辨惑編》、蘇天爵《治世龜鑒》諸書推闡朱熹學説，力闢民間疑惑，探求治世方略，顯示出元代子部儒家類著作的基本格調。元代科學技術水平有了新的進展。李冶《測圓海鏡》的成書標誌著天元術數學方法的成熟，「是當時世界上水平最高的代數著作」【一】。稍後朱世傑《四元玉鑒》用四元術解方程（包括高達十四次方的我國數學史上最高次方程），「對方程的研究（列方程、轉化方程和解方程等），朱世傑在中國歷史上達到頂峰」，「《四元玉鑒》的另一部分重要內容是有關垛積與招差問題，就其成果的水平來看達到了中國古代此類問題的高峰」【二】。司農司編《農桑輯要》、魯明善撰《農桑衣食撮要》、王楨撰《農書》三部農書，是元代農學的代表作。又李杲有「神醫」之譽，「其學於傷寒、癰疽、眼目病為尤長」【三】，觀其所著《內外傷辨惑論》《脾胃論》《蘭室祕藏》諸書，可知時人所譽不誣。

元代文人文學創作的積極性很高，吟詩作文是當時文人的普遍行為。「近世之為詩者不知其幾千百人也，人之為詩者不知其幾千百篇也」。【四】與經、史、子部著作相比，元代集部著作數量最多。其中，尤以別集數量居首。現存或全或殘的各種別集（含詩文合集、詩集、文集、詞集）約六百六十種。閱讀郝經《陵川集》、姚燧《牧庵集》、劉因《靜修集》、吳澄《吳文正公集》、趙孟頫《松雪齋集》、袁桷《清容居士集》、歐陽玄《圭齋集》、揭傒斯《揭文安公全集》、虞集《道園學古錄》、黃溍《金華黃先生文集》等別集，可以從其不同個體的視角，瞭解元代社會生活的諸多不同側面，瞭解

【一】李迪主編《中國數學史大系•第六卷》，北京師範大學出版社一九九九年版，第九七頁。

【二】李迪主編《中國數學史大系·第六卷》，北京師範大學出版社一九九九年版，第二六〇頁、二六一頁。

【三】《元史·方技傳》，中華書局一九七六年版，第四五四〇頁。

【四】吳澄《張仲默詩序》，李修生主編《全元文》第十四冊，江蘇古籍出版社一九九九年版，第二六五頁。

作者個人的情感與情操，體味元代詩文創作的藝術成就。而閱讀耶律楚材《湛然居士文集》、馬祖常《石田集》、孛术魯翀《菊潭集》、薩都剌《雁門集》、迺賢《金台集》等少數民族作家用漢語創作的詩文，則於前者之上，平添了幾分讚歎與欽敬。蘇天爵《元文類》，選錄元太宗至元仁宗約八十年間名家詩文八百餘篇，後人將其與宋姚鉉《唐文粹》、宋呂祖謙《宋文鑒》相提並論。元代雜劇與散曲創作成就顯著，後人編輯的雜劇或散曲總集有所收錄，較全者，有今人王季思主編的《全元戲曲》與隋樹森《全元散曲》。

總之，元代古籍內涵豐富，在中國古代文化發展史上居於承上啟下的重要地位。

今天我們所能看到的元代古籍，既有少量當初的刻本或抄本，又有大量明清時期的翻刻本、增補修訂本、節選本或輯佚本，版本系統複雜，內容互有出入，文字脫訛普遍，大多未經整理，今人使用頗為不便。有鑒於此，我們決心發揚我校陳垣先生發端的整理研究元代文獻的學術傳統，充分利用此前編纂《全元文》的學術積累，利用十年至二十年時間，整理出版一部經過校勘標點的收錄現存元代漢文古籍的大型文獻集成——《元代古籍集成》。我們的研究計畫得到了北京師範大學領導及相關院、處的充分肯定與大力支持，在「二一一」、「九八五」、自助科研基金等方面提供科研資金予以資助；海內外學界師友或給以殷切勉勵，或積極參與我們的工作；北京師範大學出版集團在出版資金、編校力量方面予以积极投入，在此，謹致以衷心感謝。同時，我們深知，完成這樣一項巨大工程，不僅耗時、費力，還要承擔一定的歷史責任。我們將盡力而為，亦期待著來自各方面的批評指教。是為序。

韓格平

二〇一一年十二月二十日

於北京師範大學古籍與傳統文化研究院

總目録

詩集傳名物鈔音釋纂輯

詩經疑問

詩集傳名物鈔音釋纂輯

〔元〕羅復 撰

孫慧琦 徐逸超 邢毓南 點校

目録

詩卷第二十（四三五）

整理說明

《詩集傳名物鈔音釋纂輯》二十卷，元羅復撰。又名《詩集傳音釋》，《千頃堂書目》《經義考》《鐵琴銅劍樓藏書目錄》等皆有著錄，《四庫全書》未收。本書流傳頗少，陸心源《明初本詩集傳音釋跋》曰：「四庫未收，阮文達亦未進呈，誠經部罕覯之秘笈也。」

羅復，字中行，江西廬陵人，約與許謙同時，生平不詳。本書《凡例》中有云：「廬陵羅君中行，博學而善記，慮學者稽考之難，乃以金華許益之先生《名物鈔》會衆經及諸傳籍，參互考訂，以為《音釋》。」

此書宗旨主要是為了闡揚《詩集傳》，是「詩經宋學」系列著作中頗有代表性的一家。《續修四庫全書總目提要》曰：「復作音釋，於經傳及音韻之文，多異他本。」本書所錄音釋以許謙《詩集傳名物鈔》爲主，并采他説以附益之，所附音釋一般不注作者姓氏，與《凡例》所云正合。書前有朱子序、《詩圖》十八頁、《詩傳綱領》《詩序朱氏辨説》。書前後無序跋，全載《集傳》，俱雙行夾注，後附「音釋」。在每篇或每章章句之後，另加「音釋」一欄，墨圍「音釋」二字以別之。

書雖名「音釋」，其實並不限於釋音，凡是補充或訂正音讀、解釋詞義章指、甄錄各家學説、勘正文字訛誤等等，概皆列入「音釋」之內，內容十分豐富，可以視為羅氏論《詩》之專著。另外書中還糾正了不少《詩集傳》的音讀。如《載馳》「言采其蝱」之「蝱」，《集傳》云：「音盲，叶謨郎反」，《音釋》云：「蝱，《爾雅》作『莔』，音萌。」這是糾正《集傳》誤讀的例子。再如《褰裳》「褰裳涉洧」之「洧」，《集傳》云：「叶於己反」，《音釋》云：「洧，

于軌反。」這是用反切訂正叶音的例子。再如《風雨》「云何不瘳」之「瘳」，《集傳》云：「叶憐蕭反」，《音釋》云：「瘳，音抽」，這是用直音訂正叶音的例子。類似例子再如《振鷺》「在此無斁」之「斁」，《集傳》云：「叶丁故反」，《音釋》云：「斁，音亦。」再如《正月》「胡為虺蜴」之「蜴」，《集傳》云：「星歷反」，《音釋》云：「蜴，當音易」，這是用直音取代反切的例子。

本書還補充了不少音讀，包括補經文未注之音和傳文注音兩類。如《載馳》「歸唁衛侯」之「唁」，《音釋》云：「唁，疑戰反」。再如《邶風》總説下《音釋》有「邶，蒲對反。鄘，音容」。再如《日月》「畜我不卒」之「畜」，《音釋》云：「畜，許六反」。以上皆為補經文未注之音之例。再如《草蟲》「趯趯阜螽」，《集傳》云：「阜螽，蠜也」，《音釋》：「蠜，音樊」。《兔爰》「雉離于罿」，《集傳》云：「罿，罬也。」《音釋》：「罬，音輟」。這兩例是補傳文注音之例。

全書徵引許謙之説最多，亦可見作者治學傾向所在。羅復吸收了不少許謙辨正音讀的成果，以訂正《集傳》的音讀。如《蝃蝀》「遠父母兄弟」之「遠」，《集傳》作「于萬反」，羅復《音釋》引《詩集傳名物鈔》作「遠，許氏易『于願反』」。再如《干旄》「素絲紕之」之「紕」，《集傳》作「符至反」，《音釋》作「紕，許氏易『毗至反』」。此類例子不勝枚舉。

不過羅復引許謙音釋，並非簡單摘錄，而是多有補充和修訂。如卷一《周南》解題部分的「亶」字許無音，羅復補「多旱反」；「采」字許無音，羅復補「倉代、此宰二反」，並補引「顔師古云：『采，官也，因官食地，故曰采地。』」「沱」字，補音「徒河反」。《關雎》首章下補釋：「匡衡，字稚圭，漢宣帝朝射策甲科，文帝朝遷博士給事中，建初三年拜相。」同時羅復對許謙音釋亦多有改訂，如《伐木》二章傳文「殺」字，許謙作「所界反」，羅復改為「色界反」。再如《車攻》七章傳文「耦」字，許氏作「耦，音愚，又五偶反」，羅復易「耦，音愚，又語口反」。

本書一般僅摘錄許書音釋，而其考訂名物則一般不錄，音釋也有不錄者。如許書於卷一《國風》解題下有「肄，羊至反」，《關雎》三章有「亨，普庚反」，羅書並無。《野有死麕》篇許謙云：「（王）魯齋有《二南相配圖》，謂《甘

棠》，後人思召伯；《何彼襛矣》，《王風》也；《野有死麕》，淫詩也，皆不足以與此。」羅書惟《野有死麕》載許氏曰：「此淫奔之詩，疑錯簡在此。」可見作者並非盡從許氏之説。

其解釋詞義，內容也頗為廣泛，或釋名物，或訓詞語，或述典故。如《野有死麕》《音釋》云：「《本草》曰：『麞類甚多，麕其總名也。』」《靜女》「搔首踟躕」，《集傳》：「踟躕，猶躑躅也。」《音釋》：「躑躅，音尺觸，行不進貌。」羅復《音釋》補充的詞義篇義，對於領會詩旨往往很有幫助。

書中徵引舊説之例，更是不勝枚舉，其所引以朱熹《語類》和輔廣、許謙論《詩》之語為尤多。如《楚茨》篇末，《音釋》引《朱子語類》云：「《楚茨》精深宏博，如何做得變雅？」《麟之趾》三章，《音釋》引輔氏曰：「一言公子，二言公姓，三言公族，自近而遠，自狹而廣。」《風雨》二章，《音釋》引許氏曰：「喈喈、膠膠、不已，皆雞聲紛雜之意。」

本書雖不以訓詁、校勘為務，然而在敘述和説解中，也常有訂正《集傳》訛舛的例子。如《大雅・抑》二章「遠猶辰告」，《集傳》云：「猶，圖也，遠謀，謂不為一時之計而為長久之規也。」《音釋》云：「『遠謀』，恐當作『遠圖』。」可見羅復讀書之細。

本書原有元至正十一年雙桂堂刻本，為其最早刊本。此本題「東陽許謙名物鈔音釋，後學廬陵羅復纂輯」，《凡例》後有墨圖記云：「至正辛卯孟夏雙桂書堂重刊」，為元時舊帙。此本目前藏於國家圖書館。明正統刊本《詩集傳》（附音釋）與至正本詳略不同。清蔣光熙以至正本為主，據正統本及胡一桂《詩傳纂疏》、朱公遷《詩傳疏義》、許謙《詩集傳名物鈔》、史榮《風雅遺音》為作校記。校記復經錢泰吉、邵懿辰、伊樂堯、許丙鴻、管庭芬、朱元炅、陳錫麒諸人參正。此為蔣氏校本，被認為是此書自明代以來的最善本，國家圖書館、北京師範大學圖書館等皆有藏本。蔣氏本之後尚有光緒七年山西浚文書局重刻本和光緒十五年江南書局重刻本，此二本皆本于蔣氏本，光緒十五年本國家圖書館有藏。目前較易見到的影印本，有《續修四庫全書》編收的元至正本，《中華再造善本》亦以至正本影印；齊魯書社二〇〇八年出版《歷代詩經版本叢刊》影印了本書的光緒七年重刻本。

本次整理，以《詩集傳名物鈔音釋纂輯》元至正十一年雙桂堂刻本（簡稱「至正本」）爲底本，校以咸丰五到七年蔣氏校本（簡稱「蔣氏本」）、光緒七年山西浚文書局重刻本（簡稱「光緒七年本」）和光緒十五年江南書局重刻本（簡稱「光緒十五年本」）。遇有異文，如係底本有誤，則予以改正，並出校記；如係對校本與底本兩通的，不改底本原文，出校記説明異文。校點中發現的引文文字錯訛，也出校記説明或改正。《詩圖》部分，自衣裳圖「繡裳」至兵器服圖「矛」共八頁，至正本闕，所存部分清晰度亦不佳。爲了呈現完整清晰的《詩圖》，此次以蔣氏本《詩圖》付印，並校以光緒七年本、光緒十五年本及至正本現存的《詩圖》部分。

至正本《詩序朱氏辨説》部分，自《豳・東山》「一章言其完也」至《魯頌・駉》「詩中亦未見務農重穀之意序」闕，補以蔣氏本，校以光緒七年本及光緒十五年本。《詩傳綱領》《詩序朱氏辨説》兩部分並以元刊十一行本《詩傳綱領》《詩序辨説》爲參校本。

羅復的解釋，是依附朱熹《詩集傳》的。因而此次整理，就必然涉及朱熹《詩集傳》的文本。學者一般認爲朱熹《詩集傳》存在三個主要的版本系統：宋刊二十卷本系統，元、明二十卷本系統和明清通行的八卷本系統。元、明二十卷本系統與宋刊二十卷本基本接近，主要區别是某些音注的改變。本書《詩集傳》部分屬於元、明二十卷本系統，基本保留了元代通行的朱熹《詩集傳》原貌，《詩集傳》部分，凡反切一般不改直音，亦不改「與某同」。注無删削，皆與宋十四行十五字《詩集傳》本同。本書對於了解《詩集傳》的版本情況，也有不小的幫助。《詩集傳》現存最早的是四部叢刊三編影宋本，然而此本自卷十二《小雅・蓼莪》三章朱傳「則無所恃」四字起，至卷十七《大雅・板》亡佚。三編本現有内容是後人據他本補齊的。所缺部分，則有國家圖書館所藏王重民先生自美國拍回來的膠片。此次整理，我們用四部叢刊三編本《詩集傳》的宋本部分與國圖所藏宋刊明印本《詩集傳》膠片對本書的《詩集傳》部分作了對校，遇有異文，一般僅於校記中指出，若確係底本有誤，則據宋本《詩集傳》改正，並出校記説明。校勘過程中參考了趙長征整理本《詩集傳》（中華書局二〇一一年版）的不少校勘成果，謹致謝忱。

書中的避諱字、異體字、俗體字及常見的刊刻錯訛字，如「已」、「巳」與「己」，「穀」與「穀」等，一般逕改，不出校記。

本次整理，得到了國家圖書館古籍館和北京師範大學圖書館的大力幫助，謹此致謝。此書校點主要由孫慧琦、徐逸超、邢毓南完成，由李山作最后校讀。限於學識，點校中難免有不足和錯誤之處，敬請讀者不吝指正。

孫慧琦　李山

二〇一三年五月三十日

詩集傳序

或有問於余曰：「詩何爲去聲而作也？」余應之曰：「人生而靜，天之性也；感於物而動，性之欲也。夫音符。凡發語辭及語已辭、疑辭，又有所指之辭為虛字，同上音；大夫、一夫、百夫、千夫為實字，音孚。後不複音，放此類推既有欲矣【一】，則不能無思；既有思矣，則不能無言；既有言矣，則言之所不能盡，而發於咨嗟咏嘆之餘者，必有自然之音響節族音奏而不能已焉。此詩之所以作也。」

曰：「然則其所以教者何也？」曰：「詩者，人心之感物而形於言之餘也。心之所感有邪正，故言之所形有是非。惟聖人在上，則其所感者無不正，而其言皆足以爲教。其或感之之雜，而所發不能無可擇者，則上之人必思所以自反，而因有以勸懲之，是亦所以爲教也。昔周盛時，上自郊廟朝音潮，凡朝廷、朝覲、朝見同。惟朝夕、朝暮作陟遥反。後放此廷，而下達於鄉黨閭巷，其言粹然無不出於正者，聖人固已協之聲律，而用之鄉人，用之邦國，以化天下。至於列國之詩，則天子巡守舒救反。所守也，守之也，為之守也。天子巡諸侯所守曰巡守，諸侯為天子守亦曰守，皆作去聲讀。主守、攻守、有守、守而勿失之類，作上聲讀，亦必陳而觀之，以行黜陟之典。降自昭穆而後，寖與浸同，漸也以陵夷，至於東遷，而遂廢不講矣。孔子生於其時，既不得位，無以行帝王勸懲黜陟之政，於是特舉其籍而討論盧昆反之。去丘舉反。「撤去」之「去」從上聲【二】，「來去」之「去」從去聲。放此類推其重傳容反複方六反，正其紛敷文反，雜也亂，而其善之不足以爲法、惡之不足以爲戒者，則亦刊丘寒反，削也，字从干从刀而去之，以從簡約，示久遠，使夫學者即是而有以考其

【一】「放」，蔣氏本、光緒七年本及光緒十五年本作「並」。
【二】「撤」，蔣氏本、光緒七年本及光緒十五年本作「徹」。

得失，善者師之而惡者改焉。是以其政雖不足行於一時，而其教實被於萬世，是則《詩》之所以爲教者然也。」

曰：「然則《國風》《雅》《頌》之體，其不同若是，何也？」曰：「吾聞之，凡詩之所謂風者，多出於里巷歌謡之作。所謂男女相與詠歌，各言其情者也。惟《周南》《召南》親被文王之化以成德，而人皆有以得其性情之正，故其發於言者，樂歷各反而不過於淫，哀而不及於傷，是以二篇獨爲《風》詩之正經。自《邶》而下，則其國之治去聲，詳見《綱領》亂不同，人之賢否亦異，其所感而發者，有邪正是非之不齊，而所謂先王之風者，於此焉變矣。若夫《雅》《頌》之篇，則皆成周之世朝廷郊廟樂歌之詞。其語和而莊，其義寬而密，其作者往往聖人之徒，固所以爲萬世法程而不可易者也。至於《雅》之變者，亦皆一時賢人君子閔時病俗之所爲，而聖人取之，其忠厚惻怛之心，陳善閉邪之意，尤非後世能言之士所能及之。此《詩》之爲經，所以人事浹即協反，浹洽，潤澤周徧也於下，天道備於上，而無一理之不具也。」

曰：「然則其學之也當奈何？」曰：「本之二《南》，以求其端；參之列國，以盡其變；正之於《雅》，以大其規；和之於《頌》，以要一笑反，會也。一作伊消反，求也，亦通其止，此學《詩》之大旨也。於是乎章句以綱之，訓詁古慕反。詁訓，通古今之言也。亦作故以紀之，諷詠以昌之，涵濡以體之，察之情性隱微之間，審之言行樞機之始，則修身及家，平均天下之道，其亦不待他求而得之於此矣。」

問者唯以水反，應聲唯而退。余時方輯音集。斂也，聚也《詩傳》，因悉次是語以冠古玩反，為衆之首曰冠其篇云。淳熙四年丁酉冬十月戊子新安朱熹書。

《詩朱子集傳》凡例【一】

《詩》三百一十篇。其用則興觀群怨，事父事君，多識於鳥獸草木之名。何莫非於《詩》見之？特以古今名物之詳，制度器數之具，雖博識強記者有所未盡知焉。廬陵羅君中行，博學而善記，慮學者稽考之難，乃以金華許益之先生《名物鈔》會衆經及諸傳籍，參互考訂，以為《音釋》，錄於經傳之左，以遠其傳。雖與朱子所注間有異同，而不乖于大意。學者開卷之頃，不待考之他書，一覽可盡其旨趣矣。

觀《詩》之法，當明六義，固不可玩心章句之末，而名物度數亦不可遺也。蓋道即器也，器即道也，惡可岐而二哉？若《名物鈔》者，博而取之于經史，凡天文地理，昆蟲草木，著見之實，變化之跡，皆櫽括而無遺。非洞達弘識者，其能然乎？觀《詩》勿以為訓詁之末而忽之可也。

古今名物之理，雖聖人猶必待學以驗其實，況學者乎？若《詩》三百餘篇，備比、興、賦之體，其間名物制度居其半焉。舊無釋音，往往費檢閱之功，稽考之勞。今因《名物鈔》而覩夫纂言記事之要，則《詩》之義無餘藴矣。

至正辛卯孟夏，雙桂書堂重刊

【一】「詩朱子集傳」，蔣氏本、光緒七年本及光緒十五年本作「朱子集傳音釋」，標題下有小字注「從舊鈔本錄」。

詩圖

詩有六義之圖

三經			三緯		
風	雅	頌	賦	比	興
十五國風　風者如物因風之動以有聲而其聲又足以動物也	大小二雅　雅者正也正樂之歌也本有大小之殊而先儒說又各有正變之別	周商魯三頌　頌者美盛德之形容以其成功告於神明者也	賦者直陳其事如葛覃卷耳之類　語錄云直指其名直敘其事者賦也	比者以彼狀此如螽斯綠衣之類　語錄引物爲說者比也	興者託物興詞如關雎兔罝之類　語錄本專言其事而虛用兩句釣起因而接續去者興也

六義三經三緯　周禮大師教六詩曰風曰賦曰比曰興曰雅曰頌。風雅頌聲樂部分之名也，賦比興則所以製作風雅頌之體也○大師之教國子必使之以是六者三經而三緯之則凡詩之節奏指歸皆將不待講說而直可吟詠以得之矣　語錄風雅頌乃是樂中之腔調如言仲呂調大石調越調之類大抵風是民庶所作雅是朝廷之詩頌是宗廟之詩○三經是風雅頌是做詩底骨子賦比興却是裏面橫串底故謂之三緯

賦比興兼義

賦而比	賦而興	比而興	興而比	賦而興又比	賦其事以起興
頍弁首章　小弁八章	野有蔓草　黍離　氓六章　溱洧　小弁七章	下泉　氓三章　綠衣	關雎　漢廣　椒聊　巧言四章	頍弁二章三章	泮水首三章

比興之中螽斯專於比而綠衣兼於興兔罝專於興而關雎兼於比此其例中又自有不同者學者亦不可以不考　語錄說出那箇物事來是興不說出那箇物事來是比如南有喬木只是說漢之游女奕奕寢廟君子作之只是說他人有心予忖度之關雎亦然皆是興體比體只是從頭比下來不說破興比相近却不同

思無邪圖

思無邪魯頌駉篇之辭夫子讀詩至此而有合於其心焉是以取之蓋斷章摘句云耳

孔子曰詩三百一言以蔽之曰思無邪

言善者可以感發人之善心　情性是貼思

言惡者可以懲創人之逸志　正是貼無邪

其用歸於使人得其情性之正

朱子曰詩之所以爲詩者至是無餘蘊矣後世雖有作者其孰能加於此乎邵子曰刪詩之後世不復有詩者正謂此也

四始圖

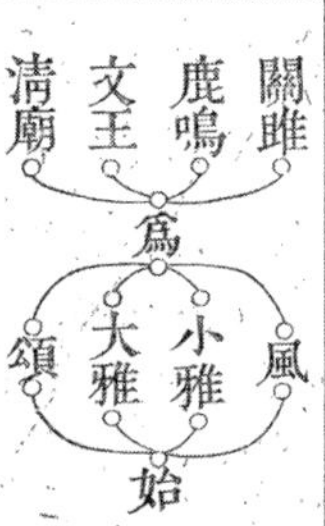

正變風雅之圖

正風	變風	正小雅	變小雅	正大雅	變大雅
周南　召南	邶至豳　十三國	鹿鳴至菁莪	六月至何草不黄	文王至卷阿	民勞至召旻
二十五篇	百三十五篇	二十二篇	五十八篇	十八篇	十三篇

朱子曰先儒正變之說經無明文可考今姑從之其可疑者則具於本篇云

二南爲正風所以用之閨門鄉黨邦國而化天下也

十三國爲變風則亦領在樂官以時存肄觀省而垂鑒戒耳

正小雅燕饗之樂正大雅會朝之樂受釐陳戒之辭也故或歡欣和悅以盡羣下之情或恭敬齊莊以發先王之德詞氣不同音節亦異多周公制作時所定也及其變也則事未必同而各以其聲附之其次序時世則有不可考者矣

【一】至正本「思無邪圖」、「四始圖」、「正變風雅之圖」在「詩有六義之圖」上。

十五國風地理之圖

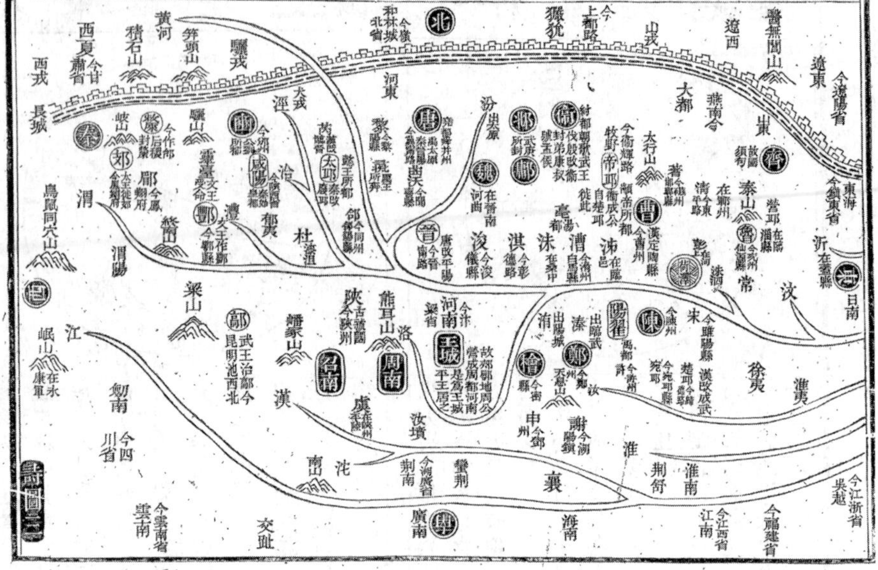

泮宮圖	皋門應門圖	靈臺辟廱之圖	
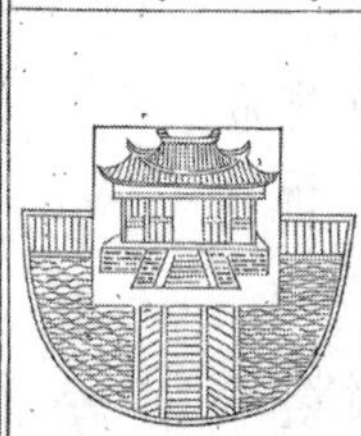	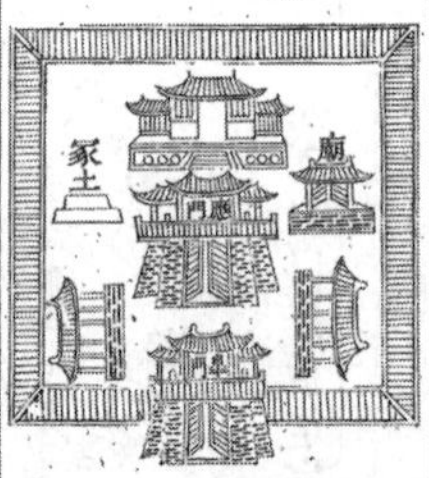		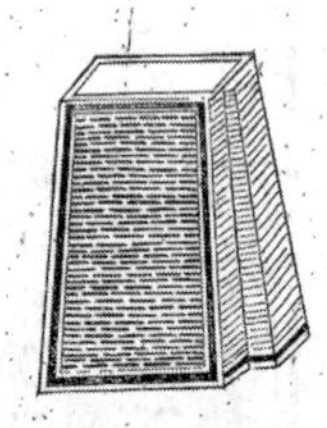

靈臺文王所作所以望氛祲察災祥時觀游節勞佚也辟廱辟璧通廱澤也天子之學大射行禮之處也水旋邱如璧以節觀者故曰辟廱朱子初解云張子曰辟廱古無此名則其制蓋始於此及周有天下遂以名天子之學而諸侯不得立焉

太王遷岐胥宇築室作廟立皋門應門立冢土古公亶父後追稱大王王之郭門曰皋門王之正門曰應門太王之時未有制度作二門如此及周有天下遂尊以為天子之門而諸侯不得立焉

泮水泮宮之水諸侯之學鄉射之宮謂之泮宮其東西南方有水形如半璧以其半於辟雍故曰泮水而宮亦以名也

大東總星之圖

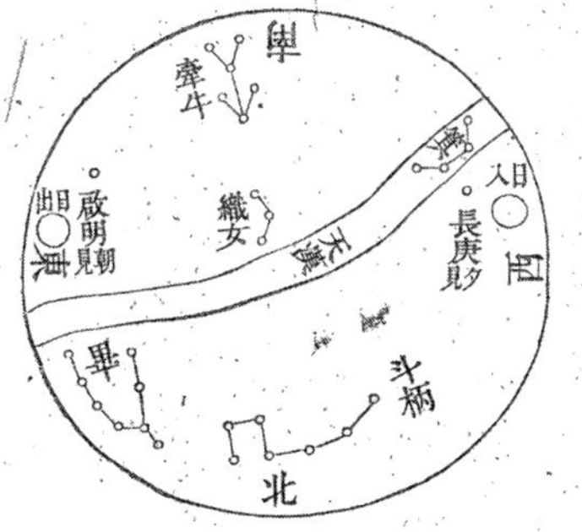

織女天女也牽牛河鼓也啟明長庚皆金星也以其先日而出故謂之啟明以其後日而入故謂之長庚天畢畢星也狀如掩兔之畢也箕斗二宿以夏秋之間見於南方云北斗者以其在箕之北也

七月流火之圖

火大火心星也以六月之昏加於地之南方至七月之昏則下而西流矣火伏於九月至十月昏旦並不見唯冬至後旦中至正二三四皆見旦後也左傳張趯曰火星中而寒暑退服虔注云旦中而寒退昏中而暑退

楚邱定之方中圖

定之方中作于楚宮

揆之以日作于楚室

定北方之宿營室星也此星昏而正中夏正十月也建亥之月小雪中氣之時於是時可以營制宮室故謂之營室衛爲狄所滅文公徙居楚邱營立宮室樹八尺之臬而度其日出入之景以定東西又參日中之景以正南北也

公劉相陰陽圖

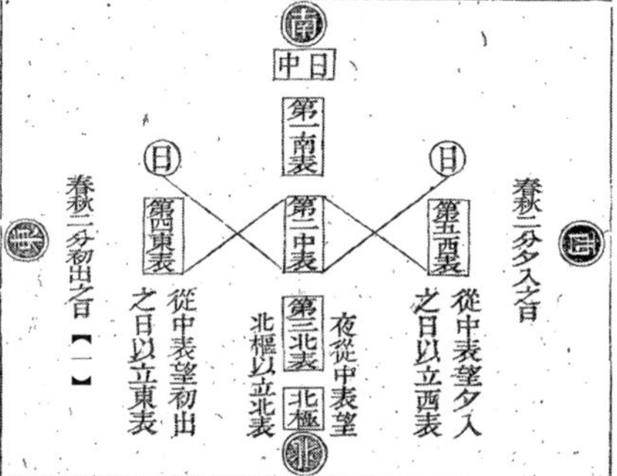

經云既景乃岡又云相其陰陽度其夕陽傳云景考日景以正四方也相視也陰陽向背寒暖之宜也山西曰夕陽嚴氏曰幽在梁山西公劉相此夕陽地以建幽居也今得西山眞先生儒家武庫所著公劉相陰陽圖謹按其式作圖如上以備讀詩者考焉

【一】「初出」，至正本作「初生」，疑誤。

豳公七月風化之圖

○謹按　朱子集傳所載王氏總論七月之義一段分布爲圖○

仰觀星日霜露之變，俯察昆蟲草木之化，以知天時以授民事。女服事乎內，男服事乎外。上以誠愛下，下以忠利上。養老而慈幼，食力而助弱。其祭祀也時，其燕饗也節。

一之日	觱發			于貉	取彼狐貍 爲公子裘		
二之日	栗烈		鑿冰沖沖	其同 載纘武功	言私其豵 獻豜于公		
三之日			納于凌陰	于耜			
四之日				舉趾		同我婦子 饁彼南畝	其蚤獻羔 祭韭
	春日載陽 春日遲遲	有鳴倉庚	蠶月條桑	女執筐求柔桑采蘩取斧斨伐遠揚			
四月		秀葽					
五月		鳴蜩 斯螽動股					
六月		莎雞振羽				食鬱及薁	
七月	流火	鳴鵙 在野				食瓜 亨葵及菽	
八月		萑葦 在宇		載績 載玄載黃 其穫	我朱孔陽 爲公子裳 剝棗		
九月	肅霜	在戶	授衣 築場圃			叔苴 采荼薪樗 食我農夫	
十月		隕籜 蟋蟀入我牀下	滌場 穹窒熏鼠 塞向墐戶	穫稻 納禾稼 嗟我農夫 我稼既同	上入執宮功 晝爾于茅 宵爾索綯 亟其乘屋	嗟我婦子曰爲改歲入此室處 朋酒斯饗曰殺羔羊 躋彼公堂稱彼兕觥 萬壽無疆 為此春酒以介眉壽	

一之日謂一陽之月，二之日謂二陽之月，變月言日，言是月之日也，餘放此。○張氏曰：七月之詩皆以夏正爲斷。曹氏曰：公劉正當夏時，所用者夏正也。○謹按：詩中載一歲事，獨缺三月。嘗觀二章「春日載陽」至「公子同歸」，及三章「蠶月條桑」至「猗彼女桑」，並不言何月之事【一】，其辭布於二月、四月之間，非敢遽以爲必【二】三月也，特以備見豳風春日之事耳。

【一】「之事」，至正本作「今摘」。

【二】「必」字，至正本闕文。

冠服圖

冔

文王

冠名，殷曰冔，周曰冕。黼冔，黼裳而冔冠也。

臺笠

都人士

臺，夫須也，卽莎草也。古注謂以夫須皮爲笠，所以禦暑禦雨。

弁

淇奧

會弁如星。會，縫中也。王之皮弁，縫中每貫結五采玉十二以爲飾。武公諸侯，則玉用三采。

緇撮

都人士

緇布冠也。撮者，其制小，僅可撮其髻也。古注云：太古冠。

衣裳圖

衮衣

九罭

繪龍、山、華蟲、火、宗彝五章。天子之龍一升一降，上公但有降龍。龍首卷然，故謂之衮。

羔裘豹飾

唐羔裘

君純羔，大夫以豹飾袪褎。袪褎皆袂也，然袂大而袪袖小。

狐裘

檜羔裘

錦衣狐裘，朝天子之服。蘇氏曰：此狐裘，狐白裘也。

【一】

繡裳

九罭

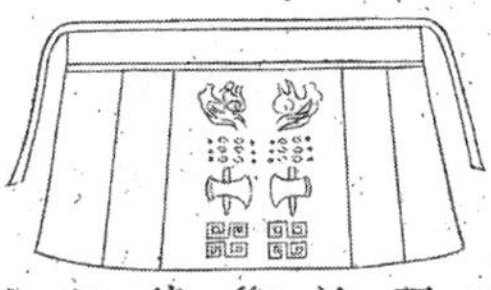

五色備謂之繡前三幅後四幅繡以藻粉米黼黻四章

瑱

君子偕老

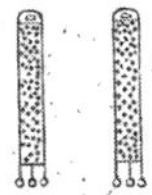

芾韠

候人采菽

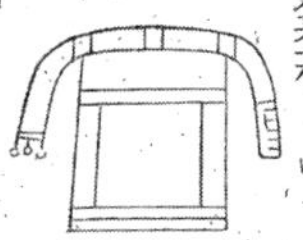

芾太古蔽膝之象字當作韍古字通用冕服謂之芾其他服謂之韠以韋為之

邪幅

素冠　采菽

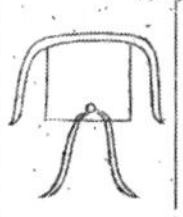

邪幅偪也邪纏於足如今行縢偪束其脛

正義註云瑱塞耳也充耳是已天子以玉諸侯以石充耳以紞懸瑱當耳也紞用綵線織之天子諸侯五色臣三色君子偕老篇瑱言夫人服飾

佩用之圖

雜佩

女曰雞鳴

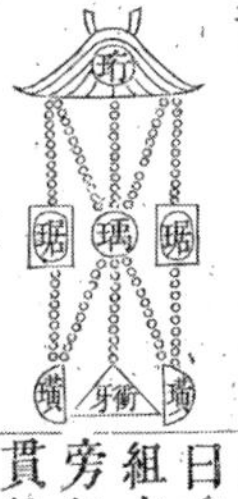

雜佩者左右佩玉也上橫曰珩繫三組貫以蠙蛛中組之半貫瑀末懸衝牙兩旁組各懸琚璜又兩組交貫於瑀上繫珩下繫璜行則衝牙觸璜而有聲也

觿

芄蘭

狀如錐角以象骨為之所以解結

韘

芄蘭

古注云韘沓也以朱韋為之射以彄沓右手食指將指無名指以遂弦也

禮器圖

縭

東山

爾雅云婦人之褘謂之縭孫氏云褘帨巾也故集傳曰婦人之褘母戒女而為之施衿結帨也

笄

君子偕老

說文簪也其端刻雞形

籩

伐柯

竹為之以薦果核容四升

帨

野有死麕

禮記婦事舅姑左佩紛帨注紛帨拭手之巾也

揥

君子偕老

揥所以摘髮以象骨為之若今之篦兒

豆

伐柯

木為之以薦葅醢容四升

俎

楚茨

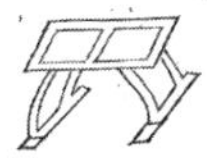

木為之以載牲體大房半體之俎足下有跗如堂房也

登

生民

瓦器如豆以薦大羹徑尺八寸高一尺四寸

斝

行葦

爵也夏曰醆殷曰斝周曰爵孔氏曰斝畫禾稼

簠

權輿

瓦器以盛黍稷容斗二升方曰簠圓曰簋

爵

簡兮

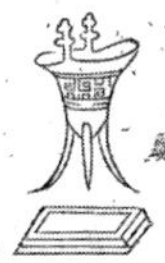

飲器受一升上兩柱取飲不盡之義戒其過也木爵玉爵同制

罍

卷耳

酒器刻為雲雷之象金罍以金飾之孔氏曰天子玉諸侯金士梓

【一】衣裳圖「繡裳」至兵器服圖「矛」共八頁，至正本缺，據蔣氏本補。

閟宮

犧尊

畫牛於尊腹也或曰尊作牛形鑿其背以受酒也

江漢

秬

鬯

鬱鬯

秬黑黍也鬱鬱金草鬯暢也釀秬黍爲酒築鬱金草煮而和之使芬芳條暢酌而祼神也黃流在中鬱鬯也

韓奕

壺

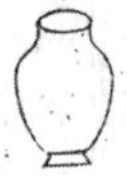

圖器

禮器注壺大一石

江漢

卣

卣中尊孫炎云尊彝爲上罍爲下卣居中郭璞云卣受五升

閟宮

福衡

福衡施於牛角所以止觸周禮云凡祭飾其牛牲設其福衡

圭

桓圭　信圭　躬圭

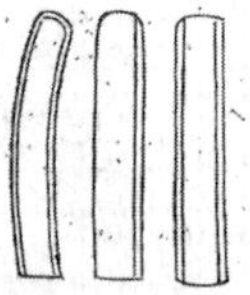

璧

穀璧

蒲璧

韓奕介圭諸侯之封圭執之爲贄以合瑞於王也曹氏曰周官典瑞五等諸侯各執其圭璧公執桓圭侯執信圭伯執躬圭子執穀璧男執蒲璧以朝覲宗遇會同于王○雲漢圭璧禮神之玉也孔氏曰大宗伯以蒼璧禮天黃琮禮地青圭禮東方赤璋禮南方白琥禮西方元璜禮北方圭璧其總稱也

旱麓　江漢

圭瓚

棫樸

璋瓚

玉瓚圭瓚以圭爲柄黃金爲勺酌鬯以祼也王祼以圭瓚諸臣助之亞祼以璋瓚左右奉之半圭曰璋以爲瓚柄祭統云君執圭瓚祼尸大宗執璋瓚亞祼

樂器圖

關雎

琴

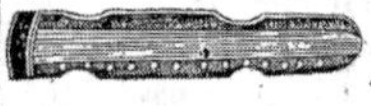

瑟

琴瑟皆絲屬琴長三尺六寸六分五弦後加文武二弦雅瑟長八尺一寸廣一尺八寸二十三弦其常用者十九弦頌瑟長七尺二寸廣一尺八寸廿五弦盡用

有瞽

管

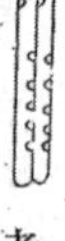

管六孔如篴併兩而吹之者也篴今之笛也

有瞽

柷

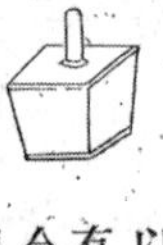

柷狀如漆桶以木爲之中有椎連底撞令左右擊以起樂者

圉

圉狀如伏虎背上有二十七鉏鋙刻以木長尺櫟之以止樂者

鹿鳴

笙

嚴氏曰笙以匏爲之十三管列匏中而施簧管端吹笙則鼓動其簧而發聲禮書云竽三十六簧笙大者十九簧小者十三簧

有瞽

簫

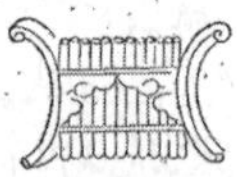

簫編小竹管爲之王氏曰簫大者編二十三管長尺四寸小者十六管長尺二寸參差象鳳翼

簡兮

籥

籥如笛而六孔或曰三孔而短主中聲而上下之

何人斯

塤

塤土爲之大如鵝子銳上平底似稱錘六孔

篪

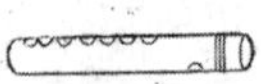

篪以竹爲之長尺四寸圍三寸七孔一孔上出徑三分凡八孔橫吹之塤篪其竅盡合則爲黃鍾其竅盡開則爲應鍾蓋相應和也

靈臺

鍾

磬

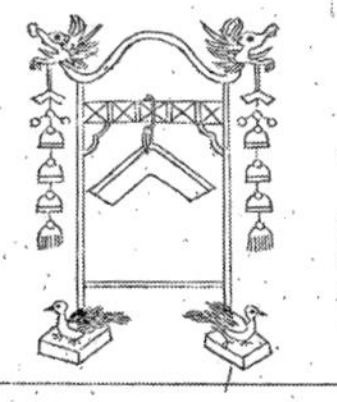

有瞽

鼓

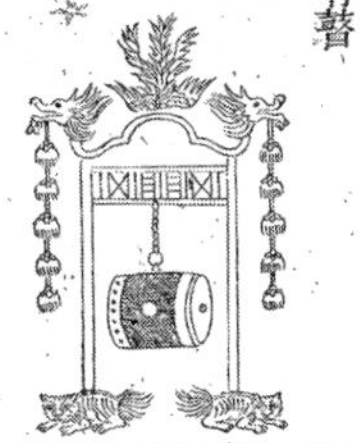

【鍾】金屬【鏞】大鍾也
【磬】石爲之
【鼓】革屬【賁鼓】大鼓也長八尺鼓四
尺中圍加三之一【臯】亦大鼓也
【縣鼓】周制也夏后氏足鼓殷楹
鼓周縣鼓【鼗】如鼓小有柄兩耳
持其柄搖之則傍耳還自擊○
【何伯善註】華黍下【魯鼓】【薛鼓】禮
投壺篇鄭氏註魯鼓薛鼓其節
不同○□○○□□○□○○
□半○□○□○○○□□○
□○魯鼓○□○○○□□○
□○○□□○□○○□□○
半○□○○○□□○薛鼓
此魯鼓薛鼓之節也員者擊鼙
方者擊鼓古者舉事鼓必有節
聞其節則知其事矣　取半以
下爲投壺禮盡用之爲射禮又
一說魯鼓○□○○□□○○
半○□○○□○○○○□○
□○薛鼓○□○○○○□○
□○□○○○□○□○○□
半○○□○□○○○○□○
此二者記兩家之異故兼列之

虡

植木以懸鍾磬其橫者曰【栒業】有瞽篇孔氏曰植者爲虡橫者爲栒大板謂之業所以飾此栒而爲崇牙刻之如鋸齒捷業然故曰業其形卷然可以懸鼓磬樹五采之羽以爲文畫繒爲翣載以璧樹翣於栒之角也

雜器圖

絲衣

鼎

鼎有牛羊豕三鼎皆以銅爲之三足有鉉

采蘋

錡　釜

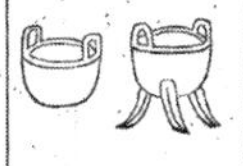

有足曰錡
無足曰釜

椒聊

升

斗

籥上徑一寸下徑六分其深八分千二百黍爲籥合籥爲合十合爲升十升爲斗

匪風

鬵

釜屬
李解云上大下小曰鬵孫炎曰甑者非

宛丘

缶

瓦器可以節樂又飲器易尊酒簋貳用缶又汲器左氏具綆缶

采蘋

筐　筥

筐筥皆竹器方曰筐圓曰筥

車制之圖

伐檀

輪

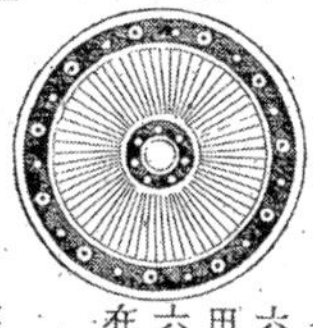

兵車之輪六尺六寸田車之輪六尺三寸在輿之外

伐檀

輻

輻三十以象日月也

小戎

轂

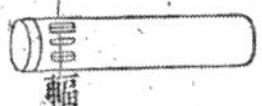

轂在車輪之中外持輻內受軸長三尺二寸徑一尺

小戎

輈

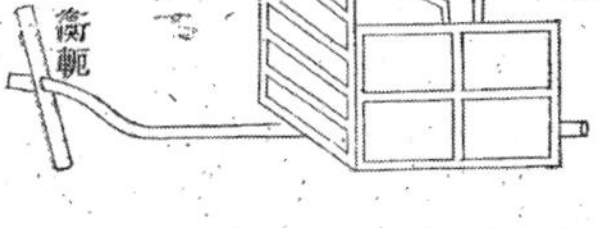

車前曲木上句衡者謂之輈亦曰轅禮記車制圖云輈長一丈四尺四寸亦曰轅通謂之輈

【一】「輻湊處」三字，光緒七年本無。

六月

周元戎圖

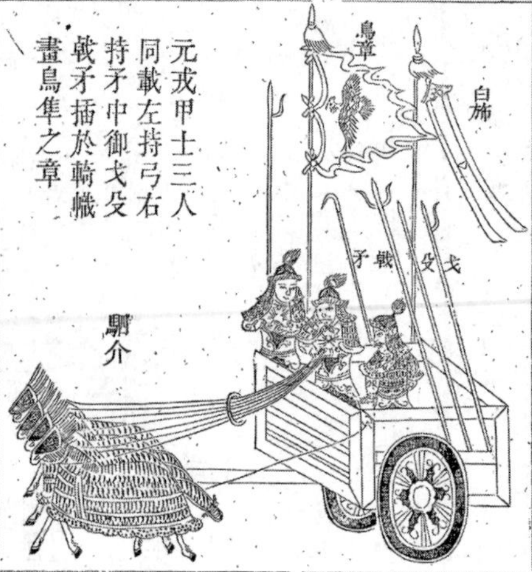

元戎十乘以先啟行元大也戎戎車先軍之前鋒也宣王時玁狁內侵命尹吉甫帥師伐之詩人言其建此旐旗選鋒鋭進聲其罪以致討焉直而壯律而臧戰必勝矣

秦小戎圖

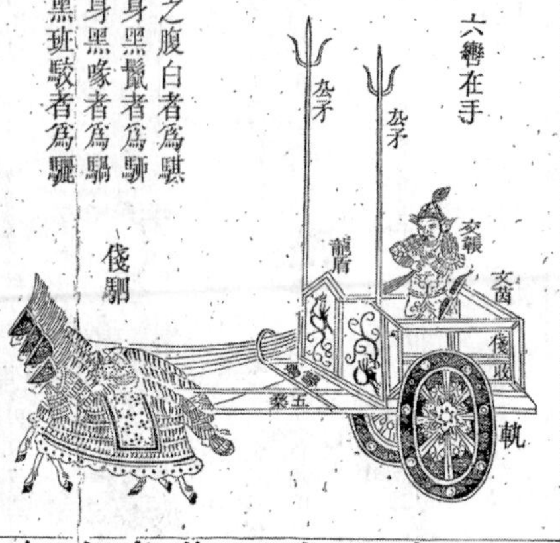

秦於西戎不共戴天之讎襄公上承天子之命率其國人征之故其從役者之家人誇其兵甲之盛如此

兵器服圖

甲　秦無衣

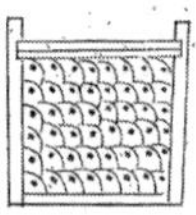

古者三甲以革為之犀甲壽可百年兕甲壽二百年合甲壽三百年後世乃用金耳

冑　閟宮

說文曰冑兜鍪也兜鍪首鎧也

干　戈　公劉

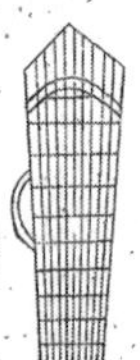

干楯也自關而東或謂之干或謂之楯關西謂之楯

戈柲長六尺有六寸戈主於刺

戚　揚　公劉

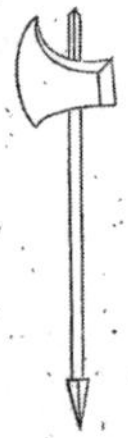

戚揚二者斧鉞之別名

戚為斧揚為鉞鉞大斧小

殳　伯兮

殳即殺也長丈二而無刃主於擊禮書作八觚形

矛　清人

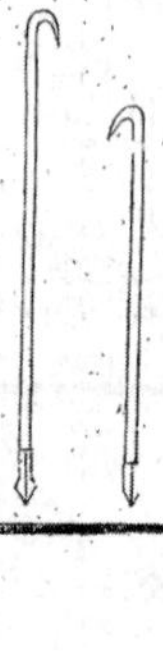

酋矛長二丈

夷矛長二丈四尺

敦弓天子之弓彤弓諸侯之弓
弓長六尺六寸謂之上制六尺

弓　小戎

三寸謂之中制六尺謂之下制
取幹角以膠漆筋絲爲之

說文弓弩矢也象鏑括羽之形

矢

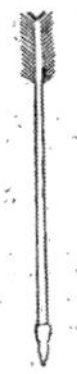

釋名云矢指也有所指而迅疾

虎韔以虎皮爲弓室也交

虎韔　小戎【一】

韔二弓交二弓於韔中也

服盛矢器魚獸名其

魚服　采薇【二】

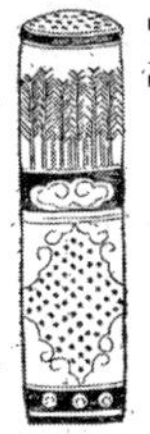

背皮斑文可爲矢服

旟　出車

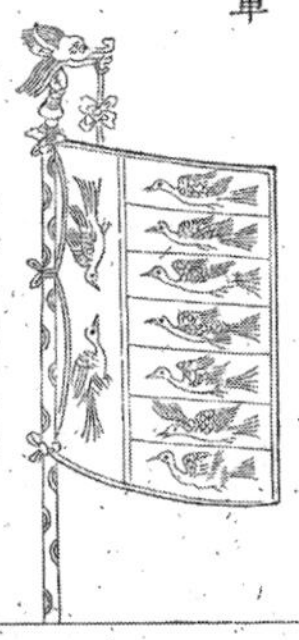

鳥隼曰旟　龜蛇爲旐
曲禮所謂前朱雀而後元武也

旐

侯張布而射之者也
侯中之的曰正大射
則張皮侯而設鵠賓
射則張布侯而設正

侯　猗嗟

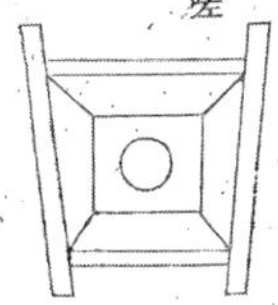

五正之侯中畫朱次
白次蒼黃元居外三
正則損玄黃二正則
畫朱綠

旂　出車

交龍爲旂所謂左青龍也

旄　干旄

旄以牛尾注於旗干之首

旌　干旄

旌析翟羽設於旗干之首

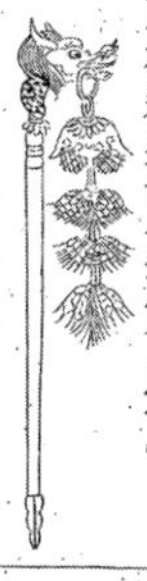

決　車攻

決著於右手大指
所以鉤弦開體

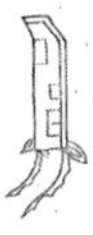

拾　車攻

拾以皮爲之著
於左臂以遂弦

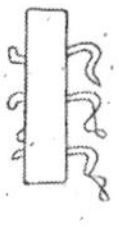

鞞　瞻彼洛矣

鞞琫有珌鞞容
刀之鞞今刀鞘
也琫上飾珌下
飾戎服也

詩傳圖畢

【一】「小戎」，至正本作「車攻」。
【二】「采薇」二字，至正本無。

詩傳綱領

朱氏【一】

《大序》曰：詩者，志之所之也。在心為志，發言為詩。心有所之謂之志，而詩所以言志也。○情動於中，而形於言。言之不足，故嗟歎之。嗟歎之不足，故永歌之。永歌之不足，不知手之舞之，足之蹈之也。情者，性之感於物而動者也。喜、怒、憂、懼、愛、惡、欲【二】，謂之七情。形，見。永，長也。【音釋】惡，去聲。見，音現。○情發於聲，聲成文謂之音。治世之音安以樂，其政和；亂世之音怨以怒，其政乖；亡國之音哀以思，其民困。治，直吏反。樂，音洛。思，息吏反。聲不止於言，凡嗟歎咏歌皆是也【三】。成文，謂其清濁高下、疾徐疏數之節，相應而和也。然情之所感不同，則音之所成亦異矣。【音釋】治，直吏反。此字本平聲，陳尼反。凡未治而攻之者則平聲，治天下、治絲、治水、治玉、治兵、治獄之類是也；為理與功效，則去聲，國治、天下治、聖人之治、致治及同歸于治之類是也【四】。後平聲者不音，准此類推。孔穎達疏：「嗟歎，和續之也【五】，謂發言之後，咨嗟歎息為聲，以和其言而繼續之也【六】。」疏音疎，數音朔。故正得失、動天地、感鬼神，莫近於詩。事有得失，詩因其實而諷詠之，使人有所創艾興起。至其和平怨怒之極，又足以達於陰陽之氣而致祥召災。蓋其出於自然，不假人力，是以入人深而見功速，非他教之所及也。【音釋】艾，音乂。○先王以是經夫婦，成孝敬，厚人倫，美教化，移風俗。先王，指

【一】「朱氏」二字，光緒十五年本無。
【二】「憂」，蔣氏本、光緒七年本、光緒十五年本及元十一行本《詩傳綱領》作「哀」。
【三】「咏」，蔣氏本、光緒七年本、光緒十五年本及元十一行本《詩傳綱領》作「永」。
【四】「及」原作「已」，據蔣氏本、光緒七年本及光緒十五年本改。
【五】「續」原作「儻」，據蔣氏本、光緒七年本及光緒十五年本改。
【六】「和其」原作「知某」，據蔣氏本、光緒七年本及光緒十五年本改。

文、武、周公、成王。是，指《風》《雅》《頌》之正經。經，常也。女正位乎內，男正位乎外，夫婦之常也。孝者，子之所以事父。敬者，臣之所以事君。詩之始作，多發於男女之間，而達於父子君臣之際。故先王以詩為教，使人興於善而戒其失，所以道夫婦之常，而成父子君臣之道也。三綱既正，則人倫厚，教化美，而風俗移矣。【音釋】《語錄》：「或疑指周公為先王。先生曰：『此無甚害。蓋周公行王事，制禮樂，若止言成王，則失其實矣。』」○故《詩》有六義焉：一曰風，二曰賦，三曰比，四曰興虛應反，後同，五曰雅，六曰頌。此一條本出於《周禮》大師之官，蓋《三百篇》之綱領管轄也。風、雅、頌者，聲樂部分之名也。風則十五國風，雅則大、小雅，頌則三頌也。賦、比、興，則所以製作風雅頌之體也。賦者，直陳其事，如《葛覃》《卷耳》之類是也。比者，以彼狀此，如《螽斯》《綠衣》之類是也。興者，托物興詞，如《關雎》《兔罝》之類是也。蓋衆作雖多，而其聲音之節、製作之體，不外乎此。故大師之教國子，必使之以是六者三經而三緯之，則凡詩之節奏指歸，皆將不待講說而直可吟詠以得之矣。六者之序，以其篇次。風固為先，而風則有賦、比、興矣，故三者次之，而雅頌又次之，蓋亦以是三者為之也。然比興之中，《螽斯》專於比而《綠衣》兼於興，《兔罝》專於興而《關雎》兼於比。此其例中又自有不同者，學者亦不可以不知也。【音釋】詩之六義，如網之綱，如衣之領，如車之管轄。管，車轂端鐵也。轄，車軸頭鐵也。分，扶問反。《語錄》：「三經是《風》《雅》《頌》，是做詩底骨子。賦、比、興却是裏面橫串底，故謂之三緯[一]。」緯，于貴反。上以風化下，下以風刺上，主文而譎諫，言之者無罪，聞之者足以戒，故曰風。風刺之風，福鳳反。○風者，民俗歌謠之詩，如物被風而有聲，又因其聲以動物也。上以風化下者，詩之美惡，其風皆出於上而被於下也。下以風刺上者，上之化有不善，則在下之人又歌詠其風之所自以譏其上也。凡以風刺上者，皆不主於政事，而主於文詞，不以正諫，而託意以諫。若風之被物，彼此無心，而能有所動也。【音釋】

【一】按，《朱子語類》卷八十以賦比興為「三經」，以風雅頌為「三緯」，與此正相反。

金氏曰：「『下以風刺上』，『風』字只作平聲讀意好。」疏：「動聲曰吟【一】，長言曰詠。」

〇至于王道衰，禮義廢，政教失，國異政，家殊俗，而變風變雅作矣。先儒舊説，二《南》二十五篇為正風，《鹿鳴》至《菁莪》二十二篇為正小雅，《文王》至《卷阿》十八篇為正大雅，皆文、武、成王時詩，周公所定樂歌之詞。《邶》至《豳》十三國為變風，《六月》至《何草不黄》五十八篇為變小雅，《民勞》至《召旻》十三篇為變大雅，皆康、昭以後所作，故其為説如此。國異政、家殊俗者，天子不能統諸侯，故國國自為政；諸侯不能統大夫，故家家自為俗也。然正變之説，經無明文可考，今姑從之，其可疑者，則具於本篇云。【音釋】卷，音權。邶，音佩。豳，音彬。〇國史明乎得失之迹，傷人倫之廢【二】，哀刑政之苛，吟詠情性，以風其上，達於事變而懷其舊俗者也。風，福鳳反。〇詩之作，或出於公卿大夫，或出於匹夫匹婦，蓋非一人，而序以為專出於國史，則誤矣。説者欲蓋其失，乃云國史紬繹詩人之情性而歌詠之，以風其上，則不唯文理不通，而考之《周禮》，大史之屬掌書而不掌詩，其誦詩以諫，乃大師之屬、瞽矇之職也。故《春秋傳》曰：「史為書，瞽為詩。」説者之云，兩失之矣。【音釋】紬繹，音抽亦，皆如治絲之尋引其端緒也。瞽矇，疏：「無目眹謂之瞽；有目眹而無見謂之矇。」無目眹，謂無目之眹脉。矇，謂矇矇然有眹脉而無見也【三】。以其目無見則心不移於音聲，故不使有目者為之【四】。《靈臺》疏：「矇即今之青盲。」傳，去聲【五】，後凡言經傳、史傳、傳注者並同【六】。〇故變風發乎情，止乎禮義。發乎情，民之性也；止乎禮義，先王之澤也。情者，性之動，而禮義者，性之德

【一】「吟」原作「歌」，據蔣氏本、光緒七年本、光緒十五年本及《毛詩正義》卷一之一改。
【二】「廢」原作「變」，據元十一行本《詩傳綱領》改。
【三】「矇然」二字原缺，據蔣氏本、光緒七年本及光緒十五年本補。
【四】「音聲故不」四字原缺，據蔣氏本、光緒七年本及光緒十五年本補。
【五】「去聲」二字原缺，據蔣氏本、光緒七年本及光緒十五年本補。
【六】「後凡」二字、「傳傳注者」四字原缺，據蔣氏本、光緒七年本及光緒十五年本補。

也。動而不失其德，則以先王之澤入人者深，至是而猶有不忘者也。然此言亦其大概有如此者，其放逸而不止乎禮義者，固已多矣。○是以一國之事，繫一人之本，謂之風。所謂上以風化下。言天下之事，形四方之風【一】，謂之雅。雅者，正也，言王政之所由廢興也。政有小大，故有小雅焉，有大雅焉。形者，體而象之之謂。小雅皆王政之小事，大雅則言王政之大體也。頌者，美盛德之形容，以其成功告於神明者也。告，古毒反。○頌皆天子所制，郊廟之樂歌。頌、容，古字通，故其取義如此。是謂「四始」，詩之至也。《史記》曰：「《關雎》之亂，以為風始；《鹿鳴》為小雅始；《文王》為大雅始；《清廟》為頌始。」所謂「四始」也。詩之所以為詩者，至是無餘蘊矣。後世雖有作者，其孰能加於此乎？邵子曰：「刪詩之後，世不復有詩矣。」蓋謂此也。【音釋】《語錄》：「《關雎》是樂之卒章，故曰亂。自『關關雎鳩』至『鍾鼓樂之』，皆是亂。」復，扶又反。《語錄》所謂無詩者，非謂詩不復作也，但謂夫子不取爾。

《書・舜典》：帝曰：「夔，命汝典樂，教胄子。直而溫，寬而栗，剛而無虐，簡而無傲。夔，舜臣名。胄子，謂天子至卿大夫子弟。教之因其德性之美而防其過。詩言志，歌永言，聲依永，律和聲。」聲謂五聲：宮、商、角、徵、羽。宮最濁，而羽極清，所以叶歌之。上下律謂十二律：黃鍾、大呂、大簇、夾鍾、姑洗、仲呂、蕤賓、林鍾、夷則、南呂、無射、應鍾。黃最濁而應極清，又所以旋相為宮而節其聲之上下。【音釋】金氏曰：「『直而溫』至『簡而無傲』，教胄子之事；『詩言志』至『律和聲』，典樂之事。然教胄子亦以樂也。」徵，音止。簇，音湊。洗，音跣【二】。蕤，音緌。射，食亦反，下同。八音克諧，無相奪倫，神人以和。」八音，金、石、絲、竹、匏、土、革、木也。【音釋】金，鍾鎛也。石，磬也。絲，琴瑟也。竹，管簫也。匏，笙

【一】「形」原作「刑」，據蔣氏本、光緒七年本及光緒十五年本作及元十一行本《詩傳綱領》改。
【二】「跣」原作「洗」，據蔣氏本、光緒七年本、光緒十五年本改。

也。土，塤也。革，鼗鼓也。木，柷敔也。

《周禮》：大師教六詩，曰風，曰賦，曰比，曰興，曰雅，曰頌。說見《大序》。以六德為之本，中、和、祗、庸、孝、友。以六律為之音。六律，謂黃鍾至無射，六陽律也。大呂至應鍾為六陰律，與之相間，故曰六間，又曰六呂。其為教之本末，猶舜之意也。【音釋】間，去聲。《周禮》又謂之「六同」。

《禮記·王制》：天子五年一巡狩，命大師陳詩，以觀民風。

《論語》：孔子曰：「吾自衛返魯，然後樂正，《雅》《頌》各得其所。」《前漢·禮樂志》云：「王官失業，《雅》《頌》相錯，孔子論而定之。」故其言如此。《史記》云：「古者詩本三千餘篇，孔子去其重，取其可施於禮義者三百五篇。」孔穎達曰：「按書傳所引之詩，見在者多，亡逸者少，則孔子所錄不容十分去九。馬遷之言未可信也。愚按：三百五篇，其間亦未必皆可施於禮義，但存其實，以為鑒戒耳。」【音釋】《史記》，司馬遷作。去，上聲，下同。重，平聲。見，賢遍反。〇子所雅言，《詩》《書》、執禮，皆雅言也。〇嘗獨立，鯉趨而過庭。子曰：「學《詩》乎？」對曰：「未也。」「不學《詩》，無以言。」鯉退而學《詩》。〇子曰：「興於《詩》。」興，起也。詩本人情，其言易曉，而諷詠之間，優柔浸漬，又有以感人而入於其心。故誦而習焉，則其或邪或正，或勸或懲，皆有以使人志意油然興起於善，而自不能已也。【音釋】易，以豉反。漬，疾賜反。〇子曰：「小子何莫學夫《詩》？《詩》可以興，可以觀，可以群，可以怨。邇之事父，遠之事君，多識於鳥獸草木之名。」〇子曰：「《詩》三百，一言以蔽之，曰『思無邪』。」凡詩之言善者，可以感發人之善心；惡者，可以懲創人之逸志，其用歸於使人得其情性之正而已。然其言微婉，且或各因一事而發，求其直指全體而言，則未有若「思無邪」之切者。故夫子言《詩》三百篇，而惟此一言足以盡蓋其義。〇南容三息暫反復「白圭」，孔子以其兄之子妻七計反之。《白圭》，《大雅·抑》之五章也。〇子曰：「誦《詩》三百，授之以政，不達；使去聲於四

方，不能專對【一】；雖多，亦奚以為。」○子貢曰：「貧而無諂，富而無驕，何如？」子曰：「可也。未若貧而樂歷各反【二】，富而好去聲禮者也。」子貢蓋自謂能無諂無驕者，故以二者質之夫子【三】。夫子以為二者特隨處用力而免於顯過耳，故但以為可。蓋僅可而有所未盡之辭也。又言必其禮義渾然，全體貫徹，貧則心寬體胖而忘其貧，富則安處善樂，循理而不自知其富，然後乃可為至爾。【音釋】胖，音盤，大也。子貢曰：「《詩》云：『如切如磋，如琢如磨。』其斯之謂與？」治骨角者，既切之，而復磋之。治玉石者，既琢之，而復磨之。治之之功不已，而益精也。子貢因夫子告以無諂無驕，不如樂與好禮，而知凡學之不可少得而自足，必當因其所至而益加勉焉，故引此詩以明之。【音釋】謂與，平聲。復，扶又反。子曰：「賜也，始可與言《詩》已矣，告諸往而知來者。」往者，其所已言者。來者，其所未言者。子夏問曰：「『巧笑倩音蒨兮【四】，美目盼攀，去聲兮【五】，素以為絢音縣兮』【六】，何謂也？」此逸詩也。倩，好口輔也。盼，目黑白分也。素，粉地，畫之質也；絢，采色，畫之飾也。言人有此倩盼之美質，而又加以華采之飾，如有素地而加采色也。子貢疑其反謂以素為飾，故問之。【音釋】口輔，扶雨反，頰腮也，形如車輔，故曰輔車。子曰：「繪事後素。」繪事，繪畫之事也。後素，後於素也。《考工記》曰「繪畫之事，後素功」是也。蓋先以粉地為質，而後可施以五采，猶人有美質，然後可加以文飾。【音釋】按：《考工記》，《周禮．司空》之篇，亡，漢儒錄此三十工，名《考工記》以備數耳。繪素，即《記》所謂「白受采」之義。曰：「禮後乎？」子曰：「起予者商也，始可與言《詩》已矣。」禮必以忠信為質，猶繪事

【一】「能」原作「達」，據《論語・子路》改。
【二】「歷各反」，蔣氏本、光緒七年本及光緒十五年本作「待洛反」。
【三】「者」原作「言」，據蔣氏本、光緒七年本、光緒十五年本及元十一行本《詩傳綱領》改。
【四】「音蒨」二字原在「兮」下，據蔣氏本、光緒七年本、光緒十五年本改。
【五】「攀，去聲」三字原在「兮」下，據蔣氏本、光緒七年本、光緒十五年本改。
【六】「音縣」二字原在「兮」下，據蔣氏本、光緒七年本、光緒十五年本改。

必以粉素為先。起，猶發也。起予，言能起發我之志意。

咸丘蒙問曰：「《詩》云：『普天之下，莫非王土；率土之濱，莫非王臣。』而舜既為天子矣，敢問瞽叟之非臣，如何？」孟子曰：「是詩也，非是之謂也。勞於王事而不得養去聲父母也。曰此莫非王事，我獨賢勞也。故說《詩》者，不以文害辭，不以辭害志。以意逆志，是為得之。如以辭而已矣，《雲漢》之詩曰：『周餘黎民，靡有孑遺。』信斯言也，是周無遺民也。」程子曰：「舉一字是文，成句是辭。」愚謂意，謂己意；志，謂詩人之志；逆，迎之也。其至否遲速【一】，不敢自必，而聽於彼也。【音釋】孑，音結，無右臂貌。張子曰：「知《詩》莫如孟子。以意逆志，讀《詩》之法也。」

程子顥，字伯淳，頤，字正叔。曰：「詩者，言之述也。言之不足而長言之，詠歌之所由興也。其發於誠，感之深，至於不知手之舞，足之蹈，故其入於人也亦深。古之人，幼而聞歌誦之聲，長上聲，下同而識美刺去聲之意，故人之學，由《詩》而興。後世老師宿儒，尚不知《詩》之義，後學豈能興起乎？」○又曰：「興於《詩》者，吟詠情性，涵暢道德之中而歆動之，有『吾與點也』之氣象。」○又曰：「學者不可不看《詩》，看《詩》便使人長一格【二】。」

張子載，字子厚曰：「置心平易去聲，下同，然後可以言《詩》。涵泳從七容反容，則忽不自知而自解頤盈之反。漢儒語曰「匡說詩解人頤」矣。若以文害辭，以辭害意，則幾何而不為高叟之固哉！」○又曰：「求《詩》者貴平易，不要崎嶇求合，蓋詩人之情性，温厚平易老成。今以崎嶇求之，其心先狹隘，無由可見。」○又曰：「詩人之志至平易，故無艱險之言，大率所言皆目前事，而義理存乎其中。以平易求之，則

【一】「至」原作「志」，據蔣氏本、光緒七年本、光緒十五年本及元十一行本《詩傳綱領》改。
【二】「看詩」二字原無，據蔣氏本、光緒七年本、光緒十五年本及元十一行本《詩傳綱領》補。

思去聲遠以廣；愈艱險，則愈淺近矣。」

上蔡謝氏良佐，字顯道曰：「學《詩》須先識得六義體面而諷味以得之。愚按：六義之説，見於《周禮》《大序》，其辨甚明，其用可識。而自鄭氏以來，諸儒相襲，不唯不能知其所用，反引異説而汩陳之。唯謝氏此説為庶幾得其用耳。【音釋】《語録》：「上蔡甚曉得《詩》，觀此説是他識得要領處。」汩，音骨。幾，平聲。古詩即今之歌曲。今之歌曲往往能使人感動。至學《詩》，卻無感動興起處，只為泥章句故也。明道先生善言《詩》，未嘗章解句釋，但優遊玩味，吟哦上下，便使人有得處。如曰『瞻彼日月，悠悠我思。道之云遠，曷云能來』，思之切矣。『百爾君子，不知德行。不忮不求，何用不臧』，歸於正也。」又曰：「明道先生談《詩》，並不曾下一字訓詁，只轉卻一兩字，點掇地念過，便教人省悟〔一〕。」【音釋】泥，去聲。點，平聲。掇，都奪反。教，平聲。省，息井反。

〔一〕「又曰」以下，原為小字，今據蔣氏本、光緒七年本、光緒十五年本及元十一行本《詩傳綱領》改為大字。

詩序朱氏辨説

《詩序》之作，説者不同，或以為孔子，或以為子夏，或以為國史，皆無明文可考。唯《後漢書·儒林傳》以為衛宏作《毛詩序》，今傳於世，則《序》乃宏作明矣。然鄭氏又以為諸《序》本自合為一編，毛公始分以寘諸篇之首，則是毛公之前，其傳已久，宏特增廣而潤色之耳。故近世諸儒多以《序》之首句為毛公所分，而其下推説云云者，為後人所益，理或有之。但今考其首句，則已有不得詩人之本意而肆為妄説者矣，況沿襲云云之誤哉。然計其初，猶必自謂出於臆度之私，非經本文，故且自為一編，别附經後。又以尚有齊、魯、韓氏之説並傳於世，故讀者亦有以知其出於後人之手，不盡信也。及至毛公引以入經，乃不綴篇後，而超冠篇端；不為注文，而直作經字；不為疑辭，而遂為決辭。其後三家之傳又絶，而毛説孤行，則其抵牾之迹無復可見。故此序者遂若詩人先所命題，而詩文反為因《序》以作。於是讀者傳相尊信【一】，無敢擬議。至於有所不通，則必為之委曲遷就，穿鑿而附合之。寧使經之本文繚戾破碎，不成文理，而終不忍明以《小序》為出於漢儒也。愚之病此久矣，然猶以其所從來也遠，其間容或真有傳授證驗而不可廢者，故既頗采以附《傳》中，而復併為一編以還其舊，因以論其得失云。【音釋】衛宏，字敬仲。漢建武中從謝曼卿受詩學。毛亨，作《詩訓詁傳》，以授毛萇。萇為河間獻王博士，封樂壽伯，時稱亨為大毛公，萇為小毛公。臆，乙力反。度，待洛反。冠，去聲。抵牾，上諸市反，下五故反，相抵觸也，逆也，忤也，斜柱也，搘梧也。一説謂枝柱不安也【二】。上作抵，音丁禮反。下作牾，《王莽傳》：「無所牾意」。復，扶又反。繚，音了，繞也。戾，音麗，斜也，曲也，乖也。

【一】「傳」，元十一行本《詩序辨説》作「轉」。
【二】「謂」，蔣氏本、光緒七年本及光緒十五年本作「為」。

大序

詩者，志之所之也。在心為志，發言為詩。○情動於中，而形於言。言之不足，故嗟歎之。嗟歎之不足，故永歌之。永歌之不足，不知手之舞之，足之蹈之也。○情發於聲，聲成文謂之音。治世之音安以樂，其政和；亂世之音怨以怒，其政乖；亡國之音哀以思，其民困。故正得失，動天地，感鬼神，莫近於詩【一】。○先王以是經夫婦，成孝敬，厚人倫，美教化，移風俗。○故詩有六義焉：一曰風，二曰賦，三曰比，四曰興，五曰雅，六曰頌。○上以風化下，下以風刺上，主文而譎諫，言之者無罪，聞之者足以戒，故曰風。○至于王道衰，禮義廢，政教失，國異政，家殊俗，而變風變雅作矣。○國史明乎得失之迹，傷人倫之廢【二】，哀刑政之苛，吟詠情性以風其上，達於事變而懷其舊俗者也。○故變風發乎情，止乎禮義。發乎情，民之性也；止乎禮義，先王之澤也。○是以一國之事，繫一人之本，謂之風。言天下之事，形四方之風，謂之雅。雅者，正也，言王政之所由廢興也。政有小大，故有小雅焉，有大雅焉。頌者，美盛德之形容，以其成功告於神明者也。是謂「四始」，《詩》之至也。

小序

周南：《關雎》，后妃之德也。后妃，文王之妃大姒也。天子之妃曰后。近世諸儒多辨文王未嘗稱王，則大姒亦未嘗稱后，序者蓋追稱之，亦未害也。但其詩雖若專美大姒，而實以深見文王之德。序者徒見其詞，而不察其意，

【一】「於」原作「乎」，據元十一行本《詩序辨説》改。
【二】「廢」原作「變」，據元十一行本《詩序辨説》改。

遂壹以后妃為主，而不復知有文王，是固已失之矣。至於化行國中，三分天下，亦皆以為后妃之所致，則是禮樂征伐皆出於婦人之手，而文王者徒擁虚器以為寄生之君也，其失甚矣。惟南豐曾氏之言曰：「先王之政必自内始，故其閨門之治，所以施之家人者，必為之師傅保姆之助，《詩》《書》圖史之戒，珩璜琚瑀之節，威儀動作之度，其教之者有此具。然古之君子未嘗不以身化也，故家人之義歸於反身，二《南》之業本于文王，豈自外至哉！世皆知文王之所以興，能得内助，不知其所以然者，蓋本於文王之躬化。故内則后妃有《關雎》之行，外則羣臣有二《南》之美，與之相成。其推而及遠，則商辛之昬俗，江漢之小國，《兔罝》之野人，莫不好善而不自知，此所謂身脩故國家天下治者也。」竊謂此説庶幾得之。【音釋】南豐，名鞏，字子固。宋元豐為史館修撰，擢試中書舍人。治，去聲，下同。姆，莫侯反。珩，下庚反。璜，胡光反。琚，紀余反。瑀，于矩反。風之始也，所謂「《關雎》之亂，以為風始」是也。蓋謂《國風》篇章之始，亦風化之所由始也。所以風天下而正夫婦也，故用之鄉人焉，用之邦國焉。説見二《南》總論。邦國，謂諸侯之國，明非獨天子用之也。風，風也，教也。風以動之，教以化之。承上文解風字之義。以象言，則曰風；以事言，則曰教。然則《關雎》《麟趾》之化，王者之風，故繫之周公。南，言化自北而南也。《鵲巢》《騶虞》之德，諸侯之風也，先王之所以教，故繫之召公。説見二《南》卷首。《關雎》《麟趾》言「化」者，化之所自出也。《鵲巢》《騶虞》言「德」者，被化而成德也。以其被化而後成德，故又曰「先王之所以教」。先王，即文王也，舊説以為太王、王季，誤矣。程子曰：「《周南》《召南》，如《乾》《坤》，《乾》統《坤》，《坤》承《乾》也。」《周南》《召南》，正始之道，王化之基。王者之道，始於家，終於天下，而二《南》正家之事也。王者之化，必至於法度彰，禮樂著，《雅》《頌》之聲作，然後可以言成。然無其始則亦何所因而立哉。基者，堂宇之所因而立者也。程子曰：「有《關雎》《麟趾》之意，然後可以行《周官》之法度。」其為是歟？是以《關雎》樂得淑女以配君子，憂在進賢，不淫其色，哀窈窕，思賢才，而無傷善之心焉。是《關雎》之義也。按《論語》孔子嘗言「《關雎》樂而不淫，哀而不傷」。蓋淫者，樂

之過；傷者，哀之過。獨為是詩者得其性情之正，是以哀樂中節而不至於過耳。而序者乃析哀樂、淫傷各為一事而不相須，則已失其旨矣。至以傷為傷善之心，則又大失其旨，而全無文理也。或曰，先儒多以周道衰，詩人本諸衽席，而《關雎》作。故揚雄以周康之時《關雎》作【一】，為傷始亂。杜欽亦曰「佩玉晏鳴，《關雎》歎之」。說者以為古者后夫人雞鳴佩玉去君所，周康后不然，故詩人歎而傷之。此《魯詩》說也，與毛異矣。但以哀而不傷之意推之，恐其有此理也。曰：此不可知矣。但《儀禮》以《關雎》為鄉樂，又為房中之樂，則是周公制作之時，已有此詩矣，若如魯說，則《儀禮》不得為周公之書【二】。《儀禮》不為周公之書，則周之盛時，乃無鄉射、燕飲、房中之樂，而必有待乎後世之刺詩也，其不然也明矣。且為人子孫，乃無故而播其先祖之失於天下，如此而尚可以為風化之首乎？【音釋】中，去聲。析，音錫。衽，時稔反【三】，臥褥也。杜欽，字子夏。揚雄，建始中舉直言拜為議郎。

○許氏曰：「朱子分出《大序》而別留《小序》，愚謂自『后妃』至『用之邦國』【四】，下接『是以《關雎》樂得淑女』，是《關雎》正序。『風，風也，教也。風以動之，教以化之』，是《國風》序。『《關雎》《麟趾》』至『王化之基』，是二《南》序。」○《葛覃》，后妃之本也。后妃在父母家，則志在於女功之事，躬儉節用，服澣濯之衣，尊敬師傅，則可以歸安父母，化天下以婦道也。此詩之序，首尾皆是，但其所謂「在父母家」者一句為未安。蓋若謂未嫁之時，即詩中不應遽以歸寧父母為言，況未嫁之時，自當服勤女功，不足稱述以為盛美。若謂歸寧之時，即詩中先言刈葛，而後言歸寧，亦不相合。且不常為之於平居之日，而暫為之於歸寧之時，亦豈所謂庸行之謹哉！《序》之淺拙，大率類此。○《卷耳》，后妃之志也。又當輔佐君子求賢審官，知臣下之勤勞，內有進賢之志，而無險詖私謁之心，朝夕思念，至於憂勤也。此詩之序，首句

【一】「故」下原衍一「故」字，據蔣氏本、光緒七年本、光緒十五年本及元十一行本《詩序辨說》刪。
【二】「禮」字原無，據蔣氏本、光緒七年本及光緒十五年本及元十一行本《詩序辨說》補。
【三】「反」字原無，據蔣氏本、光緒七年本及光緒十五年本補。
【四】「愚」原作「曰必」，據蔣氏本、光緒七年本及光緒十五年本及許謙《詩集傳名物鈔》卷一改。

得之，餘皆傅會之鑿説。后妃雖知臣下之勤勞而憂之，然曰「嗟我懷人」，則其言親暱，非后妃之所得施於使臣者矣。且首章之「我」獨為后妃，而後章之「我」皆為使臣，首尾衡決不相承應【一】，亦非文字之體也。【音釋】衡，何庚反，所以為平，有首尾之物。決，絶也，絶則首尾不相照應矣。○《樛木》，后妃逮下也。言能逮下，而無嫉妬之心焉。此序稍平，後不注者放此。○《螽斯》，后妃子孫衆多也。言若螽斯，不妬忌則子孫衆多也。螽斯聚處和一而卵育蕃多，故以為不妬忌則子孫衆多之比。序者不達此詩之體，故遂以不妬忌者歸之螽斯，其亦誤矣。【音釋】許氏曰：「『言若螽斯』絶句，以『不妬忌』歸之后妃而屬下文，本金氏之意。」

○《桃夭》，后妃之所致也。不妬忌，則男女以正，婚姻以時，國無鰥民也。《序》首句非是。其所謂「男女以正，婚姻以時，國無鰥民」者得之。蓋此以下諸詩，皆言文王風化之盛，由家及國之事，而序者失之，皆以為后妃之所致。既非所以正男女之位，而於此詩又專以為不妬忌之功，則其意愈狹，而説愈疎矣。○《兔罝》，后妃之化也。《關雎》之化行，則莫不好德，賢人衆多也。此序首句非是【二】，而所謂「莫不好德，賢人衆多」者得之。○《芣苢》，后妃之美也。和平則婦人樂有子矣。○《漢廣》，德廣所及也。文王之道被於南國，美化行乎江、漢之域，無思犯禮，求而不可得也。此詩以篇内有「漢之廣矣」一句得名，而序者謬誤，乃以「德廣所及」為言，失之遠矣。然其下文復得詩意，而所謂文王之化者尤可以正前篇之誤。先儒嘗謂《序》非出於一人之手者，此其一驗。但首句未必是，下文未必非耳。蘇氏乃例取首句而去其下文，則於此類兩失之矣。○《汝墳》，道化行也。文王之化行乎汝墳之國，婦人能閔其君子，猶勉之以正也。○《麟之趾》，《關雎》之應也。《關雎》之化行，則天下無犯非禮，雖衰世公子皆信厚如麟趾之時也。「之時」二字可删。

【一】「決」原作「次」，據蔣氏本、光緒七年本及光緒十五年本及元十一行本《詩序辨説》改。
【二】「此序」原作「非序」，光緒七年本作「此詩」，據蔣氏本、光緒十五年本及元十一行本《詩序辨説》改。

召南：《鵲巢》，夫人之德也。國君積行累功以致爵位，夫人起家而居有之，德如鳲鳩，乃可以配焉。文王之時，《關雎》之化行於閨門之内，而諸侯蒙化以成德者，其道亦始於家人，故其夫人之德如是，而詩人美之也。不言所美之人者，世遠而不可知也。後皆放此。〇《采蘩》，夫人不失職也。夫人可以奉祭祀，則不失職矣。〇《草蟲》，大夫妻能以禮自防也。此恐亦是夫人之詩，而未見以禮自防之意。〇《采蘋》，大夫妻能循法度也。能循法度，則可以承先祖、共祭祀矣。〇《甘棠》，美召伯也。召伯之教，明於南國。〇《行露》，召伯聽訟也。衰亂之俗微，貞信之教興，彊暴之男不能侵陵貞女也。〇《羔羊》，《鵲巢》之功致也。召南之國化文王之政，在位皆節儉正直，德如羔羊也。此序得之，但「德如羔羊」一句為衍説耳。〇《殷其靁》，勸以義也。召南之大夫遠行從政，不遑寧處，其室家能閔其勤勞，勸以義也。按此詩無「勸以義」之意。〇《摽有梅》，男女及時也。召南之國被文王之化，男女得以及時也。此序末句未安。〇《小星》，惠及下也。夫人無妬忌之行，惠及賤妾，進御於君，知其命有貴賤，能盡其心矣。〇《江有汜》，美媵也。勤而無怨，嫡能悔過也。文王之時，江、沱之間，有嫡不以其媵備數，媵遇勞而無怨，嫡亦自悔也。詩中未見勤勞無怨之意。〇《野有死麕》，惡無禮也。天下大亂，彊暴相陵，遂成淫風。被文王之化，雖當亂世，猶惡無禮也。此序得之，但所謂「無禮」者，言淫亂之非禮耳，不謂無聘幣之禮也。〇《何彼襛矣》【一】，美王姬也。雖則王姬，亦下嫁於諸侯，車服不繫其夫，下王后一等，猶執婦道以成肅雝之德也。此詩時世不可知，其説已見本篇。但《序》云「雖則王姬，亦下嫁於諸侯」，説者多笑其陋。然此但讀為兩句之失耳，若讀此十字合為一句，而對下文「車服不繫其夫，下王后一等」為義，則序者之意亦自明白。蓋曰王姬雖嫁於諸侯，然其車服制度與他國之夫人不同，所以甚言

【一】「襛」原作「穠」，據元十一行本《詩序辨説》改。

其貴盛之極而猶不敢挾貴以驕其夫家也。但立文不善，終費詞説耳。鄭氏曰：「下王后一等，謂車乘厭翟，勒面繢總，服則褕翟。」然則公侯夫人翟茀者，其翟車貝面組總有幄也與？【音釋】《周禮》王后之五路，厭翟，勒面繢總居二；王后之六服，褕翟居二。所以謂「下王后一等」者，乘服此車服也。疏【一】：「凡言『翟』者，謂翟鳥之羽，以為兩旁之蔽。『厭翟』者，次其羽以厭其本。勒面，謂以如玉龍勒之韋，為當面飾也。以白黑飾韋雜色為勒。凡言『總』者，謂以總為車馬之飾，若婦人之總，繫其本，垂為飾。繢，畫文也。王后之服【二】，刻繒為之形而采畫之，綴於衣以為文章。褕翟畫褕者【三】。」厭，於涉反。翟，音狄。繢，音繪。褕，音遥。〇《騶虞》，《鵲巢》之應也。《鵲巢》之化行，人倫既正，朝廷既治，天下純被文王之化，則庶類繁殖，蒐田以時，仁如騶虞，則王道成也。此序得詩之大指，然語意亦不分明。楊氏曰：「二《南》，正始之道，王化之基，蓋一體也。王者諸侯之風，相須以為治，諸侯所以代其終也。故《召南》之終，至於仁如騶虞，然後王道成焉。夫王道成，非諸侯之事也【四】。然非諸侯有騶虞之德，亦何以見王道之成哉？」歐陽公曰：「賈誼《新書》曰：『騶者，文王之囿名。虞者，囿之司獸也。』」陳氏曰：「《禮記·射義》云：『天子以騶虞為節，樂官備也。』則其為虞官明矣。獵以虞為主，其實歎文王之仁而不斥言也。」此與舊説不同，今存於此。【音釋】治，去聲。歐陽子曰：「漢世詩説四家，毛最後。《毛詩》未出，説者不以騶虞為獸。」《語錄》：「騶虞看來只可解做獸名，以『于嗟麟兮』類之可見。若解做騶虞之官，終無甚意思。」

【一】此處所引「疏」措取《周禮注疏》文字。自「凡言『翟』」至「其本」與自「凡言『總』」至「為飾」，均為《周禮·春官·巾車》賈公彦疏文；自「勒面」至「為勒」與「繢畫文也」，為同篇鄭玄注；自「王后」至「褕者」，為《周禮·天官·内司服》鄭玄注文。
【二】「服」原作「總」，據《周禮注疏》卷二十七改。
【三】上「褕」，《周禮注疏》卷八作「揄」；下「褕」，《周禮注疏》卷八作「摇」。
【四】「侯」原作「言」，據蔣氏本、光緒七年本、光緒十五年本及元十一行本《詩序辨説》改。

耶：《柏舟》，言仁而不遇也。衛頃公之時，仁人不遇，小人在側。《詩》之文意事類，可以思而得；其時世名氏，則不可以強而推。故凡《小序》，唯詩文明白，直指其事，如《甘棠》《定中》《南山》《株林》之屬；若證驗的切，見於書史，如《載馳》《碩人》《清人》《黃鳥》之類，決為可無疑者。其次則詞旨大概可知必為某事，而不可知其的為某時某人者，尚多有之。若為《小序》者姑以其意推尋探索，依約而言，則雖有所不知，亦不害其為不自欺；雖有未當，人亦當恕其所不及。今乃不然，不知其時者，必強以為某王某公之時；不知其人者，必強以為某甲某乙之事。於是傅會書史，依託名謚，鑿空妄語，以誑後人。其所以然者，特以恥其有所不知，而惟恐人之不見信而已。且如《柏舟》，不知其出於婦人，而以為男子；不知其不得於夫，而以為不遇於君，此則失矣。然有所不及而不自欺，則亦未至於大害理也。今乃斷然以為衛頃公之時，則其故為欺罔以誤後人之罪，不可揜矣。蓋其偶見此詩冠於三衛變風之首，是以求之《春秋》之前。而《史記》所書，莊桓以上，衛之諸君，事皆無可考者，謚亦無甚惡者，獨頃公有賂王請命之事，其謚又為「甄心動懼」之名，如漢諸侯王，必其嘗以罪謫，然後加以此謚，以是意其必有棄賢用佞之失，而遂以此詩予之。若將以衒其多知，而必於取信，不知將有明者從旁觀之，則適所以暴其真不知，而啟其深不信也。凡《小序》之失，以此推之，什得八九矣。又其為説，必使《詩》無一篇不為美刺時君國政而作，固已不切於情性之自然，而又拘於時世之先後，其或書傳所載當此之時偶無賢君美謚，則雖有辭之美者，亦例以為陳古而刺今。是使讀者疑於當時之人絕無善則稱君、過則稱己之意。而一不得志，則扼腕切齒，嬉笑冷語以懟其上者，所在而成羣。是其輕躁險薄，尤有害于温柔敦厚之教，故予不可以不辨。【音釋】強，上聲，下同。未當之當，去聲。斷，都玩反。冠，去聲。甄，之刃反，掉也。《謚法》：甄心動懼曰「頃」。傳，去聲。懟，直類、徒對二反。〇《綠衣》，衛莊姜傷己也。妾上僭，夫人失位而作是詩也。此詩下至《終風》四篇，《序》皆以為莊姜之詩，今姑從之。然唯《燕燕》一篇詩文略可據耳【一】。〇《燕燕》，衛莊姜送

【一】「可」下原有「曰」字，據蔣氏本、光緒七年本、光緒十五年本及元十一行本《詩序辨説》刪。

歸妾也。「遠送于南」一句，可為送戴嬀之驗。〇《日月》，衛莊姜傷己也。遭州吁之難，傷己不見答於先君，以至困窮之詩也。此詩《序》以為莊姜之作，今未有以見其不然。但謂遭州吁之難而作，則未然耳。蓋詩言「寧不我顧」，猶有望之之意，又言「德音無良」，亦非所宜施於前人者【一】，明是莊公在時所作，其篇次亦當在《燕燕》之前也。〇《終風》，衛莊姜傷己也。遭州吁之暴，見侮慢而不能正也。詳味此詩，有夫婦之情，無母子之意。若果莊姜之詩，則亦當在莊公之世，而列於《燕燕》之前，《序》説誤矣。〇《擊鼓》，怨州吁也。衛州吁用兵暴亂，使公孫文仲將而平陳與宋，國人怨其勇而無禮也。《春秋》隱公四年，宋、衛、陳、蔡伐鄭，正州吁自立之時也。《序》蓋據詩文「平陳與宋」而引此為説，恐或然也。然《傳》記魯衆仲之言曰：「州吁阻兵而安忍。阻兵無衆，安忍無親。衆叛親離，難以濟矣。夫兵，猶火也，弗戢，將自焚也。夫州吁弑其君而虐用其民，於是乎不務令德，而欲以亂成，必不免矣。」按，州吁簒弑之賊，此序但譏其勇而無禮，固為淺陋，而衆仲之言亦止於此，蓋君臣之義不明於天下久矣，《春秋》其得不作乎！〇《凱風》，美孝子也。衛之淫風流行，雖有七子之母，猶不能安其室。故美七子能盡其孝道，以慰其母心，而成其志爾。以《孟子》之説證之，《序》説亦是。但此乃七子自責之辭，非美七子之作也。〇《雄雉》，刺衛宣公也。淫亂不恤國事，軍旅數起，大夫久役，男女怨曠。國人患之而作是詩。《序》所謂「大夫久役，男女怨曠」者，得之。但未有以見其為宣公之時與「淫亂不恤國事」之意耳。兼此詩亦婦人作，非國人之所為也。〇《匏有苦葉》，刺衛宣公也。公與夫人並為淫亂。未有以見其為刺宣公夫人之詩。〇《谷風》，刺夫婦失道也。衛人化其上，淫於新昏而棄其舊室，夫婦離絶，國俗傷敗焉。亦未有以見「化其上」之意。〇《式微》，黎侯寓於衛，其臣勸以歸也。詩中無「黎侯」字，未詳是否，下篇同。〇《旄丘》，責衛伯也。狄人迫逐黎侯，黎侯寓於衛。衛不能脩方伯連率之職，黎之臣子以責于衛也。《序》見詩有「伯兮」二字而以為責衛伯之詞，誤矣。〇陳氏

【一】「所宜」原作「宜所」，據蔣氏本、光緒七年本、光緒十五年本及元十一行本《詩序辨説》改。

曰：「説者以此為宣公之詩。然宣公之後百餘年，衛穆公之時，晉滅赤狄潞氏，數之以其奪黎氏地，然則此其穆公之詩乎？不可得而知也。」〇《簡兮》，刺不用賢也。衛之賢者，仕於伶官，皆可以承事王者也。此序略得詩意，而詞不足以達之。〇《泉水》，衛女思歸也。嫁於諸侯，父母終，思歸寧而不得，故作是詩以自見也。〇《北門》，刺仕不得志也。言衛之忠臣不得其志爾。〇《北風》，刺虐也。衛國並為威虐，百姓不親，莫不相攜持而去焉。衛以淫亂亡國，未聞其有威虐之政如《序》所云者，此恐非是。〇《靜女》，刺時也。衛君無道，夫人無德。此序全然不似詩意。〇《新臺》，刺衛宣公也。納伋之妻，作新臺于河上而要之，國人惡之而作是詩也。〇《二子乘舟》，思伋、壽也。衛宣公之二子爭相為死，國人傷而思之，作是詩也。二詩説已各見本篇。

鄘：《柏舟》，共姜自誓也。衛世子共伯蚤死，其妻守義，父母欲奪而嫁之，誓而弗許，故作是詩以絶之。此事無所見於他書，序者或有所傳，今姑從之。〇《牆有茨》，衛人刺其上也。公子頑通乎君母，國人疾之而不可道也。〇《君子偕老》，刺衛夫人也。夫人淫亂，失事君子之道，故陳人君之德、服飾之盛，宜與君子偕老也。公子頑事見《春秋傳》，但此詩所以作，亦未可考。《鶉之奔奔》放此。〇《桑中》，刺奔也。衛之公室淫亂，男女相奔，至於世族在位，相竊妻妾，期於幽遠，政散民流而不可止。此詩乃淫奔者所自作。《序》之首句以為刺奔，誤矣。其下云云者，乃復得之。《樂記》之説，已略見本篇矣。而或者以為刺詩之體，固有鋪陳其事，不加一辭，而閔惜懲創之意自見於言外者，此類是也。豈必譙讓質責，然後為刺也哉！此説不然。夫詩之為刺，固有不加一辭而意自見者，《清人》《猗嗟》之屬是已。然嘗試玩之，則其賦之之人猶在所賦之外，而詞意之間猶有賓主之分也。豈有將欲刺人之惡，乃反自為彼人之言，以陷其身於所刺之中而不自知也哉？其必不然也明矣。又況此等之人，安於為惡，其於此等之詩，計其平日固已自其口出而無慚矣，又何待吾之鋪陳而後始知其所為之如此，

亦豈畏吾之閔惜而遂幡然遽有懲創之心耶？以是為刺，不唯無益，殆恐不免於鼓之舞之，而反以勸其惡也。或者又曰：「《詩》三百篇，皆雅樂也，祭祀朝聘之所用也。桑間、濮上之音，鄭、衛之樂也，世俗之所用也。雅、鄭不同部，其來尚矣。且夫子答顏淵之問，於鄭聲亟欲放而絶之，豈其删詩乃録淫奔者之辭，而使之合奏于雅樂之中乎？」亦不然也。雅者，二《雅》是也。鄭者，《緇衣》以下二十一篇是也。衛者，《邶》《鄘》《衛》三十九篇是也。桑間，《衛》之一篇《桑中》之詩是也。二《南》《雅》《頌》，祭祀、朝聘之所用也。鄭、衛、桑、濮，里巷狎邪之所歌也。夫子之于鄭、衛，蓋深絶其聲於樂以為法，而嚴立其詞於詩以為戒。如聖人固不語亂，而《春秋》所記無非亂臣賊子之事，蓋不如是無以見當時風俗事變之實，而垂鑒戒於後世，固不得已而存之，所謂道並行而不相悖者也。今不察此，乃欲為之諱其鄭、衛、桑、濮之實，而文之以雅樂之名，又欲從而奏之宗廟之中、朝廷之上，則未知其將以薦之何等之鬼神，用之何等之賓客，而於聖人為邦之法，又豈不為陽守而陰叛之耶？其亦誤矣。曰：「然則《大序》所謂『止乎禮義』，夫子所謂『思無邪』者，又何謂耶？」曰：《大序》指《柏舟》《緑衣》《泉水》《竹竿》之屬而言，以為多出於此耳，非謂篇篇皆然，而《桑中》之類亦「止乎禮義」也。夫子之言，正為其有邪正美惡之雜，故特言此，以明其皆可以懲惡勸善，而使人得其性情之正耳，非以《桑中》之類亦以無邪之思作之也。曰：「荀卿所謂『詩者，中聲之所止』，太史公亦謂『三百篇者，夫子皆弦歌之，以求合於《韶》《武》之音』，何耶？」曰：荀卿之言固為正經而發，若史遷之説，則恐亦未足為據也，豈有哇淫之曲而可以强合于《韶》《武》之音也耶？」【音釋】譙，才笑反，以辭相責。讓，以禮辭責之。質，正也。責，誚也。哇，邪也。哇淫，非正曲也。〇《鶉之奔奔》，刺衛宣姜也。衛人以為宣姜鶉鵲之不若也。見上。〇《定之方中》，美衛文公也。衛為狄所滅，東徙渡河，野處漕邑，齊桓公攘戎狄而封之。文公徙居楚丘，始建城市而營宮室，得其時制，百姓説之，國家殷富焉。〇《蝃蝀》，止奔也。衛文公能以道化其民，淫奔之恥，國人不齒也。【音釋】鄭氏曰：「不齒者，不與相長稚。」〇《相鼠》，刺無禮也。衛文公能正其羣臣，而刺在位，承先君之化，無禮儀也。〇《干旄》，美好善也。

衛文公臣子多好善，賢者樂告以善道也。《定之方中》一篇，經文明白，故《序》得以不誤。《蝃蝀》以下亦因其在此而以為文公之詩耳。他未有考也。○《載馳》，許穆夫人作也。閔其宗國顛覆，自傷不能救也。衛懿公為狄人所滅，國人分散，露於漕邑。許穆夫人閔衛之亡，傷許之小，力不能救，思歸唁其兄，又義不得，故賦是詩也。此亦經明白而《序》不誤者。又有《春秋傳》可證。

衛：《淇奧》，美武公之德也。有文章，又能聽其規諫，以禮自防，故能入相于周，美而作是詩也。此序疑得之。○《考槃》，刺莊公也。不能繼先公之業，使賢者退而窮處。此為美賢者窮處而能安其樂之詩，文意甚明。然詩文未有見棄於君之意，則亦不得為刺莊公矣。《序》蓋失之，而未有害於義也。至於鄭氏，遂有誓不忘君之惡、誓不過君之朝、誓不告君以善之説，則其害義又有甚焉。於是程子易其訓詁，以為陳其不能忘君之意、陳其不得過君之朝、陳其不得告君以善，則其意忠厚而和平矣。然未知鄭氏之失生於《序》文之誤，若但直據詩詞，則與其君初不相涉也。○《碩人》，閔莊姜也。莊公惑於嬖妾，使驕上僭，莊姜賢而不答，終以無子，國人閔而憂之。此序據《春秋傳》得之。○《氓》，刺時也。宣公之時，禮義消亡，淫風大行，男女無別，遂相奔誘，華落色衰，復相棄背。或乃困而自悔，喪其妃耦，故序其事以風焉。美反正，刺淫泆也。此非刺詩。宣公未有考。「故序其事」以下亦非是。其曰「美反正」者，尤無理。○《竹竿》，衛女思歸也。適異國而不見答，思而能以禮者也。未見「不見答」之意。○《芄蘭》，刺惠公也。驕而無禮，大夫刺之。此詩不可考，當闕。○《河廣》，宋襄公母歸於衛，思而不止，故作是詩也。○《伯兮》，刺時也。言君子行役，為王前驅，過時而不反焉。舊説以詩有「為王前驅」之文，遂以此為《春秋》所書從王伐鄭之事，然詩又言「自伯之東」，則鄭在衛西，不得為此行矣。《序》言「為王前驅」，蓋用詩文，然似未識其文意也。○《有狐》，刺時也。衛之男女失時，喪其妃耦焉。古者國有凶荒，則殺禮而多

昏，會男女之無夫家者，所以育人民也。「男女失時」之句未安，其曰「殺禮多昏」者，《周禮・大司徒》「以荒政十有二聚萬民，十曰多昏」者是也。序者之意，蓋曰衛於此時不能舉此之政耳。然亦非詩之正意也。長樂劉氏曰：「夫婦之禮，雖不可不謹於其始，然民有細微貧弱者，或困於凶荒，必待禮而後昏，則男女之失時者多無室家之養。聖人傷之，寧邦典之或違，而不忍失其婚嫁之時也。故有荒政多昏之禮，所以使之相依以為生，而又以育人民也。《詩》不云乎，『愷悌君子，民之父母』。苟無子育兆庶之心，其能若此哉？此則《周禮》之意也。」【音釋】許氏曰：「『會男女之無夫家』，謂未成室家而不得授夫家之田者。」殺，所界反。○《木瓜》美齊桓公也。衛國有狄人之敗，出處於漕。齊桓公救而封之，遺之車馬器服焉。衛人思之，欲厚報之，而作是詩也。說見本篇。

王：《黍離》，閔宗周也。周大夫行役，至於宗周，過故宗廟宮室，盡為禾黍，閔周室之顛覆，彷徨不忍去，而作是詩也。○《君子于役》，刺平王也。君子行役無期度，大夫思其危難以風焉。此國人行役，而室家念之之辭，《序》説誤矣。其曰「刺平王」，亦未有考。○《君子陽陽》，閔周也。君子遭亂，相招為祿仕，全身遠害而已。説同上篇。○《揚之水》，刺平王也。不撫其民，而遠屯戍于母家，周人怨思焉。○《中谷有蓷》，閔周也。夫婦日以衰薄，凶年饑饉，室家相棄爾。○《兔爰》，閔周也。桓王失信，諸侯背叛，構怨連禍，王師傷敗，君子不樂其生焉。「君子不樂其生」一句得之，餘皆衍説。其指桓王，蓋據《春秋傳》鄭伯不朝，王以諸侯伐鄭，鄭伯禦之，王卒大敗，祝聃射王中肩之事。然未有以見此詩之為是而作也。【音釋】衍，去聲。《左氏傳》桓公五年。聃，他甘反。射，音石。中，竹仲反。○《葛藟》，王族刺平王也。周室道衰，棄其九族焉。《序》説未有據，詩意亦不類。説已見本篇。○《采葛》，懼讒也。此淫奔之詩，其篇與《大車》相屬，其事與「采唐」、「采葑」、「采麥」相似，其詞與《鄭・子衿》正同，《序》説誤矣。○《大車》，刺周大夫也。禮義陵遲，男女淫奔。故陳古以刺今大夫不能聽男女

之訟焉。非刺大夫之詩，乃畏大夫之詩。〇《丘中有麻》，思賢也。莊王不明，賢人放逐，國人思之，而作是詩也。此亦淫奔者之詞，其篇上屬《大車》，而語意不莊，非望賢之意，《序》亦誤矣。

鄭：《緇衣》，美武公也。父子並為周司徒，善於其職，國人宜之，故美其德，以明有國善善之功焉。此未有據，今姑從之。〇《將仲子》，刺莊公也。不勝其母以害其弟。弟叔失道而公弗制，祭仲諫而公弗聽，小不忍以致大亂焉。事見《春秋傳》，然莆田鄭氏謂此實淫奔之詩，無與於莊公、叔段之事，《序》蓋失之，而說者又從而巧為之說，以實其事，誤益甚矣。今從其說。〇《叔于田》，刺莊公也。叔處于京，繕甲治兵以出于田，國人說而歸之。國人之心貳於叔，而歌其田狩適野之事，初非以刺莊公，亦非說其出於田而後歸之也。或曰：「段以國君貴弟受封大邑，有人民兵甲之衆，不得出居閭巷，下雜民伍，此詩恐亦民間男女相說之詞耳【一】。」〇《大叔于田》，刺莊公也。叔多才而好勇，不義而得衆也。此詩與上篇意同，非刺莊公也。下兩句得之。〇《清人》，刺文公也。高克好利而不顧其君，文公惡而欲遠之，不能，使高克將兵而禦狄于竟。陳其師旅，翱翔河上，久而不召，衆散而歸，高克奔陳。公子素惡高克進之不以禮，文公退之不以道，危國亡師之本，故作是詩也。按此序蓋本《春秋傳》，而以他說廣之，未詳所據。孔氏《正義》又據《序》文而以是詩為公子素之作，然則「進之」當作「之進」，今文誤也。〇《羔裘》，刺朝也。言古之君子以風其朝焉。《序》以變風不應有美，故以此為言古以刺今之詩。今詳詩意，恐未必然。且當時鄭之大夫如子皮、子產之徒，豈無可以當此詩者？但今不可考耳。〇《遵大路》，思君子也。莊公失道，君子去之，國人思望焉。此亦淫亂之詩，《序》說誤矣。〇《女曰雞鳴》，刺不說德也。陳古義以刺今不說德而好色也。此亦未有以見其陳古刺今之意。〇《有女同車》，刺忽也。鄭人刺忽之不昏于

【一】「亦」原作「其」，據蔣氏本、光緒七年本、光緒十五年本及元十一行《詩序辨說》改。

齊。太子忽嘗有功于齊，齊侯請妻之。齊女賢而不取，卒以無大國之助，至於見逐，故國人刺之。據《春秋傳》，齊侯欲以文姜妻鄭太子忽，忽辭。人問其故，忽曰：「人各有耦，齊大，非吾耦也。詩曰『自求多福』，在我而已，大國何為？」其後北戎侵齊，鄭伯使忽帥師救之，敗戎師。齊侯又請妻之。忽曰：「無事於齊，吾猶不敢，今以君命奔齊之急，而受室以歸，是以師昏也，民其謂我何？」遂辭諸鄭伯。祭仲謂忽曰：「君多內寵，子無大援，將不立。」忽又不聽。及即位，遂為祭仲所逐。此《序》文所據以為説者也。然以今考之，此詩未必為忽而作，序者但見「孟姜」二字，遂指以為齊女，而附之於忽耳。假如其説，則忽之辭昏未為不正而可刺，至其失國，則又特以勢孤援寡，不能自定，亦未有可刺之罪也。《序》乃以為國人作詩以刺之，其亦誤矣。後之讀者又襲其誤，以欲鍛鍊羅織，文致其罪而不肯赦，徒欲以徇説詩者之繆，而不知其失是非之正，害義理之公，以亂聖經之本指，而壞學者之心術，故予不可以不辯。〇《山有扶蘇》，刺忽也。所美非美然。此下四詩及《揚之水》，皆男女戲謔之詞，序之者不得其説，而例以為刺忽，殊無情理。〇《蘀兮》【一】，刺忽也。君弱臣彊，不倡而和也。見上。〇《狡童》，刺忽也。不能與賢人圖事，權臣擅命也。昭公嘗為鄭國之君，而不幸失國，非有大惡，使其民疾之如寇讎也。況方刺其「不能與賢人圖事，權臣擅命」，則是公猶在位也，豈可忘其君臣之分，而遽以狡童目之耶？且昭公之為人，柔懦疎闊，不可謂狡；即位之時，年已壯大，不可謂童。以是名之，殊不相似，而《序》於《山有扶蘇》所謂「狡童」者，方指昭公之所美，至於此篇，則遂移以指公之身焉，則其舛又甚，而非詩之本指明矣。大抵序者之於鄭詩，凡不得其説者，則舉而歸之於忽，文義一失，而其害於義理有不可勝言者。一則使昭公無辜而被謗；二則使詩人脱其淫謔之實罪，而麗於訕上悖理之虛惡；三則厚誣聖人刪述之意，以為實賤昭公之守正，而深與詩人之無禮於其君。凡此皆非小失。而後之説者猶或主之，其論愈精，其害愈甚，學者不可以不察也。〇《褰裳》，思見正也。狂童恣行，國人思大國之正己也。此序之失，蓋本於子太叔、韓宣子之言，而不察其斷章取義之意耳。〇《丰》，刺亂也。昏姻之道缺，陽倡而陰不和，男行而女不隨。此淫奔之詩，《序》

【一】「蘀」原作「籜」，據元十一行本《詩序辨説》改。

説誤矣。○《東門之墠》，刺亂也。男女有不待禮而相奔者也。此序得之。○《風雨》，思君子也。亂世則思君子不改其度焉。《序》意甚美，然考詩之詞，輕佻狎暱，非思賢之意也。【音釋】佻，他凋反。○《子衿》，刺學校廢也。亂世則學校不脩焉。疑同上篇，蓋其辭意儇薄，施之學校，尤不相似也。○《揚之水》，閔無臣也。君子閔忽之無忠臣良士，終以死亡，而作是詩也。此男女要結之詞，《序》説誤矣。○《出其東門》，閔亂也。公子五爭，兵革不息，男女相棄，民人思保其室家焉。五爭事見《春秋傳》，然非此之謂也。此乃惡淫奔者之詞，《序》誤。【音釋】五爭事見《春秋傳》桓十一年、十五年、十七年、十八年、莊十四年。○《野有蔓草》，思遇時也。君之澤不下流，民窮於兵革，男女失時，思不期而會焉。東萊呂氏曰：「『君之澤不下流』，廼講師見『零露』之語，從而附益之。」○《溱洧》，刺亂也。兵革不息，男女相棄，淫風大行，莫之能救焉。鄭俗淫亂，乃其風聲氣習流傳已久，不為「兵革不息，男女相棄」而後然也。

齊：《雞鳴》，思賢妃也。哀公荒淫怠慢，故陳賢妃貞女夙夜警戒相成之道焉。此序得之，但哀公未有所考，豈亦以謚惡而得之歟？○《還》，刺荒也。哀公好田獵，從禽獸而無厭，國人化之，遂成風俗。習於田獵謂之賢，閑於馳逐謂之好焉。同上。○《著》，刺時也。時不親迎也。○《東方之日》，刺衰也。君臣失道，男女淫奔，不能以禮化也。此男女淫奔者所自作，非有刺也。其曰「君臣失道」者，尤無所謂。○《東方未明》，刺無節也。朝廷興居無節，號令不時，挈壺氏不能掌其職焉。《夏官》：「挈壺氏，下士六人。」挈，縣挈之名。壺，盛水器。蓋置壺浮箭，以為晝夜之節也。漏刻不明，固可以見其無政，然所以「興居無節，號令不時」，則未必皆挈壺氏之罪也。○《南山》，刺襄公也。鳥獸之行，淫乎其妹。大夫遇是惡，作詩而去之。此序據《春秋》經傳為文，説見本篇。○《甫田》，大夫刺襄公也。無禮義而求大功，不脩德而求諸侯，志大心勞，所以

求者，非其道也。未見其為襄公之詩。○《盧令》，刺荒也。襄公好田獵畢弋，而不脩民事，百姓苦之，故陳古以風焉。義與《還》同，《序》説非是。○《敝笱》，刺文姜也。齊人惡魯桓公微弱，不能防閑文姜，使至淫亂，為二國患焉。「桓」當作「莊」。○《載驅》，齊人刺襄公也。無禮義，故盛其車服，疾驅於通道大都，與文姜淫，播其惡於萬民焉。此亦刺文姜之詩。○《猗嗟》，刺魯莊公也。齊人傷魯莊公有威儀技藝，然而不能以禮防閑其母，失子之道　人以為齊侯之子焉。此序得之。

魏：《葛屨》，刺褊也。魏地狹隘，其民機巧趨利，其君儉嗇褊急，而無德以將之。○《汾沮洳》，刺儉也。其君儉以能勤，刺不得禮也。此未必為其君而作。崔靈恩《集注》「其君」作「君子」，義雖稍通，然未必序者之本意也。○《園有桃》，刺時也。大夫憂其君，國小而迫，而儉以嗇，不能用其民，而無德教，日以侵削，故作是詩也。「國小而迫」、「日以侵削」者得之，餘非是。○《陟岵》，孝子行役，思念父母也。國迫而數侵削，役乎大國，父母兄弟離散，而作是詩也。○《十畝之間》，刺時也。言其國削小，民無所居焉。國削，則其民隨之。《序》文殊無理，其説已見本篇矣。○《伐檀》，刺貪也。在位貪鄙，無功而受祿，君子不得進仕爾。此詩專美君子之不素餐，《序》言「刺貪」，失其指矣。○《碩鼠》，刺重斂也。國人刺其君重斂蠶食於民，不修其政，貪而畏人，若大鼠也。此亦託於碩鼠以刺其有司之辭，未必直以碩鼠比其君也。

唐：《蟋蟀》，刺晉僖公也。儉不中禮，故作是詩以閔之，欲其及時以禮自娛樂也。此晉也，而謂之唐，本其風俗，憂深思遠，儉而用禮，乃有堯之遺風焉。河東地瘠民貧，風俗勤儉，乃其風土氣習有以使之，至今猶然，則在三代之時可知矣。《序》所謂「儉不中禮」，固當有之，但所謂「刺僖公」者，蓋特以謚得之。而所謂「欲

其及時以禮自娛樂」者，又與詩意正相反耳。況古今風俗之變，常必由儉以入奢，而其變之漸，又必由上以及下。今謂君之儉反過於初，而民之俗猶知用禮，則尤恐其無是理也。獨其「憂深思遠」、「有堯之遺風」者為得之。然其所以不謂之晉，而謂之唐者，又初不為此也。〇《山有樞》，刺晉昭公也。不能修道以正其國，有財不能用，有鍾鼓不能以自樂，有朝廷不能洒掃。政荒民散，將以危亡，四鄰謀取其國家而不知，國人作詩以刺之也。此詩蓋以答《蟋蟀》之意而寬其憂，非臣子所得施于君父者。《序》説大誤。〇《揚之水》，刺晉昭公也。昭公分國以封沃，沃盛彊，昭公微弱，國人將叛而歸沃焉。詩文明白，《序》説不誤。〇《椒聊》，刺晉昭公也。君子見沃之盛彊，能脩其政，至其蕃衍盛大，子孫將有晉國焉。此詩未見其必為沃而作也。〇《綢繆》，刺晉亂也。國亂，則昏姻不得其時焉。此但為昏姻者相得而喜之詞，未必為刺晉國之亂也。〇《杕杜》，刺時也。君不能親其宗族，骨肉離散，獨居而無兄弟，將為沃所并爾。此乃人無兄弟而自歎之詞，未必如《序》之説也。況曲沃實晉之同姓，其服屬又未遠乎？〇《羔裘》，刺時也。晉人刺其在位不恤其民也。詩中未見此意。〇《鴇羽》，刺時也。昭公之後，大亂五世，君子下從征役，不得養其父母，而作是詩也。《序》意得之，但其時世則未可知耳。〇《無衣》，美晉武公也。武公始并晉國，其大夫為之請命乎天子之使，而作是詩也。《序》以《史記》為文，詳見本篇【一】。但此詩若非武公自作，以述其賂王請命之意，則詩人所作，以著其事，而陰刺之耳。《序》乃以為美之，失其旨矣。且武公弒君篡國，大逆不道，乃王法之所必誅而不赦者。雖曰尚知王命之重，而能請之以自安，是亦禦人於白晝大都之中，而自知其罪之甚重，則分薄贓餌貪吏，以求私有其重寶而免於刑戮，是乃猾賊之尤耳。以是為美，吾恐其獎姦誨盜，而非所以為教也。《小序》之陋固多，然其顛倒順逆、亂倫悖理，未有如此之甚者，故予特深辯之，以正人心，以誅賊黨，意庶幾乎《大序》所謂「正得失」者，而因以自附於《春秋》之義云。〇《有杕之杜》，刺晉武公也。武公寡

【一】「詳」原作「詩」，據蔣氏本、光緒七年本、光緒十五年本及元十一行本《詩序辨説》改。

特，兼其宗族，而不求賢以自輔焉。此序全非詩意。○《葛生》，刺晉獻公也。好攻戰，則國人多喪矣。○《采苓》，刺晉獻公也。獻公好聽讒焉。獻公固喜攻戰而好讒佞，然未見此二詩之果作於其時也。

秦：《車鄰》，美秦仲也。秦仲始大，有車馬禮樂侍御之好焉。未見其必為秦仲之詩。大率《秦風》唯《黃鳥》《渭陽》為有據，其他諸詩皆不可考。○《駟驖》，美襄公也。始命有田狩之事、園囿之樂焉。○《小戎》，美襄公也。備其兵甲，以討西戎。西戎方彊，而征伐不休，國人則矜其車甲，婦人能閔其君子焉。此詩時世未必然，而義則得之，說見本篇。○《蒹葭》，刺襄公也。未能用周禮，將無以固其國焉【一】。此詩未詳所謂，然《序》說之鑿，則必不然矣。○《終南》，戒襄公也。能取周地，始為諸侯，受顯服，大夫美之，故作是詩以戒勸之。○《黃鳥》，哀三良也。國人刺穆公以人從死，而作是詩也。此序最為有據。○《晨風》，刺康公也。忘穆公之業，始棄其賢臣焉。此婦人念其君子之辭，《序》說誤矣。○《無衣》，刺用兵也。秦人刺其君好攻戰，亟用兵，而不與民同欲焉。《序》意與詩情不協，說已見本篇矣。○《渭陽》，康公念母也。康公之母，晉獻公之女。文公遭麗姬之難，未反而秦姬卒，穆公納文公。康公時為大子，贈送文公于渭之陽，念母之不見也，我見舅氏，如母存焉。及其即位，思而作是詩也。此序得之，但「我見舅氏，如母存焉」兩句若為康公之辭者，其情哀矣，然無所繫屬，不成文理，蓋此以下又別一手所為也。「及其即位，而作是詩」，蓋亦但見首句云「康公」而下云「時為太子」，故生此說。其淺暗拘滯，大率如此。○《權輿》，刺康公也。忘先君之舊臣，與賢者有始而無終也。

陳：《宛丘》，刺幽公也。淫荒昏亂，遊蕩無度焉。陳國小，無事實，幽公但以謚惡，故得「遊蕩無度」之詩，

【一】「固」原作「國」，據蔣氏本、光緒七年本、光緒十五年本及元十一行本《詩序辨説》改。

未敢信也。○《東門之枌》，疾亂也。幽公淫荒，風化之所行，男女棄其舊業，亟會於道路，歌舞於市井爾。同上。○《衡門》，誘僖公也。願而無立志，故作是詩以誘掖其君也。僖者，小心畏忌之名，故以為「愿無立志」而配以此詩，不知其為賢者自樂而無求之意也。○《東門之池》，刺時也。疾其君之淫昏，而思賢女以配君子也。此淫奔之詩，《序》説蓋誤。○《東門之楊》，刺時也。昏姻失時，男女多違，親迎女猶有不至者也。同上。○《墓門》，刺陳佗也。陳佗無良師傅，以至於不義，惡加于萬民焉。陳國君臣事無可紀，獨陳佗以亂賊被討，見書於《春秋》，故以「無良」之詩與之。《序》之作大抵類此，不知其信然否也。【音釋】《春秋》桓六年：「蔡人殺陳佗」。《左傳》：「陳侯鮑卒，文公子佗殺大子免而代之。蔡人殺五父而立厲公。」五父，陳佗也。免，音問。○《防有鵲巢》，憂讒賊也。宣公多信讒，君子憂懼焉。此非刺其君之詩。○《月出》，刺好色也。在位不好德而説美色焉。此不得為刺詩。○《株林》，刺靈公也。淫乎夏姬，驅馳而往，朝夕不休息焉。《陳風》獨此篇為有據。○《澤陂》，刺時也。言靈公君臣淫於其國，男女相説，憂思感傷焉。

檜：《羔裘》，大夫以道去其君也。國小而迫，君不用道，好潔其衣服，逍遥游燕，而不能自強於政治，故作是詩也。○《素冠》，刺不能三年也。○《隰有萇楚》，疾恣也。國人疾其君之淫恣，而思無情慾者也。此序之誤，説見本篇。○《匪風》，思周道也。國小政亂，憂及禍難，而思周道焉。詩言「周道」，但謂適周之路，如《四牡》所謂「周道倭遲」耳。《序》言「思周道」者，蓋不達此意也。

曹：《蜉蝣》，刺奢也。昭公國小而迫，無法以自守，好奢而任小人，將無所依焉。言昭公，未有考。【音釋】孔氏曰：「昭公班，僖公子。」○《候人》，刺近小人也。共公遠君子而好近小人焉。此詩但以

「三百赤芾」合於左氏所記晉侯入曹之事，《序》遂以為共公，未知然否。〇《鳲鳩》，刺不壹也。在位無君子，用心之不壹也。此美詩，非刺詩。〇《下泉》，思治也。曹人疾共公侵刻下民，不得其所，憂而思明王賢伯也。曹無它事可考，《序》因《候人》而遂以為共公。然此乃天下之大勢，非共公之罪也。

豳：《七月》，陳王業也。周公遭變故，陳后稷先公風化之所由，致王業之艱難也。董氏曰：「先儒以《七月》為周公居東而作。考其詩，則陳后稷、公劉所以治其國者，方風諭而成其德，故是未居東也。至于《鴟鴞》，則居東而作，其在書可知矣。」〇《鴟鴞》，周公救亂也。成王未知周公之志，公乃為詩以遺王，名之曰《鴟鴞》焉。此序以《金縢》為文，最為有據。〇《東山》，周公東征也。周公東征，三年而歸，勞歸士，大夫美之，故作是詩也。一章言其完也【一】，二章言其思也，三章言其室家之望女也，四章樂男女之得及時也。君子之於人，序其情而閔其勞，所以說也。說以使民，民忘其死，其惟《東山》乎！此周公勞歸士之詞，非大夫美之而作也。〇《破斧》，美周公也。周大夫以惡四國焉。此歸士美周公之詞，非大夫惡四國之詩也。且詩所謂「四國」，猶言斬伐四國耳，《序》說以為管、蔡、商、奄，尤無理也。〇《伐柯》，美周公也。周大夫刺朝廷之不知也。〇《九罭》，美周公也。周大夫刺朝廷之不知也。二詩東人喜周公之至，而願其留之詞，《序》說皆非。〇《狼跋》，美周公也。周公攝政，遠則四國流言，近則王不知，周大夫美其不失其聖也。

小雅

《鹿鳴》，燕羣臣嘉賓也。既飲食之，又實幣帛筐篚以將其厚意，然後忠臣嘉賓得盡其心矣。《序》得

【一】「一章其完也」以下至《魯頌・駉》篇《詩序辨說》文「詩中亦未見務農重穀之意序」，至正本缺，據蔣氏本補。

詩意，但未盡其用耳。其説已見本篇。○《四牡》，勞使臣之來也。有功而見知，則説矣。首句同上，然其下云云者，語疏而義鄙矣。○《皇皇者華》，君遣使臣也。送之以禮樂，言遠而有光華也。首句同上，然詩所謂「華」者，草木之華，非光華也。○《常棣》，燕兄弟也。閔管蔡之失道，故作《常棣》焉。《序》得之，但與《魚麗》之序相矛盾。以詩意考之，蓋此得而彼失也。《國語》富辰之言，以為周文公之詩，亦其明驗。但《春秋傳》為富辰之言，又以為召穆公思周德之不類，故糾合宗族于成周，而作此詩。二書之言皆出富辰，且其時去召穆公又未遠，不知其説何故如此？杜預以作詩為作樂而奏此詩，恐亦非是。○《伐木》，燕朋友故舊也。自天子至於庶人，未有不須友以成者。親親以睦，友賢不棄，不遺故舊，則民德歸厚矣。○《天保》，下報上也。君能下下以成其政，臣能歸美以報其上焉。《序》之得失，與《鹿鳴》相似。○《采薇》，遣戍役也。文王之時，西有昆夷之患，北有玁狁之難，以天子之命，命將率遣戍役以守衛中國。故歌《采薇》以遣之，《出車》以勞還，《杕杜》以勤歸也。此未必文王之詩，「以天子之命」者，衍説也。○《出車》，勞還率也。同上詩。所謂天子，所謂王命，皆周王耳。○《杕杜》，勞還役也。同上。○《魚麗》，美萬物盛多，能備禮也。文武以《天保》以上治内，《采薇》以下治外，始於憂勤，終於逸樂，故美萬物盛多，可以告於神明矣。此篇以下時世次第，《序》説之失，已見本篇。其内外始終之説，蓋一節之可取云。○《南陔》，孝子相戒以養也。此笙詩也。《譜》《序》篇次、名義及其所用，已見本篇。○《白華》，孝子之潔白也。同上，此序尤無理。○《華黍》，時和歲豐，宜黍稷也。有其義而亡其辭。同上，然所謂「有其義」者，非真有。所謂「亡其辭」者，乃本無也。

《南有嘉魚》，樂與賢也。太平之君子至誠，樂與賢者共之也。《序》得詩意而不明其用。其曰「太平之君子」者本無謂，而説者又以專指成王，皆失之矣。○《南山有臺》，樂得賢也。得賢，則能為邦家立太平之基

矣。《序》首句誤，詳見本篇。○《由庚》，萬物得由其道也。見《南陔》。○《崇丘》，萬物得極其高大也。見上。○《由儀》，萬物之生各得其宜也。有其義而亡其辭。見上。○《蓼蕭》，澤及四海也。《序》不知此為燕諸侯之詩，但見「零露」之云，即以為澤及四海，其失與《野有蔓草》同。臆説淺妄類如此云。○《湛露》，天子燕諸侯也。○《彤弓》，天子錫有功諸侯也。○《菁菁者莪》，樂育材也。君子能長育人材，則天下喜樂之矣。此序全失詩意。○《六月》，宣王北伐也。此句得之。《鹿鳴》廢，則和樂缺矣。《四牡》廢，則君臣缺矣。《皇皇者華》廢，則忠信缺矣。《常棣》廢，則兄弟缺矣。《伐木》廢，則朋友缺矣。《天保》廢，則福禄缺矣。《采薇》廢，則征伐缺矣。《出車》廢，則功力缺矣。《杕杜》廢，則師衆缺矣。《魚麗》廢，則法度缺矣。《南陔》廢，則孝友缺矣。《白華》廢，則廉恥缺矣。《華黍》廢，則蓄積缺矣。《由庚》廢，則陰陽失其道理矣。《南有嘉魚》廢，則賢者不安，下不得其所矣。《崇丘》廢，則萬物不遂矣。《南山有臺》廢，則為國之基隊矣。《由儀》廢，則萬物失其道理矣。《蓼蕭》廢，則恩澤乖矣。《湛露》廢，則萬國離矣。《彤弓》廢，則諸夏衰矣。《菁菁者莪》廢，則無禮儀矣。《小雅》盡廢，則四夷交侵，中國微矣。《魚麗》以下篇次為毛公所移，而此序自《南陔》以下八篇尚仍《儀禮》次第。獨以《鄭譜》誤分《魚麗》為文武時詩，故遂移此序《魚麗》一句，自《華黍》之下而升於《南陔》之上。此一節與《小序》同出一手，其得失無足議者，但欲證毛公所移篇次之失，與鄭氏獨移《魚麗》一句之私，故論於此云。○《采芑》，宣王南征也。○《車攻》，宣王復古也。宣王能内脩政事，外攘夷狄，復文武之竟土，脩車馬，備器械，復會諸侯於東都，因田獵而選車徒焉。○《吉日》，美宣王田也。能慎微接下，無不自盡以奉其上焉。《序》「慎微」以下非詩本意。《鴻雁》，美宣王也。萬民離散，不安其居，而能勞來還定安集之，至于矜寡無不得其所焉。此以下時世多不可考。○《庭燎》，美宣王也。因以箴之。○《沔水》，規宣王也。○《鶴鳴》，誨宣王也。○《祈

父》，刺宣王也。○《白駒》，大夫刺宣王也。○《黃鳥》，刺宣王也。○《我行其野》，刺宣王也。○《斯干》，宣王考室也。【音釋】鄭氏曰：「考，成也。」孔氏曰：「《雜記》云：『路寢成，則考之而不釁。』注曰：『設盛食以落之。』」○《無羊》，宣王考牧也。

《節南山》，家父刺幽王也。家父見本篇。○《正月》，大夫刺幽王也。○《十月之交》，大夫刺幽王也。○《雨無正》，大夫刺幽王也。雨，自上下者也，衆多如雨，而非所以為政也。此序尤無義理，歐陽公、劉氏説已見本篇。○《小旻》，大夫刺幽王也。○《小宛》，大夫刺幽王也。此詩不為刺王而作，但兄弟遭亂畏禍而相戒之詞耳。○《小弁》，刺幽王也。太子之傅作焉。此詩明白為放子之作無疑，但未有以見其必為宜臼耳。《序》又以為宜臼之傅，尤不知其所據也。○《巧言》，刺幽王也。大夫傷於讒，故作是詩也。○《何人斯》，蘇公刺暴公也。暴公為卿士，而譖蘇公焉，故蘇公作是詩而絶之。鄭氏曰：暴、蘇皆畿内國名，《世本》云：「暴辛公作塤，蘇成公作篪。」譙周《古史考》云：「古有塤篪，尚矣，周幽王時，二公特善其事耳。」今按：《書》有司寇蘇公，《春秋傳》有蘇忿生，戰國及漢時有人姓暴，則固應有此二人矣。但此詩中只有「暴」字，而無「公」字及「蘇公」字，不知《序》何所據而得此事也。《世本》説尤紕繆，譙周又從而傅會之，不知適所以章其謬耳。○《巷伯》，刺幽王也。寺人傷於讒，故作是詩也。

《谷風》，刺幽王也。天下俗薄，朋友道絶焉。○《蓼莪》，刺幽王也。民人勞苦，孝子不得終養爾。○《大東》，刺亂也。東國困於役而傷於財，譚大夫作是詩以告病焉。譚大夫未有考，不知何據，恐或有傳耳。○《四月》，大夫刺幽王也。在位貪殘，下國構禍，怨亂並興焉。○《北山》，大夫刺幽王也。役使不

均，己勞於從事而不得養其父母焉。○《無將大車》，大夫悔將小人也。此序之誤，由不識興體，而誤以為比也。○《小明》，大夫悔仕於亂世也。○《鼓鍾》，刺幽王也。此詩文不明，故《序》不敢質其事，但隨例為刺幽王耳，實皆未可知也。○《楚茨》，刺幽王也。政煩賦重，田萊多荒，饑饉降喪，民卒流亡，祭祀不饗，故君子思古焉。自此篇至《車舝》，凡十篇，似出一手，詞氣和平，稱述詳雅，無風刺之意。《序》以其在變雅中，故皆以為傷今思古之作。《詩》固有如此者，然不應十篇相屬，而絕無一言以見其為衰世之意也。竊恐正雅之篇有錯脱在此者耳，《序》皆失之。○《信南山》，刺幽王也。不能修成王之業，疆理天下，以奉禹功，故君子思古焉。「曾孫」，古者事神之稱，《序》專以為成王，則陋矣。

《甫田》，刺幽王也。君子傷今而思古焉。此序專以「自古有年」一句生説，而不察其下文「今適南畝」以下亦未嘗不有年也。○《大田》，刺幽王也。言矜寡不能自存焉。此序專以「寡婦之利」一句生説。○《瞻彼洛矣》，刺幽王也。思古明王能爵命諸侯，賞善罰惡焉。此序以「命服」為賞善，「六師」為罰惡，然非詩之本意也。○《裳裳者華》，刺幽王也。古之仕者世禄，小人在位，則讒諂並進，棄賢者之類，絶功臣之世焉。此序只用「似之」二字生説。○《桑扈》，刺幽王也。君臣上下，動無禮文焉。此序只用「彼交匪敖」一句生説。○《鴛鴦》，刺幽王也。思古明王交於萬物有道，自奉養有節焉。此序穿鑿，尤為無理。○《頍弁》，諸公刺幽王也。暴戾無親，不能宴樂同姓，親睦九族，孤危將亡，故作是詩也。《序》見詩言「死喪無日」，便謂「孤危將亡」，不知古人勸人燕樂多為此言，如「逝者其耋」、「他人是保」之類。且漢魏以來樂府猶多如此，如「少壯幾時」、「人生幾何」之類是也。○《車舝》，大夫刺幽王也。褒姒嫉妒，無道並進，讒巧敗國，德澤不加於民。周人思得賢女以配君子，故作是

詩也。以上十篇並已見《楚茨》篇。○《青蠅》，大夫刺幽王也。○《賓之初筵》，衛武公刺時也。幽王荒廢，媟近小人，飲酒無度，天下化之，君臣上下沈湎淫泆，武公既入而作是詩也。《韓詩》說見本篇，此序誤矣。

《魚藻》，刺幽王也。言萬物失其性，王居鎬京，將不能以自樂，故君子思古之武王焉。此詩意與《楚茨》等篇相類。○《采菽》，刺幽王也。侮慢諸侯，諸侯來朝不能錫命以禮數，徵會之而無信義，君子見微而思古焉。同上。○《角弓》，父兄刺幽王也。不親九族而好讒佞，骨肉相怨，故作是詩也。○《菀柳》，刺幽王也。暴虐無親，而刑罰不中，諸侯皆不欲朝。言王者之不可朝事也。○《都人士》，周人刺衣服無常也。古者長民，衣服不貳，從容有常，以齊其民，則民德歸壹。傷今不復見古人也。此序蓋用《緇衣》之誤。○《采綠》，刺怨曠也。幽王之時多怨曠者也。此詩怨曠者所自作，非人刺之，亦非怨曠者有所刺於上也。○《黍苗》，刺幽王也。不能膏潤天下，卿士不能行召伯之職焉。此宣王時美召穆公之詩，非刺幽王也。○《隰桑》，刺幽王也。小人在位，君子在野，思見君子，盡心以事之。此亦非刺詩，疑與上篇皆脫簡在此也。○《白華》，周人刺幽后也。幽王取申女以為后，又得褒姒，而黜申后。故下國化之，以妾為妻，以孽代宗，而王弗能治。周人為之作是詩也。此事有據，《序》蓋得之。但幽后字誤，當為「申后刺幽王」也。「下國化之」以下皆衍說耳。又《漢書注》引此序，「幽」字下有「王廢申」三字，雖非詩意，然亦可補《序》文之缺。【音釋】《前漢·班倢伃傳》顏師古注：「《白華》，《小雅》篇，周人刺幽王黜申后也」。○《緜蠻》，微臣刺亂也。大臣不用仁心，遺忘微賤，不肯飲食教載之，故作是詩也。此詩未有刺大臣之意，蓋方道其心之所欲耳。若如序者之言，則褊狹之甚，無復温柔敦厚之意。○《瓠葉》，大夫刺幽王也。上棄禮而不能行，雖有牲牢饔餼不肯用

也，故思古之人，不以微薄廢禮焉。《序》説非是。○《漸漸之石》，下國刺幽王也。戎狄叛之，荆舒不至，乃命將率東征，役久病於外，故作是詩也。《序》得詩意，但不知果為何時耳。【音釋】鄭氏曰：「荆，謂楚也。舒，舒鳩、舒鄝、舒庸之屬。」○《苕之華》，大夫閔時也。幽王之時，西戎、東夷交侵中國，師旅並起，因之以饑饉。君子閔周室之將亡，傷己逢之，故作是詩也。○《何草不黄》，下國刺幽王也。四夷交侵，中國背叛，用兵不息，視民如禽獸。君子憂之，故作是詩也。

大雅

《文王》，文王受命作周也。受命，受天命也。作周，造周室也。文王之德，上當天心，下為天下所歸往，三分天下而有其二，則已受命而作周矣。武王繼之，遂有天下，亦卒文王之功而已。然漢儒惑於讖緯，始有赤雀丹書之説，又謂文王因此遂稱王而改元。殊不知所謂天之所以為天者，理而已矣；理之所在，衆人之心而已矣；衆人之心，是非向背，若出於一，而無一毫私意雜於其間，則是理之自然，而天之所以為天者不外是矣。今天下之心既以文王為歸，則天命將安往哉！《書》所謂「天視自我民視，天聽自我民聽」，所謂「天聰明自我民聰明，天明畏自我民明畏」，皆謂此爾。豈必赤雀丹書而稱王改元哉！稱王改元之説，歐陽公、蘇氏、游氏辨之已詳。去此而論，則此序本亦得詩之大旨，而於其曲折之意有所未盡，已論於本篇矣。【音釋】孔氏曰：「《中候》云：『赤雀銜丹書入豐，止於昌户。』《元命苞》云：『鳳凰銜丹書於文王之都【一】。西伯得書，於是稱王，改正朔，誅崇侯虎。』」○《大明》，文王有明德，故天復命武王也。此詩言王季、大任、文王、大姒、武王，皆有明德而天命之，非必如《序》説也。○《緜》，文王之興，本由大王也。○《棫樸》，文王能官人也。《序》誤。○《旱麓》，受祖也。周之先

【一】「於文王之都」原作「轉」，據《毛詩正義》卷十六之一改。

祖世修后稷、公劉之業，大王、王季申以百福干禄焉。《序》大誤。其曰「百福干禄」者，尤不成文理。○《思齊》，文王所以聖也。○《皇矣》，美周也。天監代殷莫若周，周世世脩德莫若文王。○《靈臺》，民始附也。文王受命，而民樂其有靈德以及鳥獸昆蟲焉。文王作靈臺之時，民之歸周也久矣，非至此而始附也。其曰「有靈德」者，亦非命名之本意。○《下武》，繼文也。武王有聖德，復受天命，能昭先人之功焉。「下」字恐誤，説見本篇。○《文王有聲》，繼伐也。武王能廣文王之聲，卒其伐功也。《鄭譜》之誤，説見本篇。

《生民》，尊祖也。后稷生於姜嫄，文武之功起於后稷，故推以配天焉。○《行葦》，忠厚也。周家忠厚，仁及草木，故能内睦九族，外尊事黄耇，養老乞言，以成其福禄焉。此詩章句本甚分明，但以説者不知比興之體、音韻之節，遂不復得全詩之本意而碎讀之，逐句自生意義，不暇尋繹血脈，照管前後。但見「勿踐」、「行葦」，便謂「仁及草木」。但見「戚戚兄弟」，便謂「親睦九族」。但見「黄髮台背」，便謂「養老」。但見「以祈黄耇」，便謂「乞言」。但見「介爾景福」，便謂「成其福禄」。隨文生義，無復倫理。諸序之中，此失尤甚，覽者詳之。○《既醉》，太平也。醉酒飽德，人有士君子之行焉。《序》之失如上篇。蓋亦為《孟子》斷章所誤爾。○《鳧鷖》，守成也。太平之君子，能持盈守成，神祇祖考安樂之也。同上。○《假樂》，嘉成王也。「假」本「嘉」字，然非為嘉成王也。○《公劉》，召康公戒成王也。成王將涖政，戒以民事，美公劉之厚於民，而獻是詩也。召康公名奭。成王即位，年幼，周公攝政。七年而歸政焉，於是成王始將涖政，而召公為太保，周公為太師以相之。然此詩未有以見其為康公之作，意其傳授或有自來耳。後篇召穆公、凡伯、仍叔放此。○《泂酌》，召康公戒成王也。言皇天親有德，饗有道也。《序》無大失，然語意亦疏。○《卷阿》，召康公戒成王也。言求賢用吉士也。「求賢用吉士」，本用詩文，而言固為不切，然亦未必分為兩事。後之説者既誤認「豈弟君子」為賢人，遂分「賢人」、「吉士」為兩

等，彌失之矣。夫《泂酌》之「豈弟君子」方為成王，而此詩遽為所求之賢人，何哉？〇《民勞》，召穆公刺厲王也。〇《板》，凡伯刺厲王也。

《蕩》，召穆公傷周室大壞也。厲王無道，天下蕩蕩，無綱紀文章，故作是詩也。蘇氏曰：「《蕩》之名篇，以首句有『蕩蕩上帝』耳，《序》説云云非詩之本意也。」〇《抑》，衛武公刺厲王，亦以自警也。此詩之序有得有失。蓋其本例以為非美非刺，則詩無所為而作。又見此詩之次，適出於宣王之前，故直以為刺厲王之詩。又以《國語》有左史之言，故又以為亦以自警。以詩考之，則其曰刺厲王者失之，而曰自警者得之也。夫曰刺厲王之所以為失者，《史記》衛武公即位於宣王之三十六年，不與厲王同時，一也。詩以「小子」目其君，而「爾」「汝」之，無人臣之禮，與其所謂「敬威儀」、「慎出話」者自相背戾，二也。厲王無道，貪虐為甚，詩不以此箴其膏肓，而徒以威儀詞令為諄切之戒，緩急失宜，三也。詩詞倨慢，雖仁厚之君有所不能容者，厲王之暴，何以堪之？四也。或以《史記》之年不合而以為追刺者，則詩所謂「聽用我謀，庶無大悔」，非所以望于既往之人，五也。曰自警之所以為得者，《國語》左史之言，一也。詩曰「謹爾侯度」，二也。又曰「曰喪厥國」，三也。又曰「亦聿既耄」，四也。詩意所指，與《淇奧》所美、《賓筵》所悔相表裏，五也。二説之得失，其佐驗明白如此，必去其失而取其得，然後此詩之義明。今序者乃欲合而一之，則其失者固已失之，而其得者亦未足為全得也。然此猶自其詩之外而言之也，若但即其詩之本文，而各以其一説反覆讀之，則其訓義之顯晦疏密，意味之厚薄淺深，可以不待考證而判然於胸中矣。此又讀《詩》之簡要直訣，學者不可以不知也。〇《桑柔》，芮伯刺厲王也。《序》與《春秋傳》合。〇《雲漢》，仍叔美宣王也。宣王承厲王之烈，內有撥亂之志。遇烖而懼，側身脩行，欲銷去之。天下喜於王化復行，百姓見憂，故作是詩也。此序有理。〇《崧高》，尹吉甫美宣王也。天下復平，能建國親諸侯，褒賞申伯焉。此尹吉甫送申伯之詩，因可以見宣王中興之業耳，非專為美宣王而作也。下三篇放此。〇《烝民》，尹吉甫美宣王也。任賢使能，周室中興焉。同上。

○《韓奕》，尹吉甫美宣王也。能錫命諸侯。同上。其曰尹吉甫者，未有據。下二篇同。其曰「能錫命諸侯」，則尤淺陋無理矣。既為天子，錫命諸侯自其常事，春秋戰國之時猶有能行之者，亦何足為美哉！○《江漢》，尹吉甫美宣王也。能興衰撥亂，命召公平淮夷。吉甫見上，他説得之。○《常武》，召穆公美宣王也。有常德以立武事，因以為戒然。召穆公見上。所解名篇之意，未知其果然否，然於理亦通。○《瞻卬》，凡伯刺幽王大壞也。凡伯見上。○《召旻》，凡伯刺幽王大壞也。旻，閔也。閔天下無如召公之臣也。凡伯見上。「旻閔」以下不成文理。

周頌

《清廟》，祀文王也。周公既成洛邑，朝諸侯，率以祀文王焉。○《維天之命》，太平告文王也。詩中未見告太平之意。○《維清》，奏象舞也。詩中未見奏象舞之意。○《烈文》，成王即政，諸侯助祭也。詩中未見即政之意。○《天作》，祀先王先公也。○《昊天有成命》，郊祀天地也。此詩詳考經文而以《國語》證之，其為康王以後祀成王之詩無疑。而毛鄭舊説定以《頌》為成王之時，周公所作，故凡《頌》中有「成王」及「成康」字者，例皆曲為之説，以附己意。其迂滯僻澀，不成文理，甚不難見。而古今諸儒無有覺其謬者，獨歐陽公著《時世論》以斥之，其辨明矣。然讀者狃於舊聞，亦未遽肯深信也。《小序》又以此詩篇首有「昊天」二字，遂定以為郊祀天地之詩。諸儒往往亦襲其誤。殊不知其首言天命者，止於一句。次言文武受之者，亦止一句。至於成王以下，然後詳説不敢康寧，緝熙安靜之意，乃至五句而後已。則其不為祀天地而為祀成王，無可疑者。又況古昔聖人制為祭祀之禮，必以象類，故祀天於南，祭地於北，而其壇壝樂舞器幣之屬亦各不同。若曰合祭天地於員丘，則古者未嘗有此瀆亂厖雜之禮。若曰一詩而兩用，如所謂「冬薦魚，春獻鮪」者，則此詩專言天而不及地。若於澤中方丘奏之，則於義何所取乎？《序》説之云，反覆推之，皆有不通，其謬無可疑者。故今特上據《國語》，旁采歐陽，以定其説，庶幾有以不失此詩之本指耳。或曰：《國

語》所謂「始於德讓，中於信寬，終於固龢，故曰成」者，其語「成」字，不為王誦之謚，而韋昭之注，大略亦如毛鄭之説矣。此又何耶？曰：叔向蓋言成王之所以為「成」，以是三者。正猶子思所謂「文王之所以為『文』」，班固所謂「尊號曰『昭』，不亦宜乎」者耳。韋昭何以知其必謂文武以是成其王道，而不為王誦之謚乎？蓋其為説，本出毛鄭，而不悟其非者。今欲一滌千古之謬，而不免於以誤而證誤，則亦將何時而已耶！或者又曰：「蘇氏最為不信《小序》，而於此詩無異詞，且又以為周公制作已定，後王不容復有改易，成王非創業之主，不應得以『基命』稱之。此又何耶？」曰：蘇氏之不信《小序》，固未嘗見其不可信之實也。愚於《漢廣》之篇已嘗論之，不足援以為據也。夫周公制作，亦及其當時之事而止耳，若乃後王之廟所奏之樂，自當隨時附益。若商之《玄鳥》，作於武丁孫子之世，漢之廟樂，亦隨世而更定焉。豈有周之後王乃獨不得褒顯其先王之功德，而必以改周公為嫌耶？「基」者，非必造之於始，亦承之於下之謂也。如曰「邦家之基」，豈必為太王、王季之臣乎？以是為説，亦不得而通矣。況其所以為此，實未能忘北郊集議之餘忿，今固不得而取也。【音釋】《周語》晉叔向曰：「《昊天有成命》，頌之盛德也。其詩云云是道成王之德也。成王能明文昭、定武烈者也。夫道『成命』者而稱『昊天』，翼其上也。『二后受之』，讓於德也。『成王不敢康』，敬百姓也。夙夜，恭也。基，始也。命，信也。宥，寬也。密，甯也。緝，明也。熙，廣也。亶，厚也。肆，固也。靖，龢也。其始也，翼上德讓而敬百姓。其中也，恭儉信寬，帥歸於甯。其終也，廣厚其心以固龢之。始於德讓，中於信寬，終於固龢，故曰『成』。」向，許丈反。龢、和同。〇《我將》，祀文王於明堂也。〇《時邁》，巡守告祭柴望也。〇《執競》，祀武王也。此詩并及成康，則《序》説誤矣。其説已具於《昊天有成命》之篇。蘇氏以周之「奄有四方」不自成康之時，因從《小序》之説，此亦以詞害意之失。《皇矣》之詩於「王季」章中蓋已有此句矣，又豈可以其大蚤而別為之説耶？詩人之言，或先或後，要不失為周有天下之意耳。〇《思文》，后稷配天也。

《臣工》，諸侯助祭，遣於廟也。《序》誤。〇《噫嘻》，春夏祈穀于上帝也。《序》誤。〇《振鷺》，二王之後來助祭也。〇《豐年》，秋冬報也。《序》誤。【音釋】陳器之曰：「據改本説，則當去『《序》誤』字。」〇《有瞽》，始作樂而合乎祖也。〇《潛》，季冬薦魚，春獻鮪也。〇《雝》，禘大祖也。《祭法》：「周人禘嚳」，又曰：「天子七廟，三昭三穆及太祖之廟而七。」周之太祖即后稷也。禘嚳於后稷之廟，而以后稷配之，所謂禘其祖之所自出，以其祖配之者也。《祭法》又曰：「周祖文王。」而《春秋》家説三年喪畢，致新死者之主于廟，亦謂之吉禘。是祖一號而二廟，禘一名而二祭也。今此序云「禘太祖」，則宜為禘嚳於后稷之廟矣。而其詩之詞無及於嚳、稷者。若以為吉禘于文王，則與《序》已不協，而詩文亦無此意，恐《序》之誤也。此詩但為武王祭文王而徹俎之詩，而後通用於他廟耳。【音釋】公瑾劉氏曰：「二廟，太祖后稷及祖文王。二祭，禘其祖之所自出及吉禘也。」〇《載見》，諸侯始見乎武王廟也。《序》以「載」訓「始」，故云「始見」，恐未必然也。〇《有客》，微子來見祖廟也。〇《武》，奏《大武》也。

《閔予小子》，嗣王朝於廟也。〇《訪落》，嗣王謀於廟也。〇《敬之》，羣臣進戒嗣王也。【音釋】胡庭芳曰：「詩乃嗣王受羣臣之戒而述其言，復自述以求羣臣之助，《序》説恐亦誤矣。」〇《小毖》，嗣王求助也。此四篇一時之詩，《序》但各以其意為説，不能究其本末也。〇《載芟》，春藉田而祈社稷也。〇《良耜》，秋報社稷也。兩篇未見其有「祈」、「報」之異。〇《絲衣》，繹賓尸也。高子曰：「靈星之尸也。」《序》誤，高子尤誤。〇《酌》，告成《大武》也。言能酌先祖之道以養天下也。詩中無「酌」字，未見「酌先祖之道以養天下」之意。〇《桓》，講武類禡也。桓，武志也。〇《賚》，大封於廟也。賚，予也。言所以錫予善人也。〇《般》，巡守而祀四嶽河海也。此二篇説見本篇。

魯頌

《駉》，頌僖公也。僖公能遵伯禽之法，儉以足用，寬以愛民，務農重穀，牧于坰野，魯人尊之。於是季孫行父請命於周，而史克作是頌。此序事實皆無可考，詩中亦未見「務農重穀」之意，《序》説鑿矣【一】。【音釋】孔氏曰：「克于文公時作魯史」。〇《有駜》，頌僖公君臣之有道也。此但燕飲之詩，未見「君臣有道」之意。〇《泮水》，頌僖公能脩泮宮也。此亦燕飲落成之詩，不為頌其能脩也。〇《閟宮》，頌僖公能復周公之宇也。此詩言「莊公之子」，又言「新廟奕奕」，則為僖公脩廟之詩明矣。但詩所謂「復周公之宇」者，祝其能復周公之土宇耳，非謂其能脩周公之屋宇也。《序》文首句之謬如此，而蘇氏信之，何哉？

商頌

《那》，祀成湯也。微子至于戴公，其間禮樂廢壞。有正考甫者，得《商頌》十二篇於周之大師，以《那》為首。《序》以《國語》為文。〇《烈祖》，祀中宗也。詳此詩，未見其為祀中宗，而末言「湯孫」，則亦祭成湯之詩耳。《序》但不欲連篇重出，又以中宗商之賢君，不欲遺之耳。〇《玄鳥》，祀高宗也。詩有「武丁孫子」之句，故《序》得以為據。雖未必然，然必是高宗以後之詩矣。〇《長發》，大禘也。疑見本篇。〇《殷武》，祀高宗也。【音釋】公瑾劉氏曰：「高宗七世親盡而立廟，此詩其作於帝乙之世乎？」

《詩序》畢

【一】按，自《豳·東山》「一章言其完也」至「詩中亦未見務農重穀之意序」，至正本缺，據蔣氏本補。

詩卷第一

國風一

國者，諸侯所封之域，而風者，民俗歌謡之詩也。謂之風者，以其被上之化以有言，而其言又足以感人，如物因風之動以有聲，而其聲又足以動物也。是以諸侯采之以貢於天子，天子受之而列於樂官，於以考其俗尚之美惡，而知其政治之得失焉。舊説二《南》爲正風，所以用之閨門、鄉黨、邦國而化天下也。十三國爲變風，則亦領在樂官，以時存肄，備觀省而垂監戒耳。合之凡十五國云。

周南一之一【一】

周，國名。南，南方諸侯之國也。周國本在《禹貢》雍州境内岐山之陽。后稷十三世孫古公亶甫始居其地。傳子王季歷，至孫文王昌，辟國寖廣。於是徙都于豐，而分岐周故地以爲周公旦、召公奭之采邑，且使周公爲政於國中，而召公宣布於諸侯。於是德化大成於内，而南方諸侯之國，江、沱、汝、漢之閒，莫不從化。蓋三分天下而有其二焉。至子武王發，又遷于鎬，遂克商而有天下。武王崩，子成王誦立。周公相之，制作禮樂，乃采文王之世風化所及民俗之詩，被之筦弦，以爲房中之樂，而又推之以及於鄉黨邦國，所以著明先王風俗之盛，而使天下後世之脩身、齊家、治國、平天下者，皆得以取法焉。蓋其得之國中者，雜以南國之詩，而謂之《周南》。言自天子之國而被於諸侯，不但國中而已也。其得之南國者，則直謂之《召南》。言自方伯之國被於南方，而不敢以繫于天子也。岐周，在今鳳翔府岐山縣。豐，在今京兆府鄠縣終南山北。南方之國，即今興元府京西湖北等路諸州。鎬，在豐東

【一】「一」原作「二」，據蔣氏本、光緒七年本、光緒十五年本及朱熹《詩集傳》卷一改。

二十五里。《小序》曰：「《關雎》《麟趾》之化，王者之風，故繫之周公。南，言化自北而南也。《鵲巢》《騶虞》之德，諸侯之風也，先王之所以教，故繫之召公。」斯言得之矣。【音釋】雍，於用反。亶，多旱反。辟，蒲亦反。召，實照反。奭，音適。采，倉代、此宰二反。顔師古云：「采，官也，因官食地，故曰『采地』。」沱，徒河反。鎬，胡老反。筦，古滿反。弦，絃同。鄠，侯古反。

關關雎七余反鳩，在河之洲。窈烏了反窕徒了反淑女，君子好逑音求。

興也。關關，雌雄相應之和聲也。雎鳩，水鳥，一名王雎，狀類鳧鷖，今江、淮間有之。生有定偶而不相亂，偶常並遊而不相狎。故《毛傳》以爲「摯而有別」，《列女傳》以爲人未嘗見其乘居而匹處者，蓋其性然也。河，北方流水之通名。洲，水中可居之地也。窈窕，幽閒之意。淑，善也。女者未嫁之稱，蓋指文王之妃大姒爲處子時而言也。君子則指文王也。好，亦善也。逑，匹也。《毛傳》云「摯」字與「至」通【一】，言其情意深至也。○興者，先言他物以引起所詠之詞也。周之文王生有聖德，又得聖女姒氏以爲之配。宮中之人於其始至，見其有幽閒貞靜之德，故作是詩。言彼關關然之雎鳩，則相與和鳴於河洲之上矣。此窈窕之淑女，則豈非君子之善匹乎？言其相與和樂而恭敬，亦若雎鳩之情，摯而有別也。後凡言興者，其文意皆放此云。漢匡衡曰【二】：「『窈窕淑女，君子好仇』【三】，言能致其貞淑，不貳其操。情欲之感無介乎容儀，宴私之意不形乎動靜。夫然後可以配至尊而爲宗廟主。此綱紀之首，王教之端也。」可謂善說《詩》矣。【音釋】鷖，音醫。別，必列反。乘，去聲。○《語錄》：「王雎，淮上有之，雌雄常不相失，亦不曾相近，立處須隔丈來地，所謂『摯而有別』也。」乘居，是四箇同居。閒，音閑。

【一】此處所引為《鄭箋》文字，非《毛傳》言。
【二】「匡」，朱熹《詩集傳》卷一為避宋太祖趙匡胤之諱作「康」。
【三】「仇」原作「逑」，據朱熹《詩集傳》卷一改。

疏：「幽閒，幽深而閒靜。」處，並上聲。太姒，有莘國之女。《地理考異》：「故莘城在汴州陳留縣東北三十五里古莘國。」放，上聲。匡衡，字稚圭。漢宣帝朝射策甲科，元帝朝遷博士給事中【一】，建初三年拜相。綱紀，《白虎通》：「三綱，君臣、父子、夫婦也；六紀，諸父、兄弟、族人、諸舅、師長、朋友也。綱，張也。紀，理也。大綱小紀，所以張理上下，整齊人道也。」

參初金反差初宜反荇行孟反菜，左右流之。窈窕淑女，寤寐求之。求之不得，寤寐思服叶蒲北反。悠哉悠哉，輾哲善反轉反側。

興也。參差，長短不齊之貌。荇，接余也，根生水底，莖如釵股，上青下白，葉紫赤，圓莖寸餘，浮在水面。或左或右，言無方也。流，順水之流而取之也。或寤或寐，言無時也。服，猶懷也。悠，長也。輾者，轉之半。轉者，輾之周。反者，輾之過。側者，轉之留。皆臥不安席之意。〇此章本其未得而言。彼參差之荇菜，則當左右無方以流之矣。此窈窕之淑女，則當寤寐不忘以求之矣。蓋此人此德，世不常有，求之不得，則無以配君子而成其內治之美。故其憂思之深，不能自已，至於如此也【二】。【音釋】《毛傳》：「荇菜，以事宗廟。」疏：「《周禮》四豆之實無荇【三】。」李迂仲曰：「荇，黃花，葉似蓴。」。陸璣疏：「鬻其白莖，以苦酒浸之，脆美可案酒。」鬻即煮。治，去聲，下同。

參差荇菜，左右采叶此禮反之【四】。窈窕淑女，琴瑟友叶羽已反之。參差荇菜，左右芼莫報反，叶音邈之。窈窕淑女，鍾鼓樂音洛之。

【一】「元」原作「文」，據蔣氏本、光緒七年本、光緒十五年本及《史記》卷九十六改。
【二】「於」，光緒七年本無。「此」下，光緒七年本有「者」字。
【三】《周禮》一句，原在「陸璣疏」上，今據蔣氏本、光緒七年本、光緒十五年本及《毛詩正義》卷一之一改。
【四】「禮」，朱熹《詩集傳》卷一作「履」。

興也。采，取而擇之也。芼，熟而薦之也。琴，五弦或七弦。瑟，二十五弦。皆絲屬，樂之小者也。友者，親愛之意也。鍾，金屬。鼓，革屬。樂之大者也。樂則和平之極也。○此章据今始得而言。彼參差之荇菜，既得之，則當采擇而亨芼之矣。此窈窕之淑女，既得之，則當親愛而娛樂之矣。蓋此人此德，世不常有，幸而得之，則有以配君子而成內治，故其喜樂尊奉之意，不能自已，又如此云。【音釋】芼，《詩記》【一】：「以熟而薦之也，芼以薑桂」【二】。嚴氏曰：「芼之謂為羹，《內則》『芼羹』注云『菜』。」

《關雎》三章，一章四句，二章章八句。孔子曰：「《關雎》樂而不淫，哀而不傷。」愚謂此言爲此詩者，得其性情之正、聲氣之和也。蓋德如雎鳩，摯而有別，則后妃性情之正固可以見其一端矣。至於寤寐反側，琴瑟鍾鼓，極其哀樂而皆不過其則焉，則詩人性情之正又可以見其全體也。獨其聲氣之和有不可得而聞者，雖若可恨，然學者姑即其詞而玩其理以養心焉，則亦可以得學《詩》之本矣。○匡衡曰【三】：「妃匹之際，生民之始，萬福之原。婚姻之禮正，然後品物遂而天命全。孔子論《詩》以《關雎》爲始。言太上者民之父母，后夫人之行，不侔乎天地，則無以奉神靈之統，而理萬物之宜。自上世以來，三代興廢，未有不由此者也。」【音釋】《語錄》：「只取篇首二字以名篇，後皆倣此。」妃，音配。許氏曰：「『品物遂而天命全』，是兼人物而言，謂此效皆原於昏姻之正也。下『理萬物之宜』上應此句。」太上，輔氏曰：「指在上者而言。」

【一】「芼詩記」，蔣氏本、光緒七年本及光緒十五年本作「詩記芼則」。

【二】此句，《呂氏家塾讀詩記》作「董氏曰：『芼則以熟而薦也。』《傳》曰：『芼以薑桂。』」

【三】「匡」，朱熹《詩集傳》卷一作「康」。

葛之覃兮，施以豉反于中谷。維葉萋萋，黄鳥于飛，集于灌木，其鳴喈喈叶居奚反。

賦也。葛，草名，蔓生，可爲絺綌者。覃，延。施，移也。中谷，谷中也。萋萋，盛貌。黄鳥，鸝也。灌木，叢木也。喈喈，和聲之遠聞也。○賦者，敷陳其事而直言之者也。蓋后妃既成絺綌，而賦其事，追叙初夏之時，葛葉方盛，而有黄鳥鳴於其上也。後凡言賦者放此。

葛之覃兮，施于中谷，維葉莫莫。是刈魚實反是濩胡郭反【一】，爲絺耻知反爲綌去逆反，叶去略反，服之無斁音亦，叶弋灼反。

賦也。莫莫，茂密貌。刈，斬。濩，煑也。精曰絺，粗曰綌。斁，厭也。○此言盛夏之時，葛既成矣，於是治以爲布，而服之無厭。蓋親執其勞，而知其成之不易，所以心誠愛之，雖極垢弊，而不忍厭棄也。【音釋】厭，於驗反。垢，古后反。

言告師氏，言告言歸。薄汙我私，薄澣户管反我衣。害户葛反澣害否方九反，歸寧父母莫後反。

賦也。言，辭也。師，女師也。薄，猶少也。汙，煩撋之以去其汙，猶治亂而曰亂也。澣則濯之而已。私，燕服也。衣，禮服也。害，何也。寧，安也，謂問安也。○上章既成絺綌之服矣，此章遂告其師氏，使告于君子以將歸寧之意。且曰：盍治其私服之汙，而澣其禮服之衣乎？何者當澣，而何者可以未澣乎？我將服之以歸寧於父母矣。【音釋】撋，《釋文》：「而專反。煩撋，猶挼莏也。」挼莏，音那梭。去，上聲。

《葛覃》三章，章六句。此詩后妃所自作，故無贊美之詞。然於此可以見其已貴而能勤，已富而能儉，已長而敬不弛於師傅，已嫁而孝不衰於父母，是皆德之厚，而人所難也。《小序》以爲「后妃之本」，庶幾近之。

【一】「實」，蔣氏本、光緒七年本、光緒十五年本及朱熹《詩集傳》卷一作「廢」。

采采卷上聲耳，不盈頃音傾筐。嗟我懷人，寘彼周行叶户郎反。

賦也。采采，非一采也。卷耳，枲耳，葉如鼠耳，叢生如盤。頃，欹也。筐，竹器。懷，思也。人，蓋謂文王也。寘，舍也。周行，大道也。○后妃以君子不在而思念之，故賦此詩。託言方采卷耳，未滿頃筐，而心適念其君子，故不能復采，而寘之大道之旁也。【音釋】枲，音洗。《本草》：「卷耳即今蒼耳，今人麴糵中多用之。」舍，上聲。

陟彼崔徂回反嵬五回反，我馬虺呼回反隤徒回反。我姑酌彼金罍，維以不永懷叶胡隈反。

賦也。陟，升也。崔嵬，土山之戴石者。虺隤，馬罷不能升高之病。姑，且也。罍，酒器，刻爲雲雷之象，以黄金飾之。永，長也。○此又託言欲登此崔嵬之山，以望所懷之人而往從之，則馬罷病而不能進。於是且酌金罍之酒，而欲其不至於長以爲念也。【音釋】《爾雅》：「石戴土爲崔嵬，土戴石爲砠。」罷，音皮。

陟彼高岡，我馬玄黄。我姑酌彼兕徐履反觥古横反，叶古黄反，維以不永傷。

賦也。山脊曰岡。玄黄，玄馬而黄，病極而變色也。兕，野牛，一角，青色，重千斤。觥，爵也，以兕角爲爵也。

陟彼砠七餘反矣，我馬瘏音塗矣。我僕痡音敷矣，云何吁矣。

賦也。石山戴土曰砠。瘏，馬病不能進也。痡，人病不能行也。吁，憂歎也，《爾雅注》引此作「盱，張目遠望也」。詳見《何人斯》篇。

《卷耳》四章，章四句。此亦后妃所自作，可以見其貞靜專一之至矣。豈當文王朝會征伐之時，羑里拘幽之日而作歟？然不可考矣。【音釋】許氏曰：「『貞靜』言欲出而不出。『專一』言反覆思文王不置。」羑，與九反。

南有樛居虯反木，葛藟力軌反纍力追反之。樂音洛只之氏反君子，福履綏之。

興也。南，南山也。木下曲曰樛。藟，葛類。纍，猶繫也。只，語助辭【一】。君子，自衆妾而指后妃，猶言小君内子也。履，禄。綏，安也。○后妃能逮下而無嫉妬之心，故衆妾樂其德而稱願之曰：南有樛木，則葛藟纍之矣。樂只君子，則福履綏之矣。

南有樛木，葛藟荒之。樂只君子，福履將之。

興也。荒，奄也。將，猶扶助也。【音釋】吕氏曰：「荒，芘覆也。」奄，衣檢反。

南有樛木，葛藟縈烏營反之。樂只君子，福履成之。

興也。縈，旋。成，就也。

《樛木》三章，章四句。

螽音終斯羽，詵詵所巾反兮。宜爾子孫，振振音真兮。

比也。螽斯，蝗屬，長而青，長角長股，能以股相切作聲，一生九十九子。詵詵，和集貌。爾，指螽斯也。振振，盛貌。○比者，以彼物比此物也。后妃不妬忌而子孫衆多，故衆妾以螽斯之羣處和集而子孫衆多比之。言其有是德而宜有是福也。後凡言比者放此。【音釋】處，昌吕反。

螽斯羽，薨薨兮。宜爾子孫，繩繩兮。

比也。薨薨，羣飛聲。繩繩，不絶貌。

螽斯羽，揖揖側立反兮。宜爾子孫，蟄蟄直立反兮。

【一】「語助」原作「助語」，據朱熹《詩集傳》卷一改。

比也。揖揖，會聚也。蟄蟄，亦多意。

《螽斯》三章，章四句。

桃之夭夭於驕反，灼灼其華芳無、呼瓜二反。之子于歸，宜其室家古胡、古牙二反。

興也。桃，木名，華紅，實可食。夭夭，少好之貌。灼灼，華之盛也，木少則華盛。之子，是子也。此指嫁者而言也，婦人謂嫁曰歸。《周禮》「仲春令會男女」。然則桃之有華，正婚姻之時也。宜者，和順之意。室，謂夫婦所居。家，謂一門之內。〇文王之化自家而國，男女以正，婚姻以時。故詩人因所見以起興，而歎其女子之賢，知其必有以宜其室家也。【音釋】少，詩照反。嚴氏曰：「灼灼，鮮明貌。毛以謂『華之盛』【一】，謂盛故鮮明，非訓灼灼為盛。」

桃之夭夭，有蕡浮雲反其實。之子于歸，宜其家室。

興也。蕡，實之盛也。家室，猶室家也。

桃之夭夭，其葉蓁蓁側巾反。之子于歸，宜其家人。

興也。蓁蓁，葉之盛也。家人，一家之人也。【音釋】愚按，室家、家室、家人，特變文以叶韻爾。

《桃夭》三章，章四句。

肅肅兔罝子斜反，又子余反，與夫叶，椓之丁丁陟耕反。赳赳武夫，公侯干城。

興也。肅肅，整飭貌。罝，罟也。丁丁，椓杙聲也。赳赳，武貌。干，盾也。干、城，皆所以扞外而衛內者。〇化行俗

【一】「謂」，蔣氏本、光緒七年本及光緒十五年本作「為」。

美，賢才衆多，雖罝兔之野人，而其才之可用猶如此，故詩人因其所事以起興而美之，而文王德化之盛因可見矣。【音釋】椓，陟角反，擊也。杙，音弋。《說文》曰：「橛也。」橛，其月反，謂擊橛於地而張罝其上也。盾，唇上聲。

肅肅兔罝，施于中逵。赳赳武夫，公侯好仇叶渠之反。

興也。逵，九達之道。仇，與逑同，匡衡引《關雎》亦作「仇」字【一】。公侯善匹，猶曰聖人之耦，則非特干城而已，歎美之無已矣。下章放此。

肅肅兔罝，施于中林。赳赳武夫，公侯腹心。

興也。中林，林中。腹心，同心同德之謂，則又非特好仇而已也。

《兔罝》三章，章四句。

采采芣音浮苢音以，薄言采叶此禮反之【二】。采采芣苢，薄言有叶羽已反之。

賦也。芣苢，車前也，大葉長穗，好生道旁。采，始求之也。有，既得之也。○化行俗美，家室和平，婦人無事，相與采此芣苢而賦其事以相樂也。采之未詳何用，或曰：其子治產難【三】。【音釋】芣苢，《釋文》曰：「《韓詩》云：『直曰車前，瞿曰芣苢。』《草木疏》云：『又名當道』。」車，尺遮反。

采采芣苢，薄言掇都奪反之。采采芣苢，薄言捋力活反之。

賦也。掇，拾也。捋，取其子也。

【一】「匡」，朱熹《詩集傳》卷一作「康」。
【二】「禮」，朱熹《詩集傳》卷一作「履」。
【三】「產難」，朱熹《詩集傳》卷一作「難產」。

采采芣莒，薄言袺音結之。采采芣莒，薄言襭户結反之。

賦也。袺，以衣貯之而執其衽也。襭，以衣貯之而扱其衽於帶間也。【音釋】貯，展呂反，盛也。衽，入錦反，衣際。扱，初洽反，與插同。

《芣莒》三章，章四句。

南有喬木，不可休息吴氏曰：《韓詩》作「思」。漢有游女，不可求思。漢之廣叶古曠反矣，不可泳叶于誑反思。江之永叶弋亮反矣，不可方叶甫妄反思。

興而比也。上竦無枝曰喬。思，語辭也，篇内同。漢水出興元府嶓冢山，至漢陽軍大別山入江。江漢之俗，其女好遊，漢魏以後猶然，如《大堤》之曲可見也。泳，潛行也。江水出永康軍岷山，東流與漢水合，東北入海。永，長也。方，桴也。○文王之化自近而遠，先及於江漢之間，而有以變其淫亂之俗。故其出遊之女，人望見之，而知其端莊靜一，非復前日之可求矣。因以喬木起興，江漢爲比，而反復詠歎之也。【音釋】蔡《傳》：「大別山在漢陽軍漢陽縣北。」許氏曰：「漢言廣，謂横渡也。江曰永，謂沿泝也。」竦，息拱反。嶓，音波。別，必列反。桴，音孚。《釋文》曰：「桴、泭、柎並同音，木曰簰，【一】竹曰筏，小筏曰泭。」簰，音牌。筏，音伐。非復，去聲。反復，入聲。

翹翹祈遥反錯薪，言刈其楚。之子于歸，言秣其馬叶滿補反。漢之廣矣，不可泳思。江之永矣，不可方思。

興而比也。翹翹，秀起之貌。錯，雜也。楚，木名，荊屬。之子，指遊女也。秣，飼也。○以錯薪起興，而欲秣其馬，則悦之至；以江漢爲比，而歎其終不可求，則敬之深。

【一】「簰」原作「簿」，據陸德明《經典釋文》卷五改。下文「簰」亦同據改作「簰」。

翹翹錯薪，言刈其蔞力俱反。之子于歸，言秣其駒。漢之廣矣，不可泳思。江之永矣，不可方思。

興而比也。蔞，蔞蒿也，葉似艾，青白色，長數寸，生水澤中。駒，馬之小者。

《漢廣》三章，章八句。

遵彼汝墳，伐其條枚叶莫悲切。未見君子，惄乃歷反如調張留反飢。

賦也。遵，循也。汝水出汝州天息山，逕蔡、潁州入淮。墳，大防也。枝曰條，榦曰枚。惄，飢意也。調，一作「輖」，重也。○汝旁之國亦先被文王之化者，故婦人喜其君子行役而歸，因記其未歸之時思望之情如此而追賦之也。

【音釋】墳謂厓岸，狀如墳墓，名大防也。惄，本訓思，但飢之思食，意又惄然，故《傳》言「飢意」而非「飢狀」。

遵彼汝墳，伐其條肄以自反。既見君子，不我遐棄。

賦也。斬而復生曰肄。遐，遠也。○伐其枚而又伐其肄，則踰年矣。至是乃見其君子之歸，而喜其不遠棄我也。

魴符方反魚赬敕貞反尾，王室如燬音毀。雖則如燬，父母孔邇。

比也。魴，魚名，身廣而薄，少力細鱗。赬，赤也。魚勞則尾赤。魴尾本白，而今赤，則勞甚矣。王室，指紂所都也。燬，焚也。父母，指文王也。孔，甚。邇，近也。○是時文王三分天下有其二，而率商之叛國以事紂，故汝墳之人猶以文王之命供紂之役。其家人見其勤苦，而勞之曰：「汝之勞既如此，而王室之政方酷烈而未已。雖其酷烈而未已，然文王之德如父母然，望之甚近，亦可以忘其勞矣。」此《序》所謂「婦人能閔其君子，猶勉之以正」者，蓋曰雖其別離之久、思念之深，而其所以相告語者，猶有尊君親上之意，而無情愛狎昵之私，則其德澤之深、風化之美，皆可見矣。一

說父母甚近，不可以懈於王事而貽其憂，亦通。【音釋】赬，淺赤色。而勞，去聲。懈，居隘反，音廨。

《汝墳》三章，章四句。

麟之趾，振振音真公子叶獎里反【一】，于音吁，下同嗟麟兮。

興也。麟，麕身，牛尾，馬蹄，毛蟲之長也。趾，足也。麟之足不踐生草，不履生蟲。振振，仁厚貌。于嗟，歎辭。○文王后妃德脩於身，而子孫宗族皆化於善，故詩人以麟之趾興公之子。言麟性仁厚，故其趾亦仁厚。文王后妃仁厚，故其子亦仁厚。然言之不足，故又嗟嘆之。言是乃麟也，何必麕身、牛尾而馬蹄，然後爲王者之瑞哉？【音釋】疏：「麟，麕身，牛尾，馬蹄，有五采，腹下黄，高丈二，圓蹄，一角，角端有肉。音中鍾呂，行中規矩，遊必擇地，詳而後處。不履生蟲，不踐生草，不群居，不侶行，不入陷穽，不罹羅網。王者至仁則出。」麕，俱倫反【二】。長，知丈反。

麟之定都佞反，振振公姓，于嗟麟兮。

興也。定，額也。麟之額未聞，或曰有額而不以抵也。公姓，公孫也。姓之爲言生也。

麟之角叶盧谷反，振振公族，于嗟麟兮。

興也。麟一角，角端有肉。公族，公同高祖，祖廟未毀，有服之親。【音釋】輔氏曰：「一曰公子，二言公姓，三言公族，自近而遠，自狹而廣。」

《麟之趾》三章，章三句。《序》以爲「《關雎》之應」，得之。

【一】「里」，朱熹《詩集傳》卷一作「履」。

【二】「俱」，蔣氏本、光緒七年本及光緒十五年本作「居」。

周南之國十一篇，三十四章，百五十九句。按此篇首五詩皆言后妃之德。《關雎》舉其全體而言也，《葛覃》《卷耳》言其志行之在己，《樛木》《螽斯》美其德惠之及人，皆指其一事而言也。其詞雖主於后妃，然其實則皆所以著明文王身脩家齊之效也。至於《桃夭》《兔罝》《芣苢》，則家齊而國治之效。《漢廣》《汝墳》則以南國之詩附焉，而見天下已有可平之漸矣。若《麟之趾》，則又王者之瑞，有非人力所致而自至者，故復以是終焉，而《序》者以爲「《關雎》之應」也。夫其所以至此，后妃之德固不爲無所助矣。然妻道無成，則亦豈得而專之哉？今言《詩》者或乃專美后妃，而不本於文王，其亦誤矣。

召南一之二

召，地名，召公奭之采邑也。舊説扶風雍縣南有召亭，即其地。今雍縣析爲岐山、天興二縣，未知召亭的在何縣。餘已見《周南》篇【一】。【音釋】召公奭，姬姓，或以為文王庶子。勝殷後封於北燕，留周佐政，食邑於召，輔成王、康王，卒謚曰康。長子繼燕，支子繼召。《左傳》言「文之昭」十六國，無燕。未詳孰是。雍，去聲。〇《史記正義》：「召亭在岐山縣西南。」

維鵲有巢，維鳩居叶姬御反之。之子于歸，百兩如字，又音亮御五嫁反，叶魚據反之。

興也。鵲、鳩，皆鳥名。鵲善爲巢，其巢最爲完固。鳩性拙，不能爲巢，或有居鵲之成巢者。之子，指夫人也。兩，一車也。一車兩輪，故謂之兩。御，迎也。諸侯之子嫁於諸侯，送御皆百兩也。〇南國諸侯被文王之化，能正心脩身以齊

【一】「篇」，朱熹《詩集傳》卷一作「説」。

其家，其女子亦被后妃之化，而有專靜純一之德，故嫁於諸侯，而其家人美之曰：「維鵲有巢，則鳩來居之，是以之子于歸，而百兩迎之也。」此詩之意，猶《周南》之有《關雎》也。

維鵲有巢，維鳩方之。之子于歸，百兩將之。

興也。方，有之也。將，送也。

維鵲有巢，維鳩盈之。之子于歸，百兩成之。

興也。盈，滿也，謂衆媵姪娣之多。成，成其禮也。【音釋】媵，以證反。姪，音迭，又音秩。娣，多計反。《釋文》曰：「國君夫人有左右媵，兄女曰姪。娣，女弟也。」

《鵲巢》三章，章四句。

于以采蘩？于沼于沚。于以用之？公侯之事叶上止反。

賦也。于，於也。蘩，白蒿也。沼，池也。沚，渚也。事，祭事也。○南國被文王之化，諸侯夫人能盡誠敬以奉祭祀，而其家人叙其事以美之也。或曰：蘩所以生蠶。蓋古者后夫人有親蠶之禮。此詩亦猶《周南》之有《葛覃》也。【音釋】《爾雅》：「蘩，皤蒿。」小洲曰渚，小渚曰沚。沼，池之曲者。

于以采蘩？于澗之中。于以用之？公侯之宫。

賦也。山夾水曰澗。宫，廟也。或曰，即《記》所謂公桑蠶室也。【音釋】公桑，公地之桑。蚕室，养蚕之室。見《祭義》。

被皮寄反之僮僮音同，夙夜在公。被之祁祁，薄言還歸。

賦也。被，首飾也，編髮爲之。僮僮，竦敬也。夙，早也。公，公所也。祁祁，舒遲貌，去事有儀也。《祭義》曰：

「及祭之後，陶陶遂遂，如將復入然。」不欲遽去，愛敬之無已也。或曰：公，亦即所謂公桑也。【音釋】編，步典反。陶，音遥，《禮》注：「陶陶遂遂，相隨行之貌。思念既深，如覩親將復入也[一]。」

《采蘩》三章，章四句。

喓喓於遥反草蟲，趯趯託歷反阜螽。未見君子，憂心忡忡敕沖反[二]。亦既見止，亦既覯止，我心則降戶江反，叶乎攻反。

賦也。喓喓，聲也。草蟲，蝗屬，奇音，青色。趯趯，躍貌。阜螽，蠜也。忡忡，猶衝衝也。止，語辭。覯，遇。降，下也。○南國被文王之化，諸侯大夫行役在外，其妻獨居，感時物之變而思其君子如此。亦若《周南》之《卷耳》也。

【音釋】蠜，音樊。疏：「草蟲，負蠜。郭璞云：『常羊也。』陸璣云：『小大長短如蝗也。』」

陟彼南山，言采其蕨。未見君子，憂心惙惙張劣反。亦既見止，亦既覯止，我心則説音悦。

賦也。登山蓋託以望君子。蕨，鱉也，初生無葉時可食。亦感時物之變也。惙，憂貌。【音釋】《釋文》曰：「周秦曰蕨，齊魯曰鱉，初生似鱉脚，故名鱉。」鱉，井列反。

陟彼南山，言采其薇。未見君子，我心傷悲。亦既見止，亦既覯止，我心則夷。

賦也。薇，似蕨而差大，有芒而味苦，山間人食之，謂之迷蕨。胡氏曰：「疑即《莊子》所謂『迷陽』者。」夷，平也。

《草蟲》三章，章七句。

[一]「親」原作「視」，據蔣氏本、光緒七年本、光緒十五年本及《禮記正義》卷四十八改。

[二]「沖」，蔣氏本、光緒七年本、光緒十五年本作及朱熹《詩集傳》卷一作「中」。

于以采蘋？南澗之濱。于以采藻？于彼行潦音老。

賦也。蘋，水上浮萍也，江東人謂之薸。濱，厓也。藻，聚藻也，生水底，莖如釵股，葉如蓬蒿。行潦，流潦也。○南國被文王之化，大夫妻能奉祭祀，而其家人叙其事以美之也。

于以盛音成之？維筐及筥居呂反。于以湘之？維錡宜綺反及釜符甫反。

賦也。方曰筐，圓曰筥。湘，烹也，蓋粗熟而淹以爲菹也。錡，釜屬。有足曰錡，無足曰釜。○此足以見其循序有常，嚴敬謹飭之意。【音釋】粗，徂古反。菹，側魚反。

于以奠之？宗室牖下叶後五反。誰其尸之？有齊側皆反季女。

賦也。奠，置也。宗室，大宗之廟也。大夫、士祭於宗室。牖下，室西南隅，所謂奥也。尸，主也。齊，敬貌。季，少也。祭祀之禮，主婦主薦豆，實以葅醢。少而能敬，尤見其質之美而化之所從來者遠矣。【音釋】主婦，即宗婦。醢，呼在反，肉醬也。又曰：無骨為醢，凡葅醢皆豆實。

《采蘋》三章，章四句。

蔽芾非貴反甘棠，勿翦勿伐，召伯所茇蒲曷反。

賦也。蔽芾，盛貌。甘棠，杜梨也，白者爲棠，赤者爲杜。翦，翦其枝葉也。伐，伐其條榦也。伯，方伯也。茇，草舍也。○召伯循行南國，以布文王之政，或舍甘棠之下，其後人思其德，故愛其樹而不忍傷也。【音釋】棠，今棠梨也。伯，長也，為諸侯之長也。

蔽芾甘棠，勿翦勿敗叶蒲寐反，召伯所憩起例反。

賦也。敗，折。憩，息也。勿敗，則非特勿伐而已，愛之愈久而愈深也。下章放此。【音釋】敗，《釋文》：「必邁反」。凡物自毁則如字，毁之則必邁反。後放此。

蔽芾甘棠，勿翦勿拜叶變制反，召伯所説始鋭反。

賦也。拜，屈。説，舍也。勿拜，則非特勿敗而已。【音釋】拜，屈。董氏曰：「如人之拜，小低屈也。」

《甘棠》三章，章三句。【音釋】《史記》：召公得民和，巡行鄉邑，決政棠下。人思之，懷棠樹不伐。

厭於葉反浥於及反行露，豈不夙夜叶羊茹反？謂行多露。

賦也。厭浥，濕意。行，道。夙，早也。○南國之人遵召伯之教，服文王之化，有以革其前日淫亂之俗，故女子有能以禮自守而不爲强暴所汙者，自述己志，作此詩以絶其人。言道間之露方濕，我豈不欲早夜而行乎？畏多露之沾濡而不敢爾。蓋以女子早夜獨行，或有强暴侵陵之患，故託以行多露而畏其沾濡也。

誰謂雀無角叶盧谷反，何以穿我屋？誰謂女音汝無家叶音谷，何以速我獄？雖速我獄，室家不足。

興也。家，謂以媒聘求爲室家之禮也。速，召致也。○貞女之自守如此，然猶或見訟而召致於獄。因自訴而言，人皆謂雀有角，故能穿我屋，以興人皆謂汝於我嘗有求爲室家之禮，故能致我於獄。然不知汝雖能致我於獄，而求爲室家之禮初未嘗備，如雀雖能穿屋，而實未嘗有角也。

誰謂鼠無牙叶五紅反，何以穿我墉？誰謂女無家叶各空反，何以速我訟叶祥容反？雖速我訟，亦不女從。

興也。牙，牡齒也。墉，墻也。○言汝雖能致我於訟，然其求爲室家之禮有所不足，則我亦終不汝從矣。【音釋】楊氏曰：「鼠無牡齒。」○輔氏曰：「前章責之以禮，此章斷之以義。」

《行露》三章，一章三句，二章章六句。

羔羊之皮叶蒲何反，素絲五紽徒何反【一】。退食自公，委於危反蛇音移，叶唐何反委蛇。

賦也。小曰羔，大曰羊。皮，所以爲裘，大夫燕居之服。素，白也。紽，未詳，蓋以絲飾裘之名也。退食，退朝而食於家也。自公，從公門而出也。委蛇，自得之貌。○南國化文王之政，在位皆節儉正直，故詩人美其衣服有常，而從容自得如此也。【音釋】疏：「羔裘，諸侯視朝之服。卿大夫朝服亦羔裘。」但君裘則純色，大夫裘則豹袪為異。袪，丘於反，袖口也。

羔羊之革叶訖力反，素絲五緎音域。委蛇委蛇，自公退食。

賦也。革，猶皮也。緎，裘之縫界也。

羔羊之縫符龍反，素絲五總子公反。委蛇委蛇，退食自公。

賦也。縫，縫皮合之以爲裘也。總，亦未詳。【音釋】合，音閤。

《羔羊》三章，章四句。

殷音隱其靁，在南山之陽。何斯違斯？莫敢或遑。振振音真君子，歸哉歸哉。

興也。殷，靁聲也。山南曰陽。何斯斯，此人也；違斯斯，此所也。遑，暇也。振振，信厚也。○南國被文王之化，婦人以其君子從役在外而思念之，故作此詩。言殷殷然靁聲則在南山之陽矣，何此君子獨去此而不敢少暇乎？於是又美其德，且冀其早畢事而還歸也。【音釋】須溪劉氏曰：「再言『歸哉』者，不敢必言其即歸也。」

殷其靁，在南山之側叶莊力反。何斯違斯？莫敢遑息。振振君子，歸哉歸哉。

興也。息，止也。

【一】「何」，光緒七年本作「河」。

殷其靁，在南山之下叶後五反。何斯違斯？莫或遑處尺蹷反【一】。振振君子，歸哉歸哉。

興也。

《殷其靁》三章，章六句。

摽音莩有梅【二】，其實七兮。求我庶士，迨其吉兮。

賦也。摽，落也。梅，木名，華白，實似杏而酢。庶，衆。迨，及也。吉，吉日也。○南國被文王之化，女子知以貞信自守，懼其嫁不及時，而有强暴之辱也。故言梅落而在樹者少，以見時過而太晚矣，求我之衆士，其必有及此吉日而來者乎？【音釋】酢，倉故反，酸也。《傳》從古文。

摽有梅，其實三叶疏簪反兮。求我庶士，迨其今兮。

賦也。梅在樹者三，則落者又多矣。今，今日也，蓋不待吉矣。

摽有梅，頃音傾筐塈音餼之【三】。求我庶士，迨其謂之。

賦也。塈，取也。頃筐取之，則落之盡矣。謂之，則但相告語而約可定矣。

《摽有梅》三章，章四句。

嘒呼惠反彼小星，三五在東。肅肅宵征，夙夜在公，寔命不同。

興也。嘒，微貌。三五，言其稀，蓋初昏或將旦時也。肅肅，齊遬貌。宵，夜。征，行也。寔，與實同。命，謂天所賦

【一】「蹷」，蔣氏本、光緒七年本、光緒十五年本及朱熹《詩集傳》卷一作「煮」。

【二】「音莩」，朱熹《詩集傳》卷一作「婢小反」。

【三】「音餼」，朱熹《詩集傳》卷一作「許器反」。

之分也。○南國夫人承后妃之化，能不妬忌以惠其下，故其衆妾美之如此。蓋衆妾進御於君，不敢當夕，見星而往，見星而還，故因所見以起興。其於義無所取，特取「在東」、「在公」兩字之相應耳。遂言其所以如此者，由其所賦之分不同於貴者，是以深以得御於君爲夫人之惠，而不敢致怨於往來之勤也。【音釋】齊，音咨，又側皆反。遫，音速。鄭氏曰：「齊遫【一】，謙慤貌，猶蹙蹙也。」

嘒彼小星，維參所林反與昴叶力求反。肅肅宵征，抱衾與裯直留反，寔命不猶。

興也。參、昴，西方二宿之名。衾，被也。裯，襌被也。興亦取「與昴」、「與裯」二字相應。猶，亦同也。【音釋】襌，音單。

《小星》二章，章五句。呂氏曰：「夫人無妬忌之行，而賤妾安於其命，所謂上好仁，而下必好義者也。」

江有汜音祀，叶羊里反，之子歸，不我以。不我以，其後也悔叶虎洧反。

興也。水決復入爲汜。今江陵、漢陽、安復之間蓋多有之。之子，媵妾指嫡妻而言也。婦人謂嫁曰歸。我，媵自我也。能左右之曰以，謂挾己而偕行也。○是時汜水之旁，媵有待年於國而嫡不與之偕行者，其後嫡被后妃夫人之化，乃能自悔而迎之。故媵見江水之有汜，而因以起興，言江猶有汜，而之子之歸乃不我以，雖不我以，然其後也亦悔矣。【音釋】汜，字書：「音耜。」待年，《白虎通》云：「未任答君也。」《春秋》：「叔姬歸於紀【二】。」何休云：「叔姬，伯姬之媵。至是始歸者，待年父母之國。婦人八歲備數，十五從嫡，二十承事君子。」

【一】「遫」，原無，據蔣氏本、光緒七年本、光緒十五年本及《禮記正義》卷三十補。
【二】「紀」原作「汜」，據蔣氏本、光緒七年本、光緒十五年本及《春秋左傳正義》卷四改。

江有渚，之子歸，不我與。不我與，其後也處。

興也。渚，小洲也，水岐成渚。與，猶以也。處，安也，得其所安也。

江有沱徒何反，之子歸，不我過音戈。不我過，其嘯也歌。

興也。沱，江之別者。過，謂過我而與俱也。嘯，蹙口出聲以舒憤懣之氣，言其悔時也。歌，則得其所處而樂也。【音釋】懣、悶同。○東萊曰：「始則悔寤，中則相安，終則相歡，言之序也。」

《江有汜》三章，章五句。陳氏曰：「《小星》之夫人惠及媵妾，而媵妾盡其心。江沱之嫡惠不及媵妾，而媵妾不怨。蓋父雖不慈，子不可以不孝，各盡其道而已矣。」

野有死麕俱倫反，與春叶，白茅包叶補苟反之。有女懷春，吉士誘之。

興也。麕，獐也，鹿屬，無角。懷春，當春而有懷也。吉士，猶美士也。○南國被文王之化，女子有貞潔自守，不爲強暴所汙者，故詩人因所見以興其事而美之。或曰賦也。言美士以白茅包其死麕而誘懷春之女也。【音釋】《本草》曰：「麞類甚多，麕其總名也。」

林有樸蒲木反樕音速，野有死鹿。白茅純徒尊反束，有女如玉。

興也。樸樕，小木也。鹿，獸名，有角。純束，猶包之也。如玉者，美其色也。上三句興下一句也。或曰賦也。言以樸樕藉死鹿，束以白茅，而誘此如玉之女也。【音釋】純束，嚴氏曰：「純聚而包束之。」

舒而脫脫敕外反兮，無感我帨始銳反兮。無使尨美邦反也吠符廢反。

賦也。舒，遲緩也。脫脫，舒緩貌。感，動。帨，巾。尨，犬也。○此章乃述女子拒之之辭。言姑徐徐而來，毋動我之帨，毋驚我之犬，以甚言其不能相及也。其凜然不可犯之意蓋可見矣。【音釋】許氏曰：「此淫奔之詩，疑錯

簡在此。」

《野有死麕》三章，二章章四句，一章三句。

何彼襛奴容反，與雝叶矣？唐棣徒帝反之華芳無、胡瓜二反。曷不肅雝？王姬之車斤於、尺奢二反。

興也。襛，盛也，猶曰戎戎也。唐棣，移也，似白楊。肅，敬。雝，和也。周王之女姬姓，故曰王姬。〇王姬下嫁於諸侯，車服之盛如此，而不敢挾貴以驕其夫家。故見其車者，知其能敬且和以執婦道，於是作詩以美之曰：何彼戎戎而盛乎？乃唐棣之華也。此何不肅肅而敬，雝雝而和乎？乃王姬之車也。此乃武王以後之詩，不可的知其何王之世。然文王、太姒之教久而不衰，亦可見矣。【音釋】戎戎，字韻與茙茙同，厚貌。襛，本衣厚貌，借作茙茙意。唐棣，移，《爾雅注疏》：「似白楊，江東呼夫移。一云薁李，華或白或赤，六月熟，大如李，子可食。」薁，音郁。

何彼襛矣？華如桃李。平王之孫，齊侯之子叶獎里反【一】。

興也。李，木名，華白，實可食。舊說，平，正也。武王女，文王孫，適齊侯之子。或曰：平王，即平王宜臼。齊侯，即襄公諸兒。事見《春秋》。未知孰是。以桃李二物，興男女二人也。

其釣維何？維絲伊緡。齊侯之子，平王之孫叶須倫反。

興也。伊，亦維也。緡，綸也。絲之合而爲綸，猶男女之合而爲昏也。

《何彼襛矣》三章，章四句。

【一】「里」，朱熹《詩集傳》卷一作「履」。

彼茁則劣反者葭音加【一】，壹發五豝百加反。于音吁，下同嗟乎騶虞叶音牙！

賦也。茁，生出壯盛之貌。葭，蘆也，亦名葦。發，發矢。豝，牡豕也。一發五豝，猶言中必疊雙也。騶虞，獸名，白虎黑文，不食生物者也。○南國諸侯承文王之化，脩身齊家以治其國，而其仁民之餘恩，又有以及於庶類。故其春田之際，草木之茂，禽獸之多，至於如此。而詩人述其事以美之，且歎之曰：此其仁心自然，不由勉强，是即真所謂騶虞矣。【音釋】疏：「騶虞，尾長於軀，不食生物，不履生草，應信而至。」

彼茁者蓬，壹發五豵子公反。于嗟乎騶虞叶五紅反！

賦也。蓬，草名。一歲曰豵，亦小豕也。【音釋】蓬，陸佃《埤雅》：「蒿屬。」○《語錄》：「『彼茁者葭』，仁也，仁在一發之前。『一發五豝』，義也。」

《騶虞》二章，章三句。文王之化始於《關雎》而至於《麟趾》，則其化之入人者深矣。形於《鵲巢》而及於《騶虞》，則其澤之及物者廣矣。蓋意誠心正之功不息而久，則其熏蒸透徹，融液周徧，自有不能已者，非智力之私所能及也。故《序》以《騶虞》爲《鵲巢》之應，而見王道之成，其必有所傳矣。

召南之國十四篇，四十章，百七十七句。愚按，《鵲巢》至《采蘋》言夫人、大夫妻，以見當時國君、大夫被文王之化，而能脩身以正其家也。《甘棠》以下，又見由方伯能布文王之化，而國君能脩之家以及其國也。其詞雖無及於文王者，然文王明德新民之功，至是而其所施者溥矣。抑所謂其民皞皞而不知爲之者與？唯《何彼穠矣》之詩爲不可曉，當闕所疑耳。○《周南》《召南》二國凡二十五篇，先儒以爲正風，今姑從之。○孔子謂伯魚曰：「女爲《周南》《召南》矣乎？人而不爲《周南》《召南》，其猶正牆面而立也與？」○《儀禮·鄉飲酒》《鄉射》《燕

【一】「則」，蔣氏本、光緒七年本、光緒十五年本作「側」。

禮》，皆合樂《周南·關雎》《葛覃》《卷耳》，《召南·鵲巢》《采蘩》《采蘋》。《燕禮》又有房中之樂。鄭氏注曰：「弦歌《周南》《召南》之詩而不用鍾磬。云房中者，后夫人之所諷誦以事其君子。」〇程子曰：「天下之治，正家爲先。天下之家正，則天下治矣。二《南》，正家之道也。陳后妃、夫人、大夫妻之德，推之士庶人之家一也。故使邦國至於鄉黨皆用之，自朝廷至於委巷莫不謳吟諷誦，所以風化天下。」【音釋】與，羊諸反。疑辭、歎辭，通作歟；黨與、施與，又及也，許也，從也【一】，作上聲讀；及也，幹也，參與也，作去聲讀。放此類推。治，去聲。

詩卷第一

【一】「也」，蔣氏本、光緒七年本及光緒十五年本作「此」。

詩卷第二除前二《南》，以十三國為變風，則當《邶》居其次。《鄘》倣此【一】。

邶一之三

邶、鄘、衛，三國名，在《禹貢》冀州，西阻太行，北逾衡漳，東南跨河，以及兖州桑土之野。及商之季，而紂都焉。武王克商，分自紂城朝歌而北謂之邶，南謂之鄘，東謂之衛，以封諸侯。邶、鄘不詳其始封，衛則武王弟康叔之國也。衛本都河北，朝歌之東，淇水之北，百泉之南。其後不知何時并得邶、鄘之地。至懿公爲狄所滅。戴公東徙渡河，野處漕邑。文公又徙居于楚丘。朝歌故城在今衛州衛縣西二十二里，所謂殷墟。衛故都即今衛縣。漕、楚丘皆在滑州。大抵今懷、衛、澶、相、滑、濮等州，開封、大名府界皆衛境也。但邶、鄘地既入衛，其詩皆爲衛事，而猶繫其故國之名，則不可曉。而舊説以此下十三國皆爲變風焉。【音釋】邶，蒲對反。鄘，音容。行，户剛反。墟，丘於反。澶，時連反。相，去聲。濮，卜。

汎芳劍反彼柏舟，亦汎其流。耿耿古幸反不寐，如有隱憂。微我無酒，以敖五羔反以遊。

比也。汎，流貌。柏，木名。耿耿，小明，憂之貌也。隱，痛也。微，猶非也。○婦人不得於其夫，故以柏舟自比。言以柏爲舟，堅緻牢實，而不以乘載，無所依薄，但汎然於水中而已。故其隱憂之深如此，非爲無酒可以遨遊而解之也。《列女傳》以此爲婦人之詩。今考其辭氣卑順柔弱，且居變風之首，而與下篇相類，豈亦莊姜之詩也歟？【音釋】汎，許氏易「孚梵反」。緻，直利反，密也。薄，音泊，一音博，附也。

我心匪鑒，不可以茹如預反。亦有兄弟，不可以據。薄言往愬，逢彼之怒。

【一】「除前二南」至「倣此」一句，蔣氏本、光緒七年本、光緒十五年本無。

賦也。鑒，鏡。茹，度。據，依。愬，告也。○言我心既匪鑒，而不能度物。雖有兄弟，而又不可依以爲重，故往告之，而反遭其怒也。【音釋】度，達各反。量也，謀也，計也，料也，忖也。惟分寸丈尺引曰五度。則也，過也，音徒故反。放此類推。

我心匪石，不可轉也。我心匪席，不可卷眷勉反也。威儀棣棣，不可選也。

賦也。棣棣，富而閑習之貌。選，簡擇也。○言石可轉，而我心不可轉；席可卷，而我心不可卷。威儀無一不善，又不可得而簡擇取舍。皆自反而無闕之意。

憂心悄悄七小反，慍于羣小。覯古豆反閔既多，受侮不少。靜言思之，寤辟避亦反有摽符小反【一】。

賦也。悄悄，憂貌。慍，怒意。羣小，衆妾也。言見怒於衆妾也。覯，見。閔，病也。辟，拊心也。摽，拊心貌。【音釋】摽，許易「竝小反」。

日居月諸，胡迭待結反而微。心之憂矣，如匪澣户管反衣。靜言思之，不能奮飛。

比也。居、諸，語辭。迭，更。微，虧也。匪澣衣，謂垢汙不濯之衣。奮飛，如鳥奮翼而飛去也。○言日當常明，月則有時而虧，猶正嫡當尊，衆妾當卑。今衆妾反勝正嫡，是日月更迭而虧，是以憂之，至於煩冤憒眊，如衣不澣之衣，恨不能奮起而飛去也。【音釋】垢，舉后反。憒，古對反，心乱也。眊，莫冒反，目不明貌。

《柏舟》五章，章六句。

綠兮衣兮，綠衣黃裏。心之憂矣，曷維其已。

比也。綠，蒼勝黃之間色。黃，中央土之正色。間色賤而以爲衣，正色貴而以爲裏，言皆失其所也。已，止也。○莊公

【一】「符」，朱熹《詩集傳》卷二作「婢」。

惑於嬖妾，夫人莊姜賢而失位，故作此詩，言「綠衣黃裹」，以比賤妾顯尊而正嫡幽微，使我憂之不能自已也。【音釋】以木之青克土之黃，合青黃而成綠，為東方之間色。間，去聲。

綠兮衣兮，綠衣黃裳。心之憂矣，曷維其亡。

比也。上曰衣，下曰裳。《記》曰：「衣正色，裳間色。」今以綠爲衣，而黃者自裹轉而爲裳，其失所益甚矣。亡之爲言忘也。

綠兮絲兮，女音汝所治平聲兮。我思古人，俾無訧音尤，叶于其反兮。

比也。女，指其君子而言也。治，謂理而織之也。俾，使。訧，過也。○言綠方爲絲，而女又治之，以比妾方少艾，而女又嬖之也。然則我將如之何哉？亦思古人有嘗遭此而善處之者以自厲焉【一】，使不至於有過而已。

絺兮綌兮，淒七西反其以風叶孚愔反【二】。我思古人，實獲我心。

比也。淒，寒風也。○絺綌而遇寒風，猶己之過時而見棄也。故思古人之善處此者，真能先得我心之所求也。

《綠衣》四章，章四句。莊姜事見《春秋傳》。此詩無所考，姑從《序》說。下三篇同。

燕燕于飛，差初宜反池其羽。之子于歸，遠送于野叶上與反。瞻望弗及，泣涕如雨。

興也。燕，鳦也。謂之「燕燕」者，重言之也。差池，不齊之貌。之子，指戴嬀也。歸，大歸也。○莊姜無子，以陳女戴嬀之子完爲己子。莊公卒，完即位，嬖人之子州吁弑之，故戴嬀大歸于陳，而莊姜送之，作此詩也。【音釋】泣，無聲出涕也。涕，土禮反，目汁也。鳦，烏拔反。歸，他詩皆言嫁歸之歸，惟此詩謂歸父母之

【一】「亦」，蔣氏本、光緒七年本、光緒十五年本及朱熹《詩集傳》卷二作「我」。
【二】「孚」原作「為」，據朱熹《詩集傳》卷二改。

家，故曰大歸者，不反之辭。嫣，居為反。

燕燕于飛，頡戸結反之頏戸郎反之。之子于歸，遠于將之。瞻望弗及，佇立以泣。

興也。飛而上曰頡，飛而下曰頏。將，送也。佇立，久立也。

燕燕于飛，下上時掌反其音。之子于歸，遠送于南叶尼心反。瞻望弗及，實勞我心。

興也。鳴而上曰上音，鳴而下曰下音。送于南者，陳在衛南。【音釋】下，按字書，「元在物下」之「下」，則上聲；「自上而下」之「下」，則去聲，凡與「自下而上」之「上」對義者，皆當作去聲讀。

仲氏任而今反只【一】，其心塞淵叶一均反。終温且惠，淑慎其身。先君之思，以勖凶肉反寡人。

賦也。仲氏，戴嬀字也。以恩相信曰任。只，語辭。塞，實。淵，深。終，竟。温，和。惠，順。淑，善也。先君，謂莊公也。勖，勉也。寡人，寡德之人，莊姜自稱也。〇言戴嬀之賢如此，又以先君之思勉我，使我常念之，而不失其守也。楊氏曰：「州吁之暴，桓公之死，戴嬀之去，皆夫人失位，不見答於先君所致也。而戴嬀猶以先君之思勉其夫人，真可謂温且惠矣。」

《燕燕》四章，章六句。

日居月諸，照臨下土。乃如之人兮，逝不古處昌呂反。胡能有定，寧不我顧叶果五反？

賦也。日居月諸，呼而訴之也。之人，指莊公也。逝，發語辭。古處，未詳。或云：以古道相處也。胡、寧，皆何也。〇莊姜不見答於莊公，故呼日月而訴之。言日月之照臨下土久矣，今乃有如是之人，而不以古道相處，是其心志回惑，亦何能有定哉？而何爲其獨不我顧也。見棄如此，而猶有望之之意焉，此詩之所以爲厚也。

【一】「只」下，朱熹《詩集傳》卷二有「音紙」二字。

日居月諸，下土是冒。乃如之人兮，逝不相好呼報反。胡能有定，寧不我報？

賦也。冒，覆也。報，答也。

日居月諸，出自東方。乃如之人兮，德音無良。胡能有定，俾也可忘。

賦也。日旦必出東方，月望亦出東方。德音，美其辭。無良，醜其實也。俾也可忘，言何獨使我爲可忘者耶？

日居月諸，東方自出。父兮母兮，畜我不卒。胡能有定，報我不述。

賦也。畜，養。卒，終也。不得於夫，而歎父母養我之不終。蓋憂患疾痛之極，必呼父母，人之至情也。述，循也，言不循義理也。【音釋】畜，許六反。許氏曰：「『胡能有定』，期之之辭。謂今其心回惑，何時能定？此莊姜忠厚之意。」

《日月》四章，章六句。此詩當在《燕燕》之前。下篇放此。

終風且暴，顧我則笑叶音燥。謔許約反浪笑敖五報反，中心是悼。

比也。終風，終日風也。暴，疾也。謔，戲言也。浪，放蕩也。悼，傷也。○莊公之爲人，狂蕩暴疾，莊姜蓋不忍斥言之，故但以「終風且暴」爲比。言雖其狂暴如此，然亦有顧我而笑之時。但皆出於戲慢之意，而無愛敬之誠，則又使我不敢言，而心獨傷之耳。蓋莊公暴慢無常，而莊姜正靜自守，所以忤其意而不見答也。

終風且霾亡皆反，叶音貍，惠然肯來叶如字，又陵之反。莫往莫來，悠悠我思叶新才、新齋二反。

比也。霾，雨土蒙霧也。惠，順也。悠悠，思之長也。○終風且霾，以比莊公之狂惑也。雖云狂惑，然亦或惠然而肯來。但又有莫往莫來之時，則使我悠悠而思之，望其君子之深厚之至也。【音釋】霾，許氏易「謨皆反」。雨，王遇反。霧，謨逢、蒙弄二反。疏：「風而雨土曰霾。」又曰：「大風揚塵土從上下也。」

終風且曀於計反，不日有曀。寤言不寐，願言則嚏都麗反。

比也。陰而風曰曀。有，又也。不日有曀，言既曀矣，不旋日而又曀也。亦比人之狂惑暫開而復蔽也。願，思也。嚏，鼽嚏也。人氣感傷閉鬱，又爲風霧所襲，則有是疾也。【音釋】鼽，巨尤反，病寒鼻窒也。

曀曀其陰，虺虺虛鬼反其靁。寤言不寐，願言則懷叶胡隈反。

比也。曀曀，陰貌。虺虺，靁將發而未震之聲，以比人之狂惑愈深而未已也。懷，思也。

《終風》四章，章四句。說見上。

擊鼓其鏜吐當反，踊躍用兵叶晡芒反。土國城漕，我獨南行叶户郎反。

賦也。鏜，擊鼓聲也。踊躍，坐作擊刺之狀也。兵，謂戈戟之屬。土，土功也。國，國中也。漕，衛邑名。○衛人從軍者自言其所爲，因言衛國之民，或役土功於國，或築城於漕，而我獨南行，有鋒鏑死亡之憂，危苦尤甚也。【音釋】漕，《通典》：「滑州白馬縣，衛國曹邑，『戴公廬於漕』即此。」鋒，音峯，兵耑也。鏑，音滴，矢鋒也。

從孫子仲，平陳與宋。不我以歸，憂心有忡敕中反，叶敕衆反。

賦也。孫，氏。子仲，字。時軍帥也。平，和也，合二國之好也。舊說以此爲《春秋》隱公四年，州吁自立之時，宋、衛、陳、蔡伐鄭之事。恐或然也。以，猶與也，言不與我而歸也。

爰居爰處，爰喪息浪反其馬叶滿補反。于以求之？于林之下叶後五反。

賦也。爰，於也。於是居，於是處，於是喪其馬，而求之於林下，見其失伍離次，無鬭志也。

死生契苦結反闊叶苦劣反，與子成説。執子之手，與子偕老叶魯吼反【一】。

賦也。契闊，隔遠之意。成説，謂成其約誓之言。○從役者念其室家，因言始爲室家之時，期以死生契闊，不相忘棄，又相與執手，而期以偕老也。

于音吁，下同嗟闊叶苦劣反兮，不我活叶户劣反兮。于嗟洵音荀兮，不我信叶師人反兮。

賦也。吁嗟，嘆辭也。闊，契闊也。活，生。洵，信也。信與申同。○言昔者契闊之約如此，而今不得活。偕老之信如此，而今不得伸。意必死亡，不復得與其室家遂前約之信也。

《擊鼓》五章，章四句。

凱風自南叶尼心反，吹彼棘心。棘心夭夭於驕反，母氏劬勞叶音僚。

比也。南風謂之凱風，長養萬物者也。棘，小木，叢生，多刺，難長，而心又其稚弱而未成者也。夭夭，少好貌。劬勞，病苦也。○衛之淫風流行，雖有七子之母，猶不能安其室，故其子作此詩。以凱風比母，棘心比子之幼時。蓋曰：母生衆子，幼而育之，其劬勞甚矣。本其始而言，以起自責之端也。【音釋】凱風，疏：「南風長養，萬物喜樂，故曰凱風。凱，樂也。」棘，字書：「棘，如棗而多刺，木堅色赤，叢生，人多取以為藩。色白為白棘，實酸為樲棘。」

凱風自南，吹彼棘薪。母氏聖善，我無令人。

興也。聖，叡。令，善也。棘可以爲薪，則成矣，然非美材，故以興子之壯大而無善也。復以聖善稱其母，而自謂無令人，其自責也深矣。

【一】「吼」原作「孔」，據蔣氏本、光緒七年本、光緒十五年本及朱熹《詩集傳》卷二改。

爰有寒泉，在浚之下叶後五反。有子七人，母氏勞苦。

興也。浚，衛邑。○諸子自責，言寒泉在浚之下，猶能有所滋益於浚，而有子七人，反不能事母，而使母至於勞苦乎？於是乃若微指其事，而痛自刻責，以感動其母心也。母以淫風流行，不能自守，而諸子自責，但以不能事母，使母勞苦爲詞。婉詞幾諫，不顯其親之惡，可謂孝矣。下章放此。【音釋】浚，音峻。《通典》：「寒泉，在濮州濮陽縣東南。」

睍胡顯反睆華板反黄鳥，載好其音。有子七人，莫慰母心。

興也。睍睆，清和圓轉之意。○言黄鳥猶能好其音以悦人，而我七子獨不能慰悦母心哉！【音釋】睍睆，嚴氏曰：「光鮮。見《檀弓》『華而睆』。睆，明貌。睍從目從見，亦以色言之，訛以為黄鳥之聲。」許氏曰：「『睍睆』字在『黄鳥』上，其下别言『載好其音』，『睍睆』與『音』字義意似不通。宜嚴氏説是。」

《凱風》四章，章四句。

雄雉于飛，泄泄移世反其羽。我之懷矣，自詒伊阻。

興也。雉，野雞，雄者有冠，長尾，身有文采，善鬬。泄泄，飛之緩也。懷，思。詒，遺。阻，隔也。○婦人以其君子從役于外，故言雄雉之飛，舒緩自得如此，而我之所思者，乃從役於外，而自遺阻隔也。

雄雉于飛，下上時掌反其音。展矣君子，實勞我心。

興也。下上其音，言其飛鳴自得也。展，誠也。言誠，又言實，所以甚言此君子之勞我心也。

瞻彼日月，悠悠我思叶新齋反。道之云遠，曷云能來叶陵之反。

賦也。悠悠，思之長也。見日月之往來，而思其君子從役之久也。

百爾君子，不知德行下孟反，叶户郎反。不忮之豉反不求，何用不臧？

賦也。百，猶凡也。忮，害。求，貪。臧，善也。○言凡爾君子，豈不知德行乎？若能不忮害又不貪求，則何所爲而不善哉？憂其遠行之犯患，冀其善處而得全也。

《雄雉》四章，章四句。

匏有苦葉，濟有深涉。深則厲，淺則揭苦例反。

比也。匏，瓠也。匏之苦者不可食，特可佩以渡水而已。然今尚有葉，則亦未可用之時也。濟，渡處也。行渡水曰涉，以衣而涉曰厲，褰衣而涉曰揭。○此刺淫亂之詩。言匏未可用，而渡處方深，行者當量其淺深而後可渡，以比男女之際，亦當量度禮義而行也。【音釋】瓠，胡故反。《埤雅》：「長而瘦上曰瓠，短頸大腹曰匏。」毛氏「匏謂之瓠」，誤矣。《國語》：「苦匏不材於人，共濟而已。」《爾雅》：「繇膝以上為涉，繇帶以上為厲，繇膝以下為揭。」以衣，愚謂蓋深則去衣，以之而涉也。

有瀰彌爾反濟盈，有鷕以小反雉鳴。濟盈不濡軌居美反，叶居有反，雉鳴求其牡。

比也。瀰，水滿貌。鷕，雌雉聲。軌，車轍也。飛曰雌雄，走曰牝牡。○夫濟盈必濡其轍，雉鳴當求其雄，此常理也。今濟盈而曰不濡軌，雉鳴而反求其牡，以比淫亂之人不度禮義，非其配耦，而犯禮以相求也。【音釋】軌，《周禮·輈人》疏：「轍廣謂之軌，轂末亦為軌。」《韻會》引《説文》：「軌，車轍也。」又車軸謂轊頭也。轊即車軸之耑貫轂者，車輪廣狹、高下，皆定於軌。軌同則轍跡亦同。後人因謂車轍亦曰軌。《曲禮》「塵不出軌」以高下言，《中庸》「車同軌」以廣狹言。蓋車輪崇六尺六寸，軌

居輪中，若濡軌，則水深三尺三寸【一】。孔疏以為轍跡，非也。以是言之，則此章軌字不必改作軌，但不作轍説可也。軜，音舟。轂，音穀。轊，音衛。耑，音端。

雝雝鳴鴈叶魚旰反，旭許玉反日始旦。士如歸妻，迨冰未泮。

賦也。雝雝，聲之和也。鴈，鳥名，似鵝，畏寒，秋南春北。旭，日初出貌。昏禮，納采用鴈。親迎以昏，而納采、請期以旦。歸妻以冰泮，而納采、請期迨冰未泮之時。〇言古人之於婚姻，其求之不暴，而節之以禮如此，以深刺淫亂之人也。

招招照遥反舟子叶獎里反【二】，人涉卬五郎反否叶補美反。人涉卬否，卬須我友叶羽軌反。

比也。招招，號召之貌。舟子，舟人主濟渡者。卬，我也。〇舟人招人以渡，人皆從之，而我獨否者，待我友之招而後從之也。以比男女必待其配耦而相從，而刺此人之不然也。

《匏有苦葉》四章，章四句。

習習谷風，以陰以雨。黽勉同心，不宜有怒叶暖五反。采葑孚容反采菲妃鬼反，無以下體。德音莫違，及爾同死叶想止反。

比也。習習，和舒也。東風謂之谷風。葑，蔓菁也。菲，似蔔，莖麤，葉厚而長，有毛。下體，根也。葑、菲根莖皆可食，而其根則有時而美惡。德音，美譽也。〇婦人爲夫所棄，故作此詩以叙其悲怨之情。言陰陽和而後雨澤降，如夫婦和而後家道成。故爲夫婦者，當黽勉以同心，而不宜至於有怒。又言采葑菲者，不可以其根之惡而棄其莖之美，如爲夫婦者，不可以其顔色之衰，而棄其德音之善。但德音之不違，則可以與爾同死矣。【音釋】黽勉，嚴氏曰：「猶

【一】「深」原作「涉」，據蔣氏本、光緒七年本及光緒十五年本改。

【二】「里」，朱熹《詩集傳》卷二作「履」。

勉強也。力所不堪，心所不欲，而勉強為之，皆謂之黽勉。」黽，莫尹反【一】。蔓，音萬。菁，音精。《釋文》：「今菘菜也。江南有菘，江北有蔓菁。」春食苗，夏食心，秋食莖，冬食根。葍，音福。《爾雅》謂之葸菜，河内謂之蓿菜。

行道遲遲，中心有違。不遠伊邇，薄送我畿音祈。誰謂荼音徒苦，其甘如薺齊禮反。宴爾新昏，如兄如弟待禮反。

賦而比也。遲遲，舒行貌。違，相背也。畿，門内也。荼，苦菜，蓼屬也，詳見《良耜》。薺，甘菜。宴，樂也。新昏，夫所更娶之妻也。○言我之被棄，行於道路，遲遲不進，蓋其足欲前，而心有所不忍，如相背然。而故夫之送我，乃不遠而甚邇，亦至其門内而止耳。又言荼雖甚苦，反甘如薺，以比己之見棄，其苦有甚於荼，而其夫方且宴樂其新昏，如兄如弟而不見恤。蓋婦人從一而終，今雖見棄，猶有望夫之情，厚之至也。【音釋】荼，《爾雅》：「苦菜。」味苦可食。生於秋，經冬歷春乃成。《良耜》「荼蓼」之「荼」乃穢草，非荼也。《爾雅》謂之委葉，字作蒤，與苦菜之荼是兩物，《傳》恐誤。薺，《本草》：「味甘，葉作菹及羹。」

涇以渭濁，湜湜音殖其沚音止。宴爾新昏，不我屑以。毋逝我梁，毋發我笱古口反。我躬不閱，遑恤我後胡口反。

比也。涇、渭，二水名。涇水出今原州百泉縣笄頭山東南，至永興軍高陵入渭。渭水出渭州渭源縣鳥鼠山，至同州馮翊縣入河。湜湜，清貌。沚，水渚也。屑，潔。以，與。逝，之也。梁，堰石障水而空其中，以通魚之往來者也。笱，以竹爲器，而承梁之空以取魚者也。閱，容也。○涇濁渭清，然涇未屬渭之時，雖濁而未甚見，由二水既合，而清濁益分。然其別出之渚，流或稍緩，則猶有清處。婦人以自比其容貌之衰久矣，又以新昏形之，益見憔悴。然其心則固猶有

【一】「尹」，蔣氏本、光緒七年本及光緒十五年本作「引」。

可取者，但以故夫之安於新昏，故不以我爲潔而與之耳。又言毋逝我之梁，毋發我之笱，以比欲戒新昏，毋居我之處，毋行我之事。而又自思我身且不見容，何暇恤我已去之後哉！知不能禁，而絶意之辭也。【音釋】笄，音基。馮，皮冰反。翊，逸織反。堰，於建反。空，去聲，下同。

就其深矣，方之舟之。就其淺矣，泳之游之。何有何亡，黽勉求之。凡民有喪，匍音蒲匐蒲北反救叶居尤反之【一】。

興也。方，桴。舟，船也。潛行曰泳，浮水曰游。匍匐，手足並行，急遽之甚也。○婦人自陳其治家勤勞之事。言我隨事盡其心力而爲之，深則方舟，淺則泳游，不計其有與亡，而勉強以求之。又周睦其鄰里鄉黨，莫不盡其道也。

不我能慉許六反，反以我爲讎。既阻我德，賈音古用不售市救反，叶市周反。昔育恐育鞠居六反【二】，及爾顛覆芳服反。既生既育，比予于毒。

賦也。慉，養。阻，却。鞠，窮也。○承上章言我於女家勤勞如此，而女既不我養，而反以我爲仇讎。惟其心既拒却我之善，故雖勤勞如此而不見取，如賈之不見售也。因念其昔時相與爲生，惟恐其生理窮盡，而及爾皆至於顛覆，今既遂其生矣，乃反比我於毒而棄之乎？張子曰：「育恐，謂生於恐懼之中。育鞠，謂生於困窮之際。」亦通。【音釋】售，承呪反，賣物去手也。

我有旨蓄勑六反，亦以御魚呂反，下同冬。宴爾新昏，以我御窮。有洸音光有潰户對反，既詒我肄羊至反【三】。不念昔者，伊余來塈許器反。

興也。旨，美。蓄，聚。御，當也。洸，武貌。潰，怒色也。肄，勞。塈，息也。○又言我之所以蓄聚美菜者，蓋欲

【一】「尤」，蔣氏本、光緒七年本及光緒十五年本作「游」。
【二】「鞠」，朱熹《詩集傳》卷二作「鞫」，按二字古通用，此從底本。
【三】「羊至反」，朱熹《詩集傳》卷二作「以世反」。

以禦冬月乏無之時，至於春夏，則不食之矣。今君子安於新昏而厭棄我，是但使我禦其窮苦之時，至於安樂則棄之也。又言於我極其武怒，而盡遺我以勤勞之事，曾不念昔者我之來息時也。追言其始見君子之時接禮之厚，怨之深也。

【音釋】洸，水涌光也，言其勇如水之涌也。

《谷風》六章，章八句。

式微式微，胡不歸？微君之故，胡爲乎中露？

賦也。式，發語辭。微，猶衰也。再言之者，言衰之甚也。微，猶非也。中露，露中也，言有霑濡之辱，而無所芘覆也。○舊説以爲黎侯失國而寓於衛，其臣勸之曰：衰微甚矣，何不歸哉？我若非以君之故，則亦胡爲而辱於此哉？

式微式微，胡不歸？微君之躬，胡爲乎泥中？

賦也。泥中，言有陷溺之難而不見拯救也。

《式微》二章，章四句。此無所考，姑從《序》説。

旄丘之葛叶居謁反兮，何誕徒旱反之節兮？叔兮伯叶音逼兮，何多日也？

興也。前高後下曰旄丘。誕，闊也。叔、伯，衛之諸臣也。○舊説黎之臣子自言久寓於衛，時物變矣。故登旄丘之上，見其葛長大而節疎闊，因託以起興曰：旄丘之葛，何其節之闊也？衛之諸臣，何其多日而不見救也？此詩本責衛君，而但斥其臣，可見其優柔而不迫矣。

何其處也？必有與也。何其久叶舉里反也？必有以也。

賦也。處，安處也。與，與國也。以，他故也。○因上章「何多日也」而言何其安處而不來，意必有與國相俟而俱來

耳。又言何其久而不來，意其或有他故而不得來耳。詩之曲盡人情如此。

狐裘蒙戎，匪車不東。叔兮伯兮，靡所與同。

賦也。大夫狐蒼裘。蒙戎，亂貌，言弊也。○又自言客久而裘弊矣。豈我之車不東告於女乎？但叔兮伯兮不與我同心，雖往告之，而不肯來耳。至是始微諷切之。或曰，「狐裘蒙戎」指衛大夫，而譏其憒亂之意。「匪車不東」，言非其車不肯東來救我也，但其人不肯與俱來耳。今按，黎國在衛西，前説近是。【音釋】《玉藻》：「君子狐青裘。」注：「君子，大夫、士也。」女，音汝。憒，古對反。黎，《左傳》注：「黎侯國，上黨壺關縣有黎亭。」

瑣素果反兮尾兮，流離之子叶獎里反【一】。叔兮伯兮，褎由救反如充耳。

賦也。瑣，細。尾，末也。流離，漂散也。褎，多笑貌。充耳，塞耳也。耳聾之人恒多笑。○言黎之君臣流離瑣尾，若此其可憐也。而衛之諸臣，褎然如塞耳而無聞，何哉？至是然後盡其詞焉。流離患難之餘，而其言之有序而不迫如此，其人亦可知矣。

《旄丘》四章，章四句。説同上篇。

簡兮簡兮，方將萬舞。日之方中，在前上處。

賦也。簡，簡易不恭之意。萬者，舞之總名。武用干戚，文用羽籥也。日之方中，在前上處，言當明顯之處。○賢者不得志，而仕於伶官，有輕世肆志之心焉，故其言如此。若自譽而實自嘲也。【音釋】譽，音余，稱美也。

碩人俁俁疑矩反，公庭萬舞。有力如虎，執轡如組音祖。

【一】「里」，朱熹《詩集傳》卷二作「履」。

賦也。碩，大也。俁俁，大貌。轡，今之韁也。組，織絲爲之，言其柔也。御能使馬，則轡柔如組矣。○又自譽其才之無所不備，亦上章之意也。

左手執籥餘若反，右手秉翟亭歷反，叶直角反。赫如渥於角反赭音者，叶陟略反，公言錫爵。

賦也。執籥秉翟者，文舞也。籥，如笛而六孔，或曰三孔。翟，雉羽也。赫，赤貌。渥，厚漬也。赭，赤色也。言其顏色之充盛也。公言錫爵，即《儀禮》燕飲而獻工之禮也。以碩人而得此，則亦辱矣。乃反以其賚予之親洽爲榮而誇美之，亦玩世不恭之意也。

山有榛側巾反，隰有苓音零。云誰之思？西方美人。彼美人兮，西方之人兮。

興也。榛，似栗而小。下濕曰隰。苓，一名大苦，葉似地黄，即今甘草也。西方美人，託言以指西周之盛王，如《離騷》亦以美人目其君也。又曰西方之人者，歎其遠而不得見之詞也。○賢者不得志於衰世之下國，而思盛際之顯王，故其言如此，而意遠矣。

《簡兮》四章，三章章四句，一章六句。舊三章，章六句，今改定。○張子曰：「爲禄仕而抱關擊柝，則猶恭其職也。爲伶官則雜於侏儒俳優之間，不恭甚矣。其得謂之賢者，雖其迹如此，而其中固有以過人，又能卷而懷之，是亦可以爲賢矣。東方朔似之。」

毖悲位反彼泉水，亦流于淇。有懷于衛，靡日不思叶新齎反。孌力轉反彼諸姬，聊與之謀叶謨悲反。

興也。毖，泉始出之貌。泉水，即今衛州共城之百泉也。淇水出相州林慮縣東流，泉水自西北而東南來注之。孌，好貌。諸姬，謂姪娣也。○衛女嫁於諸侯，父母終，思歸寧而不得，故作此詩。言毖然之泉水亦流於淇矣，我之有懷於衛，則亦

無日而不思矣。是以即諸姬而與之謀爲歸衛之計，如下兩章之云也。【音釋】共【一】，居容反。慮，淩如反。

出宿于泲子禮反，飲餞音踐于禰乃禮反。女子有行，遠于萬反父母兄弟待禮反。問我諸姑，遂及伯姊叶獎禮反【二】。

賦也。泲，地名。飲餞者，古之行者必有祖道之祭。祭畢，處者送之，飲於其側，而後行也。禰，亦地名，皆自衛來時所經之處也。諸姑、伯姊，即所謂諸姬也。○言始嫁來時，則固已遠其父母兄弟矣，況今父母既終，而復可歸哉？是以問於諸姑、伯姊，而謀其可否云爾。鄭氏曰：「國君夫人，父母在則歸寧，沒則使大夫寧於兄弟。」

出宿于干叶居焉反，飲餞于言。載脂載舝胡瞎反，叶下介反，還音旋車言邁。遄市專反臻于衛此字本與邁、害叶，今讀誤，不瑕有害。

賦也。干、言，地名，適衛所經之地也。脂，以脂膏塗其舝，使滑澤也。舝，車軸也，不駕則脫之，設之而後行也。還，回旋也，旋其嫁來之車也。遄，疾。臻，至也。瑕，何古音相近，通用。○言如是則其至衛疾矣，然豈不害於義理乎？疑之而不敢遂之辭也。【音釋】干、言，《隋志》：「邢州內丘縣有干山、言山。」又李公緒記云：「柏人縣有干山、言山。」柏人，邢州堯山縣。

我思肥泉，茲之永歎叶它涓反。思須與漕叶徂侯反，我心悠悠。駕言出遊，以寫我憂。

賦也。肥泉，水名。須、漕，衛邑也。悠悠，思之長也。寫，除也。○既不敢歸，然其思衛地不能忘也，安得出遊於彼，而寫其憂哉？【音釋】肥泉，《爾雅》：「同出異歸也。」寫，嚴氏曰：「傾而除之。《曲禮》『器之溉者不寫』。」

《泉水》四章，章六句。楊氏曰：「衛女思歸，發乎情也。其卒也不歸，止乎禮義也。聖人著之於經，以示後

【一】「共」原作「丑」，據蔣氏本、光緒七年本及光緒十五年本改。

【二】「禮」，蔣氏本、光緒七年本及光緒十五年本作「里」。

世，使知適異國者，父母終，無歸寧之義，則能自克者知所處矣。」

出自北門叶眉貧反，憂心殷殷。終窶其矩反且貧，莫知我艱叶居銀反。已焉哉叶將其反，下同，天實爲之，謂之何哉！

比也。北門，背陽向陰。殷殷，憂也。窶者，貧而無以爲禮也。○衛之賢者處亂世，事暗君，不得其志，故因出北門而賦以自比。又歎其貧窶，人莫知之，而歸之於天也。

王事適我，政事一埤避支反益我。我入自外，室人交徧讁知革反，叶竹棘反我。已焉哉，天實爲之，謂之何哉！

賦也。王事，王命使爲之事也。適，之也。政事，其國之政事也。一，猶皆也。埤，厚。室，家。讁，責也。○王事既適我矣，政事又一切以埤益我。其勞如此，而窶貧又甚，室人至無以自安，而交徧讁我，則其困於內外極矣。

王事敦叶都回反我，政事一埤遺唯季反，叶夷回反我。我入自外，室人交徧摧徂回反我。已焉哉，天實爲之，謂之何哉！

賦也。敦，猶投擲也。遺，加。摧，沮也。

《北門》三章，章七句。楊氏曰：「忠信重祿，所以勸士也。衛之忠臣至於窶貧而莫知其艱，則無勸士之道矣。仕之所以不得志也。先王視臣如手足，豈有以事投遺之而不知其艱哉？然不擇事而安之，無懟憾之辭，知其無可奈何，而歸之於天，所以爲忠臣也。」【音釋】懟，徒對反。

北風其涼，雨于付反雪其雱普康反。惠而好呼報反，下同我，攜手同行叶户郎反。其虛其邪音徐，下同，既亟只音紙，下同且子餘反，下同。

比也。北風，寒凉之風也。凉，寒氣也。雱，雪盛也。惠，愛。行，去也。虚，寬貌。邪，一作徐，緩也。亟，急也。只且，語助辭。○言北風雨雪，以比國家危亂將至，而氣象愁慘也。故欲與其相好之人去而避之，且曰：是尚可以寬徐乎？彼其禍亂之迫已甚，而去不可不速矣。

北風其喈音皆，叶居奚反【二】，雨雪其霏芳非反。惠而好我，攜手同歸。其虚其邪，既亟只且。

比也。喈，疾聲也。霏，雨雪分散之狀。歸者，去而不反之辭也。

莫赤匪狐，莫黑匪烏。惠而好我，攜手同車。其虚其邪，既亟只且。

比也。狐，獸名，似犬，黄赤色。烏，鵶，黑色。皆不祥之物，人所惡見者也。所見無非此物，則國將危亂可知。同行、同歸，猶賤者也；同車，則貴者亦去矣。

《北風》三章，章六句。

靜女其姝赤朱反，俟我於城隅。愛而不見，搔蘇刀反首踟直知反蹰直誅反。

賦也。靜者，閒雅之意。姝，美色也。城隅，幽僻之處。不見者，期而不至也。踟躕，猶躑躅也。此淫奔期會之詩也。

【音釋】躑躅，音尺觸，行不進貌。

靜女其孌，貽我彤徒冬反管叶古兖反。彤管有煒于鬼反，説音悦懌音亦女美。

賦也。孌，好貌。於是則見之矣。彤管，未詳何物，蓋相贈以結殷勤之意耳。煒，赤貌。言既得此物，而又悦懌此女之美也。

【二】「奚」，蔣氏本、光緒七年本及光緒十五年本作「夷」。

自牧歸荑徒兮、徒計二反，洵美且異夷、曳二音。匪女音汝之爲美，美人之貽與異同【一】。

賦也。牧，外野也。歸，亦貽也。荑，茅之始生者。洵，信也。女，指荑而言也。○言靜女又贈我以荑，而其荑亦美且異，然非此荑之爲美也，特以美人之所贈，故其物亦美耳。【音釋】首言城隅，末言自牧，蓋不特俟於城隅，抑且相逐於野矣。

《靜女》三章，章四句。

新臺有泚此禮反，河水瀰瀰莫邇反。燕婉之求，蘧音蕖篨音除不鮮斯踐反，叶想止反。

賦也。泚，鮮明也。瀰瀰，盛也。燕，安。婉，順也。蘧篨，不能俯，疾之醜者也。蓋蘧篨本竹席之名，人或編以爲囷，其狀如人之擁腫而不能俯者，故又因以名此疾也。鮮，少也。○舊説以爲衛宣公爲其子伋娶於齊而聞其美，欲自娶之，乃作新臺於河上而要之。國人惡之，而作此詩以刺之。言齊女本求與伋爲燕婉之好，而反得宣公醜惡之人也。

新臺有洒七罪反，叶先典反，河水浼浼每罪反，叶美辯反。燕婉之求，蘧篨不殄。

賦也。洒，高峻也。浼浼，平也。殄，絶也，言其病不已也。

魚網之設，鴻則離之。燕婉之求，得此戚施。

興也。鴻，鴈之大者。離，麗也。戚施，不能仰，亦醜疾也。○言設魚網而反得鴻，以興求燕婉而反得醜疾之人，所得非所求也。

《新臺》三章，章四句。凡宣姜事，首尾見《春秋傳》。然於詩則皆未有考也，諸篇放此。

【一】「同」，蔣氏本、光緒七年本及光緒十五年本作「叶」。

二子乘舟，汎汎芳劍反其景叶舉兩反。願言思子，中心養養以兩反。

賦也。二子，謂伋、壽也。乘舟，渡河如齊也。景，古影字。養養，猶漾漾，憂不知所定之貌。○舊説以爲宣公納伋之妻，是爲宣姜，生壽及朔。朔與宣姜愬伋於公，公令伋之齊，使賊先待於隘而殺之。壽知之，以告伋。伋曰：「君命也，不可以逃。」壽竊其節而先往，賊殺之。伋至，曰：「君命殺我，壽有何罪？」賊又殺之。國人傷之，而作是詩也。

二子乘舟，汎汎其逝此字本與害叶，今讀誤。願言思子，不瑕有害。

賦也。逝，往也。不瑕，疑詞，義見《泉水》，此則見其不歸而疑之也。

《二子乘舟》二章，章四句。太史公曰：「余讀《世家》言，至於宣公之子以婦見誅，弟壽爭死以相讓，此與晉太子申生不敢明驪姬之過同，俱惡傷父之志。然卒死亡，何其悲也！或父子相殺，兄弟相戮，亦獨何哉？」

邶十九篇，七十二章，三百六十三句。

詩卷第二

詩卷第三

鄘一之四

說見上篇。

汎彼柏舟，在彼中河。髧徒坎反彼兩髦音毛，實維我儀叶牛何反。之死矢靡他湯何反。母也天叶鐵因反只音紙，下同，不諒人只！

興也。中河，中於河也。髧，髮垂貌。兩髦者，剪髮夾囟，子事父母之飾，親死然後去之。此蓋指共伯也。我，共姜自我也。儀，匹。之，至。矢，誓。靡，無也。只，語助辭。諒，信也。○舊說以爲衛世子共伯蚤死，其妻共姜守義，父母欲奪而嫁之，故共姜作此以自誓。言柏舟則在彼中河，兩髦則實我之匹，雖至於死，誓無他心。母之於我，覆育之恩如天罔極，而何其不諒我之心乎？不及父者，疑時獨母在，或非父意耳。【音釋】囟，思晉反。共，音恭。奪，謂奪其守義之心。覆，孚救反。

汎彼柏舟，在彼河側。髧彼兩髦，實維我特。之死矢靡慝他得反。母也天只，不諒人只！

興也。特，亦匹也。慝，邪也。以是爲慝，則其絕之甚矣。

《柏舟》二章，章七句。

牆有茨，不可埽叶蘇后反也。中冓古候反之言，不可道叶徒厚反也。所可道也，言之醜也。

興也。茨，蒺藜也，蔓生，細葉，子有三角，刺人。中冓，謂舍之交積材木也。道，言。醜，惡也。○舊說以爲宣公

卒，惠公幼，其庶兄頑烝於宣姜，故詩人作此詩以刺之，言其閨中之事皆醜惡而不可言。理或然也。【音釋】冓，顔師古謂「閨内隱奥之處」。中冓之言謂閨門之言【一】。

牆有茨，不可襄也。中冓之言，不可詳也。所可詳也，言之長也。

興也。襄，除也。詳，詳言之也。言之長者，不欲言，而託以語長難竟也。

牆有茨，不可束也。中冓之言，不可讀也。所可讀也，言之辱也。

興也。束，束而去之也。讀，誦言也。辱，猶醜也。

《牆有茨》三章，章六句。楊氏曰：「公子頑通乎君母，閨中之言，至不可讀，其汙甚矣，聖人何取焉而著之於經也？蓋自古淫亂之君，自以謂密於閨門之中【二】，世無得而知者，故自肆而不反。聖人所以著之於經，使後世爲惡者知雖閨中之言亦無隱而不彰也。其爲訓戒深矣。」

君子偕老，副笄六珈音加，叶居河反。委委於危反佗佗待何反，如山如河，象服是宜叶牛何反。子之不淑，云如之何？

賦也。君子，夫也。偕老，言偕生而偕死也。女子之生，以身事人，則當與之同生，與之同死。故夫死稱「未亡人」，言亦待死而已，不當復有他適之志也。副，祭服之首飾，編髮爲之。笄，衡笄也，垂于副之兩旁當耳，其下以紞懸瑱。珈之言加也，以玉加於笄而爲飾也。委委佗佗，雍容自得之貌。如山，安重也。如河，弘廣也。象服，法度之服也。淑，善也。○言夫人當與君子偕老，故其服飾之盛如此，而雍容自得，安重寬廣，又有以宜其象服。今宣姜之不善乃如

【一】「謂」原作「爲」，據蔣氏本、光緒七年本及光緒十五年本改。
【二】「謂」，蔣氏本、光緒七年本及光緒十五年本作「爲」。按，朱熹《詩集傳》卷三作「謂」。

此，雖有是服，亦將如之何哉?言不稱也。【音釋】衡笄，《周禮．追師》曰：「追衡笄。」注：「追猶治也，后之衡笄以玉為之，惟祭服有衡，垂於副之兩旁，當耳，其下以紞縣瑱。」笄，卷髮者。追，丁回反。編，步典、必先二反。紞，都感反。縣，音懸。卷，音捲。紞，織如絛，上屬於衡者。瑱，以玉為之，以纊縛之而屬於紞，縣之當耳。縛，音篆，同卷也【一】。

玼音此兮玼兮，其之翟叶去聲也。鬒真忍反髮如雲，不屑先結反髢徒帝反也【二】。玉之瑱吐殿反也，象之揥勑帝反也，揚且子餘反之皙星曆反，叶征例反也。胡然而天也！胡然而帝也！

賦也。玼，鮮盛貌。翟衣，祭服，刻繒爲翟雉之形而彩畫之以爲飾也。鬒，黑也。如雲，言多而美也。屑，潔也。髢，髲髢也。人少髮則以髢益之，髮自美則不潔於髢而用之也。瑱，塞耳也。象，象骨也。揥，所以摘髮也。揚，眉上廣也。且，語助辭。皙，白也。胡然而天，胡然而帝，言其服飾容貌之美，見者驚猶鬼神也。【音釋】繒，慈陵反，帛也。摘，音剔。

瑳七我反兮瑳兮，其之展陟戰反，叶諸延反也。蒙彼縐側救反絺，是紲息列反袢薄慢反，叶汾乾反也。子之清揚，揚且之顔叶魚堅反也。展如之人兮，邦之媛于眷反，叶于權反也。

賦也。瑳，亦鮮盛貌。展衣者，以禮見於君及見賓客之服也。蒙，覆也。縐絺，絺之蹙蹙者，當暑之服也。紲袢，束縛意。以展衣蒙絺綌而爲之紲袢，所以自斂飭也。或曰：蒙，謂加絺綌於褻衣之上，所謂表而出之也。清，視清明也。揚，眉上廣也。顔，額角豐滿也。展，誠也。美女曰媛。見其徒有美色而無人君之德也。

《君子偕老》三章，一章七句，一章九句，一章八句。東萊呂氏曰：「首章之末云『子之不淑，云如之

【一】「同」，蔣氏本、光緒七年本及光緒十五年本無。

【二】「先結」，朱熹《詩集傳》卷三作「蘇節」。

何』，責之也。二章之末云『胡然而天也，胡然而帝也』，問之也。三章之末云『展如之人兮，邦之媛也』，惜之也。辭益婉而意益深矣。」

爰采唐矣，沬音妹之鄉矣。云誰之思？美孟姜矣。期我乎桑中叶諸良反，要於遥反我乎上宮叶居王反，送我乎淇之上叶辰羊反矣。

賦也。唐，蒙菜也，一名兔絲。沬，衛邑也，《書》所謂「妹邦」者也。孟，長也。姜，齊女，言貴族也。桑中、上宮、淇上，又沬鄉之中小地名也。要，猶迎也。○衛俗淫亂，世族在位，相竊妻妾。故此人自言將采唐於沬，而與其所思之人，相期會迎送如此也。【音釋】許氏曰：「唐，蒙菜，從毛注。唐非可食之物，不知毛何以爲菜名。」

爰采麥叶訖力反矣，沬之北矣。云誰之思？美孟弋矣。期我乎桑中，要我乎上宮，送我乎淇之上矣。

賦也。麥，穀名，秋種夏熟者。弋，《春秋》或作「姒」，蓋杞女，夏后氏之後，亦貴族也。

爰采葑矣，沬之東矣。云誰之思？美孟庸矣。期我乎桑中，要我乎上宮，送我乎淇之上矣。

賦也。葑，蔓菁也。庸，未聞，疑亦貴姓也【一】。

《桑中》三章，章七句。《樂記》曰：「鄭衛之音，亂世之音矣，比於慢矣。桑間濮上之音，亡國之音也，其政散，其民流，誣上行私而不可止也。」按，「桑間」即此篇，故《小序》亦用《樂記》之語。

鶉音純之奔奔，鵲之彊彊音姜。人之無良，我以爲兄叶虚王反。

【一】「姓」，蔣氏本、光緒七年本、光緒十五年本及朱熹《詩集傳》卷三作「族」。

興也。鶉，鵪屬。奔奔、彊彊，居有常匹，飛則相隨之貌。人，謂公子頑。良，善也。○衛人刺宣姜與頑非匹耦而相從也，故爲惠公之言以刺之曰：「人之無良，鶉鵲之不若，而我反以爲兄，何哉？」【音釋】鵪，烏含反。

鵲之彊彊，鶉之奔奔叶逋珉反。人之無良，我以爲君。

興也。人，謂宣姜。君，小君也。

《鶉之奔奔》二章，章四句。范氏曰：「宣姜之惡，不可勝道也，國人疾而刺之，或遠言焉，或切言焉。遠言之者，《君子偕老》是也；切言之者，《鶉之奔奔》是也。衛詩至此而人道盡、天理滅矣。中國無以異於夷狄，人類無以異於禽獸，而國隨以亡矣。」胡氏曰：「楊時有言，詩載此篇，以見衛爲狄所滅之因也，故在《定之方中》之前。因以是説考於歷代，凡淫亂者，未有不至於殺身敗國而亡其家者，然後知古詩垂戒之大。而近世有獻議，乞於經筵不以《國風》進講者，殊失聖經之旨矣。」

定丁佞反之方中，作于楚宮。揆之以日，作于楚室。樹之榛栗，椅於宜反桐梓漆，爰伐琴瑟。

賦也。定，北方之宿，營室星也。此星昏而正中，夏正十月也。於是時，可以營制宮室，故謂之營室。楚宮，楚丘之宮也。揆，度也。樹八尺之臬而度其日出入之景，以定東西。又參日中之景，以正南北也。楚室，猶楚宮，互文以叶韻耳。榛、栗，二木，其實榛小栗大，皆可供籩實。椅，梓實桐皮。桐，梧桐也。梓，楸之疎理白色而生子者。漆，木有液黏黑，可飾器物。四木皆琴瑟之材也。爰，於也。○衛爲狄所滅，文公徙居楚丘，營立宮室，國人悦之，而作是詩以美之。蘇氏曰：「種木者求用於十年之後，其不求近功，凡此類也。」【音釋】營室，《晉．天文志》：「二星，一曰玄宮，一曰清廟。又為土功事【一】。」楚丘，《鄭志》：「在濟河間，疑在今東郡界。」

【一】「為」下，《晉書》卷十一有「軍糧之府及」五字。

臬，魚列反。《本草衍義》：「白桐可斲琴，葉三杈，開白花，不結子。」梧桐不堪作琴瑟，《傳》蓋誤。

升彼虛起居反，叶起呂反矣，以望楚矣。望楚與堂，景山與京叶居良反。降觀于桑，卜云其吉，終然允臧【一】。

賦也。虛，故城也。楚，楚丘也。堂，楚丘之旁邑也。景，測景以正方面也，與「既景迺岡」之「景」同。或曰：景，山名，見《商頌》。京，高丘也。桑，木名，葉可飼蠶者，觀之以察其土宜也。允，信。臧，善也。○此章本其始之望景觀卜而言，以至於終，而果獲其善也。【音釋】堂，傳寅《群書百考》：「當是今博州堂邑。」景山，許氏曰：「後說為是，測景之事，首章已言之。又毛曰：『景山，大山也。』」

靈雨既零，命彼倌音官人。星言夙駕，説始鋭反于桑田叶徒因反。匪直也人，秉心塞淵叶一均反。騋音來牝三千叶倉新反。

賦也。靈，善。零，落也。倌人，主駕者也。星，見星也。説，舍止也。秉，操。塞，實。淵，深也。馬七尺以上爲騋。○言方春時雨既降，而農桑之務作。文公於是命主駕者晨起駕車，亟往而勞勸之。然非獨此人所以操其心者誠實而淵深也，蓋其所畜之馬，七尺而牝者，亦已至於三千之衆矣。蓋人操心誠實而淵深，則無所爲而不成，其致此富盛宜矣。《記》曰：「問國君之富，數馬以對【二】。」今言騋牝之衆如此，則生息之蕃可見，而衛國之富亦可知矣。此章又要其終而言也。【音釋】許氏曰：「『非獨』訓『匪直』字，以兩句作一連說，『直』如《孟子》『非直為觀美也』。」

《定之方中》三章，章七句。按《春秋傳》，衛懿公九年冬，狄入衛，懿公及狄人戰于熒澤而敗，死焉。宋桓

【一】「然」原作「焉」，據朱熹《詩集傳》卷三改。

【二】此處所引《禮記》，《禮記正義》卷五原文作「問國君之富，數地以對」。

公迎衛之遺民渡河而南，立宣姜子申以廬於漕，是爲戴公，是年卒，立其弟燬，是爲文公。於是齊桓公合諸侯以城楚丘而遷衛焉。文公大布之衣，大帛之冠，務材訓農，通商惠工，敬教勸學，授方任能。元年革車三十乘，季年乃三百乘。【音釋】燬，虎委反。大布，麤布。大帛，厚繒，文公貶損之意。

蝃丁計反蝀都動反在東，莫之敢指。女子有行，遠于萬反父母兄弟叶待里反。

比也。蝃蝀，虹也。日與雨交，倏然成質，似有血氣之類，乃陰陽之氣不當交而交者，蓋天地之淫氣也。在東者，莫虹也。虹隨日所映，故朝西而莫東也。○此刺淫奔之詩。言蝃蝀在東，而人不敢指，以比淫奔之惡，人不可道。况女子有行，當遠其父母兄弟，豈可不顧此而冒行乎？【音釋】遠，許氏易「于願反」。

朝隮子西反于西，崇朝其雨。女子有行，遠兄弟父母叶滿補反。

比也。隮，升也。《周禮》「十煇」，「九曰隮」，注以爲虹。蓋忽然而見，如自下而升也。崇，終也。從旦至食時爲終朝。言方雨而虹見，則其雨終朝而止矣。蓋淫慝之氣有害於陰陽之和也。今俗謂虹能截雨，信然。【音釋】《春官》注：「眡祲掌十煇之灋，以觀妖祥，辨吉凶。煇謂日旁之光氣。一曰祲，陰陽氣相侵，赤雲為陽，黑雲為陰。二曰象，如赤鳥【一】。三曰鑴，日旁雲氣刺日。四曰監，赤雲在日旁，如冠珥。五曰闇，日月食。六曰瞢，日月無光。七曰彌，雲氣貫日而過。八曰敘，雲氣次序如山，在日上。九曰隮，虹也。十曰想，雜氣有似可形想。」祲，子鴆反。煇，音運。鑴，許規反。鄉，音向。珥，仍吏反。瞢，母亙反。

乃如之人也，懷昏姻也。大無信叶斯人反也，不知命叶彌并反也。

【一】「鳥」原作「烏」，據蔣本氏、光緒七年本、光緒十五年本及《周禮注疏》卷二十五改。

賦也。乃如之人，指淫奔者而言。婚姻，謂男女之欲。程子曰：「女子以不自失爲信。」命，正理也。○言此淫奔之人，但知思念男女之欲，是不能自守其貞信之節，而不知天理之正也。程子曰：「人雖不能無欲，然當有以制之。無以制之，而惟欲之從，則人道廢而入於禽獸矣。以道制欲，則能順命。」

《蝃蝀》三章，章四句。

相息亮反鼠有皮叶蒲何反，人而無儀叶牛何反。人而無儀，不死何爲叶吾禾反！

興也。相，視也。鼠，蟲之可賤惡者。○言視彼鼠，而猶必有皮，可以人而無儀乎？人而無儀，則其不死亦何爲哉？

相鼠有齒，人而無止。人而無止，不死何俟叶羽已反。又音始！

興也。止，容止也。俟，待也。

相鼠有體，人而無禮。人而無禮，胡不遄死叶想止反！

興也。體，支體也。遄，速也。

《相鼠》三章，章四句。

孑孑居熱反干旄，在浚蘇俊反之郊叶音高。素絲紕符至反之，良馬四之。彼姝赤朱反者子，何以畀必寐反之？

賦也。孑孑，特出之貌。干旄，以旄牛尾注於旗干之首，而建之車後也。浚，衛邑名。邑外謂之郊。紕，織組也。蓋以素絲織組而維之也。四之，兩服、兩驂，凡四馬以載之也。姝，美也。子，指所見之人也。畀，與也。○言衛大夫乘此車馬，建此旌旄，以見賢者。彼其所見之賢者，將何以畀之，而答其禮意之勤乎？【音釋】紕，許氏易「毗至反」。

孑孑干旟，在浚之都。素絲組音祖之，良馬五之。彼姝者子，何以予音與之？

賦也。旟，州里所建鳥隼之旗也，上設旌旄，其下繫斿，斿下屬縿，皆畫鳥隼也。下邑曰都。五之，五馬，言其盛也。

【音釋】斿，音流，旒同。屬，音燭。縿，音衫。

孑孑干旌，在浚之城。素絲祝之，良馬六之。彼姝者子，何以告姑沃反之？

賦也。析羽爲旌。干旌，蓋析翟羽設於旗干之首也。城，都城也。祝，屬也。六之，六馬，極其盛而言也。【音釋】旌，後世或無翟羽[一]，染鳥羽爲之[二]，謂之夏采。夏，上聲。三章旌旄皆因旟而言。紕者，縫之也。組者，飾之也。祝者，維之也。

《干旄》三章，章六句。此上三詩，《小序》皆以爲文公時詩。蓋見其列於《定中》《載馳》之間故爾。他無所考也。然衛本以淫亂無禮，不樂善道而亡其國。今破滅之餘，人心危懼，正其有以懲創往事，而興起善端之時也，故其爲詩如此。蓋所謂「生於憂患，死於安樂」者。《小序》之言，疑亦有所本云。

載馳載驅叶祛尤反，歸唁衛侯。驅馬悠悠，言至于漕叶徂侯反。大夫跋蒲末反涉，我心則憂。

賦也。載，則也。弔失國曰唁。悠悠，遠而未至之貌。草行曰跋，水行曰涉。○宣姜之女爲許穆公夫人，閔衛之亡，馳驅而歸，將以唁衛侯於漕邑。未至，而許之大夫有奔走跋涉而來者，夫人知其必將以不可歸之義來告，故心以爲憂也。既而終不果歸，乃作此詩，以自言其意爾。【音釋】唁，疑戰反。

既不我嘉，不能旋反。視爾不臧，我思不遠。既不我嘉，不能旋濟。視爾不臧，我思不閟。

賦也。嘉、臧，皆善也。遠，猶忘也。濟，渡也。自許歸衛，必有所渡之水也。閟，閉也，止也。言思之不止也。○言大夫既至，而果不以我歸爲善，則我亦不能旋反而濟，以至於衛矣。雖視爾不以我爲善，然我之所思，終不能自已也。

[一]「翟」原作「雀」，據蔣氏本、光緒七年本、光緒十五年本及《毛詩正義》卷三之二改。
[二]「鳥」原作「皂」，據蔣氏本、光緒七年本、光緒十五年本及《毛詩正義》卷三之二改。

陟彼阿丘，言采其蝱音盲，叶謨郎反。女子善懷，亦各有行叶户郎反。許人尤之，衆稺直吏反且狂。

賦也。偏高曰阿丘。蝱，貝母也，主療鬱結之疾【一】。善懷，多憂思也，猶《漢書》云「岸善崩」也。行，道。尤，過也。〇又言以其既不適衛而思終不止也，故其在塗或升高以舒憂想之情，或采蝱以療鬱結之疾【二】。蓋女子所以善懷者，亦各有道。而許國之衆人以爲過，則亦少不更事而狂妄之人爾。許人守禮，非稺且狂也，但以其不知己情之切至而言若是爾。然而卒不敢違焉，則亦豈真以爲稺且狂哉！【音釋】蝱，《尔雅》作「莔」，音萌。《本草》：「如聚貝子，故名貝母。」

我行其野，芃芃蒲紅反其麥叶訖力反。控苦貢反于大邦，誰因誰極？大夫君子，無我有尤叶于其反。百爾所思叶新齎反，不如我所之。

賦也。芃芃，麥盛長貌。控，持而告之也。因，如「因魏莊子」之因。極，至也。大夫，即跋涉之大夫。君子，謂許國之衆人也。〇又言歸途在野，而涉芃芃之麥，又自傷許國之小，而力不能救，故思欲爲之控告于大邦，而又未知其將何所因而何所至乎？大夫君子無以我爲有過，雖爾所以處此百方，然不如使我得自盡其心之爲愈也。

《載馳》四章，二章章六句，二章章八句。事見《春秋傳》。舊説此詩五章，一章六句，二章、三章四句，四章六句，五章八句。蘇氏合二章、三章以爲一章。按《春秋傳》，叔孫豹賦《載馳》之四章，而取其「控于大邦，誰因誰極」之意，與蘇説合，今從之。范氏曰：「先王制禮，父母没則不得歸寧者，義也。雖國滅君死，不得往赴焉，義重於亡故也。」

鄘國十篇，二十九章，百七十六句。

【一】「疾」，朱熹《詩集傳》卷三作「病」。
【二】「疾」，朱熹《詩集傳》卷三作「病」。

瞻彼淇奧於六反，綠竹猗猗於宜反，叶於何反。有匪君子，如切如磋七河反，如琢如磨。瑟兮僩遐版反兮【一】，赫兮咺況晚反兮【二】。有匪君子，終不可諼況元反，叶況遠反兮【三】。

興也。淇，水名。奧，隈也。綠，色也。淇上多竹，漢世猶然，所謂淇園之竹是也。猗猗，始生柔弱而美盛也。匪、斐通，文章著見之貌也。君子，指武公也。治骨角者，既切以刀斧，而復磋以鑢鐋；治玉石者，既琢以槌鑿，而復磨以沙石。言其德之脩飭，有進而無已也。瑟，矜莊貌。僩，威嚴貌。咺，宣著貌。諼，忘也。○衛人美武公之德，而以綠竹始生之美盛，興其學問自脩之進益也。《大學傳》曰：「『如切如磋』者，道學也。『如琢如磨』者，自脩也。『瑟兮僩兮』者，恂慄也。『赫兮咺兮』者，威儀也。『有斐君子，終不可諼兮』者，道盛德至善，民之不能忘也。」【音釋】隈，烏回反。《爾雅》：「厓內為奧，外為隈。」見，音現。復，扶又反。鑢，良豫反。鐋，它浪反。槌，直追反。恂，音峻。道，去聲。

瞻彼淇奧，綠竹青青子丁反。有匪君子，充耳琇瑩音營。會古外反弁如星。瑟兮僩兮，赫兮咺兮。有匪君子，終不可諼兮。

興也。青青，堅剛茂盛之貌。充耳，瑱也。琇瑩，美石也。天子玉瑱，諸侯以石。會，縫也。弁，皮弁也。以玉飾皮弁之縫中，如星之明也。○以竹之堅剛茂盛，興其服飾之尊嚴，而見其德之稱也。【音釋】琇，音秀。瑱，它甸反。縫，扶用反。

【一】「反」下，朱熹《詩集傳》卷三有「下同」二字。
【二】「反」下，朱熹《詩集傳》卷三有「下同」二字。
【三】「叶況遠反」下，朱熹《詩集傳》卷三有「下並同」三字。

瞻彼淇奧，綠竹如簀音責，叶側歷反。有匪君子，如金如錫，如圭如璧。寬兮綽兮，猗重直恭反較古岳反兮【一】。善戲謔兮，不爲虐兮。

興也。簀，棧也。竹之密比似之，則盛之至也。金、錫，言其鍛鍊之精純。圭、璧，言其生質之温潤。寬，宏裕也。綽，開大也。猗，歎辭也。重較，卿士之車也。較，兩輢上出軾者，謂車兩傍也。善戲謔，不爲虐者，言其樂易而有節也。○以竹之至盛，興其德之成就，而又言其寬廣而自如，和易而中節也。蓋寬綽，無斂束之意；戲謔，非莊厲之時，皆常情所忽，而易致過差之地也。然猶可觀而必有節焉，則其動容周旋之間，無適而非禮，亦可見矣。《禮》曰：「張而不弛，文武不能也；弛而不張，文武不爲也；一張一弛，文武之道也。」此之謂也。【音釋】棧，仕限反，牀第也。第，壯仕反。比，毗至反。猗，許氏曰：「《釋文》：『於綺反，依也。』只是倚義。今音同首章，而為歎辭，恐於字義及句義皆若不叶【二】。當從《釋文》。」易、中，並去聲。

《淇奧》三章，章九句。按《國語》，武公年九十有五，猶箴儆于國，曰：「自卿以下，至于師長士，苟在朝者，無謂我老耄而舍我，必恪恭於朝以交戒我。」遂作《懿戒》之詩以自警。而《賓之初筵》亦武公悔過之作，則其有文章而能聽規諫以禮自防也，可知矣。衛之他君蓋無足以及此者，故《序》以此詩爲美武公，而今從之也。

【音釋】長，上聲。朝，直遥反。舍，上聲。懿，音益。

考槃在澗叶居賢反，碩人之寬叶區權反。獨寐寤言，永矢弗諼況元反。

賦也。考，成也。槃，盤桓之意，言成其隱處之室也。陳氏曰：「考，扣也。槃，器名。蓋扣之以節歌，如鼓盆拊缶之爲樂也。」二説未知孰是。山夾水曰澗。碩，大。寬，廣。永，長。矢，誓。諼，忘也。○詩人美賢者隱處澗谷之間，

【一】「猗」下，朱熹《詩集傳》卷三有「於綺反」三字。

【二】「及句」原作「反句」，據蔣氏本、光緒七年本及光緒十五年本改。「叶」，蔣氏本、光緒七年本、光緒十五年本作「協」。

而碩大寬廣，無戚戚之意，雖獨寐而寤言，猶自誓其不忘此樂也。

考槃在阿，碩人之薖苦禾反。獨寐寤歌，永矢弗過古禾反。

賦也。曲陵曰阿。薖，義未詳，或云亦寬大之意也。永矢弗過，自誓所願不踰於此，若將終身之意也。

考槃在陸，碩人之軸。獨寐寤宿，永矢弗告姑沃反。

賦也。高平曰陸。軸，盤桓不行之意。寤宿，已覺而猶臥也。弗告者，不以此樂告人也。

《考槃》三章，章四句。

碩人其頎其機反，衣於既反錦褧古迥反衣【一】。齊侯之子，衛侯之妻，東宮之妹，邢侯之姨，譚公維私息夷反。

賦也。碩人，指莊姜也。頎，長貌。錦，文衣也。褧，襌也。錦衣而加褧焉，爲其文之太著也。東宮，太子所居之宮，齊太子得臣也。繫太子言之者，明與同母，言所生之貴也。女子後生曰妹，妻之姊妹曰姨，姊妹之夫曰私。邢侯、譚公，皆莊姜姊妹之夫，互言之也。諸侯之女嫁於諸侯，則尊同，故歷言之。○莊姜事見《邶風·綠衣》等篇。《春秋傳》曰：「莊姜美而無子，衛人爲之賦《碩人》。」即謂此詩。而其首章極稱其族類之貴，以見其爲正嫡小君，所宜親厚，而重歎莊公之昏惑也。【音釋】褧，字書：「檾也。」檾，枲屬。《爾雅翼》：「檾高四五尺，或六七尺，葉如苧而薄，實如大麻子。今人績為布。」蓋用此布為襌衣，故謂之褧。

手如柔荑徒奚反，膚如凝脂。領如蝤似修反蠐音齊，齒如瓠户故反犀，螓音秦首蛾我波反眉。巧笑倩七薦反兮，美目盼匹莧反，叶匹見反兮。

賦也。茅之始生曰荑，言柔而白也。凝脂，脂寒而凝者，亦言白也。領，頸也。蝤蠐，木蟲之白而長者。瓠犀，瓠中之

【一】「既」，蔣氏本、光緒七年本及光緒十五年本作「計」。

子方正潔白而比次整齊也。螓，如蟬而小，其額廣而方正。蛾，蠶蛾也，其眉細而長曲。倩，口輔之美也。盼，白黑分明也【一】。○此章言其容貌之美，猶前章之意也。【音釋】蝤，字書皆慈秋反【二】。比，毗至反。

碩人敖敖五刀反，説始鋭反于農郊叶音高。四牡有驕起橋反，叶音高，朱幩符云反鑣鑣表驕反，叶音褒，翟茀音弗以朝直遥反，叶直豪反。大夫夙退，無使君勞。

賦也。敖敖，長貌。説，舍也。農郊，近郊也。四牡，車之四馬。驕，壯貌。幩，鑣飾也。鑣者，馬銜外鐵，人君以朱纏之也。鑣鑣，盛也。翟，翟車也，夫人以翟羽飾車。茀，蔽也，婦人之車前後設蔽。夙，早也。《玉藻》曰：「君日出而視朝，退適路寢聽政。使人視大夫，大夫退，然後適小寢釋服。」○此言莊姜自齊來嫁，舍止近郊，乘是車馬之盛，以入君之朝，國人樂得以爲莊公之配，故謂諸大夫朝於君者宜早退，無使君勞於政事，不得與夫人相親，而歎今之不然也。【音釋】鑣，馬銜外鐵，一名扇汗，又曰排沫。《爾雅》謂之钀，魚列反。

河水洋洋，北流活活古闊反，叶户劣反。施罛音孤濊濊呼活反，叶許月反，鱣陟連反鮪于軌反發發補末反，叶方月反，葭音加菼他覽反揭揭居謁反。庶姜孽孽魚竭反，庶士有朅欺列反。

賦也。河在齊西衛東，北流入海。洋洋，盛大貌。活活，流貌。施，設也。罛，魚罟也。濊濊，罟入水聲也。鱣，魚，似龍，黄色，鋭頭，口在頷下，背上腹下皆有甲，大者千餘斤。鮪，似鱣而小，色青黑。發發，盛貌。菼，薍也，亦謂之荻。揭揭，長也。庶姜，謂姪娣。孽孽，盛飾也。庶士，謂媵臣。朅，武貌。○言齊地廣饒，而夫人之來，士女佼好，禮儀盛備如此，亦首章之意也。【音釋】薍，五患反。佼，古巧反。

《碩人》四章，章七句。

【一】「白黑」，蔣氏本、光緒七年本及光緒十五年本作「黑白」。
【二】「字書皆慈秋反」，許謙《詩集傳名物鈔》作「字書皆自秋反」。

氓之蚩蚩尺之反，抱布貿莫豆反絲叶新齊反。匪來貿絲，來即我謀叶謨悲反。送子涉淇，至于頓丘叶祛奇反。匪我愆期，子無良媒叶謨悲反。將七羊反子無怒，秋以爲期。

賦也。氓，民也，蓋男子而不知其誰何之稱也。蚩蚩，無知之貌，蓋怨而鄙之也。布，幣。貿，買也。貿絲，蓋初夏時也。頓丘，地名。愆，過也。將，願也，請也。○此淫婦爲人所棄，而自叙其事，以道其悔恨之意也。夫既與之謀而不遂往，又責所無以難其事，再爲之約，以堅其志，此其計亦狡矣。以御蚩蚩之氓，宜其有餘，而不免於見棄。蓋一失其身，人所賤惡，始雖以欲而迷，後必有時而悟，是以無往而不困耳。士君子立身，一敗而萬事瓦裂者，何以異此？可不戒哉！【音釋】布，訓幣。毛氏文疏：「幣者，布帛之名。」按《天官·外府》注：「布，泉也。其藏曰泉，其行曰布。」疏：「布、泉一也，即錢也，若布作錢。」説亦通。

乘彼垝垣俱毁反垣音袁，以望復關叶圭員反。不見復關，泣涕漣漣音連。既見復關，載笑載言。爾卜爾筮，體無咎言。以爾車來，以我賄呼罪反遷。

賦也。垝，毁。垣，牆也。復關，男子之所居也，不敢顯言其人，故託言之耳。龜曰卜，蓍曰筮。體，兆卦之體也。賄，財。遷，徙也。○與之期矣，故及期而乘垝垣以望之。既見之矣，於是問其卜筮所得卦兆之體。若無凶咎之言，則以爾之車來迎，當以我之賄往遷也。

桑之未落，其葉沃若。于音吁，下同嗟鳩兮，無食桑葚音甚，叶知林反。于嗟女兮，無與士耽叶持林反。士之耽兮，猶可説也。女之耽兮，不可説也。

比而興也。沃若，潤澤貌。鳩，鶻鳩也，似山雀而小，短尾，青黑色，多聲。葚，桑實也。鳩食葚多，則致醉。耽，相樂也。説，解也。○言桑之潤澤，以比己之容色光麗。然又念其不可恃此而從欲忘反，故遂戒鳩無食桑葚，以興下句戒

女無與士耽也。士猶可説，而女不可説者，婦人被棄之後，深自愧悔之辭。主言婦人無外事，唯以貞信爲節，一失其正，則餘無可觀爾。不可便謂士之耽惑，實無所妨也。

桑之落矣，其黄而隕叶于貧反。自我徂爾，三歲食貧。淇水湯湯音傷，漸子廉反車帷裳。女也不爽叶師莊反，士貳其行下孟反，叶户郎反。士也罔極，二三其德。

比也。隕，落。徂，往也。湯湯，水盛貌。漸，漬也。帷裳，車飾，亦名童容，婦人之車則有之。爽，差。極，至也。○言桑之黄落，以比已之容色凋謝。遂言自我往之爾家，而值爾之貧。於是見棄，復乘車而渡水以歸。復自言其過不在此而在彼也。【音釋】童容，疏：「以帷障車之旁，如裳以為容飾，故或謂之帷裳」。此唯婦人之車飾為然。

三歲爲婦，靡室勞矣。夙興夜寐，靡有朝叶直豪反矣。言既遂矣，至于暴矣。兄弟不知，咥許意反其笑叶音燥矣。靜言思之，躬自悼矣。

賦也。靡，不。夙，早。興，起也。咥，笑貌。○言我三歲爲婦，盡心竭力，不以室家之務爲勞。早起夜臥，無有朝旦之暇。與爾始相謀約之言既遂，而爾遽以暴戾加我。兄弟見我之歸，不知其然，但咥然其笑而已。蓋淫奔從人，不爲兄弟所齒，故其見棄而歸，亦不爲兄弟所恤。理固有必然者，亦何所歸咎哉？但自痛悼而已。

及爾偕老，老使我怨。淇則有岸叶魚戰反，隰則有泮音畔，叶匹見反。總角之宴，言笑晏晏叶伊佃反。信誓旦旦叶得絹反，不思其反叶孚絢反。反是不思叶新齎反，亦已焉哉叶將黎反。

賦而興也。及，與也。泮，涯也，高下之判也。總角，女子未許嫁則未笄，但結髪爲飾也。晏晏，和柔也。旦旦，明也。○言我與汝本期偕老，不知老而見棄如此，徒使我怨也。淇則有岸矣，隰則有泮矣。而我總角之時，與爾宴樂言

笑，成此信誓，曾不思其反復以至於此也。此則興也。既不思其反復而至此矣，則亦如之何哉？亦已而已矣。傳曰：「思其終也，思其復也。」思其反之謂也。【音釋】復，芳服反。

《氓》六章，章十句。

籊籊他歷反竹竿，以釣于淇。豈不爾思，遠莫致之。

賦也。籊籊，長而殺也。竹，衛物。淇，衛地也。○衛女嫁於諸侯，思歸寧而不可得，故作此詩。言思以竹竿釣于淇水，而遠不可至也。【音釋】殺，色界反。長而殺，謂釣竿長而根大，其末漸漸衰小。

泉源在左，淇水在右叶羽軌反。女子有行，遠于萬反兄弟父母叶滿彼反。

賦也。泉源，即百泉也，在衛之西北，而東南流入淇，故曰「在左」。淇，在衛之西南，而東流與泉源合，故曰「在右」。○思二水之在衛，而自歎其不如也。

淇水在右，泉源在左。巧笑之瑳七可反，佩玉之儺乃可反。

賦也。瑳，鮮白色。笑而見齒，其色瑳然，猶所謂粲然，皆笑也。儺，行有度也。○承上章，言二水在衛，而自恨其不得笑語遊戲於其間也。

淇水滺滺音由，檜楫松舟。駕言出遊，以寫我憂。

賦也。滺滺，流貌。檜，木名，似柏。楫，所以行舟也。○與《泉水》之卒章同意。【音釋】檜，毛氏曰：「柏葉松身。」

《竹竿》四章，章四句。

芄音丸蘭之支，童子佩觿許規反。雖則佩觿，能不我知。容兮遂兮，垂帶悸其季反兮。

興也。芄蘭，草，一名蘿摩。蔓生，斷之有白汁，可啖。支、枝同。觿，錐也，以象骨爲之，所以解結，成人之佩，非童子之飾也。知，猶智也，言其才能不足以知於我也。容、遂，舒緩放肆之貌。悸，帶下垂之貌。【音釋】芄蘭，《爾雅》：「名雚。」雚，音貫。

芄蘭之葉，童子佩韘失涉反。雖則佩韘，能不我甲叶古協反。容兮遂兮，垂帶悸兮。

興也。韘，決也。以象骨爲之，著右手大指，所以鉤弦闓體。鄭氏曰：「沓也，即《大射》所謂朱極三是也。以朱韋爲之，用以彄沓右手食指、將指、無名指也。」甲，長也。言其才能不足以長於我也。【音釋】著，陟略反。闓，與開同。彄，苦侯反。沓，託答反，冒也。將，上聲。長，上聲【一】。朱極三，《儀禮》注：「極猶放也，所以韜指利放弦也，以朱韋為之。三者，食指、將指、無名指也。」

《芄蘭》二章，章六句。此詩不知所謂，不敢强解。

誰謂河廣？一葦韋鬼反杭户郎反之。誰謂宋遠？跂丘豉反予望叶武方反之。

賦也。葦，蒹葭之屬。杭，度也。衛在河北，宋在河南。○宣姜之女爲宋桓公夫人，生襄公而出歸于衛。襄公即位，夫人思之，而義不可往。蓋嗣君承父之重，與祖爲體。母出，與廟絶，不可以私反，故作此詩。言誰謂河廣乎？但以一葦加之，則可以渡矣。誰謂宋國遠乎？但一跂足而望，則可以見矣。明非宋遠而不可至也，乃義不可而不得往耳。【音釋】「與祖爲體」，許氏曰：「以昭穆言」，愚謂孫為王父尸。

【一】「上」原作「去」，據蔣氏本、光緒七年本及光緒十五年本改。

誰謂河廣？曾不容刀。誰謂宋遠？曾不崇朝。

賦也。小船曰刀。不容刀，言小也。崇，終也。行不終朝而至，言近也。

《河廣》二章，章四句。范氏曰：「夫人之不往，義也。天下豈有無母之人歟？有千乘之國，而不得養其母，則人之不幸也。爲襄公者，將若之何？生則致其孝，没則盡其禮而已。衛有婦人之詩，自共姜至於襄公之母六人焉，皆止於禮義，而不敢過也。夫以衛之政教淫僻，風俗傷敗，然而女子乃有知禮而畏義如此者，則以先王之化，猶有存焉故也。」【音釋】衛有婦人之詩六人，共姜也，莊姜也，許穆夫人也，宋桓夫人也，《泉水》之女也，《竹竿》之女也。

伯兮朅丘列反兮，邦之桀兮。伯也執殳市朱反，爲于僞反王前驅。

賦也。伯，婦人目其夫之字也。朅，武貌。桀，才過人也。殳，長丈二而無刃。○婦人以夫久從征役而作是詩，言其君子之才之美如是，今方執殳而爲王前驅也。

自伯之東，首如飛蓬。豈無膏沐，誰適都歷反爲容？

賦也。蓬，草名。其華如柳絮【一】，聚而飛，如亂髮也。膏，所以澤髮者。沐，滌首去垢也。適，主也。○言我髮亂如此，非無膏沐可以爲容，所以不爲者，君子行役，無所主而爲之故也。傳曰：「女爲説己容。」【音釋】説，弋雪反。《戰國策》：「晉豫讓曰：『士為知己者死，女為説己者容。』」

其雨其雨，杲杲古老反出日。願言思伯，甘心首疾。

【一】「如」，朱熹《詩集傳》卷三作「似」。

比也。其者，冀其將然之詞。○冀其將雨而杲然日出，以比望其君子之歸而不歸也。是以不堪憂思之苦，而寧甘心於首疾也。

焉於虔反得諼況袁反草，言樹之背音佩。願言思伯，使我心痗呼內反。

賦也。諼，忘也。諼草，合歡，食之令人忘憂者。背，北堂也。痗，病也。○言焉得忘憂之草，樹之於北堂以忘吾憂乎？然終不忍忘也。是以寧不求此草，而但願言思伯，雖至於心痗而不辭爾。心痗則其病益深，非特首疾而已也。

《伯兮》四章，章四句。范氏曰：「居而相離則思，期而不至則憂，此人之情也。文王之遣戍役，周公之勞歸士，皆叙其室家之情、男女之思以閔之，故其民悦而忘死。聖人能通天下之志，是以能成天下之務。兵者，毒民於死者也。孤人之子，寡人之妻，傷天地之和，召水旱之災，故聖王重之。如不得已而行，則告以歸期。念其勤勞，哀傷慘怛，不啻在己。是以治世之詩，則言其君上閔恤之情；亂世之詩，則錄其室家怨思之苦，以爲人情不出乎此也。」【音釋】「勞歸」之「勞」、治，並去聲。

有狐綏綏，在彼淇梁。心之憂矣，之子無裳。

比也。狐者，妖媚之獸。綏綏，獨行求匹之貌。石絶水曰梁，在梁則可以裳矣。○國亂民散，喪其妃耦。有寡婦見鰥夫而欲嫁之，故託言有狐獨行，而憂其無裳也。【音釋】妃、配同。

有狐綏綏，在彼淇厲。心之憂矣，之子無帶叶丁計反。

比也。厲，深水可涉處也。帶，所以申束衣也。在厲，則可以帶矣。

有狐綏綏，在彼淇側。心之憂矣，之子無服叶蒲北反。

比也。濟乎水，則可以服矣。

《有狐》三章，章四句。

投我以木瓜叶攻乎反，報之以瓊琚音居。匪報也，永以爲好呼報反也。

比也。木瓜，楙木也，實如小瓜，酢可食。瓊，玉之美者。琚，佩玉名。○言人有贈我以微物，我當報之以重寶，而猶未足以爲報也，但欲其長以爲好而不忘耳。疑亦男女相贈答之詞，如《靜女》之類。【音釋】楙，音茂，《爾雅》：「木瓜，楙。」疏：「木瓜，一名楙。」酢，七故反。琚，處佩之中，所以貫蠙珠而上繫於珩下【一】，維璜衡牙者也。蠙，步眠反。

投我以木桃，報之以瓊瑤。匪報也，永以爲好也。

比也。瑤，美玉也。

投我以木李，報之以瓊玖音久，叶舉里反。匪報也，永以爲好也。

比也。玖，亦玉名也。

《木瓜》三章，章四句。

衛國十篇，三十四章，二百三句。張子曰：「衛國地濱大河，其地土薄，故其人氣輕浮。其地平下，故其人質柔弱。其地肥饒，不費耕耨，故其人心怠惰。其人情性如此，則其聲音亦淫靡。故聞其樂，使人懈慢而有邪僻之心也。」鄭詩放此。【音釋】放，上聲。

詩卷第三

【一】「蠙」原作「璸」，據許謙《詩集傳名物鈔》卷二改。按朱熹《詩集傳》卷四《女曰雞鳴》篇傳文亦作「蠙珠」。

詩卷第四

王一之六

王，謂周東都洛邑王城畿内方六百里之地，在《禹貢》豫州太華、外方之間。北得河陽，漸冀州之南也。周室之初，文王居豐，武王居鎬。至成王時，周公始營洛邑，爲時會諸侯之所。以其土中，四方來者道里均故也。自是謂豐鎬爲西都，而洛邑爲東都。至幽王嬖褒姒，生伯服，廢申后及太子宜臼。宜臼奔申，申侯怒，與犬戎攻宗周，弑幽王于戲。晉文侯、鄭武公迎宜臼于申而立之，是爲平王。徙居東都王城，於是王室遂卑，與諸侯無異。故其詩不爲雅而爲風。然其王號未替也，故不曰周而曰王。其地則今河南府及懷、孟等州是也。【音釋】漸，將廉反。華，胡化反。戲，許宜反，驪山下，地名。

彼黍離離，彼稷之苗。行邁靡靡，中心搖搖。知我者，謂我心憂，不知我者，謂我何求。悠悠蒼天叶鐵因反，下同，此何人哉！

賦而興也。黍，穀名，苗似蘆，高丈餘，穗黑色，實圓重。離離，垂貌。稷，亦穀也，一名穄，似黍而小。或曰：「粟也。」邁，行也。靡靡，猶遲遲也。搖搖，無所定也。悠悠，遠意。蒼天者，據遠而視之，蒼蒼然也。○周既東遷，大夫行役至于宗周，過故宗廟宮室，盡爲禾黍。閔周室之顛覆，徬徨不忍去。故賦其所見黍之離離與稷之苗，以興行之靡靡，心之搖搖。既歎時人莫識己意，又傷所以致此者，果何人哉！追怨之深也。【音釋】穄，音祭。徬，音旁。徨，音皇。

彼黍離離，彼稷之穗音遂。行邁靡靡，中心如醉。知我者，謂我心憂，不知我者，謂我何求。悠悠蒼天，此何人哉！

賦而興也。穗，秀也。稷穗下垂，如心之醉，故以起興。

彼黍離離，彼稷之實。行邁靡靡，中心如噎於結反，叶於悉反。知我者，謂我心憂，不知我者，謂我何求。悠悠蒼天，此何人哉！

賦而興也。噎，憂深不能喘息，如噎之然。稷之實猶心之噎，故以起興。

《黍離》三章，章十句。元城劉氏曰：「常人之情，於憂樂之事，初遇之，則其心變焉，次遇之，則其變少衰，三遇之，則其心如常矣。至於君子忠厚之情則不然。其行役往來，固非一見也。初見稷之苗矣，又見稷之穗矣，又見稷之實矣，而所感之心終始如一，不少變而愈深，此則詩人之意也。」

君子于役，不知其期，曷至哉叶將黎反？雞棲音西于塒音時，日之夕矣，羊牛下來叶陵之反。君子于役，如之何勿思叶新齎反！

賦也。君子，婦人目其夫之辭。鑿牆而棲曰塒，日夕則羊先歸而牛次之。○大夫久役于外，其室家思而賦之曰：君子行役，不知其還反之期。且今亦何所至哉？雞則棲于塒矣，日則夕矣，羊牛則下來矣。是則畜産出入尚有旦暮之節，而行役之君子，乃無休息之時，使我如何而不思也哉！

君子于役，不日不月。曷其有佸户括反，叶户劣反？雞棲于桀，日之夕矣，羊牛下括古活反，叶古劣反。君子于役，苟無飢渴叶巨列反！

賦也。佸，會。桀，杙。括，至。苟，且也。○君子行役之久，不可計以日月，而又不知其何時可以來會也。亦庶幾其免於飢渴而已矣。此憂之深而思之切也。

《君子于役》二章，章八句。

君子陽陽，左執簧音黃，右招我由房。其樂音洛只音止且子餘反！

賦也。陽陽，得志之貌。簧，笙、竽管中金葉也。蓋笙、竽皆以竹管植於匏中，而竅其管底之側，以薄金葉障之，吹則鼓之而出聲，所謂簧也。故笙、竽皆謂之簧。笙十三簧，或十九簧。竽三十六簧也。由，從也。房，東房也。只且，語助聲【一】。○此詩疑亦前篇婦人所作。蓋其夫既歸，不以行役爲勞，而安於貧賤以自樂，其家人又識其意而深歎美之，皆可謂賢矣。豈非先王之澤哉！或曰：《序》説亦通。宜更詳之。

君子陶陶，左執翿徒刀反，右招我由敖五刀反。其樂只且！

賦也。陶陶，和樂之貌。翿，舞者所持羽旄之屬。敖，舞位也。

《君子陽陽》二章。章四句。

揚之水，不流束薪。彼其音記之子，不與我戍申。懷叶胡威反，下同哉懷哉，曷月予還音旋歸哉【二】？

興也。揚，悠揚也，水緩流之貌。彼其之子，戍人指其室家而言也。戍，屯兵以守也。申，姜姓之國，平王之母家也，在今鄧州信陽軍之境。懷，思。曷，何也。○平王以申國近楚，數被侵伐，故遣畿内之民戍之，而戍者怨思，作此詩也。興取「之」、「不」二字，如《小星》之例。【音釋】數，色角反。

揚之水，不流束楚。彼其之子，不與我戍甫。懷哉懷哉，曷月予還歸哉？

興也。楚，木也。甫，即吕也，亦姜姓。《書》「吕刑」，《禮記》作「甫刑」【三】，而孔氏以爲吕侯後爲甫侯，是也。

【一】「聲」，蔣氏本、光緒七年本及光緒十五年本作「辭」。

【二】「旋」下，朱熹《詩集傳》卷四有「下同」二字。

【三】「禮」，蔣氏本、光緒七年本、光緒十五年本作「表」。

當時蓋以申故而并戍之。今未知其國之所在，計亦不遠於申、許也。

揚之水，不流束蒲叶滂古反。彼其之子，不與我戍許。懷哉懷哉，曷月予還歸哉？

興也。蒲，蒲柳。《春秋傳》云：「董澤之蒲。」杜氏云「蒲，楊柳，可以爲箭」者是也。許，國名，亦姜姓，今潁昌府許昌縣是也。

《揚之水》三章，章六句。申侯與犬戎攻宗周而弑幽王，則申侯者，王法必誅不赦之賊，而平王與其臣庶不共戴天之讎也。今平王知有母而不知有父，知其立己爲有德，而不知其弑父爲可怨，至使復讎討賊之師，反爲報施酬恩之舉，則其忘親逆理而得罪於天已甚矣。又況先王之制，諸侯有故，則方伯連帥以諸侯之師討之；王室有故，則方伯連帥以諸侯之師救之。天子鄉遂之民，供貢賦，衛王室而已。今平王不能行其威令於天下，無以保其母家，乃勞天子之民遠爲諸侯戍守，故周人之戍申者又以非其職而怨思焉。則其衰懦微弱而得罪於民，又可見矣。嗚呼！《詩》亡而後《春秋》作，其不以此也哉？【音釋】施，式豉反。帥，所類反。

中谷有蓷吐雷反，暵呼但反其乾矣。有女仳匹指反離，嘅口愛反其嘆吐丹反矣。嘅其嘆矣，遇人之艱難矣！

興也。蓷，鵻也，葉似萑，方莖，白華，華生節間，即今益母草也。暵，燥。仳，别也。嘅，歎聲。艱難，窮厄也。○凶年饑饉，室家相棄，婦人覽物起興，而自述其悲歎之詞也。【音釋】鵻、萑，并音朱惟反。《爾雅》：「荒蔚也。」

中谷有蓷，暵其脩叶式竹反矣。有女仳離，條其歗叶息六反矣。條其歗矣，遇人之不淑矣！

興也。脩，長也。或曰乾也，如脯之謂脩也。條，條然歗貌。歗，蹙口出聲也。悲恨之深，不止於嘆矣。淑，善也。古者謂死喪饑饉，皆曰不淑。蓋以吉慶爲善事，凶禍爲不善事，雖今人語猶然也。○曾氏曰：「凶年而遽相棄背，蓋衰薄

之甚者。而詩人乃曰：『遇斯人之艱難』、『遇斯人之不淑』，而無怨懟過甚之辭焉，厚之至也。」【音釋】蹙，子六反。懟，徒對反，一音直類反。

中谷有蓷，暵其濕矣。有女仳離，啜張劣反其泣矣。啜其泣矣，何嗟及矣！

興也。暵濕者，旱甚則草之生於濕者亦不免也。啜，泣貌。何嗟及矣，言事已至此，末如之何，窮之甚也。

《中谷有蓷》三章，章六句。范氏曰：「世治則室家相保者，上之所養也。世亂則室家相棄者，上之所殘也。其使之也勤，其取之也厚，則夫婦日以衰薄，而凶年不免於離散矣。伊尹曰：『匹夫匹婦，不獲自盡，民主罔與成厥功。』故讀《詩》者，於一物失所，而知王政之惡；一女見棄，而知人民之困。周之政荒民散，而將無以爲國，於此亦可見矣。」【音釋】治，去聲。

有兔爰爰，雉離于羅。我生之初，尚無爲叶吾禾反。我生之後，逢此百罹叶良何反，尚寐無吪。

比也。兔，性陰狡。爰爰，緩意。雉性耿介。離，麗。羅，網。尚，猶。罹，憂也。尚，庶幾也。吪，動也。○周室衰微，諸侯背叛，君子不樂其生，而作此詩。言張羅本以取兔，今兔狡得脫，而雉以耿介，反離于羅。以比小人致亂，而以巧計幸免；君子無辜，而以忠直受禍也。爲此詩者，蓋猶及見西周之盛，故曰：方我生之初，天下尚無事，及我生之後，而逢時之多難如此。然既無如之何，則但庶幾寐而不動以死耳。或曰：興也。以兔爰興無爲，以雉離興百罹也。下章放此。【音釋】吪，吾禾反。

有兔爰爰，雉離于罦音孚，叶步廟反。我生之初，尚無造。我生之後，逢此百憂叶一笑反，尚寐無覺居孝反，叶居笑反。

比也。罦，覆車也，可以掩兔。造，亦爲也。覺，寤也。

有兔爰爰，雉離于罿音衝【一】。我生之初，尚無庸。我生之後，逢此百凶，尚寐無聰。

比也。罿，罬也，即罦也。或曰：「施羅於車上也。」庸，用。聰，聞也，無所聞，則亦死耳。【音釋】罬，音輟。

《兔爰》三章，章七句。

緜緜葛藟力軌反，在河之滸呼五反。終遠于萬反兄弟，謂他人父夫矩反。謂他人父，亦莫我顧叶果五反【二】。

興也。緜緜，長而不絶之貌。岸上曰滸。○世衰民散，有去其鄉里家族而流離失所者，作此詩以自歎。言緜緜葛藟，則在河之滸矣，今乃終遠兄弟，而謂他人爲己父。己雖謂彼爲父，而彼亦不我顧，則其窮也甚矣。

緜緜葛藟，在河之涘音俟，叶矣、始二音。終遠兄弟，謂他人母叶滿彼反。謂他人母，亦莫我有叶羽已反。

興也。水涯曰涘。謂他人父者，其妻則母也。有，識有也。《春秋傳》曰：「不有寡君。」【音釋】識，言志記而不忘也。

緜緜葛藟，在河之漘順春反。終遠兄弟，謂他人昆叶古勻反。謂他人昆，亦莫我聞叶微勻反。

興也。夷上洒下曰漘，漘之爲言脣也。昆，兄也。聞，相聞也。【音釋】漘，《爾雅疏》：「夷上平上洒下陗下。」許氏曰：「洒猶洗也。岸上面平夷而其下爲水洗蕩齧入，若脣也。洒，蘇典反。」

《葛藟》三章，章六句。

彼采葛叶居謁反兮，一日不見，如三月兮！

【一】「音衝」，朱熹《詩集傳》卷四作「昌鍾反」。
【二】「果」，朱熹《詩集傳》卷四作「公」。

賦也。采葛所以爲絺綌。蓋淫奔者託以行也。故因以指其人，而言思念之深，未久而似久也。

彼采蕭叶疎鳩反兮，一日不見，如三秋兮！

賦也。蕭，荻也，白葉，莖麤，科生，有香氣。祭則焫以報氣，故采之。曰三秋，則不止三月矣。【音釋】焫，如劣反。

彼采艾兮，一日不見，如三歲本與艾叶兮！

賦也。艾，蒿屬，乾之可灸，故采之。曰三歲，則不止三秋矣。【音釋】艾，《爾雅》：「一名冰臺。」注：「今艾蒿也。」灸，紀有反。

《采葛》三章，章三句。

大車檻檻，毳尺鋭反衣如菼吐敢反。豈不爾思？畏子不敢。

賦也。大車，大夫車。檻檻，車行聲也。毳衣，天子大夫之服。菼，蘆之始生也。毳衣之屬，衣繪而裳繡，五色皆備，其青者如菼爾，淫奔者相命之辭也。子，大夫也。不敢，不敢奔也。〇周衰，大夫猶有能以刑政治其私邑者，故淫奔者畏而歌之如此。然其去二南之化則遠矣。此可以觀世變也。

大車哼哼他敦反，毳衣如璊音門。豈不爾思？畏子不奔。

賦也。哼哼，重遲之貌。璊，玉，赤色，五色備，則有赤。

穀則異室，死則同穴叶户橘反。謂予不信，有如皦古了反日。

賦也。穀，生。穴，壙。皦，白也。〇民之欲相奔者，畏其大夫，自以終身不得如其志也。故曰：生不得相奔以同室，庶幾死得合葬以同穴而已。「謂予不信，有如皦日」，約誓之辭也。

《大車》三章，章四句。

丘中有麻，彼留子嗟。彼留子嗟，將七羊反其來施施叶時遮反。

賦也。麻，穀名，子可食，皮可績爲布者。子嗟，男子之字也。將，願也。施施，喜悦之意。○婦人望其所與私者而不來，故疑丘中有麻之處，復有與之私而留之者，今安得其施施然而來乎？

丘中有麥，彼留子國。彼留子國，將其來食。

賦也。子國，亦男子字也。來食，就我而食也。

丘中有李，彼留之子叶獎里反【一】。彼留之子，貽我佩玖叶舉里反。

賦也。之子，并指前二人也。貽我佩玖，冀其有以贈己也。

《丘中有麻》三章，章四句。

王國十篇，二十八章，百六十二句。

鄭一之七

鄭，邑名，本在西都畿内咸林之地。宣王以封其弟友爲采地，後爲幽王司徒，而死犬戎之難，是爲桓公。其子武公掘突定平王於東都，亦爲司徒。又得虢、檜之地，乃徙其封而施舊號於新邑，是爲新鄭。咸林，在今華州鄭縣。新鄭，即今之鄭州是也。其封域山川，詳見《檜風》。

【一】「里」，朱熹《詩集傳》卷四作「履」。

緇衣之宜兮，敝，予又改爲兮。適子之館叶古玩反兮，還，予授子之粲兮。

賦也。緇，黑色。緇衣，卿大夫居私朝之服也。宜，稱。改，更。適，之。館，舍。粲，餐。或曰：粲，粟之精鑿者。○舊説鄭桓公、武公相繼爲周司徒，善於其職。周人愛之，故作是詩。言子之服緇衣也甚宜，敝，則我將爲子更爲之。且將適子之館，既還，而又授子以粲。言好之無已也。【音釋】《考工記》：「三入爲纁，五入爲緅，七入爲緇。」鑿，即各反。粟一石得米六斗為糲，糲米一石舂為八斗為鑿。糲，郎達反。

緇衣之好兮，敝，予又改造叶在早反兮。適子之館兮，還，予授子之粲兮。

賦也。好，猶宜也。

緇衣之蓆叶祥籥反兮，敝，予又改作兮。適子之館兮，還，予授子之粲兮。

賦也。蓆，大也。程子曰：「蓆有安舒之義。服稱其德，則安舒也。」

《緇衣》三章，章四句。《記》曰：「好賢如《緇衣》。」又曰：「於《緇衣》見好賢之至。」

將音鏘仲子兮【一】，無踰我里，無折之舌反我樹杞。豈敢愛之？畏我父母叶滿彼反。仲可懷叶胡威反，下同也，父母之言，亦可畏叶於非反也。

賦也。將，請也。仲子，男子之字也。我，女子自我也。里，二十五家所居也。杞，柳屬也，生水傍，樹如柳，葉麤而白色，理微赤，蓋里之地域溝樹也。○莆田鄭氏曰：「此淫奔者之辭。」

【一】「音鏘」，朱熹《詩集傳》卷四作「七羊反」。

將仲子兮，無踰我牆，無折我樹桑。豈敢愛之？畏我諸兄叶虛陽反【一】。仲可懷也，諸兄之言，亦可畏也。

賦也。牆，垣也。古者樹牆下以桑。

將仲子兮，無踰我園，無折我樹檀叶徒沿反。豈敢愛之？畏人之多言。仲可懷也，人之多言，亦可畏也。

賦也。園者，圃之藩，其内可種木也。檀，皮青，滑澤，材彊韌，可爲車。【音釋】韌，音刃。

《將仲子》三章，章八句。

叔于田叶地因反，巷無居人。豈無居人？不如叔也，洵美且仁。

賦也。叔，莊公弟共叔段也。事見《春秋》。田，取禽也。巷，里塗也。洵，信。美，好也。仁，愛人也。○段不義而得衆，國人愛之，故作此詩。言叔出而田，則所居之巷若無居人矣。非實無居人也，雖有而不如叔之美且仁，是以若無人耳。或疑此亦民間男女相悦之詞也。【音釋】共，音恭。田，疏：「以取禽於田，因名曰田。」説，音悦。

叔于狩叶始九反，巷無飲酒。豈無飲酒？不如叔也，洵美且好叶許厚反。

賦也。冬獵曰狩。【音釋】杜氏曰：「狩，圍守也。冬物畢成，獲則取之，無所擇也。」

叔適野叶上與反，巷無服馬叶滿補反。豈無服馬？不如叔也，洵美且武。

賦也。適，之也。郊外曰野。服，乘也。

《叔于田》三章，章五句。

【一】「陽」，朱熹《詩集傳》卷四作「王」。

叔于田，乘乘下繩證反馬叶滿補反。執轡如組音祖，兩驂如舞。叔在藪素口反，叶素苦反，火烈具舉。襢音但裼素歷反暴虎，獻于公所。將七羊反叔無狃女九反，叶女古反，戒其傷女音汝。

賦也。叔，亦段也。車衡外兩馬曰驂。如舞，謂諧和中節。皆言御之善也。藪，澤也。火，焚而射也。烈，熾盛貌。具，俱也。襢裼，肉袒也。暴，空手搏獸也。公，莊公也。狃，習也。國人戒之曰：請叔無習此事，恐其或傷女也。蓋叔多材好勇，而鄭人愛之如此。【音釋】衡，車軛也。水鍾曰澤，水希曰藪。脱衣見體曰肉袒。

叔于田，乘乘黃。兩服上襄，兩驂鴈行户郎反。叔在藪，火烈具揚。叔善射忌音記，又良御叶魚駕反忌。抑磬苦定反控口貢反忌，抑縱送忌。

賦也。乘黃，四馬皆黃也。衡下夾轅兩馬曰服。襄，駕也。馬之上者爲上駕，猶言上駟也。鴈行者，驂少次服後，如鴈行也。揚，起也。忌、抑，皆語助辭。騁馬曰磬，止馬曰控。舍拔曰縱，覆彇曰送[一]。【音釋】磬，《補傳》曰：「謂使之曲折如磬。」控，謂控制不逸。舍，音捨。拔，音跋，括也，矢銜弦處。覆，芳福反，反倒也。彇，與簫同，弓消也。消，師交反。

叔于田，乘乘鴇音保，叶補苟反。兩服齊首，兩驂如手。叔在藪，火烈具阜符有反。叔馬慢叶莫半反忌[二]，叔發罕叶虛旰反忌。抑釋掤音冰忌，抑鬯敕亮反弓叶姑弘反忌。

賦也。驪白雜毛曰鴇，今所謂烏驄。齊首、如手，兩服並首在前，而兩驂在旁，稍次其後，如人之兩手也。阜，盛。慢，遲也。發，發矢也。罕，希。釋，解也。掤，矢筩蓋，《春秋傳》作「冰」。鬯，弓囊也，與韔同。言其田事將畢，而從容整暇如此，亦喜其無傷之詞也。【音釋】筩，音同。

【一】「彇」，朱熹《詩集傳》卷四作「簫」。

【二】「莫」原作「黃」，四部叢刊本朱熹《詩集傳》同，據蔣氏本、光緒七年本、光緒十五年本及正統本《詩集傳》改。

《大叔于田》三章，章十句。陸氏曰：「首章作『大叔于田』者誤。」蘇氏曰：「二詩皆曰『叔于田』，故加『大』以別之。不知者乃以段有大叔之號而讀曰『泰』，又加『大』于首章，失之矣。」

清人在彭叶普郎反，駟介旁旁補彭反，叶補岡反。二矛重直龍反英叶於良反，河上乎翱翔。

賦也。清，邑名。清人，清邑之人也。彭，河上地名。駟介，四馬而被甲也。旁旁，馳驅不息之貌。二矛，酋矛、夷矛也。英，以朱羽爲矛飾也。酋矛長二丈，夷矛長二丈四尺，並建於車上，則其英重累而見。翱翔，遊戲之貌。○鄭文公惡高克，使將清邑之兵禦狄于河上。久而不召，師散而歸。鄭人爲之賦此詩。言其師出之久，無事而不得歸，但相與遊戲如此，其勢必至於潰散而後已爾。【音釋】重，平聲。

清人在消，駟介麃麃表驕反。二矛重喬，河上乎逍遥。

賦也。消，亦河上地名。麃麃，武貌。矛之上句曰喬，所以懸英也。英弊而盡【一】，所存者喬而已。【音釋】句，古侯反。

清人在軸叶音冑，駟介陶陶叶徒候反【二】。左旋右抽叶勑救反，中軍作好叶許候反【三】。

賦也。軸，亦河上地名。陶陶，樂而自適之貌。左，謂御在將軍之左，執轡而御馬者也。旋，還車也。右，謂勇力之士在將車之右，執兵以擊刺者也。抽，拔刃也。中軍，謂將在鼓下，居車之中，即高克也。好，謂容好【四】。○東萊呂氏曰：「言師久而不歸，無所聊賴，姑遊戲以自樂，必潰之勢也。不言已潰，而言將潰，其詞深，其情危矣。」

《清人》三章，章四句。事見《春秋》。○胡氏曰：「人君擅一國名寵，生殺予奪，惟我所制爾。使高克不臣之罪

【一】「弊」，蔣氏本、光緒七年本及光緒十五年本作「敝」。
【二】「叶」上，朱熹《詩集傳》卷四有「徒報反」三字。
【三】「叶」上，朱熹《詩集傳》卷四有「呼報反」三字。
【四】「好」下，蔣氏本、光緒七年本及光緒十五年本有「也」字。

已著，按而誅之，可也；情狀未明，黜而退之，可也；愛惜其才，以禮馭之，亦可也。烏可假以兵權，委諸竟上，坐視其離散，而莫之恤乎？《春秋》書曰：『鄭棄其師。』其責之深矣。」【音釋】予，上聲。著，直慮反。

羔裘如濡叶而朱、而由二反，洵直且侯叶洪姑、洪鉤二反。彼其音記之子，舍音赦命不渝叶容朱、容周二反。

賦也。羔裘，大夫服也。如濡，潤澤也。洵，信。直，順。侯，美也。其，語助辭。舍，處。渝，變也。○言此羔裘潤澤，毛順而美。彼服此者，當生死之際，又能以身居其所受之理而不可奪。蓋美其大夫之詞。然不知其所指矣。

羔裘豹飾，孔武有力。彼其之子，邦之司直。

賦也。飾，緣袖也。禮，君用純物，臣下之，故羔裘而以豹皮爲飾也。孔，甚也。豹甚武而有力，故服其所飾之裘者如之。司，主也。【音釋】緣，俞絹反。

羔裘晏兮，三英粲兮。彼其之子，邦之彦叶魚旰反兮。

賦也。晏，鮮盛也。三英，裘飾也，未詳其制。粲，光明也。彦者，士之美稱。

《羔裘》三章，章四句。

遵大路兮，摻所覽反執子之袪叶起據反兮。無我惡烏路反兮，不寁帀坎反故也。

賦也。遵，循。摻，擥。袪，袂。寁，速。故，舊也。○淫婦爲人所棄，故於其去也，擥其袪而留之，曰：「子無惡我而不留，故舊不可以遽絶也。」宋玉賦有「遵大路兮攬子袪」之句，亦男女相説之詞也。【音釋】擥，與攬同，撮持也。疏，袂是袪之本【一】，袪爲袂之末【二】。惡，烏路反。説，音悦。

【一】「袂」原作「袪」，據蔣氏本、光緒七年本及光緒十五年本改。
【二】「袪」原作「袂」，據蔣氏本、光緒七年本及光緒十五年本改。

遵大路兮，摻執子之手兮。無我魗市由反，叶尺九反兮【一】，不寁好叶許口反也。

賦也。魗，與醜同。欲其不以己爲醜而棄之也。好，情好也。【音釋】好，呼報反。

《遵大路》二章，章四句。

女曰雞鳴，士曰昧旦。子興視夜，明星有爛。將翺將翔，弋鳧音符與鴈。

賦也。昧，晦。旦，明也。昧旦，天欲旦，昧晦未辨之際也【二】。明星，啓明之星，先日而出者也。弋，繳射，謂以生絲繫矢而射也。鳧，水鳥，如鴨，青色，背上有文。○此詩人述賢夫婦相警戒之詞。言女曰雞鳴，以警其夫，而士曰昧旦，則不止於雞鳴矣。婦人又語其夫曰：若是，則子可以起而視夜之如何。意者明星已出而爛然，則當翺翔而往，弋取鳧鴈而歸矣。其相與警戒之言如此，則不留於宴昵之私可知矣。【音釋】繳，章略反。射，音石。昵，尼質反。

弋言加叶居之、居何二反之，與子宜叶魚奇、魚何二反之。宜言飲酒，與子偕老叶呂吼反【三】。琴瑟在御，莫不靜好叶許厚反。

賦也。加，中也。《史記》所謂「以弱弓微繳加諸鳧鴈之上」是也。宜，和其所宜也。《内則》所謂「鴈宜麥」之屬是也。○射者，男子之事，而中饋，婦人之職。故婦謂其夫：既得鳧鴈以歸，則我當爲子和其滋味之所宜，以之飲酒相樂，期於偕老。而琴瑟之在御者，亦莫不安靜而和好。其和樂而不淫，可見矣。【音釋】上中也【四】，去聲。爲，去聲。

知子之來叶六直反之，雜佩以贈叶音則之。知子之順之，雜佩以問之。知子之好呼報反之，雜佩以報之。

【一】「尺」，朱熹《詩集傳》卷四作「齒」。
【二】「辨」，朱熹《詩集傳》卷四作「辯」。
【三】「呂」，朱熹《詩集傳》卷四作「魯」。
【四】「上中也」原作「中也上」，據蔣氏本、光緒七年本及光緒十五年本改。

賦也。來之，致其來者，如所謂「修文德以來之」。雜佩者，左右佩玉也。上横曰珩，下繫三組，貫以蠙珠。中組之半，貫一大珠，曰瑀。末懸一玉，兩端皆鋭，曰衝牙。兩旁組半，各懸一玉，長博而方，曰琚。其末各懸一玉，如半璧而内向，曰璜。又以兩組貫珠，上繫珩，兩端下交貫於瑀，而下繫於兩璜。行則衝牙觸璜而有聲也。呂氏曰：「非獨玉也，觿燧箴管，凡可佩者皆是也。」贈，送。順，愛。問，遺也。○婦又語其夫曰：我苟知子之所致而來及所親愛者，則當解此雜佩以送遺報答之。蓋不唯治其門内之職，又欲其君子親賢友善，結其驩心，而無所愛於服飾之玩也。【音釋】珩，音行。瑀，音禹。琚，音居。璜，音黄。蠙，步眠反【一】，蚌之别名。觿，許規反。燧，音遂。箴，音作鍼。遺，于醉反。

《女曰雞鳴》三章，章六句。

有女同車，顔如舜華叶芳無反。將翺將翔，佩玉瓊琚。彼美孟姜，洵美且都。

賦也。舜，木槿也，樹如李，其華朝生暮落。孟，字。姜，姓。洵，信。都，閑雅也。○此疑亦淫奔之詩。言所與同車之女其美如此，而又歎之曰：彼美色之孟姜，信美矣，而又都也。【音釋】槿，几隱反，與堇同。

有女同行叶户郎反，顔如舜英叶於良反。將翺將翔，佩玉將將七羊反。彼美孟姜，德音不忘。

賦也。英，猶華也。將將，聲也。德音不忘，言其賢也。

《有女同車》二章，章六句。

【一】「步眠」，蔣氏本、光緒七年本及光緒十五年本作「部田」。

山有扶蘇，隰有荷華叶芳無反。不見子都，乃見狂且子餘反。

興也。扶蘇，扶胥，小木也。荷華，扶渠也。子都，男子之美者也。狂，狂人也。且，辭也【一】。○淫女戲其所私者曰：山則有扶蘇矣，隰則有荷華矣。今乃不見子都，而見此狂人何哉？

山有橋松，隰有游龍。不見子充，乃見狡童。

興也。上竦無枝曰橋，亦作喬。游，枝葉放縱也。龍，紅草也，一名馬蓼。葉大而色白，生水澤中，高丈餘。子充，猶子都也。狡童，狡獪之小兒也。【音釋】《爾雅疏》：「紅名蘢古，大者名蘬。」蘬，丘軌反。獪，古外反。

《山有扶蘇》二章，章四句。

蘀他落反兮蘀兮，風其吹女音汝。叔兮伯兮，倡昌亮反予和胡卧反，叶户圭反女。

興也。蘀，木槁而將落者也。女，指蘀而言也。叔、伯，男子之字也。予，女子自予也。女，叔、伯也。○此淫女之詞。言蘀兮蘀兮，則風將吹女矣。叔兮伯兮，則盍倡予，而予將和女矣。

蘀兮蘀兮，風其漂匹遥反女。叔兮伯兮，倡予要於遥反女。

興也。漂、飄同。要，成也。

《蘀兮》二章，章四句。

【一】「辭」上，蔣氏本、光緒七年本及光緒十五年本有「語」字。

彼狡童兮，不與我言兮。維子之故，使我不能餐七丹反，叶七宣反兮。

賦也。此亦淫女見絶，而戲其人之詞。言悦己者衆，子雖見絶，未至於使我不能餐也。

彼狡童兮，不與我食兮。維子之故，使我不能息兮。

賦也。息，安也。

《狡童》二章，章四句。

子惠思我，褰裳涉溱側巾反。子不我思，豈無他人？狂童之狂也且子餘反！

賦也。惠，愛也。溱，鄭水名。狂童，猶狂且狡童也。且，語辭也。○淫女語其所私者曰：子惠然而思我，則將褰裳而涉溱以從子。子不我思，則豈無他人之可從，而必於子哉！「狂童之狂也且」，亦謔之之辭。【音釋】「語其」之「語」，去聲。

子惠思我，褰裳涉洧叶于己反。子不我思，豈無他士鉏里反？狂童之狂也且！

賦也。洧，亦鄭水名。士，未娶者之稱。【音釋】洧，于軌反。

《褰裳》二章，章五句。

子之丰芳容反，叶芳用反兮，俟我乎巷叶胡貢反兮。悔予不送兮！

賦也。丰，豐滿也。巷，門外也。○婦人所期之男子已俟乎巷，而婦人以有異志不從，既則悔之，而作是詩也。

子之昌兮，俟我乎堂兮。悔予不將兮！

賦也。昌，盛壯貌。將，亦送也。

衣於既反錦褧苦迥反衣，裳錦褧裳。叔兮伯兮，駕予與行叶户郎反！

賦也。褧，禪也。叔、伯，或人之字也。○婦人既悔其始之不送而失此人也，則曰：「我之服飾既盛備矣，豈無駕車以迎我而偕行者乎？」

裳錦褧裳，衣錦褧衣。叔兮伯兮，駕予與歸。

賦也。婦人謂嫁曰歸。

《丰》四章，二章章三句，二章章四句。

東門之墠音善，叶上演反，茹音如藘力於反在阪音反，叶孚臠反。其室則邇，其人甚遠。

賦也。東門，城東門也。墠，除地町町者。茹藘，茅蒐也，一名茜，可以染絳。陂者曰阪。門之旁有墠，墠外有阪，阪之上有草，識其所與淫者之居也。室邇人遠者，思之而未得見之詞也。【音釋】町，吐頂反【一】。町町，平意。蒐，所留反。茜，倉甸反。《爾雅》：「陂者曰阪【二】。」注：「陂陀，不平之貌。」陂陀，音坡駝。識，音志，下同。

東門之栗，有踐家室。豈不爾思？子不我即。

賦也。踐，行列貌。門之旁有栗，栗之下有成行列之家室，亦識其處也。即，就也。【音釋】行，户郎反。

《東門之墠》二章，章四句。

【一】「頂」，蔣氏本、光緒七年本及光緒十五年本作「鼎」。
【二】「阪」原作「坡」，據蔣氏本、光緒七年本、光緒十五年本及《爾雅注疏》卷七改。

風雨淒淒子西反，雞鳴喈喈音皆，叶居奚反。既見君子，云胡不夷！

賦也。淒淒，寒涼之氣。喈喈，雞鳴之聲。風雨晦冥，蓋淫奔之時。君子，指所期之男子也。夷，平也。○淫奔之女言當此之時，見其所期之人而心悦也。

風雨瀟瀟，雞鳴膠膠叶音驕。既見君子，云胡不瘳叶憐蕭反！

賦也。瀟瀟，風雨之聲。膠膠，猶喈喈也。瘳，病愈也。言積思之病，至此而愈也。【音釋】許氏曰：「『喈喈』、『膠膠』、『不已』，皆雞聲紛雜之意。」瘳，音抽。

風雨如晦叶呼洧反，雞鳴不已。既見君子，云胡不喜！

賦也。晦，昏。已，止也。

《風雨》三章，章四句。

青青子衿音金，悠悠我心。縱我不往，子寧不嗣音！

賦也。青青，純緣之色。具父母，衣純以青。子，男子也。衿，領也。悠悠，思之長也。我，女子自我也。嗣音，繼續其聲問也。此亦淫奔之詩。【音釋】純，音準。緣，于絹反。疏：「衿與襟同，交領也。」

青青子佩叶蒲眉反，悠悠我思叶新齎反。縱我不往，子寧不來叶陵之反！

賦也。青青，組綬之色。佩，佩玉也。【音釋】綬，《玉藻》注：「所以貫佩玉相承受者。」組、綬一物也。

挑他刀反兮達他末反，叶他悦反兮，在城闕兮。一日不見，如三月兮。

賦也。挑，輕儇跳躍之貌。達，放恣也。【音釋】儇，音喧，又呼關切【一】。

《子衿》三章，章四句。

揚之水，不流束楚。終鮮息淺反兄弟，維予與女女、汝同。無信人之言，人實迋居望反女。

興也。兄弟，婚姻之稱，《禮》所謂「不得嗣爲兄弟」是也。予、女，男女自相謂也。人，他人也。迋，與誑同。〇淫者相謂，言揚之水則不流束楚矣，終鮮兄弟，則維予與女矣，豈可以他人離間之言而疑之哉？彼人之言，特誑女耳。

揚之水，不流束薪。終鮮兄弟，維予二人。無信人之言，人實不信叶斯人反。

興也。

《揚之水》二章，章六句。

出其東門，有女如雲。雖則如雲，匪我思存。縞古老反衣綦巨基反巾，聊樂音洛我員于云反。

賦也。如雲，美且衆也。縞，白色。綦，蒼艾色。縞衣綦巾，女服之貧陋者。此人自目其室家也。員與云同，語詞也。〇人見淫奔之女而作此詩，以爲此女雖美且衆，而非我思之所存。不如己之室家，雖貧且陋，而聊可以自樂也。是時淫風大行，而其間乃有如此之人，亦可謂能自好而不爲習俗所移矣。羞惡之心，人皆有之，豈不信哉！

出其闉音因闍音都，有女如荼音徒。雖則如荼，匪我思且子余反【二】。縞衣茹藘，聊可與娱。

賦也。闉，曲城也。闍，城臺也。荼，茅華，輕白可愛者也。且，語助詞。茹藘，可以染絳，故以名衣服之色。娱，樂也。

《出其東門》二章，章六句。

【一】「音喧，又呼關切」，蔣氏本、光緒七年本、光緒十五年本作「許緣反」。
【二】「余」，蔣氏本、光緒七年本、光緒十五年本及朱熹《詩集傳》卷四作「餘」。

野有蔓草，零露漙徒端反，叶上兗反兮。有美一人，清揚婉兮。邂逅相遇，適我願叶五遠反兮。

賦而興也。蔓，延也。漙，露多貌。清揚，眉目之間婉然美也。邂逅，不期而會也。○男女相遇於野田草露之間，故賦其所在以起興。言野有蔓草，則零露漙矣；有美一人，則清揚婉矣；邂逅相遇，則得以適我願矣。

野有蔓草，零露瀼瀼。有美一人，婉如清揚。邂逅相遇，與子偕臧。

賦而興也。瀼瀼，亦露多貌。臧，美也。與子偕臧，言各得其所欲也。

《野有蔓草》二章，章六句。

溱與洧，方渙渙叶于元反兮。士與女，方秉蕑古顏反，叶古賢反，閒兮。女曰「觀乎？」士曰「既且子餘反。」「且往觀乎？洧之外，洵訏況于反且樂音洛。」維士與女，伊其相謔，贈之以勺藥。

賦而興也。渙渙，春水盛貌，蓋冰解而水散之時也。蕑，蘭也。其莖葉似澤蘭，廣而長節，節中赤，高四五尺。且，語辭。洵，信。訏，大也。勺藥，亦香草也。三月開花，芳色可愛。○鄭國之俗，三月上巳之辰，采蘭水上，以祓除不祥。故其女問於士曰：「盍往觀乎？」士曰：「吾既往矣。」女復要之曰：「且往觀乎？」蓋洧水之外，其地信寬大而可樂也。於是士女相與戲謔，且以勺藥相贈，而結恩情之厚也。此詩淫奔者自敘之詞。【音釋】勺，時灼反。祓，敷勿反。要，平聲。

溱與洧，瀏音留其清矣。士與女，殷其盈矣。女曰「觀乎？」士曰「既且。」「且往觀乎？洧之外，洵訏且樂。」維士與女，伊其將謔，贈之以勺藥。

賦而興也。瀏，深貌。殷，衆也。將，當作「相」，聲之誤也。

《溱洧》二章，章十二句。

鄭國二十一篇，五十三章，二百八十三句。鄭、衛之樂，皆爲淫聲，然以《詩》考之，衛詩三十有九，而淫奔之詩才四之一；鄭詩二十有一，而淫奔之詩已不翅七之五。衛猶爲男悦女之詞，而鄭皆爲女惑男之語；衛人猶多刺譏懲創之意，而鄭人幾於蕩然無復羞愧悔悟之萌。是則鄭聲之淫，有甚於衛矣。故夫子論爲邦，獨以鄭聲爲戒，而不及衛，蓋舉重而言，固自有次第也。《詩》可以觀，豈不信哉！【音釋】翅，與啻同。不翅【一】，不止如是也。

詩卷第四

【一】「不翅」，蔣氏本、光緒七年本及光緒十五年本作「不啻」。

詩卷第五

齊一之八

齊，國名。本少昊時爽鳩氏所居之地，在《禹貢》爲青州之域，周武王以封太公望。東至于海，西至于河，南至于穆陵，北至于無棣。太公，姜姓，本四岳之後。既封於齊，通工商之業，便魚鹽之利，民多歸之，故爲大國。今青、齊、淄、濰、德、棣等州，是其地也。【音釋】少，失照反。淄，莊持反。

雞既鳴矣，朝音潮既盈矣。匪雞則鳴，蒼蠅之聲。

賦也。言古之賢妃御於君所，至於將旦之時，必告君曰：「雞既鳴矣，會朝之臣既已盈矣。」欲令君早起而視朝也。然其實非雞之鳴也，乃蒼蠅之聲也。蓋賢妃當夙興之時，心常恐晚，故聞其似者而以爲真。非其心存警畏而不留於逸欲，何以能此？故詩人叙其事而美之也。

東方明叶謨郎反矣，朝既昌矣。匪東方則明同上，月出之光。

賦也。東方明，則日將出矣。昌，盛也。此再告也。

蟲飛薨薨，甘與子同夢叶莫滕反【一】。會且歸矣，無庶予子憎。

賦也。蟲飛，夜將旦而百蟲作也。甘，樂。會，朝也。〇此三告也。言當此時，我豈不樂與子同寢而夢哉？然羣臣之會於朝者，俟君不出，將散而歸矣。無乃以我之故，而并以子爲憎乎。

《雞鳴》三章，章四句。

【一】「莫」，蔣氏本、光緒七年本、光緒十五年本及朱熹《詩集傳》卷五作「謨」。

子之還音旋兮，遭我乎峱乃刀反之間叶居賢反兮。並驅從兩肩兮，揖我謂我儇許全反兮。

賦也。還，便捷之貌。峱，山名也。從，逐也。獸三歲曰肩。儇，利也。獵者交錯於道路，且以便捷輕利相稱譽如此，而不自知其非也。則其俗之不美可見，而其來亦必有所自矣。【音釋】便、譽，並去聲【一】。

子之茂叶莫口反兮，遭我乎峱之道叶徒厚反兮。並驅從兩牡兮，揖我謂我好叶許厚反兮。

賦也。茂，美也。

子之昌兮，遭我乎峱之陽兮。並驅從兩狼兮，揖我謂我臧兮。

賦也。昌，盛也。山南曰陽。狼，似犬，銳頭，白頰，高前廣後。臧，善也。

《還》三章，章四句。

俟我於著直據反，叶直居反乎而，充耳以素叶孫租反乎而，尚之以瓊華叶芳無反乎而。

賦也。俟，待也。我，嫁者自謂也。著，門屏之間也。充耳，以纊懸瑱，所謂紞也。尚，加也。瓊華，美石似玉者，即所以爲瑱也。○東萊呂氏曰：「《昏禮》，壻往婦家親迎，既奠鴈，御輪而先歸，俟于門外。婦至，則揖以入。時齊俗不親迎，故女至壻門，始見其俟己也。」【音釋】著，與宁音義同。纊，音曠。瑱，吐甸反。紞，都覽反。迎，去聲。禦，音訝。

俟我於庭乎而，充耳以青乎而，尚之以瓊瑩音榮乎而。

賦也。庭，在大門之內、寢門之外。瓊瑩，亦美石似玉者。○呂氏曰：「此《昏禮》所謂壻道婦『及寢門，揖入』之時

【一】「去」，蔣氏本、光緒七年本及光緒十五年本作「平」。

也。」【音釋】道，音導。

俟我於堂乎而，充耳以黄乎而，尚之以瓊英叶於良反乎而。

賦也。瓊英，亦美石似玉者。○吕氏曰：「升階而後至堂，此《昏禮》所謂『升自西階』之時也。」

《著》三章，章三句。

東方之日兮，彼姝者子，在我室兮。在我室兮，履我即兮。

興也。履，躡。即，就也。言此女躡我之跡而相就也。

東方之月兮，彼姝赤朱反者子，在我闥叶它悦反兮。在我闥兮，履我發叶方月反兮。

興也。闥，門内也。發，行去也。言躡我而行去也。

《東方之日》二章，章五句。

東方未明叶謨郎反，顛倒都老反衣裳。顛之倒叶都妙反之，自公召之。

賦也。自，從也。羣臣之朝，别色始入。○此詩人刺其君興居無節，號令不時。言東方未明而顛倒其衣裳，則既早矣，而又已有從君所而來召之者焉，蓋猶以爲晚也。或曰：所以然者，以有自公所而召之者故也。【音釋】朝，直遥反。别，必列反。

東方未晞，顛倒裳衣。倒之顛叶典因反之，自公令力證反，叶力呈反之。

賦也。晞，明之始升也。令，號令也。

折音哲柳樊圃叶博故反，狂夫瞿瞿俱具反。不能辰夜叶羊茹反【一】，不夙則莫音慕。

比也。柳，楊之下垂者，柔脆之木也。樊，藩也。圃，菜園也。瞿瞿，驚顧之貌。夙，早也。○折柳樊圃，雖不足恃，然狂夫見之，猶驚顧而不敢越。以比辰夜之限甚明【二】，人所易知，今乃不能知，而不失之早，則失之莫也。

《東方未明》三章，章四句。

南山崔崔子雖反，雄狐綏綏。魯道有蕩，齊子由歸。既曰歸止，曷又懷叶胡威反止？

比也。南山，齊南山也。崔崔，高大貌。狐，邪媚之獸。綏綏，求匹之貌。魯道，適魯之道也。蕩，平易也。齊子，襄公之妹、魯桓公夫人文姜，襄公通焉者也。由，從也。婦人謂嫁曰歸。懷，思也。止，語辭。○言南山有狐，以比襄公居高位而行邪行。且文姜既從此道歸于魯矣，襄公何爲而復思之乎？

葛屨五兩如字，又音亮，冠緌如誰反雙叶所終反止【三】。魯道有蕩，齊子庸止。既曰庸止，曷又從止？

比也。兩，二屨也。緌，冠上飾也。屨必兩，緌必雙，物各有偶，不可亂也。庸，用也，用此道以嫁于魯也。從，相從也。【音釋】複下曰舄，禪下曰屨。下，謂底。《禮書》：「二組屬於笄。順頭而下結之，謂之纓。纓之垂者謂之緌。」

藝麻如之何？衡音横從子容反其畝莫後反。取七喻反妻如之何？必告工毒反父母莫後反。既曰告同上止，曷又鞠居六反止？

興也。藝，樹。鞠，窮也。○欲樹麻者，必先縱横耕治其田畝。欲娶妻者，必先告其父母。今魯桓公既告父母而娶矣，

【一】「辰」原作「晨」，據蔣氏本、光緒七年本、光緒十五年本及朱熹《詩集傳》卷五改。
【二】「辰」原作「晨」，據蔣氏本、光緒七年本、光緒十五年本及朱熹《詩集傳》卷五改。
【三】「如」，四部叢刊本朱熹《詩集傳》卷五作「加」。按陸德明《經典釋文》卷五注「緌」作「如誰反」，則四部叢刊本誤。

又曷爲使之得窮其欲而至此哉？

析薪如之何？匪斧不克。取妻如之何？匪媒不得。既曰得止，曷又極止？

興也。克，能也。極，亦窮也。

《南山》四章，章六句。《春秋》桓公十八年，公與夫人姜氏如齊，公薨于齊。《傳》曰：「公將有行，遂與姜氏如齊。申繻曰：『女有家，男有室，無相瀆也，謂之有禮。易此必敗。』公會齊侯于濼，遂及文姜如齊。齊侯通焉。公謫之。以告。夏四月，享公。使公子彭生乘公，公薨于車。」此詩前二章刺齊襄，後二章刺魯桓也。

【音釋】繻，音需。濼，盧篤反，又音洛。謫，音責。乘，去聲，又如字。

無田音佃甫田，維莠羊九反，有驕驕叶音高。無思遠人，勞心忉忉音刀。

比也。田，謂耕治之也。甫，大也。莠，害苗之草也。驕驕，張王之意。忉忉，憂勞也。○言無田甫田也，田甫田而力不給，則草盛矣。無思遠人也，思遠人而人不至，則心勞矣。以戒時人厭小而務大，忽近而圖遠，將徒勞而無功也。

【音釋】張王，並去聲。

無田甫田，維莠桀桀。無思遠人，勞心怛怛叶旦悅反。

比也。桀桀，猶驕驕也。怛怛，猶忉忉也。

婉兮孌叶龍眷反兮，總角丱古患反，叶古縣反兮。未幾居豈反見兮，突而弁兮。

比也。婉、孌，少好貌。丱，兩角貌。未幾，未多時也。突，忽然高出之貌。弁，冠名。○言總角之童，見之未久，而忽然戴弁以出者，非其躐等而强求之也，蓋循其序而勢有必至耳。此又以明小之可大，邇之可遠，能循其序而脩之，則可以忽然而至其極。若躐等而欲速，則反有所不達矣。【音釋】突，《釋文》：「吐活反，又吐訥反。卒相見

謂之突。」韻書陀骨反，犬從穴中暫出也。

《甫田》三章，章四句。

盧令令音零，其人美且仁。

賦也。盧，田犬也。令令，犬頷下環聲。○此詩大意與《還》略同。

盧重直龍反環，其人美且鬈音權。

賦也。重環，子母環也。鬈，鬚鬢好貌。

盧重鋂音梅，其人美且偲七才反。

賦也。鋂，一環貫二也。偲，多鬚之貌，《春秋傳》所謂「于思」即此字，古通用耳。【音釋】思，西才反，多鬚貌。

《盧令》三章，章二句。

敝笱在梁，其魚魴鰥古頑反，叶古倫反。齊子歸止，其從才用反如雲。

比也。敝，壞。笱，罟也。魴鰥，大魚也。歸，歸齊也。如雲，言衆也。○齊人以敝笱不能制大魚，比魯莊公不能防閑文姜，故歸齊而從之者衆也。【音釋】笱，《說文》：「曲竹捕魚。」

敝笱在梁，其魚魴鱮才呂反。齊子歸止，其從如雨。

比也。鱮，似魴，厚而頭大，或謂之鰱。如雨，亦多也。【音釋】鱮，字書皆似呂反。許氏曰：「當從韻讀如敘。」鰱，音連。

敝笱在梁，其魚唯唯唯癸反。齊子歸止，其從如水。

比也。唯唯，行出入之貌。如水，亦多也。

《敝笱》三章，章四句。按《春秋》，魯莊公二年，「夫人姜氏會齊侯于禚」。四年，「夫人姜氏享齊侯于祝丘」。五年，「夫人姜氏如齊師」。七年，「夫人姜氏會齊侯于防」，又「會齊侯于穀」。【音釋】禚，諸若反。

載驅薄薄普各反，簟茀朱鞹苦郭反。魯道有蕩，齊子發夕叶祥龠反。

賦也。薄薄，疾驅聲。簟，方文席也。茀，車後户也。朱，朱漆也。鞹，獸皮之去毛者，蓋車革質而朱漆也。夕，猶宿也。發夕，謂離於所宿之舍。○齊人刺文姜乘此車而來會襄公也。

四驪力馳反濟濟子力反【一】，垂轡濔濔乃禮反。魯道有蕩，齊子豈開改反弟叶待禮反【二】。

賦也。驪，馬黑色也。濟濟，美貌。濔濔，柔貌。豈弟，樂易也。言無忌憚羞愧之意也。

汶音問水湯湯失章反，行人彭彭必亡反。魯道有蕩，齊子翱翔。

賦也。汶，水名，在齊南魯北二國之竟。湯湯，水盛貌。彭彭，多貌。言行人之多，亦以見其無恥也。

汶水滔滔音吐刀反，行人儦儦表驕反，叶音褒。魯道有蕩，齊子遊遨。

賦也。滔滔，流貌。儦儦，衆貌。遊遨，猶翱翔也。

《載驅》四章，章四句。

【一】「力」，蔣氏本、光緒七年本、光緒十五年本及朱熹《詩集傳》卷五作「禮」。

【二】「開改反」下，朱熹《詩集傳》卷五有「後同」二字。

猗嗟昌兮，頎音祈而長兮，抑若揚兮，美目揚兮。巧趨蹌兮，射則臧兮。

賦也。猗嗟，歎辭。昌，盛也。頎，長貌。抑而若揚，美之盛也。揚，目之動也。蹌，趨翼如也。臧，善也。○齊人極道魯莊公威儀技藝之美如此，所以刺其不能以禮防閑其母，若曰：「惜乎，其獨少此耳！」

猗嗟名兮，美目清兮，儀既成兮。終日射食亦反侯，不出正音征兮，展我甥叶桑經反兮。

賦也。名，猶稱也。言其威儀技藝之可名也。清，目清明也。儀既成，言其終事而禮無違也。侯，張布而射之者也。正，設的於侯中而射之者也。大射，則張皮侯而設鵠。賓射，則張布侯而設正。展，誠也。姊妹之子曰甥，言稱其爲齊之甥而又以明非齊侯之子，此詩人之微詞也。按《春秋》，桓公三年，「夫人姜氏至自齊」。六年九月，「子同生」，即莊公也。十八年，桓公乃與夫人如齊，則莊公誠非齊侯之子矣。【音釋】《周禮·梓人》有皮侯、采侯、獸侯。天子大射用皮侯，賓射用采侯，燕射用獸侯。鵠以皮為之，三分侯之一，似鳥之棲，故曰棲鵠。正則畫布為之，亦三分其侯而居一。《射義》注謂「畫布曰正，棲皮曰鵠」是也。鵠，古毒反。

猗嗟孌叶龍眷反兮，清揚婉叶許願反兮【一】，舞則選雪戀反兮。射則貫叶扃縣反兮，四矢反叶孚絢反兮，以禦亂叶靈眷反兮。

賦也。孌，好貌。清，目之美也。揚，眉之美也。婉，亦好貌。選，異於衆也。或曰：齊於樂節也。貫，中而貫革也。四矢，禮射每發四矢。反，復也，中皆得其故處也。言莊公射藝之精可以禦亂。如以金僕姑射南宮長萬可見矣。【音釋】中，去聲。金僕姑，矢名。長萬，宋大夫。長，上聲。

《猗嗟》三章，章六句。或曰：「子可以制母乎？」趙子曰：「夫死從子，通乎其下，況國君乎？君者，人神之主、風教之本也。不能正家，如正國何？若莊公者，哀痛以思父，誠敬以事母，威刑以馭下，車馬僕從莫不俟命，

【一】「許」，朱熹《詩集傳》卷五作「紆」。

夫人徒往乎？夫人之往也，則公哀敬之不至，威命之不行耳。」東萊呂氏曰：「此詩三章，譏刺之意皆在言外。嗟嘆再三，則莊公所大闕者，不言可見矣。」

齊國十一篇，三十四章，一百四十三句。

魏一之九

魏，國名，本舜、禹故都。在《禹貢》冀州雷首之北，析城之西，南枕河曲，北涉汾水。其地陜隘而民貧俗儉，蓋有聖賢之遺風焉。周初以封同姓，後爲晉獻公所滅而取其地。今河中府解州即其地也。蘇氏曰：「魏地入晉久矣，其詩疑皆爲晉而作，故列於《唐風》之前，猶《邶》《鄘》之於《衛》也。」今按，篇中「公行」「公路」「公族」皆晉官，疑實晉詩。又恐魏亦嘗有此官，蓋不可考矣。【音釋】枕，之鴆反。解，下買反。行，户郎反。

糾糾吉黝反葛屨，可以履霜。摻摻所銜反女手，可以縫裳。要於遥反之襋紀力反之，好人服叶蒲北反之。

興也。糾糾，繚戾寒涼之意。夏葛屨，冬皮屨。摻摻，猶纖纖也。女，婦未廟見之稱也。娶婦三月廟見，然後執婦功。要，裳要。襋，衣領。好人，猶大人也。○魏地陜隘，其俗儉嗇而褊急，故以葛屨履霜起興，而刺其使女縫裳，又使治其要襋，而遂服之也。此詩疑即縫裳之女所作。

好人提提徒兮反，宛於阮反然左辟音避，佩其象揥敕帝反。維是褊心，是以爲刺叶音砌。

賦也。提提，安舒之意。宛然，讓之貌也。讓而辟者必左。揥，所以摘髮，用象爲之，貴者之飾也。其人如此，若無有

可刺矣，所以刺之者，以其褊迫急促，如前章之云耳。

《葛屨》二章，一章六句，一章五句。廣漢張氏曰：「夫子謂與其奢也寧儉。則儉雖失中，本非惡德。然而儉之過，則至於吝嗇迫隘，計較分毫之間，而謀利之心始急矣。《葛屨》《汾沮洳》《園有桃》三詩，皆言其急迫瑣碎之意。」

彼汾沮洳，言采其莫音慕。彼其音記之子，美無度。美無度，殊異乎公路。

興也。汾，水名，出太原府晉陽山，西南入河。沮洳，水浸處下濕之地。莫，菜也，似柳葉，厚而長，有毛刺，可爲羹。無度，言不可以尺寸量也。公路者，掌公之路車，晉以卿大夫之庶子爲之。○此亦刺儉不中禮之詩。言若此人者，美則美矣，然其儉嗇褊急之態，殊不似貴人也。

彼汾一方，言采其桑。彼其之子，美如英叶於良反。美如英，殊異乎公行户郎反。

興也。一方，彼一方也。《史記》：扁鵲「視見垣一方人」。英，華也。公行，即公路也，以其主兵車之行列，故謂之公行也。【音釋】扁鵲遇長桑君，傳方與藥，飲以上池之水，飲藥三十日，視見垣一方人。《索隱》曰：「方猶邊也，言能隔牆見彼人也。」

彼汾一曲，言采其藚音續。彼其之子，美如玉。美如玉，殊異乎公族。

興也。一曲，謂水曲流處。藚，水舃也，葉如車前草。公族，掌公之宗族，晉以卿大夫之適子爲之。【音釋】汾，扶云反。沮，子豫反。洳，如豫反。

《汾沮洳》三章，章六句。

園有桃，其實之殽。心之憂矣，我歌且謠音遥。不知我者，謂我士也驕。彼人是哉叶將黎反，子曰何其音基？心之憂矣，其誰知之？其誰知之，蓋亦勿思叶新齎反？

興也。殽，食也。合曲曰歌，徒歌曰謠。其，語辭。〇詩人憂其國小而無政，故作是詩。言園有桃，則其實之殽矣；心有憂，則我歌且謡矣。然不知我之心者，見其歌謡，而反以爲驕，且曰彼之所爲已是矣，而子之言獨何爲哉？蓋舉國之人莫覺其非，而反以憂之者爲驕也。於是憂者重嗟歎之，以爲此之可憂，初不難知，彼之非我，特未之思耳。誠思之，則將不暇非我而自憂矣。

園有棘，其實之食。心之憂矣，聊以行國叶于逼反。不知我者，謂我士也罔極。彼人是哉，子曰何其？心之憂矣，其誰知之？其誰知之，蓋亦勿思。

興也。棘，棗之短者。聊，且略之辭也。歌謡之不足，則出遊於國中而寫憂也。極，至也。罔極，言其心縱恣，無所至極。【音釋】《尔雅》：「大者棗，小者棘。」《本草》注：「棘有赤、白二種，小棗也。」

《園有桃》二章，章十二句。

陟彼岵音户兮，瞻望父兮。父曰：「嗟！予子行役，夙夜無已。上慎旃哉，猶來無止！」

賦也。山無草木曰岵。上，猶尚也。〇孝子行役，不忘其親，故登山以望其父之所在，因想像其父念己之言曰：嗟呼！我之子行役，夙夜勤勞，不得止息。又祝之曰：庶幾慎之哉，猶可以來歸，無止於彼而不來也！蓋生則必歸，死則止而不來矣。或曰：止，獲也，言無爲人所獲也。

陟彼屺音起兮，瞻望母叶滿彼反兮。母曰：「嗟！予季行役，夙夜無寐。上慎旃哉，猶來無棄！」

賦也。山有草木曰屺。季，少子也。尤憐愛少子者，婦人之情也。無寐，亦言其勞之甚也。棄，謂死而棄其尸也。【音

釋】岵、屺訓，《傳》從毛，而《爾雅・釋山》云：「多草木，岵；無草木，屺。」《説文》同。

陟彼岡兮，瞻望兄叶虚王反兮。兄曰：「嗟！予弟行役，夙夜必偕叶舉里反。上慎旃哉，猶來無死叶想止反！」

賦也。山脊曰岡。必偕，言與其儕同作同止，不得自如也。

《陟岵》三章，章六句。

十畝之間叶居賢反兮，桑者閑閑叶哉田反兮【一】，行與子還叶音旋兮。

賦也。十畝之間，郊外所受場圃之地也。閑閑，往來者自得之貌。行，猶將也。還，猶歸也。〇政亂國危，賢者不樂仕於其朝，而思與其友歸於農圃，故其詞如此。

十畝之外叶五墜反兮，桑者泄泄以世反兮，行與子逝兮。

賦也。十畝之外，鄰圃也。泄泄，猶閑閑也。逝，往也。

《十畝之間》二章，章三句。

坎坎伐檀叶徒沿反兮，寘之河之干叶居焉反兮。河水清且漣力田反猗於宜反【二】。不稼不穡，胡取禾三百廛直連反兮？不狩不獵，胡瞻爾庭有縣音玄貆音暄兮？彼君子兮，不素餐七丹反，叶七宣反兮。

賦也。坎坎，用力之聲。檀，木可爲車者。寘，與置同。干，厓也。漣，風行水成文也。猗，與兮同，語詞也。《書》「斷斷猗」，《大學》作「兮」，《莊子》亦云「而我猶爲人猗」是也。種之曰稼，斂之曰穡。胡，何也。一夫所居曰

【一】「哉」，蔣氏本、光緒七年本、光緒十五年本及朱熹《詩集傳》卷五作「胡」。
【二】「田」，朱熹《詩集傳》卷五作「廛」。

廛。狩，亦獵也。貆，貉類。素，空。餐，食也。〇詩人言有人於此用力伐檀，將以爲車而行陸也。今乃寘之河干，則河水清漣而無所用，雖欲自食其力，而不可得矣。然其志則自以爲不耕則不可以得禾，不獵則不可以得獸，以甘心窮餓而不悔也。詩人述其事而歎之，以爲是真能不空食者。後世若徐稺之流，非其力不食，其厲志蓋如此。【音釋】徐稺，字孺子，後漢豫章人。

坎坎伐輻音福，叶筆力反兮，寘之河之側叶莊力反兮，河水清且直猗。不稼不穡，胡取禾三百億兮？不狩不獵，胡瞻爾庭有縣特兮？彼君子兮，不素食兮。

賦也。輻，車輻也，伐木以爲輻也。直，波文之直也。十萬曰億，蓋言禾秉之數也。獸三歲曰特。

坎坎伐輪兮，寘之河之漘順倫反兮，河水清且淪猗。不稼不穡，胡取禾三百囷丘倫反兮？不狩不獵，胡瞻爾庭有縣鶉音純兮？彼君子兮，不素飧素門反，叶素倫反兮。

賦也。輪，車輪也，伐木以爲輪也。淪，小風水成文，轉如輪也。囷，圓倉也。鶉，鵪屬。熟食曰飧。

《伐檀》三章，章九句。

碩鼠碩鼠，無食我黍！三歲貫古亂反女音汝，莫我肯顧叶果五反【一】。逝將去女，適彼樂音洛，下同土。樂土樂土，爰得我所！

比也。碩，大也。三歲，言其久也。貫，習。顧，念。逝，往也。樂土，有道之國也。爰，於也。〇民困於貪殘之政，故託言大鼠害己而去之也。【音釋】貫，當音古患反。

【一】「果」，朱熹《詩集傳》卷五作「公」。

碩鼠碩鼠，無食我麥叶訖力反【一】！三歲貫女，莫我肯德。逝將去女，適彼樂國叶于逼反。樂國樂國，爰得我直！

比也。德，歸恩也。直，猶宜也。

碩鼠碩鼠，無食我苗叶音毛！三歲貫女，莫我肯勞。逝將去女，適彼樂郊叶音高。樂郊樂郊，誰之永號户毛反！

比也。勞，勤苦也，謂不以我爲勤勞也。永號，長呼也。言既往樂郊，則無復有害己者，當復爲誰而永號乎？

《碩鼠》三章，章八句

魏國七篇，十八章，一百二十八句。

詩卷第五

【一】「訖」原作「託」，據蔣氏本、光緒七年本、光緒十五年本及朱熹《詩集傳》卷五改。

詩卷第六

唐一之什

唐，國名。本帝堯舊都，在《禹貢》冀州之域，太行、恒山之西，太原、太岳之野，周成王以封弟叔虞，爲唐侯。南有晉水。至子燮乃改國號曰晉。後徙曲沃，又徙居絳。其地土瘠民貧，勤儉質朴，憂深思遠，有堯之遺風。其詩不謂之晉而謂之唐，蓋仍其始封之舊號耳。唐叔所都在今太原府。曲沃及絳皆在今絳州。【音釋】《前漢志》曰：「河東本唐堯所居，有先王遺教。君子深思，小人儉嗇。」

蟋蟀在堂，歲聿允橘反其莫音慕。今我不樂音洛，下同，日月其除直慮反。無已大音泰康，職思其居叶音據。好呼報反樂無荒，良士瞿瞿俱具反。

賦也。蟋蟀，蟲名，似蝗而小，正黑，有光澤如漆，有角翅。或謂之促織，九月在堂。聿，遂。莫，晚。除，去也。大康，過於樂也。職，主也。瞿瞿，却顧之貌。○唐俗勤儉，故其民間終歲勞苦，不敢少休。及其歲晚務閒之時，乃敢相與燕飲爲樂。而言今蟋蟀在堂，而歲忽已晚矣。當此之時而不爲樂，則日月將舍我而去矣。然其憂深而思遠也，故方燕樂而又遽相戒曰：今雖不可以不爲樂，然不已過於樂乎？盍亦顧念其職之所居者，使其雖好樂而無荒，若彼良士之長慮而却顧焉，則可以不至於危亡也。蓋其民俗之厚，而前聖遺風之遠如此。

蟋蟀在堂，歲聿其逝。今我不樂，日月其邁叶力制反。無已大康，職思其外叶五墜反。好樂無荒，良士蹶蹶俱衛反。

賦也。逝、邁，皆去也。外，餘也。其所治之事，固當思之；而所治之餘，亦不敢忽。蓋以事變或出於平常思慮之所不

及【一】，故當過而備之也。蹶蹶，動而敏於事也。

蟋蟀在堂，役車其休。今我不樂，日月其慆吐刀反【二】，叶佗侯反。無已大康，職思其憂。好樂無荒，良士休休。

賦也。庶人乘役車，歲晚則百工皆休矣。慆，過也。休休，安閑之貌。樂而有節，不至於淫，所以安也。

《蟋蟀》三章，章八句。

山有樞烏侯、昌朱二反，隰有榆夷周、以朱二反。子有衣裳，弗曳弗婁力侯、力俱二反。子有車馬，弗馳弗驅祛允、虧于二反。宛於阮反其死矣，他人是愉他侯、以朱二反。

興也。樞，荎也，今刺榆也。榆，白枌也。婁，亦曳也。馳，走。驅，策也。宛，坐見貌。愉，樂也。○此詩蓋亦答前篇之意而解其憂。故言山則有樞矣，隰則有榆矣。子有衣裳車馬，而不服不乘，則一旦宛然以死，而他人取之以爲己樂矣。蓋言不可不及時爲樂。然其憂愈深，而意愈蹙矣。【音釋】荎，田結反。疏：「走馬曰馳，策馬曰驅。」

山有栲音考，叶去九反，隰有杻女九反。子有廷內，弗洒弗埽叶蘇后反。子有鍾鼓，弗鼓弗考叶去九反。宛其死矣，他人是保叶補苟反。

興也。栲，山樗也。似樗，色小白，葉差狹。杻，檍也，葉似杏而尖，白色，皮正赤。其理多曲少直，材可爲弓弩幹者也。考，擊也。保，居有也。【音釋】樗，敕居反。檍，音億。

山有漆音七，隰有栗。子有酒食，何不日鼓瑟？且以喜樂音洛，且以永日。宛其死矣，他人入室。

【一】「以」，蔣氏本、光緒七年本及光緒十五年本作「其」。

【二】「吐」原作「心」，據蔣氏本、光緒七年本、光緒十五年本及朱熹《詩集傳》卷六改。

興也。君子無故，琴瑟不離於側。永，長也。人多憂，則覺日短，飲食作樂，可以永長此日也。

《山有樞》三章，章八句。

揚之水，白石鑿鑿子洛反。素衣朱襮音博，從子于沃叶鬱鎛反。既見君子，云何不樂音洛！

比也。鑿鑿，巉巖貌。襮，領也，諸侯之服，繡黼領而丹朱純也。子，指桓叔也。沃，曲沃也。〇晉昭侯封其叔父成師于曲沃，是爲桓叔。其後沃盛强而晉微弱，國人將叛而歸之，故作此詩。言水緩弱而石巉巖，以比晉衰而沃盛。故欲以諸侯之服從桓叔于曲沃，且自喜其見君子而無不樂也。【音釋】巉，徂咸反。純，之尹反。

揚之水，白石皓皓古老反，叶胡暴反。素衣朱繡叶先妙反，從子于鵠叶居號反。既見君子，云何其憂叶一笑反！

比也。朱繡，即朱襮也。鵠，曲沃邑也。

揚之水，白石粼粼利新反。我聞有命叶彌并反【一】，不敢以告人。

比也。粼粼，水清石見之貌。聞其命而不敢以告人者，爲之隱也。桓叔將以傾晉，而民爲之隱，蓋欲其成矣。〇李氏曰：「古者不軌之臣欲行其志，必先施小惠以收衆情，然後民翕然從之。田氏之於齊，亦猶是也。故其召公子陽生於魯，國人皆知其已至而不言，所謂『我聞有命，不敢以告人』也。」

《揚之水》三章，二章章六句，一章四句。

椒聊之實，蕃衍盈升。彼其音記之子，碩大無朋。椒聊且子餘反，遠條且！

興而比也。椒，樹，似茱萸，有針刺，其實味辛而香烈。聊，語助也。朋，比也。且，歎詞。遠條，長枝也。〇椒之蕃

【一】「并」，朱熹《詩集傳》卷六作「賓」。

盛，則采之盈升矣，彼其之子，則碩大而無朋矣。「椒聊且，遠條且」，歎其枝遠而實益蕃也。此不知其所指，《序》亦以爲沃也。

椒聊之實，蕃衍盈匊九六反。彼其之子，碩大且篤。椒聊且，遠條且！

興而比也。兩手曰匊。篤，厚也。【音釋】陸農師謂兩手為匊，兩匊為升。

《椒聊》二章，章六句。

綢直留反繆芒侯反束薪，三星在天叶鐵因反。今夕何夕？見此良人。子兮子兮，如此良人何！

興也。綢繆，猶纏綿也。三星，心也。在天，昏始見於東方，建辰之月也。良人，夫稱也。○國亂民貧，男女有失其時而後得遂其婚姻之禮者。詩人叙其婦語夫之詞曰：方綢繆以束薪也，而仰見三星之在天。今夕不知其何夕也？而忽見良人之在此。既又自謂曰：子兮子兮，其將奈此良人何哉！喜之甚而自慶之詞也。【音釋】繆，許氏：「莫彪反。」心，東方蒼龍七宿之第五星。

綢繆束芻叶側九反，三星在隅叶語口反。今夕何夕？見此邂户懈反逅胡豆反，叶很口反。子兮子兮，如此邂逅何！

興也。隅，東南隅也。昏見之星至此，則夜久也。邂逅，相遇之意。此爲夫婦相語之詞也。

綢繆束楚，三星在户侯古反。今夕何夕？見此粲采旦反者叶章與反。子兮子兮，如此粲者何！

興也。户，室户也，户必南出。昏見之星至此，則夜分矣。粲，美也。此爲夫語婦之詞也。或曰：女三爲粲，一妻二妾也。

《綢繆》三章，章六句。

有杕之杜，其葉湑湑私叙反。獨行踽踽俱禹反，豈無他人？不如我同父扶雨反。嗟行之人，胡不比毗志反焉？人無

兄弟，胡不佽七利反焉？

興也。杕，特也。杜，赤棠也。湑湑，盛貌。踽踽，無所親之貌。同父，兄弟也。比，輔。佽，助也。○此無兄弟者自傷其孤特，而求助於人之詞。言杕然之杜，其葉猶湑湑然。而人無兄弟，則獨行踽踽，曾杜之不如矣。然豈無他人之可與同行也哉？特以其不如我兄弟，是以不免於踽踽耳。於是嗟歎：行路之人，何不閔我之獨行而見親，憐我之無兄弟而見助乎？【音釋】杕，徒細反。

有杕之杜，其葉菁菁子零反，獨行睘睘求螢反，豈無他人？不如我同姓叶桑經反。嗟行之人，胡不比焉？人無兄弟，胡不佽焉？

興也。菁菁，亦盛貌。睘睘，無所依貌。

《杕杜》二章，章九句。

羔裘豹袪起居、起據二反，自我人居居斤於、斤御二反。豈無他人？維子之故攻乎、古慕二反。

賦也。羔裘，君純羔，大夫以豹飾。袪，袂也。居居，未詳。

羔裘豹褎徐救反，自我人究究。豈無他人？維子之好呼報反，叶呼候反。

賦也。褎，猶袪也。究究，亦未詳。【音釋】疏：「袂是袖之大名，袪是袖頭之小稱【一】。」

《羔裘》二章，章四句。此詩不知所謂，不敢强解。

肅肅鴇羽，集于苞栩況禹反。王事靡盬音古，不能蓺稷黍。父母何怙候古反？悠悠蒼天，曷其有所？

【一】「袂」原作「袪」，「袪」原作「袂」，據蔣氏本、光緒七年本、光緒十五年本及《毛詩正義》卷六之二改。

比也。肅肅，羽聲。鴇，鳥名，似鴈而大，無後趾。集，止也。苞，叢生也。栩，柞櫟也。其子爲皂斗，殼可以染皂者是也。盬，不攻緻也。蓺，樹。怙，恃也。〇民從征役而不得養其父母，故作此詩。言鴇之性不樹止，而今乃飛集于苞栩之上。如民之性本不便於勞苦，今乃久從征役，而不得耕田以供子職也。悠悠蒼天，何時使我得其所乎？【音釋】鴇，音保。柞，音昨。櫟，音歷。不攻緻，疏：「不攻牢不堅緻也。」

肅肅鴇翼，集于苞棘。王事靡盬，不能蓺黍稷。父母何食？悠悠蒼天，曷其有極？

比也。極，已也。

肅肅鴇行戶郎反，集于苞桑。王事靡盬，不能蓺稻粱。父母何嘗？悠悠蒼天，曷其有常？

比也。行，列也。稻，即今南方所食稻米，水生而色白者也。粱，粟類也，有數色。嘗，食也。常，復其常也。

《鴇羽》三章，章七句。

豈曰無衣七兮！不如子之衣，安且吉兮。

賦也。侯伯七命，其車旗衣服皆以七爲節。子，天子也。〇《史記》，曲沃桓叔之孫武公伐晉，滅之。盡以其寶器賂周釐王，王以武公爲晉君，列於諸侯。此詩蓋述其請命之意。言我非無是七章之衣也，而必請命者，蓋以不如天子之命服之爲安且吉也。蓋當是時，周室雖衰，典刑猶在。武公既負弒君簒國之罪，則人得討之，而無以自立於天地之間。故賂王請命，而爲說如此。然其倨慢無禮，亦已甚矣。釐王貪其寶玩，而不思天理民彝之不可廢，是以誅討不加，而爵命行焉。則王綱於是乎不振，而人紀或幾乎絶矣。嗚呼痛哉！【音釋】七命，侯伯鷩冕七章，自華蟲以下也。釐，與僖同。

豈曰無衣六兮？不如子之衣，安且燠於六反兮。

賦也。天子之卿六命，變七言六者，謙也。不敢以當侯伯之命，得受六命之服，比於天子之卿，亦幸矣。燠，煖也。言其可以久也。

《無衣》二章，章三句。

有杕之杜，生于道左。彼君子兮，噬《韓詩》作「逝」肯適我？中心好呼報反之，曷飲於鴆反食音嗣之？

比也。左，東也。噬，發語詞。曷，何也。○此人好賢，而恐不足以致之。故言此杕然之杜，生于道左，其蔭不足以休息。如己之寡弱，不足恃賴。則彼君子者，亦安肯顧而適我哉？然其中心好之，則不已也。但無自而得飲食之耳。夫以好賢之心如此，則賢者安有不至，而何寡弱之足患哉？

有杕之杜，生于道周。彼君子兮，噬肯來遊？中心好之，曷飲食之？

比也。周，曲也。【音釋】疏：「言道周遶之，故為曲也。」

《有杕之杜》二章，章六句。

葛生蒙楚，蘞音連蔓于野叶上與反【一】。予美亡此，誰與獨處？

興也。蘞，草名，似栝樓，葉盛而細。蔓，延也。予美，婦人指其夫也。○婦人以其夫久從征役而不歸，故言葛生而蒙于楚，蘞生而蔓于野，各有所依託。而予之所美者，獨不在是，則誰與而獨處於此乎？

葛生蒙棘，蘞蔓于域。予美亡此，誰與獨息？

興也。域，塋域也。息，止也。

【一】「連」，朱熹《詩集傳》卷六作「廉」。

角枕粲兮，錦衾爛兮。予美亡此，誰與獨旦？

賦也。粲、爛，華美鮮明之貌。獨旦，獨處至旦也。

夏之日，冬之夜叶羊茹反。百歲之後，歸于其居叶姬御反。

賦也。夏日永，冬夜永。居，墳墓也。○夏日冬夜，獨居憂思，於是爲切。然君子之歸無期，不可得而見矣，要死而相從耳。鄭氏曰：「言此者，婦人專一，義之至，情之盡。」蘇氏曰：「思之深而無異心，此《唐風》之厚也。」

冬之夜同上，夏之日。百歲之後叶音户【一】，歸于其室。

賦也。室，壙也。

《葛生》五章，章四句。

采苓采苓，首陽之顛叶典因反。人之爲言，苟亦無信叶斯人反。舍音捨，下同旃之然反舍旃，苟亦無然。人之爲言，胡得焉！

比也。首陽，首山之南也。顛，山頂也。旃，之也。○此刺聽讒之詩。言子欲采苓於首陽之顛乎？然人之爲是言以告子者，未可遽以爲信也。姑舍置之，而無遽以爲然。徐察而審聽之，則造言者無所得，而讒止矣。或曰：興也。下章放此。【音釋】首山，即雷首山，有伯夷墓在焉【二】。

采苦采苦，首陽之下叶後五反。人之爲言，苟亦無與。舍旃舍旃，苟亦無然。人之爲言，胡得焉！

比也。苦，苦菜。生山田及澤中，得霜甜脆而美。與，許也。

【一】「叶音户」，朱熹《詩集傳》卷六作「叶胡故反」。

【二】「有」原作「宜」，據蔣氏本、光緒七年本及光緒十五年本改。

采葑采葑，首陽之東。人之爲言，苟亦無從。舍旃舍旃，苟亦無然。人之爲言，胡得焉？

比也。從，聽也。

《采苓》三章，章八句。

唐國十二篇，三十三章，二百三句。

秦一之十一

秦，國名。其地在《禹貢》雍州之域，近鳥鼠山。初，伯益佐禹治水有功，賜姓嬴氏，其後中潏居西戎，以保西垂。六世孫大駱生成及非子，非子事周孝王，養馬於汧、渭之間，馬大繁息。孝王封爲附庸而邑之秦。至宣王時，犬戎滅成之族。宣王遂命非子曾孫秦仲爲大夫，誅西戎，不克，見殺。及幽王爲西戎、犬戎所殺，平王東遷。秦仲孫襄公以兵送之，王封襄公爲諸侯，曰：「能逐犬戎，即有岐豐之地。」襄公遂有周西都畿内八百里之地。至玄孫德公，又徙於雍。秦，即今之秦州。雍，今京兆府興平縣是也。【音釋】《語錄》：「問：『姓、氏如何分別？』曰：『姓是大總腦處，氏是後來次第分別。如魯姬姓，後有孟氏、季氏，同為姬姓而氏不同也。』」中，音仲。潏，音決。汧，音牽。《地理志》：「汧水出扶風汧縣，西北入渭。」

有車鄰鄰，有馬白顛都田反，叶典因反。未見君子，寺人之令力呈反。

賦也。鄰鄰，衆車之聲。白顛，額有白毛，今謂之的顙。君子，指秦君。寺人，内小臣也。令，使也。○是時秦君始有車馬

及此寺人之官，將見者必先使寺人通之，故國人創見而誇美之也。【音釋】寺，《釋文》：「如字，又音侍。」

阪音反有漆，隰有栗。既見君子，並坐鼓瑟。今者不樂音洛，逝者其耋田節反【一】，叶地一反。

興也。八十曰耋。○阪則有漆矣，隰則有栗矣，既見君子，則並坐鼓瑟矣。失今不樂，則逝者其耋矣。【音釋】陂者曰阪。下濕曰隰。

阪有桑，隰有楊。既見君子，並坐鼓簧音黃。今者不樂，逝者其亡。

興也。簧，笙中金葉。吹笙則鼓動之以出聲者也。

《車鄰》三章，一章四句，二章章六句。

駟驖田結反孔阜符有反，六轡在手。公之媚眉冀反子，從公于狩叶始九反。

賦也。駟驖，四馬皆黑色如鐵也。孔，甚也。阜，肥大也。六轡者，兩服兩驂各兩轡，而驂馬兩轡納之於觖，故惟六轡在手也。媚子，所親愛之人也。此亦前篇之意也。【音釋】觖，與觼同，古穴反。

奉時辰牡，辰牡孔碩叶常灼反。公曰左之，舍音捨拔蒲末反則獲叶黃郭反。

賦也。時，是。辰，時也。牡，獸之牡者也。辰牡者，冬獻狼，夏獻麋，春秋獻鹿豕之類【二】。奉之者，虞人翼以待射也。碩，肥大也。公曰左之者，命御者使左其車，以射獸之左也。蓋射必中其左，乃爲中殺。「六御」所謂「逐禽左」者【三】，爲是故也。拔，矢括也。曰左之而舍拔無不獲者，言獸之多，而射御之善也。【音釋】「射獸」、「射必」

【一】「田」原作「曰」，據蔣氏本、光緒七年本、光緒十五年本及朱熹《詩集傳》卷六改。

【二】「秋」，原無，四部叢刊本朱熹《詩集傳》卷六亦無，據蔣氏本、光緒七年本、光緒十五年本及明正統本、嘉靖本朱熹《詩集傳》補。按《毛傳》：「冬獻狼，夏獻麋，春秋獻鹿豕羣獸。」

【三】「六」，四部叢刊本朱熹《詩集傳》卷六作「五」。據「音釋」所引許氏說，則羅復所見本《詩集傳》誤作「六」也。

之「射」，皆食亦反。中，陟仲反。六御，許氏曰：「當為五禦。」逐禽【一】，詳見《車攻》【二】。

遊于北園，四馬既閑叶胡田反。輶音由車鸞鑣彼驕反，載獫力驗反歇許竭反驕許喬反。

賦也。田事已畢，故遊于北園。閑，調習也。輶，輕也。鸞，鈴也，效鸞鳥之聲。鑣，馬銜也。驅逆之車，置鸞於馬銜之兩旁。乘車則鸞在衡，和在軾也。獫、歇驕，皆田犬名。長喙曰獫，短喙曰歇驕。以車載犬，蓋以休其足力也。韓愈《畫記》有「騎擁田犬者」，亦此類。

《駟驖》三章，章四句。

小戎俴錢淺反收，五楘音木梁輈陟留反。游環脅驅叶居懼反，又居六反【三】，陰靷音胤鋈音沃續叶辭屨反，又如字【四】。文茵音因暢敕亮反轂叶又，去聲，駕我騏音其馵之樹反，又之錄反。言念君子，溫其如玉。在其板屋，亂我心曲。

賦也。小戎，兵車也。俴，淺也。收，軫也，謂車前後兩端横木，所以收斂所載者也。凡車之制，廣皆六尺六寸。其平地任載者爲大車，則軫深八尺。兵車則軫深四尺四寸，故曰「小戎俴收」也。五，五束也。楘，歷錄然文章之貌也。梁輈，從前軫以前稍曲而上，至衡則向下鉤之，横衡於輈下，而輈形穹隆上曲如屋之梁，又以皮革五處束之，其文章歷錄然也。游環，靷環也。以皮爲環，當兩服馬之背上，游移前却無定處，引兩驂馬之外轡，貫其中而執之，所以制驂馬，使不得外出。《左傳》曰「如驂之有靳」是也。脅驅，亦以皮爲之，前係於衡之兩端，後係於軫之兩端，當服馬脅之外，所以驅驂馬使不得内入也。陰，揜軓也。軓在軾前，而以板横側揜之，以其陰映此軓，故謂之陰也。靷，以皮二條

【一】「逐」原作「道」，據蔣氏本、光緒七年本及光緒十五年本改。
【二】「攻」原作「政」，據蔣氏本、光緒七年本及光緒十五年本改。
【三】「六」，朱熹《詩集傳》卷六作「録」。
【四】「又」原作「尺」，據蔣氏本、光緒七年本及光緒十五年本改。

前係驂馬之頸，後係陰版之上也【一】。鋈續，陰板之上有續靷之處，消白金沃灌其環以爲飾也。蓋車衡之長六尺六寸，止容二服，驂馬之頸不當於衡，故別爲二靷以引車，亦謂之靳。《左傳》曰「兩靷將絶」是也。文茵，車中所坐虎皮褥也。暢，長也。轂者，車輪之中，外持輻、内受軸者也。大車之轂一尺有半，兵車之轂長三尺二寸，故兵車曰暢轂。騏，騏文也。馬左足白曰馵。君子，婦人目其夫也。温其如玉，美之之詞也。板屋者，西戎之俗，以板爲屋。心曲，心中委曲之處也。〇西戎者，秦之臣子所與不共戴天之讎也。襄公上承天子之命，率其國人往而征之，故其從役者之家人先誇車甲之盛如此，而後及其私情。蓋以義興師，則雖婦人亦知勇於赴敵，而無所怨矣。【音釋】靳，當胸之皮。驂馬之首當服馬之胸，胸上有靳。靳，居覲反。軓，音範。車軾前曰軓，蓋轛頭也。轛，于歲反，車軸耑。

四牡孔阜扶有反，六轡在手。騏騮音留是中叶諸仍反，騧古花反驪是驂叶疏簪反。龍盾順允反之合，鋈以觼古穴反軜音納。言念君子，温其在邑叶烏合反【二】。方何爲期，胡然我念之？

賦也。赤馬黑鬣曰騮。中，兩服馬也。黄馬黑喙曰騧。驪，黑色也。盾，干也。畫龍於盾，合而載之，以爲車上之衛。必載二者，備破毁也。觼，環之有舌也。軜，驂内轡也。置觼於軾前以係軜，故謂之觼軜，亦消沃白金以爲飾也。邑，西鄙之邑也。方，將也。將以何時爲歸期乎？何爲使我思念之極也？

俴駟孔群，厹音求矛鋈錞徒對反，叶朱倫反。蒙伐有苑叶音氳，虎韔敕亮反鏤膺。交韔二弓叶姑弘反，竹閉緄古本反縢直登反。言念君子，載寢載興。厭厭於鹽反良人，秩秩德音叶一陵反。

賦也。俴駟，四馬皆以淺薄之金爲甲，欲其輕而易於馬之旋習也。孔，甚。群，和也。厹矛，三隅矛也。鋈錞，以白金

【一】「版」，蔣氏本、光緒七年本及光緒十五年本作「板」。
【二】「烏」，蔣氏本、光緒七年本及光緒十五年本作「於」。

沃矛之下端平底者也。蒙，雜也。伐，中干也，盾之別名。苑，文貌，畫雜羽之文於盾上也。虎韔，以虎皮爲弓室也。鏤膺，鏤金以飾馬當胸帶也。交韔，交二弓於韔中，謂顛倒安置之。必二弓，以備壞也。閉，弓檠也。《儀禮》作鞑。緄，繩。縢，約也。以竹爲閉，而以繩約之於弛弓之裏，檠弓體使正也。載寢載興，言思之深而起居不寧也。厭厭，安也。秩秩，有序也。【音釋】鏤，音漏。

《小戎》三章，章十句。

蒹古恬反葭音加蒼蒼，白露爲霜。所謂伊人，在水一方。遡蘇路反洄音回從之，道阻且長。遡游從之，宛在水中央。

賦也。蒹，似萑而細，高數尺，又謂之薕。葭，蘆也。蒹葭未敗而露始爲霜，秋水時至，百川灌河之時也。伊人，猶言彼人也。一方，彼一方也。遡洄，逆流而上也。遡游，順流而下也。宛然，坐見貌。在水之中央，言近而不可至也。○言秋水方盛之時，所謂彼人者，乃在水之一方，上下求之而皆不可得。然不知其何所指也。【音釋】萑，朱帷反，草名。

蒹葭淒淒，白露未晞。所謂伊人，在水之湄。遡洄從之，道阻且躋。遡游從之，宛在水中坻直尸反。

賦也。淒淒，猶蒼蒼也。晞，乾也。湄，水草之交也。躋，升也。言難至也。小渚曰坻。

蒹葭采采叶此禮反【一】，白露未已。所謂伊人，在水之涘叶以、始二音【二】。遡洄從之，道阻且右叶羽軌反。遡游從之，宛在水中沚。

【一】「禮」，朱熹《詩集傳》卷六作「履」。

【二】「音」，朱熹《詩集傳》卷六作「反」，誤。

賦也。采采，言其盛而可采也。已，止也。右，不相直而出其右也。小渚曰沚。【音釋】直，音值。

《蒹葭》三章，章八句。

終南何有？有條有梅叶莫悲反。君子至止，錦衣狐裘叶渠之反。顏如渥於角反丹，其君也哉叶將黎反！

興也。終南，山名，在今京兆府南。條，山楸也，皮葉白，色亦白，材理好，宜爲車板。君子，指其君也。至止，至終南之下也。錦衣狐裘，諸侯之服也。《玉藻》曰：「君衣狐白裘，錦衣以裼之。」渥，漬也。其君也哉，言容貌衣服稱其爲君也。此秦人美其君之詞，亦《車鄰》《駟驖》之意也。【音釋】渥丹，《箋》言「赤而澤也」。漬，疾賜反。

終南何有？有紀有堂。君子至止，黻音弗衣繡裳。佩玉將將七羊反，壽考不忘。

興也。紀，山之廉角也。堂，山之寬平處也。黻之狀「亞」，兩己相戾也。繡，刺繡也。將將，佩玉聲也。壽考不忘者，欲其居此位、服此服，長久而安寧也。【音釋】刺，七亦反。

《終南》二章，章六句。

交交黄鳥，止于棘。誰從穆公？子車奄息。維此奄息，百夫之特。臨其穴叶户橘反，惴惴其慄。彼蒼者天叶鐵因反，殲子廉反我良人。如可贖兮，人百其身！

興也。交交，飛而往來之貌。從穆公，從死也。子車，氏。奄息，名。特，傑出之稱。穴，壙也。惴惴，懼貌。慄，懼。殲，盡。良，善。贖，貿也。○秦穆公卒，以子車氏之三子爲殉，皆秦之良也。國人哀之，爲之賦《黄鳥》，事見

《春秋傳》，即此詩也。言交交黃鳥，則止于棘矣，誰從穆公？則子車奄息也。蓋以所見起興也。臨穴而惴惴【一】，蓋生納之壙中也。三子皆國之良，而一旦殺之。若可貿以他人，則人皆願百其身以易之矣。【音釋】車，音居。惴，之瑞反。貿，音茂。殉，辭順反。

交交黃鳥，止于桑。誰從穆公？子車仲行户郎反。維此仲行，百夫之防。臨其穴，惴惴其慄。彼蒼者天，殲我良人。如可贖兮，人百其身！

興也。防，當也，言一人可以當百夫也。

交交黃鳥，止于楚。誰從穆公？子車鍼虎。維此鍼虎，百夫之禦。臨其穴，惴惴其慄。彼蒼者天，殲我良人。如可贖兮，人百其身！

興也。禦，猶當也。【音釋】鍼，其廉反。

《黃鳥》三章，章十二句。《春秋傳》曰：「君子曰：『秦穆公之不爲盟主也宜哉！死而棄民。先王違世，猶詒之法，而況奪之善人乎？今縱無法以遺後嗣，而又收其良以死，難以在上矣。』君子是以知秦之不復東征也。」愚按：穆公於此，其罪不可逃矣。但或以爲穆公遺命如此，而三子自殺以從之，則三子亦不得爲無罪。今觀臨穴惴慄之言，則是康公從父之亂命，迫而納之於壙，其罪有所歸矣。又按《史記》：秦武公卒，初以人從死，死者六十六人。至穆公遂用百七十七人，而三良與焉。蓋其初特出於戎翟之俗，而無明王賢伯以討其罪，於是習以爲常，則雖以穆公之賢而不免。論其事者，亦徒閔三良之不幸，而歎秦之衰。至於王政不綱，諸侯擅命，殺人不忌至於如此，則莫知其爲非也。嗚呼！俗之弊也久矣。其後始皇之葬，後宮皆令從死，工匠生閉墓中。尚何怪哉！【音釋】「以遺」之「遺」，于醉反。「從死」之「從」，才用反。與，羊茹反。翟、狄，古通用。

【一】「惴惴」，朱熹《詩集傳》卷六作「惴慄」。

鴥伊橘反彼晨風叶孚愔反，鬱彼北林。未見君子，憂心欽欽。如何如何，忘我實多！

興也。鴥，疾飛貌。晨風，鸇也。鬱，茂盛貌。君子，指其夫也。欽欽，憂而不忘之貌。○婦人以夫不在，而言鴥彼晨風，則歸于鬱然之北林矣。故我未見君子，而憂心欽欽也。彼君子者，如之何而忘我之多乎！此與《扊扅》之歌同意，蓋秦俗也。【音釋】扊，以冉反。扅，弋支反。户扃也。《風俗通》：「百里奚為秦相，所賃澣婦自陳能歌。呼之，援琴撫弦而歌曰：『百里奚，五羊皮。始别時，烹伏雌，炊扊扅。今富貴，忘我為？』問之，乃其妻也。」伏，扶富反，禽抱卵。

山有苞櫟盧狄反，叶歷各反，隰有六駁邦角反。未見君子，憂心靡樂音洛。如何如何，忘我實多！

興也。駁，梓榆也，其皮青白如駁。○山則有苞櫟矣，隰則有六駁矣。未見君子，則憂心靡樂矣。靡樂，則憂之甚也。

山有苞棣音悌，隰有樹檖。未見君子，憂心如醉。如何如何，忘我實多！

興也。棣，唐棣也。檖，赤羅也，實似梨而小，酢可食。如醉，則憂又甚矣。

《晨風》三章，章六句。

豈曰無衣？與子同袍抱毛反，叶步謀反。王于興師，修我戈矛，與子同仇。

賦也。袍，襺也。戈，長六尺六寸。矛，長二丈。王于興師，以天子之命而興師也。○秦俗强悍，樂於戰鬭，故其人平居而相謂曰：豈以子之無衣而與子同袍乎？蓋以王于興師，則將修我戈矛，而與子同仇也。其懽愛之心，足以相死如此。蘇氏曰：「秦本周地，故其民猶思周之盛時而稱先王焉。」或曰：興也。取「與子同」三字爲義。後章放此。【音釋】疏：「《玉藻》：『纊為襺，緼為袍。』緼，謂今纊及舊絮。然則純著新綿為襺，雜用舊絮為

袍。其制度則一，故云「袍，襺也。」襺，古典反。緼，於粉反。《周禮．冬官》【一】：「戈柲六尺有六寸。柲猶柄也」。「酋矛常有四尺。」注：「八尺曰尋，倍尋曰常。常有四尺。」是二丈也。夷矛則三尋，長二丈四尺。柲，音祕。

豈曰無衣？與子同澤叶徒洛反。王于興師，修我矛戟叶訖約反，與子偕作。

賦也。澤，裹衣也。以其親膚，近於垢澤，故謂之澤。戟，車戟也，長丈六尺。【音釋】澤即襗【二】，古字通。《說文》：「襗，絝也。」絝即袴。

豈曰無衣？與子同裳。王于興師，修我甲兵叶晡芒反，與子偕行叶户郎反。

賦也。行，往也。

《無衣》三章，章五句。秦人之俗，大抵尚氣槩，先勇力，忘生輕死。故其見於《詩》如此。然本其初而論之，岐豐之地，文王用之以興二《南》之化，如彼其忠且厚也。秦人用之未幾，而一變其俗至於如此，則已悍然有招八州而朝同列之氣矣。何哉？雍州土厚水深，其民厚重質直，無鄭、衛驕惰浮靡之習。以善導之，則易興起而篤於仁義；以猛驅之，則其强毅果敢之資，亦足以強兵力農而成富强之業，非山東諸國所及也。嗚呼！後世欲爲定都立國之計者，誠不可不監乎此。而凡爲國者，其於導民之路，尤不可不審其所之也。【音釋】招，音喬，舉也。朝，音潮。易，以豉反。

我送舅氏，曰至渭陽。何以贈之？路車乘成證反黄。

【一】「周禮冬官」四字原在「疏玉藻」前，據蔣氏本、光緒七年本、光緒十五年本及《周禮注疏》卷三十九改。
【二】「襗」原作「澤」，據蔣氏本、光緒七年本及光緒十五年本改。

賦也。舅氏，秦康公之舅，晉公子重耳也，出亡在外，穆公召而納之。時康公爲太子，送之渭陽而作此詩。渭，水名。秦時都雍，至渭陽者，蓋東行送之於咸陽之地也。路車，諸侯之車也。乘黃，四馬皆黃也。【音釋】《周禮·巾車》：金路以封同姓，象路以封異姓，革路以封四衛，木路以封蕃國，皆諸侯也。故人君之車曰路車。

我送舅氏，悠悠我思叶新齎反。何以贈之？瓊瑰古回反玉佩叶蒲眉反【一】。

賦也。悠悠，長也。《序》以爲時康公之母穆姬已卒，故康公送其舅而念母之不見也。或曰：穆姬之卒不可考，此但別其舅而懷思耳。瓊瑰，石而次玉。【音釋】疏：「瓊者，玉之美名，非玉名也。瑰是美石之名。」瓊，毛氏韻：赤玉。【二】

《渭陽》二章，章四句。按《春秋傳》，晉獻公烝於齊姜，生秦穆夫人、太子申生。娶大戎胡姬，生重耳。小戎子生夷吾。驪姬生奚齊，其娣生卓子。驪姬譖申生，申生自殺。又譖二公子，二公子皆出奔。獻公卒，奚齊、卓子繼立，皆爲大夫里克所弒。秦穆公納夷吾，是爲惠公。卒，子圉立，是爲懷公。立之明年，秦穆公又召重耳而納之，是爲文公。王氏曰：「至渭陽者，送之遠也。悠悠我思者，思之長也。路車乘黃、瓊瑰玉佩者，贈之厚也。」廣漢張氏曰：「康公爲太子，送舅氏而念母之不見，是固良心也。而卒不能自克於令狐之役，怨欲害乎良心也。使康公知循是心，養其端而充之，則怨欲可消矣。」

於我乎！夏屋渠渠，今也每食無餘。于音吁嗟乎！不承權輿。

【一】「古回反」原作「音回」，據蔣氏本、光緒七年本、光緒十五年本及朱熹《詩集傳》卷六改。
【二】此條「音釋」，原缺，據蔣氏本、光緒七年本及光緒十五年本補。

賦也。夏，大也。渠渠，深廣貌。承，繼也。權輿，始也。○此言其君始有渠渠之夏屋以待賢者，而其後禮意寖衰，供億寖薄，至於賢者每食而無餘，於是嘆之，言不能繼其始也。【音釋】權輿，嚴氏曰：「造衡自權始，造車自輿始。」

於我乎！每食四簋叶已有反，今也每食不飽叶補苟反。于嗟乎！不承權輿。

賦也。簋，瓦器，容斗二勝。方曰簠，圓曰簋。簠盛稻粱，簋盛黍稷。四簋，禮食之盛也。【音釋】疏：「簋是瓦器，亦以木為之。圓曰簋，內方外圓也；方曰簠，內圓外方也。皆容一斗二升。」

《權輿》二章，章五句。漢楚元王敬禮申公、白公、穆生【一】。穆生不耆酒，元王每置酒，嘗爲穆生設醴。及王戊即位，常設，後忘設焉。穆生退曰：「可以逝矣！醴酒不設，王之意怠。不去，楚人將鉗我於市。」遂稱疾。申公、白公强起之曰：「獨不念先王之德歟？今王一旦失小禮，何足至此？」穆生曰：「先王之所以禮吾三人者【二】，爲道之存故也。今而忽之，是忘道也。忘道之人，胡可與久處！豈爲區區之禮哉？」遂謝病去。亦此詩之意也。

【音釋】為，去聲。鉗，巨廉反。强，上聲。

秦國十篇，二十七章，一百八十一句。

詩卷第六

【一】「白公」，蔣氏本、光緒七年本及光緒十五年本作「白生」。

【二】「吾」，蔣氏本、光緒七年本及光緒十五年本作「我」。

詩卷第七

陳一之十二

陳，國名。太皞伏羲氏之墟，在《禹貢》豫州之東。其地廣平，無名山大川。西望外方，東不及孟諸。周武王時，帝舜之冑有虞閼父爲周陶正，武王賴其利器用，與其神明之後，以元女大姬妻其子滿，而封之于陳，都於宛丘之側，與黃帝、帝堯之後共爲「三恪」，是爲胡公。大姬婦人尊貴，好樂巫覡歌舞之事，其民化之。今之陳州即其地也。【音釋】閼，於葛反。妻，去聲。三恪，疏：「恪者，敬也。王者敬先代，封其後。尊於諸侯，卑於二王之後。」好，呼報反。樂，五教反【一】。覡，胡狄反。男曰覡，女曰巫。

子之湯他郎、他浪二反兮，宛丘之上辰羊、辰亮二反兮。洵音荀有情兮，而無望武方、武放二反兮。

賦也。子，指遊蕩之人也。湯，蕩也。四方高，中央下，曰宛丘。洵，信也。望，人所瞻望也。○國人見此人常遊蕩於宛丘之上，故叙其事以刺之。言雖信有情思而可樂矣，然無威儀可瞻望也。

坎其擊鼓，宛丘之下叶後五反。無冬無夏叶與，下同，值直置反其鷺羽。

賦也。坎，擊鼓聲。值，植也。鷺，春鉏【二】，今鷺鷥。好而潔白，頭上有長毛十數枚。羽，以其羽爲翳，舞者持以指麾也。言無時不出遊而鼓舞於是也【三】。

【一】「五教反」，許謙《詩集傳名物鈔》卷四作「魚教反」。
【二】「春」原作「舂」，據朱熹《詩集傳》卷七改。
【三】「於」，光緒七年本作「如」。

坎其擊缶方有反，宛丘之道叶徒厚反。無冬無夏，值其鷺翿音導，叶殖有反。

賦也。缶，瓦器，可以節樂。翿，翳也。

《宛丘》三章，章四句。

東門之枌符云反，宛丘之栩況浦反。子仲之子，婆娑素何反其下叶後五反。

賦也。枌，白榆也，先生葉，卻著莢，皮色白。子仲之子，子仲氏之女也。婆娑，舞貌。○此男女聚會歌舞而賦其事以相樂也。

穀旦于差初佳反，叶七何反，南方之原無韵，未詳。不績其麻叶謨婆反，市也婆娑。

賦也。穀，善。差，擇也。○既差擇善旦以會于南方之原，於是棄其業以舞於市而往會也。

穀旦于逝，越以鬷子公反邁叶力制反。視爾如荍祁饒反，貽我握椒。

賦也。逝，往。越，於。鬷，衆也。邁，行也。荍，芘芣也，又名荊葵，紫色。椒，芬芳之物也。○言又以善旦而往，於是以其衆行，而男女相與道其慕悅之詞曰：我視女顏色之美如芘芣之華。於是遺我以一握之椒而交情好也。【音釋】芘芣，音毗浮。疏：「一曰蚍衃，小草【一】，多華少葉，葉又翹起，似蕪菁。」遺，去聲。

《東門之枌》三章，章四句。【音釋】王日休曰：「陳風多言東門，豈此門之外獨甚歟？」

衡門之下，可以棲音西遲。泌悲位反之洋洋，可以樂音洛飢。

賦也。衡門，横木爲門也。門之深者有阿塾堂宇，此惟横木爲之。棲遲，遊息也。泌，泉水也。洋洋，水流貌。○此隱居

【一】「小」原作「水」，據《毛詩正義》卷七之一改。

自樂而無求者之詞。言衡門雖淺陋，然亦可以遊息。泌水雖不可飽，然亦可以玩樂而忘飢也。【音釋】門阿，《考工記》注：「棟也。」疏：「屋脊。」《爾雅》：「門側之堂謂之塾。」則堂即塾也。屋之基亦曰堂。《周禮》「堂崇三尺」、「堂崇一筵」，《禮記》「天子之堂九尺」，《史記》「坐不垂堂」【一】，亦指堂基而言。宇，《説文》：「屋邊，即屋四垂。」

豈其食魚，必河之魴音房。豈其取音娶妻，必齊之姜。

賦也。姜，齊姓。

豈其食魚，必河之鯉。豈其取妻，必宋之子叶獎里反【二】。

賦也。子，宋姓。

《衡門》三章，章四句。

東門之池，可以漚烏豆反麻叶謨婆反。彼美淑姬，可與晤五故反歌。

興也。池，城池也。漚，漬也，治麻者必先以水漬之。晤，猶解也。○此亦男女會遇之詞。蓋因其會遇之地所見之物以起興也。【音釋】漬，疾賜反。解，下介反。

東門之池，可以漚紵直呂反。彼美淑姬，可與晤語。

興也。紵，麻屬。

東門之池，可以漚菅古顏反，叶居賢反。彼美淑姬，可與晤言。

【一】「不」原作「衣」，據蔣氏本、光緒七年本、光緒十五年本及《史記》卷一百一改。

【二】「里」，朱熹《詩集傳》卷七作「履」。

興也。菅，葉似茅而滑澤，莖有白粉，柔韌，宜爲索也。【音釋】韌，而振反。

《東門之池》三章，章四句。

東門之楊，其葉牂牂子桑反。昏以爲期，明星煌煌。

興也。東門，相期之地也。楊，柳之揚起者也。牂牂，盛貌。明星，啓明也。煌煌，大明貌。〇此亦男女期會而有負約不至者，故因其所見以起興也。

東門之楊，其葉肺肺普計反。昏以爲期，明星晢晢之世反。

興也。肺肺，猶牂牂也。晢晢，猶煌煌也。【音釋】肺，《釋文》：「普貝反。」

《東門之楊》二章，章四句。

墓門有棘，斧以斯所宜反之。夫也不良，國人知之。知而不已，誰昔然矣。

興也。墓門，凶僻之地，多生荆棘。斯，析也。夫，指所刺之人也。誰昔，昔也，猶言疇昔也。〇言墓門有棘，則斧以斯之矣。此人不良，則國人知之矣。國人知之而猶不自改，則自疇昔而已然，非一日之積矣。所謂不良之人，亦不知其何所指也。

墓門有梅，有鴞萃止。夫也不良，歌以訊叶息悴反之。訊予不顧叶果五反，顛倒思予叶演女反。

興也。鴟鴞，惡聲之鳥也。萃，集。訊，告也。顛倒，狼狽之狀。〇墓門有梅，則有鴞萃之矣。夫也不良，則有歌其惡以訊之者矣。訊之而不予顧，至於顛倒，然後思予，則豈有所及哉？或曰：訊予之「予」，疑當依前章作「而」字。

《墓門》二章，章六句。

防有鵲巢，邛其恭反有旨苕徒雕反，叶徒刀反。誰侜陟留反予美？心焉忉忉都勞反。

興也。防，人所築以捍水者。邛，丘。旨，美也。苕，苕饒也，莖如勞豆而細，葉似蒺藜而青，其莖葉綠色，可生食，如小豆藿也。侜，侜張也，猶《鄭風》之所謂「迋」也。予美，指所與私者也。忉忉，憂貌。○此男女之有私而憂或間之之詞。故曰：防則有鵲巢矣，邛則有旨苕矣，今此何人，而侜張予之所美，使我憂之而至於忉忉乎？【音釋】迋，居望反。間，居諫反。

中唐有甓蒲歷反，邛有旨鷊五歷反。誰侜予美？心焉惕惕吐歷反。

興也。廟中路謂之唐。甓，瓴甋也。鷊，小草，雜色如綬。惕惕，猶忉忉也。

《防有鵲巢》二章，章四句。

月出皎兮，佼古卯反人僚音了兮。舒窈烏了反糾己小反兮，勞心悄七小反兮。

興也。皎，月光也。佼人，美人也。僚，好貌。窈，幽遠也。糾，愁結也。悄，憂也。○此亦男女相悅而相念之辭。言月出則皎然矣，佼人則僚然矣，安得見之而舒窈糾之情乎？是以爲之勞心而悄然也。

月出皓胡老反兮，佼人懰力久反，叶朗老反兮。舒懮於久反受叶時倒反兮，勞心慅七老反兮。

興也。懰，好貌。懮受，憂思也。慅，猶悄也。

月出照兮，佼人燎力刀反兮【一】。舒夭於表反紹實照反兮，勞心慘當作「懆」，七弔反兮。

興也。燎，明也。夭紹，糾緊之意。慘，憂也。

《月出》三章，章四句。

【一】「刀」，蔣氏本、光緒七年本、光緒十五年本及朱熹《詩集傳》卷七作「召」。

胡爲乎株林？從夏戶雅反南叶尼心反，下同。匪適株林，從夏南。

賦也。株林，夏氏邑也。夏南，徵舒字也。○靈公淫於夏徵舒之母，朝夕而往夏氏之邑，故其民相與語曰：君胡爲乎株林乎？曰：從夏南耳。然則非適株林也，特以從夏南故耳。蓋淫乎夏姬，不可言也，故以從其子言之。詩人之忠厚如此。

【音釋】鄭氏曰：「徵舒字子南。」疏：「以字配氏。」

駕我乘繩證反馬叶滿補反，説音税于株野叶上與反。乘我乘駒，朝食于株。

賦也。説，舍也。馬六尺以下曰駒。

《株林》二章，章四句。《春秋傳》：夏姬，鄭穆公之女也，嫁於陳大夫夏御叔。靈公與其大夫孔寧、儀行父通焉。洩冶諫，不聽而殺之。後卒爲其子徵舒所弒，而徵舒復爲楚莊王所誅。

彼澤之陂叶音波，有蒲與荷音何。有美一人，傷如之何！寤寐無爲，涕他弟反泗音四滂普光反沱徒何反。

興也。陂，澤障也。蒲，水草可爲席者。荷，芙蕖也。自目曰涕，自鼻曰泗。○此詩大旨與《月出》相類。言彼澤之陂，則有蒲與荷矣，有美一人而不可見，則雖憂傷而如之何哉？寤寐無爲，涕泗滂沱而已矣。

彼澤之陂，有蒲與蕑古顏反，叶居賢反。有美一人，碩大且卷其員反。寤寐無爲，中心悁悁烏玄反。

興也。蕑，蘭也。卷，鬢髮之美也。悁悁，猶悒悒也。【音釋】卷，李氏曰：「與《盧令》『鬈』同義。」

彼澤之陂，有蒲菡戶感反萏大感反，叶待檢反。有美一人，碩大且儼魚檢反。寤寐無爲，輾轉伏枕叶知險反。

興也。菡萏，荷華也。儼，矜莊貌。輾轉伏枕，卧而不寐，思之深且久也。

《澤陂》三章，章六句。

陳國十篇，二十六章，一百一十四句【一】。東萊呂氏曰：「變風終於陳靈，其間男女夫婦之詩一何多耶？曰有天地然後有萬物，有萬物然後有男女，有男女然後有夫婦，有夫婦然後有父子，有父子然後有君臣，有君臣然後有上下，有上下然後禮義有所錯。男女者，三綱之本，萬事之先也。正風之所以爲正者，舉其正者以勸之也。變風之所以爲變者，舉其不正者以戒之也。道之升降，時之治亂，俗之汙隆，民之死生，於是乎在。錄之煩悉，篇之重複，亦何疑哉！」【音釋】錯，七故反。治，去聲。重，平聲。復，方六反。

檜一之十三

檜，國名，高辛氏火正祝融之墟。在《禹貢》豫州外方之北，滎、波之南，居溱、洧之間。其君妘姓，祝融之後。周衰，爲鄭桓公所滅而遷國焉。今之鄭州即其地也。蘇氏以爲檜詩皆爲鄭作，如邶、鄘之於衛也。未知是否。【音釋】滎、波，疏以為一水。《周禮·職方》：「其川滎雒，其浸波溠。」則二水也。為，去聲。

羔裘逍遥，狐裘以朝直遥反，叶直勞反。豈不爾思？勞心忉忉音刀。

賦也。緇衣羔裘，諸侯之朝服。錦衣狐裘，其朝天子之服也。舊説檜君好潔其衣服，逍遥遊宴而不能自强於政治，故詩人憂之。【音釋】好、治，並去聲。

【一】「一百一十四句」原作「一百二十四句」，四部叢刊本朱熹《詩集傳》卷七作「一百二十四句」，據蔣氏本、光緒七年本、光緒十五年本及朱熹《陳風》各篇篇末注改。

羔裘翱翔，狐裘在堂。豈不爾思？我心憂傷。

賦也。翱翔，猶逍遥也。堂，公堂也。

羔裘如膏古報反，日出有曜羊照反，叶羊號反。豈不爾思？中心是悼。

賦也。膏，脂所漬也。日出有曜，日照之則有光也。

《羔裘》三章，章四句。

庶見素冠兮，棘人欒欒力端反兮，勞心慱慱徒端反兮。

賦也。庶，幸也。縞冠素紕，既祥之冠也。黑經白緯曰縞，緣邊曰紕。棘，急也。喪事欲其總總爾哀遽之狀也。欒欒，瘠貌。慱慱，憂勞之貌。○祥冠，祥則冠之，禫則除之。今人皆不能行三年之喪矣，安得見此服乎？當時賢者庶幾見之，至於憂勞也。【音釋】縞，古老反。紕，並移反。「則冠」之「冠」，去聲。禫，徒感反。除服，祭名。《儀禮》：「中月而禫。」注：「中猶間也，與大祥間一月，自喪至此凡二十七月。禫之言澹，澹然平安意。」疏：「二十七月禫，徙月樂，二十八月復平常，正作樂也。」間，間廁之間，去聲。

庶見素衣兮，我心傷悲兮，聊與子同歸兮。

賦也。素冠則素衣矣。與子同歸，愛慕之詞也。

庶見素韠音畢兮，我心蘊於粉反結叶訖力反兮，聊與子如一兮。

賦也。韠，蔽膝也，以韋爲之。冕服謂之韍，其餘曰韠。韠從裳色，素衣素裳，則素韠也【一】。蘊結，思之不解也。與子如一，甚於同歸矣。【音釋】韍，分勿反【二】。

【一】「則」原作「引」，據蔣氏本、光緒七年本、光緒十五年本及朱熹《詩集傳》卷七改。
【二】「勿」，蔣氏本、光緒七年本及光緒十五年本作「物」。

《素冠》三章，章三句。按喪禮，爲父爲君，斬衰三年。昔宰予欲短喪，夫子曰：「子生三年，然後免於父母之懷。予也有三年之愛於其父母乎？三年之喪，天下之通喪也【一】。」《傳》曰：「子夏三年之喪畢，見於夫子，援琴而弦，衎衎而樂，作而曰：『先王制禮，不敢不及。』夫子曰：『君子也。』閔子騫三年之喪畢，見於夫子，援琴而弦，切切而哀，作而曰：『先王制禮，不敢過也。』夫子曰：『君子也。』子路曰：『敢問何謂也？』夫子曰：『子夏哀已盡，能引而致之於禮，故曰君子也。閔子騫哀未盡，能自割以禮，故曰君子也。』夫三年之喪，賢者之所輕，不肖者之所勉。」【音釋】爲，去聲。衰，倉回反。見，賢遍反。援，于元反。衎，苦旦反。

隰有萇丈羊切楚，猗於可反儺乃可反其枝。夭於驕反之沃沃烏毒反，樂音洛子之無知。

賦也。萇楚，銚弋，今羊桃也，子如小麥，亦似桃。猗儺，柔順也。夭，少好貌。沃沃，光澤貌。子，指萇楚也。○政煩賦重，人不堪其苦，嘆其不如草木之無知而無憂也。【音釋】羊桃，疏：「葉長而狹，花紫赤色。其枝莖弱，過一尺，引蔓于草上。」銚，音遥。少，詩照反。

隰有萇楚，猗儺其華芳無、胡瓜二反。夭之沃沃，樂子之無家古胡、古牙二反。

賦也。無家，言無累也。

隰有萇楚，猗儺其實。夭之沃沃，樂子之無室。

賦也。無室，猶「無家」也。

《隰有萇楚》三章，章四句。

【一】此處朱熹引《論語》文語序與原文有出入，「三年之喪，天下之通喪也」句，應在「之懷」與「予也」兩句之間。

匪風發叶方月反兮，匪車偈起竭反兮。顧瞻周道，中心怛都達反，叶旦悅反兮。

賦也。發，飄揚貌。偈，疾驅貌。周道，適周之路也。怛，傷也。〇周室衰微，賢人憂嘆而作此詩。言常時風發而車偈，則中心怛然。今非風發也，非車偈也，特顧瞻周道而思王室之陵遲，故中心爲之怛然耳。

匪風飄符遥反，叶匹妙反兮，匪車嘌匹遥反，叶匹妙反兮。顧瞻周道，中心弔兮。

賦也。回風曰飄。嘌，漂揺不安之貌。弔，亦傷也。【音釋】飄【一】，許氏易「並遥反。」《釋文》：「必遥反。」迴風，旋風也。

誰能亨魚【二】？溉古爱反之釜符甫反鬵音尋。誰將西歸？懷之好音。

興也。溉，滌也。鬵，釜屬。西歸，歸于周也。〇誰能亨魚乎？有則我願爲之溉其釜鬵。誰將西歸乎？有則我願慰之以好音。以見思之之甚，但有西歸之人，即思有以厚之也。【音釋】鬵，《説文》：「大釜。一曰：『鼎大上小下若甑曰鬵。』」

《匪風》三章，章四句。

檜國四篇，十二章，四十五句。

【一】「飄」原作「嘌」，據蔣氏本、光緒七年本、光緒十五年本及許謙《詩集傳名物鈔》卷四改。
【二】「亨」下，朱熹《詩集傳》卷七有「普庚反」三字。

曹一之十四

曹，國名，其地在《禹貢》兗州陶丘之北，雷夏、荷澤之野【一】。周武王以封其弟振鐸，今之曹州即其地也。【音釋】荷，音歌，亦作菏。

蜉蝣之羽，衣裳楚楚叶創舉反【二】。心之憂矣，於我歸處。

比也。蜉蝣，渠略也。似蛣蜣，身狹而長角，黄黑色，朝生暮死。楚楚，鮮明貌。○此詩蓋以時人有玩細娛而忘遠慮者，故以蜉蝣爲比而刺之。言蜉蝣之羽翼，猶衣裳之楚楚可愛也。然其朝生暮死，不能久存，故我心憂之，而欲其於我歸處耳。《序》以爲刺其君，或然，而未有考也。【音釋】蛣蜣，音乞羌。

蜉蝣之翼，采采衣服叶蒲北反。心之憂矣，於我歸息。

比也。采采，華飾也。息，止也。

蜉蝣掘求勿反閱【三】，麻衣如雪。心之憂矣，於我歸説音稅，叶如字。

比也。掘閱，未詳。説，舍息也。

《蜉蝣》三章，章四句。

彼候人兮，何何可切戈與祋都律、都外二反。彼其音記之子，三百赤芾芳勿、蒲昧二反。

興也。候人，道路迎送賓客之官。何，揭。祋，殳也。之子，指小人。芾，冕服之韠也。一命，緼芾黝珩；再命，赤芾黝

【一】「荷」，朱熹《詩集傳》卷七作「菏」。
【二】「創」原作「斜」，據蔣氏本、光緒七年本、光緒十五年本及朱熹《詩集傳》卷七改。
【三】「閱」下原有「舍息也」三字，據蔣氏本、光緒七年本、光緒十五年本及朱熹《詩集傳》卷七删。

珩；三命，赤芾葱珩；大夫以上，赤芾乘軒。○此刺其君遠君子而近小人之詞。言彼候人而何戈與祋者宜也，彼其之子而三百赤芾何哉？晉文公入曹，數其不用僖負羈，而乘軒者三百人，其謂是歟？【音釋】殳，音殊。緼，音温。黝，於九反。緼，赤黄間色。珩，佩玉之珩也。黝，黑色。蔥，青色。僖負羈，曹賢大夫。

維鵜徒低反在梁，不濡其翼。彼其之子，不稱尺證反其服叶蒲北反。

興也。鵜，鴮澤，水鳥也，俗所謂淘河也。【音釋】鴮，音烏。

維鵜在梁，不濡其咮陟救反。彼其之子，不遂其媾古豆反。

興也。咮，喙。遂，稱。媾，寵也。遂之為稱，猶今人謂遂意曰稱意。

薈烏會反兮蔚於貴反兮，南山朝隮子兮反。婉於阮反兮孌力轉反兮，季女斯飢。

比也。薈、蔚，草木盛多之貌。朝隮，雲氣升騰也。婉，少貌。孌，好貌。○薈蔚朝隮，言小人衆多而氣燄盛也。季女婉孌自保，不妄從人，而反飢困。言賢者守道而反貧賤也。

《候人》四章，章四句。

鳲鳩在桑，其子七兮。淑人君子，其儀一兮。其儀一兮，心如結叶訖力反兮。

興也。鳲鳩，秸鞠也，亦名戴勝，今之布穀也。飼子朝從上下，莫從下上，平均如一也。如結，如物之固結而不散也。○詩人美君子之用心均平專一，故言鳲鳩在桑，則其子七矣。淑人君子，則其儀一矣。其儀一，則心如結矣。然不知其何所指也。陳氏曰：「君子動容貌，斯遠暴慢。正顏色，斯近信。出辭氣，斯遠鄙倍。其見於威儀動作之間者有常度矣，豈固為是拘拘者哉？蓋和順積中而英華發外，是以由其威儀一於外，而心如結於內者，從可知也。」【音釋】秸，戛、

吉二音。鞠，音菊。《爾雅》作鴶鵴，注又名擭穀【一】。陸璣：「又名擊穀，又名桑鳩。」或謂之肩題，齊人名擊正。

鳲鳩在桑，其子在梅叶莫悲反。淑人君子，其帶伊絲叶新齎反。其帶伊絲，其弁伊騏音其。

興也。鳲鳩常言在桑，其子每章異木。子自飛去，母常不移也。帶，大帶也。大帶用素絲，有雜色飾焉。弁，皮弁也。騏，馬青黑色者，弁之色亦如此也。《書》云：「四人騏弁。」今作「綦」。○言鳲鳩在桑，則其子在梅矣。淑人君子，則其帶伊絲矣。其帶伊絲，則其弁伊騏矣。言有常度【二】，不差忒也。

鳲鳩在桑，其子在棘。淑人君子，其儀不忒它得反。其儀不忒，正是四國叶于逼反。

興也。有常度而其心一，故儀不忒。儀不忒，則足以正四國矣。《大學傳》曰：「其爲父子兄弟足法，而後民法之也。」

鳲鳩在桑，其子在榛側巾反。淑人君子，正是國人。正是國人，胡不萬年叶尼因反？

興也。儀不忒，故能正國人。胡不萬年？願其壽考之詞也。

《鳲鳩》四章，章六句。

洌音列彼下泉，浸彼苞稂音郎。愾苦愛反我寤嘆，念彼周京叶居良反。

比而興也。洌，寒也。下泉，泉下流者也。苞，草叢生也。稂，童粱，莠屬也。愾，歎息之聲也。周京，天子所居也。○王室陵夷而小國困弊，故以寒泉下流而苞稂見傷爲比，遂興其愾然以念周京也。

洌彼下泉，浸彼苞蕭叶疎鳩反。愾我寤嘆，念彼京周。

比而興也。蕭，蒿也。京周，猶周京也。

【一】「注」，原無，據蔣氏本、光緒七年本、光緒十五年本及《爾雅注疏》卷十補。

【二】「有」原作「其」，據朱熹《詩集傳》卷七改。

洌彼下泉，浸彼苞蓍音尸。愾我寤嘆，念彼京師叶霜夷反。

比而興也。蓍，筮草也。京師，猶京周也。詳見《大雅·公劉》篇。

芃芃薄工反黍苗，陰雨膏古報反之。四國有王，郇音荀伯勞力報反之。

比而興也。芃芃，美貌。郇伯，郇侯，文王之後，嘗爲州伯，治諸侯有功。言黍苗既芃芃然矣，又有陰雨以膏之。四國既有王矣，而又有郇伯以勞之。傷今之不然也。

《下泉》四章，章四句。程子曰：「《易·剥》之爲卦也，諸陽消剥已盡，獨有上九一爻尚存，如碩大之果不見食，將有復生之理。上九亦變，則純陰矣。然陽無可盡之理，變於上，則生於下，無間可容息也。陰道極盛之時，其亂可知，亂極則自當思治。故衆心願戴於君子，君子得輿也。《詩·匪風》《下泉》所以居變風之終也。」〇陳氏曰：「亂極而不治，變極而不正，則天理滅矣，人道絶矣。聖人於變風之極，則係以思治之詩，以示循環之理，以言亂之可治、變之可正也。」【音釋】復、間、治，並去聲。

曹國四篇，十五章，六十八句。

詩卷第七

詩卷第八

豳一之十五

豳，國名，在《禹貢》雍州岐山之北，原隰之野。虞夏之際，棄爲后稷，而封於邰。及夏之衰，棄稷不務，棄子不窋失其官守，而自竄於戎狄之間。不窋生鞠陶，鞠陶生公劉，能復脩后稷之業，民以富實。乃相土地之宜，而立國於豳之谷焉。十世而大王徙居岐山之陽，十二世而文王始受天命，十三世而武王遂爲天子。武王崩，成王立，年幼不能涖阼。周公旦以冢宰攝政，乃述后稷、公劉之化，作詩一篇以戒成王，謂之《豳風》。而後人又取周公所作及凡爲周公而作之詩以附焉。豳在今邠州三水縣，邰在今京兆府武功縣。

七月流火叶虎委反，九月授衣叶上聲。一之日觱音必發叶方吠反，二之日栗烈叶力制反。無衣無褐音曷，叶許例反，何以卒歲或曰：發、烈、褐，皆如字，而歲讀如雪？三之日于耜叶羊里反，四之日舉趾。同我婦子叶獎里反【一】，饁炎輒反彼南畝叶滿彼反，田畯音俊至喜。

賦也。七月，斗建申之月，夏之七月也。後凡言「月」者放此。流，下也。火，大火，心星也。以六月之昏加於地之南方，至七月之昏，則下而西流矣【二】。九月霜降始寒，而蠶績之功亦成，故授人以衣，使禦寒也。一之日，謂斗建子，一陽之月。二之日，謂斗建丑，二陽之月也。變月言日，言是月之日也，後凡言「日」者放此。蓋周之先公已用此以紀候，故周有天下，遂以爲一代之正朔也。觱發，風寒也。栗烈，氣寒也。褐，毛布也。歲，夏正之歲也。于，往也。

【一】「里」，朱熹《詩集傳》卷八作「履」。
【二】「西」，朱熹《詩集傳》卷八無。

耜，田器也。于耜，言往脩田器也。舉趾，舉足而耕也。我，家長自我也。饁，餉田也。田畯，田大夫，勸農之官也。○周公以成王未知稼穡之艱難，故陳后稷、公劉風化之所由，使瞽矇朝夕諷誦以教之。此章首言七月暑退將寒，故九月而授衣以禦之。蓋十一月以後風氣日寒，不如是則無以卒歲也。正月則往脩田器，二月則舉趾而耕。少者既皆出而在田，故老者率婦子而餉之。治田早而用力齊，是以田畯至而喜之也。此章前段言衣之始，後段言食之始。二章至五章終前段之意，六章至八章終後段之意。【音釋】心，《晉·天文志》：「東方三星，天王正位。中星曰明堂，天子位。前星為太子，後星為庶子。」耜，耒下耓也，廣五寸。耒，耜上句木也。耜，古以木為之，《易》曰：「斲木為耜【一】，揉木為耒。」亦以金為之，《周禮》注：「古者耜一金，兩人併發之。」耓，他丁反。句，音鉤。諷誦，謂闇讀之，不依琴瑟而詠也。

七月流火，九月授衣。春日載陽，有鳴倉庚叶古郎反。女執懿筐，遵彼微行叶户郎反，爰求柔桑。春日遲遲，采蘩祁祁巨之反。女心傷悲，殆及公子同歸。

賦也。載，始也。陽，温和也。倉庚，黄鸝也。懿，深美也。遵，循也。微行，小徑也。柔桑，穉桑也。遲遲，日長而暄也。蘩，白蒿也，所以生蠶，今人猶用之。蓋蠶生未齊，未可食桑，故以此啖之也。祁祁，衆多也。或曰徐也。公子，豳公之子也。○再言流火、授衣者，將言女功之始，故又本於此。遂言春日始和，有鳴倉庚之時，而蠶始生，則執深筐以求穉桑【二】。然又有生而未齊者，則采蘩者衆。而此治蠶之女感時而傷悲。蓋是時公子猶娶於國中，而貴家大族連姻公室者，亦無不力於蠶桑之務。故其許嫁之女，預以將及公子同歸而遠其父母爲悲也。其風俗之厚，而上下之情交相忠愛如此。後章凡言「公子」者放此。【音釋】啖，音淡。遠，于願反【三】。

【一】「斲」原作「靳」，據蔣氏本、光緒七年本及光緒十五年本改。
【二】「則」，朱熹《詩集傳》卷八作「而」。
【三】「願」原作「遠」，據蔣氏本、光緒七年本及光緒十五年本改。

七月流火，八月萑户官反葦韋鬼反。蠶月條它彫反桑，取彼斧斨七羊反，以伐遠揚，猗於宜反彼女桑。七月鳴鵙圭覔反，八月載績。載玄載黄，我朱孔陽，爲公子裳。

賦也。萑葦，即蒹葭也。蠶月，治蠶之月。條桑，枝落之采其葉也。斧，隋銎。斨，方銎。遠揚，遠枝揚起者也。取葉存條曰猗。女桑，小桑也。小桑不可條取，故取其葉而存其條，猗猗然爾。鵙，伯勞也。績，緝也。玄，黑而有赤之色。朱，赤色。陽，明也。○言七月暑退將寒，而是歲禦冬之備亦庶幾其成矣。又當預擬來歲治蠶之用，故於八月萑葦既成之際而收蓄之，將以爲曲薄。至來歲治蠶之月，則采桑以供蠶食，而大小畢取，見蠶盛而人力至也。蠶事既備，又於鳴鵙之後，麻熟而可績之時，則績其麻以爲布。而凡此蠶績之所成者皆染之，或玄或黄，而其朱者尤爲鮮明，皆以供上而爲公子之裳。言勞於其事而不自愛，以奉其上。蓋至誠慘怛之意，上以是施之，下以是報之也。以上二章專言蠶績之事，以終首章前段「無衣」之意。【音釋】斨即斧也，唯銎孔異。隋，狹而長也。銎，斧斤受柄處。隋，徒禾、湯果二反。銎，曲容反。朱，深纁也。祭服玄衣纁裳。曲即薄也，用萑葦為之。

四月秀葽於遥反，五月鳴蜩徒彫反。八月其穫户郭反，十月隕于敏反蘀音託。一之日于貉户各反，取彼狐貍力之反，爲公子裘叶渠之反。二之日其同，載纘子管反武功。言私其豵子公反，獻豜古年反于公。

賦也。不榮而實曰秀。葽，草名。蜩，蟬也。穫，禾之早者可穫也。隕，墜。蘀，落也，謂草木隕落也。貉，狐狸也。于貉，猶言于耜，謂往取狐狸也。同，竭作以狩也。纘，習而繼之也。豵，一歲豕。豜，三歲豕也。○言自四月純陽，而歷一陰四陰，以至純陰之月，則大寒之候將至。雖蠶桑之功無所不備，猶恐其不足以禦寒。故于貉而取狐狸之皮，以爲公子之裘也。獸之小者，私之以爲己有，而大者則獻之於上，亦愛其上之無已也。此章專言狩獵，以終首章前段「無褐」之意。【音釋】葽，曹氏曰：「今遠志也，其上謂之小草。」劉向説葽味苦，謂之苦葽。《本

草》：「遠志又有棘菀、葽繞、細草三名【一】。」四月陽氣極於上，而微陰已受胎於下，葽感之而早秀。許氏曰：「葽，毛不指為何草，鄭疑為王萯，陸璣亦無明說。唯曹氏以為遠志，證據甚明。」萯，音婦。蜩，諸蟬之總名。蘀，《説文》：「草木皮葉落墜地也。」

五月斯螽音終動股，六月莎素和反雞振羽。七月在野叶上與反，八月在宇，九月在户後五反。十月蟋蟀入我牀下叶後五反，八字一句。穹起弓反窒珍悉反熏許云反鼠，塞向墐音覲户同上。嗟我婦子叶兹五反，曰爲改歲，入此室處。

賦也。斯螽、莎雞、蟋蟀，一物隨時變化而異其名。動股，始躍而以股鳴也。振羽，能飛而以翅鳴也。宇，簷下也，暑則在野，寒則依人。穹，空隙也。窒，塞也。向，北出牖也。墐，塗也。庶人篳户，冬則塗之。東萊呂氏曰：「十月而曰改歲，三正之通于民俗尚矣。周特舉而迭用之耳。」○言覩蟋蟀之依人，則知寒之將至矣。於是室中空隙者塞之，熏鼠使不得穴於其中，塞向以當北風，墐户以禦寒氣。而語其婦子曰：歲將改矣，天既寒而事亦已，可以入此室處矣。此見老者之愛也。此章亦以終首章前段「禦寒」之意。【音釋】空，音孔。語，去聲。

六月食鬱及薁於六反，七月亨普庚反葵及菽音叔，八月剥普卜反棗叶音走，十月穫稻叶徒苟反。爲此春酒，以介眉壽叶殖酉反。七月食瓜叶音孤，八月斷壺，九月叔苴七餘反。采荼音徒薪樗敕書反，食音嗣我農夫。

賦也。鬱，棣屬。薁，蘡薁也。葵，菜名。菽，豆也。剥，擊也。穫稻，以釀酒也。介，助也。介眉壽者，頌禱之辭也。壺，瓠也。食瓜、斷壺，亦去圃爲場之漸也。叔，拾也。苴，麻子也。荼，苦菜也。樗，惡木也。○自此至卒章，皆言農圃、飲食、祭祀、燕樂，以終首章後段之意。而此章果酒嘉蔬以供老疾、奉賓祭；瓜瓠苴荼，以爲常食。少長之義，豐儉之節然也。【音釋】蘡，於盈、於耕二反。斷，絶之義當音短。

九月築場圃博故反，十月納禾稼叶古護反。黍稷重直容反穋音六，叶六直反，禾麻菽麥叶訖力反。嗟我農夫，我稼既

【一】「葽繞」原作「繞葽」，據蔣氏本、光緒七年本、光緒十五年本及唐慎微《證類本草》卷六改。

同，上入執宮功。晝爾于茅，宵爾索綯徒刀反【一】。亟紀力反其乘屋，其始播百穀。

賦也。場圃同地，物生之時則耕治以爲圃而種菜茹，物成之際則築堅之以爲場而納禾稼，蓋自田而納之於場也。禾者，穀連藁秸之總名。禾之秀實而在野者曰稼。先種後熟曰重，後種先熟曰穋。再言禾者，稻秫苽粱之屬皆禾也。同，聚也。宮，邑居之宅也。古者民受五畝之宅，二畝半爲廬，在田，春夏居之；二畝半爲宅，在邑，秋冬居之。功，葺治之事也。或曰：公室官府之役也。古者用民之力，歲不過三日是也。索，絞也。綯，索也。乘，升也。○言納於場者無所不備，則我稼同矣。可以上入都邑，而執治宮室之事矣。故晝往取茅，夜而絞索，亟升其屋而治之。蓋以來歲將復始播百穀，而不暇於此故也。不待督責而自相警戒，不敢休息如此。呂氏曰：「此章終始農事，以極憂勤艱難之意。」【音釋】秸，音戛。《說文》：「禾稾去皮。」稻，稌也。稌音杜，又音土，又通都反。秫音述，糯也。苽音孤，雕苽也，亦作雕胡，即枚乘所謂安胡飯【二】。粱，粟也。許氏曰：「麥非納于十月，蓋總言農事畢爾。」

二之日鑿冰沖沖，三之日納于凌力證反陰叶於容反。四之日其蚤音早，獻羔祭韭音九，叶己小反。九月肅霜，十月滌徒力反場。朋酒斯饗叶虛良反，曰殺羔羊，躋子奚反彼公堂，稱彼兕觥虢彭反，叶古黃反，萬壽無疆。

賦也。鑿冰，謂取冰於山也。沖沖，鑿冰之意。《周禮》「正歲十二月令斬冰」是也。納，藏也。藏冰，所以備暑也。凌陰，冰室也。豳土寒多，正月風未解凍，故冰猶可藏也。蚤，蚤朝也。韭，菜名。獻羔祭韭而後啓之，《月令》仲春「獻羔開冰，先薦寢廟」是也。蘇氏曰：「古者藏冰發冰，以節陽氣之盛。夫陽氣之在天地，譬猶火之著於物也，故常有以解之。十二月陽氣蘊伏，錮而未發，其盛在下，則納冰於地中。至於二月，四陽作，蟄蟲起，陽始用事，則亦始啓冰而廟薦之。至於四月，陽氣畢達，陰氣將絶，則冰於是大發。食肉之禄，老病喪浴，冰無不及。是以冬無愆陽，夏

【一】「刀」原作「力」，據蔣氏本、光緒七年本、光緒十五年本及朱熹《詩集傳》卷八改。
【二】「枚乘」原作「板桑」，據蔣氏本、光緒七年本及光緒十五年本改。

無伏陰，春無淒風，秋無苦雨，雷出不震，無災霜雹，癘疾不降，民不夭札也。」胡氏曰：「藏冰開冰，亦聖人輔相燮調之一事爾，不專恃此以爲治也。」肅霜，氣肅而霜降也。滌場者，農事畢而掃場地也。兩尊曰朋，鄉飲酒之禮，「兩尊壺于房户間」是也。躋，升也。公堂，君之堂也。稱，舉也。疆，竟也。○張子曰：「此章見民忠愛其君之甚。既勸趨其藏冰之役，又相戒速畢場功，殺羊以獻于公，舉酒而祝其壽也。」【音釋】《左氏傳》昭四年：「其藏冰也，深山窮谷，固陰沍寒，於是乎取之。」注：「沍，閉也。必取積陰之冰，所以道達其氣，使不為災。」道，去聲。冲冲，疏：「非貌非聲，故云鑿冰之意。」正歲，《周禮．天官》：「淩人掌冰。」注：「正歲謂夏正季冬。」獻羔，《禮》注：「祭司寒也。」著，直略反[一]。食肉之禄，謂在朝廷治其職事，就官食者。老，致仕在家者。愆陽謂冬温，伏陰謂夏寒。苦雨，霖雨。癘，惡氣也。短折為夭，夭死為札。《儀禮．鄉飲酒禮》：「尊兩壺于房户間。」《士冠禮》注：「置酒曰尊。」許氏曰：「《傳》云『兩尊壺』，恐傳寫之誤。」

《七月》八章，章十一句。《周禮•籥章》：「中春晝擊土鼓，歈《豳》詩以逆暑。中秋夜迎寒亦如之。」即謂此詩也。王氏曰：「仰觀星日霜露之變，俯察昆蟲草木之化，以知天時，以授民事。女服事乎内，男服事乎外。上以誠愛下，下以忠利上。父父子子，夫夫婦婦。養老而慈幼，食力而助弱。其祭祀也時，其燕饗也節。此《七月》之義也。」【音釋】中，音仲。歈，即吹字。

鴟鴞鴟鴞，既取我子又叶入聲，無毁我室又叶上聲。恩斯勤斯，鬻由六反子之閔叶眉貧反斯。

比也。爲鳥言以自比也。鴟鴞，鵂鶹，惡鳥，攫鳥子而食者也。室，鳥自名其巢也。恩，情愛也。勤，篤厚也。鬻，

【一】「直」原作「且」，據蔣氏本、光緒七年本及光緒十五年本改。

養。閔，憂也。○武王克商，使弟管叔鮮、蔡叔度監于紂子武庚之國。武王崩，成王立，周公相之。而二叔以武庚叛，且流言於國曰：「周公將不利於孺子。」故周公東征，二年乃得管叔、武庚而誅之【一】。而成王猶未知公之意也。公乃作此詩以貽王，託爲鳥之愛巢者，呼鴟鴞而謂之曰：鴟鴞鴟鴞，爾既取我之子矣，無更毁我之室也。以我情愛之心，篤厚之意，鬻養此子，誠可憐憫。今既取之，其毒甚矣，況又毁我室乎！以比武庚既敗管、蔡，不可更毁我王室也。【音釋】鴞，于驕反。鵂鶹，音休留。攫，俱縛反，爪持也。

迨天之未陰雨，徹彼桑土音杜，徒古反，綢直留反繆莫侯反牖户後五反【二】。今女音汝下民，或敢侮予叶演女反！

比也。迨，及。徹，取也。桑土，桑根也【三】。綢繆，纏綿也。牖，巢之通氣處。户，其出入處也。○亦爲鳥言：我及天未陰雨之時，而往取桑根，以纏綿巢之隙穴，使之堅固，以備陰雨之患。則此下土之民，誰敢有侮予者！亦以比己深愛王室而預防其患難之意。故孔子贊之曰：「爲此詩者，其知道乎！能治其國家，誰敢侮之！」【音釋】徹，敕列反。繆，許氏易「莫彪反」。

予手拮音吉据音居，予將捋力活反荼，予所蓄租子胡反。予口卒瘏音徒，曰予未有室家叶古胡反。

比也。拮据，手口共作之貌。捋，取也。荼，萑苕，可藉巢者也。蓄，積。租，聚。卒，盡。瘏，病也。室家，巢也。○亦爲鳥言：作巢之始，所以拮据以捋荼蓄租，勞苦而至於盡病者，以巢之未成也。以比己之前日所以勤勞如此者，以王室之新造而未集故也。【音釋】萑苕，薍之秀穗也。萑，户官反。苕，徒彫反。薍，魚患反。

予羽譙譙在消反，予尾翛翛素彫反。予室翹翹祈消反，風雨所漂匹遥反摇，予維音嘵嘵呼堯反。

比也。譙譙，殺也。翛翛，敝也。翹翹，危也。嘵嘵，急也。○亦爲鳥言：羽殺尾敝以成其室而未定也，風雨又從而漂

【一】「二」，蔣氏本、光緒七年本及光緒十五年本作「三」。
【二】「後五反」上，朱熹《詩集傳》卷八有「叶」字。
【三】「根」下，朱熹《詩集傳》卷八有「皮」字。

搖之，則我之哀鳴，安得而不急哉！以比己既勞悴，王室又未安，而多難乘之。則其作詩以喻王，亦不得而不汲汲也。

【音釋】殺，色界反【一】。

《鴟鴞》四章，章五句。事見《書·金縢》篇。

我徂東山，慆慆吐刀反不歸無韻，未詳。我來自東，零雨其濛。我東曰歸，我心西悲。制彼裳衣，勿士行戶郎反枚叶謨悲反。蜎蜎烏玄反者蠋音蜀【二】，烝在桑野叶上與反。敦都迴反彼獨宿，亦在車下叶後五反。

賦也。東山，所征之地也。慆慆，言久也。零，落也。濛，雨貌。裳衣，平居之服也。勿士行枚，未詳其義。鄭氏曰：「士，事也。行，陳也。枚，如箸，銜之【三】，有繣結項中，以止語也。」蜎蜎，動貌。蠋，桑蟲如蠶者也。烝，發語聲。敦，獨處不移之貌。此則興也。○成王既得《鴟鴞》之詩，又感風雷之變，始悟而迎周公。於是周公東征已三年矣。既歸，因作此詩以勞歸士【四】。蓋爲之述其意而言曰：我之東征既久，而歸途又有遇雨之勞。因追言其在東而言歸之時，心已西嚮而悲。於是制其平居之服，而以爲自今可以勿爲行陳銜枚之事矣【五】。及其在塗，則又覩物起興而自嘆曰：彼蜎蜎者蠋，則在彼桑野矣【六】；此敦然而獨宿者，則亦在此車下矣。【音釋】陳，去聲。箸，遲據反【七】。繣，《周禮釋文》：「胡卦、胡麥二反，或音卦。」徽也。

【一】「色」，蔣氏本、光緒七年本及光緒十五年本作「所」。
【二】「烏玄反」，四部叢刊本朱熹《詩集傳》卷八作「烏玄反」，疑誤。
【三】「銜」，四部叢刊本朱熹《詩集傳》卷八作「啣」。
【四】「此」，四部叢刊本朱熹《詩集傳》卷八無。
【五】「銜」，四部叢刊本朱熹《詩集傳》卷八作「啣」。
【六】「則」，朱熹《詩集傳》卷七作「其」。
【七】「箸」原作「著」，據蔣氏本、光緒七年本及光緒十五年本改。

我徂東山，慆慆不歸。我來自東，零雨其濛。果臝力果反之實，亦施羊豉反于宇。伊威在室，蠨音蕭蛸所交反在户後五反。町他頂反畽他短反鹿場，熠以執反燿以照反宵行叶户郎反。不可畏叶於非反也，伊可懷叶胡威反也。

賦也。果臝，栝樓也。施，延也，蔓生延施于宇下也。伊威，鼠婦也，室不掃則有之。蠨蛸，小蜘蛛也，户無人出入則結網當之。町畽，舍傍隙地也。無人焉，故鹿以爲場也。熠燿，明不定貌。宵行，蟲名，如蠶，夜行，喉下有光如螢。○章首四句言其往來之勞，在外之久，故每章重言，見其感念之深。遂言已東征而室廬荒廢至於如此，亦可畏矣。然豈可畏而不歸哉?亦可懷思而已。此則述其歸未至而思家之情也。【音釋】栝樓，疏：「一名天瓜，葉如瓜葉，形兩兩相值，蔓延，青黑色。六月華，七月實，如瓜瓣。」鼠婦，疏：「一名委黍，在壁根下，甕底土中生【一】，似白魚。」「蠨蛸，一名長踦。小蜘蛛長腳，俗呼為喜子。」踦，音欺，脚也。

我徂東山，慆慆不歸。我來自東，零雨其濛。鸛古玩反鳴于垤田節反，叶地一反，婦歎于室。洒埽穹窒，我征聿至叶入聲。有敦都迴反瓜苦【二】，烝在栗薪。自我不見，于今三年叶尼因反。

賦也。鸛，水鳥，似鶴者也。垤，蟻塚也。穹窒，見《七月》。○將陰雨，則穴處者先知，故蟻出垤。而鸛就食之，遂鳴于其上也。行者之妻亦思其夫之勞苦而嘆息於家，於是洒掃穹窒以待其歸，而其夫之行忽已至矣。因見苦瓜繫於栗薪之上，而曰：自我之不見此，亦已三年矣。栗，周土所宜木，與苦瓜皆微物也。見之而喜，則其行久而感深可知矣。

【音釋】《埤雅》：「鸛知天將雨，俯鳴則陰，仰鳴則晴。」

我徂東山，慆慆不歸。我來自東，零雨其濛。倉庚于飛，熠燿其羽。之子于歸，皇駁邦角反其馬叶滿補反。親

【一】「土」原作「木」，據蔣氏本、光緒七年本及光緒十五年本改。

【二】「都廻」，蔣氏本、光緒七年本及光緒十五年本作「徒端」。

結其縭叶離、俄二音【一】，九十其儀叶宜、俄二音。其新孔嘉叶居宜、居何二反，其舊如之何叶奚、何二音？

賦而興也。倉庚飛，昏姻時也。熠燿，鮮明也。黃白曰皇，騮白曰駁。縭，婦人之褘也。母戒女而爲之施衿結帨也。九其儀，十其儀，言其儀之多也。○賦時物以起興，而言東征之歸士未有室家者，及時而昏姻，既甚美矣。其舊有室家者，相見而喜，當如何耶？【音釋】疏：「馬色有黃有白曰皇，有騮有白曰駁。」騮音留，赤色也。褘，許韋反。帨，巾也。衿，其鴆反，繫佩帶。《士昏禮》：「母施衿結帨【二】，曰：『勉之敬之，無違宮事。』」

《東山》四章，章十二句。《序》曰：「一章言其完也，二章言其思也，三章言其室家之望女也，四章樂男女之得及時也。君子之於人，序其情而閔其勞，所以説也。説以使民，民忘其死，其唯《東山》乎？」愚謂「完」謂全師而歸，無死傷之苦。「思」謂未至而思，有愴恨之懷。至於「室家望女」、「男女及時」，亦皆其心之所願而不敢言者，上之人乃先其未發而歌詠以勞苦之，則其歡欣感激之情爲如何哉【三】！蓋古之勞詩皆如此。其上下之際，情志交孚，雖家人父子之相語，無以過之。此其所以維持鞏固數十百年，而無一旦土崩之患也。【音釋】思，息字反。「勞苦」、「勞詩」之「勞」，皆去聲。鞏，古勇反，固也。

既破我斧，又缺我斨七羊反。周公東征，四國是皇。哀我人斯，亦孔之將。

賦也。隋銎曰斧，方銎曰斨，征伐之用也。四國，四方之國也。皇，匡也。將，大也。○從軍之士以前篇周公勞己之勤，故言此以答其意。曰：東征之役，既破我斧，而缺我斨，其勞甚矣。然周公之爲此舉，蓋將使四方莫敢不一於正而

【一】「俄」，蔣氏本、光緒七年本、光緒十五年本及朱熹《詩集傳》卷八作「羅」。
【二】「衿」，蔣氏本、光緒七年本及光緒十五年本作「巾」。
【三】「如何」，蔣氏本、光緒七年本及光緒十五年本作「何如」。

後已。其哀我人也，豈不大哉！然則雖有破斧缺斨之勞，而義有所不得辭矣。夫管、蔡流言以謗周公，而公以六軍之衆往而征之，使其心一有出於自私而不在於天下，則撫之雖勤，勞之雖至，而從役之士豈能不怨也哉？今觀此詩，固足以見周公之心大公至正，天下信其無有一豪自愛之私。抑又有以見當是之時，雖被堅執鋭之人，亦皆能以周公之心爲心，而不自爲一身一家之計，蓋亦莫非聖人之徒也。學者於此熟玩而有得焉，則其心正大，而天地之情真可見矣。

既破我斧，又缺我錡巨宜反，叶巨何反。周公東征，四國是吪五戈反。哀我人斯，亦孔之嘉叶居何反。

賦也。錡，鑿屬。吪，化。嘉，善也。

既破我斧，又缺我銶音求。周公東征，四國是遒在羞反。哀我人斯，亦孔之休。

賦也。銶，木屬。遒，歛而固之也。休，美也。【音釋】疏：「鑿屬曰錡，木屬曰銶。未見其文，亦不知其狀。」《釋文》：「銶，一云今之獨頭斧。」

《破斧》三章，章六句。范氏曰：「象日以殺舜爲事，舜爲天子也，則封之。管、蔡啓商以叛，周公之爲相也，則誅之。迹雖不同，其道則一也。蓋象之禍及於舜而已，故舜封之。管、蔡流言將危周公以間王室，得罪於天下，故周公誅之。非周公誅之，天下之所當誅也，周公豈得而私之哉！」

伐柯如何？匪斧不克。取七喻反妻如何？匪媒不得。

比也。柯，斧柄也。克，能也。媒，通二姓之言者也。○周公居東之時，東人言此，以比平日欲見周公之難。【音釋】《考工記》：「柯長三尺，博三寸，厚一寸有半。五分其長，以其一為之首。」

伐柯伐柯，其則不遠。我覯古豆反之子，籩豆有踐賤淺反。

比也。則，法也。我，東人自我也。之子，指其妻而言也。籩，竹豆也。豆，木豆也。踐，行列之貌。○言伐柯而有

斧，則不過即此舊斧之柯，而得其新柯之法。娶妻而有媒，則亦不過即此見之，而成其同牢之禮矣。東人言此，以比今日得見周公之易，深喜之詞也。

《伐柯》二章，章四句。

九罭于逼反之魚，鱒才損反魴音房。我覯之子，袞古本反衣繡裳。

興也。九罭，九囊之網也。鱒，似鯶而鱗細眼赤。魴，已見上。皆魚之美者也。我，東人自我也。之子，指周公也。袞衣裳九章：一曰龍；二曰山；三曰華蟲，雉也；四曰火；五曰宗彝，虎蜼也，皆繢於衣。六曰藻；七曰粉米；八曰黼；九曰黻；皆繡於裳。天子之龍一升一降【一】。上公但有降龍，以龍首卷然，故謂之袞也。○此亦周公居東之時，東人喜得見之，而言九罭之網則有鱒魴之魚矣。我覯之子，則見其袞衣繡裳之服矣。【音釋】九罭，疏：「魚之所入有九囊。」鯶，音混，《爾雅翼》：「鱒魚，目中赤色一道橫貫瞳，魚之美者。」蜼，位、柚、壘三音。卷，音袞。

鴻飛遵渚，公歸無所，於女音汝，下同信處。

興也。遵，循也。渚，小洲也。女，東人自相女也。再宿曰信。○東人聞成王將迎周公，又自相謂而言：鴻飛則遵渚矣，公歸豈無所乎？今特於女信處而已。

鴻飛遵陸，公歸不復，於女信宿。

興也。高平曰陸。不復，言將留相王室而不復來東也【二】。

是以有袞衣兮，無以我公歸兮，無使我心悲兮。

【一】「一升一降」，四部叢刊本朱熹《詩集傳》卷八作「一升二降」，誤。
【二】「來東」，蔣氏本、光緒七年本及光緒十五年本作「東來」。

賦也。承上二章，言周公信處信宿於此，是以東方有此服衮衣之人。又願其且留於此，無遽迎公以歸，歸則將不復來，而使我心悲也。

《九罭》四章，一章四句，三章章三句。

狼跋蒲末反其胡，載疐丁四反其尾。公孫音遜碩膚，赤舄音昔几几。

興也。跋，躐也。胡，頷下懸肉也。載，則。疐，跲也。老狼有胡，進而躐其胡，則退而跲其尾。公，周公也。孫，讓。碩，大。膚，美也。赤舄，冕服之舄也。几几，安重貌。○周公雖遭疑謗，然所以處之不失其常，故詩人美之。言狼跋其胡則疐其尾矣，公遭流言之變而其安肆自得乃如此，蓋其道隆德盛，而安土樂天有不足言者，所以遭大變而不失其常也。夫公之被毀，以管、蔡之流言也，而詩人以爲此非四國之所爲，乃公自讓其大美而不居耳，蓋不使讒邪之口得以加乎公之忠聖。此可見其愛公之深、敬公之至，而其立言亦有法矣。【音釋】疐，許氏易「陟利反」。疏：「跋前行曰躐，跲卻頓曰疐。老狼有胡，進則躐胡而前倒，退則卻頓而倒於尾上。」跲，極業反，鄭氏曰：「几，人所憑以為安，故几几，安也。」

狼疐其尾，載跋其胡。公孫碩膚，德音不瑕叶洪孤反。

興也。德音，猶令聞也。瑕，疵病也。○程子曰：「周公之處己也，夔夔然存恭畏之心；其存誠也，蕩蕩然無顧慮之意，所以不失其聖而德音不瑕也。」

《狼跋》二章，章四句。范氏曰：「神龍或潛或飛，能大能小，其變化不測。然得而蓄之若犬羊然，有欲故也。唯其可以蓄之，是以亦得醢而食之。凡有欲之類，莫不可制焉。唯聖人無欲，故天地萬物不能易也。富貴、貧賤、死生，如寒暑晝夜相代乎前，吾豈有二其心乎哉？亦順受之而已矣。舜受堯之天下，不以爲泰。孔子阨於陳、蔡，

而不以爲戚。周公遠則四國流言，近則王不知，而赤舄几几，德音不瑕，其致一也。」

豳國七篇，二十七章，二百三句。程元問於文中子曰：「敢問《豳風》何風也？」曰：「變風也。」元曰：「周公之際，亦有變風乎？」曰：「君臣相誚，其能正乎？成王終疑周公，則風遂變矣。非周公至誠，其孰卒能正之哉！」元曰：「居變風之末，何也？」曰：「夷王以下，變風不復正矣。夫子蓋傷之也，故終之以《豳風》，言變之可正也，惟周公能之，故係之以正。變而克正，危而克扶，始終不失其本，其惟周公乎？係之《豳》，遠矣哉。」○《籥章》龡《豳》詩以逆暑迎寒，已見於《七月》之篇矣。又曰：祈年于田祖，則龡《豳雅》以樂田畯；祭蜡，則龡《豳頌》以息老物。則考之於《詩》，未見其篇章之所在。故鄭氏三分《七月》之詩以當之，其道情思者爲《風》，正禮節者爲《雅》，樂成功者爲《頌》。然一篇之詩，首尾相應，乃剟取其一節而偏用之，恐無此理，故王氏不取，而但謂本有是詩而亡之。其說近是。或者又疑但以《七月》全篇隨事而變其音節，或以爲《風》，或以爲《雅》，或以爲《頌》，則於理爲通，而事亦可行。如又不然，則《雅》《頌》之中，凡爲農事而作者，皆可冠以「豳」號。其說具於《大田》《良耜》諸篇，讀者擇焉可也。【音釋】田祖，《周禮》注：「始耕田者，謂神農也。」田畯，古之先教田者。」蜡，音乍。剟，輟[一]。大蜡八：「先嗇一，司嗇二，農三，郵表畷四，貓虎五，坊六，水庸七，昆蟲八。」蜡，音乍。畷，知劣、知衛二反。坊，音防，息老物。杜子春云：「萬物助天成歲事，至此為其老而勞，乃祀而老息之，於是國亦養老焉。」

詩卷第八

【一】「輟」，蔣氏本、光緒七年本、光緒十五年本及許謙《詩集傳名物鈔》卷四作「株劣反」。「大蜡八」至「養老焉」一節，底本為手寫，蔣氏本、光緒七年本及光緒十五年本無。

詩卷第九

小雅二

雅者，正也，正樂之歌也。其篇本有大小之殊，而先儒説又各有正變之別。以今考之，正小雅，燕饗之樂也；正大雅，會朝之樂，受釐陳戒之辭也。故或歡欣和説，以盡群下之情；或恭敬齊莊，以發先王之德。詞氣不同，音節亦異，多周公制作時所定也。及其變也，則事未必同，而各以其聲附之。其次序時世，則有不可考者矣。【音釋】別，彼列反。朝，音潮。釐，音僖。説，音悦。齊，側皆反。

鹿鳴之什二之一

《雅》《頌》無諸國別，故以十篇爲一卷，而謂之什，猶軍法以十人爲什也。

呦呦音幽鹿鳴叶音芒，食野之苹叶音旁。我有嘉賓，鼓瑟吹笙叶師莊反。吹笙鼓簧音黄，承筐是將。人之好呼報反我，示我周行叶户郎反【一】。

興也。呦呦，聲之和也。苹，藾蕭也，青色，白莖如箸【二】。我，主人也。賓，所燕之客，或本國之臣，或諸侯之使也。瑟、笙，燕禮所用之樂也。簧，笙中之簧也。承，奉也。筐，所以盛幣帛者也。將，行也，奉筐而行幣帛，飲則以酬賓送酒，食則以侑賓勸飽也。周行，大道也。古者於旅也語，故欲於此聞其言也。○此燕饗賓客之詩也。蓋君臣之分，以嚴爲

【一】「叶户郎」三字，以下「如箸我」三字、「也瑟笙」三字及「以盛幣」三字，底本缺，據蔣氏本、光緒七年本及光緒十五年本補。
【二】「箸」，朱熹《詩集傳》卷九作「筯」。

主；朝廷之禮，以敬爲主。然一於嚴敬，則情或不通，而無以盡其忠告之益。故先王因其飲食聚會而制爲燕饗之禮，以通上下之情。而其樂歌又以鹿鳴起興，而言其禮意之厚如此，庶乎人之好我而示我以大道也。《記》曰：「私惠不歸德，君子不自留焉。」蓋其所望於羣臣嘉賓者，唯在於示我以大道，則必不以私惠爲德而自留矣。嗚呼！此其所以和樂而不淫也歟！【音釋】藾蕭，《爾雅》注：「今名藾蒿。」嚴氏曰：「苹有二種。《爾雅》：『苹，蓱。其大者蘋。』水生之苹也。又云：『藾蕭。』陸生之苹，即鹿所食是。」藾，音賴。使，去聲。鄭氏曰：「飲之有幣，酬幣也。食之有幣，侑幣也。」飲、食，並去聲。《記》，《緇衣》篇。

呦呦鹿鳴，食野之蒿。我有嘉賓，德音孔昭叶側豪反。視民不恌他彫反，叶音洮，君子是則是傚胡教反，叶胡高反。我有旨酒，嘉賓式燕以敖牛刀反。

興也。蒿，菣也，即青蒿也。孔，甚。昭，明也。視，與示同。恌，偷薄也。敖，游也。○言嘉賓之德音甚明，足以示民，使不偷薄。而君子所當則傚，則亦不待言語之間，而其所以示我者深矣。【音釋】菣，去刃反，荆楚之間謂蒿為菣。視，疏：「以目視物，以物示人，古同作視字，由是經、傳中二字多相雜亂。」

呦呦鹿鳴，食野之芩其今反。我有嘉賓，鼓瑟鼓琴。鼓瑟鼓琴，和樂音洛且湛都南反，叶持林反。我有旨酒，以燕樂嘉賓之心。

興也。芩，草名，莖如釵股，葉如竹，蔓生。湛，樂之久也。燕，安也。○言安樂其心，則非止養其體、娛其外而已。蓋所以致其殷勤之厚，而欲其教示之無已也。【音釋】芩，疏：「生澤中下地鹹處，牛馬亦喜食之。」

《鹿鳴》三章，章八句。按，《序》以此爲燕羣臣嘉賓之詩，而《燕禮》亦云：「工歌《鹿鳴》《四牡》《皇皇者華》」，即謂此也，鄉飲酒用樂亦然。而《學記》言：「大學始教，《宵雅》肄三」，亦謂此三詩。然則又爲上下通用之樂矣，豈本爲燕羣臣嘉賓而作，其後乃推而用之鄉人也歟？然於朝曰君臣焉，於燕曰賓主焉。先王以禮使臣之

厚，於此見矣。〇范氏曰：「食之以禮，樂之以樂，將之以實，求之以誠。此所以得其心也，賢者豈以飲食幣帛爲悦哉？夫婚姻不備，則貞女不行也；禮樂不備，則賢者不處也；賢者不處，則豈得樂而盡其心乎？」【音釋】《學記》：「大學始教，《宵雅》肄三。」注：「宵，小也。肄，習也。三謂《鹿鳴》《四牡》《皇皇者華》。」

四牡騑騑芳非反，周道倭於危反遲。豈不懷歸？王事靡盬音古，我心傷悲。

賦也。騑騑，行不止之貌。周道，大路也。倭遲，回遠之貌。盬，不堅固也。〇此勞使臣之詩也。夫君之使臣，臣之事君，禮也。故爲臣者奔走於王事，特以盡其職分之所當爲而已，何敢自以爲勞哉？然君之心則不敢以是而自安也，故燕饗之際，叙其情以閔其勞。言駕此四牡而出使於外，其道路之回遠如此。當是時豈不思歸乎？特以王事不可以不堅固，不敢徇私以廢公【一】，是以内顧而傷悲也。臣勞於事而不自言，君探其情而代之言，上下之間，可謂各盡其道矣。《傳》曰：「思歸者，私恩也。靡盬者，公義也。傷悲者，情思也【二】。無私恩，非孝子也。無公義，非忠臣也。君子不以私害公，不以家事辭王事。」范氏曰：「臣之事上也，必先公而後私。君之勞臣也，必先恩而後義。」【音釋】呂氏曰：「《說文》：『煮海為鹽，煮池為盬』，故安邑之出為盬。盬苦而易敗，故《傳》以不堅訓之。」

四牡騑騑，嘽嘽他丹反駱音洛馬叶滿補反。豈不懷歸？王事靡盬，不遑啓處。

賦也。嘽嘽，衆盛之貌。白馬黑鬣曰駱。遑，暇。啓，跪。處，居也。【音釋】嘽嘽，毛氏：「喘息之貌。馬勞則喘息。」

【一】「徇」原作「循」，據蔣氏本、光緒七年本、光緒十五年本及朱熹《詩集傳》卷九改。
【二】此段文字自「情思也」句以上爲《毛傳》所説，此句以下，則為《鄭箋》之文。朱熹誤以為皆《毛傳》之説。

翩翩音篇者鵻當作「隹」，朱惟反，載飛載下叶後五反，集于苞栩況甫反。王事靡盬，不遑將父扶雨反。

興也。翩翩，飛貌。鵻，夫不也，今鵓鳩也。凡鳥之短尾者皆鵻屬。將，養也。○翩翩者鵻，猶或飛或下，而集於所安之處。今使人乃勞苦於外，而不遑養其父，此君人者所以不能自安而深以爲憂也。范氏曰：「忠臣孝子之行役，未嘗不念其親。君之使臣，豈待其勞苦而自傷哉？亦憂其憂如己而已矣。此聖人所以感人心也。」【音釋】夫，方於反。不，方浮反，又如字也。《爾雅》作「鳺鴀」，音同。養，以尚反。

翩翩者鵻，載飛載止，集于苞杞音起。王事靡盬，不遑將母叶滿彼反。

興也。杞，枸檵也。【音釋】枸檵，音苟計【一】，即枸杞。《本草》：「又名仙人杖、西王母杖。」其根名地骨。

駕彼四駱助救反，載驟駸駸侵、寢二音。豈不懷歸？是用作歌，將母來諗深、審二音。

賦也。駸駸，驟貌。諗，告也。以其不獲養父母之情而來告於君也，非使人作是歌也，設言其情以勞之耳。獨言將母者，因上章之文也。

《四牡》五章，章五句。按，《序》言此詩所以「勞使臣之來」，甚協詩意，故《春秋傳》亦云。而《外傳》以爲章使臣之勤。所謂使臣，雖叔孫之自稱，亦正合其本事也。但《儀禮》又以爲上下通用之樂，疑亦本爲勞使臣而作【二】，其後乃移以它用耳。【音釋】《左氏傳》在襄四年。

皇皇者華芳無反，與夫叶，于彼原隰。駪駪所巾反征夫，每懷靡及。

【一】「計」，蔣氏本、光緒七年本、光緒十五年本作「記」。
【二】「而」，蔣氏本、光緒七年本、光緒十五年本作「所」。

興也。皇皇，猶煌煌也。華，草木之華也。高平曰原，下濕曰隰。駪駪，衆多疾行之貌。征夫，使臣與其屬也。懷，思也。○此遣使臣之詩也。君之使臣，固欲其宣上德而達下情，而臣之受命，亦唯恐其無以副君之意也。故先王之遣使臣也，美其行道之勤，而述其心之所懷曰：彼煌煌之華，則于彼原隰矣。此駪駪然之征夫，則其所懷思常若有所不及矣。蓋亦因以爲戒，然其詞之婉而不迫如此，詩之忠厚亦可見矣。【音釋】之使，如字。餘皆去聲，下同。

我馬維駒恭于、恭侯二反，六轡如濡如朱、如由二反。載馳載驅虧于、虧由二反，周爰咨諏子须、子侯二反。

賦也。如濡，鮮澤也。周，徧。爰，於也。咨諏，訪問也。○使臣自以每懷靡及，故廣詢博訪，以補其不及而盡其職也。

程子曰：「咨訪，使臣之大務。」【音釋】《解頤新語》：「咨者，訪其事也。諏，有聚議之意。謀，有計畫之意。度，有體量之意。詢，有究問之意。」

我馬維騏音其，六轡如絲叶新齎反。載馳載驅，周爰咨謀叶莫悲反。

賦也。如絲，調忍也。謀，猶「諏」也。變文以協韻爾，下章放此。【音釋】忍，音刃。

我馬維駱，六轡沃烏毒反若。載馳載驅，周爰咨度待洛反。

賦也。沃若，猶「如濡」也。度，猶謀也。

我馬維駰音因，六轡既均。載馳載驅，周爰咨詢。

賦也。陰白雜毛曰駰。均，調也。詢，猶度也。【音釋】《爾雅》疏：「陰，淺黑色。毛淺黑而白，兼雜毛者，今名泥驄。」

《皇皇者華》五章，章四句。按，《序》以此詩爲「君遣使臣」。《春秋》内、外傳皆云「君教使臣」，其説已見前篇。《儀禮》亦見《鹿鳴》。疑亦本爲遣使臣而作，其後乃移以他用也。然叔孫穆子所謂君教使臣曰：「每懷靡及，諏謀度詢，必咨于周，敢不拜教」，可謂得詩之意矣。范氏曰：「王者遣使於四方，教之以咨諏善道，將

以廣聰明也。夫臣欲助其君之德，必求賢以自助。故臣能從善，則可以善君矣。臣能聽諫，則可以諫君矣。未有不自治而能正君者也。」

常棣之華，鄂五各反不韡韡韋鬼反。凡今之人，莫如兄弟待禮反。

興也。常棣，棣也，子如櫻桃，可食。鄂，鄂然外見之貌。不，猶豈不也。韡韡，光明貌。○此燕兄弟之樂歌。故言常棣之華，則其鄂然而外見者豈不韡韡乎？凡今之人則豈有如兄弟者乎？【音釋】棣，呂氏曰：「今玉李也，華鄂相承甚力。【一】」

死喪之威，兄弟孔懷叶胡威反。原隰裒薄侯反矣，兄弟求矣。

賦也。威，畏。懷，思。裒，聚也。○言死喪之禍，他人所畏惡，惟兄弟爲相恤耳。至於積尸裒聚於原野之間，亦惟兄弟爲相求也。此詩蓋周公既誅管、蔡而作，故此章以下，專以死喪急難鬭鬩之事爲言。其志切，其情哀，乃處兄弟之變，如孟子所謂「其兄關弓而射之，則己垂涕泣而道之」者。《序》以爲「閔管、蔡之失道」者得之。而又以爲文、武之詩，則誤矣。大抵舊説《詩》之時世皆不足信。舉此自相矛盾者以見其一端，後不能悉辨也。【音釋】惡，烏故反。關，烏還反。射，音石。盾，食隼反。

脊井益反令音零在原，兄弟急難叶泥沿反。每有良朋，況也永歎吐丹反，叶它涓反。

興也。脊令，雝渠，水鳥也。況，發語詞，或曰當作「怳」。○脊令飛則鳴，行則搖，有急難之意，故以起興。而言當此之時，雖有良朋，不過爲之長歎息而已，力或不能相及也。東萊呂氏曰：「疎其所親而親其所疎，此失其本心者也。故此詩反覆言朋友之不如兄弟，蓋示之以親疎之分，使之反循其本也。本心既得，則由親及疎，秩然有序。兄弟之親既篤，而

【一】「呂氏曰」一句，實爲呂祖謙《呂氏家塾讀詩記》卷十七所引程子之語。

朋友之義亦敦矣。初非薄於朋友也，苟雜施而不孫，雖曰厚於朋友，如無源之水，朝滿夕除，胡可保哉！或曰：人之在難，朋友亦可以坐視歟？曰：每有良朋，況也永歎，則非不憂憫，但視兄弟急難爲有差等耳。詩人之詞容有抑揚，然《常棣》，周公作也，聖人之言，小大高下皆宜，而前後左右不相悖。」【音釋】脊令，疏：「雀屬，大如鷃雀，長脚長尾，尖喙。背上青灰色，腹下白，頸下黑如連錢【一】，杜陽人謂之連錢。」嚴氏曰：「雪姑也。」怳，詡往反。怳，惚，惝怳也。孫，音遜。

兄弟鬩許歷反于牆，外禦其務《春秋傳》作「侮」，罔甫反。每有良朋，烝之承反也無戎叶而主反。

賦也。鬩，鬭很也。禦，禁也。烝，發語聲。戎，助也。○言兄弟設有不幸鬭很于內，然有外侮則同心禦之矣。雖有良朋，豈能有所助乎？富辰曰：「兄弟雖有小忿，不廢懿親。」【音釋】務，許氏曰：「陸氏、朱氏皆作去、上二音讀。」很，胡懇反。

喪亂既平，既安且寧。雖有兄弟，不如友生叶桑經反。

賦也。上章言患難之時，兄弟相救，非朋友可比。此章遂言安寧之後，乃有視兄弟不如友生者，悖理之甚也。

儐賓胤反爾籩豆，飲酒之飫於慮反。兄弟既具，和樂音洛且孺。

賦也。儐，陳。飫，饜。具，俱也。孺，小兒之慕父母也。○言陳籩豆以醉飽，而兄弟有不具焉，則無與共享其樂矣。

妻子好呼報反合，如鼓瑟琴。兄弟既翕許及反，和樂且湛答南反，叶持林反。

賦也。翕，合也。○言妻子好合如琴瑟之和，而兄弟有不合焉，則無以久其樂矣。

宜爾室家叶古胡反，樂爾妻帑音奴。是究是圖，亶其然乎就用乎字為韻！

賦也。帑，子。究，窮。圖，謀。亶，信也。○宜爾室家者，兄弟具而後樂且孺也。樂爾妻帑者，兄弟翕而後樂且湛也。

【一】「下」，原作「上」，據蔣氏本、光緒七年本、光緒十五年本及《毛詩正義》卷九之二改。

兄弟於人，其重如此，試以是究而圖之，豈不信其然乎？東萊呂氏曰：「告人以兄弟之當親，未有不以爲然者也。苟非是究是圖，實從事於此，則亦未有誠知其然者也。不誠知其然，則所知者特其名而已矣。凡學蓋莫不然。」

《常棣》八章，章四句。此詩首章略言至親莫如兄弟之意。次章乃以意外不測之事言之，以明兄弟之情，其切如此。三章但言急難，則淺於死喪矣。至於四章，則又以其情義之甚薄，而猶有所不能已者言之。其序若曰不待死喪，然後相收【一】，但有急難，便當相助。言又不幸而至於或有小忿，猶必共禦外侮。其所以言之者，雖若益輕以約，而所以著夫兄弟之義者，益深且切矣。至於五章，遂言安寧之後，乃謂兄弟不如友生，則是至親反爲路人，而人道或幾乎息矣。故下兩章乃復極言兄弟之恩，異形同氣，死生苦樂，無適而不相須之意。卒章又申告之，使反覆窮極而驗其信然。可謂委曲漸次，說盡人情矣。讀者宜深味之。

伐木丁丁陟耕反，鳥鳴嚶嚶於耕反。出自幽谷，遷于喬木。嚶其鳴矣，求其友聲。相息亮反彼鳥矣，猶求友聲。矧伊人矣，不求友生叶桑經反。神之聽之，終和且平。

興也。丁丁，伐木聲。嚶嚶，鳥聲之和也。幽，深。遷，升。喬，高。相，視。矧，況也。○此燕朋友故舊之樂歌。故以伐木之丁丁興鳥鳴之嚶嚶，而言鳥之求友。遂以鳥之求友喻人之不可無友也。人能篤朋友之好，則神之聽之，終和且平矣。

伐木許許呼古反，釃所宜反酒有藇象呂反。既有肥羜直呂反，以速諸父扶雨反。寧適不來，微我弗顧叶居五反。於音烏粲洒所懈反埽蘇報反，叶蘇吼反，陳饋八簋叶己有反【二】。既有肥牡，以速諸舅其九反。寧適不來，微我有咎其九反。

興也。許許，衆人共力之聲。《淮南子》曰：「舉大木者呼邪許。」蓋舉重勸力之歌也。釃酒者，或以筐，或以草，泲之

【一】「收」原作「助」，據蔣氏本、光緒七年本、光緒十五年本及朱熹《詩集傳》卷九改。
【二】「己」，蔣氏本、光緒七年本及光緒十五年本作「已」，朱熹《詩集傳》卷九作「巳」。

而去其糟也。《禮》所謂「縮酌用茅」是也。藇，美貌。羜，未成羊也。速，召也。諸父，朋友之同姓而尊者也。微，無。顧，念也。於，歎辭。粲，鮮明貌。八簋，器之盛也。諸舅，朋友之異姓而尊者也。先諸父而後諸舅者，親疎之殺也。咎，過也。○言具酒食以樂朋友如此，寧使彼適有故而不來，而無使我恩意之不至也。孔子曰：「所求乎朋友，先施之未能也。」此可謂能先施矣。【音釋】邪許，《道應訓》章：「翟煎對梁惠王曰：『夫舉大木者，前呼邪許，後亦應之。』」邪，余遮反。毛氏曰：「以筐曰釃，以藪曰湑。」泲，子禮反。去，起呂反。「縮酌用茅」，《記·特牲》篇注謂：「泲之以茅，縮去滓也。」羜，《爾雅》注：「俗呼五月羔。」殺，色界反【一】。

伐木于阪叶孚臠反，釃酒有衍。籩豆有踐在演反，兄弟無遠。民之失德，乾餱音侯以愆叶起淺反。有酒湑思呂反我，無酒酤音古我。坎坎鼓我，蹲蹲七旬反舞我。迨音待我暇叶後五反矣，飲此湑矣。

興也。衍，多也。踐，陳列貌。兄弟，朋友之同儕者。無遠，皆在也。先諸舅而後兄弟者，尊卑之等也。乾餱，食之薄者也。愆，過也。湑，亦釃也。酤，買也。坎坎，擊鼓聲。蹲蹲，舞貌。迨，及也。○言人之所以至於失朋友之義者，非必有大故，或但以乾餱之薄，不以分人，而至於有愆耳。故我於朋友，不計有無，但及閒暇，則飲酒以相樂也。【音釋】餱，《説文》：「乾食。」徐鍇：「今人謂乾飯為餱。」

《伐木》三章，章十二句。劉氏曰：「此詩每章首輒云『伐木』，凡三云『伐木』，故知當爲三章。舊作六章，誤矣。」今從其説正之。

天保定爾，亦孔之固。俾爾單音丹厚，何福不除直慮反。俾爾多益，以莫不庶。

【一】「色界反」，許謙《詩集傳名物鈔》卷五作「所界反」。

賦也。保，安也。爾，指君也。固，堅。單，盡也。除，除舊而生新也。庶，衆也。○人君以《鹿鳴》以下五詩燕其臣，臣受賜者歌此詩以答其君。言天之安定我君，使之獲福如此也。

天保定爾，俾爾戩子浅反穀。罄無不宜，受天百禄。降爾遐福，維日不足。

賦也。聞人氏曰：「戩，與『翦』同，盡也。穀，善也。盡善云者，猶其曰單厚多益也。」罄，盡。遐，遠也。爾有以受天之禄矣，而又降爾以福，言天人之際交相與也。《書》所謂「昭受上帝，天其申命用休」，語意正如此。【音釋】聞人氏，名滋。

天保定爾，以莫不興。如山如阜，如岡如陵。如川之方至，以莫不增。

賦也。興，盛也。高平曰陸，大陸曰阜，大阜曰陵，皆高大之意。川之方至，言其盛長之未可量也。

吉蠲古玄反爲饎尺志反，是用孝享叶虚良反。禴餘若反祠烝嘗，于公先王。君曰卜爾，萬壽無疆。

賦也。吉，言諏日擇士之善。蠲，言齋戒滌濯之潔。饎，酒食也。享，獻也。宗廟之祭，春曰祠，夏曰禴，秋曰嘗，冬曰烝。公，先公也，謂后稷以下至公叔祖類也。先王，大王以下也。君，通謂先公先王也。卜，猶期也。此尸傳神意以嘏主人之詞。文王時周未有曰「先王」者，此必武王以後所作也。【音釋】諏，遵須、將侯二反。饎，《儀禮》有饎爨，注：「炊黍稷曰饎。」嘏，舉下反。祝為尸致福於主人之辭。

神之弔都歷反矣，詒以之反爾多福叶筆力反。民之質矣，日用飲食。羣黎百姓，徧爲爾德。

賦也。弔，至也。神之至矣，猶言祖考來格也。詒，遺。質，實也。言其質實無僞，日用飲食而已。羣，衆也。黎，黑也，猶秦言「黔首」也。百姓，庶民也。爲爾德者，言則而象之，猶助爾而爲德也。【音釋】遺，去聲。黔，其淹反，黑也。

如月之恒胡登反【一】，如日之升。如南山之壽，不騫起虔反不崩。如松柏之茂，無不爾或承。

賦也。恒，弦。升，出也。月上弦而就盈，日始出而就明。騫，虧也。承，繼也。言舊葉將落，而新葉已生，相繼而長茂也。

《天保》六章，章六句。

采薇采薇，薇亦作叶則故反止。曰歸曰歸，歲亦莫音慕止。靡室靡家叶古乎反，玁音險狁音允之故。不遑啓居，玁狁之故。

興也。薇，菜名。作，生出地也。莫，晚。靡，無也。玁狁，北狄也。遑，暇。啓，跪也。○此遣戍役之詩。以其出戍之時采薇以食，而念歸期之遠也。故爲其自言，而以采薇起興曰：采薇采薇，則薇亦作止矣。曰歸曰歸，則歲亦莫止矣。然凡此所以使我舍其室家而不暇啓居者，非上之人固爲是以苦我也【二】。直以玁狁侵陵之故，有所不得已而然耳。蓋叙其勤苦悲傷之情，而又風以義也。程子曰：「毒民不由其上，則人懷敵愾之心矣。」又曰：「古者戍役，兩朞而還。今年春莫行，明年夏代者至，復留備秋，至過十一月而歸。又明年中春至，春莫遣次戍者，每秋與冬初，兩番戍者皆在疆圉，如今之防秋也。」【音釋】跪，許氏曰：「古者席地，跪與坐無大異。大率皆雙膝著地，直其身則為跪，安其身則為坐。『啓居』即跪坐也。」舍，上聲。風，音諷。愾，口溉反，怒也，《左氏傳》：「敵王所愾。」復，扶又反。中，音仲。

采薇采薇，薇亦柔止。曰歸曰歸，心亦憂止。憂心烈烈，載飢載渴叶巨烈反。我戍未定，靡使歸聘。

興也。柔，始生而弱也。烈烈，憂貌。載，則也。定，止。聘，問也。○言戍人念歸期之遠而憂勞之甚，然戍事未已，則

【一】「胡」，朱熹《詩集傳》卷九作「古」。
【二】「固」，蔣氏本、光緒七年本及光緒十五年本作「故」。

無人可使歸而問其室家之安否也。

采薇采薇，薇亦剛止。曰歸曰歸，歲亦陽止。王事靡盬，不遑啓處。憂心孔疚叶訖力反，我行不來叶六直反。

興也。剛，既成而剛也。陽，十月也。時純陰用事，嫌於無陽，故名之曰陽月也。孔，甚。疚，病也。來，歸也。此見士之竭力致死，無還心也。【音釋】「十月爲陽」，《爾雅》文。疚，居又反【一】。

彼爾維何？維常之華芳無、胡瓜二反。彼路斯何？君子之車斤於、尺奢二反。戎車既駕，四牡業業。豈敢定居？一月三捷。

興也。爾，華盛貌。常，常棣也。路，戎車也。君子，謂將帥也。業業，壯也。捷，勝也。○彼爾然而盛者，常棣之華也。彼路車者，君子之車也。戎車既駕，而四牡盛矣，則何敢以定居乎？庶乎一月之間，三戰而三捷矣。【音釋】爾，靡麗也。將、帥，並去聲，五章同。

駕彼四牡，四牡騤騤求龜反。君子所依，小人所腓符非反。四牡翼翼，象弭彌氏反魚服叶蒲北反。豈不日戒叶訖力反？玁狁孔棘。

賦也。騤騤，强也。依，猶乘也。腓，猶芘也。程子曰：「腓，隨動也。如足之腓，足動則隨而動也。」翼翼，行列整治之狀。象弭，以象骨飾弓弰也。魚，獸名，似猪，東海有之，其皮背上斑文，腹下純青，可爲弓鞬矢服也。戒，警。棘，急也。○言戎車者，將帥之所依乘，戍役之所芘倚。且其行列整治而器械精好如此，豈不日相警戒乎？玁狁之難甚急，誠不可以忘備也。【音釋】行，音杭。治，去聲。弰，師交反，弓末也。鞬，居言反，弓衣也。

昔我往矣，楊柳依依。今我來思，雨于付反雪霏霏芳菲反。行道遲遲，載渴載飢。我心傷悲，莫知我哀叶於希反。

【一】「居又反」，蔣氏本、光緒七年本及光緒十五年本作「居久反」。

賦也。楊柳，蒲柳也。霏霏，雪甚貌。遲遲，長遠也。○此章又設爲役人預自道其歸時之事，以見其勤勞之甚也。程子曰：「此皆極道其勞苦憂傷之情也。上能察其情，則雖勞而不怨，雖憂而能勵矣。」范氏曰：「予於《采薇》見先王以人道使人，後世則牛羊而已矣。」

《采薇》六章，章八句。

我出我車，于彼牧叶莫狄反矣。自天子所，謂我來叶六直反矣。召彼僕夫，謂之載叶節力反矣。王事多難乃旦反，維其棘矣。

賦也。牧，郊外也。自，從也。天子，周王也。僕夫，御夫也。○此勞還率之詩。追言其始受命出征之時，出車於郊外而語其人曰：我受命於天子之所而來。於是乎召僕夫【一】，使之載其車以行，而戒之曰：王事多難，是行也，不可以緩矣。

【音釋】《爾雅》：「邑外謂之郊，郊外謂之牧。」注：「邑，國都也。界各十里而異其名。」勞，去聲。還，音旋。率、帥同。語、難，去聲。

我出我車，于彼郊叶音高矣。設此旐音兆矣，建彼旄音毛矣。彼旟音于旐斯【二】，胡不旆旆叶蒲寐反。憂心悄悄，僕夫況瘁似醉反。

賦也。郊在牧內，蓋前軍已至牧，而後軍猶在郊也。設，陳也。龜蛇曰旐。建，立也。旄，注旄於旗干之首也。鳥隼曰旟。鳥隼龜蛇，《曲禮》所謂「前朱雀而後玄武」也。楊氏曰：「師行之法，四方之星各隨其方以爲左右前後。進退有度，各司其局，則士無失伍離次矣。」旆旆，飛揚之貌。悄悄，憂貌。況，茲也。或云當作「怳」。○言出車在郊，建設

【一】「僕」，朱熹《詩集傳》卷九作「御」。
【二】「于」，蔣氏本、光緒七年本、光緒十五年本及朱熹《詩集傳》卷九作「餘」。

旗幟。彼旗幟者豈不旆旆而飛揚乎？但將帥方以任大責重爲憂，而僕夫亦爲之恐懼而憔悴耳。東萊呂氏曰：「古者出師以喪禮處之，命下之日，士皆泣涕。夫子之言行三軍，亦曰『臨事而懼』，皆此意也。」【音釋】況瘁，金氏曰：「謂我憂心已自悄悄，僕夫況又勞悴【一】。」茲，或作滋，益也。幟，昌至反。

王命南仲，往城于方。出車彭彭叶鋪郎反，旂旐央央於良反。天子命我，城彼朔方。赫赫南仲，玁狁于襄。

賦也。王，周王也。南仲，此時大將也。方，朔方，今靈、夏等州之地。彭彭，衆盛貌。交龍爲旂，此所謂左青龍也。央央，鮮明也。赫赫，威名光顯也。襄，除也。或曰上也，與「懷山襄陵」之「襄」同，言勝之也。○東萊呂氏曰：「大將傳天子之命以令軍衆，於是車馬衆盛，旂旐鮮明，威靈氣焰赫然動人矣。兵事以哀敬爲本，而所尚則威。二章之戒懼，三章之奮揚，並行而不相悖也。」程子曰：「城朔方而玁狁之難除。禦戎狄之道，守備爲本，不以攻戰爲先也。」

昔我往矣，黍稷方華叶芳無反。今我來思，雨于付反雪載塗。王事多難，不遑啓居。豈不懷歸？畏此簡書。

賦也。華，盛也。塗，凍釋而泥塗也。簡書，戒命也。鄰國有急，則以簡書相戒命也。或曰：簡書，策命臨遣之詞也。○此言其既歸在塗，而本其往時所見與今還時所遭，以見其出之久也。東萊呂氏曰：「《采薇》之所謂『往』，遣戍時也。此詩之所謂『往』，在道時也。《采薇》之所謂『來』，戍畢時也。此詩之所謂『来』，歸而在道時也。」

喓喓於遥反草蟲，趯趯他歷反阜螽。未見君子，憂心忡忡敕中反。既見君子，我心則降户江反，叶胡攻反。赫赫南仲，薄伐西戎。

賦也。此言將帥之出征也，其室家感時物之變而念之，以爲未見而憂之如此，必既見然後心可降耳。然此南仲今何在乎？方往伐西戎而未歸也，豈既却玁狁而還師以伐昆夷也與？薄之爲言聊也，蓋不勞餘力矣。

春日遲遲，卉許貴反木萋萋七西反。倉庚喈喈音皆，叶居奚反，采蘩祁祁巨移反。執訊音信獲醜，薄言還音旋歸。赫赫

【一】「悴」，蔣氏本、光緒七年本及光緒十五年本作「瘁」。

南仲，玁狁于夷。

賦也。卉，草也。萋萋，盛貌。倉庚，黄鸝也。喈喈，聲之和也。訊，其魁首當訊問者也。醜，徒衆也。夷，平也。○歐陽氏曰：「述其歸時，春日暄妍，草木榮茂而禽鳥和鳴。於此之時，執訊獲醜而歸，豈不樂哉？」鄭氏曰：「此時亦伐西戎，獨言平玁狁者，玁狁大，故以爲始，以爲終。」

《出車》六章，章八句。程子曰：「此詩自受命至還歸，賦事有序，大要在歸功將帥。【一】」

有杕大計反之杜，有睆華版反其實。王事靡盬，繼嗣我日。日月陽止，女心傷止，征夫遑止。

賦也。睆，實貌。嗣，續也。陽，十月也。遑，暇也。○此勞還役之詩，故追述其未還之時，室家感於時物之變而思之曰：特生之杜，有睆其實，則秋冬之交矣。而征夫以王事出，乃以日繼日而無休息之期。至于十月，可以歸而猶不至，故女心悲傷而曰：征夫亦可以暇矣，曷爲而不歸哉！或曰興也。下章放此。【音釋】睆，按毛氏韻：明貌。蓋實有明之貌也。勞，去聲。還，音旋。

有杕之杜，其葉萋萋。王事靡盬，我心傷悲。卉木萋止，女心悲止，征夫歸止。

賦也。萋萋，盛貌，春將莫之時也【二】。歸止，可以歸也。

陟彼北山，言采其杞。王事靡盬，憂我父母叶滿洧反。檀車幝幝尺善反，四牡痯痯古緩反，叶古轉反，征夫不遠。

賦也。檀木堅，宜爲車。幝幝，敝貌。痯痯，罷貌。○登山采杞，則春已莫而杞可食矣。蓋託以望其君子，而念其以王事詒父母之憂也。然檀車之堅而敝矣，四牡之壯而罷矣，則征夫之歸亦不遠矣。【音釋】罷，音皮。

【一】「程子曰」至「歸功將帥」云云，朱熹《詩集傳》卷九無。
【二】「莫」，蔣氏本、光緒七年本及光緒十五年本作「暮」。

匪載匪來叶六直反，憂心孔疚叶訖力反。期逝不至叶朱力反，而多爲恤。卜筮偕叶舉里反止，會言近叶渠紀反止，征夫邇止。

賦也。載，裝。疚，病。逝，往。恤，憂。偕，俱。會，合也。○言征夫不裝載而來歸，固已使我念之而甚病矣。況歸期已過而猶不至，則使我多爲憂恤，宜如何哉？故且卜且筮，相襲俱作，合言於繇，而皆曰近矣，則征夫其亦邇而將至矣。范氏曰：「以卜筮終之，言思之切而無所不爲也。」【音釋】灼龜曰卜，揲蓍曰筮。揲，實葉反。蓍，升脂反。繇，直又反，著龜之辭也。

《杕杜》四章，章七句。鄭氏曰：「遣將帥及戍役，同歌同時，欲其同心也。反而勞之，異歌異日，殊尊卑也。《記》曰『賜君子小人不同日。』此其義也。」王氏曰：「出而用兵，則均服同食，一衆心也。入而振旅，則殊尊卑，辨貴賤，定衆志也。」范氏曰：「《出車》勞率，故美其功。《杕杜》勞衆，故極其情。先王以己之心爲人之心，故能曲盡其情，使民忘其死以忠於上也。」【音釋】將、帥、勞，並去聲。率，與帥同。

《南陔》此笙詩也，有聲無詞。舊在《魚麗》之後，以《儀禮》考之，其篇次當在此，今正之。說見《華黍》。

鹿鳴之什十篇，一篇無辭。凡四十六章，二百九十七句。

白華之什二之二

毛公以《南陔》以下三篇無辭，故升《魚麗》以足《鹿鳴》什數，而附笙詩三篇於其後，因以《南有嘉魚》爲次什

之首。今悉依《儀禮》正之。

《白華》笙詩也，説見上下篇。

《華黍》亦笙詩也。鄉飲酒禮，鼓瑟而歌《鹿鳴》《四牡》《皇皇者華》，然後笙入堂下，磬南，北面立，樂《南陔》《白華》《華黍》。燕禮亦鼓瑟而歌《鹿鳴》《四牡》《皇華》，然後笙入立于縣中，奏《南陔》《白華》《華黍》。《南陔》以下，今無以考其名篇之義。然曰笙、曰樂、曰奏而不言歌，則有聲而無詞明矣。所以知其篇第在此者，意古經篇題之下必有譜焉，如《投壺》魯鼓、薛鼓之節而亡之耳【一】。

魚麗力馳反于罶音柳，與酒叶，鱨音常鯊音沙，叶蘇何反。君子有酒，旨且多。

興也。麗，歷也。罶，以曲薄爲笱，而承梁之空者也。鱨，揚也【二】，今黄頰魚是也，似燕頭魚，身形厚而長大，頰骨正黄，魚之大而有力解飛者。鯊，鮀也，魚狹而小，常張口吹沙，故又名吹沙。君子，指主人。旨且多，旨而又多也。○此燕饗通用之樂歌。即燕饗所薦之羞，而極道其美且多，見主人禮意之勤，以優賓也。或曰賦也。下二章放此。【音釋】空，上聲。鱨，《埤雅》：「今黄揚魚【三】，性浮而善飛躍，故一曰揚。鯊，性沈【四】，大如指，狹圓

【一】「魯鼓」之「鼓」，朱熹《詩集傳》卷九無。

【二】「揚」，朱熹《詩集傳》卷九作「楊」。按《毛詩正義》卷九《毛傳》「鱨，揚也」，或本作「揚」，阮校謂作「楊」是。然《説文》作「鱨，揚也」，段注謂「各本從木者誤」。又《説文》云：「揚，飛舉也」，鱨既「有力解飛者」，則以作「揚」為是。

【三】「揚」，陸佃《埤雅》卷一作「鱨」。

【四】「性」下，陸佃《埤雅》卷一有「善」字。

而長，有黑點文。常沙中行，亦於沙中乳子。」濮氏曰：「鯊魚有極大者，其皮如沙，今人以為刀劍鞘。」

魚麗于罶，魴鱧音禮。君子有酒，多且旨。

興也。鱧，鮦也，又曰鯇也。【音釋】鱧，陸璣云：「鯇也【一】。」鮦，同、重二音【二】。鯇，户板反。

魚麗于罶，鰋音偃鯉。君子有酒，旨且有叶羽已反。

興也。鰋，鮎也。有，猶多也。【音釋】鮎，乃兼反。嚴氏曰：「《爾雅》以鰋、鮎各為一魚。鰋，今偃額白魚也。鮎，別名鯷，《本草》：『一名鮧』。《毛傳》質略，當言『似鮎』爾。」鯷，大計反。鮧，音啼，又延知、在私二反。

物其多矣，維其嘉叶居何反矣。

賦也。

物其旨矣，維其偕叶舉里反矣。

賦也。

物其有叶羽已反矣，維其時叶上紙反矣。

賦也。蘇氏曰：「多則患其不嘉，旨則患其不齊，有則患其不時。今多而能嘉，旨而能齊，有而能時，言曲全也。」

《魚麗》六章，三章章四句，三章章二句。按，《儀禮》鄉飲酒及燕禮，前樂既畢，皆「間歌《魚麗》，笙《由庚》。歌《南有嘉魚》，笙《崇丘》。歌《南山有臺》，笙《由儀》。」間，代也，言一歌一吹也。然則此六

【一】「陸璣云」一句，未見於陸璣《毛詩草木鳥獸蟲魚疏》，《毛詩正義》卷九之四引作「《釋魚》云」，可知出《爾雅注疏》卷九。

【二】「重」，許謙《詩集傳名物鈔》卷五作「童」。

者，蓋一時之詩，而皆爲燕饗賓客上下通用之樂。毛公分《魚麗》以足前什，而説者不察，遂分《魚麗》以上爲文武詩，《嘉魚》以下爲成王詩，其失甚矣。【音釋】間，音諫。

《由庚》此亦笙詩，説見《魚麗》。

南有嘉魚，烝之承反然罩罩張教、竹卓二反。君子有酒，嘉賓式燕以樂五教、歷各二反。

興也。南，謂江漢之間。嘉魚，鯉質，鱒鯽肌【一】，出於沔南之丙穴。烝然，發語聲也。罩，篧也，編細竹以罩魚者也。重言罩罩，非一之詞也。○此亦燕饗通用之樂，故其辭曰：南有嘉魚，則必烝然而罩罩之矣。君子有酒，則必與嘉賓共之而式燕以樂矣。此亦因所薦之物而道達主人樂賓之意也。【音釋】嘉魚，左太沖《蜀都賦》：「出於丙穴。」注：「丙穴在漢中沔陽縣北。」丙，地名也。《埤雅》：「嘉魚，鯉質鱒鱗，肌肉甚美，食乳泉，出於丙穴，穴口向丙故也。」鱒，才損反。篧，助角反。《爾雅》疏：「今楚篧也。罩以竹為之，或以荆，故謂之楚篧。」重，平聲。

南有嘉魚，烝然汕汕所諫反。君子有酒，嘉賓式燕以衎苦旦反。

興也。汕，樔也，以薄汕魚也。衎，樂也。【音釋】樔，《爾雅》作「罺」，並側交反，今之撩罟也【二】。撩，力條反。

【一】「鯽」，蔣氏本、光緒七年本及光緒十五年本作「鱗」。「肌」字下，蔣氏本、光緒七年本及光緒十五年本有「肉甚美」三字。按，《詩集傳》「嘉魚」至「肌」几句宋版已如此，劉瑾《詩傳通釋》亦無所更改，然「鱒鯽肌」确實不成辭。疑出自陆佃《埤雅》而又脱漏，當以蔣氏本、光緒七年本及光緒十五年本所改為是。

【二】「撩」，蔣氏本、光緒七年本及光緒十五年本作「橑」，下同。

南有樛居虬反木，甘瓠音瓠纍力追反之【一】。君子有酒，嘉賓式燕綏之。

興也。〇東萊呂氏曰：「瓠有甘有苦，甘瓠則可食者也。樛木下垂而美實纍之，固結而不可解也。」愚謂此興之取義者，似比而實興也。

翩翩者鵻之誰反，烝然來叶六直、陵之二反思。君子有酒，嘉賓式燕又叶夷昔反，或如字思。

興也。此興之全不取義者也。思，語詞也。又，既燕而又燕，以見其至誠有加而無已也。或曰：又思，言其又思念而不忘也。

《南有嘉魚》四章，章四句。說見《魚麗》。

《崇丘》說見《魚麗》。

南山有臺叶田飴反，北山有萊叶陵之反。樂音洛只音紙君子，邦家之基。樂只君子，萬壽無期。

興也。臺，夫須，即莎草也。萊，草名，葉香可食者也。君子，指賓客也。〇此亦燕饗通用之樂。故其辭曰：南山則有臺矣，北山則有萊矣。樂只君子，則邦家之基矣。樂只君子，則萬壽無期矣。所以道達主人尊賓之意，美其德而祝其壽也。

【音釋】夫，音符，其實名香附子。道，音導。

南山有桑，北山有楊。樂只君子，邦家之光。樂只君子，萬壽無疆。

興也。

南山有杞，北山有李。樂只君子，民之父母叶滿彼反。樂只君子，德音不已。

【一】「音瓠」，蔣氏本、光緒七年本、光緒十五年本及朱熹《詩集傳》卷九作「音護」。

興也。杞，樹，如樗，一名狗骨。【音釋】杞，陸璣云：「山木，理白而滑，其子為木蝱，可合藥。」

南山有栲音考，叶音口，北山有杻女九反【一】。樂只君子，遐不眉壽叶直酉反。樂只君子，德音是茂叶莫口反。

興也。栲，山樗。杻，檍也。遐，何通。眉壽，秀眉也。【音釋】檍，音億。

南山有枸俱甫反，北山有楰音庾。樂只君子，遐不黃耉音苟，叶果五反。樂只君子，保艾五蓋反爾後叶下五反。

興也。枸，枳枸，樹高大似白楊，有子著枝端，大如指，長數寸，噉之甘美如飴，八月熟，亦名木蜜。楰，鼠梓，樹葉木理如楸，亦名苦楸。黃，老人髮白復黃也【二】。耉，老人面凍梨色，如浮垢也。保，安。艾，養也。【音釋】枸，《語錄》：「是機枸子，建陽謂之皆拱子，甘而解酒毒。」陸璣云：「其木能令酒薄，若以為屋柱，一室之內酒皆少味。」著，直略反。楸，音秋【三】。

《南山有臺》五章，章六句。說見《魚麗》。

《由儀》說見《魚麗》。

蓼音六彼蕭斯，零露湑息吕反兮。既見君子，我心寫叶想羽反兮。燕笑語兮，是以有譽處兮。

興也。蓼，長大貌。蕭，蒿也。湑，湑然蕭上露貌。君子，指諸侯也。寫，輸寫也。燕，謂燕飲。譽，善聲也。處，安樂也。蘇氏曰：「譽、豫通。凡《詩》之『譽』皆言樂也。」亦通。○諸侯朝于天子，天子與之燕，以示慈惠，故歌此詩。言蓼彼蕭斯，則零露湑然矣。既見君子，則我心輸寫而無留恨矣。是以燕笑語而有譽處也。其曰「既見」，蓋於其初燕而

【一】「九」，朱熹《詩集傳》卷九作「久」。
【二】「白」，原無，據朱熹《詩集傳》卷九補。
【三】「秋」原作「楸」，據蔣氏本、光緒七年本及光緒十五年本改。

歌之也。

蓼彼蕭斯，零露瀼瀼如羊反。既見君子，爲龍爲光。其德不爽叶師莊反，壽考不忘。

興也。瀼瀼，露蕃貌。龍，寵也。爲龍爲光，喜其德之詞也。爽，差也。其德不爽，則壽考不忘矣。褒美而祝頌之，又因以勸戒之也。

蓼彼蕭斯，零露泥泥乃禮反。既見君子，孔燕豈弟。宜兄宜弟待禮反，令德壽豈開改反，叶去禮反。

興也。泥泥，露濡貌。孔，甚。豈，樂。弟，易也。宜兄宜弟，猶曰宜其家人。蓋諸侯繼世而立，多疑忌其兄弟，如晉詛無畜羣公子，秦鍼懼選之類。故以宜其兄弟美之，亦所以警戒之也。壽豈，壽而且樂也。【音釋】易，以豉反。詛，莊助反。鍼，其廉反。選，數也，恐數其罪而加戮也。

蓼彼蕭斯，零露濃濃奴同反。既見君子，鞗徒彫反革沖沖敕弓反。和鸞雝雝，萬福攸同。

興也。濃濃，厚貌。鞗，轡也。革，轡首也，馬轡所把之外有餘而垂者也。沖沖，垂貌。和、鸞，皆鈴也。在軾曰和，在鑣曰鸞，皆諸侯車馬之飾也。《庭燎》亦以君子目諸侯而稱其鸞旂之美，正此類也。攸，所。同，聚也。

《蓼蕭》四章，章六句。

湛湛直減反露斯，匪陽不晞音希。厭厭於鹽反夜飲，不醉無歸。

興也。湛湛，露盛貌。陽，日。晞，乾也。厭厭，安也，亦久也，足也。夜飲，私燕也。燕禮，宵則兩階及庭、門皆設大燭焉。○此亦天子燕諸侯之詩。言湛湛露斯，非日則不晞，以興厭厭夜飲【一】，不醉則不歸。蓋於其夜飲之終而歌之也。

【音釋】夜飲，君留而盡私恩之義，故言私燕。燭，古者無麻燭而用荊燋，未爇曰燋，執之曰燭。

【一】「以興」，朱熹《詩集傳》卷九作「猶」。

湛湛露斯，在彼豐草。厭厭夜飲，在宗載考。

興也。豐，茂也。夜飲必於宗室，蓋路寢之屬也。考，成也。

湛湛露斯，在彼杞棘。顯允君子，莫不令德。

興也。顯，明。允，信也。君子，指諸侯爲賓者也。令，善也。令德，謂其飲多而不亂，德足以將之也。

其桐其椅於宜反，其實離離。豈弟君子，莫不令儀。

興也。離離，垂也。令儀，言醉而不喪其威儀也。

《湛露》四章，章四句。《春秋傳》：甯武子曰：「諸侯朝正於王，王宴樂之，於是賦《湛露》。」曾氏曰：「前兩章言厭厭夜飲，後兩章言令德令儀，雖過三爵，亦可謂不繼以淫矣。」

白華之什十篇，五篇無辭。凡二十三章，一百四十句。

詩卷第九

詩卷第十

彤弓之什二之三

彤弓弨尺昭反兮，受言藏之。我有嘉賓，中心貺叶虛王反之。鍾鼓既設，一朝饗叶虛良反之。

賦也。彤弓，朱弓也。弨，弛貌。貺，與也。大飲賓曰饗。○此天子燕有功諸侯，而錫以弓矢之樂歌也。東萊呂氏曰：「受言藏之，言其重也。受弓人所獻【一】，藏之王府，以待有功，不敢輕予人也。中心貺之，言其誠也。中心實欲貺之，非由外也。一朝饗之，言其速也。以王府寶藏之弓，一朝舉以畀人，未嘗有遲留顧惜之意也。後世視府藏爲己私分，至有以武庫兵賜弄臣者，則與『受言藏之』者異矣。賞賜非出於利誘，則迫於事勢。至有朝賜鐵券而暮屠戮者，則與『中心貺之』者異矣。屯膏吝賞，功臣解體。至有印刓而不忍予者，則與『一朝饗之』者異矣。」【音釋】弛，式氏反。飲，於鴆反。「府藏」之「藏」，徂浪反。分，去聲。漢哀帝建平四年，發武庫兵送侍中董賢及乳母王阿舍。執金吾毋將隆奏【二】：「武庫兵器，天下公用。今便僻弄臣，私恩微妾，而以天下公用給其私門，非所以示四方也。」「毋將」之「毋」，音無。○唐德宗興元元年，加李懷光太尉，賜鐵券。懷光尋反，馬燧取長春，懷光縊死。○昭宗景福二年，以王行瑜為大師，號尚父，賜鐵券。後王行瑜舉兵犯闕，李克用克邠州，王行瑜伏誅。○《易》「屯其膏」，謂德澤不下也。○韓信言：「項羽之為人也，見人慈愛，言語嘔嘔；至有功當封爵者，印刓敝，忍不能予。此婦人之仁

【一】「受」，原無，據朱熹《詩集傳》卷十補。
【二】「毋」原作「母」，據《漢書》卷七十七改，下文音注亦據改正。

也。」嘔，凶于反。刓，户官反。訛，缺也。予，上聲。

彤弓弨兮，受言載叶子利反之。我有嘉賓，中心喜叶去聲之。鍾鼓既設，一朝右音又，叶于記反之。

賦也。載，抗之也。喜，樂也。右，勸也，尊也。【音釋】右、宥通，謂以幣物助歡【一】。尊，古人以右為尊。

彤弓弨兮，受言櫜古刀反，叶古號反之。我有嘉賓，中心好呼報反之。鍾鼓既設，一朝醻市由反，叶大到反之。

賦也。櫜，韜。好，説。醻，報也。飲酒之禮，主人獻賓，賓酢主人，主人又酌自飲，而遂酌以飲賓，謂之醻。醻，猶厚也，勸也。

《彤弓》三章，章六句。《春秋傳》：甯武子曰：「諸侯敵王所愾，而獻其功。於是乎賜之彤弓一，彤矢百，玈弓矢千，以覺報宴。」注曰：「愾，恨怒也。覺，明也。謂諸侯有四夷之功，王賜之弓矢，又爲歌《彤弓》，以明報功宴樂。」鄭氏曰：「凡諸侯賜弓矢然後專征伐。」東萊呂氏曰：「所謂專征者，如四夷入邊，臣子簒弒，不容待報者。其它則九伐之法，乃大司馬所職，非諸侯所專也。與後世强臣拜表輒行者異矣。」【音釋】武子，甯俞也。愾，苦愛反。玈，音盧，黑也。為，去聲。《周禮．大司馬》：「以九伐之法正邦國：馮弱犯寡則眚之，賊賢害民則伐之，暴內陵外則壇之，野荒民散則削之，負固不服則侵之，賊殺其親則正之，放弒其君則殘之，犯令陵政則杜之，外內亂鳥獸行則滅之。」〇晉穆帝永和七年，桓温屢求北伐，詔書不聽，温拜表輒行。安帝隆安三年，孫恩陷會稽等郡。劉牢之鎮京口，發兵討恩，拜表輒行。

【一】「歡」，蔣氏本、光緒七年本及光緒十五年本作「勸」。

菁菁子丁反者莪五何反，在彼中阿。既見君子，樂音洛且有儀叶五何反。

興也。菁菁，盛貌。莪，蘿蒿也【一】。中阿，阿中也，大陵曰阿。君子，指賓客也。○此亦燕飲賓客之詩。言菁菁者莪，則在彼中阿矣。既見君子，則我心喜樂而有禮儀矣。或曰以「菁菁者莪」比君子容貌威儀之盛也。下章放此。

菁菁者莪，在彼中沚音止。既見君子，我心則喜。

比也【二】。中沚，沚中也。喜，樂也。

菁菁者莪，在彼中陵。既見君子，錫我百朋。

比也。中陵，陵中也。古者貨貝，五貝爲朋。錫我百朋者，見之而喜，如得重貨之多也。

汎汎芳劒反楊舟，載沉載浮。既見君子，我心則休。

比也。楊舟，楊木爲舟也。載，則也。載沉載浮，猶言載清載濁、載馳載驅之類，以比未見君子而心不定也【三】。休者，休休然，言安定也。

《菁菁者莪》四章，章四句。

六月棲棲音西，戎車既飭音敕。四牡騤騤求龜反，載是常服叶蒲北反。玁狁孔熾尺志反，我是用急叶音棘。王于出征，以匡王國叶于逼反。

賦也。六月，建未之月也。棲棲，猶皇皇，不安之貌。戎車，兵車也。飭，整也。騤騤，强貌。常服，戎事之常服，以韎韋爲弁，又以爲衣，而素裳白舄也。玁狁，即獫狁，北狄也。孔，甚。熾，盛。匡，正也。○成康既没，周室寖衰。八世

【一】「蘿」原作「羅」，據蔣氏本、光緒七年本、光緒十五年本及朱熹《詩集傳》卷十改。
【二】「比」，朱熹《詩集傳》卷十作「興」。下二章同。
【三】「比」，朱熹《詩集傳》卷十作「興」。

而厲王胡暴虐，周人逐之，出居于彘。玁狁内侵，逼近京邑。王崩，子宣王靖即位，命尹吉甫帥師伐之，有功而歸。詩人作歌以叙其事如此。《司馬法》：「冬夏不興師。」今乃六月而出師者，以玁狁甚熾，其事危急，故不得已而王命於是出征，以正王國也。【音釋】靺，音妹，又莫拜反，淺赤色。

比毗志反物四驪，閑之維則。維此六月，既成我服叶蒲北反。我服既成，于三十里。王于出征，以佐天子叶獎里反【一】。

賦也。比物，齊其力也。凡大事，祭祀、朝覲、會同，毛馬而頒之。凡軍事，物馬而頒之。毛馬齊其色，物馬齊其力。吉事尚文，武事尚强也。則，法也。服，戎服也。三十里，一舍也，古者吉行日五十里，師行日三十里。○既比其物而曰四驪，則其色又齊，可以見馬之有餘矣。閑習之而皆中法則，又可以見教之有素矣。於是此月之中即成我服。既成我服，即日引道，不徐不疾，盡舍而止，又見其應變之速，從事之敏，而不失其常度也。王命於此而出征，欲其有以敵王所愾而佐天子耳。

四牡脩廣，其大有顒玉容反。薄伐玁狁，以奏膚公。有嚴有翼，共音恭武之服叶蒲北反。共武之服，以定王國叶于逼反。

賦也。脩，長。廣，大也。顒，大貌。奏，薦。膚，大。公，功。嚴，威。翼，敬也。共，與供同。服，事也。言將帥皆嚴敬以恭武事也【二】。【音釋】《説文》曰：「顒，大頭也。」脩以言其身之長，廣以言其腹背之充，顒以言其首之大。將、帥，皆去聲。

玁狁匪茹如豫反，整居焦穫音護。侵鎬胡老反及方，至于涇陽。織音志文鳥章，白旆央央於良反。元戎十乘繩證反，

【一】「里」，朱熹《詩集傳》卷十作「履」。
【二】「恭」，蔣氏本、光緒七年本及光緒十五年本作「共」。

以先啓行叶户郎反。

賦也。茹，度。整，齊也。焦、穫、鎬、方，皆地名。焦，未詳所在。穫，郭璞以爲瓠中，則今在耀州三原縣也。鎬，劉向以爲千里之鎬，則非鎬京之鎬矣，亦未詳其所在也。方，疑即朔方也。涇陽，涇水之北，在豐鎬之西北，言其深入爲寇也。織、幟字同。鳥章，鳥隼之章也。白旆，繼旐者也。央央，鮮明貌。元，大也。戎，戎車也，軍之前鋒也。啓，開。行，道也。猶言發程也。○言玁狁不自度量，深入爲寇如此。是以建此旌旗，選鋒鋭進，聲其罪而致討焉。直而壯，律而臧，有所不戰，戰必勝矣。

戎車既安叶於連反，如輊竹二反如軒。四牡既佶其乙反，既佶且閑叶胡田反。薄伐玁狁，至于大音泰原。文武吉甫，萬邦爲憲叶許言反。

賦也。輊，車之覆而前也。軒，車之却而後也。凡車從後視之如輊，從前視之如軒，然後適調也。佶，壯健貌。大原，地名，亦曰大鹵，今在大原府陽曲縣。至于大原，言逐出之而已，不窮追也。先王治戎狄之法如此。吉甫，尹吉甫，此時大將也。憲，法也。非文無以附衆，非武無以威敵。能文能武，則萬邦以之爲法矣。

吉甫燕喜，既多受祉。來歸自鎬，我行永久叶舉里反。飲於鴆反御諸友叶羽已反，炰白交反鼈膾鯉。侯誰在矣？張仲孝友【一】。

賦也。祉，福。御，進。侯，維也。張仲，吉甫之友也。善父母曰孝，善兄弟曰友。○此言吉甫燕飲喜樂，多受福祉。蓋以其歸自鎬而行永久也，是以飲酒進饌於朋友，而孝友之張仲在焉。言其所與宴者之賢，所以賢吉甫而善是燕也。

《六月》六章，章八句。

【一】「友」下，朱熹《詩集傳》卷十有「叶羽已反」。

薄言采芑音起，于彼新田，于此菑側其反畝叶每彼反。方叔涖音利止，其車三千。師干之試叶詩止反，下同，方叔率止。乘其四騏，四騏翼翼。路車有奭許力反，簟茀音弗魚服叶蒲北反，鉤膺鞗音條革叶訖力反。

興也。芑，苦菜也。青白色，摘其葉有白汁出。肥可生食，亦可蒸爲茹，即今苦蕒菜【一】。宜馬食，軍行采之，人馬皆可食也。田一歲曰菑，二歲曰新田，三歲曰畬。方叔，宣王卿士，受命爲將者也。涖，臨也。其車三千，法當用三十萬衆。蓋兵車一乘，甲士三人，步卒七十二人，又二十五人將重車在後，凡百人也。然此亦極其盛而言，未必實有此數也。師，衆。干，扞也。試，肄習也，言衆且練也。率，總率之也。翼翼，順序貌。路車，戎路也。奭，赤貌。簟茀，以方文竹簟爲車蔽也。鉤膺，馬婁頷有鉤，而在膺有樊有纓也。樊，馬大帶。纓，鞅也。鞗革，見《蓼蕭》篇。○宣王之時，蠻荊背叛，王命方叔南征，軍行采芑而食，故賦其事以起興曰：薄言采芑，則于彼新田，于此菑畝矣。方叔涖止，則其車三千，師干之試矣。又遂言其車馬之美，以見軍容之盛也。【音釋】《韵會》：「田一岁曰菑，始反草也；二岁曰畬，漸和柔也；三岁曰新田，已成田而尚新也；四岁則曰田矣。」蕒【二】，音買。將、乘，并去声。樊，與鞶同。

薄言采芑，于彼新田，于此中鄉。方叔涖止，其車三千。旂旐央央，方叔率止。約軝祈支反錯衡叶户郎反【三】，八鸞瑲瑲七羊反。服其命服，朱芾音弗斯皇，有瑲葱珩音衡，叶户郎反。

興也。中鄉，民居，其田尤治。約，束。軝，轂也，以皮纏束兵車之轂而朱之也。錯，文也。鈴在鑣曰鸞，馬口兩旁各一，四馬故八也。瑲瑲，聲也。命服，天子所命之服也。朱芾，黄朱之芾也。皇，猶煌煌也。瑲，玉聲。葱，蒼色如葱者也。珩，佩首横玉也。《禮》：「三命赤芾葱珩。」【音釋】治，去聲。

【一】「蕒」原作「藚」，據蔣氏本、光緒七年本、光緒十五年本及朱熹《詩集傳》卷十改。

【二】「蕒」原作「藚」，據蔣氏本、光緒七年本及光緒十五年本改。

【三】「軝」原作「軧」，據朱熹《詩集傳》卷十改，傳文中「軝」亦據改作「軝」。

鴥惟必反彼飛隼息允反，其飛戾天，亦集爰止。方叔涖止，其車三千。師干之試，方叔率止。鉦音征人伐鼓，陳師鞠居六反旅。顯允方叔，伐鼓淵淵叶於巾反，振旅闐闐徒顛反，叶徒鄰反。

興也。隼，鷂屬，急疾之鳥也。戾，至。爰，於也。鉦，鐃也，鐲也。伐，擊也。鉦以靜之，鼓以動之。鉦鼓各有人，而言鉦人伐鼓，互文也。鞠，告也。二千五百人爲師，五百人爲旅。此言將戰，陳其師旅而誓告之也。陳師告旅，亦互文耳。淵淵，鼓聲平和，不暴怒也，謂戰時進士衆也。振，止。旅，衆也。言戰罷而止其衆以入也。《春秋傳》曰「出曰治兵，入曰振旅」是也。闐闐，亦鼓聲也。或曰盛貌。程子曰：「振旅亦以鼓行金止。」〇言隼飛戾天而亦集於所止，以興師衆之盛而進退有節【一】，如下文所云也。

蠢尺允反爾蠻荆，大邦爲讎。方叔元老，克壯其猶。方叔率止，執訊音信獲醜叶尺由反。戎車嘽嘽吐丹反，嘽嘽焞焞吐雷反，如霆如雷。顯允方叔，征伐玁狁，蠻荆來威叶音隈。

賦也。蠢者，動而無知之貌。蠻荆，荆州之蠻也。大邦，猶言中國也。元，大。猶，謀也。言方叔雖老，而謀則壯也。嘽嘽，衆也。焞焞，盛也。霆，疾雷也。方叔蓋嘗與於北伐之功者，是以蠻荆聞其名而皆來畏服也。【音釋】與，音預。

《采芑》四章，章十二句。

我車既攻，我馬既同。四牡龐龐鹿同反，駕言徂東。

賦也。攻，堅。同，齊也。《傳》曰：「宗廟齊豪，尚純也。戎事齊力，尚强也。田獵齊足，尚疾也。」龐龐，充實也。東，東都洛邑也。〇周公相成王，營洛邑爲東都，以朝諸侯。周室既衰，久廢其禮。至于宣王，內脩政事，外攘夷狄，復文武之竟土。脩車馬，備器械，復會諸侯於東都，因田獵而選車徒焉。故詩人作此以美之。首章汎言將往東都也。

【一】「衆」原作「旅」，據朱熹《詩集傳》卷十改。

【音釋】呂氏曰：「按，字書訓釋、《說文》並以龐為高屋，蓋喻馬之高大也【一】。」「復會」之「復」，扶又反。

田車既好叶許厚反，四牡孔阜符有反。東有甫草叶此苟反，駕言行狩叶始九反。

賦也。田車，田獵之車。好，善也。阜，盛大也。甫草，甫田也，後爲鄭地，今開封府中牟縣西圃田澤是也。宣王之時未有鄭國，圃田屬東都畿内，故往田也。○此章指言將往狩于圃田也。

之子于苗叶音毛，選徒囂囂五刀反。建旐設旄，搏音博獸于敖。

賦也。之子，有司也。苗，狩獵之通名也。選，數也。囂囂，聲，衆盛也。數車徒者，其聲囂囂，則車徒之衆可知。且車徒不譁而惟數者有聲，又見其靜治也。敖，近滎陽，地名也。○此章言至東都而選徒以獵也。

駕彼四牡，四牡奕奕。赤芾金舄，會同有繹。

賦也。奕奕，連絡布散之貌。赤芾，諸侯之服。金舄，赤舄而加金飾，亦諸侯之服也。時見曰會，殷見曰同。繹，陳列聯屬之貌也。○此章言諸侯來會朝於東都也。【音釋】見，音現。屬，之玉反。

決拾既佽音次，與柴叶，弓矢既調讀如同，與同叶。射夫既同，助我舉柴子智反。

賦也。決，以象骨爲之，著於右手大指，所以鉤弦開體。拾，以皮爲之，著於左臂以遂弦，故亦名遂。佽，比也。調，謂弓强弱與矢輕重相得也。射夫，蓋諸侯來會者。同，協也。柴，《說文》作「⿱此手」，謂積禽也。使諸侯之人助而舉之，言獲多也。○此章言既會同而田獵也。

四黃既駕，兩驂不猗於寄、於箇二反。不失其馳叶徒卧反，舍音捨矢如破彼寄、普過二反。

賦也。猗，偏倚不正也。馳，馳驅之法也。舍矢如破，巧而力也。蘇氏曰：「不善射御者，詭遇則獲，不然不能也。今御

【一】「呂氏曰」一句，實乃呂祖謙《呂氏家塾讀詩記》卷十九所引董氏之言。

者不失其馳驅之法，而射者舍矢如破，則可謂善射御矣。」○此章言田獵而見其射御之善也。

蕭蕭馬鳴，悠悠旆旌。徒御不驚，大庖蒲爻反不盈。

賦也。蕭蕭、悠悠，皆閑暇之貌。徒，步卒也。御，車御也。驚，如《漢書》「夜軍中驚」之「驚」。不驚，言比卒事不喧譁也。大庖，君庖也。不盈，言取之有度，不極欲也。蓋古者田獵獲禽，面傷不獻，踐毛不獻，不成禽不獻。擇取三等，自左膘而射之，達于右腢爲上殺，以爲乾豆，奉宗廟；達右耳本者次之，以爲賓客；射左髀達于右䯚爲下殺，以充君庖。每禽取三十焉，每等得十，其餘以與士大夫習射於澤宮，中者取之。是以獲雖多而君庖不盈也。張子曰：「饌雖多而無餘者，均及於衆而有法耳。凡事有法，則何患乎不均也？」舊説不驚，驚也。不盈，盈也。亦通。○此章言其終事嚴而頒禽均也。【音釋】漢景帝三年，周亞夫引兵擊吳、楚，深壁而守。夜，軍中驚，內相攻擊，擾亂至帳下。亞夫堅臥不起，頃之復定。踐，子淺反。膘，頻小反。射，食亦反，下如字。腢，音愚，又語口反【一】。乾，音干。髀，補爾、步米二反【二】。䯚，胡了反【三】。澤宮讀中，竹仲反。面傷，謂當面射之。踐毛，謂在傍而逆射之【四】。

之子于征，有聞無聲。允矣君子，展也大成。

賦也。允，信。展，誠也。聞師之行而不聞其聲，言至肅也。信矣其君子也。誠哉其大成也。○此章總叙其事之始終而深美之也。

《車攻》八章，章四句。以五章以下考之，恐當作四章，章八句。

【一】「又語口反」，許謙《詩集傳名物鈔》卷五作「又五偶反」。
【二】「米」，蔣氏本、光緒七年本、光緒十五年本及許謙《詩集傳名物鈔》卷五作「未」。
【三】「胡了反」原作「胡分反」，據蔣氏本、光緒七年本、光緒十五年本及《毛詩正義》卷十之三改。
【四】「在」原作「左」，據蔣氏本、光緒七年本及光緒十五年本改。「傍」，蔣氏本、光緒七年本及光緒十五年本作「旁」。

吉日維戊叶莫吼反，既伯既禱叶丁口反。田車既好叶許口反，四牡孔阜符有反。升彼大阜，從其羣醜。

賦也。戊，剛日也。伯，馬祖也，謂天駟房星之神也。醜，衆也，謂禽獸之羣衆也。此亦宣王之詩。言田獵將用馬力，故以吉日祭馬祖而禱之。既祭而車牢馬健，於是可以歷險而從禽也。以下章推之，是日也，其戊辰與？【音釋】《晉·天文志》：「房四星，亦曰天駟，為天馬，主車駕。」

吉日庚午，既差我馬叶滿浦反【一】。獸之所同，麀音憂鹿麌麌愚甫反。漆沮七徐反之從，天子之所。

賦也。庚午，亦剛日也。差，擇，齊其足也。同，聚也。鹿牝曰麀。麌麌，衆多也。漆沮，水名，在西都畿内，涇渭之北，所謂洛水。今自鹽韋流入鄜坊【二】，至同州入河也。〇戊辰之日既禱矣，越二日庚午，遂擇其馬而乘之，視獸之所聚，麀鹿最多之處而從之。於漆沮之旁爲盛【三】，宜爲天子田獵之所也。

瞻彼中原，其祁孔有叶羽已反。儦儦表驕反俟俟叶于紀反，或羣或友叶羽已反。悉率左右叶羽已反，以燕天子叶獎禮反【四】。

賦也。中原，原中也。祁，大也。趨則儦儦【五】，行則俟俟。獸三曰羣，二曰友。燕，樂也。〇言從王者視彼禽獸之多，於是率其同事之人各共其事，以樂天子也。

【一】「浦」，朱熹《詩集傳》卷十作「補」。
【二】「鹽」原作「延」，據朱熹《詩集傳》卷十改。
【三】「於」原作「惟」，據朱熹《詩集傳》卷十改。
【四】「禮」，蔣氏本、光緒七年本及光緒十五年本作「里」，朱熹《詩集傳》卷十作「履」。
【五】「趨」，朱熹《詩集傳》卷十作「望」，誤。

既張我弓，既挾子洽反我矢。發彼小豝音巴，殪於計反此大兕徐履反。以御賓客，且以酌醴。

賦也。發，發矢也。豕牝曰豝。壹矢而死曰殪。兕，野牛也。言能中微而制大也。御，進也。醴，酒名。《周官》「五齊」，「二曰醴齊」。注曰：「醴成而汁滓相將，如今甜酒也。」○言射而獲禽以爲俎實，進於賓客而酌醴也。

【音釋】挾，《釋文》又子協、户頰二反。中，陟仲反。五齊，《周禮·酒正》：「一曰泛齊，二曰醴齊，三曰盎齊，四曰緹齊，五曰沈齊。」注：「醴，猶體也。」此齊熟時上下一體，汁滓相將，故名。齊，才細反。緹，音體。

《吉日》四章，章六句。東萊呂氏曰：「《車攻》《吉日》所以爲復古者何也？蓋蒐狩之禮，可以見王賦之復焉，可以見軍實之盛焉，可以見師律之嚴焉，可以見上下之情焉，可以見綜理之周焉。欲明文武之功業者，此亦足以觀矣。」

鴻鴈于飛，肅肅其羽。之子于征，劬其俱反勞于野叶上與反。爰及矜棘冰反人，哀此鰥寡叶果五反。

興也。大曰鴻，小曰鴈。肅肅，羽聲也。之子，流民自相謂也。征，行也。劬勞，病苦也。矜，憐也。老而無妻曰鰥，老而無夫曰寡。○舊説，周室中衰，萬民離散，而宣王能勞來還定安集之，故流民喜之而作此詩，追叙其始而言曰：鴻鴈于飛，則肅肅其羽矣。之子于征，則劬勞于野矣。且其劬勞者皆鰥寡可哀憐之人也。然今亦未有以見其爲宣王之詩。後三篇放此。【音釋】劳来，上力報反，下力代反。還，音璿【一】。

鴻鴈于飛，集于中澤叶徒洛反。之子于垣音袁，百堵丁古反皆作。雖則劬勞，其究安宅叶達各反。

興也。中澤，澤中也。一丈爲板，五板爲堵。究，終也。○流民自言鴻鴈集于中澤，以興己之得其所止而築室以居，今雖

【一】「璿」，蔣氏本、光緒七年本及光緒十五年本作「旋」。

勞苦，而終獲安定也。

鴻鴈于飛，哀鳴嗸嗸五刀反。維此哲人，謂我劬勞。維彼愚人，謂我宣驕叶音高。

比也。流民以鴻鴈哀鳴自比而作此歌也。哲，知。宣，示也。知者聞我歌，知其出於劬勞。不知者謂我閒暇而宣驕也。《韓詩》云：「勞者歌其事。」《魏風》亦云：「我歌且謡，不知我者，謂我士也驕。」大抵歌多出於勞苦，而不知者常以爲驕也。【音釋】六「知」字，一、二、四音智，三、五、六如字。

《鴻鴈》三章，章六句。

夜如何其音基？夜未央，庭燎之光。君子至止，鸞聲將將七羊反。

賦也。其，語詞。央，中也。庭燎，大燭也。諸侯將朝，則司烜以物百枚並而束之，設於門内也。君子，諸侯也。將將，鸞鑣聲。〇王將起視朝，不安於寢，而問夜之早晚曰：夜如何哉？夜雖未央，而庭燎光矣。朝者至，而聞其鸞聲矣。

【音釋】烜，音毁。

夜如何其？夜未艾音乂，叶如字，庭燎晣晣之世反，與艾叶。君子至止，鸞聲噦噦呼會反。

賦也。艾，盡也。晣晣，小明也。噦噦，近而聞其徐行聲有節也。

夜如何其？夜鄉許亮反晨，庭燎有煇叶許云反【一】。君子至止，言觀其旂叶渠斤反。

賦也。鄉晨，近曉也。煇，火氣也。天欲明而見其煙光相雜也，既至而觀其旂，則辨色矣。

《庭燎》三章，章五句。

【一】「叶」，朱熹《詩集傳》卷十無。

沔綿善反彼流水，朝直遥反宗于海叶虎洧反。鴥惟必反彼飛隼息允反，載飛載止。嗟我兄弟，邦人諸友羽軌反【一】。莫肯念亂，誰無父母叶滿洧反？

興也。沔，水流滿也。諸侯春見天子曰朝，夏見曰宗。○此憂亂之詩。言流水猶朝宗于海，飛隼猶或有所止，而我之兄弟諸友乃無肯念亂者。誰獨無父母乎？亂則憂或及之，是豈可以不念哉！【音釋】見，音現。朝，疏：「朝也，欲其來之早。宗，尊也，欲其尊王。」

沔彼流水，其流湯湯失羊反。鴥彼飛隼，載飛載揚。念彼不蹟井亦反【二】，載起載行叶户郎反。心之憂矣，不可弭忘。

興也。湯湯，波流盛貌。不蹟，不循道也。載起載行，言憂念之深，不遑寧處也。弭，止也。水盛隼揚，以興憂念之不能忘也【三】。

鴥彼飛隼，率彼中陵。民之訛言，寧莫之懲。我友敬矣，讒言其興？

興也。率，循。訛，僞。懲，止也。○隼之高飛猶循彼中陵，而民之訛言乃無懲止之者。然我之友誠能敬以自持矣，則讒言何自而興乎？始憂於人，而卒反諸己也。

《沔水》三章，二章章八句，一章六句。疑當作三章，章八句。卒章脱前兩句耳。

鶴鳴于九皋，聲聞音問于野叶上與反。魚潛在淵，或在于渚。樂音洛彼之園，爰有樹檀叶徒沿反，下同，其下維蘀音

【一】「羽」上，蔣氏本、光緒七年本及光緒十五年本有「叶」字。
【二】「井」，朱熹《詩集傳》卷十作「并」。
【三】「念」，蔣氏本、光緒七年本及光緒十五年本作「亂」。

託。它山之石，可以爲錯七落反。

比也。鶴，鳥名，長頸，竦身，高脚，頂赤，身白，頸尾黑，其鳴高亮，聞八九里。皋，澤中水溢出所爲坎，從外數至九，喻深遠也。蘀，落也。錯，礪石也。○此詩之作，不可知其所由，然必陳善納誨之詞也。蓋鶴鳴于九皋而聲聞于野，言誠之不可揜也。魚潛在淵而或在于渚，言理之無定在也。園有樹檀而其下維蘀，言愛當知其惡也。他山之石而可以爲錯，言憎當知其善也。由是四者引而伸之，觸類而長之，天下之理其庶幾乎！【音釋】數，上聲。長，展兩反。

鶴鳴于九皋，聲聞于天叶鐵因反。魚在于渚，或潛在淵叶一均反。樂彼之園，爰有樹檀，其下維穀[一]。他山之石，可以攻玉。

比也。穀[二]，一名楮，惡木也。攻，錯也。○程子曰：「玉之温潤，天下之至美也。石之麤厲，天下之至惡也。然兩玉相磨，不可以成器，以石磨之，然後玉之爲器，得以成焉。猶君子之與小人處也，横逆侵加，然後脩省畏避，動心忍性，增益預防，而義理生焉，道德成焉。吾聞諸邵子云。」【音釋】處，上聲。横，去聲。省，悉井反。

《鶴鳴》二章，章九句。

彤弓之什十篇，四十章，二百五十九句。疑脱兩句，當爲二百六十一句。

詩卷第十

【一】「穀」，朱熹《詩集傳》卷十作「榖」，誤。
【二】「穀」，朱熹《詩集傳》卷十作「榖」，誤。

詩卷第十一

祈父之什二之四

祈勤衣反父音甫，予王之爪牙叶五胡反。胡轉予于恤，靡所止居？

賦也。祈父，司馬也。職掌封圻之兵甲，故以爲號。《康誥》曰：「圻父薄違」是也【一】。予，六軍之士也。或曰：司右虎賁之屬也。爪牙，鳥獸所用以爲威者也。恤，憂也。○軍士怨於久役，故呼祈父而告之曰：予乃王之爪牙，汝何轉我於憂恤之地，使我無所止居乎？【音釋】祈、圻、畿同，古字得通用。賁，音奔。

祈父，予王之爪士鉏里反。胡轉予于恤，靡所底之履反止？

賦也。爪士，爪牙之士也。底，至也。

祈父，亶不聰！胡轉予于恤，有母之尸饔？

賦也。亶，誠。尸，主也。饔，熟食也。言不得奉養，而使母反主勞苦之事也。○東萊呂氏曰：「越勾踐伐吳，有父母者老而無昆弟者皆遣歸。魏公子無忌救趙，亦令獨子無兄弟者歸養。則古者有親老而無兄弟，其當免征役，必有成法。故責司馬之不聰，其意謂此法人皆聞之，汝獨不聞乎？乃驅吾從戎，使吾親不免薪水之勞也。責司馬者，不敢斥王也。」

《祈父》三章，章四句。《序》以爲刺宣王之詩。説者又以爲宣王三十九年，戰于千畝，王師敗績于姜氏之戎，故軍士怨而作此詩。東萊呂氏曰：「太子晉諫靈王之詞曰：『自我先王厲、宣、幽、平而貪天禍，至于今未弭。』

【一】「康誥」，朱熹《詩集傳》卷十一同，蔣氏本、光緒七年本及光緒十五年本作「酒誥」，據《尚書注疏》卷十四，當為「酒誥」。

宣王，中興之主也，至與幽、厲並數之，其詞雖過，觀是詩所刺，則子晉之言豈無所自歟？」但今考之詩文，未有以見其必爲宣王耳。下篇放此。【音釋】數，色主反。

皎古了反皎白駒，食我場苗。縶陟立反之維之，以永今朝。所謂伊人，於焉逍遥。

賦也。皎皎，潔白也。駒，馬之未壯者，謂賢者所乘也。場，圃也。縶，絆其足。維，繫其靷也。永，久也。伊人，指賢者也。逍遥，遊息也。○爲此詩者，以賢者之去而不可留也，故託以其所乘之駒食我場苗而縶維之，庶幾以永今朝，使其人得以於此逍遥而不去，若後人留客而投其轄於井中也。【音釋】繫足曰絆，在胸曰靷。絆，音半。靷，音引。漢陳遵以列侯居京師，每大飲，賓客滿堂，輒關門【一】，取客車轄投井中。雖有急，終不得去。

皎皎白駒，食我場藿火郭反。縶之維之，以永今夕叶祥龠反。所謂伊人，於焉嘉客叶克各反。

賦也。藿，猶苗也。夕，猶朝也。嘉客，猶逍遥也。

皎皎白駒，賁彼義反，又音奔然來叶六俱反思【二】。爾公爾侯叶洪孤反，逸豫無期。慎爾優游叶云俱反【三】，勉爾遁思叶新齎反。

賦也。賁然，光采之貌也，或以爲來之疾也。思，語詞也。爾，指乘車之賢人也【四】。慎，勿過也。勉，毋決也。遁思，猶言去意也。○言此乘白駒者，若其肯來，則以爾爲公，以爾爲侯，而逸樂無期矣。猶言「横來，大者王，小者侯」也。豈可以過於優游，決於遁思，而終不我顧哉！蓋愛之切而不知好爵之不足縻，留之苦而不恤其志之不得遂也。【音

【一】「關」，蔣氏本、光緒七年本及光緒十五年本作「閉」。
【二】「六俱」原作「云俱」，據蔣氏本、光緒七年本及光緒十五年本改，朱熹《詩集傳》卷十一作「陵之」。
【三】「云俱」原作「汪胡」，據朱熹《詩集傳》卷十一改。
【四】「車」原作「駒」，據朱熹《詩集傳》卷十一改。

釋】《史記》：「田橫，故齊王族，自立為齊王。戰敗，入居海島。高帝召之，曰『田橫來，大者王，小者乃侯耳。』」

皎皎白駒，在彼空谷。生芻楚俱反一束，其人如玉。毋金玉爾音，而有遐心。

賦也。賢者必去而不可留矣，於是歎其乘白駒入空谷，束生芻以秣之，而其人之德美如玉也。蓋已邈乎其不可親矣，然猶冀其相聞而無絶也。故語之曰：毋貴重爾之音聲，而有遠我之心也。

《白駒》四章，章六句。

黃鳥黃鳥，無集于穀，無啄陟角反我粟。此邦之人，不我肯穀。言旋言歸，復我邦族。

比也。穀，木名。穀，善。旋，回。復，反也。〇民適異國，不得其所，故作此詩。託爲呼其黃鳥而告之曰：爾無集于穀，而啄我之粟。苟此邦之人不以善道相與，則我亦不久於此而將歸矣。

黃鳥黃鳥，無集于桑，無啄我粱。此邦之人，不可與明叶謨郎反。言旋言歸，復我諸兄叶虛王反。

比也。【音釋】嚴氏曰：「『不可與明』，言以橫逆加己，不可與之求明白也。」

黃鳥黃鳥，無集于栩況甫反，無啄我黍。此邦之人，不可與處。言旋言歸，復我諸父扶雨反。

比也。

《黃鳥》三章，章七句。東萊呂氏曰：「宣王之末，民有失所者，意他國之可居也。及其至彼，則又不若故鄉焉，故思而欲歸。使民如此，亦異於還定安集之時矣。」今按詩文，未見其爲宣王之世。下篇亦然。

我行其野，蔽必制反芾方味反其樗敕雩反。昏姻之故，言就爾居。爾不我畜，復我邦家叶古胡反。

賦也。樗，惡木也。壻之父，婦之父，相謂曰婚姻。畜，養也。○民適異國，依其婚姻而不見收恤，故作此詩。言我行於野中，依惡木以自蔽，於是思婚姻之故而就爾居，而爾不我畜也，則將復我之邦家矣。【音釋】《爾雅》又曰：「壻之父為姻，婦之父為婚。」

我行其野，言采其蓫敕六反。婚姻之故，言就爾宿。爾不我畜，言歸思復。

賦也。蓫，牛蘈【一】，惡菜也，今人謂之羊蹄菜。【音釋】蘈，徒雷反。羊蹄，陸璣：「似蘆菔，而莖長赤。」

我行其野，言采其葍音福，叶筆力反。不思舊姻，求爾新特。成《論語》作「誠」不以富，亦祇音支以異叶逸織反。

賦也。葍、蕾，惡菜也。特，匹也。○言爾之不思舊姻而求新匹也，雖實不以彼之富而厭我之貧，亦祇以其新而異於故耳。此見詩人責人忠厚之意。

《我行其野》三章，章六句。王氏曰：「先王躬行仁義以道民，厚矣，猶以爲未也，又建官置師，以孝、友、睦、姻、任、恤六行教民。爲其有父母也，故教以孝。爲其有兄弟也，故教以友。爲其有同姓也，故教以睦。爲其有異姓也，故教以姻。爲鄰里鄉黨相保相愛也【二】，故教以任。相賙相救也，故教以恤。以爲徒教之或不率也，故使官師以時書其德行而勸之。以爲徒勸之或不率也，於是乎有不孝、不睦、不姻、不弟、不任、不恤之刑焉。方是時也，安有如此詩所刺之民乎！」【音釋】道，去聲。賙，音周，贍也。

秩秩斯干叶居焉反，幽幽南山叶所旃反。如竹苞叶補苟反矣，如松茂叶莫口反矣。兄及弟矣，式相好呼報反，叶許厚反

【一】「蘈」，朱熹《詩集傳》卷十一作「頹」。
【二】「愛」，朱熹《詩集傳》卷十一作「受」，誤。

矣，無相猶叶余久反矣。

賦也。秩秩，有序也。斯，此也。干，水涯也。南山，終南之山也。苞，叢生而固也。猶，謀也。○此築室既成，而燕飲以落之，因歌其事。言此室臨水而面山，其下之固如竹之苞，其上之密如松之茂。又言居是室者，兄弟相好而無相謀。則頌禱之辭，猶所謂「聚國族於斯」者也。張子曰：「猶，似也。人情大抵施之不報則輟，故恩不能終。兄弟之間各盡己之所宜施者，無學其不相報而廢恩也。君臣、父子、朋友之間，亦莫不用此道，盡己而已。」愚按，此於文義或未必然，然意則善矣。或曰：猶，當作尤。

似續妣必履反祖，築室百堵，西南其户胡五反。爰居爰處，爰笑爰語。

賦也。似，嗣也。妣先於祖者，協下韻爾。或曰：謂姜嫄、后稷也。西南其户，天子之宫，其室非一，在東者西其户，在北者南其户，猶言「南東其畝」也。爰，於也。

約之閣閣，椓陟角反之橐橐音託。風雨攸除直慮反，鳥鼠攸去，君子攸芋香于反，叶王遇反。

賦也。約，束板也。閣閣，上下相乘也。椓，築也。橐橐，杵聲也。除，亦去也。無風雨鳥鼠之害，言其上下四旁皆牢密也。芋，尊大也。君子之所居，以爲尊且大也。

如跂音企斯翼，如矢斯棘。如鳥斯革叶訖力反，如翬音輝斯飛。君子攸躋子西反。

賦也。跂，竦立也。翼，敬也。棘，急也。矢行緩則枉，急則直也。革，變。翬，雉。躋，升也。○言其大勢嚴正，如人之竦立而其恭翼翼也。其廉隅整飭，如矢之急而直也。其棟宇峻起，如鳥之警而革也。其簷阿華采而軒翔，如翬之飛而矯其翼也。蓋其堂之美如此，而君子之所升以聽事也。

殖殖市力反其庭，有覺其楹。噲噲音快其正叶音征，噦噦呼會反其冥。君子攸寧。

賦也。殖殖，平正也。庭，宫寢之前庭也。覺，高大而直也。楹，柱也。噲噲，猶快快也。正，向明之處也。噦噦，深

廣之貌。冥，奥窔之間也。言其室之美如此，而君子之所休息以安身也。【音釋】奥，室西南隅也。窔，音杳，東南隅也。奥窔之間，在户之西而牖之下，正幽暗處，故曰冥。

下莞音官上簟叶徒檢、徒錦二反，乃安斯寢叶于檢、于錦二反。乃寢乃興，乃占我夢叶彌登反。吉夢維何？維熊維羆彼宜反，叶彼何反，維虺許鬼反維蛇市奢反，叶于其、土何二反。

賦也。莞，蒲席也。竹葦曰簟。羆，似熊而長頭高脚，猛憨多力，能拔樹。虺，蛇屬，細頸大頭，色如文綬，大者長七八尺。○祝其君安其室居，夢兆而有祥。亦頌禱之詞也。下章放此。【音釋】莞、蒲，一草之名，蒲麤莞細。憨，呼甘反。

大音泰人占之，維熊維羆，男子之祥。維虺維蛇，女子之祥。

賦也。大人，大卜之屬，占夢之官也。熊羆，陽物，在山，彊力壯毅，男子之祥也。虺蛇，陰物，穴處，柔弱隱伏，女子之祥也。○或曰：夢之有占，何也？曰：人之精神與天地陰陽流通，故晝之所爲，夜之所夢，其善惡吉凶各以類至。是以先王建官設屬，使之觀天地之會，辨陰陽之氣，以日月星辰占六夢之吉凶，獻吉夢，贈惡夢。其於天人相與之際，察之詳而敬之至矣。故曰：王前巫而後史，卜筮瞽侑皆在左右【一】，王中心無爲也，以守至正。【音釋】《周禮·占夢》：「一曰正夢，二曰噩夢，三曰思夢，四曰寤夢，五曰喜夢，六曰懼夢。季冬聘王夢。」聘，問也。「獻吉夢于王，乃舍萌于四方，以贈惡夢，遂令始難歐疫。」噩，五各反。舍，讀爲釋。難，乃多反。歐、驅同。

乃生男子，載寢之牀，載衣於既反之裳，載弄之璋。其泣喤喤華彭反，叶胡光反，朱芾音弗斯皇，室家君王。

賦也。半圭曰璋。喤，大聲也。芾，天子純朱，諸侯黄朱。皇，猶煌煌也。君，諸侯也。○寢之於牀，尊之也。衣之以

【一】「卜筮」原作「宗祝」，據蔣氏本、光緒七年本、光緒十五年本及《禮記正義》卷二十一改。按，朱熹《詩集傳》卷十一已誤作「宗祝」。

裳，服之盛也。弄之以璋，尚其德也。言男子之生於是室者，皆將服朱芾煌煌然，有室有家，爲君爲王矣。

乃生女子，載寢之地，載衣之裼他計反，載弄之瓦叶魚位反。無非無儀叶音義，唯酒食是議，無父母詒以之反罹叶音麗。

賦也。裼，褓也。瓦，紡磚也。儀，善。罹，憂也。○寢之於地，卑之也。衣之以褓，即其用而無加也。弄之以瓦，習其所有事也。有非，非婦人也。有善，非婦人也。蓋女子以順爲正，無非足矣，有善則亦非其吉祥可願之事也。唯酒食是議，而無遺父母之憂，則可矣。《易》曰：「無攸遂，在中饋，貞吉。」而孟子之母亦曰：「婦人之禮，精五飯，冪酒漿，養舅姑，縫衣裳而已矣。故有閨門之脩，而無境外之志。」此之謂也。【音釋】褓，音保，縛兒被也。紡，妃兩反。遺，去声。《列女傳》：孟子曰：「今道不用，願行而母老，是以憂。」母曰婦人之禮云云，以言婦人無擅制之義，子行子義，吾行吾禮而已。君子謂孟母知婦道。五飯，《月令》：「天子春食麥，夏食菽食稷，秋食麻，冬食黍。」

《斯干》九章，四章章七句，五章章五句。舊説厲王既流于彘，宮室圮壞，故宣王即位，更作宮室，既成而落之。今亦未有以見其必爲是時之詩也。或曰：《儀禮》「下管《新宮》」，《春秋傳》「宋元公賦《新宮》」，恐即此詩。然亦未有明證。【音釋】圮，部鄙反。更，平声。

誰謂爾無羊？三百維羣。誰謂爾無牛？九十其犉而純反。爾羊來思，其角濈濈莊立反。爾牛來思，其耳濕濕始立反。

賦也。黄牛黑脣曰犉。羊以三百爲羣，其羣不可數也。牛之犉者九十，非犉者尚多也。聚其角而息，濈濈然。呞而動其耳，濕濕然。王氏曰：「濈濈，和也。羊以善觸爲患，故言其和，謂聚而不相觸也。濕濕，潤澤也。牛病則耳燥，安則

潤澤也。」○此詩言牧事有成而牛羊衆多也。【音釋】呞，丑之反。食已，復出嚼之。

或降于阿，或飲于池叶唐何反，或寢或訛。爾牧來思，何河可反蓑素多反何笠音立，或負其餱音侯。三十維物叶微律反，爾牲則具叶居律反。

賦也。訛，動。何，揭也。蓑、笠，所以備雨。三十維物，齊其色而別之，凡爲色三十也。○言牛羊無驚畏，而牧人持雨具，齎飲食，從其所適，以順其性。是以生養蕃息，至於其色無所不備，而於用無所不有也。

爾牧來思，以薪以蒸之承反，以雌以雄叶于陵反。爾羊來思，矜矜兢兢，不騫不崩。麾之以肱，畢來既升。

賦也。麤曰薪，細曰蒸。雌、雄，禽獸也。矜矜兢兢，堅强也。騫，虧也。崩，羣疾也。肱，臂也。既，盡也。升，入牢也。○言牧人有餘力，則出取薪蒸、搏禽獸，其羊亦馴擾從人，不假箠楚，但以手麾之，使來則畢來，使升則既升也。【音釋】飛曰雌雄，走曰牝牡。此曰禽獸者，大約言之。兢，其冰反。牢，防獸闌也。箠，主水反。

牧人乃夢，衆維魚矣，旐音兆維旟音餘矣。大人占之：衆維魚矣，實維豐年叶尼因反。旐維旟矣，室家溱溱側巾反。

賦也。占夢之説未詳。溱溱，衆也。或曰：衆，謂人也。旐，郊野所建，統人少。旟，州里所建，統人多。蓋人不如魚之多，旐所統不如旟所統之衆。故夢人乃是魚，則爲豐年；旐乃是旟，則爲人衆。

《無羊》四章，章八句。

節音截，下同彼南山，維石巖巖。赫赫師尹，民具爾瞻叶側銜反。憂心如惔徒藍反，不敢戲談。國既卒子律反斬叶側銜反，何用不監古銜反？

興也。節，高峻貌。巖巖，積石貌。赫赫，顯盛貌。師尹，大師尹氏也。大師，三公。尹氏，蓋吉甫之後。《春秋》書「尹氏卒」，公羊子以爲「譏世卿」者，即此也。具，俱。瞻，視。惔，燔。卒，終。斬，絕。監，視也。〇此詩家父所作，刺王用尹氏以致亂。言節彼南山，則維石巖巖矣。赫赫師尹，則民具爾瞻矣。而其所爲不善，使人憂心如火燔灼，又畏其威而不敢言也。然則國既終斬絕矣，汝何用而不察哉？

節彼南山，有實其猗於宜反，叶於何反。赫赫師尹，不平謂何？天方薦徂殿反瘥才何反，喪息浪反亂弘多。民言無嘉叶居何反，憯七感反莫懲嗟叶遭哥反。

興也。有實其猗，未詳其義。《傳》曰：「實，滿。猗，長也。」《箋》云：「猗，倚也。言草木滿其旁倚之畎谷也。」或以爲草木之實猗猗然，皆不甚通。薦、荐通，重也。瘥，病。弘，大。憯，曾。懲，創也。〇節彼南山，則有實其猗矣。赫赫師尹而不平其心，則謂之何哉？蘇氏曰：「爲政者不平其心，則下之榮瘁勞佚有大相絕者矣。是以神怒而重之以喪亂，人怨而謗讟其上。然尹氏曾不懲創咨嗟，求所以自改也。」【音釋】喪，去聲。讟，音讀。

尹氏大音泰師，維周之氐丁禮反，叶都黎反。秉國之均，四方是維。天子是毗婢尸反，俾民不迷。不弔昊天，不宜空我師叶霜夷反。

賦也。氐，本。均，平。維，持。毗，輔。弔，愍。空，窮。師，衆也。〇言尹氏大師，維周之氐，而秉國之均，則是宜有以維持四方，毗輔天子，而使民不迷，乃其職也。今乃不平其心，而既不見愍弔於昊天矣，則不宜久在其位，使天降禍亂，而我衆并及空窮也。【音釋】《語錄》：均，本當從金【一】。鈞是為瓦器之車盤，運得愈急，則其成器愈快。「秉國之均」只是此義。今訓平者，此物亦惟平乃能運也。

【一】據《朱子語類》卷八十一，「均，本當從金」一句為朱子所云，「鈞是」至「愈快」一句為時舉所云。「秉國」至「能運也」一句，為朱子所云。

弗躬弗親，庶民弗信叶斯人反。弗問弗仕鉏里反，下同，勿罔君子叶獎里反【一】。式夷式已，無小人殆叶養里反。瑣瑣素火反姻亞，則無膴仕。

賦也。仕，事。罔，欺也。君子，指王也。夷，平。已，止。殆，危也。瑣瑣，小貌。壻之父曰姻，兩壻相謂曰亞。膴，厚也。○言王委政於尹氏，尹氏又委政於姻婭之小人，而以其未嘗問、未嘗事者欺其君也。故戒之曰：汝之弗躬弗親，庶民已不信矣。其所弗問弗事，則豈可以罔君子哉？當平其心，視所任之人，有不當者則已之。無以小人之故而至於危殆其國也。瑣瑣姻亞【二】，而必皆膴仕，則小人進矣。【音釋】亞者，一人娶姊，一人娶妹，相亞次也。取，去聲。

昊天不傭敕龍反，降此鞠九六反訩音凶。昊天不惠，降此大戾。君子如屆音戒，叶居例反，俾民心闋古穴反，叶苦桂反【三】。君子如夷，惡烏路反怒是違。

賦也。傭，均。鞠，窮。訩，亂。戾，乖。屆，至。闋，息。違，遠也。○言昊天不均，而降此窮極之亂。昊天不順，而降此乖戾之變。然所以靖之者，亦在夫人而已。君子無所苟而用其至，則必躬必親，而民之亂心息矣。君子無所偏而平其心，則式夷式已，而民之惡怒遠矣。傷王與尹氏之不能也。夫爲政不平以召禍亂者，人也。而詩人以爲天實爲之者，蓋無所歸咎而歸之天也。抑有以見君臣隱諱之義焉，有以見天人合一之理焉。後皆放此。

不弔昊天叶鐵因反，亂靡有定叶唐丁反。式月斯生叶桑經反，俾民不寧。憂心如酲音呈，誰秉國成？不自爲政叶諸盈反，卒勞百姓叶桑經反。

賦也。酒病曰酲。成，平。卒，終也。○蘇氏曰：「天不之恤，故亂未有所止，而禍患與歲月增長。君子憂之曰：誰秉

【一】「里」，朱熹《詩集傳》卷十一作「履」。
【二】「亞」原作「婭」，據蔣氏本、光緒七年本、光緒十五年本及朱熹《詩集傳》卷十一改。
【三】「苦」，朱熹《詩集傳》卷十一作「胡」。

國成者？乃不自爲政，而以付之姻亞之小人【一】，其卒使民爲之受其勞弊，以至此也。」

駕彼四牡，四牡項領。我瞻四方，蹙蹙子六反靡所騁敕領反。

賦也。項，大也。蹙蹙，縮小之貌。○言駕四牡而四牡項領可以騁矣，而視四方，則皆昏亂，蹙蹙然無可往之所，亦將何所騁哉？東萊呂氏曰：「本根病則枝葉皆瘁，是以無可往之地也。」

方茂爾惡，相息亮反爾矛矣。既夷既懌，如相醻市由反矣。

賦也。茂，盛。相，視。懌，悦也。○言方盛其惡以相加，則視其矛戟如欲戰鬬。及既夷平悦懌，則相與歡然如賓主而相醻酢，不以爲怪也。蓋小人之性無常，而習於鬬亂，其喜怒之不可期如此，是以君子無所適而可也。

昊天不平，我王不寧。不懲其心，覆芳服反怨其正叶諸盈反。

賦也。尹氏之不平，若天使之，故曰「昊天不平」。若是則我王亦不得寧矣。然尹氏猶不自懲創其心，乃反怨人之正己者，則其爲惡何時而已哉！

家父音甫作誦叶疾容反，以究王訩。式訛爾心，以畜許六反萬邦叶卜工反。

賦也。家，氏。父，字。周大夫也。究，窮。訛，化。畜，養也。○家父自言作爲此誦，以窮究王政昏亂之所由，冀其改心易慮，以畜養萬邦也。陳氏曰：「尹氏厲威，使人不得戲談，而家父作詩，乃復自表其出於己，以身當尹氏之怒而不辭者，蓋家父周之世臣，義與國俱存亡故也。」東萊呂氏曰：「篇終矣，故窮其亂本而歸之王心焉。致亂者雖尹氏，而用尹氏者則王心之蔽也。」李氏曰：「孟子曰：『人不足與適也，政不足與間也，惟大人爲能格君心之非。』蓋用人之失，政事之過，雖皆君之非，然不必先論也。惟格君心之非，則政事無不善矣，用人皆得其當矣。」【音釋】適，陟革反。間、當，並去聲。

【一】「亞」原作「婭」，據蔣氏本、光緒七年本、光緒十五年本及朱熹《詩集傳》卷十一改。

《節南山》十章，六章章八句，四章章四句。《序》以此爲幽王之詩。而《春秋》桓十五年有家父來聘【一】，於周爲桓王之世，上距幽王之終已七十五年，不知其人之同異。大抵《序》之時世皆不足信，今姑闕焉可也。

正音政月繁霜，我心憂傷。民之訛言，亦孔之將。念我獨兮，憂心京京叶居良反。哀我小心，癙音鼠憂以痒音羊。

賦也。正月，夏之四月。謂之正月者，以純陽用事，爲正陽之月也。繁，多。訛，僞。將，大也。京京，亦大也。癙憂，幽憂也。痒，病也。○此詩亦大夫所作。言霜降失節，不以其時，既使我心憂傷矣。而造爲姦僞之言以惑羣聽者，又方甚大。然衆人莫以爲憂，故我獨憂之，以至於病也。

父母生我，胡俾我瘉音庾。不自我先，不自我後叶下五反。好言自口叶孔五反，下同，莠餘久反言自口。憂心愈愈，是以有侮。

賦也。瘉，病。自，從。莠，醜也。愈愈，益甚之意。○疾痛故呼父母，而傷己適丁是時也。訛言之人虛僞反覆，言之好醜皆不出於心而但出於口，是以我之憂心益甚，而反見侵侮也。

憂心惸惸其營反，念我無祿。民之無辜，并必政反其臣僕。哀我人斯，于何從祿？瞻烏爰止，于誰之屋？

賦也。惸惸，憂意也。無祿，猶言不幸爾。辜，罪。并，俱也。古者以罪人爲臣僕，亡國所虜亦以爲臣僕，箕子所謂「商其淪喪，我罔爲臣僕」是也。○言不幸而遭國之將亡，與此無罪之民，將俱被囚虜而同爲臣僕。未知將復從何人而受祿，如視烏之飛，不知其將止於誰之屋也。

瞻彼中林，侯薪侯蒸之丞反。民今方殆，視天夢夢莫工反，叶莫登反。既克有定，靡人弗勝音升。有皇上帝，伊誰

【一】「聘」，朱熹《詩集傳》卷十一同，蔣氏本、光緒七年本及光緒十五年本作「求車」。

云憎？

興也。中林，林中也。侯，維。殆，危也。夢夢，不明也。皇，大也。上帝，天之神也。程子曰：「以其形體謂之天，以其主宰謂之帝。」○言瞻彼中林，則維薪維蒸，分明可見也。民今方危殆疾痛，號訴於天，而視天反夢夢然，若無意於分別善惡者。然此特值其未定之時耳，及其既定，則未有不爲天所勝者也。夫天豈有所憎而禍之乎？福善禍淫，亦自然之理而已。申包胥曰：「人衆則勝天，天定亦能勝人。」疑出於此。【音釋】《史記》：「吳入楚，伍子胥鞭平王尸。申包胥使人謂之曰：『子之報讎，其以甚乎？吾聞人衆者勝天【一】，天定亦能勝人【二】。』」

謂山蓋卑，爲岡爲陵。民之訛言，寧莫之懲。召彼故老，訊音信之占夢叶莫登反。具曰予聖，誰知烏之雌雄叶胡陵反【三】？

賦也。山脊曰岡，廣平曰陵。懲，止也。故老，舊臣也。訊，問也。占夢，官名，掌占夢者也。具，俱也。烏之雌雄，相似而難辨者也。○謂山蓋卑，而其實則岡陵之崇也。今民之訛言如此矣，而王猶安然莫之止也。及其詢之故老，訊之占夢，則又皆自以爲聖人，亦誰能別其言之是非乎？子思言於衛侯曰：「君之國事將日非矣。」公曰：「何故？」對曰：「有由然焉。君出言自以爲是，而卿大夫莫敢矯其非。卿大夫出言亦自以爲是，而士庶人莫敢矯其非。君臣既自賢矣，而羣下同聲賢之。賢之則順而有福，矯之則逆而有禍，如此則善安從生？《詩》曰：『具曰予聖，誰知烏之雌雄？』抑亦似君之君臣乎！」

【一】「者」，蔣氏本、光緒七年本及光緒十五年本作「能」，司馬遷《史記》卷六十六作「者」。
【二】「勝」，蔣氏本、光緒七年本及光緒十五年本作「破」，司馬遷《史記》卷六十六作「破」。
【三】「胡」，朱熹《詩集傳》卷十一作「故」。

謂天蓋高，不敢不局叶居亦反。謂地蓋厚，不敢不蹐井亦反。維號音豪斯言，有倫有脊。哀今之人，胡爲虺吁鬼反蜴星歷反。

賦也。局，曲也。蹐，累足也。號，長言之也。脊，理。蜴，螈也。虺、蜴，皆毒螫之蟲也。○言遭世之亂，天雖高而不敢不跼【一】，地雖厚而不敢不蹐。其所號呼而爲此言者，又皆有倫理而可考也。哀今之人，胡爲肆毒以害人，而使之至此乎！【音釋】蜴，當音易。螈，音原。螫，音適。

瞻彼阪音反田，有菀音鬱其特。天之扤五忽反我，如不我克。彼求我則，如不我得。執我仇仇，亦不我力。

興也。阪田，崎嶇墝埆之處。菀，茂盛之貌。特，特生之苗也。扤，動也。力，謂用力。○瞻彼阪田，猶有菀然之特。而天之扤我，如恐其不我克，何哉？亦無所歸咎之詞也。夫始而求之以爲法則，惟恐不我得也。及其得之，則又執我堅固如仇讎然，然終亦莫能用也。求之甚艱，而棄之甚易，其無常如此。【音釋】崎嶇，音欹軀，山險也。墝埆，音敲殼，瘠薄也。易，去聲。九章、十一章同。

心之憂矣，如或結之。今茲之正，胡然厲叶力桀反矣？燎力詔反之方揚，寧或滅之。赫赫宗周，褒姒音似烕呼悅反之。

賦也。正，政也。厲，暴惡也。火田爲燎。揚，盛也。宗周，鎬京也。褒姒，幽王之嬖妾，褒國女，姒姓也。烕，亦滅也。○言我心之憂如結者，爲國政之暴惡故也。燎之方盛之時，則寧有能撲而滅之者乎？然赫赫然之宗周，而一褒姒足以滅之，蓋傷之也。時宗周未滅，以褒姒淫妒讒諂而王惑之，知其必滅周也。或曰【二】：此東遷後詩也，時宗周已滅矣。其言褒姒烕之，有監戒之意，而無憂懼之情，似亦道已然之事，而非慮其將然之詞。今亦未能必其然否也。

【一】「跼」，朱熹《詩集傳》卷十一作「局」。
【二】「或曰」至「然否也」，四部叢刊三編本朱熹《詩集傳》卷十一無，然元十卷本、明正統本、嘉靖本及劉瑾《詩傳通釋》之朱傳部分均有此五十五字。

終其永懷，又窘求隕反陰雨。其車既載才再反，乃棄爾輔叶扶雨反【一】。載如字輸爾載才再反，將七羊反伯助予演女反【二】。

比也。陰雨則泥濘而車易以陷也。載，車所載也。輔，如今人縛杖於輻，以防輔車也。輸，墮也。將，請也。伯，或者之字也。〇蘇氏曰：「王爲淫虐，譬如行險而不知止。君子永思其終，知其必有大難，故曰『終其永懷，又窘陰雨』。王又不虞難之將至，而棄賢臣焉，故曰『乃棄爾輔』。君子求助於未危，故難不至。苟其載之既墮，而後號伯以助予，則無及矣。」【音釋】墮，音隳。難，乃旦反。

無棄爾輔，員音云于爾輻方六反，叶筆力反。屢顧爾僕，不輸爾載叶節力反。終踰絶險，曾是不意叶乙力反。

比也。員，益也。輔，所以益輻也。屢，數。顧，視也。僕，將車者也。〇此承上章，言若能無棄爾輔，以益其輻，而又數數顧視其僕，則不墮爾所載，而踰於絶險，若初不以爲意者。蓋能謹其初，則厥終無難也。一說王曾不以是爲意乎？【音釋】數，色角反。

魚在于沼之紹反，叶音灼，亦匪克樂音洛。潛雖伏矣，亦孔之炤音灼。憂心慘慘七感反，當作「懆」，七各反，念國之爲虐。

比也。沼，池也。炤，明易見也。〇魚在于沼，其爲生已蹙矣。其潛雖深，然亦炤然而易見。言禍亂之及，無所逃也。

彼有旨酒，又有嘉殽户交反，无韻，未詳。洽比毗志反其鄰，昏姻孔云。念我獨兮，憂心慇慇。

賦也。洽、比，皆合也。云，旋也。慇慇然，痛也【三】。〇言小人得志，有旨酒嘉殽，以合比其鄰里，怡懌其昏姻，而我獨憂心至於疾痛也。昔人有言，燕雀處堂，母子相安，自以爲樂也，突決棟焚，而怡然不知禍之將及，其此之謂乎！

【一】「叶」字，朱熹《詩集傳》卷十一無。
【二】「演」上，朱熹《詩集傳》卷十一有「叶」字。
【三】「然」，蔣氏本、光緒七年本及光緒十五年本作「疾」。

【音釋】《孔叢子．論勢》篇子順曰云云。子順，名斌，孔子六世孫，時相魏安僖王。

佌佌音此彼有屋，蔌蔌音速方有穀。民今之無祿，天夭於遥反是椓陟角反，叶都木反。哿哥我反矣富人，哀此惸獨。

賦也。佌佌，小貌。蔌蔌，窶陋貌，指王所用之小人也。穀，祿。夭，禍。椓，害。哿，可。獨，單也。○佌佌然之小人既已有屋矣，蔌蔌窶陋者又將有穀矣。而民今獨無祿者，是天禍椓喪之爾。亦無所歸咎之詞也。亂至於此，富人猶或可勝，惸獨甚矣。此孟子所以言文王發政施仁，必先鰥寡孤獨也。【音釋】窶，郡羽反，貧也。勝，音升。

《正月》十三章，八章章八句，五章章六句。

十月之交，朔月辛卯叶莫後反。日有食之，亦孔之醜。彼月而微，此日而微。今此下民，亦孔之哀叶於希反。

賦也。十月，以夏正言之，建亥之月也。交，日月交會，謂晦朔之間也。曆法，周天三百六十五度四分度之一。左旋於地，一晝一夜，則其行一周而又過一度。日月皆右行於天，一晝一夜，則日行一度，月行十三度十九分度之七。故日一歲而一周天，月二十九日有奇而一周天。又逐及於日而與之會。一歲凡十二會，方會，則月光都盡而爲晦。已會，則月光復蘇而爲朔。朔後晦前各十五日。日月相對，則月光正滿而爲望。晦朔而日月之合，東西同度，南北同道，則月揜日而日爲之食。望而日月之對，同度同道，則月亢日而月爲之食。是皆有常度矣。然王者脩德行政，用賢去奸，能使陽盛足以勝陰，陰衰不能侵陽。則日月之行，雖或當食，而月常避日。故其遲速高下，必有參差而不正相合，不正相對者，所以當食而不食也。若國無政，不用善，使臣子背君父，妾婦乘其夫，小人陵君子，夷狄侵中國，則陰盛陽微，當食必食。雖曰行有常度，而實爲非常之變矣。蘇氏曰：「日食，天變之大者也。然正陽之月，古以忌之。夏之四月爲純陽，故謂之正月。十月純陰，疑其無陽，故謂之陽月。純陽而食，陽弱之甚也。純陰而食，陰壯之甚也。微，虧也。彼月則

宜有時而虧矣，此日不宜虧而今亦虧，是亂亡之兆也。」【音釋】奇，居宜反。復，扶又反。亢，苦浪反。去，上聲。參，初簪反。差，义宜反【一】。背，音佩。

日月告凶，不用其行叶户郎反。四國無政，不用其良。彼月而食，則維其常。此日而食，于何不臧！

賦也。行，道也。○凡日月之食，皆有常度矣。而以爲不用其行者，月不避日，失其道也。然其所以然者，則以四國無政，不用善人故也。如此，則日月之食，皆非常矣。而以月食爲其常，日食爲不臧者，陰亢陽而不勝，猶可言也，陰勝陽而揜之，不可言也。故《春秋》日食必書，而月食則無紀焉，亦以此爾。

爗爗丁輒反震電【二】，不寧不令叶盧經反。百川沸騰，山冢崒徂恤反崩。高岸爲谷，深谷爲陵。哀今之人，胡憯七感反莫懲！

賦也。爗爗【三】，電光貌。震，雷也。寧，安徐也。令，善。沸，出。騰，乘也。山頂曰冢。崒，崔嵬也。高岸崩陷，故爲谷。深谷填塞，故爲陵。憯，曾也。○言非但日食而已，十月而雷電，山崩水溢，亦災異之甚者。是宜恐懼脩省，改紀其政，而幽王曾莫之懲也。董子曰：「國家將有失道之敗，而天乃先出災異以譴告之。不知自省，又出怪異以警懼之。尚不知變，而傷敗乃至。此見天心仁愛人君，而欲止其亂也。」

皇父音甫卿士，番維司徒，家伯冢宰，仲允膳夫。棸側留反子内史，蹶俱衛反維趣七走反馬叶滿補反。楀音矩維師氏，豔餘贍反妻煽音扇方處。

賦也。皇父、家伯、仲允，皆字也。番、棸、蹶、楀，皆氏也。卿士，六卿之外更爲都官，以總六官之事也。或曰：卿

【一】「反」，原無，据蔣氏本、光緒七年本、光緒十五年本及許謙《詩集傳名物鈔》卷五補。
【二】「丁」，蔣氏本、光緒七年本、光緒十五年本作「于」。
【三】「爗爗」，蔣氏本、光緒七年本及光緒十五年本作「煜煜」。

士，蓋卿之士。《周禮》太宰之屬有上、中、下士，《公羊》所謂「宰士」，《左氏》所謂周公以蔡仲爲己卿士是也。蓋以宰屬而兼總六官，位卑而權重也。司徒掌邦教，冢宰掌邦治，皆卿也。膳夫，上士，掌王之飲食膳羞者也。內史，中大夫，掌爵禄廢置、殺生予奪之法者也。趣馬，中士，掌王馬之政者也。師氏，亦中大夫，掌司朝得失之事者也。美色曰豔。豔妻，即褒姒也。煽，熾也。方處，方居其所，未變徙也。○言所以致變異者，由小人用事於外，而嬖妾蠱惑王心於內，以爲之主故也。【音釋】予，上聲。朝，音潮。

抑此皇父，豈曰不時？胡爲我作，不即我謀叶謨悲反？徹我牆屋，田卒汙音烏萊叶陵之反。曰予不戕在良反，禮則然矣叶於姬反。

賦也。抑，發語詞。時，農隙之時也。作，動。即，就。卒，盡也。汙，停水也。萊，草穢也。戕，害也。○言皇父不自以爲不時，欲動我以徙，而不與我謀，乃遽徹我牆屋，使我田不獲治，卑者汙而高者萊。又曰非我戕汝，乃下供上役之常禮耳。

皇父孔聖，作都于向式亮反，下同。擇三有事，亶侯多藏才浪反。不憖魚覲反遺一老，俾守我王叶于放反。擇有車馬，以居徂向。

賦也。孔，甚也。聖，通明也。都，大邑也。《周禮》：畿內大都方百里，小都方五十里。皆天子公卿所封也。向，地名，在東都畿內，今孟州河陽縣是也。三有事，三卿也。亶，信。侯，維。藏，蓄也。憖者，心不欲而自强之詞。有車馬者，亦富民也。徂，往也。○言皇父自以爲聖，而作都則不求賢，而但取富人以爲卿。又自强留一人以衛天子，但有車馬者則悉與俱往，不忠於上，而但知貪利以自私也。【音釋】憖，《左傳》注：「且也。」强，上聲。

黽民允反勉從事，不敢告勞。無罪無辜，讒口囂囂五刀反。下民之孽魚列反，匪降自天叶鐵因反。噂子損反沓徒合反背蒲昧反憎，職競由人。

賦也。囂，衆多貌。孽，災害也。噂，聚也。沓，重複也。職，主。競，力也。○言黽勉從皇父之役，未嘗敢告勞也，猶且無罪而遭讒。然下民之孽，非天之所爲也。噂噂沓沓，多言以相説，而背則相憎，專力爲此者，皆由讒口之人耳。

【音釋】重，平聲。説、悦同。

悠悠我里，亦孔之痗莫背反，叶呼洧反。四方有羨徐面反，我獨居憂。民莫不逸，我獨不敢休。天命不徹叶直質反，我不敢傚我友自逸。

賦也。悠悠，憂也。里，居。痗，病。羨，餘。逸，樂。徹，均也。○當是之時，天下病矣，而獨憂我里之甚病。且以爲四方皆有餘而我獨憂，衆人皆得逸豫而我獨勞者，以皇父病之而被禍尤甚故也。然此乃天命之不均，吾豈敢不安於所遇，而必傚我友之自逸哉！

《十月之交》八章，章八句。

浩浩昊天，不駿其德。降喪息浪反饑饉其靳反【一】，斬伐四國叶于逼反。旻密巾反天疾威，弗慮弗圖。舍音赦彼有罪，既伏其辜。若此無罪，淪胥以鋪普烏反。

賦也。浩浩，廣大也【二】，昊，亦廣大之意。駿，大。德，惠也。穀不熟曰飢，蔬不熟曰饉。疾威，猶暴虐也。慮、圖，皆謀也。舍，置。淪，陷。胥，相。鋪，徧也。○此時饑饉之後，羣臣離散，其不去者作詩以責去者。故推本而言，昊天不大其惠，降此饑饉，而殺伐四國之人，如何旻天曾不思慮圖謀而遽爲此乎？彼有罪而饑死，則是既伏其辜矣，舍之

【一】「浪」原作「丧」，據蔣氏本、光緒七年本、光緒十五年本及朱熹《詩集傳》卷十一改。
【二】「也」，蔣氏本、光緒七年本及光緒十五年本作「貌」。

可也。此無罪者，亦相與陷於死亡，則如之何哉？【音釋】駿，音俊，又音峻。蔬，《爾雅》注：「凡菜可食者，通名為蔬【一】。可食之菜，皆不熟為饉。」

周宗既滅，靡所止戾。正大夫離居，莫知我勩夷世反。三事大夫，莫肯夙夜叶弋灼反。邦君諸侯，莫肯朝夕叶祥龠反。庶曰式臧，覆芳服反出爲惡。

賦也。宗，族姓也。戾，定也。正，長也。《周官》八職，一曰正，謂六官之長，皆上大夫也。離居，蓋以饑饉散去，而因以避讒譖之禍也。我，不去者自我也。勩，勞也。三事，三公也。大夫，六卿及中下大夫也。臧，善。覆，反也。○言將有易姓之禍，其兆已見，而天變人離又如此。庶幾曰王改而爲善，乃覆出爲惡而不悛也。或曰：疑此亦東遷後詩也。

如何昊天叶鐵因反，下同，辟言不信叶斯人反。如彼行邁，則靡所臻。凡百君子，各敬爾身。胡不相畏，不畏于天？

賦也。如何昊天，呼天而訴之也。辟，法。臻，至也。凡百君子，指羣臣也。○言如何乎昊天也，法度之言而不聽信，則如彼行往而無所底至也。然凡百君子，豈可以王之爲惡而不敬其身哉！不敬爾身，不相畏也。不相畏，不畏天也。

戎成不退叶吐類反，下同，飢成不遂。曾在登反我暬思列反御，憯憯千感反日瘁徂醉反【二】。凡百君子，莫肯用訊叶息悴反。聽言則答，譖言則退。

賦也。戎，兵。遂，進也。《易》曰「不能退，不能遂」是也。暬御，近侍也。《國語》曰「居寢有暬御之箴」，蓋如漢侍中之官也。憯憯，憂貌。瘁，病。訊，告也。○言兵寇已成而王之爲惡不退，飢饉已成而王之遷善不遂。使我暬御之臣憂之而憯憯日瘁也。凡百君子，莫肯以是告王者，雖王有問而欲聽其言，則亦答之而已，不敢盡言也。一有譖言及己，則皆退而離居，莫肯夙夜朝夕於王矣。其意若曰：王雖不善，而君臣之義，豈可以若是恝乎？【音釋】《漢·百

【一】「凡菜可食者，通名為蔬」，《爾雅注疏》卷六作「凡草菜可食者通名為蔬」。
【二】「千」，朱熹《詩集傳》卷十一同，蔣氏本、光緒七年本及光緒十五年本作「七」。

官表》：「侍中加官，得入禁中。」應劭曰：「入侍天子，故曰侍中。」恝，訖黠反，無憂貌。

哀哉不能言！匪舌是出尺遂反。維躬是瘁，哿矣能言！巧言如流，俾躬處休。

賦也。出，出之也。瘁，病。哿，可也。○言之忠者，當世之所謂不能言者也，故非但出諸口，而適以瘁其躬。佞人之言，當世所謂能言者也，故巧好其言，如水之流，無所凝滯，而使其身處於安樂之地。蓋亂世昏主，惡忠直而好諛佞類如此。詩人所以深歎之也。

維曰于仕鉏里反，孔棘且殆叶養里反。云不可使，得罪于天子叶獎里反【一】。亦云可使，怨及朋友叶羽已反。

賦也。于，往。棘，急。殆，危也。○蘇氏曰：「人皆曰往仕耳，曾不知仕之急且危也。當是之時，直道者，王之所謂不可使。而枉道者，王之所謂可使也。直道者得罪于君，而枉道者見怨于友，此仕之所以難也。」

謂爾遷于王都，曰予未有室家叶古胡反。鼠思息嗣反泣血叶虛屈反，無言不疾。昔爾出居，誰從作爾室？

賦也。爾，謂離居者。鼠思，猶言癙憂也。○當是時，言之難能而仕之多患如此，故羣臣有去者，有居者。居者不忍王之無臣，己之無徒，則告去者使復還于王都。去者不聽，而託於無家以拒之，至於憂思泣血，有無言而不痛疾者，蓋其懼禍之深，至於如此。然所謂無家者，則非其情也，故詰之曰：昔爾之去也，誰爲爾作室者？而今以是辭我哉！【音釋】泣，疏：「無聲出涙也。連言血者，以涙出於目猶血出於體，故以涙比血。」

《雨無正》七章，二章章十句，二章章八句，三章章六句。歐陽公曰：「古之人於詩多不命題，而篇名往往無義例。其或有命名者，則必述詩之意，如《巷伯》《常武》之類是也。今《雨無正》之名，據《序》所言，與詩絕異，當闕其所疑。」元城劉氏曰：「嘗讀《韓詩》，有《雨無極》篇，《序》云：『《雨無極》，正大夫刺幽王

【一】「里」，朱熹《詩集傳》卷十一作「履」。

也。』至其詩之文，則比《毛詩》篇首多『雨無其極，傷我稼穡』八字。」愚按，劉説似有理。然第一、二章本皆十句，今遽增之，則長短不齊，非《詩》之例。又此詩實正大夫離居之後，暬御之臣所作。其曰「正大夫刺幽王」者，亦非是。且其爲幽王詩，亦未有所考也。

祈父之什十篇，六十四章，四百二十六句。

詩卷第十一

詩卷第十二

小旻之什二之五

旻天疾威，敷于下土。謀猶回遹音聿，何日斯沮在呂反？謀臧不從，不臧覆用叶于封反。我視謀猶，亦孔之邛其凶反。

賦也。旻，幽遠之意。敷，布。猶，謀。回，邪。遹，辟。沮，止。臧，善。覆，反。邛，病也。〇大夫以王惑於邪謀，不能斷以從善而作此詩。言旻天之疾威布于下土，使王之謀猶邪辟無日而止。謀之善者則不從，而其不善者反用之。故我視其謀猶，亦甚病也。

潝潝許急反訿訿音紫，亦孔之哀叶於希反。謀之其臧，則具是違。謀之不臧，則具是依。我視謀猶，伊于胡底之履反，叶都黎反。

賦也。潝潝，相和也。訿訿，相詆也。具，俱。底，至也。〇言小人同而不和，其慮深矣。然於謀之善者則違之，其不善者則從之，亦何能有所定乎？【音釋】「相和」之「和」，去聲。詆，多禮反。

我龜既厭，不我告猶叶于救反。謀夫孔多，是用不集《韓詩》作「就」，叶疾救反。發言盈庭，誰敢執其咎叶巨又反？如匪行邁謀，是用不得于道叶徒候反。

賦也。集，成也。〇卜筮數則瀆，而龜厭之，故不復告其所圖之吉凶。謀夫衆，則是非相奪而莫適所從，故所謀終亦不成。蓋發言盈庭，各是其是，無肯任其責而決之者。猶不行不邁，而坐謀所適，謀之雖審，而亦何得於道路哉？【音釋】數，音朔。適，音嫡。

哀哉爲猶，匪先民是程，匪大猶是經。維邇言是聽叶平聲，維邇言是爭叶側陘反。如彼築室于道謀，是用不潰于成。

賦也。先民，古之聖賢也。程，法。猶，道。經，常。潰，遂也。○言哀哉今之爲謀，不以先民爲法，不以大道爲常，其所聽而爭者，皆淺末之言。以是相持，如將築室而與行道之人謀之，人人得爲異論，其能有成也哉？古語曰：「作舍道邊，三年不成。」蓋出於此。

國雖靡止，或聖或否方九反，叶補美反。民雖靡膴火吳反，或哲或謀叶莫徒反，或肅或艾音乂【一】。如彼泉流，無淪胥以敗叶蒲寐反。

賦也。止，定也。聖，通明也。膴，大也，多也。艾，與乂同，治也。淪，陷。胥，相也。○言國論雖不定，然有聖者焉，有否者焉。民雖不多，然有哲者焉，有謀者焉，有肅者焉，有艾者焉。但王不用善，則雖有善者，不能自存，將如泉流之不反，而淪胥以至於敗矣。聖、哲、謀、肅、艾，即《洪範》五事之德。豈作此詩者，亦傳箕子之學也與？

不敢暴虎，不敢馮皮冰反河。人知其一，莫知其他湯何反。戰戰兢兢，如臨深淵叶一均反，如履薄冰。

賦也。徒搏曰暴，徒涉曰馮，如馮几然也。戰戰，恐也。兢兢，戒也。如臨深淵，恐墜也。如履薄冰，恐陷也。○衆人之慮，不能及遠。暴虎馮河之患近而易見，則知避之。喪國亡家之禍隱於無形，則不知以爲憂也。故曰「戰戰兢兢，如臨深淵，如履薄冰」，懼及其禍之詞也。

《小旻》六章，三章章八句，三章章七句。蘇氏曰：「《小旻》《小宛》《小弁》《小明》四詩皆以『小』名篇，所以別其爲《小雅》也。其在《小雅》者謂之『小』，故其在《大雅》者謂之《召旻》《大明》，獨『宛』、『弁』闕焉，意者孔子刪之矣。雖去其大，而其小者猶謂之『小』，蓋即用其舊也。」【音釋】別，彼列反。去，起呂反。

【一】「乂」，朱熹《詩集傳》卷十二作「又」，誤。

宛於阮反彼鳴鳩，翰胡旦反飛戾天叶鐵因反。我心憂傷，念昔先人。明發不寐，有懷二人。

興也。宛，小貌。鳴鳩，斑鳩也。翰，羽。戾，至也。明發，謂將旦而光明開發也。二人，父母也。○此大夫遭時之亂，而兄弟相戒以免禍之詩。故言彼宛然之小鳥，亦翰飛而至于天矣，則我心之憂傷，豈能不念昔之先人哉？是以明發不寐，而有懷乎父母也。言此以爲相戒之端。

人之齊聖，飲酒温克。彼昏不知，壹醉日富叶筆力反。各敬爾儀，天命不又叶夷益反。

賦也。齊，肅也。聖，通明也。克，勝也。富，猶甚也。又，復也。○言齊聖之人，雖醉猶温恭自持以勝，所謂不爲酒困也。彼昏然而不知者，則一於醉而日甚矣。於是言各敬謹爾之威儀，天命已去，將不復來，不可以不恐懼也。時王以酒敗德，臣下化之，故此兄弟相戒，首以爲説。

中原有菽音叔，庶民采叶此禮反之【一】。螟音冥蛉音零有子【二】，蜾音果蠃力果反負叶蒲美反之。教誨爾子，式穀似叶養里反之。

興也。中原，原中也。菽，大豆也。螟蛉，桑上小青蟲也，似步屈。蜾蠃，土蜂也。似蜂而小腰，取桑蟲負之於木空中，七日而化爲其子。式，用。穀，善也。○中原有菽，則庶民采之矣，以興善道人皆可行也。螟蛉有子，則蜾蠃負之，以興不似者可教而似也。教誨爾子，則用善而似之可也。善也，似也，終上文兩句所興而言也。戒之以不惟獨善其身，又當教其子使爲善也。【音釋】空，上声。

題大計反彼脊令音零，載飛載鳴。我日斯邁，而月斯征。夙興夜寐，無忝爾所生。

【一】「禮」，朱熹《詩集傳》卷十二作「履」。

【二】「音冥」，朱熹《詩集傳》卷十二作「亡丁反」。

興也。題，視也。脊令，飛則鳴，行則搖。載，則。而，汝。忝，辱也。○視彼脊令，則且飛而且鳴矣。我既日斯邁，則汝亦月斯征矣。言當各務努力，不可暇逸取禍，恐不及相救恤也。夙興夜寐，各求無辱於父母而已。

交交桑扈音户，率場啄粟。哀我填都田反寡，宜岸宜獄。握粟出卜，自何能穀？

興也。交交，往來之貌。桑扈，竊脂也。俗呼青觜【一】，肉食，不食粟。填，與瘨同，病也。岸，亦獄也，《韓詩》作「犴」。鄉亭之繫曰犴，朝廷曰獄。○扈不食粟，今則率場啄粟矣。病寡不宜岸獄，今則宜岸宜獄矣。言王不恤鰥寡，喜陷之於刑辟也。然不可不求所以自善之道，故握持其粟，出而卜之曰：何自而能善乎？言握粟，以見其貧窶之甚。

温温恭人，如集于木。惴惴之瑞反小心，如臨于谷。戰戰兢兢，如履薄冰。

賦也。温温，和柔貌。如集于木，恐隊也。如臨于谷，恐隕也。【音釋】隊，音墜。

《小宛》六章，章六句。此詩之詞最爲明白，而意極懇至。説者必欲爲刺王之言，故其説穿鑿破碎，無理尤甚。今悉改定，讀者詳之。

弁薄干反彼鸒音豫斯叶先齎反，歸飛提提是移反。民莫不穀，我獨于罹。何辜于天，我罪伊何？心之憂矣，云如之何？

興也。弁，飛拊翼貌。鸒，雅烏也，小而多羣，腹下白，江東呼爲鵯烏。斯，語詞也。提提，羣飛安閒之貌。穀，善。罹，憂也。○舊説幽王太子宜臼被廢而作此詩。言弁彼鸒斯，則歸飛提提矣。民莫不善，而我獨于憂，則鸒斯之不如也。「何辜于天，我罪伊何」者，怨而慕也。舜號泣于旻天曰：「父母之不我愛，於我何哉！」蓋如此矣。「心之憂矣，云如之何」，則知其無可奈何而安之之詞也。【音釋】鵯，匹、卑二音。閒，音閑。

【一】「觜」，蔣氏本、光緒七年本及光緒十五年本作「雀」。

踧踧徒歷反周道叶徒苟反，鞠九六反爲茂草叶此苟反。我心憂傷，惄乃歷反焉如擣丁老反，叶丁口反。假寐永嘆，維憂用老叶魯口反。心之憂矣，疢丑覲反如疾首。

興也。踧踧，平易也。周道，大道也。鞠，窮。惄，思。擣，舂也。不脱衣冠而寐曰假寐。疢，猶疾也。〇踧踧周道，則將鞠爲茂草矣。我心憂傷，則惄焉如擣矣。精神憒眊，至於假寐之中而不忘永歎。憂之之深，是以未老而老也。「疢如疾首」，則又憂之甚矣。

維桑與梓叶奬里反【一】，必恭敬止。靡瞻匪父，靡依匪母叶滿彼反。不屬音燭于毛，不離于裏。天之生我，我辰安在叶此里反？

興也。桑、梓，二木，古者五畝之宅，樹之墻下，以遺子孫，給蠶食、具器用者也。瞻者，尊而仰之。依者，親而倚之。屬，連也。毛，膚體之餘氣末屬也。離，麗也。裏，心腹也。辰，猶時也。〇言桑梓父母所植，尚且必加恭敬，況父母至尊至親，宜莫不瞻依也。然父母之不我愛，豈我不屬于父母之毛乎？豈我不離于父母之裏乎？無所歸咎，則推之於天曰：豈我生時不善哉？何不祥至是也！【音釋】遺，于貴反。「末屬」之「屬」，殊玉反【二】。

菀音鬱彼柳斯，鳴蜩音條嘒嘒呼惠反。有漼千罪反者淵，萑音丸葦韋鬼反淠淠孚計反。譬彼舟流，不知所屆音戒，叶居氣反。心之憂矣，不遑假寐。

興也。菀，茂盛貌。蜩，蟬也。嘒嘒，聲也。漼，深貌。淠淠，衆也。屆，至。遑，暇也。〇菀彼柳斯，則鳴蜩嘒嘒矣。有漼者淵，則萑葦淠淠矣。今我獨見棄逐，如舟之流于水中，不知其何所至乎！是以憂之之深，昔猶假寐，而今不暇也。

【音釋】淠，許氏易「匹詣反」。

【一】「里」，朱熹《詩集傳》卷十二作「履」。
【二】「殊」，蔣氏本、光緒七年本及光緒十五年本作「珠」。

鹿斯之奔，維足伎伎其宜反。雉之朝雊古豆反，尚求其雌叶千西反。譬彼壞胡罪反木，疾用無枝。心之憂矣，寧莫之知！

興也。伎伎，舒貌。宜疾而舒，留其羣也。雊，雉鳴也。壞，傷病也。寧，猶何也。○鹿斯之奔，則足伎伎然。雉之朝雊，亦知求其妃匹。今我獨見棄逐，如傷病之木，憔悴而無枝。是以憂之，而人莫之知也。【音釋】妃，音配。

相息亮反彼投兔，尚或先蘇薦反，叶蘇晉反之。行有死人，尚或墐音覲之。君子秉心，維其忍之。心之憂矣，涕既隕音蘊之。

興也。相，視。投，奔。行，道。墐，埋。秉，執。隕，墜也【一】。○相彼被逐而投人之兔，尚或有哀其窮而先脫之者。道有死人，尚或有哀其暴露而埋藏之者。蓋皆有不忍之心焉。今王信讒，棄逐其子，曾視投兔、死人之不如，則其秉心亦忍矣。是以心憂而涕隕也。【音釋】暴，步木反。

君子信讒，如或醻市由反，叶市救反之。君子不惠，不舒究之。伐木掎寄彼反，叶居何反矣，析薪杝敕氏反【二】，叶湯何反矣。舍音捨彼有罪，予之佗吐賀反，叶湯何反矣。

賦而興也。醻，報。惠，愛。舒，緩。究，察也。掎，倚也，以物倚其巔也。杝，隨其理也。佗，加也。○言王惟讒是聽，如受醻爵，得即飲之，曾不加惠愛，舒緩而究察之。夫苟舒緩而究察之，則讒者之情得矣。伐木者尚倚其巔，析薪者尚隨其理，皆不妄挫折之。今乃捨彼有罪之譖人，而加我以非其罪，曾伐木析薪之不若也。此則興也。

莫高匪山叶所旃反，莫浚蘇俊反匪泉。君子無易夷豉反由言，耳屬音燭于垣。無逝我梁，無發我笱。我躬不閱，遑恤我後。

【一】「墜」，朱熹《詩集傳》卷十二作「隊」。
【二】「杝」原作「扡」，據蔣氏本、光緒七年本、光緒十五年本及朱熹《詩集傳》卷十二改。

賦而比也。山極高矣，而或陟其巔。泉極深矣，而或入其底。故君子不可易於其言，恐耳屬于垣者有所觀望左右而生讒譖也。王於是卒以褒姒爲后，伯服爲太子。故告之曰：「毋逝我梁，毋發我笱。我躬不閱，遑恤我後。」蓋比詞也。東萊呂氏曰：「唐德宗將廢太子而立舒王，李泌諫之，且曰：『願陛下還宮勿露此意。左右聞之，將樹功於舒王，太子危矣。』此正『君子無易由言，耳屬于垣』之謂也。《小弁》之作，太子既廢矣，而猶云爾者，蓋推本亂之所由生，言語以爲階也。」

《小弁》八章，章八句。幽王娶於申，生太子宜臼，後得褒姒而惑之，生子伯服，信其讒，黜申后，逐宜臼，而宜臼作此以自怨也。《序》以爲太子之傅述太子之情以爲是詩，不知其何所據也。傳曰：「高子曰：『《小弁》，小人之詩也。』孟子曰：『何以言之？』曰：『怨。』曰：『固哉，高叟之爲詩也！有人於此，越人關弓而射之，則己談笑而道之。無它，疏之也。其兄關弓而射之，則己垂涕泣而道之。無它，戚之也。《小弁》之怨，親親也。親親，仁也。固矣夫，高叟之爲詩也！』曰：『《凱風》何以不怨？』曰：『《凱風》，親之過小者也。《小弁》，親之過大者也。親之過大而不怨，是愈疏也。親之過小而怨，是不可磯也。愈疏，不孝也。不可磯，亦不孝也。孔子曰：「舜其至孝矣，五十而慕。」』」【音釋】關，音彎。射，音石。

悠悠昊天，曰父母且子餘反【一】。無罪無辜，亂如此憮火吳反【二】。昊天已威叶紆胃反，予慎無罪叶音悴。昊天泰憮【三】，予慎無辜。

【一】「子」，朱熹《詩集傳》卷十二作「七」。
【二】「憮」，蔣氏本、光緒七年本及光緒十五年本作「幠」。
【三】「憮」，蔣氏本、光緒七年本及光緒十五年本作「幠」。

賦也。悠悠，遠大之貌。且，語詞。憮【一】，大也。已、泰，皆甚也。慎，審也。○大夫傷於讒，無所控告，而訴之於天曰：悠悠昊天，爲人之父母，胡爲使無罪之人遭亂如此其大也？昊天之威已甚矣，我審無罪也。昊天之威甚大矣，我審無辜也。此自訴而求免之詞也。

亂之初生，僭側蔭反始既涵音含。亂之又生，君子信讒。君子如怒叶奴五反，亂庶遄市專反沮慈吕反。君子如祉音恥，亂庶遄已。

賦也。僭始，不信之端也。涵，容受也。君子，指王也。遄，疾。沮，止也。祉，猶喜也。○言亂之所以生者，由讒人以不信之言始入，而王涵容，不察其真僞也。亂之又生者，則既信其讒言而用之矣。君子見讒人之言，若怒而責之，則亂庶幾遄沮矣。見賢者之言，若喜而納之，則亂庶幾遄已矣。今涵容不斷，讒信不分，是以讒者益勝，而君子益病也。蘇氏曰：「小人爲讒於其君，必以漸入之。其始也，進而嘗之，君容之而不拒，知言之無忌，於是復進。既而君信之，然後亂成。」

君子屢盟叶謨郎反，亂是用長丁丈反，叶直良反。君子信盜，亂是用暴。盜言孔甘，亂是用餤音談。匪其止共音恭，維王之邛其恭反。

賦也。屢，數也。盟，邦國有疑，則殺牲歃血，告神以相要束也。盜，指讒人也。餤，進。邛，病也。○言君子不能已亂，而屢盟以相要，則亂是用長矣。君子不能堲讒，而信盜以爲虐，則亂是用暴矣。讒言之美，如食之甘，使人嗜之而不厭，則亂是用進矣。然此讒人不能供其職事，徒以爲王之病而已。夫良藥苦口而利於病，忠言逆耳而利於行，維其言之甘而悦焉，則其國豈不殆哉！【音釋】長，許易「展兩反」。數，音朔。歃，所甲反。要，平聲。堲，音即，疾也。

奕奕寢廟，君子作之。秩秩大猷，聖人莫之。他人有心，予忖七損反度待洛反之。躍躍他歷反毚士咸反兔，遇犬獲叶黄郭反之。

【一】「憮」，蔣氏本、光緒七年本及光緒十五年本作「幠」。

興而比也。奕奕，大也。秩秩，序也。猷，道。莫，定也。躍躍，跳疾貌。毚，狡也。〇奕奕寢廟，則君子作之。秩秩大猷，則聖人莫之。以興他人有心，則予得而忖度之，而又以「躍躍毚兔，遇犬獲之」比焉。反覆興比，以見讒人之心我皆得之，不能隱其情也。

荏而甚反染柔木，君子樹叶上主反之。往來行言，心焉數所主反之。蛇蛇以支反碩言，出自口叶孔五反矣。巧言如簧，顔之厚叶胡五反矣。

興也。荏染，柔貌。柔木，桐梓之屬可用者也。行言，行道之言也。數，辨也。蛇蛇，安舒也。碩，大也，謂善言也。顔厚者，頑不知恥也。〇荏染柔木，則君子樹之矣。往來行言，則心能辨之矣。若善言出於口者宜也，巧言如簧，則豈可出於口哉！言之徒可羞愧，而彼顔之厚，不知以爲恥也。孟子曰：「爲機變之巧者，無所用恥焉。」其斯人之謂與！

彼何人斯？居河之麋音眉。無拳音權無勇，職爲亂階叶居奚反。既微且尰市勇反，爾勇伊何？爲猶將多，爾居徒幾音紀，叶居希反何？

賦也。何人，斥讒人也，此必有所指矣。賤而惡之，故爲不知其姓名，而曰「何人」也。斯，語詞也。水草交謂之麋。拳，力。階，梯也。骭瘍爲微，腫足爲尰。猶，謀。將，大也。〇言此讒人居下濕之地，雖無拳勇可以爲亂，而讒口交鬬，專爲亂之階梯。又有微尰之疾，亦何能勇哉？而爲讒謀，則大且多如此，是必有助之者矣。然其所與居之徒衆，幾何人哉！言亦不能甚多也。【音釋】尰，當作瘇，《說文》引《詩》作「瘇」。骭，户諫反。瘍，音羊。

《巧言》六章，章八句。以五章「巧言」二字名篇。

彼何人斯？其心孔艱叶居銀反。胡逝我梁？不入我門。伊誰云從？維暴之云。

賦也。何人，亦若不知其姓名也。孔，甚。艱，險也。我，舊說以爲蘇公也。暴，暴公也。皆畿内諸侯也。〇舊說暴公爲

卿士而譖蘇公，故蘇公作詩以絶之。然不欲直斥暴公，故但指其從行者而言：彼何人者，其心甚險。胡爲往我之梁，而不入我之門乎？既而問其所從，則暴公也。夫以從暴公而不入我門，則暴公譖己也明矣。但舊説於詩無明文可考，未敢信其必然耳。【音釋】「從行」之「從」，去聲，題下同。

二人從行，誰爲此禍胡果反？胡逝我梁，不入唁我？始者不如今，云不我可？

賦也。二人，暴公與其徒也。唁，弔失位也。○言二人相從而行，不知誰譖己而禍之乎？既使我得罪矣，而其逝我梁也，又不入而唁我。女始者與我親厚之時，豈嘗如今不以我爲可乎？

彼何人斯？胡逝我陳。我聞其聲，不見其身。不愧于人，不畏于天叶鐵因反。

賦也。陳，堂塗也，堂下至門之徑也。○在我之陳，則又近矣。聞其聲而不見其身，言其蹤跡之詭秘也。不愧于人，則以人爲可欺也。天不可欺，女獨不畏于天乎？奈何其譖我也？

彼何人斯？其爲飄風叶孚愔反。胡不自北？胡不自南叶尼心反？胡逝我梁？祇音支攪交卯反我心。

賦也。飄風，暴風也。攪，擾亂也。○言其往來之疾若飄風然，自北自南，則與我不相值也。今則逝我之梁，則適所以攪亂我心而已。【音釋】《爾雅》：「迴風為飄。」注：「旋風也。」

爾之安行，亦不遑舍叶商居反。爾之亟紀力反行，遑脂爾車？壹者之來，云何其盱況于反！

賦也。安，徐。遑，暇。舍，息。亟，疾。盱，望也。《字林》云：「盱，張目也。」《易》曰：「盱豫悔。」《三都賦》云：「盱衡而誥」是也【一】。○言爾平時徐行猶不暇息，而況亟行，則何暇脂其車哉？今脂其車，則非亟也，乃託以亟行而不入見我，則非其情矣。何不一來見我，如何使我望汝之切乎？【音釋】盱，左太沖《魏都賦》：「魏國

【一】「誥」原作「語」，據光緒七年本及下文音釋改。

先生盱衡而諾【一】。」注：「盱，張目也。眉上曰衡，謂舉眉揚目也。諾，告也。」愚謂「衡」讀作「橫」，謂眉上額紋也。

爾還而入，我心易以豉反，叶以支反也。還而不入，否難知也。壹者之來，俾我祇也。

賦也。還，反。易，說。祇，安也。○言爾之往也，既不入我門矣。儻還而入，則我心猶庶乎其說也。還而不入，則爾之心我不可得而知矣。何不一來見我，而使我心安乎？董氏曰：「是詩至此，其詞益緩，若不知其爲譖矣。」

伯氏吹壎況袁反，仲氏吹篪音池。及爾如貫，諒不我知。出此三物，以詛側助反爾斯叶先齎反！

賦也。伯仲，兄弟也。俱爲王臣，則有兄弟之義矣。樂器：土曰壎，大如鵝子，鋭上平底，似稱錘，六孔。竹曰篪，長尺四寸，圍三寸，七孔，一孔上出，徑三分，凡八孔，橫吹之。如貫，如繩之貫物也，言相連屬也。諒，誠也。三物，犬、豕、雞也，刺其血以詛盟也。○伯氏吹壎，而仲氏吹篪，言其心相親愛，而聲相應和也。與汝如物之在貫，豈誠不我知而譖我哉？苟曰誠不我知，則出此三物以詛之可也。【音釋】塤、壎同【二】。《樂書》：「包義氏灼土為之，平底六孔，中虛上鋭。」篪，有底笛。《爾雅》：「大篪謂之沂」，音銀。

爲鬼爲蜮音域【三】，則不可得。有靦土典反面目，視人罔極。作此好歌，以極反側。

賦也。蜮，短狐也，江淮水皆有之，能含沙以射水中人影，其人輒病，而不見其形也。靦面，見人之貌也。好，善也。反側，反覆，不正直也。○言汝爲鬼爲蜮，則不可得而見矣。女乃人也，靦然有面目，與人相視，無窮極之時，豈其情終不可測哉？是以作此好歌，以究極爾反側之心也。【音釋】蜮，疏：「如鱉，三足。或曰：含沙射人皮肌，其瘡如疥。」《釋文》：「一名射工，俗呼水弩。」

【一】「先生」原作「先先」，據蔣氏本、光緒七年本及光緒十五年本改。
【二】蔣氏本、光緒七年本及光緒十五年本「壎」在「塤」前。
【三】「域」，朱熹《詩集傳》卷十二作「或」，蔣氏本、光緒七年本及光緒十五年本作「棫」。

《何人斯》八章，章六句。此詩與上篇文意相似，疑出一手。但上篇先刺聽者，此篇專責讒人耳。王氏曰：「暴公不忠於君，不義於友，所謂大故也，故蘇公絶之。然其絶之也，不斥暴公，言其從行而已。不著其譖也，示以所疑而已。既絶之矣，而猶告以『壹者之來，俾我祇也』。蓋君子之處己也忠，其遇人也恕，使其由此悔悟，更以善意從我，固所願也。雖其不能如此，我固不爲已甚，豈若小丈夫哉？一與人絶，則醜詆固拒，惟恐其復合也。」

【音釋】復，扶又反。

萋七西反兮斐孚匪反兮，成是貝錦。彼譖人者，亦已大音泰甚食荏反。

比也。萋、斐，小文之貌。貝，水中介蟲也，有文彩似錦。○時有遭讒而被宮刑爲巷伯者作此詩。言因萋斐之形而文致之以成貝錦，以比讒人者因人之小過而飾成大罪也。彼爲是者，亦已大甚矣。

哆昌者反兮侈尺是反兮，成是南箕。彼譖人者，誰適丁歷反，下同與謀叶謨悲反？

比也。哆、侈，微張之貌。南箕四星，二爲踵，二爲舌。其踵狹而舌廣，則大張矣。適，主也。誰適與謀，言其謀之閟也。【音釋】箕，嚴氏曰：「東方之宿，考星者多驗於南方，故曰南箕。」

緝緝七立反翩翩音篇，叶批賓反，謀欲譖人。慎爾言也，謂爾不信叶斯人反。

賦也。緝緝，口舌聲。或曰：緝緝，人之罪。或曰：有條理貌。皆通。翩翩，往來貌。譖人者自以爲得意矣，然不慎爾言，聽者有時而悟，且將以爾爲不信矣。

捷捷幡幡芳煩反，叶芬邅反，謀欲譖言。豈不爾受？既其女音汝遷。

賦也。捷捷，儇利貌。幡幡，反覆貌。王氏曰：「上好譖，則固將受女。然好譖不已，則遇譖之禍亦既遷而及女矣。」曾氏曰：「上章及此皆忠告之詞。」

驕人好好，勞人草草。蒼天蒼天叶鐵因反，視彼驕人，矜此勞人。

賦也。好好，樂也。草草，憂也。驕人譖行而得意，勞人遇譖而失度，其狀如此。

彼譖人者叶掌與反，誰適與謀叶滿補反。取彼譖人，投畀豺士皆反虎。豺虎不食，投畀有北。有北不受叶承呪反，投畀有昊叶許候反。

賦也。再言「彼譖人者，誰適與謀」者，甚嫉之，故重言之也。或曰：衍文也。投，棄也。北，北方寒涼不毛之地也。不食、不受，言讒譖之人，物所共惡也。昊，昊天也。投畀昊天，使制其罪。○此皆設言以見欲其死亡之甚也。故曰：好賢如《緇衣》，惡惡如《巷伯》。【音釋】重，平聲。衍，延面反。

楊園之道，猗於綺反于畝丘叶祛奇反。寺人孟子，作爲此詩。凡百君子，敬而聽之。

興也。楊園，下地也。猗，加也。畝丘，高地也。寺人，內小臣。蓋以讒被宮而爲此官也。孟子，其字也。○楊園之道而猗于畝丘，以興賤者之言或有補於君子也。蓋譖始於微者，而其漸將及於大臣，故作詩使聽而謹之也。劉氏曰：「其後王后、太子及大夫果多以讒廢者。」

《巷伯》七章，四章章四句，一章五句，一章八句，一章六句。巷，是宮內道名，秦漢所謂「永巷」是也。伯，長也，主宮內道官之長，即寺人也，故以名篇。班固《司馬遷贊》云：「迹其所以自傷悼，《小雅・巷伯》之倫。」其意亦謂巷伯本以被譖而遭刑也。而楊氏曰：「寺人，內侍之微者，出入於王之左右，親近於王而日見之，宜無間之可伺矣。今也亦傷於讒，則疎遠者可知。故其詩曰：『凡百君子，敬而聽之』，使在位知戒也。」其說不同，然亦有理，姑存於此云。【音釋】間，音諫。

習習谷風，維風及雨。將恐丘勇反將懼，維予與女音汝。將安將樂音洛，女轉棄予叶演女反。

興也。習習，和調貌。谷風，東風也。將，且也。恐、懼，謂危難憂患之時也。○此朋友相怨之詩。故言習習谷風，則維風及雨矣。將恐將懼之時，則維予與女矣。奈何將安將樂，而女轉棄予哉？」

習習谷風，維風及頹徒雷反。將恐將懼，寘之豉反予于懷叶胡隈反。將安將樂，棄予如遺叶夷回反【一】。

興也。頹，風之焚輪者也。寘，與置同，置于懷，親之也。如遺，忘去而不復存省也。【音釋】《爾雅》：「焚輪謂之頹。」注：「暴風從上下。」疏：「迴風從上下。」

習習谷風，維山崔徂回反嵬五回反。無草不死，無木不萎叶於回反。忘我大德，思我小怨叶韻未詳。

比也。崔嵬，山巔也。○習習谷風，維山崔嵬，則風之所被者廣矣。然猶無不死之草，無不萎之木。況於朋友，豈可以忘大德而思小怨乎？或曰：興也。

《谷風》三章，章六句。

蓼蓼音六者莪五河反，匪莪伊蒿呼毛反。哀哀父母，生我劬勞。

比也。蓼【二】，長大貌。莪，美菜也。蒿，賤草也。○人民勞苦，孝子不得終養而作此詩。言昔謂之莪，而今非莪也，特蒿而已。以比父母生我以爲美材，可賴以終其身，而今乃不得其養以死。於是乃言父母生我之劬勞，而重自哀傷也。

蓼蓼者莪，匪莪伊蔚音尉。哀哀父母，生我勞瘁似醉反。

【一】「夷」，朱熹《詩集傳》卷十二作「烏」。
【二】「蓼」，蔣氏本、光緒七年本及光緒十五年本作「蓼蓼」。

比也。蔚，牡菣也。三月始生，七月始華，如胡麻華而紫赤，八月爲角，似小豆，角鋭而長。瘁，病也。【音釋】《爾雅》：「菣【一】，蔚，牡菣。」蓋蒿之類。牡菣，其無子者。菣，去刃反。

缾之罄矣，維罍之恥。鮮息淺反民之生，不如死之久叶舉里反矣。無父何怙？無母何恃？出則銜恤，入則靡至。

比也。缾小罍大，皆酒器也。罄，盡。鮮，寡。恤，憂。靡，無也。○言缾資於罍而罍資缾，猶父母與子相依爲命也。故缾罄矣，乃罍之恥。猶父母不得其所，乃子之責。所以窮獨之民，生不如死也。蓋無父則無所怙，無母則無所恃。是以出則中心銜恤，入則如無所歸也。

父兮生我，母兮鞠我。拊音撫我畜喜六反我，長丁丈反我育我。顧我復我，出入腹我。欲報之德，昊天罔極。

賦也。生者，本其氣也。鞠、畜，皆養也。拊，拊循也。育，覆育也。顧，旋視也。復，反覆也。腹，懷抱也。罔，無。極，窮也。○言父母之恩如此，欲報之以德。而其恩之大如天無窮，不知所以爲報也。【音釋】「反覆」之「覆」，芳六反。

南山烈烈，飄風發發。民莫不穀，我獨何害叶音曷！

興也。烈烈，高大貌。發發，疾貌。穀，善也。○南山烈烈，則飄風發發矣。民莫不善，而我獨何爲遭此害哉！

南山律律，飄風弗弗叶分聿反。民莫不穀，我獨不卒。

興也。律律，猶烈烈也。弗弗，猶發發也。卒，終也，言終養也。

《蓼莪》六章，四章章四句，二章章八句。晉王裒以父死非罪，每讀《詩》至「哀哀父母，生我劬勞」，未嘗不三復流涕。受業者爲廢此篇。《詩》之感人如此。【音釋】魏嘉平四年，詔司馬昭為監軍，攻吳，

【一】「菣」上，蔣氏本、光緒七年本、光緒十五年本及《爾雅注疏》卷八有「蒿」字。

吳諸葛恪敗之，死者數萬人。昭問曰：「今日之事，誰任其咎？」司馬王儀對曰：「責在元帥。」昭怒曰：「司馬欲委罪於孤耶？」遂斬之。子裒痛父非命，隱居教授，三徵七辟，皆不就。廬于墓側，旦夕常至墓所，拜跪悲號。讀《詩》至此，三復流涕。後司馬昭子炎篡魏為晉，裒終身未嘗西向而坐，以示不臣。

有饛音蒙簋音軌飧音孫，有捄音求棘匕必履反。周道如砥之履反，其直如矢。君子所履，小人所視叶善止反。睠音眷言顧之，潸所姦反焉出涕音體。

興也。饛，滿簋貌。飧，熟食也。捄，曲貌。棘匕，以棘爲匕，所以載鼎肉而升之於俎也。砥，礪石，言平也。矢，言直也。君子，在位。履，行。小人，下民也。睠，反顧也。潸，涕下貌。○《序》以爲東國困於役而傷於財，譚大夫作此以告病。言有饛簋飧，則有捄棘匕。周道如砥，則其直如矢，是以君子履之而小人視焉。今乃顧之而出涕者，則以東方之賦役莫不由是而西輸於周也。

小東大東叶都郎反，杼直呂反柚音逐其空叶枯郎反。糾糾葛屨，可以履霜。佻佻徒彫反公子，行彼周行叶户郎反。既往既來叶六直反，使我心疚叶訖力反。

賦也。小東大東，東方小大之國也。自周視之，則諸侯之國皆在東方。杼，持緯者也。柚，受經者也。空，盡也。佻，輕薄不奈勞苦之貌。公子，諸侯之貴臣也。周行，大路也。疚，病也。○言東方小大之國，杼柚皆已空矣。至於以葛屨履霜，而其貴戚之臣奔走往來，不勝其勞，使我心憂而病也。【音釋】杼，梭也。緯，音渭。勝，音升。

有冽音列氿音軌泉叶才匀反，無浸穫薪。契契苦計反寤歎，哀我憚丁佐反人。薪是穫薪，尚可載叶節力反也。哀我憚人，亦可息也。

興也。洌，寒意也。側出曰氿泉。穫，艾也。契契，憂苦也。憚，勞也。尚，庶幾也。載，載以歸也。○蘇氏曰：「薪已穫矣而復漬之則腐，民已勞矣而復事之則病。故已艾則庶其載而畜之，已勞則庶其息而安之。」

東人之子，職勞不來音賚，叶六直反。西人之子，粲粲衣服叶蒲北反。舟人之子，熊羆是裘叶渠之反。私人之子，百僚是試叶申之反。

賦也。東人，諸侯之人也。職，專主也。來，慰撫也。西人，京師人也。粲粲，鮮盛貌。舟人，舟楫之人也。熊羆是裘，言富也。私人，私家皂隸之屬也。僚，官。試，用也。舟人、私人，皆西人也。○此言賦役不均，羣小得志也。

或以其酒，不以其漿。鞙鞙胡犬反佩璲音遂，不以其長。維天有漢，監古蹔反亦有光。跂丘豉反彼織女，終日七襄。

賦也。鞙鞙，長貌。璲，瑞也。漢，天河也。跂，隅貌。織女，星名，在漢旁。三星跂然如隅也。七襄，未詳。《傳》曰：「反也。」《箋》云：「駕也。駕，謂更其肆也。」蓋天有十二次，日月所止舍，所謂肆也。經星一晝一夜，左旋一周而有餘，則終日之間，自卯至酉，當更七次也。○言東人或饋之以酒，而西人曾不以爲漿。東人或與之以鞙然之佩，而西人曾不以爲長。維天之有漢，則庶乎其有以監我。而織女之七襄，則庶乎其能成文章以報我矣。無所赴愬，而言維天庶乎其恤我耳。【音釋】织女，三星鼎足而成三角，在天市垣北【一】。更，平声。肆，謂止舍處。

雖則七襄，不成報章。睆華版反彼牽牛，不以服箱。東有啟明叶謨郎反，西有長庚叶古郎反。有捄天畢，載施之行户郎反。

賦也。睆，明星貌。牽牛，星名。服，駕也。箱，車箱也。啓明、長庚，皆金星也。以其先日而出，故謂之啟明。以其後日而入，故謂之長庚。蓋金、水二星常附日行，而或先或後。但金大水小，故獨以金星爲言也。天畢，畢星也，狀如掩

【一】「北」原作「比」，據蔣氏本、光緒七年本及光緒十五年本改。

兔之畢。行，行列也。○言彼織女不能成報我之章，牽牛不可以服我之箱，而啟明、長庚、天畢者亦無實用，但施之行列而已。至是則知天亦無若我何矣。【音釋】牽牛，六星，北方宿。《爾雅》曰：「何鼓謂之牽牛。」何，上聲。疏：「兩較之內為箱，是車內容物處。」較，音角。「庚，續也。日入，明星長續日之明，故謂明星為長庚。」「先日」之「先」，去聲。畢，八星，西方宿。

維南有箕，不可以簸波我反揚。維北有斗，不可以挹音揖酒漿。維南有箕，載翕許急反其舌【一】。維北有斗，西柄之揭居蝎反【二】。

賦也。箕、斗二星以夏秋之間見於南方。云「北斗」者，以其在箕之北也。或曰：北斗，常見不隱者也。翕，引也。舌，下二星也。南斗柄固指西，若北斗而西柄，則亦秋時也。○言南箕既不可以簸揚糠粃，北斗既不可以挹酌酒漿。而箕引其舌，反若有所吞噬，斗西揭其柄，反若有所挹取於東。是天非徒無若我何，乃亦若助西人而見困。甚怨之詞也。【音釋】箕，四星，東方宿。二星為踵，二星為舌。南斗，六星，北方宿，在箕北。北斗，七星，其六在紫微垣內，其一在外。運乎天中，臨制四方。見，賢遍反。粃，卑几反【三】。

《大東》七章，章八句。

四月維夏叶後五反，六月徂暑。先祖匪人，胡寧忍予叶演女反？

興也。徂，往也。四月、六月，亦以夏正數之，建巳、建未之月也。○此亦遭亂自傷之詩。言四月維夏，則六月徂暑矣。我先祖豈非人乎，何忍使我遭此禍也？無所歸咎之詞也。

【一】「許」，光緒七年本作「詩」。
【二】「蝎」，朱熹《詩集傳》卷十二作「竭」。
【三】「几」原作「儿」，據許謙《詩集傳名物鈔》卷六改。

秋日淒淒七西反，百卉許貴反具腓芳菲反。亂離瘼音莫矣，爰《家語》作「奚」其適歸。

興也。淒淒，涼風也。卉，草。腓，病。離，憂。瘼，病。奚，何。適，之也。○秋日淒淒，則百卉俱腓矣。亂離瘼矣，則我將何所適歸乎哉？【音釋】腓，《釋文》作「符非反」【一】。

冬日烈烈，飄風發發。民莫不穀，我獨何害叶音曷？

興也。烈烈，猶栗烈也。發發，疾貌。穀，善也。○夏則暑，秋則病，冬則烈。言禍亂日進，無時而息也。

山有嘉卉，侯栗侯梅叶莫悲反。廢爲殘賊，莫知其尤叶于其反。

興也。嘉，善。侯，維。廢，變。尤，過也。○山有嘉卉，則維栗與梅矣。在位者變爲殘賊，則誰之過哉！

相息亮反彼泉水，載清載濁叶殊玉反。我日構禍，曷云能穀？

興也。相，視。載，則。構，合也。○相彼泉水，猶有時而清，有時而濁。而我乃日日遭害，則曷云能善乎！

滔滔吐刀反江漢，南國之紀。盡瘁以仕，寧莫我有叶羽已反。

興也。滔滔，大水貌。江、漢，二水名。紀，綱紀也，謂經帶包絡之也。瘁，病也。有，識有也。○滔滔江漢，猶爲南國之紀。今也盡瘁以仕，而王何其不我有哉！

匪鶉徒丸反匪鳶以專反，叶以旬反，翰飛戾天叶鐵因反。匪鱣張連反匪鮪于軌反，潛逃于淵叶一均反。

賦也。鶉，鵰也。鳶，亦鷙鳥也，其飛上薄雲漢。鱣、鮪，大魚也。○鶉鳶則能翰飛戾天，鱣鮪則能潛逃于淵。我非是四者，則亦無所逃矣。【音釋】鶉，《釋文》：「字或作鷻。」《埤雅》：「鵰能食草【二】，似鷹而大，黑色，俗呼為皁鵰。」

【一】「釋文」二字原作「合」字，據蔣氏本、光緒七年本及光緒十五年本改。「符」，蔣氏本、光緒七年本及光緒十五年本作「房」。

【二】「鵰」，蔣氏本、光緒七年本及光緒十五年本作「鶉」，陸佃《埤雅》卷六作「雕」。

山有蕨薇，隰有杞桋音夷。君子作歌，維以告哀叶於希反。

興也。杞，枸檵也。桋，赤楝也。樹葉細而岐鋭，皮理錯戾。好叢生山中，中爲車輞【一】。○山則有蕨薇，隰則有杞桋。君子作歌，則維以告哀而已。

《四月》八章，章四句。

小旻之什十篇，六十五章，四百十四句。

詩卷第十二

【一】「中」，光緒七年本作「可」。

詩卷第十三

北山之什二之六

陟彼北山，言采其杞。偕偕士子叶奬里反【一】，朝夕從事叶上止反。王事靡盬，憂我父母叶滿彼反。

賦也。偕偕，强壯貌。士子，詩人自謂也。○大夫行役而作此詩。自言陟彼北山而采杞以食者，皆强壯之人，而朝夕從事者也。蓋以王事不可以不勤，是以貽我父母之憂耳。

溥音普天之下叶後五反，莫非王土。率土之濱，莫非王臣。大夫不均，我從事獨賢叶下珍反。

賦也。溥，大。率，循。濱，涯也。○言土之廣，臣之衆，而王不均平，使我從事獨勞也。不斥王而曰大夫，不言獨勞而曰獨賢，詩人之忠厚如此。

四牡彭彭叶鋪郎反，王事傍傍布彭反，叶布光反。嘉我未老，鮮息淺反我方將。旅力方剛，經營四方。

賦也。彭彭然不得息也。傍傍然不得已也。嘉，善。鮮，少也。以爲少而難得也。將，壯也。旅，與膂同。○言王之所以使我者，善我之未老而方壯，旅力可以經營四方耳。猶上章之言「獨賢」也。

或燕燕居息，或盡瘁事國叶越逼反。或息偃在牀，或不已于行叶户郎反。

賦也。燕燕，安息貌。瘁，病。已，止也。○言役使之不均也。下章放此。【音釋】瘁，徂醉反。

或不知叫號户刀反，或慘慘七感反劬勞【二】，或栖音西遲偃仰，或王事鞅於兩反掌。

【一】「里」，朱熹《詩集傳》卷十三作「履」。

【二】「七」原作「士」，據蔣氏本、光緒七年本、光緒十五年本及朱熹《詩集傳》卷十三改。

賦也。不知叫號，深居安逸，不聞人聲也。鞅掌，失容也。言事煩勞，不暇爲儀容也。

或湛都南反樂飲酒【一】，或慘慘畏咎巨九反。或出入風音諷議叶魚羈反，或靡事不爲。

賦也。咎，猶罪過也。出入風議，言親信而從容也。【音釋】從，七恭反。

《北山》六章，三章章六句，三章章四句。

無將大車，祇音支自塵兮【二】。無思百憂，祇自疧劉氏曰：當作「疷」，與「痻」同，眉貧反兮。

興也。將，扶進也。大車，平地任載之車，駕牛者也。祇，適。疧，病也。○此亦行役勞苦而憂思者之作。言將大車，則塵污之。思百憂，則病及之也。【音釋】疧，《釋文》：「都禮反。」亦訓病。

無將大車，維塵冥冥叶莫迥反。無思百憂，不出于熲古迥反。

興也。冥冥，昏晦也。熲，與「耿」同，小明也。在憂中耿耿然不能出也。

無將大車，維塵雝於勇、於容二反兮。無思百憂，祇自重直勇、直龍二反兮。

興也。雝，猶蔽也。重，猶累也。

《無將大車》三章，章四句。

明明上天，照臨下土。我征徂西，至于艽音求野叶上與反。二月初吉，載離寒暑。心之憂矣，其毒大音泰苦。念彼共音恭，下章並同人，涕零如雨。豈不懷歸？畏此罪罟音古。

【一】「樂」下，朱熹《詩集傳》卷十三有「音洛」二字。
【二】「祇」原作「祗」，據朱熹《詩集傳》卷十三改，篇内同。

賦也。征，行。徂，往也。艽野，地名，蓋遠荒之地也。二月，亦以夏正數之，建卯月也。初吉，朔日也。毒，言心中如有藥毒也。共人，僚友之處者也。懷，思。罟，網也。○大夫以二月西征，至于歲暮而未得歸，故呼天而訴之。復念其僚友之處者，且自言其畏罪而不敢歸也。【音釋】數，色主反。疏：「君子舉事尚早，故以朔為吉。《周禮》『正月之吉』，亦朔日也。」

昔我往矣，日月方除直慮反。曷云其還，歲聿云莫音慕。念我獨兮，我事孔庶。心之憂矣，憚丁佐反我不暇叶胡故反。念彼共人，睠睠音眷懷顧。豈不懷歸？畏此譴怒。

賦也。除，除舊生新也，謂二月初吉也。庶，衆。憚，勞也。睠睠，勤厚之意。譴怒，罪責也。○言昔以是時往，今未知何時可還，而歲已莫矣。蓋身獨而事衆，是以勤勞而不暇也。【音釋】還，旬宣反。譴，詰戰反。

昔我往矣，日月方奥於六反。曷云其還，政事愈蹙子六反。歲聿云莫，采蕭穫菽。心之憂矣，自詒伊戚叶子六反。念彼共人，興言出宿。豈不懷歸？畏此反覆芳福反。

賦也。奥，暖【一】。蹙，急。詒，遺。戚，憂。興，起也。反覆，傾側無常之意也。○言以政事愈急，是以至此歲莫而猶不得歸。又自咎其不能見幾遠去，而自遺此憂，至於不能安寢而出宿於外也。【音釋】遺，唯季反【二】。幾，平聲。

嗟爾君子，無恒安處。靖共爾位，正直是與。神之聽之，式穀以女音汝。

賦也。君子，亦指其僚友也。恒，常也。靖，與靜同。與，猶助也。穀，禄也。以，猶與也。○上章既自傷悼，此章又戒其僚友曰：嗟女君子，無以安處爲常。言當有勞時勿懷安也，當靖共爾位，惟正直之人是助。則神之聽之，而以穀禄與女矣。

【一】「暖」，蔣氏本、光緒七年本、光緒十五年本及朱熹《詩集傳》卷十三作「煖」。

【二】「唯」原作「丁」，據蔣氏本、光緒七年本及光緒十五年本改。

嗟爾君子，無恒安息。靖共爾位，好呼報反是正直。神之聽之，介爾景福叶筆力反。

賦也。息，猶處也。好是正直，愛此正直之人也。介、景，皆大也。

《小明》五章，三章章十二句，二章章六句。

鼓鍾將將七羊反，淮水湯湯音傷，憂心且傷。淑人君子，懷允不忘。

賦也。將將，聲也。淮水出信陽軍桐柏山，至楚州漣水軍入海。湯湯，沸騰之貌。淑，善。懷，思。允，信也。○此詩之義未詳。王氏曰：「幽王鼓鍾淮水之上，爲流連之樂，久而忘反。聞者憂傷，而思古之君子，不能忘也。」

鼓鍾喈喈音皆，叶居奚反，淮水湝湝户皆反，叶賢雞反，憂心且悲。淑人君子，其德不回叶乎爲反。

賦也。喈喈，猶將將。湝湝，猶湯湯。悲，猶傷也。回，邪也。

鼓鍾伐鼛古毛反，叶居尤反，淮有三洲，憂心且妯敕留反。淑人君子，其德不猶。

賦也。鼛，大鼓也，《周禮》作「皐」，云皐鼓尋有四尺。三洲，淮上地。蘇氏曰：「始言湯湯，水盛也。中言湝湝，水流也。終言三洲，水落而洲見也。言幽王之久於淮上也。妯，動。猶，若也，言不若今王之荒亂也。」【音釋】鼛，《樂書》：「鼛鼓有筍虡，中高而兩端下。」見，音現。

鼓鍾欽欽，鼓瑟鼓琴，笙磬同音。以雅以南叶尼心反，以籥以灼反不僭子念反，叶七心反。

賦也。欽欽，亦聲也。磬，樂器，以石爲之。琴瑟在堂，笙磬在下。同音，言其和也。雅，二《雅》也。南，二《南》也。籥，籥舞也。僭，亂也，言三者皆不僭也。○蘇氏曰：「言幽王之不德，豈其樂非古歟？樂則是，而人則非也。」

《鼓鍾》四章，章五句。此詩之義有不可知者，今姑釋其訓詁名物，而略以王氏、蘇氏之説解之，未敢信其必然也。

楚楚者茨，言抽敕留反其棘。自昔何爲？我蓺魚世反黍稷。我黍與與音餘，我稷翼翼。我倉既盈，我庾維億。以爲酒食，以饗以祀叶逸織反，以妥湯果反以侑音又，叶夷益反，以介景福叶筆力反。

賦也。楚楚，盛密貌。茨，蒺藜也。抽，除也。我，爲有田禄而奉祭祀者之自稱也。與與、翼翼，皆蕃盛貌。露積曰庾。十萬曰億。饗，獻也。妥，安坐也。《禮》曰：「詔妥尸」，蓋祭祀筮族人之子爲尸，既奠，迎之使處神坐，而拜以安之也。侑，勸也。恐尸或未飽，祝侑之曰：「皇尸未實也。」介，大也。景，亦大也。○此詩述公卿有田禄者力於農事，以奉其宗廟之祭。故言蒺藜之地，有抽除其棘者，古人何乃爲此事乎？蓋將使我於此蓺黍稷也。故我之黍稷既盛，倉庾既實，則爲酒食以饗祀妥侑而介大福也。【音釋】蒺藜，布地蔓生，細葉，子有三角刺。尸用無父者，祭祖用孫列，皆取於同姓之適孫。天子、諸侯取卿大夫有爵者，謂之公尸。奠謂祭日，主人、主婦陳設實鼎及豆籩盤匜等。

濟濟子禮反蹌蹌七羊反，絜爾牛羊，以往烝嘗。或剥或亨普庚反，叶鋪郎反，或肆或將。祝祭于祊補彭反，叶補光反，祀事孔明叶謨郎反。先祖是皇，神保是饗叶虛良反。孝孫有慶叶祛羊反，報以介福，萬壽無疆。

賦也。濟濟蹌蹌，言有容也。冬祭曰烝，秋祭曰嘗。剥，解剥其皮也。亨，煮熟之也。肆，陳之也。將，奉持而進之也。祊，廟門内也。孝子不知神之所在，故使祝博求之于門内待賓客之處也。孔，甚也。明，猶備也、著也。皇，大也，君也。保，安也。神保，蓋尸之嘉號。《楚詞》所謂「靈保」，亦以巫降神之稱也。孝孫，主祭之人也。慶，猶福也。

【音釋】烝、嘗，宗廟之祭名。嘗，嘗新穀也。烝，進品物也。祊，《爾雅疏》：「本廟門之名，設祭於此，因名其祭曰祊。」

執爨七亂反踖踖七亦反，叶七略反，爲俎孔碩叶常約反。或燔音煩或炙之赦反，叶陟略反。君婦莫莫音麥，叶木各反，爲豆孔庶叶陟略反。爲賓爲客叶克各反，獻酬市由反交錯。禮儀卒度叶徒洛反，笑語卒獲叶黄郭反。神保是格叶剛鶴反，報以

介福，萬壽攸酢。

賦也。爨，竈也。踖踖，敬也。俎，所以載牲體也。碩，大也。燔，燒肉也。炙，炙肝也。皆所以從獻也。《特牲》「主人獻尸，賓長以肝從，主婦獻尸，兄弟以燔從」是也。君婦，主婦也。莫莫，清靜而敬至也。豆，所以盛内羞、庶羞，主婦薦之也。庶，多也。賓客筵而戒之，使助祭者既獻尸而遂與之相獻酬也。主人酌賓曰獻，賓飲主人曰酢。主人又自飲而復飲賓曰酬。賓受之，奠於席前而不舉，至旅而後少長相勸而交錯以徧也。卒，盡也。度，法度也。獲，得其宜也。格，來。酢，報也。【音釋】爨，饔爨、廩爨，疏：「饔爨以煮肉，在門東南北上。廩爨以炊米，在饔爨之北。」從，才用反。從獻，疏謂「既獻酒，即以此燔炙從之，而置之在俎也」。盛，平聲。内羞，房中之羞。其籩則糗餌粉餈，其豆則酏食糁食。庶羞，羊臐豕膮，皆有胾醢。糗，去九反【一】。餈，昨姿反【二】。酏，以支反。食，音寺。臐，音熏。膮，虚驕反。「賓飲」、「復飲」之「飲」【三】，去聲。復，扶又反。少，式照反。長，陟丈反。

我孔熯而善反矣，式禮莫愆叶起巾反。工祝致告，徂賚孝孫叶須倫反。苾蒲必反芬孝祀叶逸織反，神嗜飲食。卜爾百福叶筆力反，如幾音機如式。既齊既稷，既匡既敕。永錫爾極，時萬時億。

賦也。熯，竭也。善其事曰工。苾芬，香也。卜，予也。幾，期也，《春秋傳》曰「易幾而哭」是也。式，法。齊，整。稷，疾。匡，正。敕，戒。極，至也。〇禮行既久，筋力竭矣，而式禮莫愆，敬之至也。於是祝致神意，以嘏主人曰：爾飲食芳潔，故報爾以福禄，使其來如幾，其多如法。爾禮容莊敬，故報爾以衆善之極，使爾無一事而不得乎此。各隨其事而報之以其類也。《少牢》嘏詞曰：「皇尸命工祝，承致多福無疆，于女孝孫，來女孝孫，使女受禄于天，宜稼于田，眉

【一】「反」，原無，據蔣氏本、光緒七年本及光緒十五年本補。
【二】「昨」，蔣氏本、光緒七年本及光緒十五年本作「作」。
【三】「復」原作「後」，據蔣氏本、光緒七年本及光緒十五年本改。

壽萬年，勿替引之。」此大夫之禮也。【音釋】予，通作與。幾，《傳》義作「期」而音「機」。愚按，亦作「期」音，與《論語》「言不可以若是其幾」同。《春秋傳》見定元年。嘏，音假。來，注音作釐，賜也。

禮儀既備叶蒲北反，鍾鼓既戒叶訖力反。孝孫徂位叶力入反，工祝致告叶古得反。神具醉止，皇尸載起。鼓鍾送尸，神保聿歸。諸宰君婦，廢徹直列反不遲。諸父兄弟，備言燕私叶息夷反。

賦也。戒，告也。徂位，祭事既畢，主人往阼階下西面之位也【一】。致告，祝傳尸意，告利成於主人，言孝子之利養成畢也。於是神醉而尸起，送尸而神歸矣。曰皇尸者，尊稱之也。鼓鍾者，尸出入奏《肆夏》也。鬼神無形，言其醉而歸者，誠敬之至，如見之也。諸宰，家宰，非一人之稱也。廢，去也。不遲，以疾爲敬，亦不留神惠之意也。祭畢，既歸賓客之俎，同姓則留與之燕，以盡私恩。所以尊賓客、親骨肉也。【音釋】利成，言孝子之養禮畢。養，去聲。

樂具入奏叶音族，以綏後祿。爾殽既將，莫怨具慶叶袪羊反。既醉既飽叶補苟反，小大稽首。神嗜飲食，使君壽考叶去久反【二】。孔惠孔時，維其盡叶子忍反之。子子孫孫，勿替天帝反引之。

賦也。凡廟之制，前廟以奉神，後寢以藏衣冠，祭於廟而燕於寢。故於此將燕，而祭時之樂皆入奏於寢也。且於祭既受祿矣，故以燕爲將受後祿而綏之也。爾殽既進，與燕之人無有怨者，而皆歡慶醉飽，稽首而言曰：向者之祭，神既嗜君之飲食矣，是以使君壽考也。又言：君之祭祀甚順甚時，無所不盡，子子孫孫當不廢而引長之也。【音釋】與，音預。稽首，頭拜至地也。

《楚茨》六章，章十二句。呂氏曰：「《楚茨》極言祭祀所以事神受福之節，致詳致備。所以推明先王致力於民

【一】「下」，蔣氏本、光緒七年本及光緒十五年本作「上」。按，《儀禮·少牢》作「主人出立於阼阶上，西面」，則作「上」是。
【二】「久」，朱熹《詩集傳》卷十三作「九」。

者盡，則致力於神者詳。觀其威儀之盛，物品之豐，所以交神明、逮羣下，至于受福無疆者，非德盛政修，何以致之？」【音釋】《語錄》：「《楚茨》精深宏博，如何做得變雅？」

信彼南山，維禹甸田見反，叶徒鄰反之。畇畇音匀原隰，曾孫田叶地因反之。我疆我理，南東其畝叶滿彼反。

賦也。南山，終南山也。甸，治也。畇畇，墾辟貌。曾孫，主祭者之稱。曾，重也。自曾祖以至無窮，皆得稱之也。疆者，爲之大界也。理者，定其溝塗也。畝，壟也。長樂劉氏曰：「其遂東入于溝，則其畝南矣。其遂南入于溝，則其畝東矣。」○此詩大指與《楚茨》略同，此即其篇首四句之意也。言信乎此南山者，本禹之所治，故其原隰墾闢，而我得田之。於是爲之疆理，而順其地勢水勢之所宜，或南其畝，或東其畝也。【音釋】辟，音闢。重，平聲。壟，音隴。《周禮》土田之制，百畝為夫，夫間有遂，十夫有溝。遂則深、廣各二尺，溝則深、廣各四尺。」

上天同雲，雨于付反雪雰雰敷云反。益之以霢亡革反霂音木。既優既渥叶烏谷反，既霑既足，生我百穀。

賦也。同雲，雲一色也，將雪之候如此。雰雰，雪貌。霢霂，小雨貌。優、渥、霑、足，皆饒洽之意也。冬有積雪，春而益之以小雨潤澤，則饒洽矣。【音釋】霢，許易「莫獲反」。

疆場音亦翼翼，黍稷彧彧於六反，叶于逼反。曾孫之穡，以爲酒食。畀必寐反我尸賓，壽考萬年叶泥因反。

賦也。場，畔也。翼翼，整飭貌。彧彧，茂盛貌。畀，與也。○言其田整飭而穀茂盛者，皆曾孫之穡也。於是以爲酒食，而獻之於尸及賓客也。陰陽和，萬物遂，而人心歡悅，以奉宗廟，則神降之福，故壽考萬年也。

中田有廬，疆場有瓜叶攻乎反。是剝是菹側居反，獻之皇祖。曾孫壽考叶孔五反，受天之祜候古反【一】。

賦也。中田，田中也。菹，酢菜也。祜，福也。○一井之田，其中百畝爲公田，内以二十畝分八家爲廬舍，以便田事。於

【一】「候」，朱熹《詩集傳》卷十三作「侯」。

畔上種瓜，以盡地利。瓜成，剥削淹漬以爲菹，而獻皇祖。貴四時之異物，順孝子之心也。

祭以清酒，從以騂息營反牡，享于祖考叶去久反。執其鸞刀，以啓其毛，取其血膋音聊，叶音勞。

賦也。清酒，清潔之酒，鬱鬯之屬也。騂，赤色，周所尚也。祭禮先以鬱鬯灌地，求神於陰，然後迎牲。執者，主人親執也。鸞刀，刀有鈴也。膋，脂膏也。啓其毛，以告純也。取其血，以告殺也，取其膋，以升臭也。合之黍稷，實之於蕭而燔之，以求神於陽也。《記》曰：「周人尚臭，灌用鬯臭，鬱合鬯，臭陰達於淵泉，灌以圭璋，用玉氣也。既灌然後迎牲，致陰氣也。蕭合黍稷，臭陽達於牆屋，故既奠，然後焫蕭合羶薌。凡祭慎諸此。魂氣歸于天，形魄歸于地，故祭求諸陰陽之義也。」【音釋】膋，腸間脂。焫，如悦反。羶薌、馨香同。

是烝是享叶虚良反，苾苾芬芬。祀事孔明叶謨郎反，先祖是皇。報以介福，萬壽無疆。

賦也。烝，進也。或曰：冬祭名。

《信南山》六章，章六句。

倬陟角反彼甫田叶地因反，歲取十千叶倉新反。我取其陳，食音嗣我農人。自古有年叶泥因反，今適南畝叶滿彼反。或耘或耔音子，叶獎里反【一】，黍稷薿薿魚起反。攸介攸止，烝我髦音毛士鉏里反【二】。

賦也。倬，明貌。甫，大也。十千，謂一成之田，地方十里，爲田九萬畝，而以其萬畝爲公田，蓋九一之法也。我，食祿主祭之人也。陳，舊粟也。農人，私百畝而養公田者也。有年，豐年也。適，往也。耘，除草也。耔，雝本也。蓋后稷爲田一畝三甽，廣尺深尺，而播種於其中。苗葉以上，稍耨壠草，因隤其土以附苗根。壠盡甽平，則根深而能風與旱也。

【一】「里」，朱熹《詩集傳》卷十三作「履」。

【二】「里」原作「田」，據蔣氏本、光緒七年本、光緒十五年本及朱熹《詩集傳》卷十三改。

嶷，茂盛貌。介，大。烝，進。髦，俊也。俊士，秀民也。古者士出於農，而工商不與焉。管仲曰：「農之子恒爲農，野處而不暱。其秀民之能爲士者，必足賴也。」即謂此也。〇此詩述公卿有田禄者力於農事，以奉方社田祖之祭。故言於此大田，歲取萬畝之入以爲禄食。及其積之久而有餘，則又存其新而散其舊，以食農人，補不足，助不給也。蓋以自古有年，是以陳陳相因，所積如此。然其用之之節，又合宜而有序如此。所以粟雖甚多，而無紅腐不可食之患也。又言自古既有年矣，今適南畝，農人方且或耘或耔，而其黍稷又已茂盛，則是又將復有年矣。故於其所美大止息之處，進我俊士而勞之也【一】。【音釋】𨇒，音壅。上，時掌反。耨，奴豆反，鉏也。壝，愈水、以醉二反，出《前漢·食貨志》。按，《志》本作「隤」，音頹，注謂「下之也」。能，讀曰耐。與，音預。《齊語》注：「暱，近也。」《管子·小匡》篇作「樸野而不慝。」注謂「質樸而野，不為姦慝。」秀民，民之秀出者。賴，恃也。「野處而不暱」為句。

以我齊音咨明叶謨郎反，與我犧羊，以社以方。我田既臧，農夫之慶叶祛羊反。琴瑟擊鼓，以御牙嫁反田祖，以祈甘雨。以介我稷黍，以穀我士女。

賦也。齊，與粢同。《曲禮》曰：「稷曰明粢。」此言「齊明」，便文以協韻耳。犧羊，純色之羊也。社，后土也，以句龍氏配。方，秋祭四方，報成萬物，《周禮》所謂「羅弊，獻禽以祀祊」是也。臧，善。慶，福。御，迎也。田祖，先嗇也。謂始耕田者，即神農也。《周禮·籥章》「凡國祈年于田祖，則吹《豳雅》，擊土鼓，以樂田畯」是也。穀，養也。又曰：善也。言倉廩實而知禮節也。〇言奉其齊盛犧牲以祭方社，而曰我田之所以善者，非我之所能致也，乃賴農夫之福而致之耳。又作樂以祭田祖而祈雨，庶有以大其稷黍，而養其民人也。【音釋】句，音鉤。獻禽，《大司馬》文作「致禽」，此作「獻」，恐誤。祊，當為方。《豳雅》，亦《七月》也。

【一】「俊」，蔣氏本、光緒七年本及光緒十五年本作「髦」。

曾孫來止，以其婦子叶奬里反【一】。饁于輒反彼南畝叶滿彼反，田畯音俊至喜。攘如羊反其左右叶羽已反，嘗其旨否叶補美反。禾易以豉反長畝同上，終善且有叶羽已反。曾孫不怒，農夫克敏叶母鄙反。

賦也。曾孫，主祭者之稱，非獨宗廟爲然。《曲禮》「外事曰曾孫某侯某」，武王禱名山大川曰「有道曾孫周王發」是也。饁，餉。攘，取。旨，美。易，治。長，竟。有，多。敏，疾也。○曾孫之來，適見農夫之婦子來饁耘者，於是與之偕至其所，而田畯亦至而喜之，乃取其左右之饋而嘗其旨否。言其上下相親之甚也。既又見其禾之易治，竟畝如一，而知其終當善而且多，是以曾孫不怒，而其農夫益以敏於其事也。【音釋】治，去聲。

曾孫之稼，如茨才私反如梁。曾孫之庾羊主反，如坻直基反如京叶居良反。乃求千斯倉，乃求萬斯箱。黍稷稻粱，農夫之慶叶袪羊反。報以介福，萬壽無疆。

賦也。茨，屋蓋，言其密比也。梁，車梁，言其穹隆也【二】。坻，水中之高地也。京，高丘也。箱，車箱也。○此言收成之後，禾稼既多，則求倉以處之，求車以載之。而言凡此黍稷稻粱，皆賴農夫之慶而得之。是宜報以大福，使之萬壽無疆也。其歸美於下，而欲厚報之如此。【音釋】嚴氏曰：「未刈之禾曰稼。露積之禾曰庾。」比，毗至反。

《甫田》四章，章十句。

大田多稼，既種章勇反既戒。既備乃事叶上止反，以我覃以冉反耜叶養里反。俶載南畝叶滿洧反【三】，播厥百穀叶工洛反。既庭且碩叶常約反，曾孫是若。

賦也。種，擇其種也。戒，飭其具也。覃，利。俶，始。載，事。庭，直。碩，大。若，順也。○蘇氏曰：「田大而種

【一】「里」，朱熹《詩集傳》卷十三作「履」。
【二】「隆」，朱熹《詩集傳》卷十三作「窿」。
【三】「洧」，蔣氏本、光緒七年本及光緒十五年本作「彼」。

多，故於今歲之冬，具來歲之種，戒來歲之事。凡既備矣，然後事之。取其利耜，而始事於南畝，既耕而播之。其耕之也勤，而種之也時。故其生者皆直而大，以順曾孫之所欲。」此詩爲農夫之詞，以頌美其上，若以答前篇之意也。

【音釋】「種之」之「種」，去聲。

既方既皁叶子苟反，既堅既好叶許苟反，不稂音郎不莠餘久反。去起吕反其螟莫廷反螣音特，及其蟊莫侯反賊，無害我田穉音稚。田祖有神，秉畀炎火叶虎委反。

賦也。方，房也，謂孚甲始生而未合時也。實未堅者曰皁。稂，童粱。莠，似苗。皆害苗之草也。食心曰螟，食葉曰螣，食根曰蟊，食節曰賊，皆害苗之蟲也。穉，幼禾也。○言其苗既盛矣，又必去此四蟲，然後可以無害田中之禾。然非人力所及也，故願田祖之神爲我持此四蟲，而付之炎火之中也。姚崇遣使捕蝗，引此爲證。夜中設火，火邊掘坑，且焚且瘞。蓋古之遺法如此。【音釋】房，疏謂「米外之房。孚者，米外之粟皮。甲者，以在米外，若鎧甲也。」孚與稃同。鎧，苦改反。四蟲，疏：「皆蝗也。」瘞，於曳反。

有渰於檢反萋萋七西反，興雨祁祁。雨于付反我公田，遂及我私叶息夷反。彼有不穫穉，此有不斂力檢反穧才計反；彼有遺秉，此有滯穗，伊寡婦之利。

賦也。渰，雲興貌。萋萋，盛貌。祁祁，徐也。雲欲盛，盛則多雨。雨欲徐，徐則入土。公田者，方里而井，井九百畝。其中爲公田，八家皆私百畝，而同養公田也。穧，束。秉，把也。滯，亦遺棄之意也。○言農夫之心，先公後私，故望此雲雨而曰：天其雨我公田，而遂及我之私田乎?冀怙君德而蒙其餘惠，使收成之際，彼有不及穫之穉禾，此有不及斂之穧束。彼有遺棄之禾把，此有滯漏之禾穗，而寡婦尚得取之以爲利也。此見其豐成有餘而不盡取，又與鰥寡共之，既足以爲不費之惠，而亦不棄於地也。不然則粒米狼戾，不殆於輕視天物而慢棄之乎!

曾孫來止，以其婦子。饁彼南畝子、畝，并見前篇，田畯至喜。來方禋音因祀叶逸織反，以其騂黑，與其黍稷。以

享以祀同上，以介景福叶筆力反。

賦也。精意以享謂之禋。○農夫相告曰：曾孫來矣。於是與其婦子，饁彼南畝之穫者，而田畯亦至而喜之也。曾孫之來，又禋祀四方之神而賽禱焉。四方各用其方色之牲，此言「騂黑」，舉南北以見其餘也。「以介景福」，農夫欲曾孫之受福也。

《大田》四章，二章章八句，二章章九句。前篇有「擊鼓以御田祖」之文，故或疑此《楚茨》《信南山》《甫田》《大田》四篇即爲《豳雅》。其詳見於《豳風》之末。亦未知其是否也。然前篇上之人以「我田既臧」爲「農夫之慶」，而欲報之以介福。此篇農夫以「雨我公田，遂及我私」，而欲其享祀「以介景福」。上下之情，所以相賴而相報者如此，非盛德其孰能之？

瞻彼洛矣，維水泱泱於良反。无韻，未詳。君子至止，福禄如茨。韎音昧韐音閤有奭許力反，以作六師。

賦也。洛，水名，在東都，會諸侯之處也。泱泱，深廣也。君子，指天子也。茨，積也。韎，茅蒐所染色也。韐，韠也，合韋爲之。《周官》所謂「韋弁」，兵事之服也。奭，赤貌。作，猶起也。六師，六軍也。天子六軍。○此天子會諸侯于東都以講武事，而諸侯美天子之詩。言天子至此洛水之上，御戎服而起六師也。【音釋】《爾雅》：「茹藘，茅蒐。」今之蒨也。

瞻彼洛矣，維水泱泱。君子至止，鞞補頂反琫必孔反有珌賓一反。君子萬年，保其家室。

賦也。鞞，容刀之鞞，今刀鞘也。琫，上飾。珌，下飾。亦戎服也。【音釋】鞘，音肖。

瞻彼洛矣，維水泱泱。君子至止，福禄既同。君子萬年，保其家邦叶卜工反。

賦也。同，猶聚也。

《瞻彼洛矣》三章，章六句。

裳裳者華，其葉湑思吕反兮。我覯之子，我心寫叶想與反兮。我心寫兮，是以有譽處兮。

興也。裳裳，猶堂堂。董氏云：「古本作『常』，常棣也。」湑，盛貌。覯，見。處，安也。〇此天子美諸侯之辭，蓋以答《瞻彼洛矣》也。言裳裳者華，則其葉湑然而美盛矣。我覯之子，則其心傾寫而悦樂之矣。夫能使見者悦樂之如此，則其有譽處宜矣。此章與《蓼蕭》首章文勢全相似。

裳裳者華，芸其黄矣。我覯之子，維其有章矣。維其有章矣，是以有慶叶墟羊反矣。

興也。芸、黄，盛也。章，文章也。有文章，斯有福慶矣。

裳裳者華，或黄或白叶僕各反。我覯之子，乘其四駱。乘其四駱，六轡沃若。

興也。言其車馬威儀之盛。

左叶祖戈反之左同上之，君子宜叶牛何反之。右叶羽已反之右同上之，君子有叶羽已反之。維其有同上之，是以似叶養里反之。

賦也。言其才全德備，以左之則無所不宜，以右之則無所不有。維其有之於内，是以形之於外者，無不似其所有也。

《裳裳者華》四章，章六句。

北山之什十篇，四十六章，三百三十四句。

詩卷第十三

詩卷第十四

桑扈之什二之七

交交桑扈侯古反，有鶯其羽。君子樂音洛胥叶思呂反，受天之祜侯古反。

興也。交交，飛往來之貌。桑扈，竊脂也。鶯然有文章也。君子，指諸侯。胥，語詞。祜，福也。〇此亦天子燕諸侯之詩。言交交桑扈，則有鶯其羽矣。君子樂胥，則受天之祜矣。頌禱之詞也。

交交桑扈，有鶯其領。君子樂胥，萬邦之屏卑郢反。

興也。領，頸。屏，蔽也。言其能爲小國之藩衛，蓋任方伯連帥之職者也。【音釋】《王制》：「千里之外，十國以為連，連有帥。二百一十國以為州【一】，州有伯。」帥，所類反。

之屏之翰叶胡見反，百辟音壁爲憲。不戢莊立反不難叶乃多反，受福不那。

賦也。翰，幹也，所以當墻兩邊，障土者也。辟，君。憲，法也。言其所統之諸侯皆以之爲法也。戢，斂。難，慎。那，多也。不戢，戢也。不難，難也。不那，那也。蓋曰：豈不斂乎？豈不慎乎？其受福豈不多乎？古語聲急而然也，後放此。

兕徐履反觥古横反其觩音求，旨酒思柔。彼交匪敖五報反，萬福來求。

賦也。兕觥，爵也。觩，角上曲貌。旨，美也。思，語詞也。敖、傲通。交際之間無所傲慢，則我無事於求福，而福反來求我矣。【音釋】鄭氏曰：「兕觥，罰爵。上下無失禮者，其罰爵徒觩然陳設而已。」

《桑扈》四章，章四句。

【一】「二」原作「三」，據蔣氏本、光緒七年本、光緒十五年本及《禮記正義》卷十一改。

鴛鴦于飛，畢之羅之。君子萬年，福禄宜叶牛何反之。

興也。鴛鴦，匹鳥也。畢，小罔長柄者也。羅，罔也。君子，指天子也。○此諸侯所以答《桑扈》也。鴛鴦于飛，則畢之羅之矣。君子萬年，則福禄宜之矣。亦頌禱之詞也。【音釋】疏：「謂之畢則執以掩物【一】，謂之羅則張以待鳥。」

鴛鴦在梁，戢其左翼。君子萬年，宜其遐福叶筆力反。

興也。石絶水爲梁。戢，歛也。張子曰：「禽鳥並棲，一正一倒。戢其左翼以相依於内，舒其右翼以防患於外，蓋左不用而右便故也。」遐，遠也，久也。

乘繩證反馬在廐音救，摧采卧反之秣音末，叶莫佩反之。君子萬年，福禄艾魚蓋反，叶魚肺反之。

興也。摧，莝。秣，粟。艾，養也。蘇氏曰：「艾，老也，言以福禄終其身也。」亦通。○乘馬在廐，則摧之秣之矣。君子萬年，則福禄艾之矣。

乘馬在廐，秣之摧叶徂爲、采卧二反之。君子萬年，福禄綏叶宣隹、土果二反之【二】。

興也。綏，安也。

《鴛鴦》四章，章四句。

有頍缺婢反者弁，實維伊何？爾酒既旨，爾殽既嘉叶居何反。豈伊異人？兄弟匪他湯何反。蔦音鳥與女蘿力多反，

【一】「以」原作「之」，據蔣氏本、光緒七年本、光緒十五年本及《毛詩正義》卷十四之二改。

【二】「土」原作「士」，據蔣氏本、光緒七年本、光緒十五年本及朱熹《詩集傳》卷十四改。

施以豉反于松柏叶逋莫反。未見君子，憂心弈弈叶弋灼反。既見君子，庶幾說音悅懌叶弋灼反。

賦而興又比也。頍，弁貌。或曰：舉首貌。弁，皮弁。嘉、旨，皆美也。匪他，非他人也。蔦，寄生也，葉似當盧，子如覆盆子，赤黑甜美。女蘿，兔絲也，蔓連草上，黃赤如金，此則比也。君子，兄弟爲賓者也。弈弈，憂心無所薄也。〇此亦燕兄弟親戚之詩。故言有頍者弁，實維伊何乎？爾酒既旨，爾殽既嘉，則豈伊異人乎？乃兄弟而匪他也。又言蔦蘿施于木上，以比兄弟親戚纏綿依附之意。是以未見而憂，既見而喜也。

有頍者弁，實維何期？爾酒既旨，爾殽既時。豈伊異人？兄弟具來叶陵之反。蔦與女蘿，施于松上叶時亮反【一】。未見君子，憂心怲怲兵命反，叶兵旺反。既見君子，庶幾有臧叶才浪反。

賦而興又比也。何期，猶伊何也。時，善。具，俱也。怲怲，憂盛滿也。臧，善也。

有頍者弁，實維在首。爾酒既旨，爾殽既阜方九反。豈伊異人？兄弟甥舅巨九反。如彼雨于付反雪，先集維霰蘇薦反。死喪息浪反無日，無幾居豈反相見。樂音洛酒今夕，君子維宴。

賦而興又比也。阜，猶多也。甥舅，謂母姑姊妹妻族也。霰，雪之始凝者也。將大雨雪，必先微温，雪自上下，遇温氣而摶，謂之霰。久而寒勝，則大雪矣。言霰集則將雪之候，以比老至則將死之徵也，故卒言死喪無日，不能久相見矣，但當樂飲以盡今夕之驩。篤親親之意也。【音釋】《大戴禮》：「曾子云：『陽之專氣為霰【二】，盛陰之氣，在雨水凝滯而為雪，陽氣薄而脅之，不相入則消散而下，因水為霰。是霰由陽氣所薄而為之。』」摶，徒端反。

《頍弁》三章，章十二句。

【一】「亮」，朱熹《詩集傳》卷十四作「浪」。
【二】「陽」，《大戴禮記》卷五作「陰」，《毛詩正義》卷十四之二作「陽」。

間關車之舝胡瞎、下介二反兮，思孌力兖反季女逝石列、石例二反兮。匪飢匪渴，德音來括。雖無好友叶羽已反，式燕且喜。

賦也。間關，設舝聲也。舝，車軸頭鐵也，無事則脱，行則設之。昏禮，親迎者乘車。孌，美貌。逝，往。括，會也。○此燕樂其新昏之詩。故言間關然設此車舝者，蓋思彼孌然之季女，故乘此車往而迎之也。匪飢也，匪渴也，望其德音來括，而心如飢渴耳。雖無他人，亦當燕飲以相喜樂也。

依彼平林，有集維鷮音驕。辰彼碩女，令德來教叶居爻反。式燕且譽，好呼報反爾無射音亦，叶都故反。

興也。依，茂木貌。鷮，雉也，微小於翟，走而且鳴，其尾長，肉甚美。辰，時。碩，大也。爾，即季女也。射，厭也。○依彼平林，則有集維鷮。辰彼碩女，則以令德來配己而教誨之。是以式燕且譽，而悦慕之無厭也。

雖無旨酒，式飲庶幾。雖無嘉殽，式食庶幾。雖無德與女音汝，式歌且舞。

賦也。旨、嘉，皆美也。女，亦指季女也。○言我雖無旨酒、嘉殽、美德以與女，女亦當飲食歌舞以相樂也。

陟彼高岡，析星歷反其柞才洛反薪叶音襄。析其柞薪，其葉湑思吕反兮。鮮息淺反我覯爾，我心寫叶想羽反兮。

興也。陟，登。柞，櫟。湑，盛。鮮，少。覯，見也。○陟岡而析薪，則其葉湑兮矣。我得見爾，則我心寫兮矣。

高山仰叶五剛反止，景行行叶户郎反止。四牡騑騑孚非反，六轡如琴。覯爾新昏，以慰我心。

興也。仰，瞻望也。景行，大道也。如琴，謂六轡調和，如琴瑟也。慰，安也。○高山則可仰，景行則可行。馬服御良，則可以迎季女而慰我心也。此又舉其始終而言也。《表記》曰：「《小雅》曰：『高山仰止，景行行止。』子曰：『《詩》之好仁如此。鄉道而行，中道而廢，忘身之老也，不知年數之不足也。俛焉日有孶孶，斃而後已。』」【音釋】好、鄉，並去聲。

《車舝》五章，章六句。

營營青蠅，止于樊音煩，叶汾乾反。豈弟君子，無信讒言。

比也。營營，往來飛聲，亂人聽也。青蠅汙穢，能變白黑。樊，藩也。君子，謂王也。○詩人以王好聽讒言，故以青蠅飛聲比之，而戒王以勿聽也。【音釋】好，呼報反。

營營青蠅，止于棘。讒人罔極，交亂四國叶越逼反。

興也。棘，所以爲藩也。極，猶已也。

營營青蠅，止于榛士巾反。讒人罔極，構古豆反我二人。

興也。構，合也，猶交亂也。己與聽者爲二人。【音釋】榛，木叢生也。

《青蠅》三章，章四句。

賓之初筵，左右秩秩無韻，未詳，后三、四章放此。籩豆有楚，殽户交反核户革反維旅。酒既和旨，飲酒孔偕音皆，叶舉里反。鍾鼓既設叶書質反，舉醻市由反逸逸。大侯既抗叶居郎反，弓矢斯張。射夫既同，獻爾發功。發彼有的叶丁藥反，以祈爾爵。

賦也。初筵，初即席也。左右，筵之左右也。秩秩，有序也。楚，列貌。殽，豆實也。核，籩實也。旅，陳也。和旨，調美也。孔，甚也。偕，齊一也。設，宿設而又遷于下也。大射，樂人宿縣，厥明將射，乃遷樂于下，以避射位是也。舉醻，舉所奠之醻爵也。逸逸，往來有序也。大侯，君侯也。天子熊侯白質。諸侯麋侯赤質。大夫布侯，畫以虎豹。士布侯，畫以鹿豕。天子侯身一丈，其中三分居一白質畫熊，其外則丹地，畫以雲氣。抗，張也。凡射，張侯而不繫左下綱，中掩束之。至將射，司馬命張侯，弟子脱束，遂繫下綱也。大侯張而弓矢亦張，節也。「射夫既同」，比其耦也。射禮：

選羣臣爲三耦，三耦之外，其餘各自取匹，謂之衆耦。獻，猶奏也。發，發矢也。的，質也。祈，求也。爵，射不中者飲豐上之觶也。○衛武公飲酒悔過而作此詩。此章言因射而飲者，初筵禮儀之盛，酒既調美，而飲者齊一，至於設鍾鼓，舉醻爵，抗大侯，張弓矢，而衆耦拾發，各心競云，我以此求爵汝也。【音釋】縣，音玄。「其中」之「中」，如字，餘並陟仲反。比，毗至反。觶，支義反。拾，鉗入聲【一】，更也，謂射者更代發矢。

籥舞笙鼓，樂既和奏叶宗五反。烝衎苦旦反烈祖，以洽百禮。百禮既至，有壬有林。錫爾純嘏，子孫其湛都南反，叶持林反。其湛曰樂音洛，各奏爾能叶奴金反。賓載手仇音拘，叶求、其二音，室人入又叶由、怡二音。酌彼康爵，以奏爾時叶酬、時二音。

賦也。籥舞，文舞也。烝，進。衎，樂。烈，業。洽，合也。百禮，言其備也。壬，大。林，盛也，言禮之盛大也。錫，神錫之也。爾，主祭者也。嘏，福。湛，樂也。各奏爾能，謂子孫各酌而獻尸，尸酢而卒爵也。仇，讀曰㪺。室人，有室中之事者，謂佐食也。又，復也。賓手挹酒，室人復酌，爲加爵也。康，安也。酒，所以安體也。或曰：康讀曰抗。《記》曰：「崇坫康圭。」此亦謂坫上之爵也。時，時祭也。蘇氏曰：「時物也。」○此言因祭而飲者，始時禮樂之盛如此也。【音釋】㪺，音俱，挹取酒也。佐食，疏謂「於賓客之中取人，令佐主人為尸設饌食之人。」崇，高也。康，音抗，舉也。

賓之初筵，温温其恭。其未醉止，威儀反反叶分邅反。曰既醉止，威儀幡幡叶分邅反。舍音捨其坐遷，屢舞僊僊。其未醉止，威儀抑抑。曰既醉止，威儀怭怭毗必反。是曰既醉，不知其秩。

賦也。反反，顧禮也。幡幡，輕數也。遷，徙。屢，數也。僊僊，軒舉之狀。抑抑，慎密也。怭怭，媟嫚也。秩，常也。○此言凡飲酒者，常始乎治而卒乎亂也。【音釋】數，音朔。媟，息列反。治，去声。

【一】「鉗入聲」，蔣氏本、光緒七年本、光緒十五年本及許謙《詩集傳名物鈔》卷六作「其劫反」。

賓既醉止，載號乎毛反載呶女交反。亂我籩豆，屢舞僛僛起其反。是曰既醉，不知其郵叶于其反。側弁之俄，屢舞傞傞素多反。既醉而出，並受其福叶筆力反。醉而不出，是謂伐德。飲酒孔嘉叶居何反，維其令儀叶牛何反。

賦也。號，呼。呶，讙也。僛僛，傾側之狀。郵，與尤同，過也。側，傾也。俄，傾貌。傞傞，不止也。出，去。伐，害。孔，甚。令，善也。〇此章極言醉者之狀。因言賓醉而出，則與主人俱有美譽。醉至若此，是害其德也。飲酒之所以甚美者，以其有令儀爾。今若此，則無復有儀矣。

凡此飲酒，或醉或否叶補美反。既立之監，或佐之史。彼醉不臧，不醉反恥。式勿從謂，無俾大音泰怠叶養里反。匪言勿言，匪由勿語。由醉之言，俾出童羖音古。三爵不識叶失、志二音，矧失引反敢多又叶夷益、夷豉二反。

賦也。監、史，司正之屬。燕禮、鄉射，恐有解倦失禮者，立司正以監之，察儀法也。謂，告。由，從也。童羖，無角之羖羊，必無之物也。識，記也。〇言飲酒者，或醉或不醉，故既立監而佐之以史，則彼醉者所爲不善而不自知，使不醉者反爲之羞愧也。安得從而告之，使勿至於大怠乎？告之若曰：所不當言者勿言，所不當從者勿語。醉而妄言，則當罰女，使出童羖矣。設言必無之物以恐之也。女飲至三爵已昏然無所記矣，況敢又多飲乎？又丁寧以戒之也。【音釋】解，居隘反。女，音汝。

《賓之初筵》五章，章十四句。毛氏序曰：「衛武公刺幽王也。」韓氏序曰：「衛武公飲酒悔過也。」今按，此詩意與《大雅·抑》戒相類，必武公自悔之作，當從韓義。

魚在在藻，有頒符云反其首。王在在鎬，豈苦在反樂音洛飲酒。

興也。藻，水草也。頒，大首貌。豈，亦樂也。〇此天子燕諸侯，而諸侯美天子之詩也。言魚何在乎？在乎藻也，則有頒其首矣。王何在乎？在乎鎬京也，則豈樂飲酒矣。

魚在在藻，有莘所巾反其尾。王在在鎬，飲酒樂豈叶去幾反。

興也。莘，長也。

魚在在藻，依于其蒲。王在在鎬，有那乃多反其居。

興也。那，安。居，處也。

《魚藻》三章，章四句。

采菽采菽，筐音匡之筥音舉之。君子來朝音潮，何錫予音與之？雖無予之，路車乘乘證反馬叶滿補反【一】。又何予之？玄衮古本反及黼音斧。

興也。菽，大豆也。君子，諸侯也。路車，金路以賜同姓，象路以賜異姓也。玄衮，玄衣而畫以卷龍也。黼，如斧形，刺之於裳也。周制【二】，諸公衮冕九章，已見《九罭》篇。侯伯鷩冕七章，則自華蟲以下。子男毳冕五章，衣自宗彝以下而裳黼黻。孤卿絺冕三章，則衣粉米而裳黼黻。大夫玄冕，則玄衣黻裳而已。○此天子所以答《魚藻》也。采菽采菽，則必以筐筥盛之。君子來朝，則必有以錫予之。又言今雖無以予之，然已有路車乘馬玄衮及黼之賜矣。其言如此者，好之無已，意猶以爲薄也。【音釋】金路、象路，《禮》注疏：「以金、象飾諸末。謂凡車上之材，於末頭皆飾之。」卷，音衮。刺，七亦反。鷩，必列反。毳，尺鋭反。絺，陟里反。盛，平聲。好，去聲。

觱音必沸音弗檻胡覽反泉叶才匀反，言采其芹巨斤反。君子來朝，言觀其旂巨依反，叶巨斤反。其旂淠淠匹弊反，鸞聲嘒嘒呼惠反。載驂七南反載駟，君子所屆叶居氣反。

興也。觱沸，泉出貌。檻泉，正出也。芹，水草，可食。淠淠，動貌。嘒嘒，聲也。屆，至也。○觱沸檻泉，則言采其

【一】「乘證反」，蔣氏本、光緒七年本、光緒十五年本及朱熹《詩集傳》卷十四作「繩證反」。
【二】「制」，蔣氏本、光緒七年本及光緒十五年本作「禮」。

芹。諸侯來朝，則言觀其旂。見其旂，聞其鸞聲，又見其馬，則知君子之至於是也。【音釋】芹，《埤雅》：「水菜，一名水英爾，《爾雅》謂之楚葵。」

赤芾音弗在股，邪幅在下叶後五反。彼交匪紓音舒，叶上與反，天子所予音與。樂音洛只音止君子【一】，天子命叶彌并反之。樂只君子，福禄申之。

賦也。脛本曰股。邪幅，偪也。邪纏於足，如今行縢，所以束脛，在股下也。交，交際也。紓，緩也。○言諸侯服此芾偪，見于天子，恭敬齊遬，不敢紓緩。則爲天子所與，而申之以福禄也。【音釋】縢，疏：「緘也。行縢者，言行而緘束之。」齊，咨、齋二音。遬，音速。

維柞之枝，其葉蓬蓬。樂只君子，殿多見反天子之邦叶卜工反。樂只君子，萬福攸同。平平婢延反左右，亦是率從。

興也。柞，見《車舝》篇。蓬蓬，盛貌。殿，鎮也。平平，辯治也。左右，諸侯之臣也。率，循也。○維柞之枝，則其葉蓬蓬然。樂只君子，則宜鎮天子之邦，而爲萬福之所聚。又言其左右之臣，亦從之而至此也。

汎汎芳劍反楊舟，紼音弗纚力馳反維之。樂只君子，天子葵之。樂只君子，福禄膍頻尸反之。優哉游哉，亦是戾叶郎之反矣。

興也。紼，繂也。纚、維，皆繫也，言以大索纚其舟而繫之也。葵，揆也。揆，猶度也。膍，厚。戾，至也。○汎汎楊舟，則必以紼纚維之。樂只君子，則天子必葵之，福禄必膍之。於是又歎其優游而至於此也。【音釋】繂，音律。度，徒各反。

《采菽》五章，章八句。

【一】「止」原作「上」，據蔣氏本、光緒七年本、光緒十五年本及朱熹《詩集傳》卷十四改。

騂騂息營反角弓，翩匹然反其反叶分邅反矣。兄弟昏姻，無胥遠叶於圓反矣。

興也。騂騂，弓調和貌。角弓，以角飾弓也。翩，反貌。弓之爲物，張之則内向而來，弛之則外反而去，有似兄弟昏姻親疎遠近之意。胥，相也。〇此刺王不親九族而好讒佞，使宗族相怨之詩。言騂騂角弓，既翩然而反矣。兄弟昏姻，則豈可以相遠哉？【音釋】疏：「《弓人》以六材為弓，謂幹、角、筋、膠、絲、漆。」好，去聲。

爾之遠同上矣，民胥然矣。爾之教矣，民胥傚矣。

賦也。爾，王也。上之所爲，下必有甚者。

此令兄弟，綽綽有裕預、與二音。不令兄弟，交相爲瘉同上。

賦也。令，善。綽，寬。裕，饒。瘉，病也。〇言雖王化之不善，然此善兄弟則綽綽有裕而不變。彼不善之兄弟則由此而交相病矣。蓋指讒己之人而言也。

民之無良，相怨一方。受爵不讓叶如羊反，至于己斯亡。

賦也。一方，彼一方也。〇相怨者各據其一方耳。若以責人之心責己，愛己之心愛人，使彼己之間，交見而無蔽，則豈有相怨者哉！況兄弟相怨相讒以取爵位，而不知遜讓，終亦必亡而已矣。

老馬反爲駒叶去聲，不顧其後叶下故反。如食音嗣宜饇於據反，如酌孔取叶音娶。

比也。饇，飽。孔，甚也。〇言其但知讒害人以取爵位，而不知其不勝任。如老馬憊矣，而反自以爲駒，不顧其後將有不勝任之患也。又如食之已多而宜飽矣，酌之所取亦已甚矣。【音釋】勝，音升。憊，蒲拜反。

毋教猱升木，如塗塗附。君子有徽猷，小人與屬音蜀，叶殊遇反。

比也。猱，獮猴也。性善升木，不待教而能也。塗，泥。附，著。徽，美。猷，道。屬，附也。〇言小人骨肉之恩本薄，王又

好讒佞以來之，是猶教猱升木，又如於泥塗之上，加以泥塗附之也。苟王有美道，則小人將反爲善以附之，不至於如此矣。

雨于付反雪瀌瀌符驕反，見晛乃見反曰音越。《韓詩》、劉向作「聿」，下章放此消。莫肯下遐稼反遺，式居婁力住反，《荀子》作「屢」驕。

比也。瀌瀌，盛貌。晛，日氣也。張子曰：「讒言遇明者當自止，而王甘信之，不肯貶下而遺棄之，更益以長慢也。」

雨雪浮浮，見晛曰流。如蠻如髦叶莫侯反，我是用憂。

比也。浮浮，猶瀌瀌也。流，流而去也。蠻，南蠻也。髦，夷髦也，《書》作「髳」。言其無禮義而相殘賊也。

【音釋】疏：「髳，西夷之别名。」

《角弓》八章，章四句。

有菀音鬱者柳，不尚息焉。上帝甚蹈《戰國策》作「上天甚神」，無自暱焉。俾予靖之，後予極焉。

比也。柳，茂木也。尚，庶幾也。上帝，指王也。蹈，當作「神」。言威靈可畏也。暱，近。靖，定也。極，求之盡也。〇王者暴虐，諸侯不朝，而作此詩。言彼有菀然茂盛之柳，行路之人豈不庶幾欲就止息乎？以比人誰不欲朝事王者？而王甚威神，使人畏之而不敢近爾。使我朝而事之，以靖王室，後必將極其所欲以求於我。蓋諸侯皆不朝而己獨至，則王必責之無已。如齊威王朝周，而後反爲所辱也。或曰：興也。下章放此。【音釋】《史記》：「魯仲連曰：『齊威王朝周，居歲餘，周烈王崩，齊後往，周怒於齊【一】，曰：「天崩地坼，天子下席，東藩之臣因齊後至，則斮。」威王怒曰：「叱嗟，而母婢也！」卒為天下笑。故生則朝之，死則叱之，誠不忍其求也。』」

【一】「怒」字下，蔣氏本、光緒七年本、光緒十五年本及《史記》卷八十三有「赴」字。

有菀者柳，不尚愒欺例反焉。上帝甚蹈見上，無自瘵側界反【一】，叶子例反焉《戰國策》作「也」。俾予靖之，後予邁叶力起反焉【二】。

比也。愒，息。瘵，病也。邁，過也，求之過其分也。

有鳥高飛，亦傅音附于天叶鐵因反。彼人之心，于何其臻？曷予靖之，居以凶矜。

興也。傅、臻，皆至也。彼人，斥王也。居，猶徒然也。凶矜，遭凶禍而可憐也。○鳥之高飛，極至於天耳。彼王之心，於何所極乎？言其貪縱無極，求責無已，人不知其所至也。如此則豈予能靖之乎？乃徒然自取凶矜耳。

《菀柳》三章，章六句。

桑扈之什十篇，四十三章，二百八十二句。

詩卷第十四

【一】「界」，蔣氏本、光緒七年本及光緒十五年本作「外」。
【二】「起」，蔣氏本、光緒七年本、光緒十五年本及朱熹《詩集傳》卷十四作「制」。

詩卷第十五

都人士之什二之八

彼都人士，狐裘黃黃。其容不改，出言有章。行歸于周，萬民所望叶音亡。

賦也。都，王都也。黃黃，狐裘色也。不改，有常也。章，文章也。周，鎬京也。○亂離之後，人不復見昔日都邑之盛、人物儀容之美而作此詩以歎惜之也。

彼都人士，臺笠緇撮七活反，叶租悅反。彼君子女，綢直留反直如髮叶方月反。我不見兮，我心不説音悦。

賦也。臺，夫須也。緇撮，緇布冠也。其制小，僅可撮其髻也。君子女，都人貴家之女也。綢直如髮，未詳其義。然以四章、五章推之，亦言其髮之美耳。【音釋】綢直，《説文》：「綢，密也【一】。」《解頤新語》：「其首飾綢直，一如髮之本然，謂不用髮髢為高髻之類。」

彼都人士，充耳琇音秀實。彼君子女，謂之尹吉。我不見兮，我心苑於粉反結叶繳質反。

賦也。琇，美石也。以美石爲瑱。尹吉，未詳。鄭氏曰：「吉，讀爲姞。尹氏、姞氏，周之昏姻舊姓也。人見都人之女，咸謂尹氏、姞氏之女，言其有禮法也。」李氏曰：「所謂尹吉，猶晉言王謝，唐言崔盧也。」苑，猶屈也，積也。

彼都人士，垂帶而厲叶落蓋反。彼君子女，卷音權髮如蠆初邁反。我不見兮，言從之邁。

賦也。厲，垂帶之貌。卷髮，鬢傍短髮不可斂者，曲上卷然，以爲飾也。蠆，螫蟲也，尾末揵然，似髮之曲上者。邁，行也。蓋曰：是不可得見也，得見則我從之邁矣。思之甚也。【音釋】螫，音釋。揵，音虔，舉也。

【一】「綢密也」，許慎《説文解字》卷二作「周密也」。按，陸德明《經典釋文》卷六有「綢，直留反，密也」，則「説文」或應作「釋文」。

匪伊垂之，帶則有餘。匪伊卷之，髮則有旟。我不見兮，云何盱喜俱反矣？

賦也。旟，揚也。盱，望也。説見《何人斯》篇。○此言士之帶非故垂之也，帶自有餘耳。女之髮非故卷之也，髮自有旟耳。言其自然閑美，不假脩飾也。然不可得而見矣，則如何而不望之乎？

《都人士》五章，章六句。

終朝采綠，不盈一匊弓六反。予髮曲局，薄言歸沐。

賦也。自旦及食時爲終朝。綠，王芻也。兩手曰匊。局，卷也，猶言「首如飛蓬」也。○婦人思其君子，而言終朝采綠而不盈一匊者，思念之深，不專於事也。又念其髮之曲局，於是舍之而歸沐，以待其君子之還也。

終朝采藍盧談反，不盈一襜尺占反，叶都甘反。五日爲期，六日不詹音占，叶多甘反。

賦也。藍，染草也。衣蔽前謂之襜，即蔽膝也。詹，與「瞻」同。五日爲期，去時之約也。六日不詹，過期而不見也。

之子于狩尺救反，言韔敕亮反其弓叶姑弘反。之子于釣，言綸之繩。

賦也。之子，謂其君子也。理絲曰綸。○言君子若歸而欲往狩耶，我則爲之韔其弓。欲往釣耶，我則爲之綸其繩。望之切，思之深，欲無往而不與之俱也。

其釣維何？維魴音房及鱮音叙，叶音湑。維魴及鱮，薄言觀者叶掌與反。

賦也。於其釣而有獲也，又將從而觀之。亦上章之意也。

《采綠》四章，章四句。

芃芃蒲東反黍苗，陰雨膏古報反之。悠悠南行，召伯勞力報反之。

興也。芃芃，長大貌。悠悠，遠行之意。○宣王封申伯於謝，命召穆公往營城邑，故將徒役南行，而行者作此。言芃芃

黍苗，則唯陰雨能膏之。悠悠南行，則唯召伯能勞之也。

我任音壬我輦力展反，我車我牛叶魚其反。我行既集，蓋云歸哉叶將黎反！

賦也。任，負任者也。輦，人輓車也。牛，所以駕大車也。集，成也。營謝之役既成而歸也。【音釋】輓，音晚。

我徒我御，我師我旅。我行既集，蓋云歸處。

賦也。徒，步行者。御，乘車者。五百人爲旅，五旅爲師。《春秋傳》曰：「君行師從，卿行旅從。」

肅肅謝功，召伯營之。烈烈征師，召伯成之。

賦也。肅肅，嚴正之貌。謝，邑名，申伯所封國也，今在鄧州信陽軍。功，工役之事也。營，治也。烈烈，威武貌。征，行也。

原隰既平，泉流既清。召伯有成，王心則寧。

賦也。土治曰平，水治曰清。〇言召伯營謝邑，相其原隰之宜，通其水泉之利。此功既成，宣王之心則安也。【音釋】治、相，並去聲。

《黍苗》五章，章四句。此宣王時詩，與《大雅·崧高》相表裏。

隰桑有阿，其葉有難乃多反。既見君子，其樂音洛，下同如何？

興也。隰，下濕之處，宜桑者也。阿，美貌。難，盛貌。皆言枝葉條垂之狀。〇此喜見君子之詩。言隰桑有阿，則其葉有難矣。既見君子，則其樂如何哉？詞意大概與《菁莪》相類。然所謂君子，則不知其何所指矣。或曰：比也。下章放此。

隰桑有阿，其葉有沃烏酷反，叶鬱縛反。既見君子，云何不樂？

興也。沃，光澤貌。

隰桑有阿，其葉有幽叶於交反。既見君子，德音孔膠音交。

興也。幽，黑色也。膠，固也。【音釋】幽，《釋文》：「於糾反。」

心乎愛叶許既反矣，遐不謂矣。中心藏之，何日忘之？

賦也。遐，與「何」同，《表記》作「瑕」。鄭氏注曰：「瑕之言胡也。」謂，猶「告」也。○言我中心誠愛君子，而既見之，則何不遂以告之？而但中心藏之，將使何日而忘之耶！《楚辭》所謂「思公子兮未敢言」，意蓋如此。愛之根於中者深，故發之遲而存之久也。

《隰桑》四章，章四句。

白華音花菅音姦兮，白茅束兮。之子之遠，俾我獨兮。

比也。白華，野菅也。已漚爲菅。之子，斥幽王也。俾，使也。我，申后自我也。○幽王娶申女以爲后，又得褒姒而黜申后，故申后作此詩。言白華爲菅，則白茅爲束。二物至微，猶必相須爲用，何之子之遠，而俾我獨耶！【音釋】漚，於候反，漬也。

英英白雲，露彼菅茅叶莫侯反。天步艱難，之子不猶。

比也。英英，輕明之貌。白雲，水土輕清之氣，當夜而上騰者也。露，即其散而下降者也。步，行也。天步，猶言時運也。猶，圖也。或曰：猶，如也。○言雲之澤物，無微不被。今時運艱難，而之子不圖，不如白雲之露菅茅也。

滮符彪反池北流，浸彼稻田叶地因反【一】。嘯歌傷懷，念彼碩人。

【一】「因」原作「囙」，據蔣氏本、光緒七年本、光緒十五年本及朱熹《詩集傳》卷十五改。

比也。滮，流貌。北流，豐鎬之間，水多北流。碩人，尊大之稱，亦謂幽王也。○言小水微流，尚能浸灌。王之尊大，而反不能通其寵澤，所以使我嘯歌傷懷而念之也。【音釋】滮，許易「皮休反。」

樵徂焦反彼桑薪，卬五綱反烘火東反于煁市林反。維彼碩人，實勞我心。

比也。樵，采也。桑薪，薪之善者也。卬，我。烘，燎也。煁，無釜之竈，可燎而不可烹飪者也。桑薪宜以烹飪，而但爲燎燭。以比嫡后之尊，而反見卑賤也。【音釋】煁，毛氏曰：「烓竈也。」烓，於季反。飪，如甚反。

鼓鍾于宮，聲聞音問于外。念子懆懆七到反，視我邁邁。

比也。懆懆，憂貌。邁邁，不顧也。○鼓鍾于宮，則聲聞于外矣。念子懆懆，而反視我邁邁，何哉？

有鶖音秋在梁，有鶴在林。維彼碩人，實勞我心。

比也。鶖，秃鶖也。梁，魚梁也。○蘇氏曰：「鶖、鶴，皆以魚爲食。然鶴之於鶖，清濁則有間矣。今鶖在梁，而鶴在林，鶖則飽，而鶴則飢矣。幽王進褒姒而黜申后，譬之養鶖而棄鶴也。」

鴛鴦在梁，戢其左翼。之子無良，二三其德。

比也。戢其左翼，言不失其常也。良，善也。二三其德，則鴛鴦之不如也。

有扁步典反斯石，履之卑兮。之子之遠，俾我疷都禮反，叶喬移反兮。

比也。扁，卑貌。俾，使。疷，病也。○有扁然而卑之石，則履之者亦卑矣。如妾之賤，則寵之者亦賤矣。是以之子之遠，而俾我疷也。

《白華》八章，章四句。

緜蠻黃鳥，止于丘阿。道之云遠，我勞如何。飲於鴆反之食音伺之【一】，教之誨之。命彼後車，謂之載之。

比也。緜蠻，鳥聲。阿，曲阿也。後車，副車也。○此微賤勞苦而思有所託者，爲鳥言以自比也。蓋曰緜蠻之黃鳥，自言止於丘阿而不能前，蓋道遠而勞甚矣。當是時也，有能飲之食之，教之誨之，又命後車以載之者乎？

緜蠻黃鳥，止于丘隅。豈敢憚行？畏不能趨。飲之食之，教之誨之。命彼後車，謂之載之。

比也。隅，角。憚，畏也。趨，疾行也。

緜蠻黃鳥，止于丘側。豈敢憚行？畏不能極。飲之食之，教之誨之。命彼後車，謂之載之。

比也。側，傍。極，至也。《國語》云：「齊朝駕，則夕極于魯國。」

《緜蠻》三章，章八句。

幡幡孚煩反瓠葉，采之亨叶鋪郎反之。君子有酒，酌言嘗之。

賦也。幡幡，瓠葉貌。○此亦燕飲之詩。言幡幡瓠葉，采之亨之，至薄也。然君子有酒，則亦以是酌而嘗之。蓋述主人之謙詞，言物雖薄，而必與賓客共之也。

有兔他故反斯首，炮白交反之燔音煩，叶汾乾反之。君子有酒，酌言獻叶虛言反之。

賦也。有兔斯首，一兔也，猶數魚以尾也。毛曰炮，加火曰燔，亦薄物也。獻，獻之於賓也。

有兔斯首，燔之炙音隻，叶陟略反之。君子有酒，酌言酢才洛反之。

賦也。炕火曰炙。謂以物貫之，而舉於火上以炙之。酢，報也。賓既卒爵，而酌主人也。【音釋】炕，音抗。嚴氏曰：「凡肉置火中曰炮，爇之曰燔，近火曰炙。」

【一】「伺」，蔣氏本、光緒七年本、光緒十五年本及朱熹《詩集傳》卷十五作「嗣」。

有兔斯首，燔之炮叶蒲侯反之。君子有酒，酌言醻市周反之。

賦也。醻，導飲也。

《瓠葉》四章，章四句。

漸漸並士銜反【一】，下同之石，維其高矣。山川悠遠，維其勞矣。武人東征，不遑朝叶直高反矣【二】。

賦也。漸漸，高峻之貌。武人，將帥也。遑【三】，暇也，言無朝旦之暇也。○將帥出征，經歷險遠，不堪勞苦而作此詩也。【音釋】將、帥，並去聲。

漸漸之石，維其卒在律反矣。山川悠遠，曷其没叶莫筆反矣【四】。武人東征，不遑出矣【五】。

賦也。卒，崔嵬也，謂山巔之末也。曷，何。没，盡也。言所登歷何時而可盡也。不遑出，謂但知深入，不暇謀出也。

有豕白蹢音的，烝涉波矣。月離于畢，俾滂普郎反沱徒河反矣。武人東征，不遑他湯何反矣【六】。

賦也。蹢，蹄。烝，衆也。離，月所宿也。畢，星名。豕涉波，月離畢，將雨之驗也。○張子曰：「豕之負塗曳泥，其常性也。今其足皆白，衆與涉波而去，水患之多可知矣。此言久役，又逢大雨，甚勞苦而不暇及他事也。」【音釋】《埤雅》曰：「馬喜風，豕喜雨，故天將雨則豕進涉水波也。」

《漸漸之石》三章，章六句。

【一】「士」原作「初」，據蔣氏本、光緒七年本、光緒十五年本及朱熹《詩集傳》卷十五改。
【二】「遑」，蔣氏本、光緒七年本及光緒十五年本作「皇」。
【三】「遑」，蔣氏本、光緒七年本及光緒十五年本作「皇」。
【四】「筆」原作「必」，據蔣氏本、光緒七年本、光緒十五年本及朱熹《詩集傳》卷十五改。
【五】「遑」，蔣氏本、光緒七年本及光緒十五年本作「皇」。
【六】「遑」，蔣氏本、光緒七年本及光緒十五年本作「皇」。

苕音條之華音花，芸音云其黃矣。心之憂矣，維其傷矣。

比也。苕，陵苕也。《本草》云：「即今之紫葳。蔓生，附於喬木之上，其華黃赤色。亦名凌霄。」○詩人自以身逢周室之衰，如苕附物而生，雖榮不久，故以爲比，而自言其心之憂傷也。

苕之華，其葉青青子零反。知我如此，不如無生叶桑經反。

比也。青青，盛貌。然亦何能久哉！

牂子桑反羊墳扶云反首，三星在罶音柳。人可以食，鮮息淺反可以飽叶補苟反。

賦也。牂羊，牝羊也。墳，大也。羊瘠則首大也。罶，笱也。罶中無魚而水靜，但見三星之光而已。○言餓饉之餘，百物彫耗如此，苟且得食足矣，豈可望其飽哉！

《苕之華》三章，章四句。陳氏曰：「此詩其詞簡，其情哀。周室將亡，不可救矣。詩人傷之而已。」

何草不黃？何日不行叶户郎反？何人不將？經營四方。

興也。草衰則黃。將，亦行也。○周室將亡，征役不息，行者苦之，故作此詩。言何草而不黃？何日而不行？何人而不將，以經營於四方也哉！

何草不玄叶胡匀反【一】？何人不矜古頑反，《韩詩》作「鰥」，叶居陵反？哀我征夫，獨爲匪民。

興也。玄，赤黑色也。既黃而玄也。無妻曰矜。言從役過時而不得歸，失其室家之樂也。哀我征夫，豈獨爲非民哉？

匪兕徐履反匪虎，率彼曠野叶上與反。哀我征夫，朝夕不暇叶後五反。

【一】「匀」原作「郎」，據蔣氏本、光緒七年本、光緒十五年本及朱熹《詩集傳》卷十五改。

賦也。率，循也。曠，空也。○言征夫非兕非虎，何爲使之循曠野而朝夕不得閒暇也？【音釋】兕，許易「序紫反」。

有芃薄工反者狐與車叶，率彼幽草。有棧士板反之車，行彼周道。

興也。芃，尾長貌。棧車，役車也。周道，大道也。言不得休息也。

《何草不黄》四章，章四句。

都人士之什十篇，四十三章，二百句。

詩卷第十五

詩卷第十六

大雅三

說見《小雅》。

文王之什三之一

文王在上，於音烏，下同昭于天叶鐵因反。周雖舊邦，其命維新。有周不顯，帝命不時叶上紙反。文王陟降，在帝左右叶羽已反。

賦也。於，歎辭。昭，明也。命，天命也。不顯，猶言豈不顯也。帝，上帝也。不時，猶言豈不時也。左右，旁側也。〇周公追述文王之德，明周家所以受命而代商者皆由於此，以戒成王。此章言文王既没，而其神在上，昭明于天。是以周邦雖自后稷始封千有餘年，而其受天命，則自今始也。夫文王在上，而昭于天，則其德顯矣。周雖舊邦，而命則新，則其命時矣。故又曰有周豈不顯乎？帝命豈不時乎？蓋以文王之神在天，一升一降，無時不在上帝之左右。是以子孫蒙其福澤而君有天下也。《春秋傳》天王追命諸侯之詞曰：「叔父陟恪，在我先王之左右，以佐事上帝。」語意與此正相似。或疑「恪」亦「降」字之誤，理或然也。【音釋】《左．昭七年》：衛襄公卒，王使如衛弔，且追命曰云云。

亹亹音尾文王，令聞音問不已。陳錫哉周，侯文王孫子叶獎里反【一】。文王孫子，本支百世。凡周之士，不顯亦世。

【一】「里」，朱熹《詩集傳》卷十六作「履」。

賦也。亹亹，强勉之貌。令聞，善譽也。陳，猶敷也。哉，語辭。侯，維也。本，宗子也。支，庶子也。○文王非有所勉也，純亦不已，而人見其若有所勉耳。其德不已，故今既没，而其令聞猶不已也。令聞不已，是以上帝敷錫于周，維文王孫子，則使之本宗百世爲天子，支庶百世爲諸侯。而又及其臣子，使凡周之士，亦世世修德，與周匹休焉。

世之不顯，厥猶翼翼。思皇多士，生此王國叶于逼反。王國克生，維周之楨音貞。濟濟子禮反多士，文王以寧。

賦也。猶，謀也。翼翼，勉敬也。思，語辭。皇，美。楨，幹也。濟濟，多貌。○此承上章而言。其傳世豈不顯乎？而其謀猷皆能勉敬如此也。美哉，此衆多之賢士，而生於此文王之國也！文王之國，能生此衆多之士，則足以爲國之幹，而文王亦賴以爲安矣。蓋言文王得人之盛，而宜其傳世之顯也。【音釋】《韻會》：「築牆具題曰楨，兩頭横木也，旁曰幹。」

穆穆文王，於緝七入反熙敬止。假古雅反哉天命，有商孫子。商之孫子，其麗不億。上帝既命，侯于周服叶蒲北反。

賦也。穆穆，深遠之意。緝，續。熙，明。亦不已之意。止，語辭。假，大。麗，數也。不億，不止於億也。侯，維也。○言穆穆然文王之德，不已其敬如此，是以大命集焉。以有商孫子觀之，則可見矣。蓋商之孫子，其數不止於億，然以上帝之命集於文王，而今皆維服于周矣。

侯服于周，天命靡常。殷士膚敏，祼古亂反將于京叶居良反。厥作祼將，常服黼音甫冔況甫反。王之藎才刃反臣，無念爾祖。

賦也。諸侯之大夫入天子之國曰某士。則殷士者，商孫子之臣屬也。膚，美。敏，疾也。祼，灌鬯也。將，行也。酌而送之也。京，周之京師也。黼，黼裳也。冔，殷冠也。蓋先代之後，統承先王，修其禮物，作賓于王家，時王不敢變焉，而亦所以爲戒也。王，指成王也。藎，進也。言其忠愛之篤，進進無已也。無念，猶言豈得無念也。爾祖，文王

也。〇言商之孫子而侯服于周，以天命之不可常也。故殷之士助祭於周京，而服商之服也。於是呼王之藎臣而告之曰：得無念爾祖文王之德乎？蓋以戒王而不敢斥言，猶所謂「敢告僕夫」云爾。劉向曰：「孔子論詩，至於『殷士膚敏，祼將于京』，喟然嘆曰：『大哉天命！善不可不傳于後嗣，是以富貴無常。』蓋傷微子之事周，而痛殷之亡也。」【音釋】祼，呂氏曰：「謂以圭瓚酌鬱鬯，始獻尸也。宗廟之祭以祼為主。」告僕夫，《左氏傳》注：「不敢斥尊也。」劉向，字子政，本名更生。

無念爾祖，聿于筆反脩厥德。永言配命，自求多福叶筆力反。殷之未喪息浪反師，克配上帝。宜鑒于殷，駿音峻命不易以豉反。

賦也。聿，發語辭。永，長。配，合也。命，天理也。師，衆也。上帝，天之主宰也。駿，大也。不易，言其難也。〇言欲念爾祖，在於自脩其德，而又常自省察，使其所行無不合於天理，則盛大之福，自我致之，有不外求而得矣。又言殷未失天下之時，其德足以配乎上帝矣。今其子孫乃如此，宜以爲鑒而自省焉，則知天命之難保矣。《大學傳》曰：「得衆則得國，失衆則失國。」此之謂也。

命之不易，無遏爾躬叶姑弘反。宣昭義問，有虞殷自天叶鐵因反。上天之載，無聲無臭叶初尤反。儀刑文王，萬邦作孚叶房尤反。

賦也。遏，絶。宣，布。昭，明。義，善也。問，聞通。有，又通。虞，度。載，事。儀，象。刑，法。孚，信也。言天命之不易保，故告之使無若紂之自絶于天，而布明其善譽於天下。又度殷之所以廢興者，而折之於天。然上天之事，無聲無臭，不可得而度也，惟取法於文王，則萬邦作而信之矣。子思子曰：「『維天之命，於穆不已』，蓋曰天之所以爲天也。『於乎不顯，文王之德之純』，蓋曰文王之所以爲文也，純亦不已」。夫知天之所以爲天，又知文王之所以爲文，則夫與天同德者，可得而言矣。是詩首言「文王在上，於昭于天」，「文王陟降，在帝左右」，而終之以此，其旨

深矣。【音釋】聞，去聲。度，待洛反【一】。

《文王》七章，章八句。東萊呂氏曰：「《呂氏春秋》引此詩，以爲周公所作。味其詞意，信非周公不能作也。」○今按此詩，一章言文王有顯德，而上帝有成命也。二章言天命集於文王，則不唯尊榮其身，又使其子孫百世爲天子、諸侯也。三章言命周之福，不唯及其子孫，而又及其羣臣之後嗣也。四章言天命既絶於商，則不唯誅罰其身，又使其子孫亦來臣服于周也。五章言絶商之禍，不唯及其子孫，而又及其羣臣之後嗣也。六章言周之子孫臣庶當以文王爲法，而以商爲監也。七章又言當以商爲監，而以文王爲法也。其於天人之際，興亡之理，丁寧反覆，至深切矣。故立之樂官，而因以爲天子諸侯朝會之樂。蓋將以戒乎後世之君臣，而又以昭先王之德於天下也。《國語》以爲兩君相見之樂，特舉其一端而言耳。然此詩之首章言文王之昭于天，而不言其所以昭。次章言其令聞不已，而不言其所以聞。至於四章，然後所以昭明而不已者，乃可得而見焉。然亦多詠嘆之言，而語其所以爲德之實，則不越乎敬之一字而已。然則後章所謂脩厥德而儀刑之者，豈可以他求哉？亦勉於此而已矣。【音釋】監，去声。朝，直遥反。

明明在下，赫赫在上叶辰羊反。天難忱市林反斯，不易以豉反維王。天位殷適音的，使不挾子燮反四方。

賦也。明明，德之明也。赫赫，命之顯也。忱，信也。不易，難也。天位，天子之位也。殷適，殷之適嗣也。挾，有也。○此亦周公戒成王之詩。將陳文武受命，故先言在下者有明明之德，則在上者有赫赫之命，達于上下，去就無常，此天之所以難忱，而爲君之所以不易也。紂居天位，爲殷嗣，乃使之不得挾四方而有之，蓋以此爾。

摯音至仲氏任音壬，自彼殷商，來嫁于周，曰嬪毗申反于京叶居良反。乃及王季，維德之行叶户郎反。大音泰任有身叶尸羊反，生此文王。

【一】此條「音釋」，原在「言天命之不易保」上，據蔣氏本、光緒七年本及光緒十五年本移至此處。

賦也。摯，國名。仲，中女也。任，摯國姓也。殷商，商之諸侯也。嬪，婦也。京，周京也。曰嬪于京，疊言以釋上句之意。猶曰「釐降二女于嬀汭，嬪于虞」也。王季，文王父也。身，懷孕也。○將言文王之聖，而追本其所從來者如此。蓋曰自其父母而已然矣。【音釋】中，直衆反【一】。嬀，俱為反。汭，如鋭反。

維此文王，小心翼翼，昭事上帝，聿懷多福叶筆力反。厥德不回，以受方國叶越逼反。

賦也。小心翼翼，恭慎之貌，即前篇之所謂敬也。文王之德，於此爲盛。昭，明。懷，來。回，邪也。方國，四方來附之國也。

天監在下，有命既集叶昨合反。文王初載，天作之合。在洽之陽，在渭之涘音士，叶羽已反。文王嘉止，大邦有子叶奬禮反【二】。

賦也。監，視。集，就。載，年。合，配也。洽，水名，本在今同州郃陽、夏陽縣，今流已絶，故去「水」而加「邑」。渭水，亦逕此入河也。嘉，婚禮也。大邦，莘國也。子，大姒也。○將言武王伐商之事，故此又推其本，而言天之監照實在於下，其命既集於周矣。故於文王之初年，而默定其配，所以洽陽、渭涘，當文王將昏之期，而大邦有子也。蓋曰非人之所能爲矣。【音釋】郃，音洽。

大邦有子，俔牽遍反天之妹。文定厥祥，親迎魚敬反于渭。造舟爲梁，不顯其光。

賦也。俔，磬也。《韓詩》作「磬」。《説文》云：「俔，譬也。」孔氏曰：「如今俗語譬喻物，曰『磬作然』也。」文，禮。祥，吉也。言卜得吉，而以納幣之禮定其祥也。造，作。梁，橋也。作船於水，比之，而加版於其上，以通行者，即今之浮橋也。《傳》曰：「天子造舟，諸侯維舟，大夫方舟，士特舟。」張子曰：「造舟爲梁，文王所制，而周

【一】「直衆反」，蔣氏本、光緒七年本及光緒十五年本作「直仲反」，許謙《詩集傳名物鈔》卷七作「陟仲反」。
【二】「禮」，蔣氏本、光緒七年本及光緒十五年本作「里」，朱熹《詩集傳》卷十六作「履」。

世遂以爲天子之禮也。」不顯，顯也。【音釋】「磬作」之「作」，或讀作佐，未詳。疏：「比其舟而渡曰造舟，左右相維持曰維舟【二】，並兩船曰方舟，一舟曰特舟。」比，毗志反。

有命自天，命此文王，于周于京叶居良反。纘子管反女維莘所巾反，長丁丈反子維行叶户郎反，篤生武王。保右音祐命爾，燮伐大商。

賦也。纘，繼也。莘，國名。長子，長女大姒也。行，嫁。篤，厚也。言既生文王而又生武王也。右，助。燮，和也。○言天既命文王於周之京矣，而克纘大任之女事者，維此莘國，以其長女來嫁于我也。天又篤厚之，使生武王，保之、助之、命之，而使之順天命以伐商也。

殷商之旅，其會如林。矢于牧野，維予侯興叶音歆。上帝臨女音汝，無貳爾心。

賦也。如林，言衆也。《書》曰：「受率其旅若林。」矢，陳也。牧野，在朝歌南七十里。侯，維。貳，疑也。爾，武王也。○此章言武王伐紂之時，紂衆會集如林，以拒武王，而皆陳于牧野，則維我之師爲有興起之勢耳。然衆心猶恐武王以衆寡之不敵，而有所疑也，故勉之曰：「上帝臨女，毋貳爾心。」蓋知天命之必然，而贊其決也。然武王非必有所疑也，設言以見衆心之同，非武王之得已耳。

牧野洋洋，檀車煌煌，駟騵音元彭彭叶鋪郎反。維師尚父，時維鷹揚。涼音亮彼武王，肆伐大商，會朝清明叶謨郎反。

賦也。洋洋，廣大之貌。檀，堅木，宜爲車者也。煌煌，鮮明貌。騵馬白腹曰騵。彭彭，强盛貌。師尚父，太公望，爲大師而號尚父也。鷹揚，如鷹之飛揚而將擊，言其猛也。涼，《漢書》作「亮」，佐助也。肆，縱兵也。會朝，會戰之旦也。○此章言武王師衆之盛、將帥之賢，伐商以除穢濁，不崇朝而天下清明。所以終首章之意也。

【二】「左」上，《毛詩正義》卷十六之二有「中央」二字。

《大明》八章，四章章六句，四章章八句。名義見《小旻》篇。一章言天命無常，惟德是與。二章言王季、大任之德，以及文王。三章言文王之德。四章、五章、六章言文王、大姒之德，以及武王。七章言武王伐紂。八章言武王克商以終首章之意。其章以六句八句相間。又《國語》以此及下篇皆爲兩君相見之樂，説見上篇。【音釋】間，去聲。《國語》，見《魯語》叔孫穆子之言也。

緜緜瓜瓞田節反，民之初生，自土沮七余反漆音七。古公亶都但反父音甫，陶音桃復音福陶穴叶户橘反，未有家室。

比也。緜緜，不絶貌。大曰瓜，小曰瓞。瓜之近本初生者常小，其蔓不絶，至末而後大也。民，周人也。自，從。土，地也。沮、漆，二水名，在豳地。古公，號也。亶父，名也。或曰字也，後乃追稱大王焉。陶，窑竈也。復，重窑也。穴，土室也。家，門内之通名也。豳地近西戎而苦寒，故其俗如此。○此亦周公戒成王之詩。追述大王始遷岐周，以開王業，而文王因之以受天命也。此其首章。言瓜之先小後大，以比周人始生於漆、沮之上，而古公之時，居於窑竈土室之中，其國甚小，至文王而後大也。【音釋】蔓，音萬。古公，疏：「猶云先公也【一】。」窑，音遥。復者，取土於地，復築而堅之。穴者，鑿地為之，去其息土而已【二】。

古公亶父，來朝走馬叶滿補反。率西水滸呼五反，至于岐下叶後五反。爰及姜女，聿來胥宇。

賦也。朝，早也。走馬，避狄難也。率，循也。滸，水厓也，漆沮之側也。岐下，岐山之下也。姜女，太王妃也。胥，相。宇。宅也。孟子曰：「大王居邠，狄人侵之，事之以皮幣、珠玉、犬馬，而不得免，乃屬其耆老而告之曰：『狄人之所欲者，吾土地也。吾聞之也：君子不以其所以養人者害人。二三子何患乎無君？我將去之。』去邠，踰梁山，邑于

【一】「先」上，《毛詩正義》卷十六之二有「先王」二字。
【二】「之」原在「已」下，據蔣氏本、光緒七年本、光緒十五年本及《毛詩正義》卷十六之二改。

岐山之下居焉。邠人曰：『仁人也，不可失也。』從之者如歸市。」【音釋】難、相，並去聲。屬，音燭。岐山，《地理考異》：「亦名天柱山，在鳳翔府岐山縣東北十里。」

周原膴膴音武，堇音謹荼如飴音移。爰始爰謀叶謀悲反，爰契苦計反我龜，曰止曰時，築室于茲叶津之反。

賦也。周，地名，在岐山之南。廣平曰原。膴膴，肥美貌。堇，烏頭也。荼，苦菜，蓼屬也。飴，餳也。契，所以然火而灼龜者也。《儀禮》所謂「楚焞」是也。或曰：以刀刻龜甲，欲鑽之處也。○言周原土地之美，雖物之苦者亦甘，於是大王始與豳人之從己者謀居之，又契龜而卜之，既得吉兆，乃告其民曰：可以止於是而築室矣。或曰：時，謂土功之時也。【音釋】餳，夕清反。疏：「《春官·菙氏》：『掌共燋契，以待卜事』。注：《士喪禮》：『楚焞置於燋，在龜東。』楚焞即契也【一】。楚，荆也。卜者以楚焞之木，燒之於燋炬之火，既然，執之以灼龜。」菙，時捶反。燋，哉約反【二】。焞，音暾。

迺慰迺止，迺左迺右叶羽已反。迺疆迺理，迺宣迺畝叶滿彼反。自西徂東，周爰執事叶上止反。

賦也。慰，安。止，居也。左、右，東西列之也。疆，謂畫其大界。理，謂別其條理也。宣，布散而居也。或曰：導其溝洫也。畝，治其田疇也。自西徂東，自西水滸而徂東也。周，徧也，言靡事不爲也。

乃召司空，乃召司徒，俾立室家叶古胡反。其繩則直，縮色六反版以載叶節力反，作廟翼翼。

賦也。司空，掌營國邑，司徒，掌徒役之事。繩，所以爲直。凡營度位處，皆先以繩正之，既正則束版而築也。縮，束也。載，上下相承也。言以索束版，投土築訖，則升下而上，以相承載也。君子將營宮室，宗廟爲先，廄庫爲次，居室爲後。翼翼，嚴正也。【音釋】度，待洛反。

【一】「楚焞即契也」，《周禮注疏》卷二十四、《毛詩正義》卷十六之二及許謙《詩集傳名物鈔》卷七作「楚焞即契所用灼龜也」。

【二】「哉約反」，蔣氏本、光緒七年本及光緒十五年本作「哉灼反」。

捄音俱之陾陾耳升反，度待洛反之薨薨。築之登登，削屢馮馮扶冰反。百堵丁古反皆興，鼛音皋鼓弗勝音升。

賦也。捄，盛土於器也。陾陾，衆也。度，投土於版也。薨薨，衆聲也。登登，相應聲。削屢，墻成而削治重復也。馮馮，墻堅聲。五版爲堵。興，起也，此言治宮室也。鼛鼓，長一丈二尺。以鼓役事。弗勝者，言其樂事勸功，鼓不能止也。

廼立皋門，皋門有伉苦浪反，叶苦郎反。廼立應門，應門將將七羊反。廼立冢土，戎醜攸行叶户郎反。

賦也。《傳》曰：王之郭門曰皋門。伉，高貌。王之正門曰應門。將將，嚴正也。大王之時，未有制度，特作二門，其名如此。及周有天下，遂尊以爲天子之門，而諸侯不得立焉。冢土，大社也。亦大王所立，而後因以爲天子之制也。戎醜，大衆也。起大事，動大衆，必有事乎社而後出，謂之宜。【音釋】《爾雅》：「宜，祭名。以兵凶戰危，慮有負敗，祭之以求福宜，故謂之宜。」

肆不殄田典反厥慍紆問反，亦不隕韻敏反厥問。柞子洛反棫音域拔蒲貝反矣，行道兑吐外反矣。混音昆夷駾徒對反矣，維其喙吁貴反矣。

賦也。肆，故今也。猶言遂也，承上起下之辭。殄，絶。慍，怒。隕，墜也。問，聞通，謂聲譽也。柞，櫟也，枝長葉盛，叢生，有刺。棫，白桵也，小木，亦叢生，有刺。拔，挺拔而上，不拳曲蒙密也。兑，通也，始通道於柞棫之間也。駾，突。喙，息也。○言大王雖不能殄絶昆夷之慍怒【一】，亦不隕墜己之聲聞。蓋雖聖賢，不能必人之不怒己，但不廢其自脩之實耳。然大王始至此岐下之時，林木深阻，人物鮮少。至於其後生齒漸繁，歸附日衆，則木拔道通，混夷畏之而奔突竄伏，維其喙息而已。言德盛而混夷自服也。蓋已爲文王之時矣。【音釋】聞，去聲。櫟，音歷。桵，音緌，材理全白，直理易破。可為犢車輻，又可為矛戟矜。矜，音芹，柄也。鮮，上聲。

【一】「殄」，光緒七年本作「終」。「昆」，蔣氏本、光緒七年本及光緒十五年本作「混」。

虞芮如銳反質厥成，文王蹶居衛反厥生叶桑經反。予曰有疏附叶上聲，予曰有先息薦反後胡豆反，叶下五反。予曰有奔奏與走通，叶宗五反，予曰有禦侮。

賦也。虞、芮，二國名。質，正。成，平也。《傳》曰：「虞、芮之君相與爭田，久而不平，乃相與朝周。入其境，則耕者讓畔，行者讓路。入其邑，男女異路，班白不提挈。入其朝，士讓爲大夫，大夫讓爲卿。二國之君感而相謂曰：『我等小人，不可以履君子之境。』乃相讓，以其所爭田爲閒田而退。天下聞之而歸者四十餘國。」蘇氏曰：「虞在陝之平陸，芮在同之馮翊。平陸有閒原焉，則虞、芮之所讓也。」蹶生，未詳其義。或曰：蹶，動而疾也。生，猶起也。予，詩人自予也。率下親上曰疏附，相道前後曰先後，喻德宣譽曰奔奏，武臣折衝曰禦侮。○言昆夷既服，而虞、芮來質其訟之成，於是諸侯歸周者衆，而文王由此動其興起之勢。是雖其德之盛，然亦由有此四臣之助而然，故各以「予曰」起之。其詞繁而不殺者，所以深歎其得人之盛也。【音釋】朝，音潮。閒，音閑。馮，皮冰反。相、道，並去聲。殺，所界反。

《緜》九章，章六句。一章言在豳，二章言至岐，三章言定宅，四章言授田居民，五章言作宗廟，六章言治宮室，七章言作門社，八章言至文王而服混夷，九章遂言文王受命之事。餘説見上篇。

芃芃薄紅反棫雨逼反樸音卜，薪之槱音酉之。濟濟子禮反辟音璧王，左右趣叶此苟反之。

興也。芃芃，木盛貌。樸，叢生也。言根枝迫迮相附著也。槱，積也。濟濟，容貌之美也。辟，君也。君王，謂文王也。○此亦以詠歌文王之德。言芃芃棫樸，則薪之槱之矣。濟濟辟王，則左右趣之矣。蓋德盛而人心歸附趣向之也。【音釋】迮，側格反。著，直略反。

濟濟辟王，左右奉璋。奉璋峩峩五歌反，髦士攸宜叶牛何反。

賦也。半圭曰璋。祭祀之禮，王祼以圭瓚，諸臣助之。亞祼以璋瓚，左右奉之。其判在內，亦有趣向之意。峩峩，盛壯也。髦，俊也。【音釋】《祭統》：「君執圭瓚祼尸，大宗伯執璋瓚亞祼。」

淠匹世反彼涇音經舟，烝徒楫音接，叶籍入反之。周王于邁，六師及之。

興也。淠，舟行貌。涇，水名。烝，衆。楫，櫂。于，往。邁，行也。六師，六軍也。○言淠彼涇舟，則舟中之人無不楫之。周王于邁，則六師之衆追而及之。蓋衆歸其德，不令而從也。【音釋】櫂，直教反。《釋文》：「楫謂之橈，或謂之櫂。」

倬陟角反彼雲漢，爲章于天叶鐵因反。周王壽考，遐不作人？

興也。倬，大也。雲漢，天河也，在箕斗二星之間，其長竟天。章，文章也。文王九十七乃終，故言壽考。遐，與何同。作人，謂變化鼓舞之也。【音釋】《爾雅》注：「箕，龍尾。斗，南斗。天漢之津梁。」

追對廻反琢陟角反其章，金玉其相。勉勉我王，綱紀四方。

興也。追，雕也。金曰雕，玉曰琢。相，質也。勉勉，猶言不已也。凡網罟，張之爲綱，理之爲紀。○追之琢之，則所以美其文者至矣。金之玉之，則所以美其質者至矣。勉勉我王，則所以綱紀乎四方者至矣。

《棫樸》五章，章四句。此詩前三章言文王之德爲人所歸。後二章言文王之德有以振作綱紀天下之人而人歸之。自此以下至《假樂》，不知何人所作，疑多出於周公也。

瞻彼旱麓音鹿，榛楛音戶濟濟子禮反。豈弟君子，干祿豈弟。

興也。旱，山名。麓，山足也。榛，似栗而小。楛，似荆而赤。濟濟，衆多也。豈弟，樂易也。君子，指文王也。○此亦以詠歌文王之德。言旱山之麓，則榛楛濟濟然矣。豈弟君子，則其干祿也豈弟矣。干祿豈弟，言其干祿之有道，猶曰

「其爭也君子」云爾。【音釋】《地理志》：「漢中郡南鄭縣旱山。」楛，疏：「似著【一】，上黨人織以為斗筥箱器【二】，又屈以為釵。」

瑟所乙反彼玉瓚才旱反，黃流在中。豈弟君子，福禄攸降叶乎攻反。

興也。瑟，縝密貌。玉瓚，圭瓚也。以圭爲柄，黄金爲勺，青金爲外，而朱其中也。黄流，鬱鬯也。釀秬黍爲酒，築鬱金煮而和之，使芬芳條鬯，以瓚酌而祼之也。攸，所。降，下也。○言瑟然之玉瓚，則必有黄流在其中。豈弟之君子，則必有福禄下其躬。明寶器不薦於褻味，而黄流不注於瓦缶，則知盛德必享於禄壽，而福澤不降於淫人矣。【音釋】疏：「瓚，盛鬯酒之器，有鼻口，酒从中流出【三】。天子之瓚，其柄之圭长尺有二寸。」

鳶弋專反飛戾天叶鐵因反，魚躍于淵叶一鈞反。豈弟君子，遐不作人。

興也。鳶，鴟類。戾，至也。李氏曰：「《抱朴子》曰：『鳶之在下無力，及至乎上，聳身直翅而已。』蓋鳶之飛全不用力，亦如魚躍，怡然自得，而不知其所以然也。」遐、何通。○言鳶之飛則戾于天矣，魚之躍則出于淵矣。豈弟君子，而何不作人乎？言其必作人也。

清酒既載叶節力反，騂息營反牡既備叶蒲北反。以享以祀叶逸織反，以介景福叶筆力反。

賦也。載，在尊也。備，全具也。承上章言，有豈弟之德，則祭必受福也。

瑟彼柞棫，民所燎力召反矣。豈弟君子，神所勞力報反矣。

興也。瑟，茂密貌。燎，爨也。或曰：熂燎除其旁草，使木茂也。勞，慰撫也。【音釋】熂，許器反，芟草燒之。

【一】「似」上，蔣氏本、光緒七年本及光緒十五年本有「莖」字。

【二】「斗」原作「牛」，據蔣氏本、光緒七年本、光緒十五年本及《毛詩正義》卷十六之三改。

【三】「出」，蔣氏本、光緒七年本及光緒十五年本作「也」。

莫莫葛藟力軌反，施以豉反于條枚莫回反。豈弟君子，求福不回。

興也。莫莫，盛貌。回，邪也。

《旱麓》六章，章四句。

思齊側皆反大音泰任，文王之母莫後反。思媚美記反周姜，京室之婦房九反。大同上姒嗣徽音，則百斯男叶尼心反。

賦也。思，語辭。齊，莊。媚，愛也。周姜，大王之妃大姜也。京，周也。大姒，文王之妃也。徽，美也。百男，舉成數而言其多也。○此詩亦歌文王之德，而推本言之，曰：此莊敬之大任，乃文王之母，實能媚于周姜，而稱其爲周室之婦。至於大姒，又能繼其美德之音，而子孫衆多。上有聖母，所以成之者遠；內有賢妃，所以助之者深也。

惠于宗公，神罔時怨，神罔時恫音通。刑于寡妻，至于兄弟，以御牙嫁反于家邦叶卜工反。

賦也。惠，順也。宗公，宗廟先公也。恫，痛也。刑，儀法也。寡妻，猶言寡小君也。御，迎也。○言文王順于先公，而鬼神歆之，無怨恫者。其儀法內施於閨門，而至于兄弟，以御于家邦也。孔子曰：「家齊而後國治。」孟子曰：「言舉斯心加諸彼而已。」張子曰：「言接神人各得其道也。」【音釋】金氏曰：「御，迎也，以此道迎接於家國。」《孟子集注》作如字讀，治也。

雝雝於容反在宮，肅肅在廟叶音貌。不顯亦臨，無射音亦亦保叶音鮑。

賦也。雝雝，和之至也。肅肅，敬之至也。不顯，幽隱之處也。射，與斁同，厭也。保，猶守也。○言文王在閨門之內，則極其和；在宗廟之中，則極其敬。雖居幽隱，亦常若有臨之者。雖無厭射，亦常有所守焉。其純亦不已蓋如是【一】。

【一】「是」，蔣氏本、光緒七年本及光緒十五年本作「此」。

肆戎疾不殄，烈假古雅反不瑕。不聞亦式，不諫亦入此與下章用韻未詳。

賦也。肆，故今也。戎，大也。疾，猶難也。大難，如羑里之囚，及昆夷、玁狁之屬也。殄，絶。烈，光。假，大。瑕，過也。此兩句與「不殄厥愠」、「不隕厥問」相表裏。聞，前聞也。式，法也。○承上章，言文王之德如此，故其大難雖不殄絶，而光大亦無玷缺。雖事之無所前聞者，而亦無不合於法度。雖無諫諍之者，而亦未嘗不入於善。《傳》所謂「性與天合」是也。【音釋】難，去聲。羑，音酉。

肆成人有德，小子有造。古之人無斁音亦，譽髦斯士。

賦也。冠以上爲成人。小子，童子也。造，爲也。古之人，指文王也。譽，名。髦，俊也。○承上章，言文王之德見於事者如此，故一時人材皆得其所成就。蓋由其德純而不已，故令此士皆有譽於天下，而成其俊乂之美也。

《思齊》五章，二章章六句，三章章四句。

皇矣上帝，臨下有赫叶黑各反。監觀四方，求民之莫。維此二國，其政不獲叶胡郭反。維彼四國，爰究爰度待洛反。上帝耆之，憎其式廓。乃眷西顧，此維與宅叶達各反。

賦也。皇，大。臨，視也。赫，威明也。監，亦視也。莫，定也。二國，夏、商也。不獲，謂失其道也。四國，四方之國也。究，尋。度，謀也。耆、憎、式廓，未詳其義。或曰：耆，致也。憎，當作「增」。式廓，猶言規模也。此，謂岐周之地也。○此詩叙大王、大伯、王季之德，以及文王伐密伐崇之事也。此其首章。先言天之臨下甚明，但求民之安定而已。彼夏、商之政既不得矣，故求於四方之國。苟上帝之所欲致者，則增大其疆境之規模。於是乃眷然顧視西土，以此岐周之地與大王爲居宅也。【音釋】「耆致」之「耆」，音旨。金氏曰：「耆音嗜，謂上帝愛好之。」

作之屏必領反之，其菑莊持反其翳一計反。脩之平之，其灌其栵音例。啓之辟婢亦反之，其檉丑貞反其椐羌居反，叶紀

庶反。攘之剔它歷反之，其檿烏劍反其柘章夜反，叶都故反。帝遷明德，串古患反夷載路。天立厥配，受命既固。

賦也。作，拔起也。屏，去之也。菑，木立死者也。翳，自斃者也。或曰：小木蒙密蔽翳者也。脩、平，皆治之使疏密正直得宜也。灌，叢生者也。栵，行生者也。啓、辟，芟除也。檉，河柳也。似楊，赤色，生河邊。椐，樻也，腫節，似扶老，可爲杖者也。攘、剔，謂穿剔去其繁冗，使成長也。檿，山桑也，與柘皆美材，可爲弓幹，又可蠶也。明德，謂明德之君，即大王也。串夷載路，未詳。或曰串夷即混夷，載路謂滿路而去，所謂「混夷駾矣」者也。配，賢妃也，謂大姜。○此章言大王遷於岐周之事。蓋岐周之地，本皆山林險阻，無人之境，而近於昆夷。大王居之，人物漸盛，然後漸次開闢如此。乃上帝遷此明德之君，使居其地，而昆夷遠遁。天又爲之立賢妃以助之，是以受命堅固，而卒成王業也。

【音釋】檿，《釋文》、韻書並烏箪反。去，上聲。自斃，木自倒而枝葉覆地者【一】。行，音杭。河柳，河旁赤莖小楊也，一名雨師，枝葉似松。樻，音匱。扶老，即今靈壽，今人以為馬鞭及杖。

帝省息井反其山，柞棫斯拔蒲貝反，松柏斯兑徒外反。帝作邦作對，自大音泰伯王季。維此王季，因心則友叶羽已反。則友其兄叶虛王反，則篤其慶叶祛羊反，載錫之光。受祿無喪息浪反，叶平聲，奄有四方。

賦也。拔、兑，見《緜》篇。此亦言其山林之間道路通也。對，猶當也。作對，言擇其可當此國者以君之也。大伯，大王之長子。王季，大王之少子也。因心，非勉强也。善兄弟曰友。兄，謂大伯也。篤，厚。載，則也。奄字之義，在忽、遂之間。○言帝省其山，而見其木拔道通，則知民之歸之者益衆矣。於是既作之邦，又與之賢君以嗣其業。蓋自其初生大伯、王季之時而已定矣。於是大伯見王季生文王，又知天命之有在，故適吳不反。大王没而國傳於王季，及文王而周道大興也。然以大伯而避王季，則王季疑於不友，故又特言王季所以友其兄者，乃因其心之自然，而無待於勉强。既受大伯之讓，則益脩其德，以厚周家之慶，而與其兄以讓德之光，猶曰彰其知人之明，不爲徒讓耳。其德如是，故能

【一】「木」原作「本」，據蔣氏本、光緒七年本及光緒十五年本改。「者」，蔣氏本、光緒七年本及光緒十五年本作「也」。

受天祿而不失，至于文王，而奄有四方也。

維此王季，帝度待洛反其心。貊武伯反其德音，其德克明。克明克類，克長丁丈反克君。王如字，或于況反此大邦，克順克比必里反。比毗至反于文王【一】，其德靡悔叶虎洧反。既受帝祉音恥，施以豉反于孫子叶獎禮反【二】。

賦也。度，能度物制義也。貊，《春秋傳》《樂記》皆作「莫」，謂其莫然清靜也。克明，能察是非也。克類，能分善惡也。克長，教誨不倦也。克君，賞慶刑威也。言其賞不僭，故人以爲慶；刑不濫，故人以爲威也。順，慈和徧服也。比，上下相親也。比于，至于也。悔，遺恨也。○言上帝制王季之心，使有尺寸，能度義；又清靜其德音，使無非間之言。是以王季之德能此六者。至於文王而其德尤無遺恨。是以既受上帝之福，而延及于子孫也。

帝謂文王：「無然畔援于願反，無然歆羨錢面反，誕先登于岸叶魚戰反。」密人不恭，敢距大邦叶卜攻反，侵阮魚宛反徂共音恭。王赫斯怒叶暖五反，爰整其旅，以按音遏徂旅，以篤于周祜候五反，以對于天下叶後五反。

賦也。帝謂文王，設爲天命文王之詞，如下所言也。無然，猶言不可如此也。畔，離畔也。援，攀援也。言舍此而取彼也。歆，欲之動也。羨，愛慕也。言肆情以徇物也。岸，道之極至處也。密，密須氏也。姞姓之國，在今寧州。阮，國名，在今涇州。徂，往也。共，阮國之地名，今涇州之共池是也。其旅，周師也。按，遏也。徂旅，密師之往共者也。祜，福。對，答也。○人心有所畔援，有所歆羨，則溺於人欲之流，而不能以自濟。文王無是二者，故獨能先知先覺，以造道之極至。蓋天實命之，而非人力之所及也。是以密人不恭，敢違其命，而擅興師旅以侵阮而往至于共，則赫怒整兵而往遏其衆，以厚周家之福而答天下之心。蓋亦因其可怒而怒之，初未嘗有所畔援歆羨也。此文王征伐之始也。【音釋】金氏曰：「畔、援兩字相反。歆、羨只是一意。歆，心動貌；羨，慕也。歆淺羨深。」舍，音捨。

【一】「至」，蔣氏本、光緒七年本及光緒十五年本作「志」。

【二】「禮」，蔣氏本、光緒七年本及光緒十五年本作「里」，朱熹《詩集傳》卷十六作「履」。

依其在京叶居良反，侵自阮疆，陟我高岡。無矢我陵，我陵我阿。無飲我泉，我泉我池叶徒何反。度待洛反其鮮息淺反原，居岐之陽，在渭之將。萬邦之方，下民之王。

賦也。依，安貌。京，周京也。矢，陳。鮮，善。將，側。方，鄉也。言文王安然在周之京，而所整之兵既遏密人，遂從阮疆而出以侵密。所陟之岡，即爲我岡，而人無敢陳兵於陵，飲水於泉，以拒我也。於是相其高原，而徙都焉，所謂程邑也。其地於漢爲扶風安陵，今在京兆府咸陽縣。【音釋】鄉，去聲。

帝謂文王：「予懷明德，不大聲以色，不長丁丈反夏以革。不識不知，順帝之則。」帝謂文王：「詢爾仇方，同爾兄弟，以爾鉤援音爰，與爾臨衝，以伐崇墉。」

賦也。予，設爲上帝之自稱也。懷，眷念也。明德，文王之明德也。以，猶與也。夏、革，未詳。則，法也。仇方，讎國也。兄弟，與國也。鉤援，鉤梯也。所以鉤引上城，所謂雲梯者也。臨，臨車也，在上臨下者也。衝，衝車也，從旁衝突者也。皆攻城之具也。崇，國名，在今京兆府鄠縣。墉，城也。《史記》：崇侯虎譖西伯於紂，紂囚西伯於羑里。西伯之臣閎夭之徒求美女奇物善馬以獻紂。紂乃赦西伯，賜之弓矢鈇鉞，得專征伐。曰：「譖西伯者，崇侯虎也。」西伯歸三年，伐崇侯虎而作豐邑。○言上帝眷念文王，而言其德之深微，不暴著其形迹，又能不作聰明，以循天理，故又命之以伐崇也。呂氏曰：「此言文王德不形而功無迹，與天同體而已。雖興兵以伐崇，莫非順帝之則，而非我也。」【音釋】鄠，音户。夭，平、上二聲。鈇，音夫。

臨衝閑閑叶胡員反，崇墉言言，執訊音信連連，攸馘古獲反安安叶於肩反。是類是禡馬嫁反，叶滿補反，是致是附叶上聲，四方以無侮。臨衝茀茀音弗，叶分韋反【一】，崇墉仡仡鱼乞反。是伐是肆，是絶是忽叶虚屈反，四方以無拂叶分聿反。

賦也。閑閑，徐緩也。言言，高大也。連連，屬續狀。馘，割耳也。軍法：獲者不服，則殺而獻其左耳。安安，不輕

【一】「韋」，朱熹《詩集傳》卷十六作「聿」。

暴也。類，將出師祭上帝也。禡，至所征之地而祭始造軍法者，謂黃帝及蚩尤也。致，致其至也。附，使之來附也。茀茀，强盛貌。仡仡，堅壯貌。肆，縱兵也。忽，滅。拂，戾也。《春秋傳》曰：「文王伐崇，三旬不降。退脩教而復伐之，因壘而降。」〇言文王伐崇之初，緩攻徐戰，告祀群神，以致附來者，而四方無不畏服。及終不服，則縱兵以滅之，而四方無不順從也。夫始攻之緩，戰之徐也，非力不足也，非示之弱也，將以致附而全之也。及其終不下而肆之也，則天誅不可以留，而罪人不可以不得故也。此所謂文王之師也。【音釋】屬，音燭。《禮》疏：「非時祭天謂之類。」《通典》：「禡，師祭也，為兵禱也。」金氏曰：「一說祭馬祖。」降，户江反。

《皇矣》八章，章十二句。一章、二章言天命大王，三章、四章言天命王季，五章、六章言天命文王伐密，七章、八章言天命文王伐崇。

經始靈臺叶田飴反，經之營之。庶民攻之，不日成之。經始勿亟居力反，庶民子來叶六直反。

賦也。經，度也。靈臺，文王所作。謂之靈者，言其倏然而成，如神靈之所爲也。營，表。攻，作也。不日，不終日也。亟，急也。〇國之有臺，所以望氛祲，察災祥，時觀游，節勞佚也。文王之臺，方其經度營表之際，而庶民已來作之，所以不終日而成也。雖文王心恐煩民，戒令勿亟，而民心樂之，如子趨父事，不召自來也。孟子曰：「文王以民力爲臺爲沼，而民歡樂之，謂其臺曰『靈臺』，謂其沼曰『靈沼』。」此之謂也。【音釋】度，徒洛反。祲，子鴆反。令，平聲。樂，音洛，題下同。

王在靈囿叶音郁，麀音憂鹿攸伏。麀鹿濯濯直角反，白鳥翯翯户角反。王在靈沼叶音灼，於音烏，下同牣音刃魚躍。

賦也。靈囿，臺之下有囿，所以域養禽獸也。麀，牝鹿也。伏，言安其所處，不驚擾也。濯濯，肥澤貌。翯翯，潔白貌。靈沼，囿之中有沼也。牣，滿也。魚滿而躍，言多而得其所也。

虡音巨業維樅七凶反，賁扶云反鼓維鏞音庸。於論盧门反，下同鼓鍾，於樂音洛辟音璧廱。

賦也。虡，植木以懸鍾磬，其横者曰栒。業，栒上大版，刻之捷業如鋸齒者也。樅，業上懸鍾磬處，以綵色爲崇牙，其狀樅樅然者也。賁，大鼓也，長八尺。鼓四尺，中圍加三之一。鏞，大鍾也。論，倫也，言得其倫理也。辟、璧通。廱，澤也。辟廱，天子之學，大射行禮之處也。水旋丘如璧，以節觀者，故曰辟雍。【音釋】栒，音筍。《周禮·韗人》「鼖鼓」注疏：「鼓四尺者，謂鼓面革所蒙者廣四尺。中圍加三之一者，謂將中央圍加於面之圍三分之一也。」韗音運。鼖、賁同。

於論鼓鍾，於樂辟廱。鼉徒河反鼓逢逢薄紅反，矇音蒙瞍音叟奏公。

賦也。鼉，似蜥蜴，長丈餘，皮可冒鼓。逢逢，和也。有眸子而無見曰矇，無眸子曰瞍。古者樂師皆以瞽者爲之，以其善聽而審於音也。公，事也。聞鼉鼓之聲，而知矇瞍方奏其事也。【音釋】蜥蜴，音析亦。

《靈臺》四章，二章章六句，二章章四句。東萊呂氏曰：「前二章樂文王有臺池鳥獸之樂也，後二章樂文王有鍾鼓之樂也，皆述民樂之詞也。」

下武維周，世有哲王。三后在天，王配于京叶居良反。

賦也。下，義未詳，或曰字當作「文」，言文王、武王實造周也。哲王，通言大王、王季也。三后，大王、王季、文王也。在天，既没而其精神上與天合也。王，武王也。配，對也，謂繼其位以對三后也。京，鎬京也。○此章美武王能纘大王、王季、文王之緒，而有天下也。

王配于京，世德作求。永言配命，成王之孚叶孚尤反。

賦也。言武王能繼先王之德，而長言合於天理，故能成王者之信於天下也。若暫合而遽離，暫得而遽失，則不足以成其

信矣。【音釋】許氏曰：「求，匹也，即一章『配』字意。」

成王之孚，下土之式。永言孝思，孝思維則。

賦也。式、則，皆法也。○言武王所以能成王者之信，而爲四方之法者，以其長言孝思而不忘，是以其孝可爲法耳。若有時而忘之，則其孝者僞耳，何足法哉！

媚茲一人，應侯順德。永言孝思，昭哉嗣服叶蒲北反。

賦也。媚，愛也。一人，謂武王。應，如「丕應徯志」之「應」。侯，維。服，事也。○言天下之人皆愛戴武王以爲天子，而所以應之，維以順德。是武王能長言孝思，而明哉其嗣先王之事也。

昭茲來許，繩其祖武。於萬斯年，受天之祜侯古反。

賦也。昭茲，承上句而言。茲、哉聲相近，古蓋通用也。來，後世也。許，猶所也。繩，繼。武，迹也。○言武王之道昭明如此，來世能繼其迹，則久荷天禄而不替矣。【音釋】荷，胡可反。

受天之祜，四方來賀。於萬斯年，不遐有佐。

賦也。賀，朝賀也。周末秦强，天子致胙，諸侯皆賀。遐、何通。佐，助也。蓋曰豈不有助乎云爾。【音釋】朝，音潮。《史記》：「秦孝公二年，天子致胙。十九年，天子致伯。二十年，諸侯皆賀。」

《下武》六章，章四句。或疑此詩有「成王」字，當爲康王以後之詩。然考尋文意，恐當只如舊說。且其文體亦與上下篇血脈通貫，非有誤也。

文王有聲，遹尹橘反駿音峻有聲。遹求厥寧，遹觀厥成。文王烝哉！

賦也。遹，義未詳，疑與聿同，發語詞也。駿，大。烝，君也。○此詩言文王遷豐，武王遷鎬之事。而首章推本之曰：

文王之有聲也，甚大乎其有聲也。蓋以求天下之安寧，而觀其成功耳。文王之德如是，信乎其克君也哉！

文王受命，有此武功。既伐于崇，作邑于豐。文王烝哉！

賦也。伐崇事見《皇矣》篇。作邑，徙都也。豐，即崇國之地，在今鄠縣杜陵西南。

築城伊淢況域反，作豐伊匹。匪棘居力反其欲《禮記》作「猶」，遹追來孝叶許六反，或呼侯反。王后烝哉！

賦也。淢，城溝也。方十里爲成，成間有溝，深廣各八尺。匹，稱。棘，急也。王后，亦指文王也。○言文王營豐邑之城，因舊溝爲限而築之，其作邑居，亦稱其城而不侈大，皆非急成己之所欲也，特追先人之志，而來致其孝耳。

【音釋】淢，與洫同。鄠，音户。稱，去聲[一]。

王公伊濯直角反，維豐之垣音袁。四方攸同，王后維翰叶胡田反。王后烝哉！

賦也。公，功也。濯，著明也。○王之功所以著明者，以其能築此豐之垣故爾。四方於是來歸，而以文王爲楨幹也。

豐水東注，維禹之績。四方攸同，皇王維辟。皇王烝哉！

賦也。豐水東北流，徑豐邑之東入渭而注于河。績，功也。皇王，有天下之號，指武王也。辟，君也。○言豐水東注，由禹之功。故四方得以來同於此，而以武王爲君。此武王未作鎬京時也。

鎬京辟廱，自西自東，自南自北，無思不服叶蒲北反。皇王烝哉！

賦也。鎬京，武王所營也，在豐水東，去豐邑二十五里。張子曰：「周家自后稷居邰，公劉居豳，大王邑岐，而文王則遷于豐，至武王又居于鎬。當是時，民之歸者日衆，其地有不能容，不得不遷也。」辟廱，説見前篇。張子曰：「靈臺辟廱，文王之學也。鎬京辟廱，武王之學也。至此始爲天子之學矣。」無思不服，心服也。孟子曰：「天下不心服而王者，未之有也。」○此言武王徙居鎬京，講學行禮，而天下自服也。【音釋】邰，音台。「而王」之「王」，去聲。

[一]「鄠音户稱去聲」六字，蔣氏本、光緒七年本及光緒十五年本作「廣稱並去聲」。

考卜維王，宅是鎬京叶居良反。維龜正叶諸盈反之，武王成之。武王烝哉！

賦也。考，稽。宅，居。正，決也。成之，作邑居也。張子曰：「此舉謚者追述其事之言也。」

豐水有芑，武王豈不仕鉏里反？詒厥孫謀，以燕翼子叶奬里反【一】。武王烝哉！

興也。芑，草名。仕，事。詒，遺。燕，安。翼，敬也。子，成王也。○鎬京猶在豐水下流，故取以起興。言豐水猶有芑，武王豈無所事乎？「詒厥孫謀，以燕翼子」，則武王之事也。謀及其孫，則子可以無事矣。或曰賦也。言豐水之旁，生物繁茂，武王豈不欲有事於此哉？但以欲遺孫謀，以安翼子，故不得而不遷耳。

《文王有聲》八章，章五句。此詩以武功稱文王。至于武王，則言「皇王維辟」、「無思不服」而已。蓋文王既造其始，則武王續而終之，無難也。又以見文王之文，非不足於武；而武王之有天下，非以力取之也。

文王之什十篇，六十六章，四百一十四句。《鄭譜》此以上爲文武時詩，以下爲成王、周公時詩。今按，《文王》首句即云「文王在上」，即非文王之詩矣。又曰「無念爾祖」，則非武王之詩矣。《大明》《有聲》並言文武者非一，安得爲文武之時所作乎？蓋正雅皆成王、周公以後之詩，但此什皆爲追述文武之德，故《譜》因此而誤耳。

詩卷第十六

【一】「里」，朱熹《詩集傳》卷十六作「履」。

詩卷第十七

生民之什三之二

厥初生民，時維姜嫄音原，叶魚倫反。生民如何？克禋音因克祀叶養里反，以弗無子叶獎里反【一】。履帝武敏叶每鄙反歆【二】，攸介攸止。載震載夙叶相即反，載生載育叶曰逼反，時維后稷。

賦也。民，人也，謂周人也。時，是也。姜嫄，炎帝後，姜姓，有邰氏女，名嫄，爲高辛之世妃。精意以享謂之禋。祀，祀郊禖矣。弗之言祓也，祓無子，求有子也。古者立郊禖，蓋祭天於郊，而以先媒配也。變媒言禖者，神之也。其禮以玄鳥至之日，用太牢祀之。天子親往，后率九嬪御，乃禮天子所御，帶以弓韣，授以弓矢，于郊禖之前也。履，踐也。帝，上帝也。武，跡。敏，拇。歆，動也，猶驚異也。介，大也。震，娠也。夙，肅也。生子者及月辰居側室也。育，養也。○姜嫄出祀郊禖，見大人跡而履其拇，遂歆歆然如有人道之感。於是即其所大所止之處，而震動有娠，乃周人所由以生之始也。周公制禮，尊后稷以配天，故作此詩，以推本其始生之祥，明其受命於天，固有以異於常人也。然巨跡之說，先儒或頗疑之。而張子曰：「天地之始，固未嘗先有人也，則人固有化而生者矣，蓋天地之氣生之也。」蘇氏亦曰：「凡物之異於常物者，其取天地之氣常多，故其生也或異。麒麟之生，異於犬羊；蛟龍之生，異於魚鼈。物固有然者矣。神人之生而有以異於人，何足怪哉！」斯言得之矣。【音釋】祓，音弗。韣，音獨，弓衣也。嬪，音頻。拇，莫后反，足大指。娠，音身，懷孕也。

【一】「里」，朱熹《詩集傳》卷十七作「履」。
【二】「每」，朱熹《詩集傳》卷十七作「母」。

誕彌厥月，先生如達他末反。不坼敕宅反不副孚逼反，叶孚迫反【一】，無菑音災無害叶音曷，以赫厥靈。上帝不寧，不康禋祀叶養里反，居然生子叶獎里反【二】。

賦也。誕，發語辭。彌，終也，終十月之期也。先生，首生也。達，小羊也。羊子易生，無留難也。坼、副，皆裂也。赫，顯也。不寧，寧也。不康，康也。居然，猶徒然也。○凡人之生，必坼副災害其母，而首生之子尤難。今姜嫄首生后稷，如羊子之易，無坼副災害之苦，是顯其靈異也。上帝豈不寧乎？豈不康我之禋祀乎？而使我無人道而徒然生是子也。【音釋】達，按，當從羊，俗本從幸，誤。疏：「羊初生，達；小名羔；未成羊曰羜；大曰羊。」副，許易「拍逼反」。易，以豉反。

誕寘之隘於懈反巷，牛羊腓符非反字之。誕寘之平林，會伐平林。誕寘之寒冰，鳥覆敷救反翼叶音異之。鳥乃去矣，后稷呱叶去聲矣。實覃實訏叶去聲，厥聲載路。

賦也。隘，狹。腓，芘。字，愛。會，值也，值人伐木而收之。覆，蓋。翼，藉也。以一翼覆之，以一翼藉之也。呱，啼聲也。覃，長。訏，大。載，滿也。滿路，言其聲之大也。○無人道而生子，或者以爲不祥，故棄之。而有此異也，於是始收而養之。【音釋】《六書故》：「腓，脛後肉【三】。」嬰兒不能跂乳，牛羊俯傴而乳字之，在其腓間，故曰腓字。

誕實匍音蒲匐蒲北反【四】，克岐克嶷魚極反，以就口食。蓺之荏而甚反菽，荏菽旆旆，禾役穟穟音遂。麻麥幪幪莫孔反，瓜瓞唪唪布孔反。

【一】「孚」，宋刊明印本朱熹《詩集傳》卷十七作「字」，明正統本、明嘉靖本作「孚」。
【二】「里」，朱熹《詩集傳》卷十六作「履」。
【三】「肉」原作「內」，據蔣氏本、光緒七年本及光緒十五年本改。
【四】「北」原作「比」，據蔣氏本、光緒七年本、光緒十五年本及朱熹《詩集傳》卷十七改。

賦也。匍匐，手足並行也。岐、嶷，峻茂之狀。就，向也。口食，自能食也。蓋六七歲時也。蓺，樹也。荏菽，大豆也。旆旆，枝旟揚起也。役，列也。穟穟，苗美好之貌也。幪幪然，茂密也。唪唪然，多實也。○言后稷能食時，已有種殖之志，蓋其天性然也。《史記》曰：棄爲兒時，其遊戲好種殖麻麥，麻麥美。及爲成人，遂好耕農，堯舉以爲農師。【音釋】「好種」、「好耕」之「好」，去聲。

誕后稷之穡，有相息亮反之道叶徒口反。茀厥豐草叶此苟反【一】，種去聲之黄茂叶莫口反。實方實苞叶補苟反，實種上聲實褎叶徐久反。實發實秀叶思久反，實堅實好叶許口反。實穎營井反實栗，即有邰他來反家室。

賦也。相，助也，言盡人力之助也。茀，治也。種，布之也。黄茂，嘉穀也。方，房也。苞，甲而未坼也【二】。此漬其種也。種，甲坼而可爲種也【三】。褎，漸長也。發，盡發也。秀，始穟也。堅，其實堅也。好，形味好也。穎，實繁碩而垂末也。栗，不秕也。既收成，見其實皆栗栗然不秕也。邰，后稷之母家也。豈其或滅或遷，而遂以其地封后稷與？○言后稷之穡如此，故堯以其有功於民，封於邰，使即其母家而居之，以主姜嫄之祀，故周人亦世祀姜嫄焉。【音釋】漬，疾賜反。「其種」、「為種」之「種」，上聲。後章「是種」同。穎，音永。秕，補履反，不成粟也【四】。

誕降嘉種，維秬音巨維秠孚鄙反，維穈音門維芑音起。恒古鄧反之秬秠，是穫是畝叶滿洧反【五】。恒之穈芑，是任音壬是負叶扶委反，以歸肇祀叶養里反。

【一】「茀」下，朱熹《詩集傳》卷十七有「音弗」二字。
【二】「坼」原作「拆」，據蔣氏本、光緒七年本、光緒十五年本及朱熹《詩集傳》卷十七改。
【三】「坼」原作「拆」，據蔣氏本、光緒七年本、光緒十五年本及朱熹《詩集傳》卷十七改。
【四】「粟」原作「栗」，據蔣氏本、光緒七年本及光緒十五年本改。
【五】「洧」原作「有」，據蔣氏本、光緒七年本、光緒十五年本及朱熹《詩集傳》卷十七改。

賦也。降，降是種於民也，《書》曰「稷降播種」是也。秬，黑黍也。秠，黑黍一稃二米者也。穈，赤粱粟也。芑，白粱粟也。恒，徧也，謂徧種之也。任，肩任也。負，背負也。既成則穫而棲之於畝，任負而歸，以供祭祀也。秬秠言穫畝，穈芑言任負，互文耳。肇，始也，稷始受國爲祭主，故曰肇祀。【音釋】秠，許易「鋪鄙反」。稃，音孚，穀皮也。

誕我祀如何？或舂傷容反或揄音由，或簸波我反或蹂音柔。釋之叟叟所留反，烝之浮浮。載謀載惟，取蕭祭脂，取羝都禮反以軷蒲末反，叶蒲昧反。載燔載烈如字，叶力制反，以興嗣歲叶音雪，又如字。

賦也。我祀，承上章而言后稷之祀也。揄，抒臼也。簸，揚去糠也。蹂，蹂禾取穀以繼之也。釋，淅米也。叟叟，聲也。浮浮，氣也。謀，卜日擇士也。惟，齊戒具脩也。蕭，蒿也。脂，膟膋也。宗廟之祭，取蕭合膟膋爇之，使臭達墻屋也。羝，牡羊也。軷，祭行道之神也。燔，傅諸火也。烈，貫之而加于火也。四者皆祭祀之事，所以興來歲而繼往歲也。【音釋】抒，食汝反。抒臼，疏：「抒米以出臼也。」淅，音昔，洮米也。合，音閤。膟膋，音律遼，腸間脂。爇，如劣反。

卬五郎反盛音成于豆，于豆于登。其香始升，上帝居歆下與「今」叶。胡臭亶時叶上止反，后稷肇祀叶養里反。庶無罪悔叶呼委反，以迄許乙反于今上與「歆」叶【一】。

賦也。卬，我也。木曰豆，以薦菹醢也。瓦曰登，以薦大羹也。居，安也。鬼神食氣曰歆。胡，何。臭，香。亶，誠也。時，言得其時也。庶，近。迄，至也。○此章言其尊祖配天之祭。其香始升而上帝已安而饗之，言應之疾也。此何但芳臭之薦，信得其時哉！蓋自后稷之肇祀，則庶無罪悔而至于今矣。曾氏曰：「自后稷肇祀以來，前後相承，兢兢業業，惟恐一有罪悔，獲戾于天。閱數百年而此心不易，故曰：『庶無罪悔，以迄于今』，言周人世世用心如此也。」

【一】「乙」原作「一」，蔣氏本、光緒七年本及光緒十五年本作「乞」，據朱熹《詩集傳》卷十七改。

【音釋】大羹，疏：「肉汁，大古之羹也，不調以鹽菜，以其質，故以瓦器盛之【一】。」大，音泰。

《生民》八章，四章章十句，四章章八句。此詩未詳所用，豈郊祀之後，亦有受釐頒胙之禮也與?舊説第三章八句，第四章十句。今按，第三章當爲十句，第四章當爲八句。則去、呱、訏、路，音韻諧協，呱聲載路，文勢通貫。而此詩八章，皆以十句八句相間爲次。又二章以後，七章以前，每章章之首皆有「誕」字。【音釋】釐，音僖。《漢書》注：「福也。」應劭：「祭餘肉也。」顔師古：「本作禧。」

敦徒端反彼行葦，牛羊勿踐履。方苞方體，維葉泥泥乃禮反。戚戚兄弟待禮反，莫遠具爾。或肆之筵，或授之几。

興也。敦，聚貌，勾萌之時也【二】。行，道也。勿，戒止之辭也。苞，甲而未坼也。體，成形也。泥泥，柔澤貌。戚戚，親也。莫，猶「勿」也。具，俱也。爾，與「邇」同。肆，陳也。○疑此祭畢而燕父兄耆老之詩。故言敦彼行葦，而牛羊勿踐履，則方苞方體，而葉泥泥矣。戚戚兄弟，而莫遠具爾，則或肆之筵，而或授之几矣。此方言其開燕設席之初，而慇懃篤厚之意，藹然已見於言語之外矣。讀者詳之。

肆筵設席叶祥勺反，授几有緝御叶魚駕反。或獻或酢才洛反，洗爵奠斝古雅反，叶居訝反。醓他感反醢以薦叶即略反，或燔或炙叶陟略反。嘉殽脾婢支反臄渠略反，或歌或咢五洛反。

賦也。設席，重席也。緝，續。御，侍也。有相續代而侍者，言不乏使也。進酒於客曰獻，客答之曰酢。主人又洗爵醻客，客受而奠之不舉也。斝，爵也。夏曰醆，殷曰斝，周曰爵。醓，醢之多汁者也。燔用肉，炙用肝。臄，口上

【一】「瓦」原作「爲」，據蔣氏本、光緒七年本及光緒十五年本改。

【二】「勾」，蔣氏本、光緒七年本及光緒十五年本作「句」。

肉也。歌者，比於琴瑟也。徒擊鼓曰咢。○言侍御獻醻飲食歌樂之盛也。【音釋】重，平声。緝御，李氏曰：「即所謂更僕。」醻，市流反。醆，阻限反。比，毗志反。

敦音彫，下同弓既堅叶古因反，四鍭音侯既鈞。舍音捨矢既均，序賓以賢叶下珍反。敦弓既句古侯反，叶古侯反，既挾子協反四鍭。四鍭如樹叶上主反，序賓以不侮。

賦也。敦、雕通，畫也。天子雕弓。堅，猶「勁」也。鍭，金鏃翦羽矢也。鈞，參亭也，謂參分之，一在前，二在後。三訂之而平者，前有鐵重也。舍，釋也，謂發矢也。均，皆中也。賢，射多中也。《投壺》曰：「某賢於某若干純，奇則曰奇，均則曰左右均」是也。句、彀通，謂引滿也。《射禮》：「搢三挾一。」既挾四鍭，則徧釋矣。如樹，如手就樹之，言貫革而堅正也。不侮，敬也，令弟子辭所謂「無憮、無敖、無偝立、無踰言」者也。或曰：不以中，病不中者也。射以中多爲雋，以不侮爲德。○言既燕而射以爲樂也。【音釋】《荀子》云：「天子彫弓，諸侯彤弓，大夫黑弓。」《公羊傳》亦云「天子彫弓，諸侯彤弓，大夫嬰弓，士盧弓。」鏃，作木反，矢鋒也。疏：「《爾雅》『金鏃翦羽謂之鍭【一】。』注：『金鏑斷羽，使前重也。』」鏑，音滴，即鏃也。「參亭」之「參」，音慘。「參分」之「參」，音三。中，陟仲反。純，音全。奇，音畸。搢，音晉。憮，音呼。敖，音傲。偝，音佩。雋，祖峻反。

曾孫維主如字，或叶當口反，酒醴維醹如主反，或叶奴口反。酌以大斗叶腫庾反，或如字，以祈黃耇叶果五反，或如字。黃耇台湯來反背叶必墨反，以引以翼。壽考維祺音其，以介景福叶筆力反。

賦也。曾孫，主祭者之稱。今祭畢而燕，故因而稱之也。醹，厚也。大斗，柄長三尺。祈，求也。黃耇，老人之稱。以祈黃耇，猶曰「以介眉壽」云耳。古器物款識云「用蘄萬壽」，「用蘄眉壽，永命多福」，「用蘄眉壽，萬年無疆」，

【一】「鍭」原作「鏃」，據蔣氏本、光緒七年本、光緒十五年本及《爾雅注疏》卷三改。

皆此類也。台，鮐也，大老則背有鮐文。引，導。翼，輔。祺，吉也。○此頌禱之詞。欲其飲此酒而得老壽，又相引導輔翼，以享壽祺，介景福也。【音釋】醹，疏：「酒之醇者。」識，音志。蘄，與祈同。鮐，湯來反，魚也。

《行葦》四章，章八句。毛七章，二章章六句，五章章四句。鄭八章，章四句。毛首章以四句興二句，不成文理，二章又不協韻。鄭首章有起興而無所興。皆誤。今正之如此。

既醉以酒，既飽以德。君子萬年，介爾景福叶筆力反。

賦也。德，恩惠也。君子，謂王也。爾，亦指王也。○此父兄所以答《行葦》之詩。言享其飲食恩惠之厚，而願其受福如此也。

既醉以酒，爾殽既將。君子萬年，介爾昭明叶謨郎反。

賦也。殽，俎實也。將，行也，亦奉持而進之意。昭明，猶光大也。

昭明有融，高朗令終。令終有俶尺六反，公尸嘉告叶姑沃反。

賦也。融，明之盛也。《春秋傳》曰：「明而未融。」朗，虛明也。令終，善終也，《洪範》所謂「考終命」，古器物銘所謂「令終令命」是也。俶，始也。公尸，君尸也。周稱王，而尸但曰公尸，蓋因其舊。如秦已稱皇帝，而其男女猶稱公子公主也。嘉告，以善言告之，謂嘏辭也。蓋欲善其終者必善其始。今固未終也，而既有其始矣，於是公尸以此告之。

其告維何？籩豆靜嘉叶居何反。朋友攸攝，攝以威儀叶牛何反。

賦也。靜嘉，清潔而美也。朋友，指賓客助祭者。說見《楚茨》篇。攝，檢也。○公尸告以汝之祭祀，籩豆之薦既靜嘉矣，而朋友相攝佐者，又皆有威儀，當神意也。自此至終篇，皆述尸告之辭。

威儀孔時叶上止反，君子有孝子叶獎里反。孝子不匱求位反，永錫爾類。

賦也。孝子，主人之嗣子也。《儀禮》，祭祀之終，有嗣舉奠。匱，竭。類，善也。○言汝之威儀既得其宜，又有孝子以舉奠。孝子之孝誠而不竭，則宜永錫爾以善矣。東萊呂氏曰：「君子既孝，而嗣子又孝，其孝可謂源源不竭矣。」

其類維何？室家之壼苦本反，叶苦俊反。君子萬年，永錫祚才故反胤羊刃反。

賦也。壼，宮中之巷也，言深遠而嚴肅也。祚，福禄也。胤，子孫也。錫之以善，莫大於此。

其胤維何？天被皮寄反爾禄。君子萬年，景命有僕。

賦也。僕，附也。○言將使爾有子孫者，先當使爾被天禄，而爲天命之所附屬。下章乃言子孫之事。

其僕維何？釐力之反爾女士鉏里反。釐爾女士，從以孫子叶獎里反【一】。

賦也。釐，予也。女士，女之有士行者。謂生淑媛，使爲之妃也。從，隨也。謂又生賢子孫也。【音釋】媛，于眷反，美女也。

《既醉》八章，章四句。

鳧音扶鷖於雞反在涇，公尸來燕來寧。爾酒既清，爾殽既馨。公尸燕飲，福禄來成。

興也。鳧，水鳥如鴨者。鷖，鷗也。涇，水名。爾，自歌工而指主人也。馨，香之遠聞也。○此祭之明日，繹而賓尸之樂。故言鳧鷖則在涇矣，公尸則來燕來寧矣。酒清殽馨，則公尸燕飲，而福禄來成矣。【音釋】疏：「燕尸之禮，大夫謂之賓尸，即用祭之日。天子諸侯以祭之明日，謂之繹。」

鳧鷖在沙叶桑何反，公尸來燕來宜叶牛何反。爾酒既多，爾殽既嘉叶居何反。公尸燕飲，福禄來爲叶吾禾反。

興也。爲，助也。

【一】「里」，朱熹《詩集傳》卷十七作「履」。

鳧鷖在渚，公尸來燕來處。爾酒既湑，爾殽伊脯。公尸燕飲，福祿來下叶後五反。

興也。渚，水中高地也。湑，酒之泲者也。【音釋】湑，息汝反。泲，子禮反。

鳧鷖在潨在公反，公尸來燕來宗。既燕于宗，福祿攸降叶乎攻反。公尸燕飲，福祿來崇。

興也。潨，水會也。「來宗」之「宗」，尊也。「于宗」之「宗」，廟也。崇，積而高大也。

鳧鷖在亹音門，公尸來止熏熏叶眉貧反。旨酒欣欣，燔炙芬芬叶豐勻反。公尸燕飲，無有後艱叶居銀反。

興也。亹，水流峽中，兩岸如門也。熏熏，和說也。欣欣，樂也。芬芬，香也。

《鳧鷖》五章，章六句。

假《中庸》《春秋傳》皆作「嘉」，今當作「嘉」樂音洛君子叶音則，顯顯令德。宜民宜人，受祿于天叶鐵因反。保右音又命叶彌並反之，自天申之。

賦也。嘉，美也。君子，指王也。民，庶民也。人，在位者也。申，重也。○言王之德既宜民人而受天祿矣。而天之於王，猶反覆眷顧之不厭，既保之右之命之，而又申重之也。疑此即公尸之所以答《鳧鷖》者也。【音釋】重，直龍反。

干祿百福叶筆力反，子孫千億。穆穆皇皇，宜君宜王。不愆不忘，率由舊章。

賦也。穆穆，敬也。皇皇，美也。君，諸侯也。王，天子也。愆，過。率，循也。舊章，先王之禮樂政刑也。○言王者干祿而得百福，故其子孫之蕃至于千億。適爲天子，庶爲諸侯，無不穆穆皇皇，以遵先王之法者。【音釋】適，丁歷反。

威儀抑抑，德音秩秩。無怨無惡烏路反，率由羣匹。受福無疆，四方之綱。

賦也。抑抑，密也。秩秩，有常也。匹，類也。○言有威儀聲譽之美，又能無私怨惡以任衆賢，是以能受無疆之福，爲四方之綱。此與下章皆稱願其子孫之辭也。或曰：無怨無惡，不爲人所怨惡也。

之綱之紀，燕及朋友叶羽已反。百辟卿士鉏里反，媚眉備反于天子叶奬里反【一】。不解佳賣反于位，民之攸塈許既反。

賦也。燕，安也。朋友，亦謂諸臣也。解，墮【二】。塈，息也。○言人君能綱紀四方，而臣下賴之以安，則百辟卿士，媚而愛之。維欲其不解于位，而爲民所安息也。東萊呂氏曰：「君燕其臣，臣媚其君，此上下交而爲泰之時也。泰之時，所憂者怠荒而已，此詩所以終於『不解于位，民之攸塈』也。方嘉之，又規之者，蓋皋陶賡歌之意也。民之勞逸在下，而樞機在上。上逸則下勞矣，上勞則下逸矣。不解于位，乃民之所由休息也。」

《假樂》四章，章六句。

篤公劉，匪居匪康。迺埸音易迺疆，迺積迺倉，迺裹音果餱音侯糧音良。于橐他洛反于囊乃郎反，思輯音集用光。弓矢斯張，干戈戚揚，爰方啓行叶户郎反。

賦也。篤，厚也。公劉，后稷之曾孫也，事見《豳風》。居，安。康，寧也。埸、疆，田畔也。積，露積也。餱，食。糧，糗也。無底曰橐，有底曰囊。輯，和。戚，斧。揚，鉞。方，始也。○舊説召康公以成王將涖政，當戒以民事，故詠公劉之事以告之曰：厚哉公劉之於民也！其在西戎不敢寧居，治其田疇，實其倉廩，既富且强，於是裹其餱糧，思以輯和其民人，而光顯其國家。然後以其弓矢斧鉞之備，爰始啓行，而遷都豳焉。蓋亦不出其封内也。

【音釋】《釋文》：「王肅云：『公，號。劉，名。』《尚書傳》：『公，爵。劉，名。』」疆為大界，埸是小界。糗，去九反。鉞大而斧小，《六韜》云：「大柯斧重八斤，一名天鉞【三】。」康公，名奭。

【一】「里」，朱熹《詩集傳》卷十七作「履」。
【二】「墮」，蔣氏本、光緒七年本及光緒十五年本作「惰」。
【三】「天」原作「尺」，蔣氏本、光緒七年本及光緒十五年本作「大」，據《六韜》卷四及《毛詩正義》卷十七之三改。

篤公劉，于胥斯原。既庶既繁叶紛乾反，既順迺宣，而無永嘆他安反。陟則在巘魚𤴓反，叶魚軒反，復降在原。何以舟叶之遥反之？維玉及瑤音遥，鞞必頂反琫必孔反容刀叶徒招反。

賦也。胥，相也。庶、繁，謂居之者衆也。順，安。宣，徧也，言居之徧也。無永嘆，得其所，不思舊也。巘，山頂也。舟，帶也。鞞，刀鞘也。琫，刀上飾也。容刀，容飾之刀也。或曰：容刀如言容臭，謂鞞琫之中容此刀耳。○言公劉至豳，欲相土以居，而帶此劍佩，以上下於山原也。東萊呂氏曰：「以如是之佩服，而親如是之勞苦，斯其所以爲厚於民也歟！」【音釋】相，息亮反。鞘，音肖。

篤公劉，逝彼百泉，瞻彼溥音普原。迺陟南岡，乃覯于京叶居良反。京師之野叶上與反，于時處處，于時廬旅，于時言言，于時語語。

賦也。溥，大。覯，見也。京，高丘也。師，衆也。京師，高山而衆居也。董氏曰：「所謂京師者，蓋起於此，其後世因以所都爲京師也。」時，是也。處處，居室也。廬，寄也。旅，賓旅也。直言曰言，論難曰語。○此章言營度邑居也。自下觀之，則往百泉而望廣原；自上觀之，則陟南岡而覯于京。於是爲之居室，於是廬其賓旅，於是言其所言，於是語其所語。無不於斯焉。【音釋】論、難，並去聲。度，待洛反【一】，五章同。

篤公劉，于京斯依叶於豈反，蹌蹌七羊反濟濟子禮反。俾筵俾几，既登乃依同上。乃造七到反其曹，執豕于牢，酌之用匏步交反。食音嗣之飲於鴆反之，君之宗之就用之字為韵。

賦也。依，安也。蹌蹌濟濟，羣臣有威儀貌。俾，使也，使人爲之設筵几也。登，登筵也。依，依几也。曹，羣牧之處也。以豕爲殽，用匏爲爵，儉以質也。宗，尊也，主也。嫡子孫主祭祀，而族人尊之以爲主也。○此章言宮室既成而落之，既以飲食勞其羣臣，而又爲之君，爲之宗焉。東萊呂氏曰：「既饗燕而定經制，以整屬其民。上則皆統於君，

【一】「待洛反」，蔣氏本、光緒七年本及光緒十五年本作「徒洛反」。

下則各統於宗。蓋古者建國立宗，其事相須。楚執戎蠻子而致邑立宗，以誘其遺民，即其事也。」【音釋】宮室既成而祭之曰落，《左氏傳》：「願與諸侯落之。」勞，去声。屬，音燭。執戎蠻，事見《左》哀四年【一】。

篤公劉，既溥既長，既景廼岡。相息亮反其陰陽，觀其流泉，其軍三單音丹，叶多涓反。度待洛反其隰原，徹田爲糧。度同上其夕陽，豳居允荒。

賦也。溥，廣也。言其芟夷墾辟，土地既廣而且長也。景，考日景以正四方也。岡，登高以望也。相，視也。陰陽，向背寒暖之宜也。流泉，水泉灌漑之利也。三單，未詳。徹，通也。一井之田九百畝，八家皆私百畝，同養公田。耕則通力而作，收則計畝而分也。周之徹法自此始，其後周公蓋因而脩之耳。山西曰夕陽。允，信。荒，大也。○此言辨土宜以授所徙之民，定其軍賦與其税法，又度山西之田以廣之，而豳人之居於此益大矣。【音釋】疏：「東西為廣，南北為長【二】。」背，蒲妹反【三】。山西夕始得陽，故曰夕陽。

篤公劉，于豳斯館叶古玩反。涉渭爲亂，取厲取鍛丁亂反。止基廼理，爰衆爰有叶羽己反。夾其皇澗，遡其過古禾反澗。止旅廼密，芮鞫居六反之即。

賦也。館，客舍也。亂，舟之截流横渡者也。厲，砥。鍛，鐵。止，居。基，定也。理，疆理也。衆，人多也。有，財足也。遡，鄉也。皇、過，二澗名。芮，水名。出吳山西北，東入涇，《周禮·職方》作「汭」。鞫，水外也。○此章又總叙其始終。言其始來未定居之時，涉渭取材而爲舟以來往，取厲取鍛而成宮室。既止基於此矣，乃疆理其田野，則

【一】「四」原作「五」，據蔣氏本、光緒七年本、光緒十五年本及《春秋左傳正義》卷六十改。
【二】「長」，《毛詩正義》卷十七之三作「輪」。
【三】「蒲妹反」，朱熹《詩集傳》卷十一及許謙《詩集傳名物鈔》卷七作「蒲昧反」。

日益繁庶富足。其居有夾澗者，有遡澗者。其止居之衆日以益密，乃復即芮鞫而居之，而豳地日以廣矣。

《公劉》六章，章十句。

泂音迥酌彼行潦音老，挹音揖彼注兹，可以餴甫云反饎尺志反，叶昌里反。豈弟君子，民之父母叶滿彼反。

興也。泂，遠也。行潦，流潦也。餴，烝米一熟，而以水沃之【一】，乃再烝也。饎，酒食也。君子，指王也。○舊説以爲召康公戒成王。言遠酌彼行潦，挹之於彼，而注之於此，尚可以餴饎。況豈弟之君子，豈不爲民之父母乎？傳曰：「豈以强教之，弟以悦安之。民皆有父之尊，有母之親。」又曰：「民之所好好之，民之所惡惡之，此之謂民之父母。」

【音釋】挹，酌也。「傳曰」出《表記》。好、惡，並去聲，出《大學》。

泂酌彼行潦，挹彼注兹，可以濯罍音雷。豈弟君子，民之攸歸叶古回反。

興也。濯、滌也。

泂酌彼行潦，挹彼注兹，可以濯溉古爱反，叶古氣反。豈弟君子，民之攸塈許既反。

興也。溉，亦滌也。塈，息也。

《泂酌》三章，章五句。

有卷音權者阿與歌叶，飄風自南叶尼心反。豈弟君子，來游來歌與阿叶，以矢其音。

賦也。卷，曲也。阿，大陵也。豈弟君子，指王也。矢，陳也。○此詩舊説亦召康公作。疑公從成王游歌於卷阿之上，因王之歌而作此以爲戒。此章總叙以發端也。

【一】「而」，原無，據朱熹《詩集傳》卷十七補。

伴音判奐音喚爾游矣，優游爾休矣。豈弟君子，俾爾彌爾性，似先公酋在由反矣。

賦也。伴奐，優游閑暇之意。爾、君子，皆指王也。彌，終也。性，猶命也。酋，終也。○言爾既伴奐優游矣，又呼而告之，言使爾終其壽命，似先君善始而善終也。自此至第四章，皆極言壽考福禄之盛，以廣王心而歆動之。五章以後，乃告以所以致此之由也。【音釋】呼，去聲。

爾土宇昄符版反章，亦孔之厚叶很口、下主二反矣。豈弟君子，俾爾彌爾性，百神爾主叶當口、腫庾二反矣。

賦也。昄，大。章，明也。或曰：昄當作「版」，版章，猶版圖也。○言爾土宇昄章既甚厚矣，又使爾終其身常爲天地山川鬼神之主也。【音釋】昄，許易「部版反」，字書同，又布綰反。

爾受命長矣，茀芳弗反禄爾康矣。豈弟君子，俾爾彌爾性，純嘏爾常矣。

賦也。茀、嘏，皆福也。常，常享之也。

有馮符冰反有翼，有孝有德，以引以翼。豈弟君子，四方爲則。

賦也。馮，謂可爲依者。翼，謂可爲輔者。孝，謂能事親者。德，謂得於己者。引，導其前也。翼，相其左右也。東萊呂氏曰：「賢者之行非一端，必曰有孝有德。何也？蓋人主常與慈祥篤實之人處，其所以興起善端，涵養德性，鎮其躁而消其邪，日改月化，有不在言語之間者矣。」○言得賢以自輔如此，則其德日脩，而四方以爲則矣。自此章以下，乃言所以致上章福禄之由也。【音釋】相、行，並去聲。

顒顒卬卬，如圭如璋，令聞音問令望叶無方反。豈弟君子，四方爲綱。

賦也。顒顒卬卬，尊嚴也。如圭如璋，純潔也。令聞，善譽也。令望，威儀可望法也。○承上章，言得馮翼孝德之助，則能如此，而四方以爲綱矣。【音釋】顒，魚容反。卬，五岡反【一】。

【一】「岡」，蔣氏本、光緒七年本及光緒十五年本作「剛」。

鳳凰于飛，翽翽呼會反其羽，亦集爰止。藹藹王多吉士鉏里反，維君子使，媚于天子。

興也。鳳凰，靈鳥也。雄曰鳳，雌曰凰。翽翽，羽聲也。鄭氏以爲「因時鳳凰至，故以爲喻」，理或然也。藹藹，衆多也。媚，順愛也。○鳳凰于飛，則翽翽其羽，而集於其所止矣。藹藹王多吉士，則維王之所使，而皆媚于天子矣。既曰君子，又曰天子，猶曰「王于出征，以佐天子」云爾。【音釋】鳳，《説文》：「神鳥也，其像鴻前麐後，蛇頭魚尾，鸛顙鴛思，龍文龜背，燕頷雞喙。五色備舉。出於東方君子之國。見則天下安寧，飛則群鳥從以萬數。」麐、麟同。

鳳凰于飛，翽翽其羽，亦傅音附于天叶鐵因反。藹藹王多吉人，維君子命叶彌並反，媚于庶人。

興也。媚于庶人，順愛于民也。

鳳凰鳴矣，于彼高岡。梧桐生矣，于彼朝陽。菶菶布孔反萋萋七西反，雝雝喈喈叶居奚反。

比也，又以興下章之事也。山之東曰朝陽。鳳凰之性，非梧桐不棲，非竹實不食。菶菶萋萋，梧桐生之盛也。雝雝喈喈，鳳凰鳴之和也。【音釋】《爾雅》：「櫬，梧，又曰榮桐木【一】。」注：「即梧桐。」《埤雅》：「號曰青桐，橐鄂皆五，其子似乳，綴于橐鄂。」橐，音羔。櫬，所覲反【二】。朝陽，疏：「先見日也。」

君子之車，既庶且多。君子之馬，既閑且馳叶唐何反。矢詩不多，維以遂歌。

賦也，承上章之興也。菶菶萋萋，則雝雝喈喈矣。君子之車馬，則既衆多而閑習矣。其意若曰：是亦足以待天下之賢者而不厭其多矣。遂歌，蓋繼王之聲而遂歌之，猶《書》所謂「賡載歌」也。

《卷阿》十章，六章章五句，四章章六句。

【一】「榮」原作「樂」，據蔣氏本、光緒七年本、光緒十五年本及《爾雅注疏》卷九改。
【二】「所覲反」，蔣氏本、光緒七年本、光緒十五年本及許謙《詩集傳名物鈔》卷七作「初覲反」。

民亦勞止，汔許乙反可小康。惠此中國，以綏四方。無縱詭居毀反隨，以謹無良。式遏寇虐，憯七感反不畏明叶謨郎反。柔遠能邇，以定我王。

賦也。汔，幾也。中國，京師也。四方，諸夏也。京師，諸夏之根本也。詭隨，不顧是非而妄隨人也。謹，斂束之意。憯，曾也。明，天之明命也。柔，安也。能，順習也。○《序》説以此爲召穆公刺厲王之詩。以今考之，乃同列相戒之詞耳，未必專為刺王而發。然其憂時感事之意，亦可見矣。蘇氏曰：「人未有無故而妄從人者，維無良之人，將悦其君，而竊其權，以爲寇虐，則爲之。故無縱詭隨，則無良之人肅，而寇虐無畏之人止。然後柔遠能邇，而王室定矣。」穆公，名虎，康公之後。厲王，名胡，成王七世孫也。【音釋】幾，《釋文》：「音祈。」「專為」之「為」，去聲。

民亦勞止，汔可小休。惠此中國，以爲民逑。無縱詭隨，以謹惛怓女交反，叶尼猶反。式遏寇虐，無俾民憂。無棄爾勞，以爲王休。

賦也。逑，聚也。惛怓，猶讙譁也。勞，猶功也，言無棄爾之前功也。休，美也。【音釋】惛，音昏。讙，喧、歡二音。

民亦勞止，汔可小息。惠此京師，以綏四國叶于逼反。無縱詭隨，以謹罔極。式遏寇虐，無俾作慝吐得反。敬慎威儀，以近有德。

賦也。罔極，爲惡無窮極之人也。有德，有德之人也。

民亦勞止，汔可小愒起例反。惠此中國，俾民憂泄以世反。無縱詭隨，以謹醜厲。式遏寇虐，無俾正敗叶蒲寐反。戎雖小子，而式弘大叶特計反。

賦也。愒，息。泄，去。厲，惡也。正敗，正道敗壞也。戎，女也。言女雖小子，而其所爲甚廣大，不可不謹也。

民亦勞止，汔可小安。惠此中國，國無有殘。無縱詭隨，以謹繾綣。式遏寇虐，無俾正反。王欲玉女音汝，是用大諫《春秋傳》《荀子書》並作「簡」，音簡。

賦也。繾綣，小人之固結其君者也。正反，反於正也。玉，寶愛之意。言王欲以女爲玉而寶愛之，故我用王之意大諫正於女。蓋託爲王意以相戒也。【音釋】繾綣，《釋文》：「上音遣，下起阮反。」字書又上去戰反，下丘願反。

《民勞》五章，章十句。

上帝板板，下民卒癉當簡反。出話不然，爲猶不遠。靡聖管管，不實於亶。猶之未遠，是用大諫叶音簡。

賦也。板板，反也。卒，盡。癉，病。猶，謀也。管管，無所依也。亶，誠也。○《序》以此爲凡伯刺厲王之詩。今考其意，亦與前篇相類，但責之益深切耳。此章首言天反其常道，而使民盡病矣。而女之出言皆不合理，爲謀又不久遠。其心以爲無復聖人，但恣己妄行，而無所依據。又不實之於誠信。豈其謀之未遠而然乎？世亂乃人所爲，而曰「上帝板板」者，無所歸咎之詞耳。【音釋】女，音汝，四章同。

天之方難叶泥涓反，無然憲憲叶虛言反。天之方蹶俱衛反，無然泄泄以世反。辭之輯音集，叶徂合反矣【一】，民之洽矣。辭之懌叶弋灼反矣，民之莫矣。

賦也。憲憲，欣欣也。蹶，動也。泄泄，猶沓沓也，蓋弛緩之意。孟子曰：「事君無義，進退無禮。言則非先王之道者，猶沓沓也。」輯，和。洽，合。懌，悅。莫，定也。辭輯而懌，則言必以先王之道矣，所以民無不合，無不定也。

【一】「徂」，蔣氏本、光緒七年本及光緒十五年本作「祖」。

我雖異事，及爾同僚。我即爾謀，聽我囂囂許驕反。我言維服，勿以爲笑叶思邀反。先民有言，詢于芻初俱反蕘如謠反。

賦也。異事，不同職也。同僚，同爲王臣也。《春秋傳》曰：「同官爲僚。」即，就也。囂囂，自得不肯受言之貌。服，事也。猶曰我所言者，乃今之急事也。先民，古之賢人也。芻蕘，采薪者。古人尚詢及芻蕘，況其僚友乎！【音釋】囂，《釋文》：「五刀反。」毛曰：「猶謷謷也。」《唐·韋昉傳》：「視僚黨謷然。」謷，五報反，今《傳》音當加一叶字。疏：「芻者，飼馬牛之草。蕘者，供然火之草。」

天之方虐，無然謔謔虛虐反。老夫灌灌，小子蹻蹻其略反。匪我言耄莫報反，叶毛博反，爾用憂謔。多將熇熇叶許各反，不可救藥。

賦也。謔，戲侮也。老夫，詩人自稱。灌灌，款款也。蹻蹻，驕貌。耄，老而昏也。熇熇，熾盛也。〇蘇氏曰：「老者知其不可，而盡其款誠以告之，少者不信而驕之。故曰：非我老耄而妄言，乃女以憂爲戲耳。夫憂未至而救之，猶可爲也。苟俟其益多，則如火之盛，不可復救矣。」【音釋】熇，《釋文》：「許酷反，一許各反。」恐叶字誤。少，去聲。

天之方懠才細反，叶箋西反，無爲夸苦花反毗。威儀卒迷，善人載尸。民之方殿屎許伊反，則莫我敢葵。喪息浪反亂蔑資叶箋西反，曾莫惠我師叶霜夷反。

賦也。懠，怒。夸，大。毗，附也。小人之於人，不以大言夸之，則以諛言毗之也。尸則不言不爲，飲食而已者也。殿屎，呻吟也。葵，揆也。蔑，猶「滅」也。資，與「咨」同，嗟嘆聲也。惠，順。師，衆也。〇戒小人毋得夸毗，使威

儀迷亂，而善人不得有所爲也。又言民方愁苦呻吟，而莫敢揆度其所以然者，是以至於散亂滅亡，而卒無能惠我師者也。【音釋】殿，都甸反【一】。

天之牖民，如壎許元反如篪音池，如璋如圭，如取如攜。攜無曰益，牖民孔易以豉反，叶夷益反。民之多辟匹亦反，下同，僻，無自立辟。

賦也。牖，開明也，猶言天啓其心也。壎唱而篪和，璋判而圭合，取求攜得而無所費，皆言易也。辟，邪辟也【二】。○言天之開民其易如此，以明上之化下，其易亦然。今民既多邪辟矣，豈可又自立邪辟以道之邪？

价音介人維藩叶分邅反，大師維垣，大邦維屏，大宗維翰叶胡田反。懷德維寧，宗子維城。無俾城壞叶胡罪、胡威二反，無獨斯畏叶紆會、於非二反。

賦也。价，大也，大德之人也。藩，籬。師，衆。垣，牆也。大邦，强國也。屏，樹也，所以爲蔽也。大宗，强族也。翰，幹也。宗子，同姓也。○言是六者皆君之所恃以安，而德其本也。有德則得是五者之助，不然則親戚叛之而城壞。城壞則藩垣屏翰皆壞而獨居，獨居而所可畏者至矣。

敬天之怒，無敢戲豫。敬天之渝用朱反，無敢馳驅。昊天曰明叶謨郎反，及爾出王音往，叶如字。昊天曰旦叶得絹反，及爾游衍叶怡戰反。

賦也。渝，變也。王，往通，言出而有所往也。旦，亦明也。衍，寬縱之意。○言天之聰明無所不及，不可以不敬也。板板也，難也，蹶也，虐也，懠也，其怒而變也甚矣，而不之敬也，亦知其有日監在茲者乎！張子曰：「天體物而不遺，猶仁體事而無不在也。『禮儀三百，威儀三千』，無一事而非仁也。『昊天曰明，及爾出王。昊天曰旦，及爾游

【一】「都甸反」，《毛詩正義》卷十七之三及許謙《詩集傳名物鈔》卷七作「都練反」。
【二】「辟邪辟也」，蔣氏本、光緒七年本及光緒十五年本作「辟邪也」。

衍』，無一物之不體也。」

《板》八章，章八句。

生民之什十篇，六十一章，四百三十三句。

詩卷第十七

詩卷第十八

蕩之什三之三

蕩蕩上帝，下民之辟必亦反。疾威上帝，其命多辟匹亦反。天生烝民，其命匪諶市林反，或叶市隆反。靡不有初，鮮上聲克有終叶諸深反，或如字【一】。

賦也。蕩蕩，廣大貌。辟，君也。疾威，猶暴虐也。多辟，多邪辟也。烝，衆。諶，信也。〇言此蕩蕩之上帝，乃下民之君也。今此暴虐之上帝，其命乃多邪僻者，何哉？蓋天生衆民，其命有不可信者。蓋其降命之初無有不善，而人少能以善道自終，是以致此大亂，使天命亦罔克終，如疾威而多僻也。蓋始爲怨天之辭，而卒自解之如此。劉康公曰：「民受天地之中以生，所謂命也。能者養之以福，不能者敗以取禍，此之謂也。」

文王曰咨，咨女音汝殷商。曾是彊禦，曾是掊蒲侯反克，曾是在位，曾是在服叶蒲北反。天降慆他刀反德【二】，女興是力。

賦也。此設爲文王之言也。咨，嗟也。殷商，紂也。彊禦，暴虐之臣也。掊克，聚斂之臣也。服，事也。慆【三】，慢。興，起也。力，如力行之力。〇詩人知厲王之將亡，故爲此詩。託於文王所以嗟嘆殷紂者，言此暴虐聚斂之臣在位用事，乃天降慆慢之德而害民【四】，然非其自爲之也，乃汝興起此人而力爲之耳。【音釋】斂，去聲。

【一】「上聲」二字，朱熹《詩集傳》卷十八無。
【二】「慆」，蔣氏本、光緒七年本及光緒十五年本作「滔」。
【三】「慆」，蔣氏本、光緒七年本及光緒十五年本作「滔」。
【四】「慆」，蔣氏本、光緒七年本及光緒十五年本作「滔」。

文王曰咨，咨女殷商。而秉義類，彊禦多懟直類反。流言以對，寇攘式內。侯作側慮反侯祝周救反，靡届靡究。

賦也。而，亦女也。義，善。懟，怨也。流言，浮浪不根之言也。侯，維也。作，讀爲詛。詛祝，怨謗也。○言汝當用善類，而反任此暴虐多怨之人，使用流言以應對，則是爲寇盜攘竊而反居內矣，是以致怨謗之無極也。

文王曰咨，咨女殷商。女炰白交反烋火交反于中國叶于逼反，斂怨以爲德。不明爾德，時無背布內反無側。爾德不明，以無陪蒲回反無卿。

賦也。炰烋，氣健貌。斂怨以爲德，多爲可怨之事而反自以爲德也。背，後。側，傍[一]。陪，貳也。言前後左右公卿之臣皆不稱其官，如無人也。【音釋】陪，貳。疏謂：「副貳王者[二]。」

文王曰咨，咨女殷商。天不湎面善反爾以酒，不義從式叶式吏反。既愆爾止，靡明靡晦叶呼洧反。式號式呼火故反，俾晝作夜叶羊茹反。

賦也。湎，飲酒變色也。式，用也。言天不使爾沈湎於酒，而惟不義是從而用也[三]。止，容止也。【音釋】號，户刀反。

文王曰咨，咨女殷商。如蜩如螗音唐，如沸如羹叶盧當反。小大近喪息浪反，叶平聲[四]，人尚乎由行叶户郎反。內奰皮器反于中國，覃及鬼方。

賦也。蜩、螗，皆蟬也。如蟬鳴，如沸羹，皆亂意也。小者大者，幾於喪亡矣。尚且由此而行，不知變也。奰，怒。覃，延也。鬼方，遠夷之國也。言自近及遠，無不怨怒也。【音釋】蜩，音條。幾，平聲。

【一】「傍」，蔣氏本、光緒七年本及光緒十五年本作「旁」。
【二】「者」下，蔣氏本、光緒七年本、光緒十五年本及《毛詩正義》卷十八之一有「則三公也」四字。
【三】「而用」，朱熹《詩集傳》卷十八作「是用」。
【四】「叶」，朱熹《詩集傳》卷十八作「呼」，誤。

文王曰咨，咨女殷商。匪上帝不時叶上止反，殷不用舊叶巨己反。雖無老成人，尚有典刑。曾是莫聽湯經反，大命以傾。

賦也。老成人，舊臣也。典刑，舊法也。○言非上帝爲此不善之時，但以殷不用舊，致此禍爾。雖無老成人與圖先王舊政，然典刑尚在，可以循守。乃無聽用之者，是以大命傾覆而不可救也。

文王曰咨，咨女殷商。人亦有言，顛沛之揭紀竭、去例二反。枝葉未有害許曷、瑕憩二反，本實先撥蒲末反，叶方吠、筆烈二反。殷鑒不遠，在夏后之世叶始制、私列二反。

賦也。顛沛，仆拔也。揭，木根蹶起之貌【一】。撥，猶絶也。鑒，視也。夏后，桀也。○言大木揭然將蹶，枝葉未有折傷，而其根本之實已先絶，然後此木乃相隨而顛拔爾。蘇氏曰：「商周之衰，典刑未廢，諸侯未畔，四夷未起，而其君先爲不義以自絶於天，莫可救止，正猶此爾。殷鑒在夏，蓋爲文王歎紂之辭。然周鑒之在殷，亦可知矣。」【音釋】沛，音貝。拔，皮八、本末二反。蹶，音厥。

《蕩》八章，章八句。

抑抑威儀，維德之隅。人亦有言，靡哲不愚。庶人之愚，亦職維疾叶集二反。哲人之愚，亦維斯戾。

賦也。抑抑，密也。隅，廉角也。鄭氏曰：「人密審於威儀者，是其德必嚴正也。故古之賢者道行心平，可外占而知內，如宮室之制，內有繩直則外有廉隅也。」哲，知。庶，衆。職，主。戾，反也。○衛武公作此詩，使人日誦於其側以自警。言抑抑威儀，乃德之隅。則有哲人之德者，固必有哲人之威儀矣。而今之所謂哲者，未嘗有其威儀，則是無哲

【一】「木」，蔣氏本、光緒七年本及光緒十五年本作「本」。

而不愚矣。夫衆人之愚，蓋有禀賦之偏【一】，宜有是疾，不足爲怪。哲人而愚，則反戾其常矣。【音釋】「哲知」之「知」，音智。夫，音扶，七章、十二章同。

無競維人，四方其訓之。有覺德行下孟反，四國順之。訏況于反謨定命，遠猶辰告叶古得反。敬慎威儀，維民之則。

賦也。競，强也。覺，直大也。訏，大。謨，謀也。大謀，謂不爲一身之謀，而有天下之慮也。定，審定不改易也。命，號令也。猶，圖也。遠謀，謂不爲一時之計，而爲長久之規也。辰，時。告，戒也。辰告，謂以時播告也。則，法也。○言天地之性人爲貴，故能盡人道則四方皆以爲訓，有覺德行則四國皆順從之。故必大其謀，定其命，遠圖時告，敬其威儀，然後可以爲天下法也。【音釋】「遠謀」恐當作「遠圖」。愚按，性，生也。言天地所生人為貴【二】。董仲舒曰：「性者，生之質也【三】。」

其在于今叶音經，興迷亂于政叶音征。顛覆厥德，荒湛都南反，下同于酒叶子小反。女音汝雖湛樂音洛從，弗念厥紹市沼反。罔敷求先王，克共九勇反明刑叶胡光反。

賦也。今，武公自言己今日之所爲也。興，尚也。女，武公使人誦詩而命己之辭也，後凡言「女」、言「爾」、言「小子」者放此。湛樂從，言惟湛樂之從也【四】。紹，謂所承之緒也。敷求先王，廣求先王所行之道也。共，執。刑，法也。

肆皇天弗尚叶平聲，如彼泉流，無淪胥以亡。夙興夜寐，洒掃庭内，維民之章。脩爾車馬，弓矢戎兵叶晡亡反。用戒戎作，用逷他歷反蠻方。

【一】「有」，蔣氏本、光緒七年本及光緒十五年本作「其」。
【二】「人」原作「之」，據蔣氏本、光緒七年本及光緒十五年本改。
【三】「生之」二字，董仲舒《春秋繁露》卷十無。
【四】「從」上，蔣氏本、光緒七年本及光緒十五本有「是」字。

賦也。弗尚，厭棄之也。淪，陷。胥，相。章，表。戒，備。戎，兵。作，起。逷，遠也。〇言天所不尚，則無乃淪陷相與而亡，如泉流之易乎。是以内自庭除之近，外及蠻方之遠，細而寢興洒埽之常，大而車馬戎兵之變，慮無不周，備無不飭也。上章所謂「訏謨定命，遠猶辰告」者，於此見矣。

質爾人民，謹爾侯度，用戒不虞叶元具反。慎爾出話，敬爾威儀叶牛何反，無不柔嘉叶居何反。白圭之玷丁簟反，尚可磨也。斯言之玷，不可爲叶吾禾反也。

賦也。質，成也，定也。侯度，諸侯所守之法度也。虞，慮。話，言。柔，安。嘉，善。玷，缺也。〇言既治民守法，防意外之患矣，又當謹其言語。蓋玉之玷缺，尚可磨鑢使平；言語一失，莫能救之。其戒深切矣。故南容一日三復此章，而孔子以其兄之子妻之。【音釋】鑢，良豫反。三、妻，並去聲。

無易以豉反由言，無曰苟矣此二句不用韻。莫捫音門朕舌，言不可逝叶音折，與舌叶矣。無言不讎叶市又反，無德不報叶蒲救反。惠于朋友叶羽已反，庶民小子叶奬里反【一】。子孫繩繩，萬民靡不承。

賦也。易，輕。捫，持。逝，去。讎，答。承，奉也。〇言不可輕易其言，蓋無人爲我執持其舌者。故言語由己，易致差失。常當執持，不可放去也。且天下之理，無有言而不讎，無有德而不報者。若爾能惠于朋友、庶民小子，則子孫繩繩而萬民靡不承矣。皆謹言之效也。

視爾友君子，輯音集柔爾顔叶魚堅反，不遐有愆。相息亮反在爾室，尚不愧于屋漏。無曰不顯，莫予云覯。神之格叶剛鶴反思，不可度待洛反思，矧可射音亦，叶弋灼反思。

賦也。輯，和也。遐，何通。愆，過也。尚，庶幾也。屋漏，室西北隅也。覯，見。格，至。度，測。矧，況也。射、斁通，厭也。〇言視爾友於君子之時，和柔爾之顔色。其戒懼之意，常若自省曰：豈不至於有過乎？蓋常人之情，其脩於顯

【一】「里」，朱熹《詩集傳》卷十八作「履」。

者無不如此。然視爾獨居於室之時，亦當庶幾不愧于屋漏，然後可爾。無曰此非顯明之處，而莫予見也。當知鬼神之妙，無物不體。其至於是，有不可得而測者。不顯亦臨，猶懼有失，況可厭射而不敬乎！此言不但脩之於外，又當戒謹恐懼乎其所不睹不聞也。子思子曰：「君子不動而敬，不言而信。」又曰：「夫微之顯，誠之不可揜如此。」此正心誠意之極功，而武公及之，則亦聖賢之徒矣。

辟爾爲德，俾臧俾嘉叶居何反。淑慎爾止，不愆于儀叶牛何反。不僭不賊，鮮息淺反不爲則。投我以桃，報之以李。彼童而角，實虹户公反小子叶奬里反【一】。

賦也。辟，君也，指武公也。止，容止也。僭，差。賊，害。則，法也。無角曰童。虹，潰亂也。○既戒以脩德之事，而又言爲德而人法之，猶投桃報李之必然也。彼謂不必脩德而可以服人者，是牛羊之童者而求其角也，亦徒潰亂汝而已，豈可得哉！【音釋】虹，按字書：「與訌同。」

荏而甚反染而漸反柔木【二】，言緡之絲叶新夷反。温温恭人，維德之基。其維哲人，告之話言，順德之行與言叶。其維愚人，覆謂我僭叶七尋反，民各有心。

興也。荏染，柔貌。柔木，柔忍之木也。緡，綸也，被之綸以爲弓也。話言，古之善言也。覆，猶反也。僭，不信也。民各有心，言人心不同，愚智相越之遠也。【音釋】話，户快反。忍，音刃。

於音烏乎音呼小子叶奬禮反【三】，未知臧否音鄙。匪手攜之，言示之事叶上止反。匪面命之，言提其耳。借曰未知，亦既抱子同上。民之靡盈，誰夙知而莫音慕成。

賦也。非徒手攜之也，而又示之以事。非徒面命之也，而又提其耳。所以喻之者詳且切矣。假令言汝未有知識，則汝既長

【一】「里」，朱熹《詩集傳》卷十八作「履」。
【二】「而甚反」原作「而反甚」，據蔣氏本、光緒七年本、光緒十五年本及朱熹《詩集傳》卷十八改。
【三】「禮」，蔣氏本、光緒七年本及光緒十五年本作「里」，朱熹《詩集傳》卷十八作「履」。

大而抱子，宜有知矣。人若不自盈滿，能受教戒，則豈有既早知而反晚成者乎！

昊天孔昭叶音灼，我生靡樂音洛。視爾夢夢莫公反，我心慘慘當作懆，七到反，叶七各反。誨爾諄諄之純反，聽我藐藐美角反。匪用爲教叶入聲，覆用爲虐。借曰未知，亦聿既耄叶音莫。

賦也。夢夢，不明，亂意也。慘慘，憂貌。諄諄，詳熟也。藐藐，忽略貌。耄，老也。八十九十曰耄，左史所謂年九十有五時也。

於乎小子見上章，告爾舊止。聽用我謀，庶無大悔叶虎委反。天方艱難，曰喪息浪反厥國叶于逼反。取譬不遠，昊天不忒他得反。回遹于橘反其德，俾民大棘。

賦也。舊，舊章也，或曰：久也。止，語詞。庶，幸。悔，恨。忒，差。遹，僻。棘，急也。〇言天運方此艱難，將喪厥國矣。我之取譬，夫豈遠哉？觀天道禍福之不差忒，則知之矣。今女乃回遹其德，而使民至於困急，則喪厥國也必矣。

《抑》十二章，三章章八句，九章章十句。《楚語》左史倚相曰：「昔衛武公年數九十五矣，猶箴儆於國，曰：『自卿以下至于師長士，苟在朝者，無謂我老耄而舍我，必恭恪於朝夕以交戒我【一】。』在輿有旅賁之規，位宁有官師之典，倚几有誦訓之諫，居寢有暬御之箴，臨事有瞽史之道，宴居有師工之誦。史不失書，矇不失誦，以訓御之。於是作《懿戒》以自儆。及其没也，謂之睿聖武公。」韋昭曰：「懿，讀爲抑。」即此篇也。董氏曰：「侯包言武公行年九十有五，猶使人日誦是詩而不離於其側。然則《序》說爲刺厲王者，誤矣。」【音釋】相，去聲。長，知丈反【二】。朝，音潮。舍，音捨。賁，音奔。宁，展呂反【三】。暬，音薛。道，音導。

【一】「朝」上，《國語韋氏解》卷十七有「朝」字。
【二】「知」，光緒七年本及許謙《詩集傳名物鈔》卷七作「丁」。
【三】「展」，蔣氏本、光緒七年本、光緒十五年本及許謙《詩集傳名物鈔》卷七作「直」。

《國語》注：「師長，大夫。士，衆士。旅賁，勇力之士，掌執戈盾，夾車而趨【一】，車止則持輪【二】。規，規諫也。中庭之左右謂之位，門屏之間謂之宁，誦訓，工師所誦之諫，書之於几也。暬，近也。事，戎祀也。瞽，乐大師也，掌詔吉凶。史，大史，掌詔禮事。師樂、師工，瞽矇。誦，箴諫也。」○《隋．經籍志》：「《韓詩翼要》十卷，侯包撰【三】。」包，學韓者也。離，去聲。

菀音鬱彼桑柔與劉、憂叶，篇内多放此，其下侯旬。捋力活反采其劉，瘼音莫此下民。不殄心憂，倉初亮反兄與怳同填舊説古「塵」字兮。倬彼昊天叶鐵因反，寧不我矜。

比也。菀，茂。旬，偏。劉，殘。殄，絶也。倉兄，與「愴怳」同，悲閔之意也。填，未詳，舊説與「塵」、「陳」同，蓋言久也。或疑與「瘨」字同，為病之義。但《召旻》篇内二字並出，又恐未然，今姑闕之。倬，明貌。○舊説此爲芮伯刺厲王而作。《春秋傳》亦曰芮良夫之詩，則其説是也。以桑爲比者，桑之爲物，其葉最盛，然及其采之也，一朝而盡，無黄落之漸。故取以比周之盛時如葉之茂，其蔭無所不偏。至於厲王肆行暴虐，以敗其成業，王室忽焉凋弊，如桑之既采，民失其蔭而受其病。故君子憂之，不絶於心，悲閔之甚，而至於病，遂號天而訴之也。【音釋】怳，許往反。瘨，音顛。陰，去聲。

四牡騤騤，旟旐有翩叶批賓反。亂生不夷，靡國不泯叶彌鄰反。民靡有黎，具禍以燼叶咨辛反。於音烏乎音呼有哀叶

【一】「趨」原作「趍」，據蔣氏本、光緒七年本、光緒十五年本及《國語韋氏解》卷十七改。

【二】「車止」，許謙《詩集傳名物鈔》卷七作「車正」，誤。

【三】「侯包撰」，武英殿刻本《隋書》卷三十二作「侯芭傳」。又中華書局點校本《隋書》卷三十二作「侯苞傳」。

音衣【一】，國步斯頻。

賦也。夷，平。泯，滅。黎，黑也，謂黑首也。具，俱也。燼，灰燼也。步，猶「運」也。頻，急蹙也。○厲王之亂，天下征役不息，故其民見其車馬旌旗而厭苦之。自此至第四章，皆征役者之怨辭也。

國步蔑資，天不我將叶子兩反。靡所止疑魚乞反，叶如字，云徂何往？君子實維，秉心無競叶其兩反。誰生厲階叶居奚反？至今爲梗古杏反，叶古黨反。

賦也。蔑，滅。資，咨。將，養也。疑，讀如《儀禮》「疑立」之「疑」，定也。徂，亦往也。競，爭。厲，怨。梗，病也。○言國將危亡，天不我養。居無所定，徂無所往。然非君子之有爭心也，誰實爲此禍階，使至今爲病乎？蓋曰禍有根原，其所從來也遠矣。【音釋】《士昏禮》：「婦疑立于席西。」注：「正立自定之貌。」

憂心慇慇，念我土宇。我生不辰，逢天僤都但反怒叶暖五反。自西徂東叶音丁，靡所定處。多我覯痻武巾反，孔棘我圉。

賦也。土，鄉。宇，居。辰，時。僤，厚。覯，見。痻，病。棘，急。圉，邊也。或曰：禦也。多矣我之見病也，急矣我之在邊也。【音釋】痻，許易「彌鄰反」。

爲謀爲毖【二】，亂況斯削。告爾憂恤，誨爾序爵。誰能執熱，逝不以濯？其何能淑，載胥及溺叶奴學反。

賦也。毖，慎。況，滋也。序爵，辨別賢否之道也。執熱，手執熱物也。○蘇氏曰：「王豈不謀且慎哉，然而不得其道，適所以長亂而自削耳。故告之以其所當憂，而誨之以序爵。且曰：誰能執熱而不濯者？賢者之能已亂，猶濯之能解熱耳。不然，則其何能善哉？相與入於陷溺而已。」

【一】「叶」字原無，據蔣氏本、光緒七年本、光緒十五年本及朱熹《詩集傳》卷十八補。又「衣」，朱熹《詩集傳》卷十八作「依」。

【二】「毖」下，朱熹《詩集傳》卷十八有「叶音必」。

如彼遡風叶孚音反，亦孔之僾音愛。民有肅心，荓普耕反云不逮。好呼報反是稼穡，力民代食。稼穡維寶，代食維好。

賦也。遡，鄉。僾，唈。肅，進。荓，使也。○蘇氏曰：「君子視厲王之亂，悶然如遡風之人，唈而不能息。雖有欲進之心，皆使之曰：世亂矣，非吾所能及也。於是退而稼穡，盡其筋力，與民同事，以代祿食而已。當是時也，仕進之憂，甚於稼穡之勞。故曰：『稼穡維寶，代食維好。』言雖勞而無患也。」【音釋】唈，烏合反。疏：「嗚唈，短氣也。」

天降喪息浪反亂，滅我立王。降此蟊賊，稼穡卒痒音羊。哀恫音通中國，具贅之芮切卒荒【一】。靡有旅力，以念穹蒼。

賦也。恫，痛。具，俱也。贅，屬也，言危也。《春秋傳》曰：「君若綴旒然」，與此「贅」同。卒，盡。荒，虛也。旅，與「膂」同。穹蒼，天也。穹言其形，蒼言其色。○言天降喪亂，固已滅我所立之王矣。又降此蟊賊，則我之稼穡又病，而不得以代食矣。哀此中國，皆危盡荒，是以危困之極，無力以念天禍也。此詩之作，不知的在何時，其言「滅我立王」，則疑在共和之後也。【音釋】屬，音燭。厲王三十七年，國人畔，襲王，出奔彘。召公、周公二相行政，號曰共和。

維此惠君，民人所瞻叶側姜反。秉心宣猶，考慎其相息亮反，叶平聲。維彼不順，自獨俾臧。自有肺腸，俾民卒狂。

賦也。惠，順也，順於義理也。宣，徧。猶，謀。相，輔。狂，惑也。○言彼順理之君，所以爲民所尊仰者，以其能秉持其心，周徧謀度，考擇其輔相，必衆以爲賢而後用之。彼不順理之君，則自以爲善，而不考衆謀；自有私見，而不通衆

【一】「切」，蔣氏本、光緒七年本、光緒十五年本及朱熹《詩集傳》卷十八作「反」。

志，所以使民眩惑，至於狂亂也。

瞻彼中林，甡甡所巾反其鹿。朋友已譖子念反，叶子林反，不胥以穀。人亦有言，進退維谷。

興也。甡甡，衆多並行之貌。譖，不信也。胥，相。穀，善。谷，窮也。言朋友相譖，不能相善，曾鹿之不如也。○言上無明君，下有惡俗，是以進退皆窮也。

維此聖人，瞻言百里。維彼愚人，覆狂以喜。匪言不能，胡斯畏忌叶巨己反。

賦也。聖人炳於幾先，所視而言者，無遠而不察。愚人不知禍之將至，而反狂以喜。今用事者蓋如此。我非不能言也，如此畏忌，何哉？言王暴虐，人不敢諫也。

維此良人，弗求弗迪叶徒沃反。維彼忍心，是顧是復房六反【一】。民之貪亂，寧爲荼毒？

賦也。迪，進也。忍，殘忍也。顧，念。復，重也。荼，苦菜也，味苦氣辛，能殺物，故謂之荼毒也。○言不求善人而進用之，其所顧念重復而不已者，乃忍心不仁之人。民不堪命，所以肆行貪亂，而安爲荼毒也。

大風有隧音遂，有空大谷。維此良人，作爲式穀。維彼不順，征以中垢古口反，叶居六反。

興也。隧，道。式，用。穀，善也。征以中垢，未詳其義。或曰：征，行也。中，隱暗也。垢，汙穢也。○大風之行有隧，蓋多出於空谷之中。以興下文君子小人所行，亦各有道耳。

大風有隧，貪人敗類。聽言則對，誦言如醉。匪用其良，覆俾我悖叶蒲寐反。

興也。敗類，猶言圮族也。王使貪人爲政，我以其或能聽我之言而對之。然亦知其不能聽也。故誦言而中心如醉，由王不用善人，而反使我至此悖眊也。厲王説榮夷公，芮良夫曰：「王室其將卑乎？夫榮公好專利而不備大難。夫利，百物之所生也，天地之所載也，而或專之，其害多矣。」此詩所謂貪人，其榮公也與？芮伯之憂非一日矣。【音釋】圮，皮鄙

【一】「房」，蔣氏本、光緒七年本及光緒十五年本作「方」。

反。眊，音冒。説，音悦。好、难，並去声。

嗟爾朋友，予豈不知而作？如彼飛蟲，時亦弋獲叶胡郭反。既之陰於鳩反女音汝，反予來赫叶黑各反。

賦也。如彼飛蟲，時亦弋獲。言己之所言，或亦有中，猶曰千慮而一得也。之，往。陰，覆也。赫，威怒之貌。我以言告女，是往陰覆於女，女反來加赫然之怒於己也。張子曰：「陰往密告於女，反謂我來恐動也。」亦通。

民之罔極，職涼善背叶必墨反。爲民不利，如云不克。民之回遹，職競用力。

賦也。職，專也。涼，義未詳。《傳》曰：「涼，薄也。」鄭讀作「諒」，信也。疑鄭説爲得之。善背，工爲反覆也。克，勝也。回遹，邪僻也。○言民之所以貪亂而不知所止者，專由此人，名爲直諒，而實善背。又爲民所不利之事，如恐不勝而力爲之也。又言民之所以邪僻者，亦由此輩專競用力而然也。反覆其言，所以深惡之也。

民之未戾，職盜爲寇。涼曰不可，覆背善詈力智反。雖曰匪予，既作爾歌叶韻未詳。

賦也。戾，定也。民之所以未定者，由有盜臣爲之寇也。蓋其爲信也，亦以小人爲不可矣，及其反背也，則又工爲惡言以詈君子。是其色厲内荏，真可謂穿窬之盜矣。然其人又自文飾，以爲此非我言也，則我已作爾歌矣。言得其情，且事已著明，不可揜覆也。【音釋】荏，音稔。文，音問。覆，去聲。

《桑柔》十六章，八章章八句，八章章六句。

倬彼雲漢，昭回于天叶鐵因反。王曰於音烏乎音呼，何辜今之人？天降喪息浪反亂，饑饉薦在甸反臻。靡神不舉，靡愛斯牲叶桑經反。圭壁既卒，寧莫我聽吐丁反。

賦也。雲漢，天河也。昭，光。回，轉也，言其光隨天而轉也。薦、荐通，重也。臻，至也。靡神不舉，所謂「國有凶荒，則索鬼神而祭之」也。圭璧，禮神之玉也。卒，盡也。寧，猶何也。○舊説以爲宣王承厲王之烈，内有撥亂之志，遇

烖而懼，側身脩行，欲銷去之【一】。天下喜於王化復行，百姓見憂，故仍叔作此詩以美之。言雲漢者夜晴則天河明，故述王仰訴於天之詞如此也。【音釋】《周禮·大司徒》：「以荒政十有二聚萬民，其十有一曰索鬼神。」注：「索鬼神者，求廢祀而修之。」○三牲用不可盡，故言「無愛」；圭璧少而易竭，故言「既盡」。烈，餘也。撥，治也。行，去聲。去，上聲，三章同。復，扶又反。

旱既大音泰甚，蘊隆蟲蟲。不殄禋祀，自郊徂宮。上下奠瘞，靡神不宗。后稷不克，上帝不臨叶力中反。耗斁丁故反下土，寧丁我躬？

賦也。蘊，蓄。隆，盛也。蟲蟲，熱氣也。殄，絕也。郊，祀天地也。宮，宗廟也。上祭天，下祭地，奠其禮，瘞其物。宗，尊也。克，勝也，言后稷欲救此旱災而不能勝也。臨，享也。稷以親言，帝以尊言也。斁，敗。丁，當也。何以當我之身，而有是災也？或曰：與其耗斁下土，寧使災害當我身也。亦通。【音釋】瘞，於例反。奠謂置之於地，瘞謂埋之於土。

旱既大甚，則不可推吐雷反。兢兢業業，如霆如雷。周餘黎民，靡有孑遺叶夷回反，下同【二】。昊天上帝，則不我遺。胡不相畏，先祖于摧在雷反。

賦也。推，去也。兢兢，恐也。業業，危也。如霆如雷，言畏之甚也。孑，無右臂貌。遺，餘也。言大亂之後，周之餘民無復有半身之遺者【三】。而上天又降旱災，使我亦不見遺也。摧，滅也，言先祖之祀將自此而滅也。【音釋】孑，居熱反。

【一】「銷」，蔣氏本、光緒七年本及光緒十五年本作「消」。
【二】「下同」二字原無，據朱熹《詩集傳》卷十八補。
【三】「遺」，蔣氏本、光緒七年本及光緒十五年本作「餘」。

旱既大甚，則不可沮在吕反。赫赫炎炎，云我無所。大命近止，靡瞻靡顧叶果五反。羣公先正，則不我助叶牀所反。父母先祖，胡寧忍予叶演女反？

賦也。沮，止也。赫赫，旱氣也。炎炎，熱氣也。無所，無所容也。大命近止，死將至也。瞻，仰。顧，望也。羣公先正，《月令》所謂「雩祀百辟卿士之有益於民者，以祈穀實」者也。於羣公先正，但言其不見助。至父母先祖，則以恩望之矣，所謂垂涕泣而道之也。【音釋】疏：「正，長也。先世為官之長。」《月令》注：「百辟卿士，古之上公以下，句龍、后稷之類。」

旱既大甚，滌滌徒歷反山川叶樞倫反。旱魃蒲末反爲虐，如惔音談如焚叶符勻反。我心憚暑，憂心如熏。羣公先正，則不我聞叶微勻反。昊天上帝，寧俾我遯叶徒勻反？

賦也。滌滌，言山無木、川無水，如滌而除之也。魃，旱神也。惔，燎之也。憚，勞也，畏也。熏，灼。遯，逃也，言天又不肯使我得逃遯而去也。

旱既大甚，黽勉畏去。胡寧瘨都田反我以旱，憯七感反不知其故。祈年孔夙，方社不莫音慕。昊天上帝，則不我虞叶元具反。敬恭明神，宜無悔怒。

賦也。黽勉畏去，出無所之也。瘨，病。憯，曾也。祈年，孟春祈穀于上帝，孟冬祈來年于天宗是也。方，祭四方也。社，祭土神也。虞，度。悔，恨也。言天曾不度我之心，如我之敬事明神，宜可以無恨怒也。【音釋】《月令》「祈穀」注：「謂以上辛郊祀天，祈農事。」天宗，日月星辰也。度，徒洛反【一】。

旱既大甚，散無友紀。鞫居六反哉庶正，疚哉冢宰叶奬里反。趣七口反馬師氏，膳夫左右叶羽已反。靡人不周，無不能止。瞻卬音仰昊天，云如何里？

【一】「徒」，蔣氏本、光緒七年本及光緒十五年本作「待」。

賦也。友紀，猶言綱紀也。或曰：友疑作「有」。鞫，窮也。庶正，衆官之長也。疚，病也。冢宰，又衆長之長也。趣馬，掌馬之官。師氏，掌以兵守王門者。膳夫，掌食之官也。歲凶年穀不登，則趣馬不秣，師氏弛其兵，馳道不除，祭事不縣，膳夫徹膳，左右布而不脩，大夫不食粱，士飲酒不樂。周，救也。無不能止，言諸臣無有一人不周救百姓者，無有自言不能而遂止不爲也。里，憂也，與《漢書》「無俚」之「俚」同，聊賴之意也。【音釋】疚，音救。長，知丈反。秣，音末。除，去聲。縣，音玄。無俚，見《漢書．季布傳贊》。俚，音里。

瞻卬昊天，有嘒呼惠反其星。大夫君子，昭假音格無贏音盈。大命近止，無棄爾成。何求爲于僞反我，以戾庶正叶諸盈反。瞻卬昊天，曷惠其寧？

賦也。嘒，明貌。昭，明。假，至也。○久旱而仰天以望雨，則有嘒然之明星，未有雨徵也。然群臣竭其精誠，而助王以昭假于天者，已無餘矣。雖今死亡將近，然不可以棄其前功【一】，當益求所以昭假者而修之。固非求爲我之一身而已，乃所以定衆正也。於是語終又仰天而訴之曰：果何時而惠我以安寧乎？張子曰：「不敢斥言雨者，畏懼之甚，且不敢必云爾。」

《雲漢》八章，章十句。

崧息中反高維嶽，駿音峻極于天叶鐵因反。維嶽降神，生甫及申。維申及甫，維周之翰叶胡干反。四國于蕃叶分邅反，四方于宣。

賦也。山大而高曰崧。嶽，山之尊者，東岱、南霍、西華、北恒是也。駿，大也。甫，甫侯也，即穆王時作《呂刑》者。或曰：此是宣王時人，而作《呂刑》者之子孫也。申，申伯也，皆姜姓之國也。翰，榦。蕃，蔽也。○宣王之舅申伯出封

【一】「然」，蔣氏本、光緒七年本及光緒十五年本作「而」。

于謝，而尹吉甫作詩以送之。言嶽山高大，而降其神靈和氣，以生甫侯、申伯。實能爲周之楨榦屏蔽【一】，而宣其德澤於天下也。蓋申伯之先，神農之後，爲唐虞四嶽，總領方嶽諸侯而奉嶽神之祭，能脩其職，嶽神享之。故此詩推本申伯之所以生，以爲嶽降神而爲之也。【音釋】華，胡化反。

亹亹申伯，王纘祖管反之事。于邑于謝，南國是式叶失吏反。王命召伯叶逋莫反，定申伯之宅叶達各反。登是南邦叶卜工反，世執其功。

賦也。亹亹，强勉之貌。纘，繼也，使之繼其先世之事也。邑，國都之處也。謝，在今鄧州南陽縣，周之南土也。式，使諸侯以爲法也。召伯，召穆公虎也。登，成也。世執其功，言使申伯後世常守其功也。或曰：大封之禮，召公之世職也。

【音釋】鄭氏曰：「于，往。于，於也。」强，上聲。

王命申伯，式是南邦叶卜功反【二】。因是謝人，以作爾庸。王命召伯，徹申伯土田叶地因反。王命傅御，遷其私人。

賦也。庸，城也，言因謝邑之人而爲國也。鄭氏曰：「庸，功也，爲國以起其功也。」徹，定其經界，正其賦稅也。傅御，申伯家臣之長也。私人，家人。遷，使就國也。漢明帝送侯印與東平王蒼諸子，而以手詔賜其國中傅，蓋古制如此。

申伯之功，召伯是營。有俶尺叔反其城，寢廟既成。既成藐藐，王錫申伯叶逋各反。四牡蹻蹻渠略反，鉤膺濯濯。

賦也。俶，始作也。藐藐，深貌。蹻蹻，壯貌。濯濯，光明貌。

王遣申伯，路車乘繩證反馬叶滿補反。我圖爾居，莫如南土。錫爾介圭，以作爾寶叶音補。往近鄭音記。按，《說文》

【一】「蔽」，蔣氏本、光緒七年本及光緒十五年本作「蕃」。

【二】「功」，蔣氏本、光緒七年本及光緒十五年本作「工」。

從辵從丌，今從斤，誤王舅【一】，南土是保叶音補。

賦也。介圭，諸侯之封圭也。近，辭也。【音釋】鄭氏曰：「圭長尺二寸謂之介，非諸侯之圭，故以為寶。」

申伯信邁，王餞賤淺反于郿芒悲反【二】。申伯還南，謝于誠歸。王命召伯，徹申伯土疆。以峙直里反其粻音張，式遄市專反其行叶户郎反。

賦也。郿，在今鳳翔府郿縣，在鎬京之西，岐周之東，而申在鎬京之東南。時王在岐周，故餞于郿也。言信邁、誠歸，以見王之數留，疑於行之不果故也。峙，積。粻，糧。遄，速也。召伯之營謝也，則已斂其稅賦，積其餱糧，使廬市有止宿之委積。故能使申伯無留行也。【音釋】數，音朔。委，去聲。積，音恣。

申伯番番音波，叶分遭反，既入于謝，徒御嘽嘽吐丹反。周邦咸喜，戎有良翰叶胡干反。不顯申伯，王之元舅，文武是憲叶虛言反。

賦也。番番，武勇貌。嘽嘽，衆盛也。戎，汝也【三】。申伯既入于謝，周人皆以爲喜，而相謂曰：汝今有良翰矣。元，長。憲，法也。言文武之士皆以申伯爲法也。或曰：申伯能以文王、武王爲法也。

申伯之德，柔惠且直。揉汝又反此萬邦，聞音問于四國叶于逼反。吉甫作誦，其詩孔碩，其風肆好，以贈申伯。

賦也。揉，治也。吉甫，尹吉甫，周之卿士。誦，工師所誦之詞也。碩，大。風，聲。肆，遂也。

《崧高》八章，章八句。

【一】「辵」原作「是」，據蔣氏本、光緒七年本、光緒十五年本及朱熹《詩集傳》卷十八改。

【二】「賤淺反」原作「淺賤反」，據朱熹《詩集傳》卷十八改。

【三】「汝」，朱熹《詩集傳》卷十八作「女」。

天生烝民，有物有則。民之秉彝音夷，好呼報反是懿德。天監有周，昭假音格于下叶後五反。保茲天子，生仲山甫。

賦也。烝，衆。則，法。秉，執。彝，常。懿，美。監，視。昭，明。假，至。保，祐也。仲山甫，樊侯之字也。○宣王命樊侯仲山甫築城于齊，而尹吉甫作詩以送之。言天生衆民，有是物必有是則。蓋自百骸、九竅、五藏，而達之君臣、父子、夫婦、長幼、朋友，無非物也，而莫不有法焉。如視之明，聽之聰，貌之恭，言之順，君臣有義，父子有親之類是也。是乃民所執之常性，故其情無不好此美德者。而況天之監視有周，能以昭明之德感格于下，故保祐之，而爲之生此賢佐曰仲山甫焉。則所以鍾其秀氣而全其美德者，又非特如凡民而已也。昔孔子讀《詩》至此而贊之曰：「爲此詩者，其知道乎！故有物必有則，民之秉彝也，故好是懿德。」而孟子引之，以證性善之説，其指深矣【一】。讀者其致思焉。

【音釋】竅，苦弔反。藏，去聲。長，知丈反。而為，于偽反。

仲山甫之德，柔嘉維則。令儀令色，小心翼翼。古訓是式，威儀是力。天子是若，明命使賦叶韻若、賦，未詳。

賦也。嘉，美。令，善也。儀，威儀也。色，顏色也。翼翼，恭敬貌。古訓，先王之遺典也。式，法。力，勉。若，順。賦，布也。○東萊呂氏曰：「柔嘉維則，不過其則也。過其則，斯爲弱，不得謂之柔嘉矣。令儀令色，小心翼翼，言其表裏柔嘉也。古訓是式，威儀是力，言其學問進修也。天子是若，明命使賦，言其發而措之事業也。此章蓋備舉仲山甫之德。」

王命仲山甫，式是百辟音壁，無韻，未詳。纘戎祖考，王躬是保。出納王命，王之喉舌。賦政于外，四方爰發叶方月反。

賦也。式，法。戎，女也。王躬是保，所謂保其身體者也。然則仲山甫蓋以冢宰兼太保，而太保抑其世官也與？出，承而

【一】「指」，蔣氏本、光緒七年本及光緒十五年本作「旨」。

布之也。納，行而復之也。喉舌，所以出言也。發，發而應之也。○東萊呂氏曰：「仲山甫之職，外則總領諸侯，內則輔養君德，入則典司政本，出則經營四方。此章蓋備舉仲山甫之職。」【音釋】女，音汝。與，平聲。

肅肅王命，仲山甫將之。邦國若否音鄙，仲山甫明叶謨郎反之。既明且哲，以保其身。夙夜匪解佳賣反，以事一人。

賦也。肅肅，嚴也。將，奉行也。若，順也。順否，猶臧否也。明，謂明於理。哲，謂察於事。保身，蓋順理以守身。非趨利避害，而偷以全軀之謂也。解，怠也。一人，天子也。

人亦有言，柔則茹忍與反之，剛則吐之。維仲山甫，柔亦不茹，剛亦不吐。不侮矜古頑反寡叶果五反，不畏彊禦。

賦也。人亦有言，世俗之言也。茹，納也。○不茹柔，故不侮矜寡。不吐剛，故不畏彊禦。以此觀之，則仲山甫之柔嘉，非軟美之謂，而其保身，未嘗枉道以徇人可知矣。

人亦有言，德輶羊久反如毛，民鮮息淺反克舉之。我儀圖叶丁五反之，維仲山甫舉之，愛莫助叶牀五反之。衮職有闕，維仲山甫補之。

賦也。輶，輕。儀，度。圖，謀也。衮職，王職也。天子龍衮，不敢斥言王闕，故曰衮職有闕也。○言人皆言德甚輕而易舉，然人莫能舉也。我於是謀度其能舉之者，則維仲山甫而已。是以心誠愛之，而恨其不能有以助之。蓋愛之者【一】，秉彝好德之性也。而不能助者，能舉與否在彼而已。固無待於人之助，而亦非人之所能助也。至於王職有闕失，亦維仲山甫獨能補之。蓋惟大人然後能格君心之非。未有不能自舉其德，而能補君之闕者也。【音釋】度，徒洛反。易，以豉反。

仲山甫出祖，四牡業業，征夫捷捷在接反。每懷靡及叶極業反，四牡彭彭叶鋪郎反，八鸞鏘鏘七羊反。王命仲山甫，城彼東方。

【一】「者」，朱熹《詩集傳》卷十八作「也」。

賦也。祖，行祭也。業業，健貌。捷捷，疾貌。東方，齊也。《傳》曰：「古者諸侯之居逼隘，則王者遷其邑而定其居。蓋去薄姑而遷於臨菑也。」孔氏曰：「《史記》齊獻公元年，徙薄姑，都治臨菑。計獻公當夷王之時，與此《傳》不合，豈徙於夷王之時，至是而始備其城郭之守歟？」【音釋】《齊世家》：「大公封營丘【一】。至五世胡公徙都薄姑。子獻公徙治臨菑。」

四牡騤騤求龜反，八鸞喈喈音皆，叶居奚反。仲山甫徂齊，式遄其歸。吉甫作誦，穆如清風叶孚愔反。仲山甫永懷，以慰其心。

賦也。式遄其歸，不欲其久於外也。穆，深長也。清風，清微之風，化養萬物者也。以其遠行而有所懷思，故以此詩慰其心焉。曾氏曰：「賦政于外，雖仲山甫之職，然保王躬，補王闕，尤其所急。城彼東方，其心永懷，蓋有所不安者。尹吉甫深知之，作誦而告以遄歸，所以安其心也。」

《烝民》八章，章八句。

奕奕梁山，維禹甸之。有倬其道下與考叶，韓侯受命。王親命之，纘戎祖考上與道叶。無廢朕命，夙夜匪解音懈，叶訖力反。虔共爾位，朕命不易。榦古旦反不庭方，以佐戎辟音壁【二】。

賦也。奕奕，大也。梁山，韓之鎮也，今在同州韓城縣。甸，治也。倬，明貌。韓，國名。侯，爵，武王之後也。受命，蓋即位除喪，以士服入見天子而聽命也。纘，繼。戎，汝也。言王錫命之，使繼世而爲諸侯也。虔，敬。易，改。榦，正也。不庭方，不來庭之國也。辟，君也。此又戒之以修其職業之詞也。○韓侯初立來朝，始受王命而歸，詩人作此以

【一】「公」原作「丘」，據蔣氏本、光緒七年本及光緒十五年本改。

【二】「壁」，朱熹《詩集傳》卷十八作「璧」。

送之。《序》亦以爲尹吉甫作，今未有據。下篇云召穆公、凡伯者放此。【音釋】共，音恭。見，音現。朝，音潮，三章同。

四牡奕奕，孔脩且張。韓侯入覲，以其介圭，入覲于王。王錫韓侯，淑旂綏章。簟茀錯衡叶户郎反【一】，玄衮赤舄。鉤膺鏤音漏鍚音羊，鞹苦郭反鞃苦弘反淺幭莫歷反【二】，鞗音條革金厄叶於栗反。

賦也。脩，長。張，大也。介圭，封圭，執之爲贄，以合瑞于王也。淑，善也。交龍曰旂。綏章，染鳥羽或旄牛尾爲之，注於旂竿之首爲表章者也。鏤，刻金也。馬眉上飾曰鍚，今當盧也。鞹，去毛之革也。鞃，式中也。謂兩較之間横木可凴者，以鞹持之，使牢固也。淺，虎皮也。幭，覆式也。字一作「幦」，又作「幎」。以有毛之皮覆式上也。鞗革，轡首也。金厄，以金爲環，纏搤轡首也。【音釋】綏，疏：「《王制》，天子殺，下大綏。」《天官·夏采》注：「徐州貢夏翟之羽，有虞以為綏。後世或染鳥羽，或旄牛尾為之，注於竿首，為貴賤之表章。」然則綏當讀為緌，去上聲。較，音角。搤，於厄反【三】。

韓侯出祖，出宿于屠。顯父音甫餞之，清酒百壺。其殽維何？炰白交反鼈鮮魚。其蔌音速維何？維筍恤尹反及蒲。其贈維何？乘繩證反馬路車。籩豆有且子余反，侯氏燕胥。

賦也。既覲而反國必祖者，尊其所往，去則如始行焉。屠，地名。或曰：即杜也。顯父，周之卿士也。蔌，菜殽也。筍，竹萌也。蒲，蒲蒻也。且，多貌。侯氏，覲禮諸侯來朝者之稱。胥，相也。或曰：語辭。【音釋】蒻，音弱。蒲始生，取其中心入地。蒻大如匕柄。

【一】「茀」，蔣氏本、光緒七年本及光緒十五年本作「第」。
【二】「歷」，蔣氏本、光緒七年本及光緒十五年本作「烈」。
【三】「於厄反」，許謙《詩集傳名物鈔》卷七作「於革反」。

韓侯取七住反妻【一】，汾符云反王之甥，蹶俱衛反父音甫之子叶獎里反【二】。韓侯迎魚覲反止，于蹶之里。百兩音亮，又如字彭彭叶鋪郎反，八鸞鏘鏘，不顯其光。諸娣大計反從之，祁祁巨移反如雲。韓侯顧之，爛其盈門叶眉貧反。

賦也。此言韓侯既覲而還，遂以親迎也。汾王，厲王也。厲王流于彘，在汾水之上，故時人以目王焉。猶言莒郊公、黎比公也。蹶父，周之卿士，姞姓也。諸娣，諸侯一娶九女，二國媵之【三】，皆有娣姪也。祁祁，徐靚也。如雲，衆多也。

【音釋】比，音毗。《釋文》：「妻之女弟曰娣。」《公羊傳》：「媵者何？諸侯娶一國，則二國往媵之，以姪娣從。姪者何？兄之子。娣者何？弟也。」媵，音孕。靚，音靜。

蹶父孔武，靡國不到。爲于僞反韓姞其一反相息亮反攸，莫如韓樂音洛，叶力告反。孔樂韓土，川澤訏訏況甫反。魴鱮甫甫，麀鹿噳噳愚甫反。有熊有羆，有貓苗、茅二音有虎。慶既令居叶斤御、斤於二反，韓姞燕譽叶羊茹、羊諸二反。

賦也。韓姞，蹶父之子，韓侯妻也。相攸，擇可嫁之所也。訏訏，大也。甫甫，大也。噳噳，衆也。貓，似虎而淺毛。慶，喜。令，善也。喜其有此善居也。燕，安。譽，樂也。

溥彼韓城，燕因肩反師所完。以先祖受命，因時百蠻。王錫韓侯，其追其貊母伯反。奄受北國，因以其伯。實墉實壑，實畝實籍。獻其貔音毗皮，赤豹黃羆。

賦也。溥，大也。燕，召公之國也。師，衆也。追、貊，夷狄之國也。墉，城。壑，池。籍，税也。貔，猛獸名。○韓初封時，召公爲司空，王命以其衆爲築此城，如召伯營謝，山甫城齊，春秋諸侯城邢、城楚丘之類也。王以韓侯之先因是百蠻而長之，故錫之追、貊，使爲之伯，以脩其城池，治其田畝，正其税法，而貢其所有於王也。

《韓奕》六章，章十二句。

【一】「住」，蔣氏本、光緒七年本及光緒十五年本作「注」。

【二】「里」，朱熹《詩集傳》卷十八作「履」。

【三】「媵」，四部叢刊本朱熹《詩集傳》卷十八作「勝」，誤。

江漢浮浮，武夫滔滔叶他侯反。匪安匪遊，淮夷來求。既出我車，既設我旟。匪安匪舒，淮夷來鋪。

賦也。浮浮，水盛貌。滔滔，順流貌。淮夷，夷之在淮上者也。鋪，陳也，陳師以伐之也。〇宣王命召穆公平淮南之夷，詩人美之。此章總序其事，言行者皆莫敢安徐，而曰：吾之來也，惟淮夷是求是伐耳。

江漢湯湯書羊反，武夫洸洸音光。經營四方，告成于王。四方既平，王國庶定叶唐丁反。時靡有爭叶甾陘反，王心載寧。

賦也。洸洸，武貌。庶，幸也。〇此章言既伐而成功也。

江漢之滸音虎，王命召虎。式辟音闢四方【一】，徹我疆土。匪疚匪棘，王國來極。于疆于理【二】，至于南海叶虎委反。

賦也。虎，召穆公名也。辟，與闢同。徹，井其田也。疚，病。棘，急也。極，中之表也【三】，居中而爲四方所取正也。〇言江漢既平，王又命召公闢四方之侵地而治其疆界。非以病之，非以急之也，但使其來取正於王國而已。於是遂疆理之，盡南海而止也。

王命召虎，來旬來宣。文武受命，召公維翰叶胡千反。無曰予小子叶獎里反【四】，召公是似叶養里反。肇敏戎公，用錫爾祉。

賦也。旬，偏。宣，布也。自江漢之滸言之，故曰來。召公，召康公奭也。翰，榦也。予小子，王自稱也。肇，開。戎，

【一】「音闢」原作「平入」，據蔣氏本、光緒七年本、光緒十五年本及朱熹《詩集傳》卷十八改。
【二】「疆」，四部叢刊本朱熹《詩集傳》卷十八作「理」，誤。
【三】「表」，四部叢刊本朱熹《詩集傳》卷十八作「衣」，誤。
【四】「里」，朱熹《詩集傳》卷十八作「履」。

女。公，功也。○又言王命召虎來此江漢之滸，徧治其事以布王命。而曰：昔文武受命，惟召公爲楨榦，今女無曰以予小子之故也，但自爲嗣女召公之事耳。能開敏女功，則我當錫女以祉福，如下章所云也。【音釋】奭，音適。女，音汝。

釐力之反爾圭瓚才旱反，秬音巨鬯初亮反一卣音酉，无韻，未詳。告于文人，錫山土田叶地因反。于周受命叶滿並反，下同，自召祖命。虎拜稽首，天子萬年叶禰因反。

賦也。釐，賜。卣，尊也。文人，先祖之有文德者，謂文王也。周，岐周也。召祖，穆公之祖，康公也。○此敘王賜召公策命之詞。言錫爾圭瓚秬鬯者，使之以祀其先祖。又告于文人，而錫之山川土田，以廣其封邑。蓋古者爵人必於祖廟，示不敢專也。又使往受命於岐周，從其祖康公受命於文王之所以寵異之，而召公拜稽首，以受王命之策書也。人臣受恩，無可以報謝者，但言使君壽考而已。【音釋】《爾雅》：「彝、卣、罍，器。」又曰：「卣，中尊也。」疏：「尊，彝為上，罍為下，卣居中。」

虎拜稽首，對揚王休叶虛久反。作召公考叶去久反，天子萬壽叶殖酉反。明明天子叶獎里反【一】，令聞音問不已。矢其文德，洽此四國叶越逼反。

賦也。對，答。揚，稱。休，美。考，成。矢，陳也。○言穆公既受賜，遂答稱天子之美命，作康公之廟器，而勒王策命之詞，以考其成，且祝天子以萬壽也。古器物銘云：「⿰弁阝拜稽首，敢對揚天子休命，用作朕皇考龔伯尊敦。⿰弁阝其眉壽，萬年無疆。」語正相類。但彼自祝其壽，而此祝君壽耳。既又美其君之令聞，而進之以不已，勸其君以文德，而不欲其極意於武功。古人愛君之心，於此可見矣。【音釋】⿰弁阝，皮變反。歐陽《集古錄》：「⿰弁阝，周大夫也，有功，錫命為其考作祭器。」敦，音對，槃類。古者以槃盛血【二】，敦盛食。盛，平聲。

《江漢》六章，章八句。

【一】「里」，朱熹《詩集傳》卷十八作「履」。
【二】「血」原作「衆」，據蔣氏本、光緒七年本及光緒十五年本改。

赫赫明明，王命卿士叶音所。南仲大音泰，下同祖，大師皇父音甫。整我六師，以脩我戎叶音汝。既敬既戒叶訖力反，惠此南國叶越逼反【一】。

賦也。卿士，即皇父之官也。南仲，見《出車》篇。大祖，始祖也。大師，皇父之兼官也。我，爲宣王之自我也。戎，兵器也。○宣王自將以伐淮北之夷，而命卿士之謂南仲爲大祖兼大師而字皇父者，整治其從行之六軍，脩其戎事，以除淮夷之亂，而惠此南方之國。詩人作此以美之。必言南仲大祖者，稱其世功以美大之也。

王謂尹氏，命程伯休父：左右陳行户郎反，戒我師旅。率彼淮浦，省此徐土。不留不處，三事就緒象吕反。

賦也。尹氏，吉甫也。蓋爲内史，掌策命卿大夫也。程伯休父，周大夫。三事，未詳。或曰：三農之事也。○言王詔尹氏策命程伯休父爲司馬，使之左右陳其行列，循淮浦而省徐州之土。蓋伐淮北徐州之夷也。上章既命皇父，而此章又命程伯休父者，蓋王親命大師，以三公治其軍事。而使内史命司馬，以六卿副之耳。【音釋】《周禮》：「三農生九穀。」注：「原隰平地【二】。」

赫赫業業叶宜却反，有嚴天子。王舒保作，匪紹匪遊，徐方繹騷叶蘇侯反。震驚徐方，如雷如霆，徐方震驚。

賦也。赫赫，顯也。業業，大也。嚴，威也。天子自將，其威可畏也。王舒保作，未詳其義。或曰：舒，徐。保，安。作，行也。言王師舒徐而安行也。紹，糾緊也。遊，遨遊也。繹，連絡也。騷，擾動也。○夷、厲以來，周室衰弱，至是而天子自將以征不庭。其師始出，不疾不遲。而徐方之人皆已震動，如雷霆作於其上，不遑安矣。

王奮厥武，如震如怒叶暖五反。進厥虎臣，闞呼檻反如虓火交反虎。鋪普吴反敦淮濆符云反，仍執醜虜。截彼淮浦，

【一】「逼」，朱熹《詩集傳》卷十八作「偪」。
【二】「平」原作「半」，據蔣氏本、光緒七年本及光緒十五年本改。

王師之所。

賦也。進，鼓而進之也。闞，奮怒之貌。虓，虎之自怒也。鋪，布也，布其師旅也。敦，厚也，厚集其陳也。仍，就也。老子曰：「攘臂而仍之。」截，截然不可犯之貌。

王旅嘽嘽吐丹反，如飛如翰，如江如漢。如山之苞叶補鉤反，如川之流。緜緜翼翼，不測不克，濯征徐國叶越逼反。

賦也。嘽嘽，衆盛貌。翰，羽。苞，本也。如飛如翰，疾也。如江如漢，衆也。如山，不可動也。如川，不可禦也。緜緜，不可絕也。翼翼，不可亂也。不測，不可知也。不克，不可勝也。濯，大也。

王猶允塞，徐方既來叶六直反。徐方既同，天子之功。四方既平，徐方來庭。徐方不回，王曰還歸叶古回反。

賦也。猶，道。允，信。塞，實。庭，朝。回，違也。還歸，班師而歸也。○前篇召公帥師以出，歸告成功，故備載其褒賞之詞。此篇王實親行，故於卒章反復其辭，以歸功於天子。言王道甚大，而遠方懷之，非獨兵威然也。《序》所謂「因以爲戒」者是也。

《常武》六章，章八句。

瞻卬昊天，則不我惠。孔填舊説古「塵」字不寧，降此大厲。邦靡有定，士民其瘵側界反，叶側例反。蟊音牟賊蟊疾，靡有夷届音戒，叶居氣反。罪罟不收，靡有夷瘳敕留反。

賦也。填，久。厲，亂。瘵，病也。蟊賊，害苗之蟲也。疾，害。夷，平。届，極。罟，網也。○此刺幽王嬖褒姒，任奄人以致亂之詩。首言昊天不惠而降亂，無所歸咎之詞也。蘇氏曰：「國有所定，則民受其福。無所定，則受其病。於是有小人爲之蟊賊，刑罪爲之網罟，凡此皆民之所以病也。」【音釋】卬，音仰。奄人，《周禮．司刑》注：「男

女不以義交者，其刑宮。宮者，丈夫割其勢。」《酒人》注：「奄，精氣閉藏者。」内門則用奄以守之。奄，《釋文》：「於檢、於驗二反。」《説文》作「閹」，英廉反。與此通用。

人有土田，女音汝反有酉、由二音之。人有民人，女覆奪徒活反之。此宜無罪，女反收殖酉、殖由二反之【一】。彼宜有罪，女覆説音脱之。

賦也。反，覆。收，拘。説，赦也。

哲夫成城，哲婦傾城。懿厥哲婦，爲梟古堯反爲鴟處之反。婦有長舌，維厲之階叶居奚反。亂匪降自天叶鐵因反，生自婦人。匪教匪誨叶呼位反，時維婦寺。

賦也。哲，知也。城，猶國也。哲婦，蓋指褒姒也。傾，覆。懿，美也。梟、鴟，惡聲之鳥也。長舌，能多言者也。階，梯也。寺，奄人也。〇言男子正位乎外，爲國家之主，故有知則能立國。婦人以無非無儀爲善，無所事哲，哲則適以覆國而已。故此懿美之哲婦，而反爲梟鴟，蓋以其多言而能爲禍亂之梯也。若是則亂豈真自天降，如首章之説哉？特由此婦人而已。蓋其言雖多，而非有教誨之益者，是惟婦人與奄人耳，豈可近哉！上文但言婦人之禍，末句兼以奄人爲言。蓋二者常相倚而爲奸，不可不並以爲戒也。歐陽公常言【二】，宦者之禍甚於女寵。其言尤爲深切，有國家者可不戒哉！

【音釋】知，音智，下章同。

鞫人忮之豉反忒，譖子念反始竟背音佩，叶必墨反。豈曰不極，伊胡爲慝？如賈音古三倍，君子是識。婦無公事，休其蠶織。

賦也。鞫，窮。忮，害。忒，變也。譖，不信也。竟，終。背，反。極，已。慝，惡也。賈，居貨者也。三倍，獲利之多

【一】「酉」，蔣氏本、光緒七年本及光緒十五年本作「有」。「反」，朱熹《詩集傳》卷十九作「音」。

【二】「常」，蔣氏本、光緒七年本及光緒十五年本作「嘗」。

也。公事，朝廷之事。蠶織，婦人之業。○言婦寺能以其知辨窮人之言，其心忮害而變詐無常。既以譖妄倡始於前，而終或不驗於後。則亦不復自謂其言之放恣無所極已，而反曰：是何足爲慝乎？夫商賈之利非君子之所宜識，如朝廷之事非婦人之所宜與也。今賈三倍而君子識其所以然，婦人無朝廷之事而舍其蠶織以圖之，則豈不爲慝哉！【音釋】鞫，居六反。朝，音潮。與，去聲。舍，上聲，下章同。

天何以刺叶音砌？何神不富叶方未反？舍音捨爾介狄，維予胥忌。不弔不祥，威儀不類。人之云亡，邦國殄瘁。

賦也。刺，責。介，大。胥，相。弔，閔也。○言天何用責王？神何用不富王哉？凡以王信用婦人之故也。是必將有夷狄之大患。今王舍之不忌，而反以我之正言不諱爲忌，何哉？夫天之降不祥，庶幾王懼而自脩。今王遇災而不恤，又不謹其威儀，又無善人以輔之，則國之殄瘁宜矣。或曰：介狄即指婦寺，猶所謂女戎者也。【音釋】《晉語》：「史蘇曰：『夫有男戎，必有女戎。』」注：「戎，兵也。女兵，言其禍猶兵也【一】。」

天之降罔，維其優矣。人之云亡，心之憂矣。天之降罔，維其幾矣。人之云亡，心之悲矣。

賦也。罔，罟。優，多。幾，近也。蓋承上章之意而重言之，以警王也。

觱音必沸音弗檻胡覽反泉，維其深矣。心之憂矣，寧自今矣。不自我先，不自我後叶下五反。藐藐昊天，無不克鞏叶音古。無忝皇祖，式救爾後同上。

興也。觱沸，泉涌貌。檻泉，泉正出者【二】。藐藐，高遠貌。鞏，固也。○言泉之濆涌上出，其源深矣。我心之憂，亦非適今日然也。然而禍亂之極，適當此時，蓋已無可爲者。惟天高遠，雖若無意於物，然其功用，神明不測，雖危亂之

【一】「猶兵」，《國語韋氏解》卷七作「由姬」。
【二】「正」，朱熹《詩集傳》卷十八作「上」。

極，亦無不能鞏固之者。幽王苟能改過自脩而不忝其祖【一】，則天意可回，來者猶必可救，而子孫亦蒙其福矣。【音釋】瀵，甫問反。

《瞻卬》七章，三章章十句，四章章八句。

旻天疾威，天篤降喪息浪反，叶桑郎反。瘨都田反我饑饉，民卒流亡，我居圉魚呂反卒荒。

賦也。篤，厚。瘨，病。卒，盡也。居，國中也。圉，邊陲也。〇此刺幽王任用小人，以致饑饉侵削之詩也。

天降罪罟，蟊賊內訌户工反，昏椓丁角反靡共音恭。潰潰回遹，實靖夷我邦叶卜功反。

賦也。訌，潰也。昏椓，昏亂椓喪之人也。共，與「恭」同，一說與「供」通【二】，謂共其職也。潰潰，亂也。回遹，邪僻也。靖，治。夷，平也。〇言此蟊賊昏椓者，皆潰亂邪僻之人。而王乃使之治平我邦，所以致亂也。【音釋】椓，許易「陟角反」。

皋皋訿訿音紫，曾不知其玷丁险反。兢兢業業，孔填已見上篇不寧，我位孔貶。

賦也。皋皋，頑慢之意。訿訿，務爲謗毀也。玷，缺也。填，久也。〇言小人在位，所爲如此，而王不知其缺。至於戒敬恐懼，甚病而不寧者【三】，其位乃更見貶黜。其顛倒錯亂之甚如此。

如彼歲旱，草不潰《集注》作「遂」茂，如彼棲苴七如反【四】。我相息亮反此邦，無不潰止叶韻未詳。

賦也。潰，遂也。棲苴，水中浮草棲於木上者，言枯槁無潤澤也。相，視。潰，亂也。【音釋】苴，水中浮草。

【一】「脩」，蔣氏本、光緒七年本及光緒十五年本作「新」。
【二】「通」原作「同」，據朱熹《詩集傳》卷十八改。
【三】「病」，蔣氏本、光緒七年本及光緒十五年本作「久」。
【四】「棲」下，朱熹《詩集傳》卷十八有「音西」二字。

《釋文》：「士加反【一】。」字書：与楂同音。《傳》誤。

維昔之富，不如時。維今之疚，不如茲。彼疏斯粺薄賣反，胡不自替？職兄音怳，下同斯引叶韻未詳【二】。

賦也。時，是。疚，病也。疏，糲也。粺則精矣。替，廢也。兄、怳同。引，長也。○言昔之富未嘗若是之疚也，而今之疚又未有若此之甚也。彼小人之與君子，如疏與粺，其分審矣。而曷不自替以避君子乎？而使我心專爲此故，至於愴怳引長而不能自已也。【音釋】糲，蘭末反。《九章》粟米之法：糲十，粺九，鑿八，侍御七。米漸細，故數益少。鑿，子洛反。

池之竭矣，不云自頻。泉之竭矣，不云自中叶諸仍反。溥斯害矣，職兄斯弘，不烖我躬叶姑弘反？

賦也。頻，崖。溥，廣。弘，大也。○池，水之鍾也。泉，水之發也。故池之竭由外之不入，泉之竭由內之不出。言禍亂有所從起，而今不云然也，此其爲害亦已廣矣。是使我心專爲此故，至於愴怳日益弘大，而憂之曰：是豈不災及我躬也乎？

昔先王受命，有如召公，日辟音闢國百里。今也日蹙子六反國百里。於音烏乎音呼哀哉！維今之人，不尚有舊叶巨已反。

賦也。先王，文武也【三】。召公，康公也。辟，開。蹙，促也。○文王之世，周公治內，召公治外。故周人之詩謂之《周南》，諸侯之詩謂之《召南》。所謂「日闢國百里」云者，言文王之化自北而南，至於江漢之間，服從之國日以益衆。及虞芮質成，而其旁諸侯聞之，相帥歸周者四十餘國焉。今，謂幽王之時。促國，蓋犬戎內侵，諸侯外畔也。又嘆息哀痛而

【一】「士加反」，陸德明《經典釋文》卷七作「七如反」。
【二】「怳」，蔣氏本、光緒七年本及光緒十五年本作「況」。
【三】「武」，蔣氏本、光緒七年本及光緒十五年本作「王」。

言，今世雖亂，豈不猶有舊德可用之人哉？言有之而不用耳。

《召旻》七章，四章章五句，三章章七句。因其首章稱「旻天」、卒章稱「召公」，故謂之《召旻》，以別《小旻》也。【音釋】別，必列反。

蕩之什十一篇，九十二章，七百六十九句。

詩卷第十八

詩卷第十九

頌四

頌者，宗廟之樂歌。《大序》所謂「美盛德之形容，以其成功告于神明」者也。蓋「頌」與「容」古字通用，故《序》以此言之。《周頌》三十一篇，多周公所定，而亦或有康王以後之詩。《魯頌》四篇，《商頌》五篇，因亦以類附焉，凡五卷。

周頌清廟之什四之一

於音烏穆清廟，肅雝顯相息亮反。濟濟子禮反多士，秉文之德。對越在天，駿奔走在廟。不顯不承，無射音亦，與斁同於人斯《周頌》多不叶韻，未詳其説。

賦也。於，歎辭。穆，深遠也。清，清靜也。肅，敬。雝，和。顯，明。相，助也，謂助祭之公卿諸侯也。濟濟，衆也。多士，與祭執事之人也。越，於也。駿，大而疾也。承，尊奉也。斯，語辭。○此周公既成洛邑而朝諸侯，因率之以祀文王之樂歌。言於穆哉，此清靜之廟，其助祭之公侯皆敬且和，而其執事之人又無不執行文王之德。既對越其在天之神，而又駿奔走其在廟之主。如此則是文王之德豈不顯乎！豈不承乎！信乎其無有厭斁於人也。【音釋】愚謂《周頌》不叶韻者，以一唱三歎【一】，則其音韻自叶爾。與，音預。朝，音潮。

《清廟》一章，八句。《書》稱：「王在新邑烝祭歲，文王騂牛一，武王騂牛一。」實周公攝政之七年，而此

【一】「唱」，蔣氏本、光緒七年本、光緒十五年本作「倡」。

其升歌之辭也。《書大傳》曰：「周公升歌《清廟》，苟在廟中嘗見文王者，愀然如復見文王焉。」《樂記》曰：「《清廟》之瑟，朱弦而疏越，壹倡而三嘆，有遺音者矣。」鄭氏曰：「朱弦，練朱弦，練則聲濁。越，瑟底孔也，疏之使聲遲也。倡，發歌句也。三嘆，三人從嘆之耳。漢因秦樂，乾豆上，奏登歌，獨上歌不以筦絃亂人聲，欲在位者徧聞之，猶古《清廟》之歌也。」【音釋】騂，息營反。愀，七小反。復，扶又反。疏，山於反。越，户括反。練，郎甸反。煮，漚熟絲也。乾，音干。筦，管同。

維天之命，於音烏穆不已。於同上乎音呼不顯，文王之德之純。

賦也。天命，即天道也。不已，言無窮也。純，不雜也。○此亦祭文王之詩。言天道無窮，而文王之德純一不雜，與天無間，以贊文王之德之盛也。子思子曰：「『維天之命，於穆不已』，蓋曰天之所以爲天也。『於乎不顯，文王之德之純』，蓋曰文王之所以爲文也，純亦不已。」程子曰：「天道不已，文王純於天道亦不已。純則無二無雜，不已則無間斷先後。」

假《春秋傳》作「何」以溢《春秋傳》作「恤」我，我其收之。駿惠我文王，曾孫篤之。

「何」之爲「假」，聲之轉也。「恤」之爲「溢」，字之訛也。收，受。駿，大。惠，順也。曾孫，後王也。篤，厚也。○言文王之神將何以恤我乎？有則我當受之，以大順文王之道。後王又當篤厚之而不忘也。【音釋】駿，音峻。曾，音增。

《維天之命》一章，八句。

維清緝熙，文王之典。肇禋音因，迄許乞反用有成，維周之禎。

賦也。清，清明也。緝，續。熙，明。肇，始。禋，祀。迄，至也。○此亦祭文王之詩。言所當清明而緝熙者，文王之典也。故自始祀至今有成，實維周之禎祥也。然此詩疑有闕文焉。

《維清》一章，五句。

烈文辟音壁【一】，下同公，錫茲祉福。惠我無疆，子孫保之。

賦也。烈，光也。辟公，諸侯也。○此祭於宗廟，而獻助祭諸侯之樂歌。言諸侯助祭，使我獲福，則是諸侯錫此祉福，而惠我以無疆，使我子孫保之也。

無封靡于爾邦，維王其崇之。念茲戎功，繼序其皇之。

封靡之義未詳。或曰：封，專利以自封殖也。靡，汰侈也。崇，尊尚也。戎，大。皇，大也。○言汝能無封靡于汝邦，則王當尊汝。又念汝有此助祭錫福之大功，則使汝之子孫繼序而益大之也。

無競維人，四方其訓之。不顯維德，百辟其刑之。於音烏乎音呼，前王不忘。

又言莫强於人，莫顯於德。先王之德所以人不能忘者，用此道也。此戒飭而勸勉之也。《中庸》引「不顯惟德，百辟其刑之」，而曰：「故君子篤恭而天下平。」《大學》引「於乎，前王不忘」，而曰：「君子賢其賢而親其親，小人樂其樂而利其利。此以没世不忘也。」【音釋】祉，音恥。殖，丞職反。汰，音泰。樂，音洛。

《烈文》一章，十三句。此篇以公、疆兩韻相叶，未詳當從何讀【二】，意亦可互用也。

【一】「壁」，蔣氏本、光緒七年本及光緒十五年本作「璧」。
【二】「詳」，蔣氏本、光緒七年本及光緒十五年本作「審」。

天作高山，大音泰王荒之。彼作矣，文王康之。彼徂矣岐沈括曰【一】：「《後漢書·西南夷傳》作『彼岨者岐』」。今按彼書，「岨」但作「徂」，而引韓詩薛君章句亦但訓為「往」，獨「矣」字正作「者」，如沈氏說。然其注末復云岐雖阻僻，則似又有「岨」意。韓子亦云「彼岐有岨」，疑或別有所據。故今從之，而定讀「岐」字絶句，有夷之行叶户郎反，子孫保之。

賦也。高山，謂岐山也。荒，治。康，安也。岨，險僻之意也。夷，平。行，路也。〇此祭大王之詩。言天作岐山，而大王始治之。大王既作，而文王又安之。於是彼險僻之岐山，人歸者衆，而有平易之道路，子孫當世世保守而不失也。

【音釋】沈括，字存中，宋熙寧中知制誥【二】，分司南京。易，以豉反。

《天作》一章，七句。

昊天有成命，二后受之。成王不敢康，夙夜基命宥密。於音烏緝熙，單厥心，肆其靖之。

賦也。二后，文武也。成王名誦，武王之子也。基，積累于下，以承藉乎上者也。宥，宏深也。密，静密也。於，歎詞。靖，安也。〇此詩多道成王之德，疑祀成王之詩也。言天祚周以天下，既有定命，而文武受之矣。成王繼之，又能不敢康寧，而其夙夜積德以承藉天命者，又宏深而靜密，是能繼續光明文武之業而盡其心。故今能安靜天下【三】，而保其所受之命也。《國語》叔向引此詩而言曰：「是道成王之德也，成王能明文昭，定武烈者也。」以此證之，則其爲祀成王之詩無疑矣。

《昊天有成命》一章，七句。此康王以後之詩。

【一】「徂」，蔣氏本、光緒七年本及光緒十五年本作「岨」。
【二】「宋」原作「宗」，據蔣氏本、光緒七年本及光緒十五年本改。
【三】「靜」，蔣氏本、光緒七年本及光緒十五年本作「靖」。

我將我享，維羊維牛，維天其右叶音由之。

賦也。將，奉。享，獻。右，尊也。神坐東向，在饌之右，所以尊之也。○此宗祀文王於明堂以配上帝之樂歌。言奉其牛羊以享上帝，而曰：天庶其降而在此牛羊之右乎？蓋不敢必也。

儀式刑文王之典，日靖四方。伊嘏古雅反文王，既右享叶虛良反之【一】。

儀、式、刑，皆法也。嘏，錫福也。○言我儀式刑文王之典以靖天下。則此能錫福之文王既降而在此之右，以享我祭。若有以見其必然矣。

我其夙夜，畏天之威，于時保之。

又言天與文王既皆右享我矣【二】，則我其敢不夙夜畏天之威，以保天與文王所以降鑒之意乎？【音釋】嚴氏曰：「『儀式刑』，猶《書》云『嚴祗敬』。累言之者，謂法之不已【三】。」

《我將》一章，十句。程子曰：「萬物本乎天，人本乎祖，故冬至祭天，而以祖配之，以冬至氣之始也。萬物成形於帝，而人成形於父，故季秋享帝，而以父配之，以季秋成物之時也。」陳氏曰：「古者祭天於圜丘，掃地而行事。器用陶匏，牲用犢，其禮極簡。聖人之意以爲未足以盡其意之委曲，故於季秋之月有大享之禮焉。天，即帝也，郊而曰天，所以尊之也，故以后稷配焉。后稷遠矣，配稷於郊，亦以尊稷也。明堂而曰帝，所以親之也，以文王配焉。文王親也，配文王於明堂，亦以親文王也。尊尊而親親，周道備矣。然則郊者古禮，而明堂者周制也，周公以義起之也。」東萊呂氏曰：「於天，維庶其饗之，不敢加一辭焉。於文王則言儀式其典，日靖四方。天不待

【一】「享」，蔣氏本、光緒七年本及光緒十五年本作「饗」。
【二】「享」，蔣氏本、光緒七年本及光緒十五年本作「饗」。
【三】「不已」二字原無，據蔣氏本、光緒七年本及光緒十五年本補。

贊。法文王，所以法天也。卒章維言『畏天之威』，而不及文王者，統於尊也。畏天，所以畏文王也，天與文王一也。」【音釋】圜，與圓同。匏，蒲交反。

時邁其邦，昊天其子之。

賦也。邁，行也。邦，諸侯之國也。周制十有二年王巡守殷國，柴望祭告，諸侯畢朝。○此巡守而朝會祭告之樂歌也。言我之以時巡行諸侯也，天其子我乎哉？蓋不敢必也。

實右序有周。薄言震之，莫不震疊。懷柔百神，及河喬嶽，允王維后。

右，尊。序，次。震，動。疊，懼。懷，來。柔，安。允，信也。○既而曰：天實右序有周矣，是以使我薄言震之，而四方諸侯莫不震懼。又能懷柔百神，以至于河之深廣，嶽之崇高，而莫不感格。則是信乎周王之爲天下君矣。

明昭有周，式序在位。載戢側立反干戈，載櫜古刀反弓矢。我求懿德，肆于時夏户雅反，允王保之。

戢，聚。櫜，韜。肆，陳也。夏，中國也。○又言明昭乎我周也。既以慶讓黜陟之典，式序在位之諸侯；又收斂其干戈弓矢，而益求懿美之德，以布陳于中國，則信乎王之能保天命也。或曰：此詩即所謂《肆夏》，以其有「肆于時夏」之語而命之也。【音釋】守，式又反。朝，音潮。韜，音滔。

《時邁》一章，十五句。《春秋傳》曰：昔武王克商，作頌曰「載戢干戈」。而《外傳》又以爲周文公之頌。則此詩乃武王之世，周公所作也。《外傳》又曰：「金奏《肆夏》：《繁》、《遏》、《渠》，天子以饗元侯也。」韋昭注云：「《肆夏》一名《樊》，《韶夏》一名《遏》，《納夏》一名《渠》。即《周禮》『九夏』之三也。」呂叔玉云：「《肆夏》，《時邁》也。《繁遏》，《執競》也。《渠》，《思文》也。」【音釋】顏達龍曰：「三夏，歌之大也，天子享元侯用之。故尸出入奏《肆夏》，牲出入奏《韶夏》，四方賓來奏《納夏》。杜預、韋昭之說與呂叔玉雖不同，而《時邁》《執競》《思文》即三夏之異名也。」

若夫三夏之外又有所謂《王夏》《章夏》《齊夏》《族夏》《祴夏》《驁夏》，是總為九夏之名。齊，音齋。祴，音該。驁，音遨。

執競武王，無競維烈。不顯成康，上帝是皇。

賦也。此祭武王、成王、康王之詩。競，强也。言武王持其自强不息之心，故其功烈之盛，天下莫得而競。豈不顯哉！成王、康王之德，亦上帝之所君也。

自彼成康，奄有四方，斤斤紀覲反其明叶謨郎反。

斤斤，明之察也，言成康之德明著如此也。

鍾鼓喤喤華彭反，叶胡光反，磬筦音管將將七羊反，降福穰穰如羊反。

喤喤，和也。將將，集也。穰穰，多也。言今作樂以祭而受福也。

降福簡簡，威儀反反。既醉既飽，福祿來反。

簡簡，大也。反反，謹重也。反，覆也。言受福之多，而愈益謹重。是以既醉既飽，而福祿之來反覆而不厭也。

《執競》一章，十四句。此昭王以後之詩，《國語》說見前篇。

思文后稷，克配彼天。立我烝民，莫匪爾極。貽我來牟，帝命率育叶曰逼反。無此疆爾界叶訖力反，陳常于時夏。

賦也。思，語辭。文，言有文德也。立、粒通。極，至也，德之至也。貽，遺也。來，小麥。牟，大麥也。率，徧。育，養也。〇言后稷之德真可配天，蓋使我烝民得以粒食者，莫非其德之至也。且其貽我民以來牟之種，乃上帝之命，以此徧養下民者。是以無有遠近彼此之殊，而得以陳其君臣父子之常道於中國也。或曰：此詩即所謂《納夏》者，亦以其有「時

夏」之語而命之也。

《思文》一章，八句。《國語》説見《時邁》篇。

清廟之什十篇，十章，九十五句。

周頌臣工之什四之二

嗟嗟臣工，敬爾在公。王釐力之反爾成，來咨來茹如預反。

賦也。嗟嗟，重歎以深敕之也。臣工，羣臣百官也。公，公家也。釐，賜也。成，成法也。茹，度也。○此戒農官之詩。先言王有成法以賜女，女當來咨度也。【音釋】重，去聲。度，待洛反。女，音汝。

嗟嗟保介，維莫音慕之春。亦又何求？如何新畬音余。於音烏皇來牟，將受厥明。明昭上帝，迄用康年。命我衆人，庤持耻反乃錢子浅反鎛音博，奄觀銍珍栗反艾音刈。

保介，見《月令》《呂覽》。其説不同，然皆爲籍田而言，蓋農官之副也。莫春，斗柄建辰，夏正之三月也。畬，三歲田也【一】。於皇，歎美之辭。來牟，麥也。明，上帝之明賜也。言麥將熟也。迄，至也。康年，猶豐年也。衆人，甸徒也。庤，具也。錢，銚。鎛，鉏。皆田器也。銍，穫禾短鐮也。艾，穫也。○此乃言所戒之事。言三月則當治其新畬

【一】「三」，四部叢刊本朱熹《詩集傳》卷十九作「二」。然明正統本、嘉靖本皆作「三」，與此書同。按諸《小雅·采芑》「薄言采芑，於彼新田」句朱注，作「三」是也。

矣，今如何哉？然麥已將熟，則可以受上帝之明賜，而此明昭之上帝，又將賜我新畬以豐年也。於是命甸徒具農器，以治其新畬，而又將忽見其收成也。【音釋】為，去聲。銚，音挑。《呂覽》，公瑾劉氏曰：「即《呂氏春秋》。《月令》，《呂氏春秋》十二紀之首也。」

《臣工》一章，十五句。

噫嘻成王，既昭假音格爾。率時農夫，播厥百穀。駿發爾私【一】，終三十里。亦服爾耕，十千維耦叶音擬。

賦也。噫嘻，亦歎辭也。昭，明。假，格也。爾，田官也。時，是。駿，大。發，耕也。私，私田也。三十里，萬夫之地，四旁有川，内方三十二里有奇【二】。言三十里，舉成數也。耦，二人並耕也。○此連上篇，亦戒農官之詞。昭假爾，猶言格汝衆庶。蓋成王始置田官，而嘗戒命之也。爾當率是農夫，播其百穀，使之大發其私田，皆服其耕事，萬人爲耦而並耕也。蓋耕本以二人爲耦，今合一川之衆爲言。故云萬人畢出，並力齊心，如合一耦也。此必鄉遂之官，司稼之屬，其職以萬夫爲界者。溝洫用貢法，無公田，故皆謂之私。蘇氏曰：「民曰『雨我公田，遂及我私』，而君曰『駿發爾私，終三十里』。其上下之間交相忠愛如此。」【音釋】成周鄉遂用貢法，都鄙用助法。貢法夫間有遂，十夫有溝，百夫有洫，千夫有澮，萬夫有川。故云：「萬夫之地，四旁有川。」

《噫嘻》一章，八句。

振鷺于飛，于彼西雝。我客戾止，亦有斯容。

【一】「駿」下，朱熹《詩集傳》卷十九有「音峻」二字。
【二】「三十二里」，蔣氏本、光緒七年本及光緒十五年本作「三十三里」。

賦也。振，羣飛貌。鷺，白鳥。雝，澤也。客，謂二王之後。夏之後杞，商之後宋，於周爲客。天子有事膰焉，有喪拜焉者也。〇此二王之後來助祭之詩。言鷺飛于西雝之水，而我客來助祭者，其容貌脩整亦如鷺之潔白也。或曰：興也。

在彼無惡烏路反，在此無斁叶丁故反。庶幾夙夜叶羊茹反，以永終譽。

彼，其國也。在國無惡之者，在此無厭之者，如是則庶幾其能夙夜以永終此譽矣。陳氏曰：「在彼不以我革其命而有惡於我，知天命無常，惟德是與，其心服也。在我不以彼墜其命而有厭於彼，崇德象賢，統承先王，忠厚之至也。」【音釋】斁，音亦。

《振鷺》一章，八句。

豐年多黍多稌音杜，亦有高廩力錦反，萬億及秭咨履切【一】。爲酒爲醴，烝畀祖妣，以洽百禮，降福孔皆叶舉里反。

賦也。稌，稻也。黍宜高燥而寒，稌宜下濕而暑，黍稌皆熟，則百穀無不熟矣。亦，助語辭。數萬至萬曰億，數億至億曰秭。烝，進。畀，予。洽，備。皆，偏也。〇此秋冬報賽田事之樂歌。蓋祀田祖先農方社之屬也。言其收入之多，至於可以供祭祀、備百禮，而神降之福將甚偏也。【音釋】數，色主反。

《豐年》一章，七句。

有瞽有瞽，在周之庭。

賦也。瞽，樂官無目者也。〇《序》以此爲始作樂而合乎祖之詩，兩句總序其事也。

【一】「切」，蔣氏本、光緒七年本、光緒十五年本及朱熹《詩集傳》卷十九作「反」。

設業設虡音巨，崇牙樹羽。應田縣鼓，鞉音桃磬柷尺叔反圉魚女反。既備乃奏叶音祖，簫管備舉以上叶瞽字。

業、虡、崇牙，見《靈臺》篇。樹羽，置五采之羽於崇牙之上也。應，小鞞。田，大鼓也。鄭氏曰：「『田』當作『𣔶』，小鼓也。」縣鼓，周制也。夏后氏足鼓，殷楹鼓，周縣鼓。鞉，如鼓而小，有柄，兩耳，持其柄摇之，則傍耳還自擊【一】。磬，石磬也。柷，狀如漆桶，以木爲之，中有椎連底，挏之令左右擊，以起樂者也。圉，亦作敔，狀如伏虎，背上有二十七鉏鋙刻，以木長尺櫟之【二】，以止樂者也。簫，編小竹管爲之。管，如篴，併兩而吹之者也。

喤喤音横厥聲，肅雝和鳴，先祖是聽。我客戾止，永觀厥成以上叶庭字。

我客，二王之後也。觀，視也。成，樂闋也，如「簫韶九成」之「成」。獨言二王後者，猶言「虞賓在位」，「我有嘉客」。蓋尤以是爲盛耳。【音釋】《周禮·瞽矇》：上瞽四十人，中瞽百人，下瞽百有六十人，有眂瞭三百人相之。眂瞭，音視了。合，大合諸樂而奏之。𣔶，音胤。足鼓，足置於鼓下為跗承之。楹鼓為一楹而四稜貫鼓於其端。縣鼓，係於簨簴也。挏，杜孔反，動也。敔，音同圉。鉏，音阻。鋙，音語。櫟，音歷。所櫟之木名曰籈，音真。篴，與笛同。闋，苦穴反，曲終也。

《有瞽》一章，十三句。

猗於宜反與音余漆沮七余反，潛有多魚。有鱣張連反有鮪叶于軌反，鰷音條鱨音常鰋音偃鯉。以享以祀叶逸織反，以介景福叶筆力反。

賦也。猗與，歎辭。潛，槮也。蓋積柴養魚，使得隱藏避寒，因以薄圍取之也。或曰：藏之深也。鰷，白鰷也。《月

【一】「傍」，蔣氏本、光緒七年本及光緒十五年本作「旁」。

【二】「櫟」，蔣氏本、光緒七年本及光緒十五年本作「擽」。

令》：季冬命漁師始漁，天子親往。乃嘗魚，先薦寢廟。季春薦鮪于寢廟。此其樂歌也。【音釋】椮，《釋文》：「霜甚、踈廕、心廩三反。」

《潛》一章，六句。

有來雝雝與公叶，篇內同，至止肅肅。相息亮反維辟音璧公【一】，天子穆穆。

賦也。雝雝，和也。肅肅，敬也。相，助祭也。辟公，諸侯也。穆穆，天子之容也。○此武王祭文王之詩。言諸侯之來，皆和且敬，以助我之祭事，而天子有穆穆之容也。

於音烏薦廣牡，相同上予肆祀叶養里反。假古雅反哉皇考叶音口，綏予孝子叶獎里反【二】。

於，歎辭也。廣牡，大牲也。肆，陳。假，大也。皇考，文王也。綏，安也。孝子，武王自稱也。○言此和敬之諸侯，薦大牲以助我之祭事，而大哉之文王，庶其享之，以安我孝子之心也。

宣哲維人，文武維后。燕及皇天叶鐵因反，克昌厥後。

宣，通。哲，知。燕，安也。○此美文王之德。宣哲則盡人之道，文武則備君之德。故能安人以及于天，而克昌其後嗣也。蘇氏曰：「周人以諱事神。文王名昌，而此詩曰『克昌厥後』，何也？曰：周之所謂諱，不以其名號之耳，不遂廢其文也。諱其名而廢其文者，周禮之末失也。」

綏我眉壽【三】，介以繁祉。既右音又烈考叶音口，亦右文母叶滿彼反。

右，尊也。《周禮》所謂享右祭祀是也。烈考，猶皇考也。文母，太姒也。○言文王昌厥後，而安之以眉壽，助之以多

【一】「璧」，朱熹《詩集傳》卷十九作「壁」。
【二】「里」，朱熹《詩集傳》卷十九作「履」。
【三】「壽」下，朱熹《詩集傳》卷十九有「叶殖酉反」。

福，使我得以右于烈考文母也。

《雝》一章，十六句。《周禮・樂師》：「及徹，帥學士而歌《徹》。【一】」說者以爲即此詩。《論語》亦曰「以《雍》徹」。然則此蓋徹祭所歌，而亦名爲《徹》也。

載見賢遍反，下同辟音璧王【二】，曰求厥章。龍旂陽陽，和鈴央央【三】。鞗音條革有鶬七羊反，休有烈光。

賦也。載，則也，發語辭也。章，法度也。交龍曰旂。陽，明也。軾前曰和，旂上曰鈴。央央、有鶬，皆聲和也。休，美也。此諸侯助祭于武王廟之詩。先言其來朝，禀受法度，其車服之盛如此。

率見昭考，以孝以享叶虛良反。

昭考，武王也。廟制，太祖居中，左昭右穆。周廟文王當穆，武王當昭，故《書》稱「穆考文王」。而此詩及《訪落》皆謂武王爲「昭考」。此乃言王率諸侯以祭武王廟也。

以介眉壽。永言保之，思皇多祜後五反。烈文辟公，綏以多福，俾緝熙于純嘏叶音古。

思，語辭。皇，大也，美也。○又言孝享以介眉壽，而受多福，是皆諸侯助祭有以致之，使我得繼而明之，以至於純嘏也。蓋歸德于諸侯之辭，猶《烈文》之意也。【音釋】鄭氏曰：「鶬，金飾貌。」

《載見》一章，十四句。

【一】「樂師」原作「大師」，朱熹《詩集傳》卷十九同，據蔣氏本、光緒七年本、光緒十五年本及《周禮注疏》卷二十三改。

【二】「璧」，朱熹《詩集傳》卷十九作「壁」。

【三】「央央」下，朱熹《詩集傳》卷十九有「於良反」三字。

有客有客，亦白其馬叶滿補反。有萋有且七序反，敦都回反琢其旅。

賦也。客，微子也。周既滅商，封微子於宋，以祀其先王，而以客禮待之，不敢臣也。亦，語辭也。殷尚白，修其禮物，仍殷之舊也。萋、且，未詳。《傳》曰：「敬慎貌。」敦琢，選擇也。旅，其卿大夫從行者也。○此微子來見祖廟之詩，而此一節言其始至也。

有客宿宿，有客信信。言授之縶陟立反，以縶其馬同上。

一宿曰宿，再宿曰信。縶其馬，愛之不欲其去也。此一節言其將去也。

薄言追之，左右綏之。既有淫威，降福孔夷。

追之，已去而復還之，愛之無已也。左右綏之，言所以安而留之者無方也。淫威，未詳。舊説：淫，大也。統承先王，用天子禮樂，所謂淫威也。夷，易也，大也。此一節言其留之也。

《有客》一章，十二句。

於音烏皇武王，無競維烈。允文文王，克開厥後。嗣武受之，勝殷遏劉，耆音指定爾功。

賦也。於，歎辭。皇，大。遏，止。劉，殺。耆，致也。○周公象武王之功，爲《大武》之樂。言武王無競之功，實文王開之，而武王嗣而受之，勝殷止殺，以致定其功也。

《武》一章，七句。《春秋傳》以此爲《大武》之首章也。《大武》，周公象武王武功之舞，歌此詩以奏之。《禮》曰：「朱干玉戚，冕而舞《大武》。」然《傳》以此詩爲武王所作，則篇内已有武王之謚，而其説誤矣。

【音釋】《左傳》宣十二年以此為《大武》首章，《賚》為第三章，《桓》為第六章。

臣工之什十篇，十章，一百六句。

周頌閔予小子之什四之三

閔予小子，遭家不造叶徂候反，嬛嬛其傾反在疚音救。於音烏乎音呼皇考叶祛候反，永世克孝叶呼候反。

賦也。成王免喪，始朝于先王之廟，而作此詩也。閔，病也。予小子，成王自稱也。造，成也。嬛，與煢同，無所依怙之意。疚，哀病也。匡衡曰：「『煢煢在疚』，言成王喪畢思慕，意氣未能平也。蓋所以就文武之業，崇大化之本也。」皇考，武王也。歎武王之終身能孝也。

念兹皇祖，陟降庭叶去聲止。維予小子，夙夜敬止。

皇祖，文王也。承上文，言武王之孝。思念文王，常若見其陟降於庭，猶所謂見堯於墻，見堯於羹也。《楚詞》云「三公揖讓，登降堂只」，與此文勢正相似。而匡衡引此句，顔注亦云若神明臨其朝庭是也。

於乎二字同上皇王，繼序思不忘。

皇王，兼指文武也。承上文，言我之所以夙夜敬止者，思繼此序而不忘耳。【音釋】朝，音潮。《後漢書·李固傳》：「堯没【一】，舜仰慕三年。坐則見堯於牆，食則睹堯於羹。」《楚詞·大招》作「三公穆穆」，則此或傳寫之誤。只，音止。

《閔予小子》一章，十一句。此成王除喪朝廟所作。疑後世遂以爲嗣王朝廟之樂，後三篇放此。

訪予落止，率時昭考。於音烏乎音呼悠哉，朕未有艾五蓋反。將予就之，繼猶判涣。維予小子，未堪家多難乃旦反。紹庭上下，陟降厥家。休矣皇考，以保明其身。

【一】「没」，蔣氏本、光緒七年本、光緒十五年本及范曄《後漢書》卷五十三作「殂」。

賦也。訪，問。落，始。悠，遠也。艾，如「夜未艾」之「艾」。判，分。涣，散。保，安。明，顯也。○成王既朝于廟，因作此詩以道延訪羣臣之意。言我將謀之於始，以循我昭考武王之道。然而其道遠矣，予不能及也。將使予勉强以就之，而所以繼之者，猶恐其判涣而不合也。則亦繼其上下於庭，陟降於家，庶幾賴皇考之休，有以保明吾身而已矣。

【音釋】朝，音潮。强，上聲。上，時掌反。下，遐嫁反。

《訪落》一章，十二句。説同上篇。

敬之敬之，天維顯思叶新夷反。命不易以豉反哉叶奬黎反！無曰高高在上。陟降厥士，日監在兹叶津之反。

賦也。顯，明也。思，語辭也。士，事也。○成王受羣臣之戒，而述其言曰：敬之哉，敬之哉，天道甚明，其命不易保也。無謂其高而不吾察，當知其聰明明畏，常若陟降於吾之所爲，而無日不臨監于此者，不可以不敬也。

維予小子叶奬里反【一】，不聰敬止。日就月將，學有緝熙于光明叶謨郎反。佛符弗反，又音弼時仔音兹肩，示我顯德行下孟反，叶户郎反。

將，進也。佛、弼通。仔肩，任也。○此乃自爲答之言曰：我不聰而未能敬也，然願學焉。庶幾日有所就，月有所進，續而明之，以至于光明。又賴羣臣輔助我所負荷之任，而示我以顯明之德行，則庶乎其可及爾。【音釋】荷，合可、何佐二反。【二】

《敬之》一章，十二句。

【一】「里」，朱熹《詩集傳》卷十九作「履」。

【二】此條「音釋」，蔣氏本、光緒七年本及光緒十五年本無。

予其懲直升反，而毖後患！莫予荓普經反蜂，自求辛螫施隻反。肇允彼桃蟲，拚芳煩反飛維鳥。未堪家多難乃旦反，予又集于蓼音了。

賦也。懲，有所傷而知戒也。毖，慎。荓，使也。蜂，小物而有毒。肇，始。允，信也。桃蟲，鷦鷯，小鳥也。拚，飛貌。鳥，大鳥也。鷦鷯之雛，化而爲鵰，故古語曰「鷦鷯生鵰」，言始小而終大也。蓼，辛苦之物也。○此亦《訪落》之意。成王自言，予何所懲，而謹後患乎！荓蜂而得辛螫，信桃蟲而不知其能爲大鳥，此其所當懲者。蓋指管、蔡之事也。然我方幼沖，未堪多難，而又集于辛苦之地，羣臣柰何捨我而弗助哉！【音釋】《爾雅》：「桃蟲，鷦。」注：「鷦鷯，桃雀也。」陸璣云：「其鷦化而為鵰。」《埤雅》：「俗呼巧婦。一名工雀，一名女匠。為巢至精密【一】，其化輒為鵰鶚。」鷦鷯，音焦苗。鷯，力幺反。

《小毖》一章，八句。蘇氏曰：「《小毖》者，謹之於小也。謹之於小，則大患無由至矣。」

載芟載柞側百反，叶疾各反，其耕澤澤音釋，叶徒洛反。

賦也。除草曰芟，除木曰柞。《秋官》「柞氏掌攻草木」是也。澤澤，解散也。

千耦其耘，徂隰徂畛音真。

耘，去苗間草也。隰，爲田之處也。畛，田畔也。

侯主侯伯，侯亞侯旅，侯彊侯以。有嗿它感反其饁于輒反，思媚其婦。有依其士與以叶，有略其耜叶養里反，俶載南畝叶滿委反。

【一】「巢至」原作「以果」，據蔣氏本、光緒七年本及光緒十五年本改。

主，家長也。伯，長子也。亞，仲叔也。旅，衆子弟也。彊，民之有餘力而來助者，《遂人》所謂「以彊予任甿」者也。能左右之曰以。《太宰》所謂「閒民轉移執事」者，若今時傭力之人，隨主人所左右者也。嗿，衆飲食聲也。媚，順。依，愛。士，夫也。言餉婦與耕夫相慰勞也。略，利。俶，始。載，事也。

播厥百穀，實函斯活叶呼酷反。

函，含。活，生也。既播之，其實含氣而生也。

驛驛其達叶佗悦反，有厭其傑。

驛驛，苗生貌。達，出土也。厭，受氣足也。傑，先長者也。

厭厭其苗，緜緜其麃表驕反。

緜緜，詳密也。麃，耘也。

載穫濟濟子禮反，有實其積子賜反，叶上聲，萬億及秭。爲酒爲醴，烝畀祖妣，以洽百禮。

濟濟，人衆貌。實，積之實也。積，露積也。

有飶蒲即反其香，邦家之光。有椒其馨，胡考之寧。

飶，芬香也，未詳何物。胡，壽也。以燕享賓客，則邦家之所以光也。以共養耆老，則胡考之所以安也。

匪且有且，匪今斯今叶音經，振古如兹無韻，未詳。

且，此。振，極也。言非獨此處有此稼穡之事，非獨今時有今豐年之慶，蓋自極古以來已如此矣。猶言「自古有年」也。【音釋】解，音蟹。予，上聲。去，上聲。長，知丈反。甿，音萌。閒，音閑。勞，去聲。養，去聲。彊予，《遂人》注謂「民有餘力，復予之田」。《大宰》：「以九職任萬民，九曰閒民，無常職，轉移執事。」胡考，李氏曰：「老人也。」《士冠禮》：「祝云：『永受胡福。』」注云：

「胡，遐也。」

《載芟》一章，三十一句。此詩未詳所用，然辭意與《豐年》相似，其用應亦不殊。

畟畟楚側反良耜叶養里反，俶尺叔反載南畝叶蒲委反。

賦也。畟畟，嚴利也。

播厥百穀，實函斯活叶呼酷反。

說見前篇。

或來瞻女音汝，載筐及筥，其饟式亮反伊黍。

或來瞻女，婦子之來饁者也。筐、筥，饟具也。

其笠伊糾叶其了反，其鎛音博斯趙直了反，以薅呼毛反荼蓼。

糾然，笠之輕舉也。趙，刺。薅，去也。荼，陸草。蓼，水草。一物而有水陸之異也，今南方人猶謂蓼爲「辣荼」，或用以毒溪取魚，即所謂「荼毒」也。

荼蓼朽止，黍稷茂叶莫口反止。

毒草朽，則土熱而苗盛。

穫之挃挃珍栗反，積之栗栗。其崇如墉，其比毗志反如櫛側瑟反，以開百室。

挃挃，穫聲也。栗栗，積之密也。櫛，理髮器，言密也。百室，一族之人也。五家爲比，五比爲閭，四閭爲族。族人輩作相助【一】，故同時入穀也。

【一】「族」，四部叢刊本朱熹《詩集傳》卷十九無，然明正統本、嘉靖本及八卷本《詩集傳》有。

百室盈止，婦子寧止。

盈，滿。寧，安也。

殺時犉如純反牡，有捄音求其角叶盧谷反。以似以續，續古之人無韻，未詳。

黄牛黑脣曰犉。捄，曲貌。續，謂續先祖以奉祭祀。【音釋】饟，與餉同，饋也，自家之野謂之饟。剌，七亦反。去，上聲。辣，盧達反。積，子賜反。

《良耜》一章，二十三句。或疑《思文》《臣工》《噫嘻》《豐年》《載芟》《良耜》等篇即所謂《豳頌》者，其詳見於《豳風》及《大田》篇之末，亦未知其是否也。

絲衣其紑孚浮反，載弁俅俅音求。自堂徂基，自羊徂牛，鼐乃代反鼎及鼒叶津之反。兕觥其觩音求，旨酒思柔。不吴音話不敖音傲，胡考之休。

賦也。絲衣，祭服也。紑，潔貌。載，戴也。弁，爵弁也，士祭於王之服。俅俅，恭順貌。基，門塾之基。鼐，大鼎。鼒，小鼎也。思，語辭。柔，和也。吴，譁也。○此亦祭而飲酒之詩。言此服絲衣爵弁之人，升門堂，視壺濯籩豆之屬，降往於基，告濯具。又視牲，從羊至牛，反告充，已乃舉鼎冪告潔【一】，禮之次也。又能謹其威儀，不諠譁，不怠傲，故能得壽考之福。【音釋】鼒，音兹。《爾雅》：「鼎圜弇上謂之鼒。」注：「斂上而小口者。」弇，古掩字。冪與鼏同【二】，莫狄反。

《絲衣》一章，九句。此詩或紑、俅、牛、觩、柔、休並叶基韻，或基、鼒並叶紑韻。

【一】「冪」，蔣氏本、光緒七年本及光緒十五年本作「鼏」。

【二】「冪與鼏同」，蔣氏本、光緒七年本及光緒十五年本作「鼏與冪同」。

於音烏鑠式灼反王師，遵養時晦。時純熙矣，是用大介。我龍受之，蹻蹻居表反王之造叶徂候反。載用有嗣叶音祠，實維爾公允師。

賦也。於，歎辭。鑠，盛。遵，循。熙，光。介，甲也，所謂一戎衣也。龍，寵也。蹻蹻，武貌。造，爲。載，則。公，事。允，信也。○此亦頌武王之詩。言其初有於鑠之師而不用，退自循養，與時皆晦。既純光矣，然後一戎衣而天下大定，後人於是寵而受此蹻蹻然王者之功，其所以嗣之者，亦維武王之事是師爾。

《酌》一章，八句。酌，即《勺》也。《内則》「十三舞《勺》」，即以此詩爲節而舞也。然此詩與《賚》《般》皆不用詩中字名篇，疑取樂節之名，如曰「武宿夜」云爾。【音釋】勺，音酌。般，音盤。

綏萬邦，婁力注反豐年【一】，天命匪解佳賣反。桓桓武王，保有厥士。于以四方，克定厥家。於音烏昭于天，皇以間之。

賦也。綏，安也。桓桓，武貌。大軍之後，必有凶年。而武王克商，則除害以安天下，故屢穫豐年之祥，《傳》所謂「周饑克殷而年豐」是也。然天命之於周，久而不厭也，故此桓桓之武王，保有其士而用之於四方，以定其家，其德上昭于天也。「間」字之義未詳。《傳》曰：「間，代也。」言君天下以代商也。此亦頌武王之功。【音釋】間，《釋文》：「間廁之間。」

《桓》一章，九句。《春秋傳》以此爲《大武》之六章，則今之篇次蓋已失其舊矣。又篇内已有武王之謚，則其謂武王時作者，亦誤矣。《序》以爲講武類禡之詩，豈後世取其義而用之於其事也與？【音釋】禡，馬嫁反。

【一】「婁」原作「屢」，據蔣氏本、光緒七年本、光緒十五年本及朱熹《詩集傳》卷十九改。「注」，蔣氏本、光緒七年本及光緒十五年本作「住」。

文王既勤止，我應受之。敷時繹思，我徂維求定。時周之命，於音烏繹思！

賦也。應，當也。敷，布。時，是也。繹，尋繹也。於，歎辭。繹思，尋繹而思念也。○此頌文武之功，而言其大封功臣之意也。言文王之勤勞天下至矣，其子孫受而有之，然而不敢專也。布此文王功德之在人而可繹思者，以賚有功，而往求天下之安定。又以爲凡此皆周之命，而非復商之舊矣。遂歎美之，而欲諸臣受封賞者，繹思文王之德而不忘也。

《賚》一章，六句。《春秋傳》以此爲《大武》之三章，而《序》以爲大封於廟之詩。説同上篇。

於音烏皇時周，陟其高山。隋吐果反山喬嶽，允猶翕許及反河。敷天之下，裒時之對【一】，時周之命。

賦也。高山，泛言山耳。隋，則其狹而長者。喬，高也。嶽，則其高而大者。允猶，未詳。或曰：允，信也。猶，與由同。翕河，河善泛溢，今得其性，故翕而不爲暴也。裒，聚也。對，答也。言美哉此周也，其巡守而登此山以柴望，又道於河以周四嶽。凡以敷天之下莫不有望於我，故聚而朝之方嶽之下，以答其意耳。

《般》一章，七句。般，義未詳。

閔予小子之什十一篇，一百三十六句。

詩卷第十九

【一】「裒」下，蔣氏本、光緒七年本、光緒十五年本及朱熹《詩集傳》卷十九有「蒲侯反」。

詩卷第二十

魯頌四之四

魯，少皞之墟【一】，在《禹貢》徐州蒙羽之野，成王以封周公長子伯禽，今襲慶、東平府沂、密、海等州即其地也。成王以周公有大勳勞於天下，故賜伯禽以天子之禮樂。魯於是乎有《頌》以爲廟樂。其後又自作詩以美其君，亦謂之《頌》。舊説皆以爲伯禽十九世孫僖公申之詩【二】，今無所考。獨《閟宫》一篇爲僖公之詩無疑耳。夫以其詩之僭如此，然夫子猶録之者，蓋其體固列國之風，而所歌者乃當時之事，則猶未純於天子之《頌》。若其所歌之事，又皆有先王禮樂教化之遺意焉，則其文疑若猶可予也。況夫子魯人，亦安得而削之哉？然因其實而著之，而其是非得失，自有不可揜者，亦《春秋》之法也。或曰：魯之無《風》，何也？先儒以爲時王褒周公之後，比於先代，故巡狩不陳其詩，而其篇第不列於太師之職，是以宋、魯無《風》。其或然歟？或謂夫子有所諱而削之，則左氏所記當時列國大夫賦詩，及吳季子觀周樂，皆無曰魯風者，其説不得通矣。【音釋】少，去聲。長，知丈反。予、與同。

駉駉古熒反牡馬叶滿補反，在坰古熒反之野叶上與反。薄言駉者叶章與反，有驈户橘反有皇，有驪力知反有黃，以車彭彭叶鋪郎反。思無疆，思馬斯臧。

賦也。駉駉，腹幹肥張貌。邑外謂之郊，郊外謂之牧，牧外謂之野，野外謂之林，林外謂之坰。驪馬白跨曰驈，黃白曰

【一】「皞」原作「昊」，據朱熹《詩集傳》卷二十改。

【二】「詩」，四部叢刊本朱熹《詩集傳》卷二十作「時」，明正統本、嘉靖本與此同。

皇，純黑曰驪，黄騂曰黄。彭彭，盛貌。思無疆，言其思之深廣無窮也。臧，善也。〇此詩言僖公牧馬之盛，由其立心之遠。故美之曰「思無疆」，則「思馬斯臧」矣。衛文公「秉心塞淵」而「騋牝三千」，亦此意也。【音釋】疏：「幹謂馬脅。」嚴氏曰：「薄言，發語辭。」

駉駉牡馬，在坰之野。薄言駉者，有騅音隹有駓符悲反，有騂有騏，以車伾伾符丕反。思無期，思馬斯才叶前西反。

賦也。倉白雜毛曰騅，黄白雜毛曰駓，赤黄曰騂，青黑曰騏。伾伾，有力也。無期，猶「無疆」也。才，材力也。【音釋】駓、伾，許並易「攀悲反」。騂，息營反。騏，音期。

駉駉牡馬，在坰之野。薄言駉者，有驒徒河反有駱，有駵有雒，以車繹繹叶弋灼反【一】，思無斁叶弋灼反【二】，思馬斯作。

賦也。青驪驎曰驒，色有深淺班駁如魚鱗，今之連錢驄也。白馬黑鬣曰駱，赤身黑鬣曰駵，黑身白鬣曰雒。繹繹，不絶貌。斁，厭也。作，奮起也。【音釋】駱、雒，並音洛。駵，音留。驎，良忍、良辰二反。駁，北角反。鬣，力輒反。

駉駉牡馬，在坰之野。薄言駉者，有駰音因有騢音遐，叶洪孤反，有驔音簟有魚，以車祛祛起居反。思無邪叶祥余反，思馬斯徂。

賦也。陰白雜毛曰駰。陰，淺黑色，今泥驄也。彤白雜毛曰騢，豪骭曰驔，毫在骭而白也。二目白曰魚，似魚目也。祛祛，彊健也。徂，行也。孔子曰：「《詩》三百，一言以蔽之，曰『思無邪』。」蓋詩之言美惡不同，或勸或懲，皆有以

【一】「叶弋灼反」，朱熹《詩集傳》卷二十無。

【二】「叶弋灼反」，朱熹《詩集傳》卷二十無。

使人得其情性之正。然其明白簡切，通于上下，未有若此言者。故特稱之，以爲可當三百篇之義，以其要爲不過乎此也。學者誠能深味其言而審於念慮之間，必使無所思而不出於正，則日用云爲莫非天理之流行矣。蘇氏曰：「昔之爲《詩》者未必知此也。孔子讀《詩》至此而有合於其心焉，是以取之，蓋斷章云爾。」」【音釋】疏：「彤，赤也。騢，今赭白馬。骭，膝下之名，腳脛也。豪骭，豪毛在骭而白長也。」骭，户晏反。

《駉》四章，章八句。

有駜蒲必反有駜，駜彼乘繩證反黄。夙夜在公，在公明明叶謨郎反。振振鷺，鷺于下叶後五反。鼓咽咽烏玄反，醉言舞。于胥樂音洛兮！

興也。駜，馬肥彊貌。明明，辨治也。振振，羣飛貌。鷺，鷺羽，舞者所持，或坐或伏，如鷺之下也。咽，與淵同，鼓聲之深長也。或曰：鷺亦興也。胥，相也，醉而起舞以相樂也。此燕飲而頌禱之詞也。【音釋】治，去聲。

有駜有駜，駜彼乘牡。夙夜在公，在公飲酒。振振鷺，鷺于飛。鼓咽咽，醉言歸。于胥樂兮！

興也。鷺于飛，舞者振作鷺羽如飛也。

有駜有駜，駜彼乘駽呼縣反。夙夜在公，在公載燕。自今以始，歲其有叶羽已反。君子有穀，詒孫子叶獎里反【一】。于胥樂兮！

興也。青驪曰駽，今鐵驄也。載，則也。有，有年也。穀，善也，或曰：禄也。詒，遺也。頌禱之辭也。【音釋】遺，去聲。

《有駜》三章，章九句。

【一】「里」，朱熹《詩集傳》卷二十作「履」。

思樂音洛泮普半反水，薄采其芹其斤反。魯侯戾止，言觀其旂叶其斤反。其旂茷茷蒲害反，鸞聲噦噦呼會反。無小無大，從公于邁。

賦其事以起興也。思，發語辭也。泮水，泮宮之水也。諸侯之學，鄉射之宮，謂之泮宮。其東、西、南方有水，形如半璧。以其半於辟廱，故曰泮水，而宮亦以名也。芹，水菜也。戾，至也。茷茷，飛揚也。噦噦，和也。此飲於泮宮而頌禱之詞也。【音釋】毛氏曰：「天子辟廱，諸侯泮宮。」鄭氏曰：「辟廱者，築土雝水之外，圓如璧，四方來觀者均也。泮之言半也。半水者，蓋東西門以南通水，北無也。」雝、壅同。

思樂泮水，薄采其藻。魯侯戾止，其馬蹻蹻居表反。其馬蹻蹻，其音昭昭叶之繞反。載色載笑，匪怒伊教。

賦其事以起興也。蹻蹻，盛貌。色，和顔色也。

思樂泮水，薄采其茆叶謨九反。魯侯戾止，在泮飲酒。既飲旨酒，永錫難老叶魯吼反。順彼長道叶徒吼反，屈此羣醜。

賦其事以起興也。茆，鳬葵也，葉大如手，赤圓而滑，江南人謂之蓴菜者也。長道，猶大道也。屈，服。醜，衆也。此章以下皆頌禱之辭也。【音釋】茆，音卯，與荇菜相似，莖大如匕柄，葉可以生食，或謂之水葵【一】。

穆穆魯侯，敬明其德。敬慎威儀，維民之則。允文允武，昭假音格烈祖。靡有不孝，自求伊祜侯五反。

賦也。昭，明也。假，與格同。烈祖，周公、魯公也。

明明魯侯，克明其德。既作泮宮，淮夷攸服叶蒲北反。矯矯虎臣，在泮獻馘古獲反，叶況璧反。淑問如皋陶叶夷周反，在泮獻囚。

【一】此條「音釋」原在上章傳文之下，據蔣氏本、光緒七年本及光緒十五年本移至此處。

賦也。矯矯，武貌。馘，所格者之左耳也。淑，善也。問，訊囚也。囚，所虜獲者。蓋古者出兵受成於學，及其反也，釋奠於學，而以訊馘告。故詩人因魯侯在泮，而願其有是功也。

濟濟子禮反多士【一】，克廣德心。桓桓于征，狄他歷反彼東南叶尼心反。烝烝皇皇，不吳音話不揚。不告于訩音凶，在泮獻功。

賦也。廣，推而大之也。德心，善意也。狄，猶逷也。東南，謂淮夷也。烝烝皇皇，盛也。不吳不揚，肅也。不告于訩，師克而和，不爭功也。【音釋】鄭氏曰：「訩，訟也。」

角弓其觩音求，束矢其搜色留反。戎車孔博，徒御無斁叶弋灼反。既克淮夷，孔淑不逆叶宜腳反。式固爾猶，淮夷卒獲叶黃郭反。

賦也。觩，弓健貌。五十矢爲束。或曰百矢也。搜，矢疾聲也。博，廣大也。無斁，言競勸也。逆，違命也。蓋能審固其謀猶，則淮夷終無不獲矣。【音釋】斁，音亦。

翩彼飛鴞吁驕反，集于泮林。食我桑黮尸荏反，懷我好音。憬九求反彼淮夷，來獻其琛敕金反。元龜象齒，大賂南金。

興也。鴞，惡聲之鳥也。黮，桑實也。憬，覺悟也。琛，寶也。元龜，尺二寸。賂，遺也。南金，荆揚之金也。此章前四句興後四句，如《行葦》首章之例。【音釋】黮，當作食枕反。遺，去聲。

《泮水》八章，章八句。

閟筆位反宮有侐況域反，實實枚枚。赫赫姜嫄音元，其德不回。上帝是依叶音隈，無災無害。彌月不遲叶陳回反，

【一】「禮」，蔣氏本、光緒七年本及光緒十五年本作「里」。

是生后稷。降之百福叶筆力反。黍稷重直龍反穋音六，叶六直反，稙徵力反穉菽麥叶訖力反。奄有下國叶于逼反，俾民稼穡。有稷有黍，有稻有秬求許反。奄有下土，纘禹之緒象吕反。

賦也。閟，深閉也。宫，廟也。侐，清靜也。實實，鞏固也。枚枚，礱密也。時蓋修之，故詩人歌詠其事以爲頌禱之詞，而推本后稷之生，而下及于僖公耳。回，邪也。依，猶眷顧也。說見《生民》。先種曰稙，後種曰穉。奄有下國，封於邰也。緒，業也。禹治洪水既平，后稷乃播種百穀。【音釋】疏：「《晉語》：『天子廟飾，斲其材而礱之，加密石焉。』」礱，盧紅反。重穋、稙穉，生熟早晚之異稱，非穀名。邰，湯來反。

后稷之孫，實維大音泰王。居岐之陽，實始翦商。至于文武，纘大王之緒。致天之届，于牧之野叶上與反。無貳無虞，上帝臨女。敦都回反商之旅，克咸厥功叶居古反。王曰叔父扶雨反，建爾元子叶子古反，俾侯于魯。大啓爾宇，爲周室輔扶雨反。

賦也。翦，斷也。大王自豳徙居岐陽，四方之民咸歸往之，於是而王迹始著，蓋有翦商之漸矣。届，極也，猶言窮極也。虞，慮也。「無貳無虞，上帝臨女」，猶《大明》云「上帝臨女，無貳爾心」也。敦，治之也。咸，同也。言輔佐之臣同有其功，而周公亦與焉也。王，成王也。叔父，周公也。元子，魯公伯禽也。啓，開。宇，居也。【音釋】斷，音短。與，去聲。

乃命魯公，俾侯于東。錫之山川，土田附庸。周公之孫，莊公之子叶獎里反【一】。龍旂承祀叶養里反，六轡耳耳。春秋匪解音懈，叶訖力反，享祀不忒。皇皇后帝，皇祖后稷，享以騂犧虚宜、虚何二反。是饗是宜牛何、牛奇二反【二】，降福既多章移、當何二反。周公皇祖，亦其福女音汝。

【一】「里」，朱熹《詩集傳》卷二十作「履」。
【二】「牛何、牛奇二反」，蔣氏本、光緒七年本及光緒十五年本作「牛奇、牛何二反」。

賦也。附庸，猶屬城也。小國不能自達於天子，而附於大國也。上章既告周公以封伯禽之意，此乃言其命魯公而封之也。莊公之子，其一閔公，其一僖公。知此是僖公者，閔公在位不久，未有可頌，此必是僖公也。耳耳，柔從也。春秋，錯舉四時也。忒，過差也。成王以周公有大功於王室，故命魯公以夏正孟春郊祀上帝，配以后稷，牲用騂牡。皇祖，謂羣公。此章以後皆言僖公致敬郊廟，而神降之福，國人稱願之如此也。【音釋】犧，當作素何反。

秋而載嘗，夏而楅衡叶户郎反。白牡騂剛，犧尊將將七羊反。毛炰薄交反胾側吏反羹叶盧當反，籩豆大房此下當脱一句，如「鍾鼓喤喤」之類。萬舞洋洋，孝孫有慶叶祛羊反。俾爾熾而昌，俾爾壽而臧。保彼東方，魯邦是常。不虧不崩，不震不騰。三壽作朋，如岡如陵。

賦也。嘗，秋祭名。楅衡，施於牛角，所以止觸也。《周禮·封人》云：「凡祭，飾其牛牲，設其楅衡」是也。秋將嘗，而夏楅衡其牛，言夙戒也。白牡，周公之牲也。騂剛，魯公之牲也。白牡，殷牲也。周公有王禮，故不敢與文武同。魯公則無所嫌，故用騂剛。犧尊，畫牛於尊腹也。或曰：尊作牛形，鑿其背以受酒也。毛炰，《周禮·封人》祭祀有「毛炰之豚」，注云：「爓去其毛而炰之也。」胾，切肉也。羹，大羹、鉶羹也。大羹，大古之羹，湇煮肉汁不和，盛之以登，貴其質也。鉶羹，肉汁之有菜和者也，盛之鉶器，故曰鉶羹。大房，半體之俎，足下有跗，如堂房也。萬，舞名。震、騰，驚動也。三壽，未詳。鄭氏曰：「三卿也。」或曰：願公壽與岡、陵等而爲三也。【音釋】楅，音福。爓，似監反，湯中瀹肉。去，上聲。鉶，音刑。湇，音泣。和，去聲。盛，平聲。跗，音敷。

公車千乘繩證反，叶神陵反，朱英綠縢徒登反，二矛重直龍反弓叶姑弘反。公徒三萬，貝冑朱綅息廉反，叶息稜反，烝徒增增。戎狄是膺，荆舒是懲，則莫我敢承。俾爾昌而熾，俾爾壽而富叶方未反。黃髮台背叶蒲寐反，壽胥與試。俾爾昌而大叶特計反，俾爾耆而艾吾蓋反，叶五計反。萬有千歲，眉壽無有害叶暇憩反。

賦也。千乘，大國之賦也。成方十里，出革車一乘，甲士三人，左持弓，右持矛，中人御。步卒七十二人，將重車者

二十五人。千乘之地，則三百十六里有奇也。朱英，所以飾矛。綠縢，所以約弓也。二矛，夷矛、酋矛也。重弓，備折壞也。徒，步卒也。三萬，舉成數也。車千乘，法當用十萬人，而爲步卒者七萬二千人。然大國之賦，適滿千乘，苟盡用之，是舉國而行也，故其用之大國三軍而已。三軍爲車三百七十五乘，三萬七千五百人，其爲步卒不過二萬七千人，舉其中而以成數言，故曰三萬也。貝冑，貝飾冑也。朱綅，所以綴也。增增，衆也。戎，西戎。狄，北狄。膺，當也。荆，楚之别號。舒，其與國也。懲，艾。承，禦也。僖公嘗從齊桓公伐楚，故以此美之，而祝其昌大壽考也。壽胥與試之義未詳。王氏曰：「壽考者相與爲公用也。」蘇氏曰：「願其壽而相與試其才力以爲用也。」【音釋】將，去聲。奇，音箕。朱綅，赤綫，謂以朱綫綴甲。

泰山巖巖叶魚杴反，魯邦所詹。奄有龜蒙，遂荒大東。至于海邦叶卜工反，淮夷來同。莫不率從，魯侯之功。

賦也。泰山，魯之望也。詹，與瞻同。龜、蒙，二山名。荒，奄也。大東，極東也。海邦，近海之國也。【音釋】疏：「泰山在齊魯之界，其陽則魯，其陰則齊。」蔡《傳》云：「在今襲慶府奉符縣西北三十里。」○《郡國志》：「泰山郡博縣有龜山，蒙陰縣有蒙山，在西南。」

保有鳧繹叶弋灼反，遂荒徐宅叶達各反。至于海邦，淮夷蠻貊叶莫博反。及彼南夷，莫不率從。莫敢不諾，魯侯是若。

賦也。鳧、繹，二山名。宅，居也，謂徐國也。諾，應辭。若，順也。○泰山、龜、蒙、鳧、繹，魯之所有。其餘則國之東南，勢相聯屬，可以服從之國也。【音釋】《地理考異》：「鳧山在兖州鄒縣東南三十八里【一】；嶧山一名鄒山，在鄒縣南二十二里。」屬，音燭。

【一】「八」，原無，据蔣氏本、光緒七年本、光緒十五年本及許謙《詩集傳名物鈔》卷八補。

天錫公純嘏叶果五反，眉壽保魯。居常與許，復周公之宇。魯侯燕喜，令妻壽母叶滿委反。宜大夫庶士鉏里反，邦國是有叶羽已反。既多受祉，黃髮兒齒。

賦也。常，或作嘗，在薛之旁。許，許田也，魯朝宿之邑也。皆魯之故地，見侵於諸侯而未復者，故魯人以是願僖公也。令妻，令善之妻，聲姜也。壽母，壽考之母，成風也。閔公八歲被弒，必是未娶，其母叔姜亦應未老，此言「令妻壽母」，又可見公爲僖公無疑也。有，常有也。兒齒，齒落更生細者，亦壽徵也。【音釋】朝，音潮。

徂來之松，新甫之柏叶逋莫反。是斷是度待洛反【一】，是尋是尺叶尺約反。松桷音角有舄叶七約反，路寢孔碩叶常約反。新廟奕奕叶弋灼反，奚斯所作。孔曼音萬且碩同上，萬民是若。

賦也。徂來、新甫，二山名。八尺曰尋。舄，大貌。路寢，正寢也。新廟，僖公所修之廟。奚斯，公子魚也。作者，教護屬功課章程也。曼，長。碩，大也。萬民是若，順萬民之望也。【音釋】《地理考異》：「徂來山亦曰尤來，在兗州乾封縣」。新甫山在汶陽縣。○疏：「作者教令工匠，監護其事，屬付功役，課其章程」屬，音燭。

《閟宮》九章，五章章十七句，內第四章脱一句，二章章八句，二章章十句。舊説八章，二章章十七句，一章十二句，一章三十八句，二章章八句，二章章十句。多寡不均，雜亂無次，蓋不知第四章有脱句而然。今正其誤。

魯頌四篇，二十四章，二百四十三句。

【一】「斷」下，朱熹《詩集傳》卷二十有「音短」二字。

商頌四之五

契爲舜司徒而封於商，傳十四世，而湯有天下。其後三宗迭興，及紂無道，爲武王所滅。封其庶兄微子啓於宋，修其禮樂，以奉商後。其地在《禹貢》徐州泗濱，西及豫州盟豬之野。其後政衰，商之禮樂日以放失。七世至戴公時，大夫正考甫得《商頌》十二篇於周太師，歸以祀其先王。至孔子編《詩》而又亡其七篇。然其存者亦多闕文疑義，今不敢强通也。商都亳，宋都商丘，皆在今應天府亳州界。【音釋】契，音薛。盟，音孟。《書》作「孟豬」，《爾雅》作「孟諸」。强，上聲。

猗於宜反與音余那與，置我鞉音桃鼓。奏鼓簡簡，衎我烈祖。

賦也。猗，歎辭。那，多。置，陳也。簡簡，和大也。衎，樂也。烈祖，湯也。《記》曰：「商人尚聲，臭味未成，滌蕩其聲，樂三闋，然後出迎牲」，即此是也。舊説以此爲祀成湯之樂也。

湯孫奏假音格，綏我思成。鞉鼓淵淵叶於巾反，嘒嘒管聲。既和且平，依我磬聲。於音烏赫湯孫叶思倫反，穆穆厥聲。

湯孫，主祀之時王也。假，與「格」同，言奏樂以格于祖考也。綏，安也。思成，未詳。鄭氏曰：「安我以所思而成之人，謂神明來格也。」《禮記》曰：「齊之日，思其居處，思其笑語，思其志意，思其所樂，思其所嗜。齊三日，乃見其所爲齊者。祭之日，入室，僾然必有見乎其位。周旋出户，肅然必有聞乎其容聲。出户而聽，愾然必有聞乎其嘆息之聲。此之謂思成。」蘇氏曰：「其所見聞本非有也，生於思爾。」此二説近是。蓋齊而思之，祭而如有見聞，則成此人矣。鄭注頗有脱誤，今正之。淵淵，深遠也。嘒嘒，清亮也。磬，玉磬也。堂上升歌之樂，非石磬也。穆穆，美也。

庸鼓有斁，萬舞有奕。我有嘉客，亦不夷懌？

庸、鏞通。斁，斁然盛也。奕，奕然有次序也。蓋上文言鞉鼓管籥作於堂下，其聲依堂上之玉磬，無相奪倫者。至於此，則九獻之後，鍾鼓交作，萬舞陳於庭，而祀事畢矣。嘉客，先代之後，來助祭者也。夷，悦也。亦不夷懌乎？言皆悦懌也。

自古在昔，先民有作。温恭朝夕，執事有恪。

恪，敬也。言恭敬之道，古人所行，不可忘也。閔馬父曰：「先聖王之傳恭，猶不敢專，稱曰自古。古曰在昔，昔曰先民。」

顧予烝嘗，湯孫之將。

將，奉也。言湯其尚顧我烝嘗哉！此湯孫之所奉者，致其丁寧之意，庶幾其顧之也。【音釋】衎，苦旦反。嘒，呼惠反。「衎樂」之「樂」，音洛。闋，苦穴反。齊，側皆反。「所樂」之「樂」，五孝反。為，去聲。僾，音愛。愾，開代反[一]。

《那》一章，二十二句。閔馬父曰：正考父校商之名《頌》，以《那》爲首，其輯之亂曰云云，即此詩也。【音釋】《魯語》注：「馬父，魯大夫[二]。名頌，頌之美者。輯，成也。凡作篇章，義既成，撮其大要以為亂辭。」

嗟嗟烈祖，有秩斯祜侯五反。申錫無疆，及爾斯所。

賦也。烈祖，湯也。秩，常。申，重也。爾，主祭之君，蓋自歌者指之也。斯所，猶言此處也。○此亦祀成湯之樂。言嗟

[一]「開」原作「門」，據蔣氏本、光緒七年本及光緒十五年本改。
[二]「馬父，魯大夫」五字，原作「○《魯語》注：『馬父，魯大夫』」，置上條「音釋」末，今據上下文，移置合并於此處。

嗟烈祖，有秩秩無窮之福，可以申錫於無疆。是以及於爾今王之所而脩其祭祀，如下所云也。

既載清酤叶候五反，賚我思成叶音常。亦有和羹叶音郎，既戒既平叶音旁。鬷《中庸》作「奏」，今從之假音格無言叶音昂，時靡有爭叶音章。綏我眉壽，黄耇無疆。

酤，酒。賚，與也。思成，義見上篇。和羹，味之調節也。戒，夙戒也。平，猶和也。《儀禮》於祭祀燕享之始，每言「羹定」，蓋以羹熟爲節，然後行禮。定，即戒平之謂也。鬷，《中庸》作「奏」，正與上篇義同。蓋古聲奏、族相近，族聲轉平而爲鬷耳。無言，無爭，肅敬而齊一也。言其載清酤而既與我以思成矣，及進和羹而肅敬之至，則又安我以眉壽黄耇之福也【一】。

約軝祈支反錯衡叶户郎反，八鸞鶬鶬七羊反。以假音格以享叶虛良反，我受命溥將。自天降康，豐年穰穰。來假音格來饗叶虛良反，降福無疆。

約軝錯衡、八鸞，見《采芑》篇。鶬，見《載見》篇。言助祭之諸侯，乘是車以假以享于祖宗之廟也。溥，廣。將，大也。穰穰，多也。言我受命既廣大，而天降以豐年黍稷之多，使得以祭也。假之而祖考來假，享之而祖考來饗，則降福無疆矣。

顧予烝嘗，湯孫之將。

說見前篇【二】。【音釋】酤，侯五反。《傳》有叶字，誤。定，音訂。

《烈祖》一章，二十二句。

【一】「安」，四部叢刊本朱熹《詩集傳》卷二十作「綏」，然元十卷本、明正統、嘉靖本及八卷本與此同。

【二】「前」，蔣氏本、光緒七年本及光緒十五年本作「上」。

天命玄鳥，降而生商，宅殷土芒芒。古帝命武湯，正域彼四方。

賦也。玄鳥，鳦也，春分玄鳥降。高辛氏之妃，有娀氏女簡狄，祈于郊禖，鳦遺卵，簡狄吞之而生契，其後世遂爲有商氏，以有天下。事見《史記》。宅，居也。殷，地名。芒芒，大貌。古，猶昔也。帝，上帝也。武湯，以其有武德號之也。正，治也。域，封境也【一】。○此亦祭祀宗廟之樂，而追叙商人之所由生，以及其有天下之初也。

方命厥后，奄有九有叶羽已反。商之先后，受命不殆叶養里反【二】，在武丁孫子叶獎里反【三】。

方命厥后，四方諸侯無不受命也。九有，九州也。武丁，高宗也。言商之先后受天命不危殆，故今武丁孫子猶賴其福。

武丁孫子，武王靡不勝【四】。龍旂十乘繩證反，大糦尺志反是承。

武王，湯號，而其後世亦以自稱也。龍旂，諸侯所建交龍之旂也。大糦，黍稷也。承，奉也。○言武丁孫子今襲湯號者，其武無所不勝。於是諸侯無不奉黍稷以來助祭也。

邦畿千里，維民所止，肇域彼四海叶虎洧反。

止，居。肇，開也。言王畿之内，民之所止不過千里，而其封域則極乎四海之廣也。

四海來假音格，下同，來假祁祁。景員維河，殷受命咸宜叶牛何反，百禄是何音荷，叶如字【五】。

假，與格同。祁祁，衆多貌。景員維河之義未詳。或曰：景，山名，商所都也。見《殷武》卒章。《春秋傳》亦曰「商湯有景亳之命」是也。員，與下篇「幅隕」義同，蓋言周也。河，大河也。言景山四周皆大河也。何，任也，《春秋

【一】「境」，朱熹《詩集傳》卷二十作「竟」。
【二】「方命厥后奄有九有叶羽已反商之先后受命不殆叶養里反」，原作「方命厥后羽反商之先后受命不殆奄有九有叶叶養已里反」，據蔣氏本、光緒七年本、光緒十五年本及朱熹《詩集傳》卷二十改。
【三】「里」，朱熹《詩集傳》卷二十作「履」。
【四】「勝」下，蔣氏本、光緒七年本、光緒十五年本及朱熹《詩集傳》卷二十有「音升」二字。
【五】「音」，原無，據蔣氏本、光緒七年本、光緒十五年本及朱熹《詩集傳》卷二十改。

傳》作「荷」。【音釋】鳦，烏拔反。燕色黑，故謂之玄鳥。娀，息容反【一】。勝，音升。

《玄鳥》一章，二十二句。

濬哲維商，長發其祥。洪水芒芒，禹敷下土方絶句。《楚詞・天問》「禹降省下土方」，蓋用此語。外大國是疆，幅隕音員既長。有娀息容反方將，帝立子生商。

賦也。濬，深。哲，知。長，久也。方，四方也。外大國，遠諸侯也。幅，猶言邊幅也。隕，讀作員，謂周也。有娀，契之母家也。將，大也。○言商世世有濬哲之君，其受命之祥，發見也久矣。方禹治洪水，以外大國爲中國之竟，而幅員廣大之時，有娀氏始大，故帝立其女之子而造商室也。蓋契於是時始爲舜司徒，掌布五教于四方，而商之受命實基於此。

【音釋】知，音智。見，音現。竟、境同。《史記正義》：「有娀當在蒲州【二】。」

玄王桓撥叶必烈反，受小國是達叶他悦反，受大國是達。率履不越，遂視既發叶方月反。相息亮反土烈烈，海外有截。

賦也。玄王，契也。玄者，深微之稱。或曰：以玄鳥降而生也。王者，追尊之號。桓，武。撥，治。達，通也。受小國大國，無所不達，言其無所不宜也。率，循。履，禮。越，過。發，應也。言契能循禮不過越，遂視其民，則既發以應之矣。相土，契之孫也。截，整齊也。至是而商益大，四方諸侯歸之，截然整齊矣。其後湯以七十里起，豈嘗中衰也與？

帝命不違，至于湯齊。湯降不遲，聖敬日躋。昭假音格遲遲，上帝是祇，帝命式于九圍。

賦也。湯齊之義未詳。蘇氏曰：「至湯而王業成，與天命會也。」降，猶生也。遲遲，久也。祇，敬。式，法也。九圍，

【一】「息容反」，許謙《詩集傳名物鈔》卷八作「夙中反」。
【二】「州」字原在「有」上，據蔣氏本、光緒七年本、光緒十五年本及《史記正義》卷三改。

九州也。〇商之先祖既有明德，天命未嘗去之，以至於湯。湯之生也，應期而降，適當其時，其聖敬又日躋升，以至昭假于天，久而不息，惟上帝是敬。故帝命之，以爲法於九州也。【音釋】躋，子兮反。祇，音支。

受小球音求大球，爲下國綴張衛反旒音流，何音賀天之休。不競不絿音求，不剛不柔，敷政優優，百禄是遒子由反。

賦也。小球大球之義未詳。或曰：小國大國所贄之玉也。鄭氏曰：小球，鎮圭，尺有二寸。大球，大圭，三尺也。皆天子之所執也。下國，諸侯也。綴，猶結也。旒，旗之垂者也。言爲天子而爲諸侯所係屬，如旗之縿爲旒所綴著也。何，荷。競，强。絿，緩也。優優，寬裕之意。遒，聚也。【音釋】屬，音燭。縿，所銜反。著，直略反【一】。

受小共音恭，叶居勇反大共，爲下國駿音峻厖莫邦反，叶莫孔反，何天之龍叶丑勇反。敷奏其勇，不震不動叶德總反，不戁奴版反不竦小勇反，百禄是總子孔反。

賦也。小共大共、駿厖之義未詳。或曰：小國大國所共之貢也。鄭氏曰：共，執也，猶小球大球也。蘇氏曰：「共、珙通，合珙之玉也。」《傳》曰：「駿，大也。厖，厚也。」董氏曰：「《齊詩》作『駿駹』，謂馬也。」龍，寵也。敷奏其勇，猶言大進其武功也。戁、竦【二】，懼也。

武王載旆，有虔秉鉞音越。如火烈烈，則莫我敢曷《漢書》作「遏」，阿葛反，叶阿竭反。苞有三蘖五葛反，叶五竭反，莫遂莫達叶佗悅反【三】，九有有截。韋顧既伐叶旁越反【四】，昆吾夏桀。

賦也。武王，湯也。虔，敬也。言恭行天討也。曷、遏通。或曰：曷，誰何也。苞，本也。蘖，旁生萌蘖也。言一本生三

【一】「直略反」，蔣氏本、光緒七年本及光緒十五年本作「重略反」。
【二】「戁」下，蔣氏本、光緒七年本及光緒十五年本有「恐」字。
【三】「佗」，朱熹《詩集傳》卷二十作「陀」。
【四】「旁」，蔣氏本、光緒七年本、光緒十五年本及朱熹《詩集傳》卷二十作「房」。

蘖也。本則夏桀，蘖則韋也，顧也，昆吾也，皆桀之黨也。鄭氏曰：「韋，彭姓。顧、昆吾，己姓。」○言湯既受命，載旆秉鉞以征不義。桀與三蘖皆不能遂其惡，而天下截然歸商矣。初伐韋，次伐顧，次伐昆吾，乃伐夏桀。當時用師之序如此。

昔在中葉，有震且業。允也天子叶獎里反【一】，降予卿士鉏里反。實維阿衡叶户郎反，實左音佐右音又商王。

賦也。葉，世。震，懼。業，危也。承上文而言。昔在，則前乎此矣，豈謂湯之前世中衰時與？允也天子，指湯也。降，言天賜之也。卿士，則伊尹也。言至於湯得伊尹而有天下也。阿衡，伊尹官號也。

《長發》七章，一章八句，四章章七句，一章九句，一章六句。《序》以此爲大禘之詩。蓋祭其祖之所出，而以其祖配也。蘇氏曰：「大禘之祭，所及者遠，故其詩歷言商之先君【二】，又及其卿士伊尹，蓋與祭於禘者也。《商書》曰：『茲予大享于先王，爾祖其從與享之。』是禮也，豈其起於商之世歟？」今按，大禘不及羣廟之主，此宜爲祫祭之詩。然經無明文，不可考也。【音釋】《尚書》孔傳：「阿，倚；衡，平。言倚以取平，亦曰保衡。」

撻他達反彼殷武，奮伐荊楚。罙面規反入其阻，裒蒲侯反荊之旅。有截其所，湯孫之緒象吕反。

賦也。撻，疾貌。殷武，殷王之武也。罙，冒。裒，聚也。湯孫，謂高宗。○舊説以此爲祀高宗之樂。蓋自盤庚没而殷道衰，楚人叛之。高宗撻然用武，以伐其國，入其險阻，以致其衆，盡平其地，使截然齊一，皆高宗之功也。《易》曰：「高宗伐鬼方，三年克之」，蓋謂此歟？

【一】「里」，朱熹《詩集傳》卷二十作「履」。
【二】「君」，蔣氏本、光緒七年本及光緒十五年本作「后」。

維女音汝荊楚，居國南鄉。昔有成湯，自彼氐都啼反羌，莫敢不來享叶虛良反，莫敢不來王，曰商是常。

賦也。氐羌，夷狄國，在西方。享，獻也。世見曰王。○蘇氏曰：「既克之，則告之曰：爾雖遠，亦居吾國之南耳。昔成湯之世，雖氐羌之遠，猶莫敢不來朝。曰：此商之常禮也。況汝荊楚，曷敢不至哉！」【音釋】羌，去羊反。見，音現。

天命多辟音璧，設都于禹之績。歲事來辟，勿予禍適直革反，稼穡匪解音懈，叶訖力反。

賦也。多辟，諸侯也。來辟，來王也。適，讁通。○言天命諸侯，各建都邑于禹所治之地，而皆以歲事來至于商，以祈王之不譴，曰：我之稼穡不敢解也，庶可以免咎矣。言荊楚既平，而諸侯畏服也。

天命降監下與「濫」叶，下民有嚴叶五剛反。不僭不濫，不敢怠遑。命于下國叶越逼反，封建厥福叶筆力反。

賦也。監，視。嚴，威也。僭，賞之差也。濫，刑之過也。遑，暇。封，大也。○言天命降監，不在乎他，皆在民之視聽，則下民亦有嚴矣。惟賞不僭，刑不濫，而不敢怠遑，則天命之以天下，而大建其福。此高宗所以受命而中興也。

商邑翼翼，四方之極。赫赫厥聲，濯濯厥靈。壽考且寧，以保我後生叶桑經反。

賦也。商邑，王都也。翼翼，整敕貌。極，表也。赫赫，顯盛也【一】。濯濯，光明也。言高宗中興之盛如此。「壽考且寧」云者，蓋高宗之享國五十有九年。我後生，謂後嗣子孫也。

陟彼景山叶所旃反，松栢丸丸叶胡員反。是斷音短是遷，方斲陟角反是虔。松桷音角有梴丑連反，旅楹有閑叶胡田反，寢成孔安叶於連反。

賦也。景，山名，商所都也。丸丸，直也。遷，徙。方，正也。虔，亦截也。梴，長貌。旅，衆也。閑，閑然而大也。寢，廟中之寢也。安，所以安高宗之神也。此蓋特爲百世不遷之廟，不在三昭三穆之數，既成始祔而祭之之詩也。然此章

【一】「顯盛也」三字，四部叢刊本朱熹《詩集傳》卷二十無。

與《閟宫》之卒章文意略同，未詳何謂。

《殷武》六章，三章章六句，二章章七句，一章五句。

商頌五篇，十六章，一百五十四句。

詩卷第二十終【一】

【一】「終」，蔣氏本、光緒七年本及光緒十五年本作「全」。

詩經疑問

（元）朱倬 撰
吳嬌 點校

目録

【一】「風」下，四庫本有小字「上」。
【二】「周南召南」，四庫本無。
【三】「邶」至「豳」十三字，四庫本作「國風下」。又「檜」原作「鄶」，書中亦多有作「鄶」者，今統改作「檜」。
【四】「十」上，四庫本有「附」字。

至正丁亥菖節刊

詩經疑問綱目畢

【一】「三頌」，四庫本無。
【二】「附編」二字原無，據四庫本補。

整理說明

《詩經疑問》七卷，元朱倬撰。附編《詩辨說》一卷，宋趙悳撰，係劉錦文編定朱書時采編趙書以附於後。朱睦㮮《授經圖》、焦竑《國史經籍志》、黃虞稷《千頃堂書目》、朱彝尊《經義考》、瞿鏞《鐵琴銅劍樓藏書目錄》等書均有著錄。

朱倬，字孟章，建昌新城（今江西省撫州市黎川縣）人，順帝至正二年（1342年）進士。初授州同知，後值親喪，居家丁憂，服喪期滿後，授文林郎、遂安縣（今浙江省杭州市淳化縣）尹。至正十二年（1352年）秋，流寇攻打遂安縣城，吏卒逃散，惟朱倬書曰：「生為大元臣，死為大元鬼。禍患從天來，不死復何以？」獨坐公所，寇焚廨舍，遂投水殉職。《元史》無傳，生平大略見於《新安文獻志》卷四十九所載汪叡《七哀辭》【一】及《建昌府志》卷十五【二】。

《詩經疑問》一書分為七卷：第一、二卷論十五國風，第三、四卷論二雅，第五、六卷論三頌，第七卷總論。依次討論了一百零六組疑難問題。以下從著述體式和思想內容兩方面對《詩經疑問》一書的特色及其在《詩經》學史上的地位和意義作一簡要評述。

從著述體式上看，《詩經疑問》無疑屬於論說體。論說體的特點在於它一般不對《詩經》進行逐篇注釋解說，而是選擇有關問題進行辨析論說。論說體的《詩經》著述體式濫觴於晚唐成伯璵的《毛詩指說》，由於宋代經學疑古思潮的興起和發展，這一體式得到廣泛運用和發展，如歐陽修《詩本義》、鄭樵《詩辨妄》、周孚《非詩辨妄》、朱熹《詩序辨說》、

【一】［明］程敏政編《新安文獻志》，今有黃山書社2004年何慶善、于石點校本，汪叡《七哀辭》參見本書附錄。

【二】［明］正德《建昌府志》，今有上海古籍書店1982年影印本。

王柏《詩疑》等都采取了這種體式【一】。

《詩經疑問》的論說體著述很有自身特色。首先，本書采取了自為問答的論說方式。前代類似著作多是就有關問題直接進行論述辯難，而本書卻主要采取先自己提出疑問，再進行解答的形式，與《春秋公羊傳》頗為相似。朱倬采取這種問對形式，也可能是學習宋代以來記錄師生問對的語錄體文獻的文體形式。其次，本書善於運用以類相從，同中求異的提問方式。作者十分注重把《詩經》中的同類事物集中起來加以比較，從而發現不同，提出疑問。例如作者對《詩經》中多次出現的「之子」、「豈弟君子」、「命」等詞語的辨析。當然，有時作者的類推也顯得有些無理。例如卷四比較公劉遷豳與衛文公徙居楚丘之事，認為兩者都測了日影，但何以「衛文公繼之以卜，而公劉不用卜」呢？這種推理顯然是無理的，公劉未必沒用卜，也許只是詩篇未刻意表現這一點而已，何必生疑呢？又如卷六認為殷高宗和周宣王都是中興之主，何以有詩祭殷高宗，卻無詩祭周宣王？這種類推也比較無理，因為中興之主並不必然有祭詩。但若運用得當，這種考察問題的方式仍很有借鑒意義。第三，本書還有獨特的問而不答的寫作方式。所謂問而不答，是指書中僅提出問題，然後空兩行，不作解答的情況。據我們統計，在總共一百零六組問題中，有三十六組是問而不答的。關於問而不答的原因，劉錦文跋和納蘭成德序均認為是作者有意啟發學習者自己思考【二】，《四庫全書總目》認為或係「傳寫佚脫，而錦文曲為之詞」【三】。四庫館臣的觀點乃臆測之說，不足為據，而劉錦文和納蘭成德的說法也不夠全面。考察全書，我們認為有問無答的原因可能有三：一是有些問題作者在提問時已經明確地暗示了答案。例如卷四質疑文王是否曾都程邑的問題，作者就說「詩人但言其伐崇作豐，豈先都程邑而又作豐歟？聖人重勞民者也，既遷程邑，何以又作豐歟？」此問雖無答，但也明顯可以看出作者反對文王作豐前曾都程邑的觀點，可謂「不答而答」。二是有些重複出現的問題，前答則後不答。例如商周兩族的世系差異問題（契到湯十四代，后稷到武王十六代，則商朝六百年間周人衹傳了三代），作者在卷一中引朱熹說以為時世不能

【一】關於論說體，參見郝桂敏：《宋代〈詩經〉文獻研究》，北京：中國社會科學出版社，2006，頁203-206。

【二】劉錦文跋、納蘭成德序俱參見本書附錄。

【三】《四庫全書總目》關於本書的提要，參見本書附錄。

強推作答，而當他在卷六中再次提到這一問題時則沒有答案，因為前面已經有答案了，可謂「已答不答」（當然，這一點不絕對，書中也有重複出現的問題重複作答的情況）。三是可能有些問題作者注意到了，卻無法解答，故僅提出問題，以提醒、啟發學習者注意思考。例如卷六作者提到「契有玄王之稱，湯有武王之號，文王又有平王之稱，何名號之不一而皆不見於他經與？」顯然作者對古注有所懷疑，但可能也沒有想到合理的答案，所以衹是提出問題，而沒給答案，以提醒啟發人們注意思考，可謂「無話可答」。總之，自為問答的論說方式、以類相從同中求異的提問方式、部分有問無答的回答方式使得本書在論說體的《詩經》著述中別具一格。

在思想內容方面，《詩經疑問》的一百零六組問題涵蓋《詩經》的編排、體例、具體詩篇的詩旨及所關涉的歷史、名物制度、時代、詞義、前人的不同說法等諸多疑難問題。朱倬在解答這些問題時，多引鄭玄、孔穎達、王通及宋學諸家如歐陽修、程頤、王安石、蘇轍、朱熹、呂祖謙、輔廣、嚴粲等人的詩說，也有不少自己的深思熟慮之見。一般認為，朱倬此書論經義多發朱熹《詩集傳》之蘊。這是有道理的。首先，朱倬的不少疑問是從朱熹的《詩集傳》中發現的。例如，朱熹在注釋《小雅》和《周頌》時，有些詩篇標注為樂歌，有些詩篇標注為樂，其他則不標，朱倬就在卷三、卷五對這種標注差異的意味提出疑問並加以解讀。其次，朱倬發揮了朱熹《詩集傳》某些模糊的說法。例如，《何彼襛矣》一詩，朱熹既從古說以「平王」為文王，又存「或曰」以「平王」為周平王宜臼，這表明朱熹對《何彼襛矣》的猶疑態度。而朱倬則在卷一、卷二中三次就《何彼襛矣》的繫屬問題提出強烈質疑，認為「《何彼襛矣》繫於《召南》，朱子明言其不可曉，安知非錯簡乎？如《楚茨》十篇見於變小雅者，皆錯簡也。」這就屬於對朱熹說法的發揮，並且靈活運用朱熹的錯簡說來解釋這一問題。第三，朱倬也對朱熹《詩集傳》的某些看法的表示了懷疑。例如前文提到的文王是否曾都程邑的問題，朱熹在《皇矣》傳中認為文王曾都程邑，而朱倬則認為一則詩人只說伐崇作豐，未及程邑；二則聖人重勞民，不該如此頻繁地遷都築城；三則孔疏所據《周書》未見，故而認為文王不曾都程邑，對朱子之說提出了質疑。可見，《詩經疑問》確實多發朱熹《詩集傳》之蘊，但也不是墨守朱熹之說，而是有所質疑和發揮。

此外，書中提出的部分疑問，既可見出朱倬治學的細膩敏銳，也值得我們進一步思考。如他在卷三末敏銳地指出，

「大小雅篇什多矣，何以獨無武王之詩？」這值得我們進一步思考，為什麼武王詩少？這可能與周人重視修文德的政治思想有關，武王殺伐氣太重，所以寫他的詩篇很少。總之，朱倬治學持論方面是精細嚴謹的，對於前人特別是朱熹的說法既有所發揮又有所質疑，對不少問題有所發現，在《詩經》學史上也有一定的價值和意義。當然，朱倬《詩經疑問》中也有少量錯誤，如卷三說「《詩》言『緝熙』凡四」，實則「緝熙」在《詩經》中出現過五次，還有部分質疑明明發現了問題，卻拘於舊說而不敢徹底懷疑，提出自己的看法。例如卷四，傳統說法以為《七月》所述為「后稷公劉風化所由」，而朱倬認為《七月》既言「上入執宮功」，則公劉時代周人已經築室而居了，而這顯然與《綿》詩所說古公亶父時代「陶復陶穴，未有室家」相矛盾。朱倬發現了這一矛盾，卻未能進一步推翻傳統的說法，而祇是留闕不表。

以上略論了朱倬《詩經疑問》在著述體式、思想內容等方面的歷史源流、特點和缺陷。下面簡要談談本書附編趙悳《詩辨說》。

趙悳，本宋宗室，舉進士，入元不仕，隱居豫章東湖，自號鐵峰，著有《四書箋義纂要》，於五經皆有《辨說》，《詩辨說》為其中一種。《詩辨說》，一作《詩辨疑》，黃虞稷《千頃堂書目》：「《詩辨疑》七卷。一作十卷，附朱倬者其撮要，此則全編也【一】。」但今所存者唯有附錄於朱書的部分。《詩辨說》共二十八組自為問答的論題，但與《詩經疑問》全部以問句形式提出論題不同，《詩辨說》衹有九處以問句的方式提出疑問，其餘十九處都是以一個描述性的短句或短語形式提出論題，前者如「詩之盛何獨見於周？」後者如「國風無楚詩」。論題涉及的內容與《詩經疑問》大體相類，不少觀點可與朱倬《詩經疑問》相發明。如朱倬《詩經疑問》卷五認為「頌者，宗廟之樂歌。……《魯頌》四篇皆群臣頌禱之作，何以亦謂之頌？」而趙悳《詩辨說》也指出，「《商頌》《周頌》之頌皆用以告神明，而《魯頌》乃以為善頌善禱。」他還進一步指出，「後世文人獻頌，特效魯耳，非商周之舊也。」既體現出他注重文體淵源的史學眼光，同時也是其厭惡歌頌的清高人格的體現。此外，趙悳注重從音樂的角度來解釋《詩經》的文本現象，也頗有新意。例如他以《周

【一】［清］黃虞稷撰，瞿鳳起、潘景鄭整理：《千頃堂書目》（附索引），上海：上海古籍出版社，2001，頁32。

頌》「一倡而三歎」音樂特征來解釋《周頌》的章句特點，引「倡者舉辭，和者舉聲，一倡而三歎，則和聲之最多者也。今其三和之譜不存，而一唱之辭獨載」之說，認為「此其所以寂寥簡短，聱牙齟齬而不可易知歟」。此說雖未必可信，卻是前人所未言者，頗有新意，也啟發人們注意從音樂的角度去理解《詩經》。總之，劉錦文所編采的這一部分內容，大概是趙悳《詩辨說》一書的精華，既有與朱倬《詩經疑問》相發明之處，也有別具見識之處，且其設疑立說往往比朱倬一書更平實合理。

元至正七年（1347年）建安書林劉氏刻本《詩經疑問》卷末劉錦文跋稱「舊本先後無序，今特為論定……復以豫章趙氏所編，頗采以附於後」，則是劉錦文始將二書合編【一】。蓋以二書體式內容相似，足以相互補充發明。至正本《詩經疑問》為該書今存最早的版本，其中就包括《詩經疑問》七卷，附編一卷，合八卷，與朱睦㮮《授經圖》及焦竑《國史經籍志》著錄作六卷不同【二】，不同的原因可能如《四庫全書總目》所說：「疑為傳寫之訛，或倬原書六卷，劉錦文重編之時析為七卷，亦未可定也【三】。」除至正本外，還有《通志堂經解》本、清鈔本、《四庫全書》本三個版本，也都是將《詩經疑問》七卷和《詩辨說》一卷合編，大體是同一版本系統。而由於趙悳原書亡佚，作為附編的《詩辨說》一卷，道光年間被浙江海寧蔣光煦刊入《別下齋叢書》，成為較早的單行本。光緒中，這一部分又被刻入《槐廬叢書》。此外，《孫谿朱氏經學叢書》本、《叢書集成》本也都常見。以上是兩書的流傳和版本情況。

本次整理，我們以元至正七年建安書林劉氏刻本（簡稱「至正本」）為底本，校以《通志堂經解》本（簡稱「通志堂本」）、清鈔本、《四庫全書》本（簡稱「四庫本」），遇有異文，擇善而從並出校記。版式上，原書問題頂格起，有解答者另起一段，低一格，無解答者空兩行。今依此版式，問題部分首行空兩格，用小四號宋體字，有解答者另起一段，低一格，首行空兩格，用五號宋體，以示區別，無解答者從四庫本注「闕」字。在校點中，我們對書中徵引之諸說，盡可能

【一】劉毓慶《歷代詩經著述考》以為朱倬自取趙書，撮其要附於書後，尋繹劉氏跋文之意，恐非。
【二】朱睦㮮《授經圖》商務印書館1937年排印本作「《詩經疑問》一卷」，疑誤。
【三】《四庫全書總目》，參見本書附錄。

查看原書，凡字句小異、不影响文義者不出校；凡顯系錯引或大疏漏處，以文從字順為準適當修改原文，並在校記中指明改動之處；對於書中之避諱字、異體字及常見刊刻錯訛字，如「已」「己」與「巳」、「穀」與「穀」、「大」與「太」等，則逕改不出校記。在整理本的附錄中，我們附上了汪睿《七哀辭》、劉錦文《詩經問》跋記、納蘭成德《通志堂經解》本《詩經疑問》序言、《四庫全書總目》「詩經疑問」條目、《鐵琴銅劍樓藏書目錄》「詩經疑問」條目和吳翌鳳《秘笈匯鈔》本《詩經疑問》序言，以展示《詩經疑問》的經學水準和流傳情況。

本次整理初稿由吳嬌完成，全稿最後經李山校讀。此外，李輝、李劭凱、熊瑞敏、馬天祥諸君也付出了不少心血，在此謹表謝意。囿於學力識見，點校中必定存在不少錯誤，懇請讀者方家批評指正。

吳嬌　李山

二〇一三年六月

詩經疑問卷之一

進士盱黎　朱倬孟章　編

國風

十五國風，詩中開卷第一義也，敢問其次第何以分邶、鄘、衛？何以次二《南》之後？且邶、鄘入衛，詩皆為衛而作，何以猶存邶、鄘之名？鄭自有風矣，檜詩皆為鄭作，何以猶謂之檜？《唐風》，晉風也，何以不謂之晉而謂之唐？《魏風》皆為晉作，何以猶謂之魏？平王以後之詩，何以謂之《王風》？周公之詩，何以繫之於豳歟？敢問。

十五國風之次第，孔氏謂舊無明説，當依程氏之説答之。衛首滅邶、鄘，故邶、鄘之詩皆為衛作而猶存邶、鄘之名者，不與衛之滅國也，故為變風之首焉。嚴氏謂二《南》以正家為先，而《柏舟》以下諸詩皆夫人失位而作，此二《南》之變也，此説亦甚有理。晉風謂之唐者，仍其始封之舊號。檜之於鄭，魏之於晉，則亦邶有邶音，鄘有鄘音之比，如邶、鄘、衛之例焉。東遷以後，雅自降而為風。周公之詩附於《七月》之後，以明變之可正也。

孔氏曰：「《周》《召》，風之正經，固當為首，自衛而下十有餘國，編次先後【一】，舊無明説。」

程氏曰：「詩有四始，而風居首。風，風也，其風動於人，猶風之吹物入物，故曰風。本乎一人而成乎國俗，謂之風。發於正理而形於天下，謂之雅。稱美盛德與告其成功，謂之頌。先之家及於政，以底成功，其敘然也。」「諸國之風，先後各有義。《周南》《召南》陳正家之道，以風天下人倫之端，王道之本，風之正也，故為首。二《南》之風行，則人倫正，朝廷治。二《南》之風變，則禮義廢，風俗壞。天下治亂在風而已。及乎周道衰，政教失，

【一】「次」原作「比」，據《毛詩正義》卷一之一改。

風遂變矣。於是諸侯擅相侵伐，衛首並邶、鄘之地，故為變風之首。推其本，則王道失，上下亂，風遂變矣，言其跡則相吞滅，而後王道絶。衛，首惡也，故一國之詩，而三其名。得於衛地者為衛，得於邶、鄘者為邶、鄘，所以見其首亂也。」

董氏曰：「風，首衛，且先邶、鄘，以著滅也。」

「刑政不能治天下，諸侯放恣，擅相並滅，王跡熄矣，故《雅》亡而為一國之風。」

董氏曰：「諸侯至於滅國，王政不行矣，謂天下無王可也，故以《王風》敘衛下。」

「先王之制，苟能守之，足以統臨天下；廢法失道，則王畿之内，亦不能保。鄭本畿内之封，因周之衰，遂自為列國，故次以鄭。君臣上下之分失，則人倫亂；人倫廢，則入於禽獸。人君身為禽獸之行，其風可知，故次以齊。天下之風，至於如此，則無不亂之國，無不變之俗。魏，舜禹之都；唐，帝堯之國，久被聖人之化，漸成美厚之俗，歷二叔之世而遺風尚存，今亦變矣，故因其舊名而謂之唐，所以見意。唐、魏之風且變，則先代之風化，中國之禮義消亡極矣。是以夷狄強大，天下亦相胥而夷矣，故次以秦。秦之始封秦谷，西戎之地，國亂乃東侵而始大，其俗尚夷，故美其始有車馬禮樂，而刺其未能用周禮也。禮義之俗亡，夷狄之風行，先聖王之流風遺俗盡矣，故次以陳。陳，舜之後也。聖人之都，風化所厚也；聖人之國，典法所存也。王澤竭而風化熄矣，夷道行而典禮亡矣。天下之所以安且治者，聖人之道行也；聖人之道絶，則危亡至矣。人情迫於危亡，則思治安，故思治者，亂之極也。檜、曹懼於危亡而思周道，故為亂之終。」

孔氏曰：「檜、曹國小而君奢，民勞而政僻，季札之所不譏，國風次之於末，宜哉。」

「亂既極，必有治之之道。危既甚，必有安之之理。自昔天下，何嘗不拯亂而興治，革危而為安。周家之先，由是道也，其居豳也，趨時務農，以厚民生，善政美化，由茲而始，王業之所以興也，故次以豳。」

孔氏曰：「豳者，周公之事。欲尊周公，故次於衆國之後，《小雅》之前，非諸國之例也【一】。」【二】

邶、鄘、衛何以居變風之首？

鄭《譜》曰：「作者各有所傷，從其本國而異之【三】，為邶、鄘、衛之詩焉。」

孔疏曰：「既以衛國為首，邶、鄘則衛之所滅【四】，故邶、鄘先衛也。」

程子曰：「諸侯擅相侵伐，衛首並邶、鄘之地，故為變風之首。」

朱子曰：「邶、鄘必存舊號者，豈其聲之異歟？」

嚴氏曰：「夫婦之經，萬化之原，《關雎》《鵲巢》為三百篇綱領，風之正也。反乎此者，變也。邶、鄘、衛皆衛風也。衛禍基於衽席，覃及宗社，居變風之首，二《南》之變也。王道盛則諸侯不得擅相并，存邶、鄘之名，不與衛之滅國也。邶列其右，衛後於鄘【五】，世次也。」

邶、鄘入衛，諸詩皆為衛作，何以猶存邶、鄘之名，與《檜風》之為鄭詩，《魏風》之為唐詩，果何所考？

【一】「非」前，《毛詩正義》卷一之一有「欲兼其上下之美」句。

【二】按，前頁「程氏曰」至「之例也」一段文句亦見於呂祖謙《呂氏家塾讀詩記》卷一。除「董氏曰」、「孔氏曰」以外，均為程氏語。呂書原文「董氏曰」、「孔氏曰」均作小字，較此書更為層次鮮明。

【三】「本國」原作「國本」，通志堂本同，據《毛詩正義》卷一之一改。

【四】「邶」上原有「并」，通志堂本、四庫本、清鈔本同，據《毛詩正義》卷一之一刪。「滅」下，《毛詩正義》卷一之一有「風俗雖異，美刺則同，依其所作之先後」句。

【五】「鄘」原作「鄭」，通志堂本、四庫本、清鈔本同，據嚴粲《詩緝》卷三改。

朱子曰：「詩，古之樂也，亦如今之歌曲，音各不同，衛有衛音，鄘有鄘音，邶有邶音，故有鄘音者繫之鄘，有邶音者繫之邶。」

魏本姬姓，其滅於晉無疑，按其篇中且有「公行」、「公路」，又皆晉官名，又恐魏亦嘗有此官【一】，然彼不可考，不若晉之有考也。

又按祝融氏名黎，其後八姓，惟妘姓檜者居其地。

孔氏曰：「《譜》以鄭因虢、檜之地而國之。《左傳》虞、虢、焦、滑、霍、揚、韓、魏皆姬姓，是與周同姓也。閔元年云：『晉侯作二軍以滅耿，滅霍，滅魏。』是為獻公所滅也。既而以地賜大夫畢萬，自是晉有魏氏【二】，至魏斯為諸侯。」

嚴氏曰：「魏、唐無淫詩，蓋猶有先代之風化焉。」

輔氏曰：「邶、鄘之地，既入衛，其詩皆為衛事，而猶繫其故國之名【三】。先儒説雖多，而先生初疑其聲之異，今但以為不可考者，蓋此本不繫詩之大義，又它無所考，不若闕之為得也。」

詩十五國風之次序，季札所聞於魯者與今詩之次序何以不同？且夫子刪詩，其序既定，萬世無異辭矣，而鄭《詩譜》所序十五國風之次又不同，何歟？

季札所聞國風之次第，在夫子未刪之前。《詩譜》之作亦有意，如檜先於鄭，則依邶、鄘先衛之例也。

【一】「魏」原作「晉」，通志堂本同，據四庫本改。
【二】「有」，原無，據《毛詩正義》卷五之三補。
【三】按，「邶鄘」至「之名」句，為朱熹《詩集傳》卷二語。

孔子刪詩，十五國風次序，與季札所觀、鄭氏《詩譜》何以不同？

歐陽氏曰：「《周南》《召南》《邶》《鄘》《衛》《王》《鄭》《齊》《豳》《秦》《魏》《唐》《陳》《檜》《曹》【一】，此孔子未刪之前周太師詩次第也【二】。」

季札觀樂於魯，次敘如此。

「《周》《召》《邶》《鄘》《衛》《王》《鄭》《齊》《魏》《唐》《秦》《陳》《檜》《曹》《豳》，此今詩次第也。《周》《召》《邶》《鄘》《衛》《檜》《鄭》《齊》《魏》《唐》《秦》《陳》《曹》《豳》《王》，此鄭氏《詩譜》次第也。」【三】

孔氏曰：「《譜》以鄭因虢、檜之地而國之，先譜檜事，然後譜鄭。《王》在《豳》後者，退就《雅》《頌》，並言王世故耳。」

然孔子以《豳風》居變風之後者，合同文中子之說也。昔程元問於文中子曰：「敢問《豳風》何風也？」曰：「變風也。」元曰：「周公之際亦有變風乎？」曰：「君臣相誚，其能正乎？成王終疑周公，則風遂變矣，非周公至誠，其孰卒正之哉【四】？」元曰：「居變風之末，何也？」曰：「夷王以下變風不復正矣，夫子蓋傷之也，故終之以《豳風》，言變之可正也，唯周公能之，故繫之以正。變而克正，危而克扶，始終不失其本，其惟周公乎？繫之《豳》，遠矣哉！」觀於文中子之言，則孔氏之説當矣。

【一】「檜」，吕祖謙《吕氏家塾讀詩記》卷一無。按《歐陽文忠公集·居士集》卷四十一原文亦無此字。

【二】「詩」，歐陽修《歐陽文忠公集·居士集》卷四十一作「樂歌」。

【三】按，「歐陽氏曰」至「次第也」，實為吕祖謙《吕氏家塾讀詩記》卷一所引歐陽氏語，與《歐陽文忠公集》原文稍有出入。又，據《歐陽文忠公集·居士集》卷四十一及《毛詩正義》之《詩譜》，王風當在衛、檜二風之間。

【四】「正」，王通《中說》卷四無。

十五國風終於《豳》，而朱子引呂氏説以為變風終於陳靈，何耶？

今按變風終於陳靈，以時世而言也。詩自文武開基至魯僖公，凡四百年，陳靈當夏氏之亂，乃宣公九年、十年之間，為變風之終。

文中子曰：「夷王以下，變風不復正矣。夫子蓋傷之也，故終之以《豳風》，言變風之可正也，唯周公能之，故繫之以正。變而克正，危而克扶，始終不失其本，其惟周公乎？繫之《豳》，遠矣哉！」

終於豳者，以其變之可正，乃夫子删詩之意也。

正當以所録文中子問答為説。

謂變風之終於陳靈者，蓋以時世而言，以其後之不復有詩也。

又按《春秋傳》陳靈公於魯宣公十一年為徵舒所弑【一】，其後無詩。

十五國風，夫子删詩所定，其説然歟？然二《南》則周公制禮作樂時定之矣，《黍離》以下十篇，王降為風，始於何人所定歟？夫子有德無位，不敢作禮樂也，抑或因其舊而不改歟？

闕【二】。

《集傳》於國風之下曰：「風者，民俗歌謠之詩，諸侯采之以貢於天子，天子受而列之樂官。」則天下諸侯宜皆采詩以貢矣，而今詩止十五國風，其餘諸侯豈獨不采之以貢天子乎？微如曹、檜且有詩矣，大如

【一】按《春秋左傳正義》卷二十二，夏徵舒弑陳靈公在魯宣公十年。

【二】底本空三行，通志堂本、清鈔本、四庫本同，唯四庫本於首行屬「闕」字。今從四庫本補「闕」字，下同。

宋、魯乃獨無詩乎？借曰：「諸國有詩，夫子刪之。」而夫子以前，季札所觀亦止此數國，何以通其說乎？

諸國無風，既無所考，宋、魯無風，所以寵異之也。

然《詩》經夫子刪定，後世無以議為也。

二南

周南、召南，周、召二公之采地也。《召南》有召公之詩，《周南》何以無周公之詩歟？周公之詩何以列之《豳風》歟？且周、召二公股肱周室，而《江漢》之詩曰：「文武受命，召公維翰。」《召旻》之詩曰：「昔先王受命，有如召公，日辟國百里。」皆獨言召公而不及周公，何歟？

周南皆述后妃之事，而本於文王身修家齊之功，故為正始之道，王化之基。周公之詩，宜難廁於其間也。《七月》一詩，周公所作，而繫之以《豳》，此周公諸詩所以類附之也。周、召二公股肱周室，詩人豈不知之？而周公，武王之弟，成王之叔父也，一家之親可以不言，而召公之功不可以不言也。　觀成王以天子禮樂祀周公，非召公所有也，則周公之功可知矣。

二《南》，正家之道，故使邦國至於鄉黨皆用之。《鹿鳴》《四牡》《皇皇者華》，則人君所以燕其友者，乃亦為上下通用之樂，何歟？

闕。

《周南》《召南》，朱《傳》以為周公制作時所定也。《甘棠》思召伯，當在康昭之世，以是求之，

《魯詩》得無亦有取乎？

闕。

《詩集傳》於《周南》之下，謂后稷十三世孫古公亶甫始居岐山之陽，《豳風》之首其說亦然，則后稷至武王十六世明矣。又謂契十四世而湯有天下，夫稷與契同時者也，契至湯四百餘年已十四世，湯又六百餘年而武王始興，稷至武王乃止十六世。契之後，世代何促，而稷之後，世代何長歟？抑他有所考歟？

朱子嘗辯《史記》之疑【一】，有曰：「若以為湯與王季同世，由湯至紂凡十六傳，王季至武王纔再世爾，是文王以十五世之祖事十五世孫紂，武王以十四世祖而伐之【二】，豈不甚謬戾耶？」況於《集傳》中亦明言詩之文意事類可以思而得，其時世名氏則不可以強而推。今朱子從史以釋經，雖有可疑，亦非鑿空妄説以欺人，蓋有所本矣，當闕所未詳也。

《詩》言「之子于歸」，大概指女子之嫁者而言也。《九罭》云「我覯之子」，則東人指周公而言。《裳裳者華》云「我覯之子」，則天子美諸侯之語。《車攻》所言「之子」，則指有司。《鴻鴈》所言「之子」，則流民相謂之語。豈「之子」二字無分於男女貴賤歟？

古人質實簡樸，故「之子」二字，上下男女皆通稱焉，如爾女其君之類，後人其敢用之乎？

「羔羊之皮」，《召南》以為大夫之服。「羔裘逍遙」，《檜風》又以為諸侯之服，何歟？

【一】「辯」，四庫本作「辨」。

【二】「伐」，朱熹《晦菴集》卷四十五作「代」。

羔裘之服，通上下用之，但君用純物，臣則雜以它物飾之。觀於《鄭風》「羔裘豹飾」之詩可見矣，故「羔羊之皮」乃大夫有飾之服也，「羔裘逍遙」乃諸侯純用之服也。故一曰「羔羊之皮，素絲五紽」，則信乎為有飾之服矣。一則曰「羔裘如膏，日出有曜」，則信乎為純用之服矣。然則《召南》以為大夫之服也固宜，《檜風》以為諸侯之服也亦當，復何疑哉？

《何彼襛矣》有「平王之孫」之語，則東遷以後詩矣，何以不繫之《王風》而繫之《召南》？《七月》《鴟鴞》《東山》諸詩周公所自作，《伐柯》《九罭》等詩東人為周公作者也，何以不繫之《周南》而繫之《豳風》乎？

《何彼襛矣》或是錯簡而見於《召南》。《周南》諸詩則皆述文王后妃之化【一】，無緣以周公之詩置其間也。《七月》一詩周公所作，而繫以《豳風》，故凡周公所自作及東人為周公而作之詩，因以類附焉。

二《南》，周公制作之時所定也。《何彼襛矣》言「平王之孫」，《甘棠》思召伯，又雜以後世之詩，何歟？王姬之肅雝，公子之振振矣，不列之《周南》，而列之《召南》，何歟？

闕。

國風有以「王」言者，「為王前驅」、「王于興師」、「王姬之車」、「平王之孫」是也。《大雅》有以「公」言者，「公尸燕飲」是也。《國風》，一國之詩，何以言王？《大雅》，天子之詩，何以言公歟？

【一】「周南」原作「周公」，通志堂本、清鈔本同，據四庫本改。

侯國而稱王，侯國之僭也，其春秋之世歟？「王姬之車」，則天子之女也，其錯簡之詩歟？　周稱王而曰公尸，蓋因其舊，如秦已稱皇帝，而其男女猶稱公子、公主也。然「禴祀烝嘗【一】，于公先王」，則自后稷以下至公叔祖，固皆稱公也。

《詩經疑問》卷之一

【一】「祀」，朱熹《詩集傳》卷九作「祠」。

詩經疑問卷之二

邶風

變風首《邶》，或言不與衛之并小，或言本於莊姜之失位，異於《關雎》之齊家，其説孰是？

正變之説，朱子本以經無明文可考，今姑從之。若求其篇次之義，先儒有謂變風首《邶》者，不與衛之并小，所以著其首惡也，其説是矣。而嚴氏又以為本於莊姜之失位，乃二《南》之變，故以《邶》為變風之首，其義亦優。愚按：二説相須，其義始備。

邶、鄘之詩，皆為衛作，則列《邶》《鄘》於《衛》之前。魏詩為晉作，則列《魏風》於《唐》之上。編詩者似不能無意也，至《檜風》皆為鄭作，又不與《鄭》相次，何歟？豈編詩之次，亦皆偶然歟？

檜詩皆為鄭作，亦蘇氏之説，此鄭氏作《詩譜》，所以先《檜》於《鄭》也歟？

《周》《召》《邶》《鄘》《衛》《檜》《鄭》《齊》《魏》《唐》《秦》《陳》《曹》《豳》《王》【一】，此鄭氏《詩譜》次第也。

孔氏曰：「《鄭譜》以鄭因虢、檜之地而國之，先譜檜事，然後譜鄭。【二】」

闕。

【一】按，據《毛詩正義》之《詩譜》，《王風》當在《衛》《檜》之間。

【二】《毛詩正義》卷七之二作「以鄭滅虢、檜而處之，先譜檜，而接説鄭。」

鄘風

國風言命者二：《鄘風・蝃蝀》篇曰「大無信也，不知命也」，《鄭風・羔裘》篇曰「彼其之子，舍命不渝」。《文王》篇曰「其命維新」，又曰「命之不已」【一】，至於「文王受命」、「維天之命」、「命之不易」，《雅》《頌》言命者不一，其旨同乎？亦有不同乎？

闕。

衛文公「騋牝三千」，則由於「秉心塞淵」。魯僖公「思馬斯臧」，則本於「思無疆」。馬之蕃息，何與於人君之心歟？

闕。

「秉心塞淵，騋牝三千」，衛文公之事美者如是而已。《駉》詩之頌僖公，亦此義也。聖人刪詩而序其次，若泮水之興學，不以首《魯頌》，而顧先取牧馬之富，何歟？

闕。

《干旄》，《序》以為美好善也。《木瓜》，《序》以為美齊桓公也。《朱傳》從《干旄》之好善，而不從《木瓜》之美齊桓。「彼姝者子」，何以適知其為所指之賢人？「投我以木瓜」，何以疑其為非指齊桓歟？

闕。

【一】按「命之不已」句不見於《大雅・文王》篇，《詩經》中亦無此句，疑作者誤記。

衛風

《淇澳》，美武公之德也。《賓之初筵》，武公飲酒悔過之詩也。《抑》，懿戒自警之詩也。傳者謂三詩相表裏，可得聞其義歟？

闕。

王風

《黍離》十篇盡風體也，不列於《雅》，豈無謂歟？《駉》篇非頌體也，不繫於《風》，猶有說歟？

闕。

鄭風

齊風

魯無風而有頌，先儒既言之矣。《敝笱》《猗嗟》，刺魯莊之詩也，何以附見於齊歟？《何彼襛矣》之詩明言「齊侯之子」，宜繫之《齊風》矣，何以繫之《召南》歟？

《敝笱》《猗嗟》固以魯無風而無所附，而其曰「展我甥兮」，則詩作於齊明矣，所以見於《齊》歟？《何彼襛矣》繫於《召南》，朱子明言其不可曉，安知非錯簡乎？

如《楚茨》十篇見於變小雅者，皆錯簡也。

《猗嗟》《敝笱》《載驅》諸篇皆爲刺魯作，何以居《齊》？

齊詩諸篇固皆曰刺魯，《猗嗟》等篇實作於齊人，故《敝笱》《載驅》，《小敘》皆曰齊人惡桓公、襄公作也【一】，至於《猗嗟》，《小敘》亦曰齊人傷魯莊公作也，其曰刺魯，則非魯人之作明矣。既非魯人所作，而作於齊，固宜置於《齊》，亦所以刺齊也。

魏風

唐風

秦風

《詩》言戎車者非一，《集傳》皆曰兵車也。《秦風》言「小戎俴收」，《集傳》曰平地任載曰大車，小戎則兵車也。兵車何以謂之小戎歟？大車、兵車、田車之制可得而聞歟？《王風》所謂「大車」，《集傳》又曰大夫之車，豈大車有二歟？

闕。

【一】「小敘」，即《毛詩序》，古書多作「小序」，「敘」、「序」古通用，此從底本。

陳風

陳，帝舜之後，而杞、宋，夏、商之後，皆先代子孫也。陳有風矣，而杞、宋無風，何歟？秦、楚皆遠方之國，而吳則泰伯、仲雍之後也【一】。秦有風矣，而吳、楚無風，何歟？

杞、宋無風，皆先代之後，巡狩不陳其詩者也。杞至春秋時用夷禮，而《春秋》薄之久矣。夫子謂「杞不足徵也」，其以是歟？秦居西周之舊都，是以有風。吳、楚居南方之遠國，斷髮文身之俗，僭王猾夏之邦，是以無風歟？

檜風

闕。

曹風

「芃芃黍苗，陰雨膏之，四國有王，郇伯勞之」、「芃芃黍苗，陰雨膏之，悠悠南行，召伯勞之」，其辭意適相類歟，抑各有説歟？

豳風

《七月》一詩，或以《周禮·籥章》有豳詩、豳雅、豳頌，而欲三分是詩以當之。《集傳》謂恐無此理，或謂本有是詩，而亡之者然歟？或又謂但以《七月》全篇隨事而變其音節，以為風，以為雅，以為頌，果可行歟？或又疑以《楚茨》《信南山》《甫田》《大田》為豳雅，《思文》《臣工》《噫嘻》《豐年》

【一】「泰」原作「秦」，據通志堂本、四庫本改。

《載芟》《良耜》等篇為豳頌，其説是歟，非歟？敢問。

疑後説可通，故朱子於大小《雅》諸篇之後各言之也。

《豳風》正朔如何？呂氏謂三正通於民俗尚矣，專為豳而言歟？抑兼夏商以前言之歟【一】？

《豳風》正朔固用夏正，而呂氏謂三正通於俗者，蓋豳詩之中所謂「一之日」、「二之日」、「三之日」及「十月改歲」，亦有彷佛用三正之意矣。而《甘誓》篇亦謂「怠棄三正」，然則三正之通行，又豈特豳俗而已哉？

張氏曰：「《七月》之詩，皆以夏正為斷。」曹氏曰：「公劉正當夏時，所用者夏正也。」

時舉問：「東萊呂氏曰：『十月而曰「改歲」，則三正之通於民俗尚矣，商周而迭用之【二】。』據《七月》詩『七月流火』之類，是用夏正；『一之日觱發』之類，是周正【三】；即不見用商正。而呂氏以舉而迭用之，何也？」先生曰：「周歷夏商，其未有天下之時，固用夏商之正朔；然其國僻遠，無純臣之義，又自有私記其時日者【四】，故三正皆曾用之。」

《豳風》既以二之日為卒歲，又以十月為改歲，何耶？

《七月》一詩專用夏正，故雖於子月言一之日，二之日，若以建子月為正朔之意，而二之日之下即曰「何以卒歲」，即用夏正明矣。又於十月而曰「改歲」，則不過言歲將終之意，其辭固不若「卒歲」一辭為切。又雖曰「改歲」，而繼之曰「入此室處」，則非卒歲明矣。蓋既以改歲為卒歲，則以後乃三之日有于耜之事，四之日有舉趾之事，

【一】「商」原作「齊」，通志堂本同，據四庫本改。

【二】此句，《朱子語類》卷八十一作「周特舉而迭用之耳」。

【三】「是周正」，原無，據《朱子語類》卷八十一補。

【四】「日」，《朱子語類》卷八十一作「月」。

不得室處矣。呂氏之説則見周人以建子為正朔，實本於此，故曰「三正通於民俗尚矣」。謂雖以建子月為正月，亦古有其法，如《甘誓》言「怠棄三正」，亦指自古有此曆法，有扈廢之，則呂氏之説其不專為《豳風》而發明矣。

孔氏曰：「一之日，二之日，猶言一月之日，二月之日。一之日者，謂從一而終初十【一】。更有餘者，還以一二紀之。」加於地之南方謂正南午位，當東西之中，所謂中星也，建斗柄所指。氣寒，無風而寒也。又按，《七月》第一章云「一之日」、「二之日」，繼之曰「卒歲」，是以十二月為歲終矣。既以十二月為歲終，必以正月為歲首，至於十月而曰「改歲」，又曰「入此室處」，乃大寒之候已至，熏鼠塞户之工已備，而改歲漸近，不入隩室可乎？若已改歲與卒歲同，則不宜曰「入此室處」矣，此改歲與卒歲之義所以不同。

凡詩之言正朔，皆夏正。《七月》一詩，《集傳》以夏正釋之，無可疑矣，其餘皆言月，而獨「一之日」、「二之日」、「三之日」、「四之日」不言月而言日，何歟？「四之日」以下獨不言三月，又何歟？「十月蟋蟀入我床下」之後，何以即言「曰為改歲」歟？篇中皆言夏正，不終於建丑之月，而終於「十月滌場」，何歟？

數始於一而終於十，故《七月》詩中言至十月而止，而一陽生於子，即以「一之日」言之。況周之先公已用子月紀候，而後世遂以為一代之正朔，此凡詩之言皆用夏正。《七月》詩中「二之日」之下即言「何以卒歲」，非夏正歟？十月之下而言「曰為改歲」，非三正之通於民俗歟？「蠶月條桑」，以《月令》證之，其為三月無疑。

正朔田賦通於天下，有天下者之常也。公劉居豳必當夏之盛時，而「一之日」、「二之日」，《集傳》

【一】此二句，《毛詩正義》卷八之一作「一之日者，乃是十分之餘，謂數從一起而終於十」。

謂周之先公，已用此以紀候，其後遂為一代之正朔。徹田為糧，謂周之徹法自此始，居夏之時而易其正朔田賦，王制之所不許也，而公劉行之，何歟？及大王遷岐，則在商無疑矣。所謂「迺疆迺理」，不知果助法乎，果徹法乎？

正朔田賦，侯國固必遵時王之制，而小國僻遠，或無純臣之義焉。此固於傳紀無所稽，而詩人詠之，朱子言之，庶可通其説也。徹本通貢、助二法。

周公、召公皆以公劉之政化戒成王，而作於召公者編之《大雅》，作於周公者繫之《豳風》，何也？

闕。

《豳風》為公劉作也，而《篤公劉》，何以列之《大雅》？《鴟鴞》《東山》以下諸詩，皆周公詩也，何以列之《豳風》歟？

風雅之體不同，此《公劉》一詩所以不繫《豳風》而繫之《雅》。周公之詩無所附，此《鴟鴞》諸作所以附見於《豳風》。

《詩經疑問》卷之二

詩經疑問卷之三

小雅

二《雅》所以分，曰《小雅》是所繫者小，《大雅》是所繫者大。「呦呦鹿鳴」，其義小；「文王在上」，其義大。《小雅》，燕禮用，施之君臣之間；《大雅》，饗禮用，則止人君可歌。○變雅亦是變用大小雅腔調耳。

《釋文》曰：「正有文、武、成，變有厲、宣、幽，六王皆居豐鎬。」【一】

《集傳》於《小雅》之首曰：「雅者，正也，正樂之歌也。」又定正小雅為燕饗之樂，正大雅為會朝之樂，則宜皆謂之樂歌矣。今考之《小雅》，唯《常棣》《伐木》《魚麗》《彤弓》言樂歌，而《南有嘉魚》《南山有臺》則止言樂，其餘則止言詩，何歟？《大雅》諸詩皆不言樂歌，又何歟？且引《儀禮·鄉飲酒》《燕禮》明言工歌《鹿鳴》《四牡》《皇皇者華》，及間歌《魚麗》《南有嘉魚》《南山有臺》諸詩，而《集傳》於《鹿鳴》三詩，亦不言樂歌，何歟？豈詩與樂歌無辨歟？然則《常棣》《伐木》等詩又何以獨謂之樂歌也？

此疑無明文可據，然以《集傳·鹿鳴》一詩觀之，則詩與樂歌無辨矣。《集傳》以《鹿鳴》為燕饗賓客之詩，其下即云「而其樂歌又以鹿鳴起興」，且方曰「雅者，正也，正樂之歌也」，其下即云「正小雅，燕饗之樂；正大雅，會朝之樂」。以此推之，則曰詩、曰樂、曰樂歌，其義一也，況《儀禮》明言工歌、間歌，非樂歌而何哉？

【一】「正有」至「豐鎬」，未見於陸德明《經典釋文》，見於《毛詩正義》卷九之一，乃孔穎達疏解鄭玄《詩譜》語。

《鹿鳴》諸詩，朱子以為工歌。《清廟》之詩，朱子以為升歌。工歌、升歌抑有分歟？

工歌者，乃堂下之歌，與琴瑟笙磬相間而歌之也。○升歌者，乃堂上之樂，當祭而歌，不以他樂間之而獨歌之也。《鄉飲酒禮》：鼓瑟而歌《鹿鳴》《四牡》《皇皇者華》，然後笙入堂下，磬南，北面立【一】。漢因秦樂云云至猶古《清廟》之樂也【二】。

《采薇》《出車》《杕杜》諸詩多言文王時事，而朱子又定以為成王之時所作，何耶？

闕。

《小雅》《魚麗》《南陔》《白華》《華黍》《由庚》《南有嘉魚》《崇丘》《南山有臺》《由儀》諸詩篇次，朱子悉依《儀禮》正之，首《南陔》，次《白華》《華黍》，次《魚麗》《由庚》，次《南有嘉魚》《崇丘》，次《南山有臺》《由儀》。至於《周頌》之《武》，《春秋傳》以為《大武》之首章，《桓》為《大武》之六章，《賚》為《大武》之三章，朱子又不依《春秋傳》正之，何歟？

《儀禮》之説，明白可據，故朱子釐正之。《春秋傳》之説《大武》諸章既不全，其謂武王時作者又已誤，如之何而正之哉？

《由庚》以下逸詩既有聲無詞，則樂譜也。夫子刪詩而繫樂譜者，何也？然則如「武宿夜」之類，何以

【一】「立」原作「去」，據通志堂本、四庫本及《儀禮注疏》卷九改。

【二】「漢」原作「謹」，通志堂本、四庫本、清鈔本同，據朱熹《詩集傳》卷十九《清廟》之題解改。

不類入《周頌》？

闕。

《六月》《采芑》《江漢》《常武》等篇皆宣王中興之詩也，何以有大雅、小雅之分？

大雅、小雅亦如今之商調、宮調，作歌曲者亦按其腔調而作耳。大雅、小雅是古作樂之體格，按大雅體格作大雅，按小雅體格作小雅，非是做成詩後旋相度其辭自為大雅、小雅也。

《采芑》之詩言「方叔涖止，其車三千」，法當用三十萬衆矣【一】。《閟宮》之詩言「公車千乘」，又曰「公徒三萬」，何以足千乘之數歟？

闕。

《十月》《雨無正》《小旻》《小宛》四篇，毛氏皆以為刺幽王，鄭氏以為刺厲王，其說孰優？

按歐陽氏說則以為幽王有女寵，而厲王無之，以證鄭氏之非，且如毛氏去古未遠，而鄭氏後二百年出，其為說皆臆度之言，亦為有理。若此當以毛氏為優矣，然朱子之說則皆疑而未決之辭，蓋亦不斷然以孰為優孰為劣也。

《鼓鍾》一篇中言「淮有三洲」等語【二】，皆言幽王遊於淮上，遠甚，又史傳諸書未嘗言幽王巡狩至

【一】「十」原作「千」，通志堂本、清鈔本同，據四庫本及朱熹《詩集傳》卷十改。

【二】「中」，四庫本作「申」。

淮，果何所本歟？

朱子雖引王氏、蘇氏之説而解之，蓋亦未敢信其必然，而又曰此詩之義有不可知者，蓋不可考矣。歐陽氏曰：「旁考《詩》《書》《史記》皆無幽王東巡之事，無由遠至淮上而作樂。且《書》曰『徐夷並興』，蓋自成王時，徐戎及淮夷已皆不為周臣，宣王時嘗遣將征之，亦不自往，至魯僖公又伐而服之，乃在莊王時，而其事不明。初無幽王東至淮徐之事，明矣【一】。」

《雅》有厲、幽之詩【二】，平王之詩何以不入於《雅》？《雅》有后稷、公劉之詩，《七月》之詩何以不入於《雅》？

平王之詩不入於《雅》，蓋《黍離》降為國風而《雅》亡也。《七月》之詩不入於《雅》，蓋風雅之體不同也。

《車攻》宣王復古，其詩蓋紀蒐狩之事也【三】。二《南》《雅》《頌》詠歌文王之德化，武王之功業，豈直蒐狩之一端，何取其為復古歟？

闕。

《瞻彼洛矣》言「以作六師」，謂天子六軍也。六軍為車七百五十乘，而《采芑》詩言方叔南征，則曰「其車三千」，故《正義》曰天子六軍千乘，今三千乘則十八軍矣。然則謂天子六軍非歟？諸侯大國三軍，

【一】「明矣」，歐陽修《詩本義》卷八作「然則不得作樂於淮上矣」。
【二】「幽」原作「豳」，據通志堂本、四庫本、清鈔本改。
【三】「紀」原作「祀」，通志堂本同，清鈔本作「杞」，據四庫本改。

為車三百七十五乘，而《閟宮》詩言魯僖從齊桓伐楚，則曰「公車千乘」，然則大國三軍非歟？敢問。

天子六軍，諸侯三軍，不易之制也。以王師伐楚而曰「其車三千」，《集傳》明曰：「此亦極其盛而言，未必實有此數也。」魯僖從齊桓伐楚，詩人亦極稱美之辭，未必舉國盡行也。楚雖蠻荊大國，亦何至勞王師如此之衆哉？

天子、諸侯、君臣之分截然也，而先王之燕饗皆以嘉賓稱之。《瞻彼洛矣》之詩，諸侯則以君子美天子。《采菽》之雅，天子又以君子稱諸侯，何歟？「萬壽無疆」，本人臣祝君之辭也，而《南山有臺》之詩則以「萬壽無疆」祝賓客，《甫田》之末又以為農夫之祝，何歟？

古人君臣一體，上下交歡，故天子、諸侯互有君子之稱，賓客、農夫同致萬年之祝。

文王之世則有二《南》，成王之世則有《豳風》，平王東遷之後則有《王風》，康王以後、平王以前何以獨無國風歟？大小《雅》篇什多矣，何以獨無武王之詩歟？《頌》有昭王以後之詩，何以獨無宣王之詩歟？敢問。

《詩經》夫子刪定，是者存之【一】，非者去之，今不見於三百篇者不可以強求也，不可如束皙之補亡，不知而作也。

《漢志》謂古詩三千余篇，夫子刪之，今所存者三百十一篇，安知其本有而刪之乎，抑本無之乎？

《詩經疑問》卷之三

【一】「是」原作「有」，通志堂本、清鈔本同，據四庫本改。

詩經疑問卷之四

大雅

《大雅》非聖賢不能為，其間平易明白，正大光明。

熊去非《詩説》曰：「按《小雅傳》云：『正大雅，會朝之樂，受釐陳戒之辭。』《文王》《大明》《綿》三篇，按《國語》皆以為兩君相見之樂。朱子謂『特舉其一端而言』，其實則成王治定功成之時周公制作，以此為天子諸侯會朝之樂也。今誦其詩，則於其詠歌洋溢之中而凜然有嚴重齊莊之意，猶使人有所興起，況親聞其樂者乎？」

《皇矣》追述太王、王季、文王之盛德大業，與《大明》《綿》詩同意。《生民》又推本后稷所以積行累功之由，朱子疑為郊祀之後受釐頒胙之詩。若《棫樸》《旱麓》二篇，詩中有奉璋、玉瓚等語，要亦羣臣從王祭祀之詩，上篇乃方祭從行之初，下篇既受福之後，當是祭祀之樂。《思齊》追述大任、大姒、大姜之德，疑此必入而燕處之樂也。《靈臺》與民同樂，豈亦出而遊觀之樂乎？《下武》《文王有聲》二篇皆是言武王之事，其樂或用之宗廟，或用之朝廷，今皆不可知。若《行葦》以下四篇為受釐之辭，《公劉》以下三篇為陳戒之辭，則又明白曉然者矣。惜其被之聲歌者，其音節已不復存，然善觀詩者，但玩其辭氣亦足以識先王之雅道矣。

《詩》言「緝熙」者凡四【一】：「穆穆文王，於緝熙敬止」、「維清緝熙，文王之典」、「日就月將，學有緝熙于光明」、「於緝熙，單厥心」。文王、成王聖賢之等不同矣，而皆以緝熙言之，何歟？

【一】按，《詩經》中「緝熙」實五見，另見《周頌·載見》篇「俾緝熙於純嘏」。

有聖人之學，有賢人之學。「於緝熙敬止」，美文王之能緝熙，聖人之學也。「緝熙」「文典」言後人之不可不緝熙也。「緝熙光明」，賢人希聖之學也。「於緝熙」，美成王之能緝熙也【一】。又當提出敬字說文王之所以為文者，以能緝續熙明，此敬也，成王言「不聰敬止」，而有志於緝熙，正欲上法文祖也，緝熙而盡其心。《集傳》以「緝續熙明文武之業」言之【二】，非美其能緝熙乎？

《大明》言王季之德以及文武，而不及大王。《綿》之詩言大王之事以及文王，而不及王季。二詩皆周公作也，豈有說乎？

《大明》言文王之聖，生於王季、大任，故無由上及於大王。《綿》之詩言大王遷岐，以及文王之盛，王季其勤王家，以大王為父，以文王為子，固亦居於岐，而在大王、文王之間者也。

王季未嘗有天下也，而詩言「奄有四方」；成康繼世，以有天下也，而亦言「奄有四方」；至《魯頌》言后稷封邰之事，亦曰「奄有下土」，何歟？

王季之後言「奄有四方」，謂至於文武而「奄有四方」也。「自彼成康，奄有四方」，言奄有前人之天下，猶言不失舊物也。后稷之奄有下國，言封於邰也。「奄有下土，纘禹之緒」，言教天下以稼穡於禹平水土之後也。

《旱麓》詩以「豈弟君子」稱文王，《泂酌》《卷阿》則以「豈弟君子」稱成王。成王之德果無間於文

【一】「成王」原作「武王」，通志堂本、清鈔本同，據四庫本及《昊天有成命》經文改。

【二】「緝續熙明」四字，朱熹《詩集傳》卷一十九作「繼續光明」。

王歟？抑可通稱歟？

闕。

天子之學曰辟雍，諸侯曰泮宮，禮也。鎬京辟廱為武王天子之學無疑矣。文王終身西伯，而《靈臺》兩言「於樂辟廱」。《集傳》釋之曰「辟廱，天子之學」，豈西伯亦建辟廱乎？敢問。

朱子曰：「正雅皆成王、周公以後之詩。」則在追王之後無疑，故《靈臺》以「王在靈囿」、「王在靈沼」言之，則無嫌於辟廱之名矣。

《文王有聲》之詩凡八章，前四章詠文王，後四章詠武王。其詠文王也兩稱文王，兩稱王后，其詠武王也亦兩稱皇王，兩稱武王。傳者謂皆周公作，周公因為是偶對更易之體乎，亦有其意乎？

闕【一】。

文王伐密，遷都程邑；伐崇，遷都於豐。今據史傳所載，但言文王遷豐，不言遷程。何歟？

孔疏曰：「大王初遷，已在岐山之陽，是去舊都不遠。《周書》稱『文王在程作《程寤》《程典》』。皇甫謐曰：『文王徙宅於程。』蓋謂此。《鄭箋》嫌此是豐，故云『後竟徙都於豐』。知此非豐者【二】，以此居岐之陽，豐則岐之東南三百里耳。」

【一】按，底本此問無答語，與下一問相連，其間未空行，通志堂本、四庫本、清鈔本同，今依本書體例，補「闕」字。

【二】「非」原作「作」，據《毛詩正義》卷十六之四改。

今《周書》無「文王在程」之文，亦無《程寤》等逸書，此必是僞書。而文王之兩遷，止有「居岐之陽」一句可證，此外無所據矣。朱子信之，其亦有所考歟？

古大事皆用卜，如大王遷岐，武王遷鎬，周公營洛，皆卜以決之，何公劉之遷豳，文王之作豐，獨不用卜歟？且文王既伐密而徙都之所謂程邑也，詩人但言其伐崇作豐，豈先都程邑而又作豐歟？聖人重勞民者也，既遷程邑，何以又作豐歟？

闕。

公劉之遷豳也，曰「既景迺岡」，謂考日景以正四方也。衛文公徙居楚丘，亦曰「揆之以日」，又曰「景山與京」，皆考測日景之事也【一】。公劉與衛文公之遷，其詳於考日景則同矣，衛文公繼之以卜，而公劉不用卜，何歟？大王之遷岐，武王之遷鎬，周公之營洛，皆用卜矣，而公劉遷豳，文王作豐，乃不用卜，何歟？大王、武王、周公之遷又不言考日景，何歟？

聖賢之遷國，難以求其必同也。

《篤公劉》之詩見公劉遷豳，已有室家之可居矣。《七月》篇又言「上入執宮功」，傳者謂「宮，邑居之宅也。古者民受五畝之宅」，《綿》之詩乃「陶復陶穴」，則至古公時猶未有家室，何歟？

闕。

【一】「測」原作「惻」，據通志堂本、四庫本、清鈔本改。

文王伐密伐崇，皆以為出於帝謂可也，言伐密則首之道岸之先登，言伐崇則始之以明德之予懷，得無不相似乎？

闕。

《崧高》，送申伯之詩，何以并及甫侯？《六月》，美尹吉甫之詩，何以并及於張仲？《長發》祫祭殷之先王，何以并及於伊尹歟【一】？

稱人之善，而及其同列，忠厚之至也。祫祭宗廟，而及其輔臣，崇報之深也。

昔者周公郊祀后稷以配天，宗祀文王於明堂以配上帝，孔子有是言也，故陳氏曰：「郊而曰天，所以尊之也。明堂而曰帝，所以親之也。」信斯言矣。又觀《生民》尊后稷配天之詩【二】，則不言天而言帝。《我將》祀文王配帝之樂歌，則不言帝而言天，何歟？《思文》一詩兼言天與帝，又何歟？

闕。

《詩經疑問》卷之四

【一】「并」原作「不」，通志堂本、清鈔本同，四庫本作「并」。按，《周頌·長發》卒章「實維阿衡，實左右商王」，是以伊尹配祭，故從四庫本改。

【二】「又」原作「文」，通志堂本同，清鈔本作「今」，據四庫本改。

詩經疑問卷之五

三頌

三《頌》皆頌也。《周頌》不分章，而多不協韻。《魯頌》《商頌》何以協韻分章歟？借曰商、周之體不同，《魯頌》，周詩也，何以同於商而不同於周歟？且《商頌》五篇，《那》《烈祖》《玄鳥》亦不分章，而《長發》《殷武》獨分章，何歟？豈皆偶然歟？抑有説歟？

朱子曰：「《商頌》雖多如《周頌》，覺得文勢自别，《周頌》雖簡，文自平易，《商頌》自是奥古【一】。」然則商、周之頌不可概觀也，當矣。《魯頌》之協韻分章，蓋其體固列國之風，而所歌乃當時之事也，然則又可以商、周二《頌》例觀之乎？

《大序》明言頌者【二】，美盛德告神明之詩。今觀《周頌》有為獻助祭諸侯之詩，有稱二王之後來助祭之詩，若《武》《賚》《桓》為《大武》之章，專頌武王之功而不為廟樂，《魯頌》諸篇皆非廟樂，何耶？

頌有美盛德者，有為告神明者，非兼此二義也。《烈文》雖為獻助祭之諸侯，然其後有「有覺德行」、「前王不忘」之語【三】。《有客》《振鷺》雖二王之後來助祭之詩，然亦可見其德之足以服人也。若《大武》三章則直以美武王之德莫若此者【四】，當以美盛德之義求之，若欲例以為廟樂，則鑿矣。

【一】「自」上，《朱子語類》卷八十一有「之辭」二字。
【二】「序」原作「叙」，據四庫本改。
【三】按，「有覺德行」實出自《大雅·抑》。
【四】「莫」，底本不清，據通志堂本、四庫本補。清鈔本作「矣」。

陳氏曰【一】：「頌者，謂其稱頌功德則是矣，何必告神明乎？《敬之》進戒【二】，《小毖》求助，與夫《振鷺》《臣工》《閔予小子》皆非告神明也。」觀此言，頌之旨又可通也。

闕。

《詩集傳》曰：「頌者，宗廟之樂歌。《大序》所謂美盛德之形容，以其成功告於神明者也。」又曰：「《頌》皆天子所制，郊廟之樂歌。」而《周頌》三十一篇，其間如戒農夫，美二王之後，延訪羣臣，述羣臣進戒等作，皆非宗廟之樂歌矣，而亦謂之頌，何歟？《魯頌》四篇皆羣臣頌禱之作，何以亦謂頌歟？魯以侯國而有《頌》，又何歟？

頌者，宗廟之樂歌，則諸詩宜皆謂之樂歌矣。《周頌》三十一篇，唯《清廟》《烈文》《我將》《時邁》《豐年》《潛》六詩言樂歌，其餘皆不言樂歌，何歟？豈凡言詩者皆樂歌歟？然則《清廟》等六詩又何以獨謂之樂歌也？

此亦如《小雅》樂歌之例。

頌者，宗廟之樂歌，則各廟之祭宜皆有詩矣。今大王、文王、武王、成康之祭，皆有詩矣，獨無祭王季之詩，何歟？文王配帝則有《我將》之詩矣，而不聞有后稷配天之詩，何歟？《思文》雖有「克配彼天」一

【一】「陳氏曰」云云，出自鄭樵《六經奥論》卷三，實為鄭樵駁陳休齊語。
【二】「戒」下，鄭樵《六經奥論》卷三有「成王」二字。

語，《集傳》又不明言為配天之詩，其敢以為然乎？

《周頌》無祭王季之詩，好古生晚者，固無所考。《思文》有「克配彼天」一語，雖指為配天之樂，亦何所妨？

頌者，宗廟之樂歌，如祭文王則止頌文王，祭武王則止頌武王，宜矣。而《天作》祀太王之詩則并言文王，《昊天有成命》祀成王之詩則并言二后，《武》為大武之樂，又并言文王，何歟？

祀大王而及文王，以有聖人為之後也。祀成王而先二后，以有文武為之先也。《大武》之并言文王亦然。此正可引為《執競》祀武王、成王、康王之例。

闕。

周頌

《集傳》於「成王不敢康」、「不顯成康」皆定為成王誦、康王釗之謚矣【一】，至「成王之孚」，又以為成王者之信於天下，抑有所據而言乎？

朱子初本於「不顯成康」亦止依古注，言成大功而安之，後取歐陽《本義》、鄭氏《詩譜》之說，始定為成王、康王。至言成王者之信於天下，則從古注之說也。

《天作》一詩，朱子定為祭太王之詩，又兼言文王，何歟？

此詩之類亦多，如《大武》祭武王而益言文王是也。蓋祭父而並及其子者，所以表其有後也；祭子而及父者，所以

【一】按，「成王不敢康」之「康」，朱熹《詩集傳》卷十九釋為「康寧」，並未以之為「康王釗之謚」。

表其有自也。政所以頌其德，而非有害於詩之義也。祭大王而兼言文王，夫何疑？

《我將》一詩，舊《序》與《傳》皆以為宗祀文王於明堂，以配上帝之樂歌也。然冬至祭天於圜丘，秋饗帝於明堂，天與帝有別也，是詩不言帝而言天，《傳》亦以為天即帝也，何歟？

闕。

《我將》一詩不知唯武王得以文王配天歟，抑後王皆得以父配天歟？

明堂之樂，周公以義起之，不知周公以後將以文王配耶？以時王之父配耶？曰【一】：「成只得以文王配。」「繼周者如何？」曰：「只得以有功者配。」【二】

《孝經》曰：「周公郊祀后稷以配天，宗祀文王於明堂以配上帝。」考之於詩，宗祀之樂，《我將》是已，郊祀之樂，其《思文》乎？《集傳》乃不明言為郊祀之樂，何也？《生民》則明言為郊祀之詩，受釐頒胙之詩矣，然《我將》祭帝乃言天不言帝，《生民》祭天乃言帝而不言天，何歟？《孝經》又曰：「孝莫大於嚴父，嚴父莫大於配天。」嚴父當配帝矣，乃曰配天，何歟？郊與明堂之祭主，果武王歟？抑成王歟？抑周公制禮作樂，成王時也，而曰嚴父，何歟？配天以祖，配帝以父，後世明堂之祭，各以其父歟？止以文王歟？

《思文》之詩，《集傳》既無明文，則不敢以為郊祀之詩矣，然而濮氏之説，則以為郊祀獻后稷之樂歌。祭天宜有

【一】「曰」字，底本為墨釘，通志堂本、清鈔本此處空一格，據四庫本補。

【二】此段文字，詳見《朱子語類》卷八十一關於《我將》篇的論說。

詩而今亡矣，及考他詩又別無祭后稷之詩。朱子《集傳》豈以無所考徵，不敢從其必然而不明言之歟？然則必以經文明白而不復贅辭耳。若言天而不言帝，言帝而不言天，乃互舉而言也。若夫明堂祭主【一】，則當以武王為是，倘以為成王，則文王不為嚴父，以為周公，則周公不當主祭。制禮作樂，雖在成王時，然亦不過因其舊而損益之而集其大成，以為後世嘗行之道，自非本無是禮也。且明堂之祭，實為大，武王豈不行之乎？必周公於武王之時已定此禮矣。至於各以其父，而止以文王之說。其說有二，若以《孝經》嚴父配天之禮而推，則各以其父者為得；若止以有功者配之之說而言，則止以文王。然此特後世之言，《孝經》乃先聖之書，不可不以為正也。

此又因孝之大而推言之。嚴，尊也，謂孝固大矣，然孝之事不一，而莫大於尊其父；尊其父之事亦不一，而莫大於天子之禮祀其父以配天。然得遂此心，盡此禮者，惟周公而已，故曰「周公其人」，蓋自武王有天下之後，周公始制此禮，以尊其父文王也。

玉山汪氏嘗疑嚴父配天之文非孔子語，陵陽李氏曰：「此言周公制禮之事爾，猶《中庸》言『周公成文武之德，追王大王、王季』也。周公制禮，成王行之，自周公言則嚴父，成王則嚴祖也，謂嚴父則明堂之配當一世一易矣，豈其然乎？」司馬公曰：「周公制禮，文王適其父，故曰嚴父，非謂凡有天下者皆當以父配天。孝子之心，誰不欲尊其父，禮不敢踰也。祖己曰：『祀無豐於昵【二】。』孔子於孝亦曰『祭之以禮』。漢以高祖配天【三】，光武配明堂，文、景、明、章德業非不美，然不敢推以配天。近世明堂皆以父配，此乃誤識《孝經》之意，違先王之禮，不可以為法也【四】。」朱子

【一】「夫」字原無，通志堂本空一格，四庫本小字署「闕」，據清鈔本補。

【二】「豐」原作「薦」，通志堂本同，四庫本作「豊」，清鈔本作「篇」。按，此句出《尚書・高宗肜日》篇，故據四庫本及《尚書正義》卷十改。

【三】「漢」原作「謹」，清鈔本同，據通志堂本、四庫本改。

【四】按，自上段「此又因」至「為法也」一段文句亦見於吳澄《孝經定本》。「司馬公曰」云云，見司馬光《溫國文正公文集》卷二十七《配天議》一文，文字有出入，大意不差。

此因於武王、周公之事而贊美其孝之辭【一】，非謂凡為孝者皆欲如此也，況孝之所以為大者自有親切處，而非此之謂也。若必如此而後為孝，則是既為人臣子者皆有《我將》之心【二】，而反陷於大不孝矣。讀者不以文害意焉，可也。

《時邁》《執競》《思文》，《傳》引《國語》以為即「九夏」，韋昭、呂叔玉之説不同，何歟？《時邁》《思文》皆有「夏」之語，似矣，然考之《周禮》「夏，大也」，謂樂之大者耳。《詩》言「時夏」果同歟？《執競》為祀武王、成王、康王之詩，周公制作之時，果有此詩歟？

闕。

《時邁》《執競》《思文》三詩，韋昭以為即《周禮》「九夏」之三也，然則「九夏」宜皆有詩矣。六詩不見於經者，將何所考歟？《時邁》《思文》以其有「肆於時夏」、「陳常於時夏」之語，《執競》一詩何以知為「九夏」之一歟？《外傳》以為金奏《肆夏》《繁》《遏》《渠》，韋昭注云：「《肆夏》一名《繁》，《韶夏》一名《遏》，《納夏》一名《渠》。」又與呂叔玉《繁遏》之説不合，果何所折衷歟？《周禮》，周公作也。《集傳》於《時邁》之下曰：「此武王之世【三】，周公所作。」《執競》之下曰：「此昭王以後之詩。」然則「九夏」之作，果出於周公乎？果昭王以後之詩乎？

韋昭以《時邁》《執競》《思文》為即「九夏」之三【四】，本無明據。自余六夏之詩不見於經者，竊意當如《大武》

【一】「此因於」，四庫本作「因此於」。
【二】「我」原作「今」，通志堂本、清鈔本同，據四庫本改。
【三】「此」字下，據朱熹《詩集傳》卷十九，當有「詩乃」二字。
【四】「九夏」原作「周禮」，通志堂本、清鈔本同，據四庫本改。

二章、四章、五章之例，既不經見，於何而考之哉？竊意韋昭之注，《外傳》本無明文，呂叔玉之説又矛盾不合。《集傳》既信《春秋傳》，定《時邁》為武王之世周公所作，《執競》為祀武王、成王、康王而作，故曰昭王以後之詩，當以此為不易之論，何以韋昭、呂叔玉之説為哉？

天子七廟非祫祭，則無合祭羣廟之禮。《集傳》謂《執競》為祭武王、成王、康王之詩，不知一詩而兼用之於三廟乎？抑合三廟而祭之乎？敢問。

此最無的説，疑必是祭武王、成王、康王之時，三廟皆是用此詩。祭武王而兼言成康，猶《天作》祀太王之詩而及文王也。祭成王而兼言武王、康王，猶《中庸》論文王以王季為父，以武王為子也；祭康王而首言武王，猶《昊天有成命》祀成王而先言二后也。以此例推之，其説通矣，若以為合三廟而祭之，則決無此理。

《執競》為祭武王、成王、康王之詩，果一詩而三用之歟【一】？抑合三王而祭之歟？

《執競》一詩，先生雖取歐氏之説，以為祭三王之詩，然先生初説亦取古注疏、錢氏成大功安天下之説。今以《周禮》考之，《執競》乃「九夏」之一，如此則作於周公之時，非祭成王、康王明矣。當以先生初注為主，非以一詩而三用，亦非以合三王而祭之也，此獨祀武王之詩乎？

【一】「三」，通志堂本、四庫本無。

《大武》六章存於《頌》【一】，而可識者三章耳，散亂失次，夫子亦無從考歟？《時邁》《執競》《思文》，傳者以為「九夏」之三章，說各不同，又何歟？

闕。

《大武》三章，《春秋傳》楚子之言耳，與今序次不同，夫子不之改，何歟？「耆定爾功」，楚子以為卒章，今《集傳》以為首章，何歟？《酌》與《般》體制極相似，其亦《大武》之詩歟？且《南陔》以下六譜列於《小雅》【二】，「武宿夜」乃不列於《頌》【三】，何歟？

闕。

修其禮物，作賓於王家，二王之後皆然也。今觀《有客》《振鷺》諸詩，但言「亦白其馬」等語，似皆為宋作，不及於杞，何耶？

二王之後，杞最微弱，且去夏已遠，故其始入春秋，猶以侯稱，其後乃降而為子男，而以夷禮自處，卑亦甚矣。宋至春秋，其國猶多賢才，如向戌、華元之類【四】，宜《有客》《振鷺》之詩，但及宋而不及杞也。

《武》之詩並言文王、武王，《集傳》何以曰「象武王之功」？《賚》之詩止言文王勤止，《集傳》何

【一】「六」原作「九」，通志堂本、四庫本、清鈔本同。按，據《左傳·宣公十二年》楚莊王語，《大武》樂章凡六章，據改。

【二】「譜」，清鈔本作「諸」。

【三】「列」，四庫本作「例」。

【四】「戌」原作「戍」，通志堂本、四庫本、清鈔本同。按，向戌為春秋時宋國大夫，據改。

以曰「頌文武之功」？

《武》詩象武王之功，而並言文王，言武王之武，本於文王之文也。《賚》詩言文王勤止，而《傳》曰「頌文武之功」，蓋《大武》諸章有武王之謚，故知非作於武王之時，實後人頌文武之功，而言其大封功臣之意也。

《賚》之詩為祀四嶽河海之詩，四嶽河海果合祭歟？抑一詩而兩用之歟？

四嶽河海，固無合祭之理，《賚》一詩而兩用之也，猶《豐年》一詩為秋冬報賽田事之詩。《關雎》一詩用之鄉人，用之邦國，皆此類也。

《周頌》有為獻助祭諸侯之詩，有稱二王後來助祭之詩，若《武》《賚》《桓》之章專頌武王之功而不為廟樂，《魯頌》諸篇皆非廟樂，何耶？

闕。

《詩經疑問》卷之五

詩經疑問卷之六

魯頌

魯，侯爵也。《閟宫》詩言「乃命魯公，俾侯於東」，詩中言公者不一而足。《周禮》諸公方五百里，諸侯方四百里，則爵土不同也，今公侯並稱，豈二等之爵可通稱歟？詩言「公車千乘」，《集傳》謂大國之賦適滿千乘，而其地則三百一十六里有奇也，然則千乘之賦，果儉於百里之魯歟？抑諸侯方四百里之魯歟？抑果曲阜地七百里之魯歟？若是者皆有司所不能無疑也，幸悉言之。

魯本侯爵，言公者皆稱頌之辭，故明言「乃命魯公，俾侯於東」可見矣。公侯二等之爵，如《周禮》之説則不同，《孟子》則言公侯皆方百里也。百里千乘，若以《孟子》「萬取千，千取百」《集注》之説推之，則包氏百里、千乘之説不為無據。朱子亦嘗疑《孟子》言周公封魯儉於百里，則無緣有千乘車，《明堂位》言以曲阜地七百里封周公於魯，則又不啻千乘，此極難解析。然《集傳》據《司馬法》明言千乘之地方三百一十六里有奇，又言大國之賦適滿千乘，不容舉國盡行，故大國止用三軍。然則魯之封域，「錫之山川，土田附庸」、「奄有龜蒙，遂荒大東」。大東，極東也，豈儉於百里而已哉？況僖公，春秋之魯也，孟子時去春秋不遠，已明言今魯方百里者五，凡此皆着引用推而通之可也。

魯之有《頌》，本非禮矣。魯祖周公，禮之宜也。今《閟宫》一詩，上紀姜嫄、后稷、大王、文武之事，且以「皇皇后帝，皇祖后稷」，郊祀配天之禮，堂堂言之，禮歟？夫子删詩而在所不去，豈作《春秋》之意歟？

詩人之論，自源徂流，故雖頌魯僖而上及乎后稷、大王、文武、周公之事，明其源本之所自出也。因成王賜周公以天子禮樂，故遂以夏正孟春郊祀上帝，而以后稷配之，然非禮矣。魯人據其實而頌之，夫子因其舊而存之，豈非《春秋》據事直書而善惡自見之義歟？

《魯・閟宮》篇曰「春秋匪解，享祀不忒。皇皇后帝，皇祖后稷。享以騂犧」，謂魯得郊祀也。傳者謂命魯公以夏正孟春郊祀上帝，配以后稷，牲騂牡。禮，郊以冬至，非春秋時禮也，《傳》文以為孟春，何歟？闕。

《閟宮》言「王曰叔父，建爾元子，俾侯於魯」，是成王封伯禽於魯，明矣。《孟子》乃言周公之封於魯，《史記》亦言武王封周公於曲阜，然則封魯者成王歟，抑武王歟？受封者，周公歟，抑伯禽歟？《閟宮》言「大啟爾宇，為周室輔」【一】、「錫之山川，土田附庸」，《明堂位》亦曰成王封周公「地方七百里，革車千乘」，是大國也。《周禮》則曰諸侯之地方四百里，《孟子》則曰周公封魯儉於百里，何歟？闕。

商頌

商之高宗，周之宣王，皆中興之君也。商有祀高宗之樂，周無祭宣王之詩，何歟？

《詩經》夫子刪定，有之者不容除，無之者無所攷。

【一】「室輔」原作「公補」，據通志堂本、四庫本及《閟宮》篇經文改。

《長發》一詩，朱子謂宜為祫祭之詩，祫則合太祖而下，羣廟之主皆祭也，而詩中獨稱契、相土、成湯三君，何歟？末及於伊尹【一】，又何歟？

祫雖合羣廟之主而祭之，而以肇基之主與顯王言之，亦足矣，豈能一一及之乎？猶《玄鳥》言契之生以及成湯，《閟宮》言后稷、大王以及文武、周公也。

蘇氏引《商書》曰「茲予大享於先王，爾祖其從與享之」。是禮也，豈其起於商之世歟？猶周詩言文武受命而及於召公也。

《長發》一篇朱子疑為祫祭之詩，果何以知非禘祭之詩歟？

禘者，祭始祖所自出之帝，而以始祖配之。故商人禘嚳而郊冥【二】，祖契而宗湯。此詩若以為禘祭，則當但言嚳與契而已，今乃不及嚳，而始於契，且及相土而至於成湯，其非禘祭明矣。蓋祫祭者，合已毀未毀之主而祭於太祖之廟也。今由契而至湯凡十四君，此詩乃該首尾而言之，其為祫祭之詩無疑矣。

稷、契皆未嘗有天下也，而詩人於稷曰「奄有下土，纘禹之緒」，於契曰「受小國是達，受大國是達」，何歟？且契敷教者也，而以「玄王桓撥」稱之，又何歟？

「奄有下土，纘禹之緒」，謂后稷教民稼穡於禹平水土之後也。

【一】「末」，通志堂本、四庫本、清鈔本作「未」，誤。《長發》末章有「實維阿衡，實左右商王」，言及伊尹。

【二】「冥」原作「寘」，通志堂本、清鈔本同，據四庫本改。按，冥為商之先祖，《國語·魯語上》云：「商人禘嚳而祖契，郊冥而宗湯。」

受小國大國，謂天下無不歸心於敷教之聖人也。契敷教於百姓不親、五品不遜之時，故不得不以桓武撥治之歟？

「不剛不柔」，《長發》所以頌湯也；「柔亦不茹，剛亦不吐」，《烝民》所以美仲山甫也。剛柔不可失於一偏，尚矣。而衛武公自警之辭曰「無不柔嘉」，《崧高》之美申伯曰「柔惠且直」，仲山甫之德亦以柔嘉言之，又每以柔為尚，何歟？

文蔚問：「此以『柔嘉維則』稱仲山甫，《崧高》以『柔惠且直』稱申伯，然則入德之方，其可知矣。」曰：「如此則乾卦不用得了。人之資質，自有柔德勝者，自有剛德勝者，如本朝范文正公、富鄭公輩是以剛德勝【一】，范忠宣、范淳夫、趙清獻、蘇子容輩是以柔德勝。只是他柔卻柔得好，如仲山甫『令儀令色，小心翼翼』，卻是柔，但其中自有骨子，不是一向如此柔去。人看文字要得言外之意，若以仲山甫『柔嘉維則』，必要為入德之方，則不可。人之進德，須用剛健不息。」

契有玄王之稱，湯有武王之號，文王又有平王之稱，何名號之不一而皆不見於他經歟？

闕。

【一】「本」原作「宋」，據《朱子語類》卷八十一改。按，此段文字即録自《朱子語類》卷八十一。

商、周之先稷、契【一】，同居有虞之世，何以自契至湯十有四世，自稷至王季以十四世耶【二】？

闕。

《殷武》之詩曰「奮伐荆楚」，又曰「維女荆楚，居國南鄉」。按，周成王時始封熊繹於荆，周惠王時為魯僖公元年【三】，始有楚號，商之高宗乃伐荆楚，何耶？

闕。

《詩經疑問》卷之六

【一】「稷」原作「後」，據通志堂本、四庫本改。

【二】「稷」原作「契」，據通志堂本、四庫本改。

【三】「公」原作「兮」，據通志堂本、四庫本、清鈔本改。

詩經疑問卷之七

總論

《國風》《雅》《頌》，四詩也。二《南》居《國風》之首【一】，《匪風》《下泉》居變風之終，繫之以《豳》，言變之可正【二】。先儒皆有其說，是聖人刪定之次，不偶然也。《鹿鳴》《文王》居《小雅》《大雅》之首，《何草不黃》《召旻》居《小雅》《大雅》之終，《清廟》《般》為《周頌》之始終，《駉》《閟宮》為《魯頌》之始終，《那》《殷武》為《商頌》之始終，果皆有其說乎？《周頌》之後不繼以商而繼以魯，抑有微意乎？《殷武》《閟宮》卒章文章又略同【三】，豈皆偶然乎？願聞其說。

《國風》之始終，既有其義，則《雅》《頌》始終似不能無意也【四】，然先儒未嘗言之。今以意推之，《鹿鳴》為燕饗賓客之詩，所謂歡欣和說，以盡其羣下之情者也。《文王》為周公戒成王之詩，為兩君相見之樂，所以昭先王之德於天下，所謂恭敬齊莊，以昭先王之德者也【五】，其居《小雅》《大雅》之首固宜。變小雅之《何草不黃》，周室將亡，征役不息之詩也，居《小雅》之終【六】，宜哉。變大雅之《召旻》，刺幽王任用小人，以致饑饉侵削之詩也，以此而終《大雅》，不亦宜乎？《周頌》《商頌》皆祭祀樂歌，初不以終始為優劣，《魯頌》始終皆頌禱僖公之辭，亦豈以先後論哉？《魯頌》周詩，固宜以類從周。《閟宮》卒章適同於《殷武》之末，亦必非依放而作，況《商頌》本十二篇，使

【一】「居」，底本不清，據通志堂本、四庫本、清鈔本補。
【二】「變之可」，底本不清，據四庫本補定。通志堂本作「言□□正」，清鈔本作「言王風之正」。
【三】「文」，清鈔本作「二」。
【四】「則」，底本不清，據通志堂本、四庫本補。清鈔本作「風」。
【五】「昭先」，底本不清，據通志堂本、四庫本補，清鈔本作「變成」。按「昭」，朱熹《詩集傳》卷九作「發」。
【六】「終」，底本不清，據通志堂本、四庫本補。

皆存其舊，安知亦以《殷武》終之乎？抑他有詩乎？

夫子自衛反魯，然後樂正，《雅》《頌》各得其所。《王風》固宜入《雅》，何以繫之《國風》？《魯頌》宜在所黜，何以列之於《頌》？衛自有風也，而《賓之初筵》何以列之《小雅》，《抑》又何以列之《大雅》歟？《六月》《采芑》《車攻》《吉日》《庭燎》等作，宣王詩也，乃列之於《小雅》；《抑》，衛武公詩也，乃列之於《大雅》，何歟？

《風》有風體，《雅》有雅體，詞各不同，體制亦異【一】。

《國風》者，列國諸侯之風。大小《雅》者，王國之雅【二】，古今定論也。平王以後之詩繫之《國風》，而《小弁》《白華》之作又繫之《雅》【三】，《淇奧》繫之《國風》，而《賓之初筵》《抑戒》之詩又繫之大小《雅》，何若是之不倫歟【四】？

《風》有風體，《雅》有雅體，此諸詩之或為雅【五】，或為風，蓋以體制論，不以其人論也。

諸侯之詩為風，王之詩為雅【六】。衛，侯國也，故其詩列於《國風》，然《賓之初筵》，武公悔過之詩

【一】「詞各不同體制亦」七字，底本不清，據通志堂本、四庫本補。清鈔本作「詞既不同意亦」。
【二】「小雅者王」四字，底本不清，據四庫本、清鈔本補。通志堂本作「小雅者□」。
【三】「之國風而」四字，底本不清，據通志堂本、四庫本、清鈔本補。
【四】「不倫」，底本不清，據通志堂本、四庫本補。清鈔本作「不作」。
【五】「此諸詩之或」五字，底本不清，據通志堂本、四庫本補。清鈔本作「此□詩之或」。
【六】「詩為雅」三字，底本不清，據通志堂本、四庫本、清鈔本補。

也【一】，何以列於《小雅》？《抑》，武公懿戒自警之詩也，何以列於《大雅》？

闕。

《雅》《頌》諸詩有稱為樂歌者，有稱為詩者，有獨言樂者，果何所分歟？

詩與樂歌，詩其一時隨意而言也，初無分別，試即《時邁》《執競》《思文》三詩而考之，皆「九夏」之詩，固宜無所分別。今乃於《時邁》則曰樂歌，於《執競》《思文》則曰詩，此可見其非用意於其間矣。蓋詩即樂歌，樂歌即詩，初無異同也。此可與《小雅》《大雅》樂歌等問參看。

詩三百篇皆可弦可歌，《儀禮·鄉飲酒禮》：「工歌《鹿鳴》《四牡》《皇皇者華》」，笙《南陔》《白華》《華黍》，「乃間歌《魚麗》，笙《由庚》，歌《南有嘉魚》，笙《崇丘》，歌《南山有臺》，笙《由儀》，乃合樂《周南·關雎》《葛覃》《卷耳》，《召南·鵲巢》《采蘩》《采蘋》」。《燕禮》：「工歌《鹿鳴》《四牡》《皇皇者華》」，笙奏《南陔》《白華》《華黍》，間歌《魚麗》，笙《由庚》，歌《南有嘉魚》，笙《崇丘》，歌《南山有臺》，笙《由儀》，遂歌鄉樂《周南·關雎》《葛覃》《卷耳》，《召南·鵲巢》《采蘩》《采蘋》」。《大射禮》：「歌《鹿鳴》三終」，「乃管《新宮》」。曰歌曰笙，皆止於二《南》《小雅》，而不及《大雅》、三《頌》，何歟？

朱子云：「不知當初何故獨取此數篇也。」

【一】「公悔過」三字，底本不清，據通志堂本、四庫本、清鈔本補。

《儀禮》鄉飲酒、射、燕禮皆樂二《南》六詩。《召南》曰《鵲巢》《采蘩》《采蘋》，不及《草蟲》，何歟？《射義》作卿大夫以《采蘋》【一】，士以《采蘩》。《儀禮》先《采蘩》而後《采蘋》，《射義》反之，何歟？

闕。

《春秋左氏傳》所載列國諸侯卿大夫賦詩，凡六十六篇，如許穆夫人賦《載馳》，高克賦《清人》，皆是作此詩也。至晉文公賦《河水》以後，如賦《鹿鳴》《四牡》《皇皇者華》《文王》《大明》《綿》等詩，又止歌頌此詩而已。申包胥如秦乞師，哀公為之賦《無衣》，果作此詩乎？抑止歌此詩乎？明經者必有考於斯也，敢問。

朱子以為不可知，後學則傳疑而已矣。《禮》：「疑事毋質。」

漢詩學凡四家，魯詩起於申公而盛於韋賢，齊詩始於轅固而盛於匡衡，韓詩始於韓嬰而盛於王吉，毛詩起於毛公，後傳徐敖。何三家之學不傳，而毛氏之説獨傳歟？願悉其説。

闕。

《詩經疑問》卷之七

【一】「作卿」原作「鄉作」，通志堂本、清鈔本同，據四庫本改。

詩經疑問附編（趙悳）

豫章後學趙悳編

孔子正樂，止言《雅》《頌》，而不及《風》。

《孔子世家》云：「三百五篇之詩，孔子皆弦歌之，以求合《韶》《武》。」蓋《雅》《頌》者，所以合《韶》《武》之音，故曰「自衛反魯，然後樂正，《雅》《頌》各得其所」者，專言《雅》《頌》而不及《風》也。

夫子每舉二《南》，而不及十三國。

二《南》之詩皆文武盛時，德化深入於人心而見之歌詠者，無非禮義之正。孔子刪詩，冠之篇首，所以正始，基王化，故嘗喟然歎曰：「吾於《周南》《召南》見其周道之所以盛也【一】。」，是豈十三國之所可例論哉？故先儒云《詩》之首二《南》，猶《易》之首《乾》《坤》，《書》之首《典》《謨》，觀此則可見矣。蓋二《南》者，修齊之本，而修齊又平治之本，夫子舉其要以教人，本末先後，固自有序，然所謂「《詩》三百，一言以蔽之，曰思無邪」，則十三國風不外是矣。

詩之盛何獨見於周？

自有天地，有萬物，而詩之理已具，非特始於康衢、虞廷之作也。文至周而大備，故詩之詠歌，於斯為盛，而采詩之官所以首見於周也。夏、商之去周已遠，固不可得而考，然觀《五子之歌》《猗那》之頌，則二代亦未始無詩也，特

【一】「吾於」及「見」三字原無，據《孔叢子》卷一補。

杞、宋為之後而文獻不足耳。若正考父得《商頌》十二篇於周太師，絕無而僅有者，又亡其七篇，概可知矣。

國風無楚詩。

或謂《春秋》外楚，且《詩》云「蠢爾蠻荊，大邦為讎」，《魯頌》曰「荊舒是懲」，《殷頌》曰「奮伐荊楚」之類，皆見於《詩》，則楚雖有詩，聖人必刪之矣。然吳季札觀樂於魯襄公二十九年，則固未經夫子之刪，而當時所觀國風已無楚詩矣。孰知楚之封域正在江漢汝沱之間，以《漢廣》《汝墳》《江有沱》數詩觀之，其民被文王之化，得於耳濡目染者有素，而流風善政猶有存者，則其詩亦楚之詩也，然聖人以歸之周公、召公，其意深矣。逮楚懷王之時，《離騷》作，而楚之為楚，可知古詩之體變矣。

二《南》之中有曰武王時詩者。

二十五篇之中，惟《甘棠》與《何彼襛矣》二篇乃是武王時作，何以知之？武王伐紂之後，乃封太公為齊侯，命周、召為二伯，而《何彼襛矣》云「齊侯之子」，是太公已封於齊，《甘棠》云「召伯」者，召公為伯之後，故知二詩皆武王時作，非徒作在武王之時，其所美之事，亦武王時也。《山堂考索》。

吳、楚皆南方諸侯，何以無詩？

陳諸侯之詩者，將以知其缺矣，省方設教為陟降也【一】。時徐及吳、楚僭號稱王，不承天子威令【二】，則不可黜陟。今

【一】「省」字，底本不清，據通志堂本、四庫本、清鈔本補。

【二】「不」原作「丕」，通志堂本、清鈔本、《槐廬叢書》本同，據四庫本改。「天」字，底本不清，據通志堂本、四庫本、清鈔本補。

棄其詩，夷狄之也。吳、楚僭王，《春秋》多有其事。徐亦僭者，《檀弓》云：「邾婁考公之喪，徐君使容居來弔。」其辭云：「昔我先君駒王。」是其亦僭稱王也。

《周南》無周公之詩。

周公在內而近於文王，雖有德而不見，則其詩不作。召公在外，遠於文王，功業明著，則詩作於下，此理之甚著明者也。東萊。

《魯頌》《商頌》何以皆列於周？

魯僭天子之樂久矣。於是乎有《頌》以為廟樂，其後又自作詩以美其君，亦謂之頌。王肅又云：「季孫行父請命於周，而史克作是頌。」然其體固列國之風【一】，而所歌者，乃當時之事，又皆有先王禮樂教化之遺意，且夫子魯人也，安得不録之乎？【二】若《商頌》則正考父得之於周太師者，蓋周用六代之樂，故周太師有之。孔子，商人也，乃正考父之後，亦安得而不存之哉？王者存二王之後，然夏之篇章既以杞之文獻不足【三】，則唯有《商頌》而已。孔子既録《魯頌》，同之三王之後，著為後王之義【四】，使後人監視三代成法，其法莫大乎是，此聖人之深意也【五】。《山堂考索》。

【一】「然」，朱熹《詩集傳》卷二十作「蓋」。

【二】按，「於是乎有」至「不録之乎」句，實為趙悳隱括朱熹《詩集傳》卷二十之語而成，與原文稍有出入。又，「王肅又云」下所引文句亦見《魯頌・駉》篇小序。

【三】「以杞之之文獻不足」，章如愚《山堂考索》續集卷七作「已泯棄」。

【四】「著」上，章如愚《山堂考索》續集卷七有「乃復取《商頌》列之以備二頌」十一字。

【五】「此」，章如愚《山堂考索》續集卷七作「言」。「之」下，《山堂考索》續集卷七有「有」字

《雅》不言周，《頌》獨言周。

周，蓋孔子所加也，既有商、魯二《頌》，預題「周」以別之，故知其為孔子所加也。

魯僖獨有頌。

頌之為體，非徒天子用之，諸侯之臣子，凡所以説頌其國者，亦得而用之。僖公既没，魯人述陳其功德，以告於王。王命魯臣之能文者頌之，其君比之諸侯則勤儉【一】，其時比之諸侯則小康，其事則臣子之願心而非有謟畏，此孔子所以取而録之。《山堂考索》。

魯與宋無風。

先儒以為時王褒周公之後【二】，比於先代。宋，王者之後，時王所客【三】。巡守述職不陳其詩，理或然也【四】。或又謂夫子有所諱而削之，則左氏所記當時列國大夫賦詩及吴季札觀周樂，皆無曰魯風者，其説不得通矣。

又濮氏曰：「魯無變風。」不知如《敝笱》《載驅》《猗嗟》諸詩，夫子竄之而繫於齊矣。《山堂考索》。

【一】「勤」，章如愚《山堂考索》續集卷七作「貧」。
【二】「後」，章如愚《山堂考索》續集卷七作「没」。
【三】「宋王」至「所客」九字，章如愚《山堂考索》續集卷七無。
【四】「理」上，章如愚《山堂考索》續集卷七有「而其篇特不列於太師之職，是宋與魯無風」两句。

詩篇名重者九篇：

《柏舟》《邶》言仁人不遇【一】。《柏舟》《鄘》共姜自誓【二】。

《谷風》《邶》刺夫婦失道也。《谷風》《小雅》朋友道絕也【三】。

《叔于田》《鄭》刺莊公。《大叔于田》《鄭》刺莊公。

《揚之水》《王風》刺平王。《揚之水》《鄭》閔無臣也。《揚之水》《唐》刺晉昭公也。

《羔裘》《鄭》刺朝也。《羔裘》《唐》刺時也。《羔裘》《檜》大夫以道去其君也。

《甫田》《齊》刺襄公也。《甫田》《小雅》刺幽王也。

《杕杜》《唐》刺時也。《有杕之杜》《唐》刺晉武。《杕杜》《小雅》勞還役也【四】。

《無衣》《唐》刺晉武公。《無衣》《秦》刺用兵也。

《白華》《小雅》孝子潔白也。《白華》《小雅》刺幽王也【五】。

右詩篇重名之中，《邶·柏舟》朱子以為婦人不得於其夫者之作，《鄘·柏舟》則婦人喪夫而守義者。《王風·揚之水》《鄭風·揚之水》皆曰「不流束楚」、「不流束薪」。如二《谷風》則一刺夫婦失道，一刺朋友道絕。《羔裘》三篇皆言君大夫之辭，其篇名之同者，其詩之義類皆相似，何耶？項氏《詩說》云：「作詩者多用舊題而自述己意，如樂府家《飲馬長城窟》《日出東南隅》之類，非真有取於馬與日也，特取其音節而為詩耳。」愚按，晦翁所謂變風、變

【一】「不」下原有「不」，據通志堂本、四庫本及《毛詩正義》卷二之一刪。
【二】「誓」下原有「誓」，據通志堂本、四庫本及《毛詩正義》卷三之一刪。
【三】「朋」原作「脉」，據通志堂本、四庫本及《毛詩正義》卷十三之一改。《槐廬叢書》本、清鈔本作「刺」。
【四】「役」原作「率」，據通志堂本、四庫本及《毛詩正義》卷九之四改。
【五】「王」，《毛詩正義》卷十五之二作「后」。

雅者，變用其腔調，即此意也。《楊柳枝曲》每句皆足以楊柳枝【一】，《竹枝詞》每句皆和以竹枝，初不於柳與竹取興也。王國風以《揚之水》『不流束薪』賦戍申之勞，鄭國風以《揚之水》『不流束薪』賦兄弟之鮮，作者本此二句【二】，以為逐章之引，而説詩者乃欲即二句以釋戍役之情、見兄弟之義，不亦陋乎？」審是則篇題之重複者，間有謂而然也。

如《邶·谷風》之棄妻，《小弁》之放子，皆有「毋逝我梁」以下四語，此亦古之遺言。

風雅之題猶可即題以取義，至如頌題，《酌》詩無酌字，《賚》詩無賚字，《般》詩無般字，何也？

此皆《大武》樂章之本名，而詩人為之辭耳，必欲求義於名，決無可通之理。今古之樂，雅鄭雖不同，然題自記其聲，而詞自述其意，題與辭不相干，至今然也。漢魏郊祀樂歌，如《章和二年春》之類，每代異辭，而題皆仍舊，自晉以後，始併歌其題，以就辭義，然《樂録》猶曰：「此即章和二年所造之曲。」蓋不如是則聲失其譜，將為何聲哉？

序詩者以二《南》為正風，十三國為變風，以文、武、成王之詩為正雅，幽、厲為變雅，有是理乎？

風、雅，古詩之體，或美，或刺，辭有美惡，而體則一而已矣。謂二《南》多美而列國多刺則可矣，謂風有正變，則不可也。既謂之變風【三】，而又以《淇奥》美衛武，《緇衣》美鄭武，《小戎》美秦襄之類，皆稱其功德，何也？且謂變風變雅之作，由禮義廢，政教失，作者傷人倫之廢，哀刑政之苛，若鄭、衛二公之德，豈亦有此乎？既以政之小為《小雅》，政之大為《大雅》，而《雅》又有變【四】，何其説之多歟？今其序以《小雅》為刺幽王，《大雅》為刺厲王，

【一】下「楊」，項安世《項氏家説》卷四無。
【二】「本」下，項安世《項氏家説》卷四有「用」字。
【三】「風」下，章如愚《山堂考索》續集卷七有「是無復美詩也」六字。
【四】「變」下，章如愚《山堂考索》續集卷七有「則是小雅政失之小者，大雅政失之大者」句。

犬戎之禍，西周以亡，則幽王之失猶為小乎？宣王中興，南征北伐，而《六月》《車攻》之作，猶為政之小【一】，則大者其誰當之【二】？成王聖主，周公聖臣，而《豳詩》猶曰風之變，則其正者又誰當之？文中子亦以豳為變風，鄭以《六月》至《何草不黄》為小雅之變，《民勞》至《召旻》為大雅之變，鄭氏不足責也，以王通之才而惑於《詩序》，詩義豈復存哉？林氏【三】。

《衛風》次二《南》【四】，邶、鄘先衛。

二《南》乃正家之本，而邶詩首《柏舟》《緑衣》，皆以嫡妾易位，而終之以《新臺》《二子乘舟》，則倫類之變，極矣。鄘詩《柏舟》之次，則《牆有茨》之言誠有不可道者。邶、鄘凡二十七篇，而淫亂之詩大半【五】。項安世曰：「詩首二《南》，次以邶、鄘、衛，亂生於衽席，二《南》之反也。然衛詩十篇，首之以衛武公《淇奥》之美，則異於邶、鄘矣。其間僅有『氓之蚩蚩』、『有狐綏綏』為刺淫之詩，此其所以居邶、鄘之末。或謂衛兼邶、鄘而滅人之國，聖人筆其罪，以刑萬世。次之二《南》，著善以明惡也。」晦翁謂：「邶、鄘之入衛，不知始於何時。」《地理志》云：「武王崩，三監叛，周公盡以其地封康叔【六】，遷邶、鄘之民於洛邑。」如《志》之言，則康叔之初，已兼二國矣，此說恐是。而遷邶、鄘之民，又與遷頑民之說合。如果以衛有兼國之罪，胡不首衛，而反首邶、鄘乎？況其說於二《南》無所繫乎？獨項氏之言為得其旨矣。

【一】「政之小」，章如愚《山堂考索》續集卷七作「變風變雅」。
【二】「大」，章如愚《山堂考索》續集卷七作「正」。
【三】按，「風雅」至「存哉」一段中文句亦見於章如愚《山堂考索》續集卷七。
【四】「衛」，《槐廬叢書》本作「邶」。
【五】「大」原作「太」，據四庫本、清鈔本、《槐廬叢書》本改。
【六】「公」下，《漢書·地理志》卷二十八有「誅之」二字。

《豳詩》次《國風》，先二《雅》。

孔氏曰：「《豳》者，周公之事，欲尊周公，使尊一國，故次於衆國之後，《小雅》之前。欲兼其上下之美，非諸國之例也。」林曰：「凡詩之體，土風之謂風，朝廷之詩謂之雅，宗廟祝頌之詩謂之頌。諸詩各具一體，故皆以先後為次。惟《豳》兼有風雅之志【一】，以為風則其辭作於朝，繫於政事，以為雅則又記土風焉，故列於風雅之間，明其不純於風，而又不可以為雅也。」項平庵曰：「亂極而思治，則必有救亂者出焉，故次之以《豳》。《豳》，周公救亂之詩也。救亂則反之正矣，故以《豳》為變之終，雅之始云。」

《周頌》章句。

《周頌》章句與風雅之體不同，其音不必恊，其句不必齊，其章亦不可分也，蓋嘗考之《樂記》曰：「《清廟》之歌【二】，一倡而三歎，有遺音者矣。」此正謂《周頌》也。按《古樂録》：有辭有聲，倡者舉辭，和者舉聲，一倡而三歎，則和聲之最多者也。今其三和之譜不存，而一倡之辭獨載。此其所以寂寥簡短、聱牙齟齬而不可易知歟？

《商頌》章句。

《那》與《烈祖》二詩皆五章，章四句，以韻考之可見，獨第五章各加「顧予烝嘗，湯孫之將」二句以為亂辭，據他詩例，當稱五章，四章章四句，一章章六句，何不可者，而必欲準之《周頌》以為一章，則失之牽合矣。《國語》稱

【一】「志」，章如愚《山堂考索》卷七所引林氏語作「制」。

【二】「歌」，《禮記正義》卷三十七作「瑟」。其下有「朱弦而疏越」五字。

《那》之末章為「其輯之亂」，則元非一章明甚。又《長發》《殷武》皆明著章數，不應一頌自為二體也。《玄鳥》一章亦當分四章，章皆五句，獨第三章七句，此詩每章之首皆承上章，末字發辭正與《文王》《下武》等詩相類，此皆其分章處也。要之，商、魯二《頌》，自與《周頌》不同，其辭義深淺，較然可見，烏得以一律並言哉？

辟廱之樂，何以見於《靈臺》？

靈臺乃望氛祲察災祥之所，與學校自不相關，而王在靈囿、靈沼，乃云作樂於辟雍之學，是以辟雍勦入之。前賢固嘗疑之矣，鄭玄注云：「文王作靈臺而知人之歸附【一】，作靈沼、靈囿而知鳥獸之得其所，以為聲音之道與政通，故合樂而詳之【二】。」東萊呂氏云：「前二章樂文王有臺池、鳥獸之樂【三】，後二章樂文王有鍾鼓之樂，皆述民樂之詞。」此說與孟子之言合，則為得之矣。況靈臺與辟雍皆在長安西北四十里，故合而言之，然靈臺與辟雍自異，辟雍之樂無預乎靈臺，但總言其民樂之耳。

《執競》一詩兼及三廟。

或謂一詩而用之三廟，為可疑者，以之合祭，則四廟又闕，用之三廟，則曷為而可同。愚謂以諸頌例之，后稷、大王、文武、成王皆各有頌，獨《賚》之一詩以為頌文武之功，然《春秋傳》以此為《大武》之三章，則為武王之頌明矣，疑不得為兼頌成康也。然如《天作》之詩，本祭大王，而下及文王，又及其子孫。《昊天有成命》本祀成王，而其辭又上及文武二后。《賚》亦武王之頌，而其辭又上及文王，往往上則推本其先，下則期美於後。今《執競》之詩，

【一】「人」，《毛詩正義》卷十六之五作「民」。
【二】「而」，《毛詩正義》卷十六之五作「以」。
【三】「二」，呂祖謙《呂氏家塾讀詩記》卷二十五作「三」。

朱子斷以為昭王以後，豈非祀康王之詩乎？蓋所謂「執競武王」者，亦推本而言，若祀成王而上及文武。若曰「不顯成康」，則亦父子連文之辭。夫如是，則文武、成康之各有詩，而《執競》之兼用於三廟者，決不然也。

《豳・七月》詩何以始於七月？

「七月流火」為一篇之始者，此詩大抵終始惟言衣與食兩事而已，故一歲之中，獨於三陰之月，暑退將寒之時而言衣褐，於建寅之正月，農事將興而言修田器。凡衣食之謀，各因其時而言，且皆預為之備也。或曰：然則當先言農事，而後及乎女工。殊不知豳土多寒，若三之日納冰於淩陰，則正月猶未解凍，宜其衣褐為急，故篇首三章皆以「七月流火」言之。至於又言「七月鳴鵙，八月載績」，則鵙鳴而陰盛，故思為績緝之工，皆拳拳乎七月也。

《我將》之詩大享五帝而用羊。

《詩》云：「我將我享，維羊維牛。」疏：「祀文王於明堂，大享五帝、文武也【一】。然《禮》稱郊用特牲。《祭法》云【二】：『燔柴於泰壇，祭天用騂犢』，則明堂祭天，止當用特牛矣【三】，而得有羊者，何哉？夫祭天以物莫稱焉，貴誠，用犢，若其配之人，則無莫稱之義，自當用太牢也。牛羊豕【四】。蓋配者與天異饌，明其當用太牢。此祀有文武為配，於禮得用羊也【五】。」愚按，疏文言得用太牢為是，言文武俱配則非，所引《祭法》「祖文王而宗武王」，《三

【一】「大享五帝文武也」，《毛詩正義》卷十九之二作「則是祭天矣」。
【二】「法」原作「統」，據《毛詩正義》卷十九之二改。
【三】「止」，《毛詩正義》卷十九之二改。
【四】「豕」原作「承」，據四庫本、清鈔本、《槐盧叢書》本改。
【五】「用」，《毛詩正義》卷十九之二作「其有」。

禮辨》云：「周人之禮，郊以祖配，而宗文武二王。《記》謂『祖文王而宗武王』者，誤也。」謂文武並配五帝，則又未考。《我將》之詩止言文王也，鄭實甚誤矣。后稷配天，文王配帝，禮無二主，豈有武王兼配哉？疏引《夏官・羊人》云「釁積，共羊牲」者，乃祀司命、司中之等，不可例以祭天言之。

漢儒謂清廟與明堂同制，安知清廟非明堂，而獨以《我將》為明堂之祀乎？且明堂有九室、五室之説之異，主於祀五帝，則何以有九室？若以為復祀昊天上帝，則九室亦尚有餘，且祀文王於明堂，則文王與帝位當何如也？

夫謂明堂、清廟、路寢同制者，《周書》之説，而鄭氏注禮用之，蔡邕和之，王肅諸儒已嘗議其非矣。明堂九室、五室之異，則《考工記》《月令》皆五室，《大戴・盛德篇》九室，以圖考之，則若井田之制，總之為一室謂之太廟，中為太室，分為五室，五室之外並虚處四闈，數之則為九室也，合《考工記》與《月令》《大戴篇》，其實一也。五室本以祀五帝，《月令》季秋大享帝【一】，止遍祭五帝而已。唐乾封二年詔曰：「晉代鴻儒【二】，或同昊天於五帝。」則自晉以來始失其義。成均助教，孔玄義曰【三】：「《孝經》云：『嚴父莫大於配天。』明配尊大之天，昊天是也。」夫昊天上帝，天之總名，后稷既已配天，則文王無復配天之理矣。若宋儒唐仲友云：「謂明堂獨祀五帝而不及天，不知《我將》之詩者也。謂明堂祀五帝而不及昊天【四】，不知《孝經》者也。《詩》言天，《孝經》言上帝，則祀昊天上帝明矣【五】。謂五帝各

【一】「享」，《禮記正義》卷十七作「饗」。
【二】「儒」下，杜佑《通典》卷四十三有「爭陳七祀之議」六字。
【三】「義」原作「成」，據杜佑《通典》卷四十四及《舊唐書》卷二十一改。
【四】「祀」原作「禮」，據通志堂本、四庫本、《槐廬叢書》本及唐仲友《悅齋文鈔》卷六改。
【五】「上帝」二字原無，據唐仲友《悅齋文鈔》卷六補。

設於堂【一】，不知昊天上帝者也。五帝各居其方，則昊天祀於何室，其實祀昊天於太室，而黄位配焉【二】。」愚切詳仲友之言，蓋亦狃於晉儒之説者。孔穎達云五方之帝即上帝也。今豈可謂五帝非上帝，而必以昊天上帝當之？唐仲友謂昊天祀於太室，而以黄位配，則五帝豈得為專祀乎？文王與帝之位，考於《詩》之注疏，則無其説。《孝經》：「宗祀文王於明堂」，注疏但云「侑坐而食」。惟《通典》「大享明堂禮」載：漢永平二年祀五帝於明堂，光武配位在青帝之南，少退西面；隋開皇十三年，祀五方上帝，人帝各在天帝之左，太祖在太昊之南。愚按，五天帝則木、火、土、金、水之精也。五人帝則為太昊配木【三】，神農配火，黄帝配土，少昊配金，顓頊配水。五人帝各在天帝之左，而隋、唐之祖皆在青帝太昊之南而西面，則少卻於人帝，故謂「侑坐而食」【四】。以此言之，周人於明堂之位雖不可得而詳，大意當亦若此也。

不曰周《黍離》，而曰王《黍離》。

王國風次衛，衛有狄人之難，未幾復振。周有犬戎之禍，遂致陵夷，王之次衛，其以此歟？蘇氏曰：「其風及其境內而不能及天下【五】，與諸侯比，然其王號未替，故不曰周《黍離》，而曰王《黍離》云。」

《魯頌》與商、周之《頌》不同。

《魯頌》，三頌之中《周頌》《商頌》皆用以告神明，而《魯頌》乃以為善頌善禱，後世文人獻頌，特效魯耳，非商周之舊也。

【一】「帝」，唐仲友《悦齋文鈔》卷六作「室」。
【二】「而黄位」，唐仲友《悦齋文鈔》卷六作「則五帝與」。
【三】「太」原作「少」，據四庫本改。
【四】「侑」原作「值」，據四庫本、《槐盧叢書》本及《孝經注疏》卷五改。
【五】「及」，蘇轍《詩集傳》卷四作「被」。

《殷武》「奮伐荆楚」，舊注：「荆楚，荆州之楚國也。」疏曰：「周有天下，始封熊繹為楚子，若武丁之世[一]，不知楚君何人也。」

愚按，《史·楚世家》：「楚之先祖出自帝顓頊高陽」，故《離騷》云「朕高陽之苗裔兮」。至重黎為高辛火正，謂之祝融。其後有陸終，生六子，其長曰昆吾，三曰彭祖。昆吾氏，夏之時嘗為侯伯，桀之時湯滅之。彭祖氏，即彭籛鏗。顓頊之玄孫，七百六十七歲而不衰，老往流沙之西[二]，非壽終也。殷之時彭祖，殷之末世滅其國，以後中微，或在中國，或在蠻夷，弗能紀其世。周文王之時有鬻熊子事文王，其曾孫熊繹，當成王之時封於楚。今考殷之所伐荆楚，即昆吾是也。前詩言「韋顧既伐，昆吾夏桀」，蓋可證矣。且《殷武》之詩，蓋謂高宗也。《易》云「高宗伐鬼方，三年克之」者，按《史·索隱》云：「陸終娶鬼方之妹。」則鬼方者，乃荆楚之黨惡也，以是證之，尤為可信據。昭公十二年《傳》楚子曰：「昔我皇祖伯父昆吾，舊許是宅[三]。」此時屬鄭，故云：「鄭人貪賴其田而不我與。」又哀十七年《傳》：「衛侯夢見人登昆吾之觀，北面而譟曰：登此昆吾之虛。」在濮陽城中。則昆吾居此二處，未知孰為先後，殷之所伐，亦此二處也。

先儒謂克淮夷之事，《春秋》皆不載，此特頌禱之詞。然詳考《泮水》詩中始曰「屈此羣醜」、「淮夷攸服」、「既克淮夷」、「淮夷卒獲」、「憬彼淮夷」、「來獻其琛」，《閟宮》之詩又曰「淮夷蠻貊」、「莫不率從」，言之而屢言，不應屢以此虛辭以為頌禱也[四]。

[一]「若」，《毛詩正義》卷二十之四作「於」。
[二]「老」，原無，據《史記》卷四十補。
[三]「是宅」二字原無，據《春秋左傳正義》卷四十五補。
[四]以下兩條問答，《槐廬叢書》本無。

因考《書》之《費誓》始言「徂茲，淮夷、徐戎並興」，是淮夷、徐戎同為一黨者也，而其終獨言「甲戌，我惟征徐戎」，則征徐者所以披淮夷之黨也。《春秋》僖公十五年經：楚人伐徐，魯大夫公孫敖帥師及諸侯大夫救徐。傳云：春，楚人伐徐。徐即諸夏故也。秋，伐厲，伐楚與國。以救徐也。十六年夏，救徐還。十二月，公與齊侯會諸侯於淮，謀鄫。注：鄫為淮夷所病，諸侯為鄫築城。詳此則徐即諸夏，固已親魯矣。徐既親魯，魯又以師救之，徐戎、淮夷同一體，今諸侯會淮，則淮夷攸服又可知矣。以是考之，則詩皆實事而非空言也。

《武》《桓》《賚》三篇，《春秋傳》以為《大武》詩，謂《武》為《大武》之首章，《桓》為六章，《賚》為三章，據《傳》言則《大武》一詩闕矣。今頌之篇次與《傳》言不同，然詩頌凡三十一篇，皆止一章而無迭章，何獨《大武》有六章之分歟？且又以為武王所作，是歟，非歟？

《武》之詩，朱子謂篇內已有「嗣武受之」，蓋有武王之謚，則不得為武王之詩明矣。《桓》為《大武》之六章，則序以為「講武類禡」之詩，而篇內亦有「桓桓武王」，則不可以為武王之時所作。至《賚》之詩以為《大武》之三章，此蓋頌文武之功，而言其大封功臣，則《左傳》所分三章固不可信，謂武王克商而作頌者，亦非也。楚莊引《詩》乃楚樂歌之次第，在宣公十二年，正《樂記》所謂「有司失其傳」也。夫子在哀公十二年始正樂，而《雅》《頌》各得其所，故今詩與之不同。

《詩經疑問》卷附編

附録

汪叡《七哀辭》（節選自明程敏政編《新安文獻志》卷四十九）

古人之詠七哀者，蓋感而發其可哀有是七者之目。至杜子美《八哀詩》，則一篇為一人作，是則七哀者，其哀在己，而八哀者，其哀在人也。仲魯（汪叡字——引者注）竊哀平日交游，取益為師若友者，其守節服義無所屈撓，凡七人焉。其間如汪尚書澤民，余右丞闕，鄭待制玉，陳狀元祖仁，皆名著史傳。其未見載錄者，程禮部文，王進士詵，朱縣尹倬三人爾。感而哀悼，前後歲月不同，茲錄一卷，以便觀覽。序紀其實，辭達乎情，情義所存，風教所系也哉。

……

遂安縣尹朱倬，字孟章。歲辛巳領江西鄉薦，等壬午第，授某州同知。以憂居家，服闋，授文林郎、遂安縣尹。庚寅同考江浙鄉試，既出院，會於掾郎葛元哲之坐，因詢仲魯《詩經》「無封靡於爾邦」義，作如何破題。答曰：「已在孫山之外，夫复何言？」元哲云：「此友非特詩義高，賦尤高，一破自當首薦。」因謂之曰：「崇德報功之典，賞延於後世；修道全德之化，法本乎前王。詠歎之至者，感慨之深也。」孟章愕然曰：「此篇已錄全文在卷中。諸公同擬作本經魁，竟尋賦策，未見移文謄錄，彌封所亦對字號不同，誰不惜之。」且索《角端賦》，元哲曾錄之，出與之觀，三復擊節稱歎。元哲又曰：「此公志存乎古人之學，得失不掛諸念。」由是孟章相與游，情義甚至，且與李廉公皆來相見，因約來春過遂安。明年春，仲魯往留一月，嘗自歎曰：「倬登科十年，未霑寸祿，其命也夫。」仲魯應曰：「不患無位，患所以立，故君子行己立身，惟安義命，不以外至者動其心也。」孟章殊服此言。壬辰秋，寇由開化趨遂安，吏卒逃散，孟章大書於坐曰：「生為大元臣，死為大元鬼。禍患從天來，不死復何以？」乃坐公所以

待盡。寇以邑虛無人而焚之，火逮廨舍，乃赴水死。後竟無傳其事者，可哀也哉。追悼以辭。其辭曰：

疾風兮草萎，勁節兮靡移。緊遂安之賢尹兮，厲貞操其匪虧。邑小而荒僻兮，泯其蚩蚩。令初下車兮，即興學而誦詩。夙夜孔勤兮，化洽而民熙。一朝寇忽臨兮，靡兵備其孰禦？民駭而卒逃兮，誰與独處？寇豕突茲邑墟兮，劃煙燼其棟宇。予執死不二兮，天明明其吾與。夙批簡册兮，矢致身乎忠良。況瓊林之燕集兮，堯舜君民之有望。憶武林之嘉會兮，豈徒事彼文章？行與義之有在兮，憲聖謨之洋洋。歲忽忽其已遠兮，心耿耿其莫忘。川悠悠而波逝兮，山靄靄而雲驤。思賢令之不可見兮，長向風而哀傷。諒姱節之不可渝兮，發斯文之耿光。亂曰：

學端以粹，質之純兮。顯擢甲科，名譽臻兮。十年未禄，奚命之屯兮。牛刀小試，弦歌陳兮。變故莫測，奚衛我民兮。之死靡忒，惟志之伸兮，是謂殺身以成仁兮。

劉錦文跋

《詩經疑問》，朱君孟章所擬以□淑人者也【一】。朱君以明經取高第【二】，凡所辨難，誠足以發朱子之□【三】，而無高叟之固。然其間有問而無答者【四】，豈真以為疑哉？在乎學者深思而自得之耳【五】。舊□□□【六】，先後無緒，今特為之論□□□【七】，使旨同而辭小異者，因得以互觀焉。復以豫章趙氏所編，頗

【一】「以」下，底本殘闕，通志堂本亦空闕一字格，清鈔本不空。
【二】「高第」二字原無，通志堂本同，據清鈔本補。
【三】「子之□」三字，底本殘闕，據通志堂本作「子之□」，清鈔本作「子之未發」，又較底本多一字格。今據通志堂本留空。
【四】「有問而」三字，底本、通志堂本殘闕，據清鈔本補。
【五】「在乎學」三字，底本殘闕，據通志堂本補。清鈔本作「蓋欲學」。
【六】「舊」下三字格，底本、通志堂本殘闕，而清鈔本作「本率多紕繆」五字。
【七】「論□□□」四字，底本、通志堂本殘闕，清鈔本作「釐正」，《四庫全書總目》引作「定」。

采以附於後【一】，其於四詩之旨，剖析殆無肯綮【二】。明經之士【三】，必將有得於斯。時至正丁亥蒲節，建安書林劉錦文叔簡因書以識卷末云。

《通志堂經解》納蘭成德序

《詩疑問》七卷，元進士朱倬孟章著，朱氏《授經圖》、焦氏《經籍志》皆作六卷，今本七卷，末附南昌趙悳《詩辨説》一卷。始予得是書，稱「盱黎進士朱倬」，莫知為何如人。考之《漢書·地理志》，豫章郡下有南城縣，注云：縣有盱水。《圖經》云：左縣東二百一十步，一名建昌江，亦名盱江。《名勝志》云：縣之東境有新城縣，立於宋紹興八年，就黎灘鎮置縣，因號黎川。然後知倬為建昌新城人。及考近所為《建昌志》，僅於科第中有倬姓名，載其為遂昌尹而已，他無所見也。暇讀《新安文獻志》，載明初歙人汪叡仲魯所為《七哀辭》，蓋錄元季守節服義者七人，而倬與焉，因得據其辭而考定之。辭言倬以辛巳領江西鄉薦，登壬午第。考龔艮《歷代甲子編年》辛巳為順帝至正元年，壬午其二年，而志載倬以至順元年登第，考至順為文宗紀元，歲在庚午。仲魯之交倬，當辛卯、壬辰間，倬自言登第十年，壬午至辛卯恰如其數，則志所云至順者誤也，豈以順帝至正二年遂譌而為至順邪？辭言初授某州同知，以憂家居，服闋，授文林郎、遂安縣尹，則已為官矣，而倬之言於仲魯者曰：「登科十年，未沾寸祿。」仲魯《哀辭》亦有「十年未祿，奚命之屯」語，殊不可解，豈兩任皆試職，故不授祿邪？《哀辭》言壬午秋，寇由

【一】「采」，清鈔本作「朱」。
【二】「肯綮」，清鈔本作「餘蘊」。
【三】「士」，清鈔本作「一」。

開化趨遂安，吏卒逃散，倬大書於座，有「生為元臣，死為元鬼」語，遂坐公所以待盡。寇焚廨舍，乃赴水死。遂安為嚴州屬邑，壬辰為至正十二年，考《元史》，是年七月饒、徽賊犯昱嶺關，陷杭州路，當是其時。蓋蘄黄餘黨由衢而至嚴者也。《哀辭》言後竟無傳其事者，豈非以邑小職卑，時方大亂，省臣以失陷郡邑，自飾不遑，遂掩其事而不鳴於朝邪？《哀辭》又稱其下車興學誦《詩》，民熙化洽，蓋倬固當時良吏，不僅以一死自了者。而《元史》既不為之立傳，郡人亦不載其行事於志，苟非仲魯是辭，不幾與荒燐野蔓同盡哉！誠可哀也矣！《辭》稱歲庚寅，倬同考江浙鄉試，始識仲魯於葛元哲家，因見仲魯《詩義》而惜其不遇。蓋倬以同經閱卷，則其著是書無疑。其為是書也，當在未為縣尹之前。其論經義，大抵發朱子《集傳》之藴，往往微啓其端，而不竟其説。蓋欲使學者自思自得，不欲遽告以微辭妙義也。趙悳者，故宋宗室，舉進士，入元不仕，隱居豫章東湖，於諸經皆有《辨説》，《詩》其一耳。嗟嗟，倬以義烈著，德以高隱稱，雖無經學，皆可表見，況著述章章若是乎？是不可以無傳也已。

康熙丙辰納蘭成德容若序

《四庫全書總目》

《詩疑問》七卷，元朱倬撰。倬，字孟章，建章新城人，至正二年進士，官遂安縣尹。寇至，吏卒逃散，倬獨坐公所以待盡，及寇焚廨舍，乃赴水死，蓋亦忠節之士。《元史》遺漏未載。國朝納喇性德作是書序，始據《新安文獻志》汪叡所作哀辭，為表章其始末。其書略舉詩篇大指發問，而各以所注列於下，亦有闕而不注者。劉錦文序稱「其間有問無答者，豈真以為疑哉，在乎學者深思而自得之耳」，又稱「舊本先後無緒，今為之論定，使語同而旨小異者，因得以互觀焉」，是此本乃錦文所重編，非倬之舊。其有問無答

者，或亦傳寫佚脱，而錦文曲為之辭歟？末有趙悳《詩辨説》一卷。悳，宋宗室，舉進士。入元，隱居豫章東湖。其書與倬書略相類，殆後人以倬忠烈，悳高隱，其人足以相配，故合而編之歟？倬書七卷，附以悳書為八卷，朱睦㮮《授經圖》、焦竑《經籍志》乃皆作六卷，疑為傳寫之訛。或倬原書六卷，劉錦文重編之時析為七卷，亦未可定也。

《鐵琴銅劍樓藏書目録》

《詩經疑問》七卷，附編一卷。題「進士盱黎朱倬孟章編」，附編題「豫章後學趙悳編」。此本為建安書林劉錦文叔簡所刻，繹叔簡序，殆知即其所合編者。書中頗多有問無答，蓋刻時已脱，故闕處皆留有空行也。趙氏著有《詩辨疑》（《經義考》作「説」）七卷，見《千頃堂書目》，此所附者，其即摘録是書歟？通志堂刻即出此本。首葉序文脱去下方十餘字，通志本所闕正同，其作墨丁者皆此本所漫漶。惟卷七首條答詞所謂「恭敬齊莊以昭先王之德者也」，諦審此本「昭」字，當是「發」，考此文見《小雅》，《集傳》正作「發」，通志堂本臆定為「昭」，失之矣。目録後有墨記云「至正丁亥菖節刻」，又有朱記云「嘉靖己亥大溪書屋置」。卷中有「過氏從正」、「大溪書屋」、「海虞毛晉」、「子晉圖書記」、「汲古主人」諸朱記。

吴翌鳳《秘籍彙鈔》抄本吴序

經學而外，史、子兩集，浩如星海，學者不能遍觀盡識。予潛心於此有年矣，竊見單行之本未經鏤板者，隨所見聞，不惜館穀，輒購得之。又偕我友鮑君緑飲、黄君蕘圃輩，時相往來，出所未見，如子、史兩

集中有善本，不憚鈔寫。予適楚回里，家居十餘載，積有數十篋。前已集成《藝海彙編》《古香樓彙叢》等十餘巨帙，兹又得史、子兩集，內襍野二乘及醫學、天文、玄門諸書，無美不搜，展玩之下，益人學術。積有若干種，亟彙裝之，顔曰《秘籍彙鈔》。雖未能付鋟行世，而隨積隨編，隨編隨裝，庶傳寫善本，不至散佚失傳。質之同門，當無嘆予之不憚煩，則予願差慰矣。古吳枚蓀吴翌鳳識。

《詩辨説》一卷，舊刻附在元人朱倬《詩疑問》後，國朝納喇氏刊《通志堂經解》時衹刻《詩經疑問》七卷，而不及此，以故世罕獲見。道光間，海寧蔣氏刊别下齋叢書，始以此一卷附刻於後。自經兵燹，版已無存，傳本亦絶希矣。今陳丈桂廎以其篇帙過簡，尤易亡佚，假録其副屬，爲校栞存之，以爲説詩家取資焉。竊意説經諸書，大都簡要者多，得繁蕪者多失，衹此一卷於詩之大旨，疏證分明，讀詩者正不爲無裨爾。案，悳字鐵鋒，爲宋宗室子，舉進士。入元，隱居豫章。蓋高節之士也。所著又有《四書箋義》一書，自錢氏守山閣栞行外，亦尠傳本矣。光緒丙戌歲季冬之月。古吳朱記榮跋。